萩原広道

# 未公刊著作集 Ⅰ

山崎勝昭 編

# はじめに

㈠　萩原広道は、主著『本教提綱下之巻』の最後に「著述」の章を設け（本文p.368）、本居宣長（『初山踏』）に倣って学問する者にとつて著述の大切さを力説している。「学問ハいつまでも際限なきものにて、此にて尽したりといふべき事ハ、世のきハみあるべくもなき事」であって、著述するのは、己の考えたことを「遍く世に押出して天下の人に評《サダ》めさ」せ、そのことによって己の至らぬ点を改めるためだと言うのである。ところが、「著述」すること（自説を世に押し出すこと）に慎重であるべきだとの考えもまたあり、広道はそれを、「或人」の言として、同じ所で、次のように紹介している。

さてまた或人のいへるにハ、学問といふ物ハ仮初めならぬものなれバ、妄に自説《ワガセチ》を他に示すべきにハ非ず、さるハ、其説出たる事どもに若誤謬のある時ハ 許多《（そこばく）》の人をも惑はし我恥をも顕す事なれバ、いやがうへに心を用ひて諸の書どもを考へ合せとにかくに動くまじく思定めたるをりに、人ニも出してかつ〲示すべし。されバ、年若き間ハ著述をバ大かた為ぬなん勝るべき。さて板に彫などして遍く天下に施す事などハ、身亡て後に他人のものせんハ 格外《サタノホカ》なり、自ら誇りに持出て示すべきやうハなし、といへり。

この「或人」とは誰だろうか。特定は出来ないけれども、後でも言及するように、例えば伴信友などを念頭においていた可能性は十分にあるように思う（以下「或人」を仮に信友のこととする）。

㈡　さてその信友である。大鹿久義編『稿本伴信友著撰書目』（平成15年8月）を少しのぞき見をするだけでも、信友の著作類（著撰書類）がいかに多く、いかに多岐に亘っているかが知られるが、極めて実証的で緻密な学風のため板行には慎重にならざるを得ず、そのため編著作の多くは写本や稿本類で伝わり、在世中に、『鈴屋翁略年譜』などを除いては「板に彫などして遍く天下に施す事などハ」ほとんどなかったのである。広道自身、その信友の学風はよく知っていたわけで、『本教提綱中之巻』（本文p.305）にも、次のような件が見える。

又、若狭の小浜の家士に伴信友といへるありけり。本居先生の遺志を能継守れる人にて、世に現れたる書どもハ更にもいはず、神社仏閣其他やんごとなき御あたりの、秘庫蔵《ヌリゴメヲサマ》れる記録どもをさへ引集め、考証《カムガヘアカ》して著述《シル》されたるもの若干《ソコバク》有りと聞ゆれど、(下略)。【此人ハたしかなる明徴《アカシ》なきことハ毫もいはじとおもひ構へたる学風なりと聞ゆれバ、其著されたらむかぎり世の害となることハ大抵あるまじくおぼえたり。】

そんな「たしかなる明徴《アカシ》なきことハ毫もいはじとおもひ構へたる学風」を堅持する信友を、広道は深く尊敬していて、弘化3年10月に彼が亡くなった時、同年12月11日付の友人藤井高雅に宛てた書簡(『広道消息』)で「実に天下之学者ばしらを失ひ候。」と、惜しんでもいたのだった。従って、広道は「或人」の言を「事を軽々しくせぬ用意のほど慎ふかく所聞《きこえ》て、一トわたりハ実にさる説なり。」と認めているが、それは当然のことだった。

(三)

しかし、「然ハあれども」と広道はそれに続けて、いかにも彼らしく次のように弁じるのである。

　然ハあれども、学問の道ハいと／＼広く大キなる事なるに人命ハ限ある物にて、諸の書ども脱ることなく見尽くすべき事ハ大かた成るまじき業なるに、其動くまじく論定めたりと思へるも自らこそさハ思へ、他より見る時ハ案外にさもあらぬ事などもあンめれば、とにかくに唯一人の才識を以てハ実に動かずハ定めらるまじき理なり。(中略)、且学問ハいつまでも際限なきものにて、此にて尽したりといふべき事ハ、世のきハみあるべくもなき事なり。それもし実に尽せりとおもハゞ、既に自ら慢《タカブ》りたるにて、其道の破れたる也。

学問の道の広大さに比して、命に限りのある一人の人間の力は小さく、完全無欠な説・もうこれ以上のものはないと言うような説など、端からあろうはずもなく、学問というのは、多くの人によって次々と補足訂正されて出来上がっていくものだという考えに、広道は立つ。「或人」の論点を少々ずらした気配もあるが、しかし広道の言う通りであり、彼の好きな負けじ魂による強説だとは言えないだろう。もし「或人」と広道との違いを言えば、一方が若狭小浜藩主酒井侯の信任の厚い藩士―つまり安定した職禄のある学者であったのに対し、片や脱藩浪人で職禄もなく筆一本で世渡りする貧乏文士だったと言うことだろうか。そもそもから「学者」としての生き方が大きく異なっていたのである。

㈣　広道の時代は、三都を中心とした広域的な出版ジャーナリズの成立・展開を背景に、全国的な論壇・文壇（歌壇）が形成されつつあった。「著述」と言うものが、必ずしも無からん世に功名の顕れんことを念じつつなされる孤独な営為ではなくなり、遠く離れていても対座して議論を交わすが如き、リアルタイムでコミュニケーションを成立させる強力な媒体となっていたのだった。そんな広道は岡山時代から著述に熱心に取り組んでいた。文人として立つべく大坂に移住した後はますます多くの著作を成し、しかも、『開巻驚奇侠客伝（第五編）』や『源氏物語評釈』を初め、『さよしぐれ』・『てにをは係辞弁』・『心の種』・『遺文集覧』など、多くの著作は板行されていた。しかし一方、板行されず草稿のまま残るものも、また少なくなかった。広道にとっては、「著述」は板本になって多くの人とのコミュニケーションの媒体の役割を果たすのが本来の在り方だっただろう。それだけに、未刻のまま我が傍らで埋もれるのを見るのはとてもつらかったに違いない。

㈤　学問する者の責務として著述にこだわり続けた広道の「思い」は、当然のことに、整った板本においてこそ広範囲に伝えることが出来ただろう。しかしながら、草稿といえども、板本にも劣らず、多種多様な「情報」を内蔵している。その上、成稿には至らずあちこちに残る推敲の跡から、恐らく板本になればぬぐい去られていただろう筆者の息づかいが―広道の生の「思い」が―ゆくりなくも伝わって来ることがあるだろう。草稿のまま残された未公刊著作五種を集めて一つにした本書を通して、板本ではなかなか出会えなかった、またもう一人の広道に出会えるようなことがあればと念じている。

〈目次〉

〈凡例〉

各作品の冒頭にそれぞれ〈凡例〉も付している。ここでは全てにわたるものを挙げる。

1　原文を尊重するようには努めたが、明らかな誤字等はそれと注記せず改めた。仮名や漢字は原則として通行のものを用いた。ただし、ゟやヿや〆など、一部の記号はそのまま用いている。また、濁点・句読点をほどこし、適宜、改行も行った。また、割注は全て一ポイント小さくし、一行書きにして【】でくくった。墨線で抹消されている箇所は「▌」を用いた。なお、本文中で用いている◎や◇の記号、1、2……の算用数字、強調点などは、特に断らぬ限り翻刻者による。

2　底本中の頭書は、本文中の然るべき場所に挿入し罫線で囲んだ。原文の中の引用部分は「」を付し長いものについては改行して一字下げ、それぞれ地の文と区別した。

3　また原文に適宜所注記を施し、短いものは文中に入れて（）で括った。長くなるものは［注］等の記号を付し、文末あるいは段落の終わりに注記した。また、これ以外、漢字に原文にないルビを付したところがあるが、これにも（）で括った。なお、原文中の元からの注記で（）で括られたものは〔〕に改めた。

4　各作品の〈解題〉中で引いた広道書簡が収まる書簡集を、次のように略して記した。

○『広道の消息』＝関大図書館手紙を読む会「萩原広道の消息」（『関大図書館フォーラム6号〜11号』）

○『広道書翰』＝一日会編『萩原広道書翰』

○『広道消息』＝井上通泰編『萩原広道消息』（大阪大学付属図書館蔵謄写版）

5　本書に収めた五点の著作に就き、それぞれご所蔵の機関から翻刻・刊行のご許可をいただいた。

# I

## 『百首異見摘評』

## 〈解題〉

### (1)『百首異見摘評』について

㈠『百首異見摘評』(以下『摘評』とも略)成立の事情は、本書冒頭部―仮に〈序文〉とした部分―に触れられている。即ち広道26才の天保11年春、備前児島下津井の門人たちから百人一首の講説を頼まれ、門人に貸してもらった香川景樹『百首異見』(以下単に『異見』とも略)を、テキスト代わりに用いた、その時に『異見』の中から「己がはじめ思ひ得たるおもぶき(趣旨)とは違へるふし(箇所)」を抜き出していくと、30首になった、それらの「違へるふし」に対して、「おのれは云々《カウ〳〵》なんおもふとことわりたる(判断した)こと」を、「かつ〴〵(少しずつ)かいつけ(書き付け)」た、それが本書である、と言う。

㈡柳瀬万里「『百首異見』諸板考」(秋本守英・宗政五十緒・柳瀬万里編著『百首異見上』〈新典社叢書6〉所収)によれば、景樹『百首異見』初版は文政六年刊行で、文政一三年・天保六年・嘉永三年等の諸版があり広く流布し、備前児島の地も例外ではなかったようで、兼清正徳『香川景樹』に「備前・備中・備後の三備地方もまた桂園派の重要な地盤である。」との指摘もある。広道が本書を取り上げたのは一つはそのためだろう。それだけではなく、『百首異見』が賀茂真淵『初学』や契沖『百人一首改観抄』を難じていたと言うこともあった。本書成立に直接には関わらないけれども、真淵『新学』を批判した景樹『新学異見』に対して、備前邑久郡上寺八幡宮社司業合大枝が早く『新学異見弁』を著していた。広道は同郷の先輩のその大枝とは親しかった。

㈢本書は、大枝のと同じくいわば古学派的作物の一つだが、しかし、その古学派の立場から桂園派総帥の景樹を論破すると言う、そんな威勢のいい論争書ではないし、また、百人一首注釈書として完備・独立したものでもない。従って、これまでの百人一首注釈史・研究史で言及されることの殆どなかったのはやむを得ないことだろう。

しかし広道研究の立場から言えば、例えば〈序文〉の「そも〳〵、万事は次第《ツギ〳〵》に明りゆくわざにしあれば、ものゝの注釈どもゝ、最後《イトノチ》に出来にたるが穏《オダ》しくたらひたるは、もとより然るべき理《コトワリ》なれど、云々」とある件、つまり「ものゝ注釈」あるいは一般に学問というものに対する客観的・発展史的な考え方の伺える件などに、特に注目される。そのために、それぞれの具体的な作品解釈の当否はさておき、広道は、古学派とか桂園派とかと言った陳腐な対立の図式を超えて、「近き頃いみじかりしは、契沖ほうしの改観抄、県居翁のうひまなびぞあるを、この異見に比《クラブ》ればこよなく未だしきこともおほかりけり。」―つまり注釈書として最後に出た『百首異見』が真淵や契沖のものより優れている、と言うことが出来たのである。ただ、後の『本教提綱』で詳しく見るごとく、「外教」(儒学・仏学など)に対しては、広道は極めて党派的であり学問対象としての普遍性をなかなか認めようとはしない。そこに幕末期に生きた国学者としての広道の限界を大きく感じるけれども(それは広道一己の問題ではないが)、さしあたり狭い範囲ではあるが、学問に対しては客観的であろうとし、学問は多くの人々によって引き継がれ発展して行くと言う考えは彼の後の著作にも共通して見られるが、藤原浜雄の名で書かれた広道最初の作品である本書において、そのことがはやくも伺えたということである。

## (2)『百首異見摘評』の諸本について

広道の自筆本は残っていないが、写本は次のようにいくつかある。

(一) 岡山県備前市正宗文庫所蔵写本(以下、正宗文庫本と呼ぶ)。巻末に「磯野秋渚君所蔵本ニよりて写す。本間良三郎君の本にて校訂」とある。磯野所蔵写本からの転写本で、その磯野本とは別系統の本間所蔵本もあるらしい。磯野秋渚は、「侠客伝の続稿者」(『しがらみ草紙第五号』(明治23年2月))など、早くに広道を世に紹介した人だが、佐々木春夫家集『菅舎歌集』(大正13年7月)の編者本間良三郎と「広道」との関わりは明らかでない。両者所持の写本は現在知られていないが、マイナーかと思われる本書の写本がいくつか転写されていたとは驚きである。

(二) 岡山県立図書館所蔵写本(以下県立図書館本と呼ぶ)。これは正宗文庫本の転写本と考えられる。その逆でないことは、例えば、冒頭序文中の「そも〳〵万事、……」の「万事」に正宗文庫本には「ヨロヅノコト」とルビが付されているが、県立図書館本にはこのルビはない(後で触れる神習文庫本にもこのルビはある)。また、正宗文庫本にあった奥書は省かれてもいて、恐らく正宗文庫本の副本として転写されたのだろう。

㈢『国書総目録』に『百首異見摘評』は写本として二本挙がる。一つは正宗文庫本、もう一つは井上頼圀旧蔵の東京都町田市無窮会神習文庫所蔵本（以下神習文庫本と呼ぶ）である。神習文庫本は整った良くできた写本で筆跡も広道のに極めて近く、自筆本かとも疑われる。ただ、何カ所かに見える墨の濃淡の不自然さや、広道本人なら間違わぬと思われる誤字が二、三あることなどから自筆本とは考えにくい。自筆本に近い写本と言うべきか。

〈凡例〉

㈠岡山県立図書館本には、校訂者（井上通泰）のものと思われる句点が施されているが、私にも句読点を施した（底本の句点を読点に変えた所もある）。また、施されている濁点も網羅的でなくこれも適宜補った。転写の過程でなされた頭注が、署名のあるもの・ないもの（署名のないものの多くは校訂者のものと思われるが）併せて十数カ所ある。それらは罫線で囲って、本文中の適当な箇所に入れた。

㈡頭注記号として又は強調点として語句の傍らに付された「△」印や、あるいは引用漢文に付された返り点、及び『百首異見』などからの引用を示す「」は（ここでは強調のための「、」点もまた）すべて校訂者のものと思われるが、それをそのまま翻刻した。但し引用の初め・終わりを示す記号の不備なものがあるが、適宜補った。

㈢神習文庫本にあり底本（および正宗文庫本）にない文字やルビ等は適宜補い、それらを〈〉でくくった。

㈣掲出されている百人一首の作品は三十首だが、便宜上それぞれに「◎」印を付し、作者名は（）をつけて付記した。なお、文中の「○」印は原文通り。

㈤『百首異見』本文・引用歌・引用書等出典に関し、大坪利絹『百首異見・百首要解』を参照した。

㈥本稿は、岡山県立図書館蔵本を底本とし『葭第９号』（二〇〇三・三）に翻刻したものに、若干手を加えたものである。

（表紙）　百首異見摘評　（扉）　萩原広道著／百首異見摘評　完

（本文冒頭）百首異見摘評

（序文）

天保十一年といふとしの春、児嶋なる下津井の湊（備前国児島郡下津井）にやどりけるをりしも、百人一首の講説《カウセツ》きかんとこふひと〴〵ありしに、まだ総角《アゲマキ》なりしほどには、これかれ注釈どもあるにまかせて読たることもありしかど、歳月もいたくへだゝり、かつはこればかりのものに心を尽すべくことあらずおもひしかば、さてのミ過しきにつゝ、今はこと〴〵く忘れはてゝ、此ノ人はいかなる人にて、いかなるをりに詠出られたる歌、などいふことばかりもいかでそらには思ひうかべん、いとたど〴〵しきことにしあれば、さるよし答へて辞《イナミ》しかど、初学のためなればとにもかくにもひとわたりかうぞ、とこゝろえはてぬべきまでに釈《トキ》きかせてよ、としばしば乞れて、諾《ウベ》なひはしながらなほおぼつかなきふしのミなれば、何にまれちうさく《（注釈）》めきたるものもあらば持て来ねかし、そをよりどころにかもかくも釈こゝろミむといひたるに、或人のもとより百首異見といふ書を貸しぬ。やがてひらき見るに、此頃京師《ミヤコ》に名高き翁（景樹）の意をつくして説たりと見えて、いと〴〵委しくたらひたるものから《（けれども）》、己がはじめ思ひ得たるおもぶきとは違へるふしのなきにしもあらねば、其処にいたるごとにおのれは云々《カウ〳〵》なんおもふとことわりたることどもをなほあかずおぼゆるまに〳〵かつ〴〵かいつけもてゆきたるが積りて、すゞろにみだれがはしき書とはなりぬ。

（頭書）

| |
|---|
| 広道二十六△歳ノ時［注］（朱書） |

［注］＝「二十六△」と「六」に△が付されたのは、広道の文化十二年生れを強調するためである。本書の校訂

者井上通泰は、かつて越智東風の名で「萩原広道の伝」を『しがらみ草紙第五号』（明治23年2月）に載せ、そこで広道を「文化十年」生まれと記した（清宮秀堅『古学小伝』〈明治19年9月〉掲出の広道伝にも「文化十年ニ生レ、云々」とある）。ところが先の〈解題〉でも触れた大阪の磯野秋渚が、同上第六号（同年3月）に「萩原広道の墓」を書き、先号の「越智東風君が物せられし広道の伝」に言及し、やや遠慮がちに「生年を文化十年と記せるは余がしらべし所と聊かたがへる如し」と言い、「摂津西成郡浦江村（現大阪市福島区）妙寿寺」なる広道の墓に「文化十二年乙亥二月十九日生」とあることを紹介した。東京の通泰は秋渚の指摘を有難く受け容れただろう。「天保十一年」は広道「二十△六歳ノ時」に当たる、と注記したのはそのために違いない（文化十年生まれなら「二十八歳」になる）。

そも〳〵万事《（ヨロツノコト）》は次第《ツギ〳〵》に明りゆくわざにしあれば、ものゝの注釈どもゝ、最後《イトノチ》に出来にたるが穏《オダ》しくたらひたるはもとより然るべき理《コトワリ》なれど、或は旧き説どもと全ら同じすぢのことをいはんも、むげにをさなきがごとくなれば、実はさしもおもはぬことをもしひごとし、或は珍奇《メヅラ》しきことを説いでゝ世ノ人を驚さんとするからに、本の意にはあづからぬことをさへ、引つけなどしてくだくだしくうるさきは、近世にあらはせる書籍どもの、おのづからなる体《フリ》になんありける。さるからに、げによく論ひかなへたりとおもふも少《スクナ》からねど、はた思ひのほかに説キひがめたることも多きぞかし。

さて、此の百人一首といふものは、かの為章（安藤為章『年山紀聞』）が論ひし説のごとく、もとよりしどけなき物なれど、いかなるゆゑにや△世に伝はり広ごり、薪樵る山がつのふせや、網引するあまがを舟《（小舟）》のうちまでも、老たるとなく幼《ワカ》きとなく、おしなべて百人一首とだにいへば、知らぬ人もなくとなふめるは、いともいとも奇異しきわざになむある。

（頭書）　△か。（朱書）

されば、よゝの識者《（モノシリ）》だち[注1]も、これによりて初ヒ学の輩を諭さんとにや、はやうよりなにくれと解たる書どもいと多かる中に、昔のものはつたなくをさなきことのミなれば、いづれをそれといふにもたらず。近き頃いみじかりしは、契沖ほうし[注2]の改観抄（契沖『百人一首改観抄』）、県居翁のうひまなび（賀茂真淵『宇比麻奈備』または『百人一首初学』）ぞあるを、この異見に比《クラブ》ればこよなく未だしきこともおほかりけり。さは、此レをこそ百首の注のことわり尽たるものとさだめて従ひなめれど、おもふにつけてはまたいかにぞやおぼゆるふしのなきにあらねば、なほえあらで、おふけなくも己が按ふむねをもて釈するになむ。さるは、さばかりいみじく聞えたる人のこゝろふかくものせる説どもを、いたりすくなき心もてかにかくと定め争ひなんは、大樹《オホキ》になく蝉の声かしがましくおもふ人もあらめど、おほかたその説を信用《ウケモチ》ひなんはこゝろの疑惑《ウタガヒ》をさてやはやむべきとおもひおこして、ものしり人だちの後言《シリウゴト》を顧《（カヘリ）》ミざるになんありける。

［注1］＝底本・正宗文庫本では「だち」とある（後に何例も見える）が神習文庫本では「たち」である。

［注2］＝「ほうし」表記について。正宗文庫本には「編者云、ほふしをほうしと書く故よしハ、広道があしの葉わけに云へり。」と言う頭書があるが底本には見えない。正宗文庫本の指摘するのは、後に見る如く『葦の葉わけ』冒頭の「ものあらひの女」の章の頭注の「法ノ字ハ入声なれバほふとこそかくべきを、云々」をさす。

○本書にさだめあらそひたるは、改観抄・初学のふたつなり。そがなかに、改観抄はむかしよりさま〴〵と解たる注どもの非《ヒガゴト》なるをはじめて、ひろく考へ定めてものしたる書にて、よろづのことわりおだやかに、げにめづらしとおもふふしのおほく、久しき惑ひをときはらかしそめたるは、いとも大《イミ》じき功《イサヲ》になんある。しかはあれども、さすがに新墾《（ニヒバリ）》なるからに、なほ葦の根の、あしきねざしこと〴〵くは除《ノゾ》こりがたく、また後ノ世にかくこちたくあげつらはんものとも、おもひよるべきならねば、なにとなくおほらかにかきすてたりとミゆるところ〴〵も多ければ、いはゞ如何にもいはれぬべし。初学《ウヒマナビ》は、やゝふかくおもひはかりてかきたるものなれば、いま一きは勝りて聞ゆるものから《(けれども)》、この作者《ツクリヌシ》、世人の漢籍《カラブミ》に泥《(ナヅ)》

（頭書）△ノ処ニ、なると、ノ三字アルベシ（朱書）

めると、歌よみどもの狭きことにのミかゝづらひて、頑愚なるならはし△を矯直《タメナホ》さむとするほどに、ともすれば万葉などの歌をひきいでゝ、いにしへに似たるをばよしとさだめ、後ノ世めきたるをばさしもあらぬ事をもおどろ〳〵しくいひけるなど、おもひのほかに耳新しきことを説いでゝ、さる惑ひを説破らむとつとめたるからに、なか〳〵に僻《(ヒガ)》めること〈も〉少なからず雑《マジ》れり。此人たちの著《アラハ》せる書いづれも〳〵皆しかり。さはいへ、其ノ

（頭書）こそノ係辞ノスヱ、トコロタガヘリ（朱書）

功《イサヲ》の大じきに因てこそ△△、百千の歳を経て尊みこし漢籍のひがごと多きをも、かつ〴〵しり、歌よみどもの習俗《ナラハシ》の拙《ツタナ》かりしをも悟《サト》り明らめて、己がごとき痴漢《シレモノ》さへ、おふけなくも、しひごとをしたりがほに説誇《トキホコ》らふ種《クサ》はひとなりしは、全らこの契沖阿闍梨・県居ノなどの恩恵《メグミ》なりけれ△△。

さて、異見は、この二ッのふみどもを熟《ヨ》く読わたし、きはめつくして、その解ざまのよからぬことどもを、深くおもひはかりて書なせるものなれば、きはめて詳《クハ》しく懇切《ネモゴロ》にして、いとよく整《トヽノ》ひたるものから、あまりにくはしくいひ尽さむとして、却《カヘリ》てくだくだしく言痛《コチタ》きならはしをのがれず。そがうへに、つとめて改観・初学の二抄を非也と論《アゲツラ》ふほどに、おほかたは同理なることをも、いさゝかおもぶきをかへたるまでにてなが〳〵とゝき《(説き)》、或はかの古学する徒《トモ》の、後世の事とだにいへば大《(いた)》く賤しめ罵《ノヽシ》るを甚《イミ》じく悪ミて、それうちやぶらんとするこゝろぐせのありと見えて、何によらず今めきたるかたをよしとさだめ

て、いひもてゆけば俗意《サトビゴヽロ》におちいりたるやうの所おほし。

　また、此ノ人、歌よむことは天の下にもゆるされたりとかいふほどの人にて、をりをり詠出《ヨミ》たる歌どもをきくに、げに近世の上手と見え、巧に今めきたるかたなどは、かけてもおよぶべき人はあらじと思ふを、文章かくことはこよなく劣りてむつかしくわづらはしきに、中昔に真字《マナ》してかける日記などのことばづかひも雑り、或はしたゝかなる漢語をまじへ、或は当世《イマノヨ》の俗語《サトビゴト》をさながらとり用ひ、または漢籍につけたる訳点《ステガナ》（送り仮名）てふものに似たる所もありて、詞の連きざま前《〈マヘ〉》後《シリ》へたがひなどの、啼《ナ》く音鴂《コエヌエ》に似たりとかいひけんものゝ形に似たるこゝちして、微《ホノカ》に紛《マギラ》はしく何の事ともきゝわかれぬところさへぞある。

　さるは、もとよりものゝ注釈などは、雅語《ミヤビゴト》俗語《サトビゴト》をいはず、あまねく人にきこえやすきを主とすれば、うるはしくとゝのへてかくべくもあらじといひもすべかめれど、こはさる語《コトバ》の雑るにつきてなか／＼にまぎらはしきをばいかにとかせん。さは、おほかた如此あらんとはうちかたぶきながらも、なほえすごさで益なき事どもを評せるもあるは、例の白痴《シレモノ》がさしいでなりかし。

〇ものよく解得《〈トキウ〉》ることはすぐれて難きわざなるが中に、歌はことさらおもひあまるふしを、限りある詞の中に歎きいでたるものなれば、ことばのほかににほひたる感《アハレ》さ、物にいひかけて然なりとしらせ、表をいひて裏に応《ヒヾ》きたるたくミ、などのいひしらぬ情《コヽロ》のおもぶきを、おしきはめてはいかにとも解尽しがたきわざなるを、ことわりをせめて説んとすれば、ことのほかに違ひたることにもなり、またそのときたる文の詞によりて、二タすぢ三すぢにもきこえわかれて、いさゝかづゝのたがひは、かたみにあるべき理にて、其作者《ソノウタヌシ》もさばかりふかくはおもひはからぬもあるべく、またその違へりといふも同じ歌をときたるなれば、大《イタ》くうち変りて意の異なるは稀なれば、うちまかせてはおほらかにきゝなし、いとむつかしき歌などは聞過したりとて、さのミこと足ラぬわざにしもなかめり。

されば、本書にあまりなるまでこちたく論ひたる所をば、さばかりはあらじとやうに評したるもあるは、委曲《ツバラカ》なるをいとひたるが如くにていかゞなれど、うるさきにえたへ《(得堪へ)》でなん。さてまた、こはいかでとおもふところ〴〵もなほ多かれど、同ジ国（備前国）の内にしてけぢかきほどの所ながらも、しばしの旅のそらにしあれば、引合すべき書の一巻だにもたらねば、史を引ていふべきところ、土地につきて定むべきふしなどは、いさゝかおもひ出ることのなきにしもあらぬをも、さて見過せる所多く、弁へたる説どもゝおもひいづるまゝに書つらねたるまでなれば、既く旧キ説《トキゴト》にいひたることを、みながら挙《アゲ》たる如きもあるべけれど、すべて考へ合すべきよしのなければ、さておくになん。また、やむごとを得ずして引いでたる書なども、空におもひうかべることのミなれば、違へるふしの多からむをば、見む人、さるかたにミゆるしねかしとぞ。

藤原ノ浜雄［注］

［注］＝弘化2年春に岡山から大坂に移住した広道はこれまでの藤原姓を萩原姓に変えた。広道が「藤原」姓でかつ「浜雄」の名で見えるのは、他に天保11年7月成立の広安雅言編『吉備百人一首』に収まる広道作品で、そこには「藤原小平太浜雄」と掲出されている（「小平太」は広道の当時の通称）。

◇（『百首異見』の〈総論〉部分に対する評）

○この百首の総論は、年山紀聞、改観抄・追考（版本『百人一首改観抄』は樋口宗武の序・追考を付す）などを引て、本書にくはしく論定めたれば、いまさらに何をかいはん。中にも色紙形の百首にも限らざるべきと疑ひていひたるはいとよし。されば、為章が「後鳥羽・順徳

（頭書）

（のを）を、（きを）し。（朱書）

を巻尾に載たるは、誰にても後に次第をあらためられたるにや。但し当時の臣下なるゆゑに、及二家隆・雅経卿一、とかゝれたる歟。」といへるは、いかゞとぞ思ふ。さは、時代につきての次第などは、もとよりさだめても書るべきはづ（ず）ながら、いづれしどけなくちりぼひやすきものなるべければ、後にかい集めてうつさむ時、もとよりの次第の紛れたるもあるべく、本書の説のごと、百首にも余りしにや、また足ざりしを後に補ひて百巻とはなしたるにや、よくもしられぬことなれば、左《ト》にも右《カク》にもおしあてにきはむべきにはあらずやあらむ。

◇（『百首異見』の〈各論〉部分に対する評）

◎あきの田のかりほのいほのとまをあらみわが衣手は露にぬれつゝ　（天智天皇）

○「いほとは、寐《いぬ》るばかりのやどりを形ばかり結ぶをいふ。いほのいは寐《イ》の意にて、ぬる事なるべく、ほは物のあらはれたる名にて、畢竟かまへ出し其かたちをさす。ねどころ・ふしどなどいはんが如し。」といへるは、何事とも聞わきがたし。

（頭書）

| |
|---|
| 真維云〔注〕、詞花雑上／月清み田中にたてるかりいほ（傍線ママ）の影ばかりこそ曇りなりけれ |

［注］＝「真維」は松野真維のこと。淡路出身で萩原広道晩年の門人、明治43年没・享年74。

いは寐ともいはるべけれど、其寐につゞくほは、物のあらはれたる名とはいかなる義とかせん。されば、

「畢竟かまへ出し其かたちをさす」云々とまぎらかしたり。こは、語の本はよくもしられぬことなれど、強ていはゞ、いほは納穂のれを略《(はぶ)》きたるにて、刈たる稲穂を納《イ》れ置く所といふ義にやあらむ。さらばかゝりほは苅納穂の意か、また仮にむすびたる納穂《イレホ》といふにや、そはわきがたし。されども、穂を納る所をば穂納《ホイレ》などいふべく、いれのれを略くもいかゞなれば、なほ異なる意あるべし、とはおもはるゝものから、本書の説のうたてきに、いづれかと試にうちいでたるのミ。

そもそも、万の言しかいふ本の意をばいと〳〵しらまほしきわざにはあれども、知ラれぬ事をしひて説んとすれば僻説《ヒガゴト》もおほくいでくるぞかし。近来言霊といふ学をする人など、よにあらゆるものゝ理を知尽さんとするほどに、たゞ一言にいひつめたるうへに、ことわりをつけてかにかくといひしらふめり。ことわりは然るべきことながら、またもれたるふしも少からぬをば何とかせん。譬へば上にいへるほといふことなどを、物のあらはれたる名と限れるは、草などに穂といふ所、或は浪秀《ナミノホ》、或は焔また樹杪《コズヱ》をほづえ、人の顔に頬などいふことをかいあつめて、皆あらはれて上に立のぼる物とさだめ、それより転《(ウツ)》りては、某となり、又何に通ふ音某の行《クダリ》は、某の音強《コエツヨ》く、某は弱し、某の行は、某の字広く、某は狭しなど、人のさもと思ひなさるゝやうに作りなしたるものにて、一わたりはげにと諾らるゝが如くなれど、据《ホル》（掘）といふは、物を窪ませゆく事にて、浅きより深きに至り上より下に及ぶ名なれば、（「据《ホル》」は「ほ」のつく言葉ではあるが、先の「皆あらはれて上に立のぼる物とさだめ」た「ほ」の原義とは）違ひ、また、ほゝまる（含まる）といひ陰《ホド》といふなどは、中にのミ隠れ篭りたるをいふ名なれば、何とかは解なすべき。そは、また別にさる義ありて、かやう〳〵とまげてはいかにとも説なすべけれど、おほかた附会にしてあたれるは稀なり。万の言みなしかり。

さるは、かの五十音の図はいと〳〵霊妙《クス》しき物なれば、それによりてはいかにとも説なさるべく、それはた悉くあしきやうはなけれども、もとより知るべきやうのなきことは、力を尽して説キ出し、それたとひかなひたりげなるも、あまねく人の従ふべきにもあらず。しひて益あるべき事にもあらねば、ことごとくいたづらごと也。されど、さてのミいひて説ずしもあらば、いつまでもしるべきよしもなければ、決《ウツナ》くかうぞ、とおもひさだめんかぎりは説キもしぬべく、知ラれぬことは、古へよりの用格《ツカヒザマ》をつら〳〵見わたし考へたるうへ、此はかゝることぞ、といふまでに意得たらば、さて事は足なんとぞ思ふ。

さはいへ、かの言霊も説出す人は、それのミをたてたる学ビの主意として、常に委しく論へば、たまたま解得ることもありて後のためにもなり、かつは其業によりてよのわたらひをするなどもあなれば、ひたすらわろしとさだむべきにもあらず。たゞその徒に欺れて、もの学びする人々の万ヅの道はこれにつきたりと思ひいふめるは、いと〳〵をさなきわざなりけり。さて、本書に語の本を解たる説ども、おほかたかの言霊家の説めきて、拙きことのミ多かるは、この翁もそのかたの学びやしけん。ひとつ〳〵ことわらむもうるさければ、くだ〳〵しくも論ひおくになん。〇「苫屋は、四壁なくして苫もて覆へるのミなれば、苫をあらみは、只その屋根のミならず、めぐりのひまのあらきもいふにて、夜さのさま也。」云々といへるは過たり。歌のおもてにさるむつかしき意までは見えず。

◎たごのうらゆうちいでゝみればましろにぞふじの高ねに雪は降ける　(山部赤人)

(頭書)　よノ下、とノ字アルベシ。(朱書)

〇「従をゆといふは、ゆりの略言なり。ゆりはよりに同じ。ゆとよは古へ常にかよはせて用ひたり。さて、ゆりをゆといふは、よりをよとのミいふ同例也。くはしくいへば、ゆといひよといふは本語にて、りはそはれる語也。」といへるはいかゞ。いにしへ、よもゆもよりの意には用ひたれど、ゆりといへることは、さらにものに見えず。さらば、よとよりと通ふ例もていはゞ、ゆも、ゆりといひけんもしらず、とやうには解もすべかめれど、ゆりといふを本にてとけるはいはれなし。

（頭書）

> 記伝十九ノ五十二、由理と云るは、万葉二十の十五に、阿須由利也《アスユリヤ》、と見えたり。[注]（朱書）

[注]＝神習文庫本には正宗文庫本（及び県立図書館本）に見えるような頭書はないが、この注記だけがこの箇所に朱書してある。細かいことながら、頭書中の「万葉二十の十五に」は、『古事記伝』には、「……十五葉に」とある。ともあれ「ゆりといへることはさらにものに見えず。」と言うのは広道の早とちりらしい。

◎わがいほはミやこのたつミしかぞすむ世をうぢ山と人はいふなり　（喜撰法師）

○此歌はいかにきけども聞えぬうたなるを、さま〴〵に解たる説ども、[注]こと〴〵くあたれりともきこえず。かゝる歌をも撰集などに入られたるは、その頃は実に聞えしにや、またよくも聞えざりしをおほかたに聞て入られしかしらねど、今とくによし（由）のなきをばたゞに聞えずとて、やミぬべきわざなり。後世、古歌とだにいへばかうやうの歌もしひてこゝろあるさまにときなすめれど、今人のよみいでたるならばあざけり笑ふのミなるべし。本書に旧説を弁へしはさる事の如くなれど、弁へたる意もともにきこえず。さては、しかぞといふぞもじの強きと、「人はいふなり」と上の事をことわりたる如き詞、いかにきけどもさは聞えねばなり。されば、なほしひていはゞ旧説のかたぞ勝りがほなる。そのよし、こと〴〵くいはんには、あまりにわづらはしければ、すべてもらしつ。たゞ聞えぬうたとすべし。

［注］＝例えば近藤芳樹『寄居歌談巻一』（天保13年11月成立、弘化2年刊）の14～16丁でもこの歌に言及している。

◎花の色はうつりにけりないたづらにわが身よにふるながめせしまに　（小野小町）

○「ながめの意はながしめにて物おもふ時のかたち也」云々といへる説どもいかゞなり。まづ、ながしめとはいかなる意よりいへりとするにか。按ふに、長し目の意にて、目の長やかになれる形をいふとするにや。また、或説に流し目にて、眼の流れたるが如きをいふといへる、両義の中なるべし。さては、体・用の差別ありて、ながむ・ながむると活きがたし。されば、なほこゝに引る或説に「ながめはさすものなければ、何となく打守るにて長く見ると云意也。」といへるぞ、なかなかによろしかりける。なほもたすけていはゞ、めとみは親しく通ふ音なれば、眼と看はもとより同じ語にては、物を永く看るを永見といふべきを、活用せんとてめにかへたるまでなるべし。

（頭書）　みノ下、とノ字アルベシ。（朱書）

さて、此歌のごとく、ながめせしなどいふときは、用言やがて体となれり。そは転れるにて、例多し。古事記に長眼とあるも、その体言より書たる文字なるべし。さるを、「長く見る、短く見るは、物を長しと見、短しと見る方の詞にて、久しく見、ゆるやかに見るをいはんは、的当《あた》ならぬこゝちす。かつ、さすものなきを見るといはんも、いかゞ也。」と弁へたれど、しからず。短きものを長く見なし、長きものを短く見なすを、長く見る、短く見るといふこと、あるべうもあらず。さすものなきを見るといはんもいかゞ也といへれど、そのさすものなきを見るは即ものおもふ時のさまならずや。「眼はもと明をつかさどるより、かのながしめにとろミたるときも、なほあかきかたにひかれて、昼は大空に夜は灯火に向へるは自然の理也。」といへるは、漢めきたる理屈といふべし。これも、かのさすかたのなきからに、おのづから明き方にむかへるものならずや。

◎つくばねの峯よりおつるみなの川こひぞつもりて淵となりぬる　（陽成院）

○「水をこひともいひしにや」といへる説は、めづらしげには聞ゆれど、猶したがひがたし。いにしへ、毛比といへるは、水を盛る器の名と聞えて、かの影媛（物部麁鹿火の娘）が「たまもひに美豆さへもり（玉盌《たまもひ》に水さへ盛り）」（『日本書紀』巻第十六）とよめるにてもしるべし。もひとりも、毛比を執（執）持て水汲む事に仕奉る称にて、主水は義字なるべし。そはとまれ、かくばかりおぼつかなき説をとらへて、旧説を非也とさだめたるは、みだりなり。

（頭書）

通泰云、飲器ノ称ヨリウツリテ、飲用水ノ事ヲモ、もひ　と（ママ）云ヒシナリ。（朱書）

○六帖（『古今和歌六帖』）に、「こひぞたまりて」とあるにのミよれるは偏也。水も漸滴り落るをば、などかはつもるともいはざるべき。そのうへこれは、恋に係け給へる大御詞なれば、さらなり。たまるとては、恋かたにうとく、なか〳〵に聞つかぬこゝちのせらるれば、もとのまゝにてありぬべし。序（序詞）は、恋ぞをへだてて、つもりてへ［注］かけ給へるのミ。

［注］＝神習文庫本では、「へ」とは見えず、「迄」の崩しのように見える。

◎みちのくのしのぶもぢずり誰ゆゑにミだれそめにし我ならなくに　（河原左大臣）

○古今の顕注（顕昭『古今集註』）・東鑑などを諾なひながら、なほ「此歌の名高きによりて、彼里【信夫郡】にもそれに思ひよりて、あやしき摺布《スリヌノ》を出せしか。鎌倉のころには、そもめづらしき物と成しなるべし。」といひ、童子問（『荷田東麻呂伊勢物語童子問』）・初学の、しのぶ草の形を摺たるといへるをとれるも、ともにいかゞ。こはかの顕昭の説のごとく、信夫郡にもぢずりとて布の文の乱れたるより、みだるゝことの序にいへり、と心得べし。「春日野の若紫のすり衣」といへる歌（伊勢物語第一段、下句は「しのぶのミだれかぎり知られず」）をもて論じたれど、かれはむらさきの乱れたるをいはんとて、しばらく此歌をかりてよめるのミ。さるからに、ことさらに此歌を引出て其道を明したるにてもしるべし。

○古今集に「みだれんとおもふ」とあるをのミとりて、伊勢物語に、そめにしとあるをとらざるは、一わたりさることながら、さては、この百人一首をいみじきものとや思ふらむ、たゞあるにまかせて、伊勢よりとり入たりとせむも難なかるべし。それにつきて、ひたすらさだめたるは、あながち也といふべし。

○ならなくにといふを、「我にはあらずといふ也」ときはめたるはわろし。いひもてゆけばさる意なれど、にもじをそへていひ残したるに、限りなき心をしらせたるなれば、なほ、にもじまでをかけてとくべきなり。「興風の歌（藤原興風「誰をかも知る人にせむ高砂の松も昔の友ならなくに」）の、友ならなくにの所にとけり」といへるは、そこに評せり。こゝは彼とはいさゝか異なるをや。

◎立わかれいなばの山の峯におふるまつとしきかば今かへりこむ　（中納言行平）

○初学の解ざまもよからねど、「待ときかば、聞もあへず何はおきてかへりこん、といふばかりの意也。」といへるもたがへり。すべていまといふことばは、今俗《イマノヨ》にいふやがてと同じく、急遽《ニハカ》なる中にまたさしつけて今といふとはいさゝか異にて、オッツケなどいふにちかければ、このいまといふにあたれり。やがては俗にいふいま也。これをあしく思ひとりて、「聞もあへず何はさておき」といひては、俗言の今と異なることなし。この差《ケジメ》をおもふべし。また、いなばの山を京にての別レの時の歌とせば、ひろく因幡国の山といふ意にあらずともさだめがたし。

◎ちはやぶる神世もきかず龍田川からくれなゐに水くゝるとは　（在原業平朝臣）

○「いづくはあれど、龍田は、年のはの風祭など、神さびたるわたりなれば、神世を引にしたしきなり。むさと神世をいひ出たるに非ず」云々といへるはこちたし。たゞ神世にもいまだきかず、とのミ心得てたりなん。

◎わびぬれば今はたおなじ難波なるみをつくしても逢んとぞおもふ　（元良親王）

○はたといふ言、用格《ツカヒザマ》を論ひしはさる事ながら、本をとくとて、「転動のすミやけきをいふにて、手のうらをかへすといふばかりの語勢あり」といひ、また「旗・機などをはたとよび、或ははたらく・はためく・はたゝがみなどいひ、俗にもはた〳〵とおしよせ、はたとわすれぬなどつかひなすにも、活動のすミやかなる意をしるべし。此今はたおなじといへる事ざまはかはりて、やがてもうき《憂き》はひとしきをいふ」云々といへるはいかゞとぞおもふ。これらは皆、もとハタと鳴る音につきていへりと聞えて、こゝのとは同じきやあらずや、実はよくもしられぬことなり。またといふとは、もとより異なれど、緩急死活などいふ差別はあらじ。このはたは、俗言に、某もマタヤハリ某、などいふモマタ、[注]ヤハリの意として聞ゆ。

[注]＝二重傍線は、神習文庫にも見える。おそらく広道自筆本にもあったのだろう。

◎吹くからに秋の草木のしをるればうべ山風をあらしといふらん　（文屋康秀）

○うべを得方《ウヘ》のこゝろと解るは、そのさすかたの道を意得たりといふにやあらむ。されど、いとものどほし。この、[注]俗にナルホドといふにあたれり。例に引たる其方《ソヘ》も当れりとはきこえず。

[注]＝神習文庫本では、「の」は「ハ」とある。「ハ」の方がよい。

◎このたびはぬさもとりあへず手向山もみぢのにしき神のまに〳〵　（菅家）

○幣《ぬさ》もとりあへずといふを、「此たびは、数ならぬ我ぬさなどはえたむけ《得手向け》もあへず」云々と釈《とけ》るは、いひもてゆけば、ことさらにぬさをとらずとやうに聞えたり。これにつきて、改観・初学の説をいミじきひがごと也といへれど、さしもあらじ。あへずといふに意をつくべし。すべてあへずといふ詞は、ものをなさむとしてなしえぬやうのことのミに用ひて、ことさらにかまへて為ぬよしにいひたるはなし。「人の家づとに」云々、[注1]「右大将ばかりの人の」云々、[注2]といひたるなどは、例のこちたし。

［注1］＝『異見』に「人の家づとに何にまれ物一つもて行たらんに、打あハせて其物のすぐれたらんが、あなたにあまたあらんには、いと手もちなくさし出しかねてためらふべし。此歌のむねまたく然り。」とあるのを承ける。

［注2］＝『異見』に「此院（朱雀院）微行を好ませ給ふといへども、大和・摂津・河内の遠きさかひを巡幸し給ふらんには、さすがにゆすりたる御しらひなりつらん（揺すりたる御しつらひカ―大坪前掲書）。況や、右大将ばかりの人の、大御供につかへまつり給ふなるをや。さるを、直人の奴僕召つれんたち《（立ち）》の騒ぎにひとしく、取ものも取あへぬさまに思ひはかれるハ、とりあへずといふ詞を、急遽倉卒の事に思ひ泥めるよりの、ひが事なるべし。」とあるのを承ける。

○また按ふに、とりあへずとは、すべてゆくりもなくものする事をいふ意にや。俗にも人に物贈るときしかいふことあり。されば、此歌も、此度は公事《オホヤケゴト》ゆゑ私の幣はもたらねど、何まれ奉らまほしく思ひ侍れば、此山の黄葉の錦を神の御心のまゝにと、ゆくりなくも手折て手向ヶまゐらするといふ意にて、神のまに〳〵とりあへず手向と立かへりていふ意とも聞ゆ。されど、とりあへずといふ事を、しか用ひたる例ありや。そらにおもひうかべたることもなく、くりいださん書も今はなければ、しばらく試にうちいでおくのみ。

○「まにまの詞は、にを中略して、まゝとのミもいふ。今、心のまゝ、思ひのまゝなどいふ、まゝ也。それに、尓をそへて、まに〳〵といふは、自然の余韻にして、いひをさむるに似たり。されば、俗にまゝにといふ尓文字とは、同じからず」云々といへるはいかゞ。こは、いやといふことを重ねて、いや〳〵といふべきをいよいよといひ、やゝといふを重ねて、やゝ〳〵といふべきをやう〳〵といへる類にて、まに、といふことをかさねたる詞と聞ゆ。ままはまた、其尓の略か《（ママ）》りたるなり。さて、意は、此方の意をばさておきて、ひたすら彼方の意にうちまかせたるやうの詞にて、万葉に随意とかける、よくあたれり。こゝに引たる歌どもミなしかり。古今の顕昭本に、「おもひのまにまよるもこむ」とあるは、下の尓を略きたる也。そは、上にやがて尓てふことあれば、相応《アヒヒヾ》きてしか聞ゆ。かのいよ〳〵を、いよゝといふに全く同じ。またかゝる所に、尓といふ辞《テニヲハ》もいひすてたるがごとく聞ゆれど、よく見れば、おの〳〵上に応《(ひび)》くところありて、余韻などいふとはこと《(異)》也。猶、下にもいふべし。

◎あり明のつれなく見えしわかれよりあかつきばかりうきものはなし　(壬生忠岑)

○此歌の注ことに非なり。こは、このごろのきぬ〴〵の空に有明の月のかすかに残りたるが、身にしむばかりあはれなるにつけても、人の世のならひとて、あけたらばうき名やもれんと思ひつゝみ、かくあかぬ別れをしつゝもかへりきぬるに、月はさるおもひもなげにて、あけゆくそらにつれもなくすみわたりけるかなとやうに、さま〴〵おもひしミぬるより、よにあかつきほどはかなくつらきものは又あらじ、と思ひなりぬといふ意にて、「有明の」はもとより「ありあけの月」といふべきを、下のあかつきにてきかせたり。つれなくは月のつれなきなり。別れは相ヒ見し妹《イモ》と也。ばかりは、俗にホドといふ意ならばいひさしたる辞にて、下に「とぞおもふ」などの意をふくめり。

　さるを、「さしもつれなかりつる別れより、さるときのそらだに、いとも忌はしきものに思ひしミて」云々、といへるはたがへり。さては見えしといふにかなはず。見えしは月の見えしにて、女の我につらくあたりしをいふにあらず。もし其意ならむには、たゞにつれなかりつるといふべきなり。また、初学によりて、あり明を「つれなきの枕詞におけり」といへるもひがごとなり。月ともいはでつれなしとつゞかんは理なし。たとひ在明の月といふにもせよ、うちまかせてつれなきの枕詞といはんも、いとものの遠し。また、改観に不レ逢帰ル恋と見るべしとあるをとりて、かなり《（ママ）》（『異見』原文は「かなへり」）といへるもいかゞ。古今集・六帖にも、とりはづしてはたま〳〵さる違ひもなかるべしやは。そのうへ、わかれといふは逢たるが離るをいふ詞にて、不逢にわかれといふ事のあるべきやうなし。されば、なほ逢見て帰りしとすべし。

○「別れよりといふをうけては、此解【初学】のごとく、うきものにおもひ成ぬるなど、いはではかなはぬを、うき物はなしといひすてたるが、たがへるこゝちする也」とは、いかにいひすてたる〈、下にすなはち思ひといふ

（頭書）（〈印の箇所に）にか、ナドオチタルニヤ。（朱書）

意はこもれるをや。また、「こは、しか思ひ成ぬる後は、何より暁ばかりうきものはなしといへるにて」といへるもいかゞ。しか思ひぬる後に暁ばかり云々、と思ひ成ぬる也。また、「思ひ成ぬるといふ所をばうちこえて、今はうきがちに成たるを、一むきにいひはなちたる也」といへるもいかゞ。うきがちに成たるも、すなはち、おもひなりぬればならずや。また「思ひ成たるといふ意は、三ノ句の別れよりの下にありて、別れより思ひなりて暁ばかり云々と内にたゝめる心也と知べし」といへるもいかゞ。三ノ句の下にあるはもとよりにて、それによりて即暁ばかり云々と思ひなりたる也。たゞし初学に「人のつれなかりしはさるものにて」とあるはたがへり。本書も、それをとがめていひたりとは聞ゆれど、かくては、なしといひすてたる下に、思ひなりぬなどいふ意のなきがごとくにていかゞなれば、わづらはしくも論ふになむ。

○類目無《ツラメナキ》てふことの非なるは、さらにもいはず、無伴侶《ツレナキ》といへるも、的当《（あた）》れりとは聞えず。つれなくは、語の本《（モト）》はしらねど、俗に何ノヘンモナイといふ意也。万葉なるもミなしかり。されば、おのづから由縁もなきことゝも聞ゆるなり。こゝのつれなくも、月の何ノヘンモナクてあるを見て、うらやめる意也。さ

てまた、つらしといふも、本はひとつ言にやあらむ。ともに、こゝろ強くむごき事をもしかいふは、此方よりせちにおもひなどする人の、何ノヘンモナクてあるは、いと〳〵ほいなくかなしき事なれば、おのづから、彼方の心のつよくむごき事にとあたり、此方のために、わびしくかなしき意にもなれる也。たゞし、つらしは、やゝ転《(うつ)》れるかたにて、何ノヘンモナキ意としては合はぬもあるなり。

◎誰をかもしる人にせん高砂の松もむかしのともならなくに　（藤原興風）

○ならなくにをならぬといへるはさることなれど、「にの声は自然の余響なり。」といへるは、例のたがへり。このにの辞あるからに上に応《ヒヾ》きて、誰をかも云々と聞ゆるものをや。「神のまに〳〵の所と引合すべし。」といへれど、同じとも聞えず。かしこは神の御意《ミコヽロ》の随《マヽ》にといふ意、こゝは上にかへりて応《(ひび)》くてにをはなれば別なり。余響とはいひがたし。

◎あさぢふの小野のしの原しのぶれどあまりてなどか人のこひしき　（参議　等）

○「しのはらは、やがて浅茅生《アサヂフ》のしの原にて、打靡きたる茅《チ》原のさまなるべし」、とて弁へたる説どもは、すべてよしなし。茅の浅く短きをあさぢといふを、それやがて篠原なるべしとは思はれず。しのはやゝ長くしなびたるをいへりと聞えて、即チこゝに引たる万葉七の歌（歌番号一一二一）にも、妹所《イモガリ》等《ト》我通路《ワガカヨヒヂノ》細竹《シヌ》為《ス》酢《ヽ》寸《キ》我通《ワレシカヨハヾ》靡《ナビケ》細竹原《シヌハラ》といへるにても、その長きほどはしるべし。靡けよといふは、細竹原《シヌハラ》のしなへみだれて妹がり通ふ道のさまたげになればなり。さるを、浅き茅といふにてかなはんやは。下に初学の説を弁ふとて、「しのとは、いにしへしぬともいひて、しなへたわめるさまをいふ。しの竹・しの薄などによりてもしるべし」といへる、ミづからの説にさへうち合ぬひがごとなり。また、同集二に、[注1]四《シ》能《ノ》乎《ヲ》押靡《オシナメ》とあるも長きこゝちす。さて、すゝきといふは本《(もと)》すゝけみだりたる状《サマ》よりいふ名と聞えて、万葉に旗荒[注2]とも書るは義なり。これを或人、荒ノ字は誤なりといへれども、しからず。こゝに引たる細竹為酢寸は、篠のすゝけたるをいふにや、又、薄《スヽキ》の長くしなびたるをいふにや、今わきがたし。此歌なるは、浅茅の生たる野の篠原といふにやあらむ。されど理明ならぬやうなり。すべて古人は調《シラベ》につきて何のこゝろもなくよみ置たるを、後世にいたりて解んとすれば、おもひのほかにことわりたがひたることもいでくるは、常ある事也。そは、さるこゝろしておほやうに聞なさんぞ、めやすかるべき。こゝは序歌なればさら也。

[注1]＝「同集二（万葉集巻第二）に、云々」とあるが、見当たらない。同集一（歌番号四五の柿本人麿の長歌）に「旗《はた》須《す》為《す》寸《き》　四《し》能《の》乎《を》押靡《おしなめ》　草枕《くさまくら》　……」と見える。

[注2]＝広道『万葉集略解拾遺』上巻に万葉集巻十の作品の一部「旗荒《ハタスヽキ》。本葉裳具世丹《ウラハモソヨニ》。云々。【乾坤之云々歌（歌番号二〇八九）中】」が引かれ、その冒頭の「旗荒」に就き「荒を、荻、或ハ篶木二字の誤、などいへる、共にわろし。こハ、荒びすゝけたる義を以て、借たる也。薄《スヽキ》といふ名も、すゝけたる形よりいへるにて、菅《スゲ》（ママ）、麦門冬《ヤマスゲ》（ママ）など、同じ意の名也。云々」とのコメントが付されている。

○忍ノ字に因リて、おしといふことをとける下《トコロ》に、「窓越《マドゴシ》尓《ニ》月《ツキ》臨《オシ》照《テリ》而《テ》（万葉巻第十一歌番号二六七九）、おしではるさめけふふりぬ、おしかへしてもとはんとぞ思ふ、などのおしにて、はり出る意《コヽロ》ばへなれば」云々といへるは非なり。このおしといふ言は、語調を強からしめむために、何となくそへていふことゝ聞えて、打《ウチ》・引《ヒキ》・掻《カキ》・取《トリ》など、同じく手してものするにも皆力ラのいるわざなれば、詞の上に冠らせても、おのづからしか強く聞ゆめり。されば、月おしてりて、おしかへしても、ともに、照《テリ》て、返《カヘシ》て、といふが主《ムネ》にて、おしは、たゞ軽く添て語ノ勢をたすけたり。打・引・掻・取など、いづれも〳〵ミなしかり。また、おしてはるさめといふ歌は、梓弓《アヅサユミ》を押撓《オシタワメ》て弦を張るといふ意に係《カ》けたる序にて、実に押スことなれば今の例にあらず。これを、「おしてはおしなべてといふことにて、梓弓よりは、はるとうけたるのミなり。いにしへ、弓をおすといふは、ものに見えず」といふ説のあなるは非なり。ものに見えし例をいふも、事

にこそよれ、弓はおしたわめて張るものなれば、おしてはるといはむに何かはあらん。おしなべてく、とい

（頭書）　（く印の箇所に）はなべて、以上四字オチタルカ。（朱書）

ふ言なくては聞えがたし。

◎しのぶれど色に出にけりわが恋はものや思ふと人のとふまで　（平兼盛）

◎こひすてふ我名はまだき立にけり人しれずこそ思ひそめしか　（壬生忠見）

○去歳（天保十年）の夏の事なりし、鹿田（岡山城外南西の地）の月よしの蘆《イホ》に住ける時、月のあかゝりける夜、或人の訪来《トヒキ》て物語しけるついでに、この二首の勝負はいかに思ふぞといひけるに、こはそのかみもかにかくにさだめかねられたりしを、帝の御けしきを量り奉りて定め給へりとかいへる歌なれば、いまさらにさだめまをす《（申す）》べき事にあらずと聞えしに、なほいかにともさだめこゝろミよ、頃日《コノコロ》或説を聞たるに合せて試ん、とてしば〳〵いひける也。

まづ、右の歌はこゝろは深けれど古歌に似たるがあり、とてしば〳〵難ずれば、ひたむきに宜しとも定めがたく、左の歌は調べはうるはしけれど、心はこよなく浅し。さればよきほどの持なるべきを、なほい

はゞ、歌てふものは、すべておもひあまることを感情ふかくよみかなへたるをもてよろしとすめれど、調よりこゝろの深きかたを勝とはさだむべきかたになんある。されば此歌も、左は人しれずおもひそめしを、いかにかくはやくは人の知りて某《ナニガシ》を恋ふといふ名はもれ出にけん、といひたるまでなるを、右は、人をおもふこゝろは色にいでやすきものなれば、しのぶれど〳〵すでに色に出にけりな、物をや思ひ給へると人にとはるゝまでになりけるかな、と歎き出たるにて、起句は忍ぶれど〳〵、といくたびもかさねていふ意、とふまでのまではいろに出にけりへ係《カヽ》りて、そのけりの辞にそこら（多く）の嘆息《ナゲキ》をこめたるは、いと〳〵あはれふかし。さてこそ、帝の御けしきも右にありけむ。（天暦の歌合の）判者は、ひたすら、かの「恋しさをさらぬかほしてしのぶれば物やおもふと見る人ぞとふ」といふ歌を、思ひて定めかね給へるならめど、そは、なか〳〵によろしとも思はれず。

そも〳〵世ノ人のおもふ心は限りあるものにて、おほかた皆一トむきなるものなれば、千万の歌の中にはおのづから似たるもあり、同じきもあるべし。それに似たりとて、あながちにあしともさだめがたくや侍らん。兼盛朝臣も、まぢかき古今集にかゝる歌ありとしもとくこゝろつかれなば、いかでかかくまで同じすぢによまれ侍らむ、よく〳〵おもひわき給ふべきになん、とてかの或説をこひ聞たりしに、全く本書の説と同じく、なほくさ〴〵論ひしが（ママ）どもこと〴〵くあたれりともおぼえねば、とにかく歌一首のうへなどをかくさまに言痛《コチタ》く定め争ふは、近き頃の諷詠者家《ウタヨミ》のならひにて、古へ人のおほらかなるこゝろをよくおもひはからぬひがごと也。いと〳〵甚しきは、歌一首をきゝはべりて其人は毎《イツ》も歌よむ事は下手なりと定め、それにつけては人がらまでをおもひ貶《（おと）》しなどさへすめり。されば、かく紛《マギラ》はしき歌の勝負などはさておきたりとて何ばかりのことかはあらん。そのうへ、こはすでに帝の御けしきもて宜しくきはめ給へるものを、おふけなくいまさらに論《（さだ）》め諍《（いさか）》ふことかはといひしかば、この人も諾《ウベ》なひてやミぬ。

◎御垣守衛士のたくひのよるはもえひるはきえつゝ物をこそおもへ　(大中臣能宣)

○「衛士はもとより音訳也といへども、皇国にいひなれて、しかも其ノ音を皇国の調べにかなへいふ時は、さらにへだてなき事也」云々、「かはひらこやかはらよもぎや、さはそ也とも今はきく人なければ、それかへりて、唐囀《カラサヘヅリ》り《(ママ)》なる事を弁へざるものなり」といへるはいかに。こはあまりに奇怪《アヤ》しき説なれば、くだ〳〵しけれど、論ラはんとす。

まづ衛士の字音《モジゴヱ》なるはいふもさらなれど、「皇国にいひなれて、しかも其音を皇国の調にかなへいふときは、更にへだてなき事なり。」とはいかゞ。朝廷の守衛の士を衛士といふは、万ヅの事漢様なる御制となれりし世よりは、漢に似たる名をば何にまれいミじき事とおもひ、かつは唱《トナヘ》へ《(ママ)》［注］の長きをわづらはしがりなどして、字音ながらとなへしものも少からず。官名などは、おほやけの御制も皆字音なれば、何となくよびなれたる称にこそあれ、歌などにさながらよみしもあるは、その中になだらかに皇国言《ミクニコト》めきたるをばゆくりなくよみ入たるまでにて、後ノ世のこどく《(ママ)》(ごとく)、言択《(えり)》をしてことさらによみ入たるたぐひにあらず。たゞその世の風のしかるにて、実はよくもおもひはからぬひがごとなるを、それかへりて皇国言よりさはやかなりといふことはあるべうもなし。

［注］＝神習文庫本もルビ中の「へ」と送り仮名の「へ」とがダブっている。原本がそうだったのだろう。

例に引たる蝶・菊のかはひらこ・かはらよもぎも、今世までもいひなれき《(来)》なんには、さらに奇《(アヤ)》しとは聞えざるべし。これをしもとりわきて大どれたる(「おほどる」は「乱れる」)名とは、いかでかいふべき。

また、「天地のなしのおのづからなれば、蝶や菊や其まゝやまとことば也」とは何のことぞや。皇国も戎国も、天地《アメツチ》の間《アヒダ》に生出《ナリイツ》るものはおのづから皆同じければ、彼と此と隔テはあらじといふにやあらむ、さらに道理なき事なり。また「音とだにいへばえらみなく忌きらひて、これらの類ひさえ《（ママ）》、千年ふりたる旧称にかへりてとなふる人も少ナからず。こは調を聞しらざるのミならず、言語の理にも疎しといふべし。」といへるもいかに。たま〱、字音の物名の歌にもうつりてよみ来たる一ツ二ツをとりいでゝ、もろ〱の称、旧称にとなふるが非也、とは決めがたし。

蝶をかはひらこといふは、もとより聞にくき称にもあらず。菊はいにしへ皇国にはなきものにやありけむ。また、かはらよもぎとも唱《イハ》ずやありけむ。ふるきものに見えたることもなく、日本後紀の延暦の御製に、支久《（きく）》とよませ給ひたるが始メなりとは誰も〱いふなれば、そのかミ戎《カラ》国より渡来しものにて、はじめより伎久とのミいひしなるべし。和名抄・新撰字鏡・大同方などに、かはらをはぎ・かはらよもぎ・からよもぎなどを菊字に当たれど、何とかや穏ならず聞ゆめり。按《オモフ》に、支久といふは字音なれるをばいとひて、ものゝ形の蓬《ヨモギ》に似たれば戎蓬《（からよもぎ）》といひしを、かはらよもぎといふものゝあるに混へて、一ツ物のごとく称《（イ）》ひなししなるべし。をはぎはうはぎともいふ物にて、全《モハ》ら蓬と等しき物なれば混《マギ》れたるなるべし。共に河辺に多く生るものなれば、河上蒿《（ヨモギ）》ともいふべし。

そはとまれかくまれ、今の世にさる旧《フル》びたる名を強て用ひて、いひなれきぬるてふ・きくをむつかしくいひしらふめるも、げによろしとは聞えねど、またからめきたる名を略きすて く、よきかたもあらば、あながちに用ひずとも決《サダ》めがたきを、それ言語の道に疎《ウト》しとはいかでかいはん。かはひらこやかはらよもぎや、今は聞キしる人なければと

（頭書）（く印の箇所に）てノ字、オチタルカ。（朱書）

て、唐囀りとはいふべくもあらず。皇国言《ミクニコト》は自然皇国言にして、戎囀りとはおのづから戎囀りなり。すべて此翁は、何事にまれ古めきたるを悪む癖ある人と見えて、著《アラハ》せる書どもの趣意《オモブキ》ミな当世《イマノヨ》の俗意《サトビゴヽロ》なること多し。さるこゝろして見べし。

○此ノ歌、六帖に「ひるはきえよるはもえつゝ」とあるぞ、実に理もさることゝ聞ゆめり。さらでだに恋のこゝろは、夜こそまさるものなれば、ひるきえかへりて物おもふより、よる燃わたるかたぞ主《ムネ》なるべければ、かならずつゝてふ辞をそへて、下の重きかたにあるべきなり。

◎めぐりあひてみしやそれともわかぬまに雲がくれにしよはの月かな　（紫式部）

○新古今集に、「はやくよりわらは友だちに侍ける人の、としごろへてゆきあひたるがほのかにて、七月十日ごろ、月にきほひてかへり侍りければ」とある此端詞《ハシガキ》を、あしく意得てあやまりしより、つひに行あひたるとは。いづこにもあれ、人の家などにてたがひにゆくりなくめぐりあひたるが、二日も三日ももろともに物語などしつゝ、さて、七月十日ごろの月の涼しきに、そゞろぎて帰《カヘ》り去《イニ》しとやうに聞なしたり。いで、端書のこゝろはよ、既《（ハヤ）》うわらはにてありける時よりうらなくかたらむ交しし［注］友等の、中ごろ己が宿世のむき〴〵につけなどして久しく逢《アハ》ざりつるが、七月十日ごろ、ものへゆきたる道などにてゆくりなくめぐりあひたるに、其人の容貌も明らかならぬほどに互《カタミ》にいつまでかとゞまるべきにあらねば、なごりをしみながらも、月影にすゞろきたるやうにて別れ去《サ》りぬればよめるといふ意にて、歌もやがて当夜乃意までなり。日を重ねてあひみし人を、「行あひたる」とばかり軽くいひてかなはんやは。

［注］＝底本は「交《（マジラヒ）》せし」とあり、その「せ」の横に「し」と朱書。神習文庫本も「交せし」とある。

「ほのかにて」とは月影の幽《ホノカ》なるにあひて、其人の容貌もまだ髣髴《ホノカ》なるなり。故《カレ》、「ほのかなるほどに」などはいはで、にてといへるなり。詞たらはぬにはあらじ。「七月十日ごろ」とあるは、ごろの下に、のもじある意にて、「十日ごろの月にきほひて」といひて、時節《トキ》をしらせ、かつ当夜の月のけしきをも、ひとつにしらせたる巧《タクミ》也。うちまかせていはゞ、「七月十日ごろ」といふことは、「はやくより」といふ上か、「年ごろ経て」といふ下にある意なり。のもじを略けるにてしか聞ゆ。

此人の筆づかひ、おほかたかゝること多し。源氏〈ノ〉物語、またその日記などを見てしるべし。さるを、「撰集端詞の体にあらず。」といひ、「源氏のいミじきからに、こればかりをだにさて置れたるはをさなし。」などいへる、すべてみだりごと也。また、「きほひてとあるは、そゞろぐかたにて、いと涼しき月のけしきミゆ。昼のあつさをさけて、暮るを待あへずいそぎものせし也。」といへるもいかゞ。きほふは、もとよりものにあたりてすゞろく意なれど、こゝはほのかなる月影にすゞろきたるにて、あはつけくわかれざりし状《サマ》を、たくミに書なせるもの也。きほふといふには涼しき月のけしきミゆとはさらにきこえぬことなり。また、家集に十月とあるかたによれば、時雨を催すむら雲の、はれミくもりみするけしきありて、なか〳〵におもしろきを、しひて七月の写誤なるべしと決め、「短夜のさまもかなふべし」、といへるは、皆、かの暫くは共にありてかたらひし人、と見たるしひ言なり。

○改観の説はよろしきを、「しか逢も、あへずわかれたるにあらず。詞書の行あひたるは、すなはちめぐりあひたるをいふ」云々といへるはいかに。行あひたるは、すなはちめぐりあひたるなれば、めぐりあひたるが、すなはち日を経てともにかたらひし事とは、さらに聞えぬものをや。また、「七月十日ごろといふ事、年ごろへてといふ上になくては、さやうには聞えぬ事也。」といへるもいかゞ。たとひその意ならんにも、年ごろへてといふ下にこそあるべけれ。家集に「其ノ人遠き所也けり」とあるは、さる逢もあへず別れ去《イニ》し人の、やがてしか遠き所にいでたらんは、いと〱なごりをしくはかなき事なれば、余情に出たる詞なり。さる人なりとも、しばしも日を経てうちかたらはんには、いさゝかなぐさむかたもありなんものを。

○初学もおほかたかなへるを、弁へたる説どもいはれなし。かの、逢もあへずわかれたり、とこゝろえざるよりの謬也。

○新古今集の一本に、端詞の「行あひたるが、」といふが字なし。こは脱《オチ》たるか、また、初メよりしかりしを、後ノ人さかしらに加へたるか、わきがたし。なきかたにつきていはんには、語ノ調はあしきやうなれど、ことのことわりはまさりて聞ゆ。また歌の結句を月影とせり。これもまたかげといふかたまされり。かなといふも嘆辞なれど、なほ此歌にてはひろく影といひすゐたるに、嘆息《ナゲキ》の意ふかく聞ゆればなり。

◎有馬山いなのさゝはら風ふけばいでそよ人をわすれやはする　（大弐三位）

○「いでの発語は、其もとは出のこゝろにて、さしいでさしすぐる語なり」云々と決めたるはよしなし。こは今ノ俗《ヨ》にデエ[注]といふにあたりて、そのデエも即チいでのいの略かりたるなり。さて意は、いかなることゝも知がたし。すべて発語は何といふこともなく、ものいひ出るときにおのづからそはれるのミにて、何の義など解べきよしもなく、しか解がたきぞ、すなはち発語にはありける。

［注］＝「でえ」という語は『日本国語大辞典』に感動詞で掲出され「人を誘いうながす時にいう語」との語義の後、近世の浄瑠璃からの引用があり、さらに〈方言〉「どれ、さあ」（「でえ行こう」）の意でその地域例

の一つに岡山県小田郡が挙がる。

○そよといふ詞を解たるはおほかたかなへるを、詞花集・次郎百首（堀川院次郎百首）・枕草子などを引て、「これらは、さやう〳〵、そう〳〵、いざ〳〵、さあ〳〵とさそひたつるかたになれるは、語のかさなるよりそゞろぐかたのそへる也」云々といへるは、おろそかなり。

「風ふけば」（風吹バ楢の枯葉のそよ〳〵といひあはせつゝいづちゝるらん　詞花集）といふ歌は、楢の葉を人のごとく見立てたるにて、「そよそよといひあはせつゝ」は、それよ〳〵とも、ものいひ合せ点頭きあふといふ意、「葉をしげみ」（葉をしげミ道ミえずとて休らへバそよ〳〵といふ小篠原哉　次郎百首）といふ歌は、それよ〳〵、と道ををしふる意に戯れたり。「朝まだき」（朝まだきならのかれはのそよ〳〵と外山を出てましらなく也　次郎百首）の歌は、そよ〳〵といふ音をいひたるまで也。枕草子なるは[注]、おりくる人のけはひにて、かの、「きぬのおとなひそよ〳〵」などいふと異なることなし。たがへるにはあらじ。皆、いざ〳〵、さあ〳〵とさそひたつる意にあらず。又、六帖なる「そよそよ荻の」は、荻の葉は何よりことに風にそよめくものなれば、その音をやがて荻の名おふせたるにて、体言なり。しば〳〵おどろくことにはあらず。「そよ〳〵さこそ」は、音たかゝらず、しづけくもらし聞えむと願ひたる也。しきりにいはまほしき意にはあらず。

［注］＝『異見』に、「枕草子に、そよ〳〵とあまたおりて、おとなだちたる人の賤しからぬ、忍びやかなるみけはひにて、かへる人にやあらん、云々」とある。

◎やすらはでねなましものをさよふけてかたぶくまでの月を見し哉　（赤染衛門）

○此歌は何の事もなくよく聞えたるを、「望の夜ごろの、かたぶくやがてに明んとする月なるべし。さるを、見はてたるといふに、寝もやらで明したる事、いちじるし」といへるは、例のうるさき説キざまなり。歌のおもてに、さる意までは見えず。「傾くまでの」は、傾きかかるまでになりたる月にて、山のはに入去《イリニ》しを見はてたり、といふ意はなし。までの言に心をつくべし。「さよ更て」も、聞えたる如く、夜の更たるをいふにて、寝もやらで明したる事とは聞えず。初句も月の縁にはあらず。いざよふもやすらふも、同じ意には用ひなせるものから、月にやすらふといひたるは稀なり。こゝに引たる源氏の詞も、[注]下タの意は相対《(ムカ)》へてかよひたれど、月にはいざよふといひ、人にはやすらふといへり。同じ意の詞ながら、ものによりて差別あるを、よくも思ひわかぬひがごとなり。しひて名づけば、語のうへの反対、などはいひもしぬべくや。

［注］＝『異見』に「源氏夕顔に、いざよふ月にゆくりなくあくがれん事を、女も思ひやすらひ、とかくのたまふほど、俄に雲かくれて明行空、いとお《(ママ)》かし」とある。

◎夜をこめてとりのそら音ははかるともよにあふさかの関はゆるさじ　（清少納言）

○「よにといふ語は、其もと得の転語にて、其たらへる意より十分入はまりたる方に用ふ」云々といへる、例のくだ〳〵し。こは、あふことはよもあるまじといふ意を、相坂の関にいひかけたるゆゑに、よにといひたるまでにて、かろき詞と見べし。

○端詞（詞書）のつとめて、[注1]といふ詞を解たる説ども、こと〴〵くよろしとも聞えず。先ヅ「つとまけてなるべし。」といひ、あかつきをあかつときといへるはさる事の如く聞ゆるを、「あかつときのあか省〈ハブ〉かれて、つときとなり、又つとともいへるなるべし。」と解たるは笑ふべし。言を省くもことにこそよれ、暁《アカツキ》といふこと明〈アカ〉つ時ならんには、明といふが主にて、つは添《ソハ》りたる辞なるを、そのむねとある語をはぶくといふ事のあるべしやは。また「もとより、いにしへ、時をば、とのミ一言にもいひし也。」と決めたるは、おぼつかなし。さる例ありや、きかまほし。また「つとめては、あかつときまけての略語とすべきにやあらん。又つとと同韻なれば、かよはせていふにや」といへるも、何のことゝも聞わきがたし。つとと同韻とは、あかつきのつとあかときのととかよふなどはいひもしつべし。また「いそぎいとなむ事をつとめといふも、つとめて物するにて、夜をこめて起出るより出たり。」といふは、さることゝおぼゆるを、引たる漢籍《カラブミ》ども、何のためともなし。また上に引たる「つとにおき、よはにいね」といへるを、[注2]夙興夜寐の字をしひてよミたるからふミ訓《ヨミ》にて、このほかに、「つとにおき」といふ事は、いまだきかず。なほ試みにいはゞ、つとめてといふ詞は、つとはものゝはやきをいへるにて、「つとはしりより」「つととらへ」などいふつとにて、今の俗言《ヨノコト》に、つととつツとなどいふ、これなり。めは、それを活《ハタラ》かしたる辞にて、極め、定め、などいふめと同じ。さる時は、つとのともじ、やがて体言《ヰコトバ》となれり。されば、朝早〈アサハヤ〉くものする事につとめてといふは、昨夜《ヨベ》云々《シカジカ》の事ありしその明がたに、はやめに起出て云々《シカジカ》、とやうの事にのミいへり。夙字も、漢籍に早也と注せれば、夙興は、「はやくおき」とか「つとめておき」とかいふべきを、夜寐を「おそくいね」などは訓がたければ、「よはにいね」とし、それに対へてしらべあしきゆゑ、しかよませしなるべし。これらは、せめていへるのミ。

さてまた、暁《アカツキ》は明時《アカトキ》の意としてよく聞えたるを、漢語抄（「倭訓栞」付録「桑家漢語抄」）に、東方ノ朱色とあるをつたなしとし、「あから引、あかねさす、などのあかと思へるもの也」といへるをミれば、明《アカ》と朱《アカ》と、末のたがへるに泥《ナツ》めるものと聞ゆ。明《アカ》も、赤くなりゆく時なればいへるにて、其もとは別なることなし。ただ、つかひざまのかはれるを、つたなしといへるは、いとつたなし。

［注1］＝『異見』に「後拾遺集。雑二。大納言行成、物がたりなどして侍りけるに、内の御物忌にこもれバとて、いそぎ帰りてつとめて、鳥の声にもよほされてといひおこせ侍りけれバ、夜深かりける鳥のこゑハ函谷関の事にやといひつかハしたりけるを、立ちかへり是ハ逢坂の関に侍るとあればよめるとあり。歌の意、云々」とある。

［注2］＝『異見』に、「先つとゝハ、暁をいふにて、つとにおきよハにいね、などいへり。」とある。

◎うらみわびほさぬそでだにあるものを恋にくちなん名こそをしけれ　（相　模）

○わびを尽してとのミ解るは、疎《オロソカ》なり。わびは、俗につらくおもふといふにあたりて、ものをなして為方《セムカタ》のつきたるやうなる意なれば、「恨ミわび」は人のつらきを恨れど恨ミたるしるしなく、却りて我身のせむかたなくかなしき意なるを、「うらみ尽して」とのミにては足らはず。

○改観の説はさながら聞えたるを、あらじといへる説も同じ理《スヂ》を長々といひたるまでなり。改観も、今ほさぬ事のつもりてさて後朽ゆく、といひたるにはあらじかし。たゞし、「恋死たりと人にいはれん、まことに名をくたす也」といへるを弁へたるはよし。

○初学も聞えざるにはあらねど、解ざまのいさゝか紛らはしきを、非也とて論ひたる説も、また紛らはし。この歌は、つらき人をば恨ミわびぬせんかたなさに、涙のミながれいでゝ、かわかぬ袖のほと〳〵朽なんとするさえ《(ママ)》あるに、いたづらに恋に名をくたさん事こそ、今一きざみくちをしけれど《(ママ)》（と）いへる意にて、ほさぬ袖とはもとより朽なんとする袖なるを、下のくちなんにてきかせたる也。さるを「古今集に、つれもなき人をやねたく白露のおくとはなげきぬ《(寝)》とはしのはん、とある意《(こころ)》ばへにて」といへるはたがへり。かれは、こふるしるしなく、つれなき人を寤《オク》るにつけ寐《(ヌ)》るにつけ、しのばんものとはおもはねど、なほしのばるゝがねたきといふ意にて、もとより別なるをや。こはひとつある事のうへに、いま一ッ甚しき事をとり出たるにて、それすなはち歌のあやともいはゞいひてん。だにの辞に心をつくべし。

◎契りおきしさせもが露を命にてあはれことしの秋もいぬめり　（藤原基俊）

○「なほたのめ」（猶たのめしめぢが原のさしも草われ世の中にあらんかぎりハ　新古今集釈教歌）といふ歌をたすけて、「しめぢが原のさしも草」といふを、「大悲薩埵の、おのがとしめ《(占め)》て物し給へる三界によそへ、さて、其うちに流転せる一切衆生をおしこめて、さしも草といへり」云々といへるはよしなし。山野におひ広ごれるものなればとて、艾草をうちまかせて一切衆生とはいふべくもあらず。さる物をとり出なんには、なほいかほどもありぬべし。さるを、「衆生に向ひて、猶たのめよ、さしもたのまんずるをば、我世中にあらんかぎりは、たすけ救はざらんや、といふ意より、殊さらに此さしも草をかり出て、さしもの縁ある、猶たのめの初句にあはせたるがいミじき也。」といひ、また、「さしも草はもゆるものにいひふりたれば、三毒の炎に、われと焼るゝ火宅の衆生によそへんも、たよりあり。」といへるなどは、いミじき強ごとなり。されども、此歌せめて然なりとも釈《(トカ)》ざれば、聞くべきよしはなけれども、上下に所縁の詞もなくて、艾草の燃ればとて、ゆくりもなく三界の衆生とはいかゞいはん。初句にさしも縁ありといふは、かの「衆生に向ひてなほたのめよ、さしもたのまんずるをは」云々といへる意とせるにや。いふにもたらず。されば、なほきこえぬ歌とすべし。さら《るカ》は、かの清水の観世音は、はるかなる天竺より渡り来し仏なれば、皇国の歌などはしか手づゝなるもことわりといふべし。さるを新古今集などに入レられたるは、仏のことだにいへば善き悪きをいはず、尊ミもてはやされし中昔の俗習なり。されば、法性寺殿（藤原忠通）の、しめぢが原とのたまひしは、此歌をおもひ給へるはもとよりにて、作者《ウタヌシ》のそれをうけてよまれたるも、其〈ノ〉詞によられたるまでにて、此歌の、ミながら聞えたる故にもあらず。たゞ何となくいひならしきぬるにつきて、ゆくりなくのたまひ出したりと見てありぬべし。

○初学に、はかなきといへるは露の事なるを、「此たび請にもれて後こそ、仰せ事のかひなき事もしられたれ。たのミ奉りて待《まち》をるほどに、何ぞはかなきといふべけん。」云々といひたるは、きゝそこねたるなり。また、「させもが露を命にて秋もいぬめり、といふ語勢なれば、其〈ノ〉間に「待をるに」といふ意はこもらざること也。」[注]といへるもいかゞ。命にてといへる、すなはちたのめ待せる意と聞えたるをや。上に歌を解たる条《クダリ》に「さしも草の露を命として思ひたのミし此秋も」といへる思ひたのミしも、待つ意はなしといふにやあらむ、いと《ママ》かし。思ひたのむは、其事の遂《トゲ》げなんをまつ意ならずや。されど、こは袖中抄にひたすらよれりしより、しかたがへるなれど、もとよりたがへることをもて悉《コトゴ〳〵》く諸説を非也と決めたるは偏《カタヨ》れり。また、「歌の意は、其詞の露をといふにあらず。只、させも草の露にて、したてたる也。」といへるもいかゞ。させもが露といへるは、やがてかのしめぢが原の御詞をさすにあらずして、何とかせん。それ即チ御詞のはしにすがり、御めぐミの末をうけて、といふにあたれるものをや。たゞしたてたるといふとは、事たがへり。

［注］＝『異見』には「歌の意。われ世にかくてあらんにハ、いかにも其望ミ遂さすべし、と宣ひしかのさし

も草の露を命として思ひたのミし此秋も、又いたづらに暮果ぬめり。こは、今ハいかんせんと歎き入たる也。」とある。

◎瀬をはやみ岩にせかるゝたき河のわれても末にあはんとぞ思ふ　（崇徳院）

○此ノ御歌《ミウタ》、顕輔卿の変られたるを（初句「ゆきなやみ」とあったのを、『詞花集』入集の際、撰者藤原顕輔が「瀬をはやみ」と改めたということを）、弁まへたるのミはよけれども、それによりて諸説を非也といへる事ども、おほかたしひごとなり。今ことぐ〵く論はんとすれば、あまりにまぎらはしくわづらはしければ、もらしつ。もの識らん人よく読《ヨミアヂハ》味ひなば、そのしひごとなる事はおのづから発明《（あかし）》ぬべし。すべては、上句を序と見たるより、たがへるものと見えたり。

○此大御歌の上を、一向《ヒタスラ》序として、たゞ、「末にもうちわれてあハんと思ふ」と宣へるのミにて、何によりてかくおぼしめすといふ事なきがごとく、末といふこともゆくりなし。故、「よしやつゝむも限りこそあれ」といふ詞を添《そへ》て解キたれども、其意はいづこにこもれりとかせん。上句は、結句のあはんといふまで貫《ツラヌ》きて係《カヽ》りたる意と聞ゆれば、なほ、譬《（タトヘ）》喩てのたまへりとすべきなり。されば、おほかたは初学の説ぞよろしかりける。

○「四ノ句も、今の如く、われても末にといへるは、かならず末を期するなり。われても末にも、と母《（も）》文字下にある時は、今逢まほしきはもとよりにて、よしするにても打出てといふかたに聞ゆれば、これも、もとのまゝにてよろしき也。」といへるは、いかゞ。下に頼政（源頼政）の歌を引て、「おもへたゞ岩にわかるゝ山水もまだほどもなく逢ぬものかは、とよまれたると同じ大御意ばへにて、」といへるにさへ、たがへり。「いま逢まほしきはもとよりにて、よしする〻にても打いでゝ」といふ意にては、御詞のうへ弱く聞えて、うちまかせては逢まほしけれども、さばかり多く逢がたければ、そは今ならずともよしと仮にゆるして、さて後なりともうちわれて逢んかたこそよけれ、とのたまへるやうにていかゞなり。頼政の歌も、「あはぬものかは」と強くいひたるに、必逢ふべきを期したりと聞えたり。されば、なほ一たびわかるとも終には必ズあふべし、と末を期してのたまへりとうけたまはり奉るべし。詞花集に直されたるは、ひがごとながら、こればかりは実にかなへり。上ノ句の強くなりし故のミにハあらず。

○われてといふ語を解たるは信《(ウケ)》られたり。しかれども、此御製のは、たゞに別れてもといふ事なるを、しらべによりてしか宣へるのミにて、うちわれての意とわりなくの意と、ともにあることなし。これもしひて序歌とせるより、しか聞なしたる也。

（頭書）

| |
|---|
| 通泰云フ。サテハ、てもハ、俗語ノてもナリ（朱書） |

○わりなくとわれてとを別《コト》なりといへるは聞えたれど、「わりなしを、ことわりなしとひとへにおもへるも僻妄なり」といへるは、いかゞ。まづ、わりとはものを条々《スヂ〳〵》にわかちたてたるをいふことにて、わりなしは其条理《スヂ》もなく成れるをいひ、ことわりなしは事につきて条理のなきをいふにて、もとより一語《ヒト》（神習文庫本は、「一語《ヒトツ》」とあり）なり。さる意より転《ウツ》りて、実にはさはあるまじき理《スヂ》なりと弁へ知りながら、なほあやにくにおもはれて、強《シヒ》て為《ス》る事などに用ひたり。[注]そはやがて、我と我心の理《スヂ》なき意なればなり。さるを、僻妄也といへるは、それやがて、かの金葉集の端詞をきゝそこねたる僻妄なり。

［注］＝『金葉集』517番の下句「われてぞ出る雲のうへより」を引き、『異見』に「上に引きたる金葉集の歌の詞書に、蔵人に侍りけるころ、内をわりなく出て女の許にまかりてよめるとあるハ、われてぞ出るの歌の実

意を聞せて書なせるなれバ、かへりて同言ならざるをしるにたれり。」とある。

○初学に、瀬をはやミは早まり也といへるを弁へて、みとまりとの別なることをいへるはさる事なるを、また、其まりもみも実は様《フリ》の転用にて其本は同じ語なるやうにとけるは、例のしひごとなり。別に弁ありといへるは、いかなる事かはしらねど、おもふに、かの浪風に甚振荒振《イタブルアラブル》などいふと、ひとつに意得たるにや。また、様字をかけるをおもへば、その形容をさすが如くにも聞えたり。さらば、その物のさだ〳〵形チよりいでたる活辞《ハタラキ》といふにやあらむ、聞わきがたし。また、「瀬をはやミとはいへど、事をはやミとはいはず。事をはやまりとはいへど瀬をはやまりとはいはず」云々といへるも、事とは人の所為を指《サ》すにや、またたゞに事といふにや、聞えず。所為《シワザ》につきてみといへるはつねにて、「ひきみゆるへみ」「ふみゝふまずみ」「ゑみゝいかりみ」など、なほおほし。なつかしみ、むつまじみ、をしみ、にくみ、はかなみなども、心におもふより、事のうへに及びていへり。

また、たゞに事をはやまりといふは、俗語にこそあれ、雅言《(ミヤビゴト)》には、みなめといふ格《サダマリ》なり。瀬をはやまりなどはもとよりいふべきにこそあらぬをば、誰も〳〵しりたることにていふまでもなし。されど、こは説たる意のあきらかならねば、おしあてに評するのミ。初学の早まりはもとよりきこえず。そも〳〵、てにをはさだまりたる趾《アト》の見えたるのミにて、何は某の転用などやうには、さらに解べきよしもなく、それすなはちてにをはの霊妙《タヘ》なるにてこそあれ、平語《タヾコト》と同じく意得て解んとしたるは、なか〳〵なりといふべし。

◎おもひわびさても命はあるものをうきにたへぬハなみだなりけり　（道因法師）

○わびといふことの本を解くとて、「わがなり（「わがなる〈綰る〉」は曲がって輪になるの意）、かゞまるを、わといふにて」云々といへるは、例のみだりなり。「わび・わぶるは、其わに、ぶりの言のそはれる也」といへるはいかにぞや。こは、わび・わぶ・わぶる、と活《ハタラ》く辞《テニヲハ》なるを、ぶる即チび也、とおもへるは、かの、てにをはを解んとするひがごと也。わぶりといふ事なきにても知るべし。上に、瀬をはやミなどいふみは、様《フリ》の転用なりといへるは、此わびのびともひとつにて、見ぬぶり・知ぬぶり・あるじぶり、などいふと同じく、其様《サマ》体をさす事とおもへるにぞあるべき。論ふにも足らず。

◎世中よ道こそなけれおもひ入る山のおくにもしかぞなくなる　（皇太后宮大夫俊成）

○此歌の意は、この憂《ウ》き世間は何によりてかやすく遁《ノガ》れんとてもさる道のあらねば、いまは山の奥にもいらばやとおもへども、またその山にも憂き事のあればや、もの哀《カナ》しくも鹿の鳴くなるはといへるにて、よはやに通ふ歎息《ナゲキ》の辞、道こそなけれは、遯《ノガ》れん術《スベ》のなきを山の縁に道といへり。おもひ入るは、住《スマ》ばやと山の奥に心を及ぼす意なるを、これも山の縁に入るといへるなり。入るは現在にて過去をいふ辞ならねば、入りぬるとてはかなはず。結句にしかぞなくなるといへるにて、世間《ヨノナカ》のくるしき道のきはまりて、為《セ》む術《すべ》なき意ます／＼甚しく聞えたり。さるを、既に山に入て鹿の声を聞ながらよめる意にとけるは、あやまりなり。奥山の鹿ノ音をいまだ入ラずして聞きえたり、とすべし。○初学の説は、聞えたるを非也といへることども、皆たがへり。

◎よの中は常にもがもな渚こぐあまのをぶねのつなでかなしも　（鎌倉右大臣）

○此歌は諸抄みな解得ず。これは、人のよの中はいとはかなきものなれど、いつまでも命死《イノチシナ》ずて常磐《トキハ》にあらんやうもがな、今、この浪際《ナギサ》を漕《コギ》ゆく海人の小舟の、綱手ひきつゝ過行らんやうに、この憂《ウ》き旅路《タビヂ》にさすらへながらすく〱と経ゆく月日こそ、いともすべなく悲《カナ》しけれといへるにて、あまのをぶねは、万葉三（歌番号三五一）に、「よの中を何にたとへん朝びらき漕去《コギニ》しふねのあとなきがごと」といふに似て、月日の過ゆくたとへなり。さるを、「身にしむばかり哀にも面白きを」と解るは、何のこと（この後に「と（脱カ）」との注記あり）もなし。綱手ひくさまのいかなれば、身にしむばかりあはれなるらん。また、かなしもといへるは、悲しきほかに何とかきくべき。さるを、面しろしといへるは、いたくたがへるひがごとなり。また、「あかぬ勝景にあたりて、更に無常を観するは、感情のきはまり也。」といへるは、いかに。さる情《コヽロ》の人も世間にありとやせん、いとをこなり。古歌に多しといへども、ひとつもあることなし。引たる万葉一（歌番号二二）[注1]の歌も、常に老《オイ》ず処女にてあれかしと願《（ネガ）》ひたるにて、上は、旧《（ふり）》ゆくことの比喩までなり。古今集にも（陸奥ハいづくハあれど塩がまの浦こぐ舟の綱手かなしも）こゝと同じ意にて、一二の句に意はなし。

　さるを、かにかくにといひたる説ども[注2]、すべていはれなし。範長卿（藤原教長）・清輔朝臣（藤原清輔）を、「語意にくはしきの誤也。」といへども、語意にくはしきものゝ誤り、あるべうもなし。また、「後世、小舟の綱手とあるも、綱手引小舟といはんもひとつに見て、妄に説なすたぐひにあらず。」といへるも、いかゞ。かばかりの差別《タガヒ》、たれかはしらざらん。「さて、今は舟といふ題を得て、さて旅の意によミなされたるなれば、さる事迄を思ひわきたるにあらず。」云々といへるは、何のいはれぞや。題しらずとあるは、標題のしられぬといふ事論をまつべきにあらぬを、「舟といふ題を得て」とは何によりて決めたるにか、いぶかしきこと也。羇旅の部に入て題しらずとあれば、実に旅にての歌やらむ、又題を設てよまれしやらむ、しらるべきことならぬを、「旅の意によみなされたる」といへるも、またいぶかし。

［注1］＝『異見』に引かれている、「河上《カハノウヘ》乃《ノ》湯《ユ》津《ツ》盤《イハ》村《ムラ》二《ニ》草《クサ》武《ム》左《サ》受《ス》常《ツネ》丹《ニ》毛《モ》冀《カモ》名《ナ》常《トコ》処女《ヲトメ》煮《ニ》手《テ》」という歌をさす。したがって、この後の「上は、旧ゆくことの、云々」とある「上」は、「河上乃湯津盤村二草武左受」を承けている。

［注2］＝『異見』の、「此古今の歌の綱手悲しもハ、つなで引舟のかなしきといふにハあらず。綱手のかたをあはれと見たる也。綱手引らんハさばかりのものならじと思ハるれど、そのかミさる時いかなるけしきにか侍りけん。おそらくハ見所ありしなるべし。此意をいぶかしミて、範長卿・清輔朝臣の両雄もつひに解ひがめられたり。されど、こは中々語意にくハしきの誤也、云々」などの件りを承ける。

〇「海士の小舟の綱手かなしも」といふことは、語《コトバ》のうへきこえぬことなれど、かの世間の過ゆくさま、舟のミちに譬ふるより似たるはあらねば、むかしよりうちまかせてしかよみならへるを、今はそれに因《ヨ》られたるなれば、難なし。枕草紙にも、「たゞすぎに過るもの、ほあげたる舟、人のよはひ、春夏秋冬〻」、といへり。

〇よろづの器にてといふところは、把《ツカ》む所をつかといふと同じく、手《テ》して執《トラ》ふるよりいふ称《ナ》にて、舟ひく綱は、やがてその手してとらへて引く物なればいへり。されど、たゞに手といふとはいさゝか差別《ケヂメ》あれば、綱手とことわりていへるのミなるを、「さし出たるをいふにて、出の意也」とていへる説ども、例のたがへり。「人の手して引故の称ならんには、手綱とこそいふべけれ」といへども、手綱は綱といふが本にて、手《タ》は手にぎるより添ていひ、綱手は手といふが本にて、綱は添てことわりしほどの差《タガヒ》にて、物をわかてるのミ。つなでといふが非なるにはあらず。そのうへ、手綱といふ称は、いとふるくは聞えぬものをや。

◎みよし野の山の秋風さよふけて故郷さむくころもうつなり　（参議雅経）

○此ころの作者だちは、事実《コトノマコト》をばよくもおもはで、調べのめでたくうるはしきをのミむねとものせられたるより、違ひたる事ども多し。また、題をまうけてよまれたる故にてもありぬべし。されば、此歌もかの「故郷さむくなりまさるなり」（「みよしのゝ山の白雪積るらし……」〈紀友則〉）といふ歌を本にてよまれたれば、故郷といふこと実にいづことも聞えず。さるは、その本歌にのミよられたる誤としてあるべきを、然《サ》なりとはしりながら、なほたすけてとける説どもはなか〳〵也。

◎こぬ人をまつほの浦のゆふなぎにやくやもしほの身もこがれつゝ　（権中納言定家）

○初学を弁まへたるはさることなるを、旧説をたゞ一わたりのことゝして、「こは、しばらく其詞のはしをおこさん（と脱カ）する為のミにて、かの、黄葉の過にし、行水のかへらぬなどあるも、黄葉は散てすぎ、行水は流れてかへらぬものなれば、只過にし帰らぬの言をいひ出ん料のミ。如くの意あるにあらず」云々といへるも猶いかゞなり。

黄葉《モミヂバ》の、行水の、といふも、過にし、かへらぬ、の言をいひ出ん料なるはもとよりなれど、其黄葉・行水は外より借て比《ナツラ》へたるものなれは、なほいつまでも如くといふ意ははなれぬものをや。こは、序歌は万葉などの如くたゞにいひ下したるまでにて、其うちに下タに応《ヒヾ》く意をこめたるをば、いとあるまじきことにさだめたる見解より、しかおもへるものと聞ゆ。「花さそふ」といふ歌の下《トコロ》にいへる、衣服・手足などの譬へにてもしらる[注]。されど、後世のうたは、其ひゞくをもて、一首の巧を尽せりとするならはしなれバ、あながちに定むべきわざにはあらずかし。

[注]＝「花さそふ」は、96番入道前太政大臣の、「はなさそふあらしの庭の雪ならでふり行ものハ我身也けり」という歌。「衣服・手足などの譬」は、『異見』の次の件を承けている。「たとへバ序ハ衣服の如し。かりに身体につけるのミにて外物也。此花の雪のごときハ譬喩にしてやがて手足の身にあるに似たり。さらにかり初のものならず。彼衣服ハ其ほど〳〵いかにも餝りなすべし。此手足ハおのづからのまゝに遣ひなすの外なき也。今の御歌ハ手足をして衣服になしたるあやまちありといふべし。」

◎人もをし人もうらめしあぢきなく世をおもふゆゑ物思ふ身は　（後鳥羽院）

○あぢきなくといふこと、味気無《アヂキナク》といふはもとよりにて、厚気無《アツキナク》ととけるも、ともに非なり。気はもと漢字《カラモジ》の音なれば、しかいふべくもあらず。かゝる所には皆けとのミいへるぞ、我ガいにしへのものいひなる。さはいかにといふべけれど、こはよくしらぬことなれば、用格《ツカヒザマ》を見わたして、あたれるかたにきゝなすべくなん。

◇跋（「跋」文字、原文にはなし）

或人、讀《セメ》ていひけらく、

この汝《イマシ》が著せる書を見るに、すべてたてたる趣意なく、いたづらに人の尾にすがりていさゝか定め諍ひたるばかりにて、百首の中にとりいでたる歌、わづか（ママ）に三十首ばかり、そのうち歌の意を解たるはいと少《スクナ》く、みなかゝはらぬ他事をのミうちつぶやきたるは、そもなにの益《ヤウ》ぞや。みだりにいミじきひと〲を譏りたる罪の、さりどころなくおぼゆれば、いまよりかゝるひがごとをばさて置《オキ》（神習文庫本は「置《ヲキ》」）て、百首の解を作らむとならば、人の説にはかゝはらで、汝がおもひよらむまゝに、よくもあしくも書キいでよ。然後《サテノチ》、しかるべき識者《モノシリヒト》たちにもとひはかりて、世にもおしひろめ、名をもあらはせよかし。

と、くりかへしつゝ聞えたるに、おのれ笑ひて答へけるは、

のたまふ也ゝとゝも（こゝどゝもヵ）、つぶさにうけたまはり侍りぬ。しかはあれども、己がおもふすぢは、さは侍らじ。既にもいへるごとく、この百人一首の注はかぎりもなく多かる中に、この異見は最後にいできたる書なれば、さき〲釈《（トキ）》誤りたるを正したるなど、よき事は多くあしきふしは少《ナ》きからに、これによりていさゝかおもふすぢに違へる条《クダリ》を、かつ〲論《（アゲツラ）》ひたるばかりなるは、いふべきふしの少ければなり。されば、とりあげたる歌、はづか（ママ）に三十首ばかりにして、みながら歌の意《コヽロ》を釈《（トカ）》ざるがおほきは、おほかた、かなひたることの多ければなり。また、歌の外なる益なき条《クダリ》を、むねと論ひたるが如くなるは、其処《ソコ》に仮説《ヒガゴト》［注］のあればなり。さてまた、これをおきて別《（コト）》におのがおも

ひよるすぢをいひ出んとすとも、かの同じ歌を釈《〈トキ〉》たる説《〈コト〉》のさばかり違ふべきやうもあらざれば、徒《イタヅラ》におもひを費《ツヒヤ》したりとも、それはた、なにばかりのことかはあらん。たゞささきざきいひいでたるかぎりを、つら／＼考へ定めて、よろしきかたに従ひなんは、後にうまるゝものゝならひにて、それ即《スナハチ》、学道《マナビノミチ》の明りゆくにこそあれ、人のいひたることなればとて、其レに違ひて説いづるをのミ、たてたるおもぶきとすべきものかは。そのうへこれは、ミづからもとめてなしいでたるわざにもあらず。上件にいふがごとく、初学の人々にもの諭《サト》さんために、本書をよりどころとして釈たるまでなれば、とりたてゝはか／＼しう作《ツク》りいでたるたぐひにハあらじ。かつ、かばかりのものにかゝづらひて案外《オモヒノホカ》なる暇《イトマ》いりをし、世ノ人にあまねく我名をしられんなどは、元来のねがひにあらざれば、たゞさしむかへるおのがどちの私言《ミソカゴト》と聞なしたまひてよ。文章《フミコトバ》のあはつけく誹るがごとく聞ゆめるは、もとより文かくことの拙きがうへに、もの論《イ》ひ定むるならひにて、本書に先達の説をやぶりしは、全《モハ》ら等しくさしもいはざれば説出《トキイツ》ることの漂蕩《タヾヨ》はしきに、やむことを得《〈エ〉》ずてなん。尾に属《〈ツ〉》き足にすがりたるは、実にさる事なれば、いひ解くによしはなし。いはゞなにともいはせてん。

とて、不負魂《マケジタマシヒ》にあらがひしかば、其ノ人、爪弾《ツマハジ》きをしつゝさりぬ。

［注］＝「仮説《ヒガゴト》」（原文は「假説」）は、神習文庫本では「僻説《ヒガゴト》」とある。底本（及び正宗文庫本）の書き損じと考えられる。

「百首異見摘評」了

# Ⅱ

# 『玉　篠』

〈解題〉

(1)　『玉篠』について。

㈠　大阪府立中之島図書館に蔵されている広道自筆稿本『玉篠』（以下、中之島本）は、その表紙題簽に「玉篠」とあるのでさしあたりそれを正式なタイトルとするが、広道の大坂移住直後の作品『あしの葉わけ』（自筆稿本、弘化2年6月成）の巻末に付された〈著述脱稿之目〉には、「玉篠草紙随筆 二冊」と見え、同じく『てにをは係辞弁』（弘化3年秋刊）や『小夜しぐれ』（嘉永元年刊）の、各巻末に付された〈萩原葭沼先生著述脱稿之部目録〉にも「玉篠草紙随筆初集 二冊」とあり、これらの中では「玉篠」は「玉篠草紙」と呼ばれている（なお「初集」に就いては後の㈣」で、「二冊」に就いては後の(2)の㈢で触れる）。

㈡　後に引く序文末に「天保十四年やよひのつごもりの日」とあるのに従えば、本書は天保14年3月末日に成っていて、広道29歳の時である。その成立事情は序文に詳しい。即ち、2年前の天保12年夏、死ぬばかりの大病をした、後にしばし小康を得たが、秋には再びぶりかえした、いずれ暇な時にでもまとめようとのんきに構えていたが、いつ死ぬかもしれぬから、あれこれ考え感じていたことを今の間に書き残しておこうと念い、完全には治りきらずまだ病臥の身で重い枕をもたげて書き綴った、と言うのである。

㈢　本書は全49条の文章から成り、内容も多岐に亘る。その中で、いわゆる考証的随筆と呼ばれるものがその多くを占める。やや細かく見ると、『古語拾遺』や『神名帳』（「延喜式」巻九・十）にかかわるもの、名字に関するもの、郷土備前周辺の歴史地理に関するもの（そこに土肥経平や小寺清之や平賀元義ら郷土の先輩学者の名も挙がる）の他、竹取物語や古今集仮名序の問題など、直接古典に関するものにもスペースが割かれている。

それ以外では、「22 月」「23 雨」などと題された月並文会の兼題作文のごとき小品もあり、「16 近世物語」のように当代の戯作文学者を評した興味深いものもある。「17 大江山」に続く三条は、天保12年の初夏の但馬丹後紀行とでも称すべきものの一部だったかと思われる。また、文人的考証的随筆に伍して、国学者としての立場を鮮明にした論争的な文章も目につく。「20 鳩巣小説」に見られる儒者批判や、「21 武王」でのいわゆる易姓革命批判、「45 本地垂跡」の仏教批判（廃仏毀釈）などは、その典型と言えるだろう（これらは『本教提綱』上之巻「外国の道」にそのまま繋がっている）。また一方、芸能音曲にも強い関心を持っていたようで、「46 猿楽田楽」以下の条にそのことが伺える。芸能音曲への関心は単に個人的な嗜好によるだけでなく、これもまた後に彼がその完成をめざしていた『本教提綱』下之巻の中でも言及されている。

㈣ 前掲『あしの葉わけ』巻末付載〈著述脱稿之目〉に「鳶の声随筆十三条　一冊」と見え、広道には『鳶の声』という随筆作品があったらしいが（そのことは西田直養『直養集』〈筑波大学付属図書館蔵写本〉に付された弘化2年8月朔日付の広道の付け紙に「過しころ奉りたる鳶か声といふものにかつ〴〵書付侍りしごとく、云々」とあることからも推察されるが）、現在その存在は知られていない。また、彼は嘉永元年の末頃から、諸家の随筆を集めて『随筆集』の継続的な刊行を企画していて、残された書簡からその実現に相当努力していたことも分かる。しかし、結局は実現しなかった（その草稿の断片が少し残されているようだ）。もう一つ付記すれば、㈠に引いた『小夜しぐれ』巻末〈目録〉に「玉篠草紙随筆初集」と見えていた。つまり、現存の『玉篠』はその初集であり、広道はこの後『玉篠第二集』や『玉篠第三集』なども計画していたのだろう。しかしこれも実現せず、結局、この『玉篠』が広道にとっては唯一の随筆集として残されたのだった。

(2) 『玉篠下巻』について。

㈠ 『玉篠』は中之島本が唯一のもので、その表紙題僉に「玉篠萩原広道随筆稿本ならん」とあり扉にも「萩原広道大人著 稿本ならん」とある（「玉篠」とある文字を含め他筆である）。この自筆稿本以外に転写本等のあるのは聞かない。

㈡ 中之島本は全体的に丁寧に仕上げられている。しかし、細かに見ていくと推敲を要する箇所はいくつか見られ、また次の㈢で触れる如く、例えば中之島本は本文49条の文章から成る一冊（一巻）本なのに、この後に引く序文には本書は「もゝくだりふたまき」（百条で二巻）から成るとあり、実際とは異なっているのである。

㈢　本書がもとは「ふたまき」だったらしいことは、㈠に引いた著述〈目録〉に「玉篠草紙 二冊」と見えていたことからも知られる。そんな観点から、一冊本である現在の中之島本を改めて見ると、随筆数は先にも記した如く49条から成っていて百条のほぼ半分である。ということは、中之島本は『玉篠草紙上巻』だったと考えることが出来、現在は不明の『玉篠下巻』(又は『玉篠草紙下巻』)の出現する可能性は否定できない。さらに言えば、あるいはその下巻に収まっていたのではないかと推測される文章(のタイトル)が、『玉篠』から半年後に成った『万葉集略解拾遺』(天保14年初冬初稿成立。関西大学図書館蔵自筆本二巻二冊)に、いくつか見えている。例えば、その上巻12丁オに「すゝきとハすゝけたる形によりていふなる事、此春ものしつる玉篠《タマザヽ》のさうしに委くいひおけり。」とあるのがそうである。ここに挙がる「すゝき」論は中之島図書館本には見えない。さらに、『玉篠』への言及はこれ以外にも9箇所もあり、その中の2箇所は中之島本に見えているものの残りは見えず、『玉篠下巻』が存在した可能性は大きい(ただ、中之島図書館本には元は全二巻であったことを示す痕跡は見当たらないが)。

〈凡例〉

㈠　本稿は大阪府立中之島図書館蔵萩原広道自筆稿本『玉篠』(請求番号甲和624)を底本として翻刻したものである。

㈡　自筆本である中之島図本は必ずしも十全ではなく、先人(あるいは広道門人か)の手になる「朱」も散見する。その指示に全て従ったわけではないが、それをも適宜参考にした。例えば〈1古語拾遺〉の条の「漸々廃［れカ］りゆくに」に見える［れカ］のように、［］で括った訂正や注記は全て前記の「朱」によるもの。また、〈8脩姓〉の冒頭部の原文は「……藤原を　藤菅とばかり、云々」とあった。その「藤」と「菅」の間に、「菅原を」との朱が入れ、それでよく意味が通る。本項では、脱字や脱文は該当の箇所に挿入して、［］でくくった(翻刻者による挿入は( )でくくって区別した)。但し、ルビを含め単純な誤りの場合はその旨を断らずに訂正した。

㈢　引用漢文中の訓点の不備は、返り点のみ、特に断らずに補った。送りがなは原文通りである。また、漢文の送り仮名に見られる「シテ（ジテ）」や「トモ（ドモ）」の合字はカタカナ二字に改めた。

㈣本文中に見える傍線（—線や＝線）や圏点（○○○）は、原文通りであるが、傍点「ヽ」は翻刻者による。

㈤読みにくい漢字いくつかにルビを付し、元からの片仮名ルビと区別するため平仮名で記し（）で括った。

㈥本文中に何ヶ所かある広道自身の頭書は、本文の該当箇所に入れて罫線で囲んで地の文と区別した。

㈦本書には様々な資料からの引用があり、気づいた範囲で注記した。その際、鎌倉中期教訓的説話集『十訓抄』に就いては浅見和彦校注・訳小学館日本古典文学全集版『十訓抄』を、南宋の羅大経の『鶴林玉露』に就いては『和刻本漢籍随筆集第八集』を、『古語拾遺』に就いては西宮一民『古語拾遺』（岩波文庫）を、『万葉集』本文に就いては佐佐木信綱編『新訓万葉集』（岩波文庫）・沢瀉久孝・佐伯梅友共著『親校万葉集』などを参照した。

㈧本稿は先に『葭第10号』（二〇〇三・二）に掲載しそれに若干手を加えたものである。

㈨（目録）—『玉篠』に収まる随筆のタイトルを抜き出し、それに仮に番号を付して示せば次のようである。

1 古語拾遺　2 神名帳　3 備前神名帳　4 八幡・天神　5 カラウト　6 ゼモン火　7 号
8 脩姓　9 名字　10 字　11 官名の称　12 今俗称　13 名乗字　14 作物語　15 物語の作意
16 近世物語　17 大江山　18 天橋立　19 普甲　20 鳩巣小説　21 武王　22 月　23 雨
24 万葉古今の歌体　25 古今集序難注　26 同集漢文序　27 竹取物語　28 ことともせず
29 ほうかむるり　30 これひとつやハ　31 あかりて　32 玉浦　33 児島泊　34 釜嶋　35 雛祭
36 紙ひいな　37 七夕　38 牽牛　39 雲の上ハ　40 擣衣歌　41 一伏三向　42 琵琶　43 義家
44 汚穢　45 本地垂跡（迹）　46 猿楽田楽　47 中昔の楽　48 三味線　49 仝

（本文）

○（序文）

かぜをまつまの玉ざゝの葉ずゑのあられ、日かげほどなき朝がほの花の上のつゆ、それよりもろくさだめなき人の世を千とせの松のこゝちして、雲のうへなる月のかつらに心をのぼらし《（ママ）》、なみのそこなるおきつしらたまにおもひをふかめて、こゝろと（自分から）うれへくるしむらんこそ、はかなくもまたあはれなりけれ。

をとゝしの夏より、いみじうわづらひて、ほと〱ゆきとまるまじうおぼえしを、からうじて、こぞの春のはじめとなりて、いきかへりたるものから《（けれども）》、よにいみじく人わらへなるかたはにさへなりて、身のゆくすゑもいかならんなンどたどるにつけて、つく〲とおもひつゞくれば、日ごろハこのことかの事とりまかせて、すこしハおもふことなげなる世にもあひなば、とこそものせめ、かくこそおこなはめ、とのどやかに思ひたゆめたるあらましごとの、さるほどにまつはものかは。あすハ雪もぞふりかハらなむ、さくらのはなより、なほあだ〱しくうつろひやすげなる、いのちのほどをおもへバ、すゞろに何事もいそがれのミぞすなる。

されば、としごろおもひいでたるまさなごとどもの、いさゝかばかりあンなるを、おなじ岸のけぶりにたぐへなむことは、もとより世にやうあるべき事にもあらざンめれバ、消なむ後までをしみおもふべくもあらぬものから、中ぞらならむもさすがにくちをしくおぼえしまゝに、なにとさだめたるふしもなく、うかび出るまゝ、かたはしより、まだいとおもきまくらをもたげて書つゞくれバ、われにもあらでものくるほしく、人のいさめもげにとのミ心ぐるしけれど、さらにもやまひのくハゝりてにはかにたえもいりなばと、しひて思ひかへしてものせしが、やがてみだりがハしき巻と［ハ］なりぬ。

さるハ、もとよりも、めかり・しほやき、からき身のはしたなきいとなみに、まづしうのミしほたれつれバ、さるべきふみなゝどハ一巻だにもたらず、こゝかしこかりもて集めなむもうるさくて、たゞそらにおもひうかべることどもをのミ、ひとつづゝたど〳〵しうかいつけるばかりなれバ、おし出してものしりひとのめにふれぬべきものにもあらず。なほ、さま〴〵おもひいづることのなきにしもあらざれども、その書・かのふミ、かよハし見てものすべきふしのみなれバ、おもひくんじてかいやりおきつ。

えさらぬ海山にあくがれゆき、くに人しれぬおもひのつもりにやありけん、秋のころよりまた、いとおどろ〳〵しうなやミて、ゆめのこゝちにのミなむありけるを、このごろやうやくにおこたりはてたるにつきて、はじめ思ひつることのまたふとうかび出れバ、にハかにおもひおこしつゝ、しりへのかたにいさゝかことかきくハへなゝどして、すべてもゝくだりふたまき《百条二巻》、しどけなきさうしとハなしつ。かくなしおきつゝ、命さきく《幸く》て、いますこしひと《人》がましき世にあふ時もあらば、かねておもひおきてつる何くれなしはてなむ、そのをりにこそハ心のくまぐまつバらかにハものすべけれ、とおもひたるばかりのすさびなりけり。それが中にところ〴〵もひきいでたるふミどものあゝなるは、をさなきほど、ものよミけるついでにこゝかしこつみいでゝ、しるしつけたるものゝありしを、まさぐり出してものせるなれば、なほ、とりたてゝあかしになりぬべきほどには、あらずなむあるべき。

天保十四年やよひのつごもりの日

吉備の岡山人　平　広道

## 1　古語拾遺

斎部広成宿祢《イムベノヒロナリノスクネ》の著《アラハ》されたる古語拾遺を見るに、さしも大《イミ》じかりし神事《カムワザ》どもの、漸々《ヤウヽヽ》廃《スタ》り〔れカ〕ゆくにつけて、己氏《ワガウヂ》のいたく衰《オトロ》へたるを歎《ナゲ》き憤《イキドホ》られし心ノ中、いかばかりなりけむとうち読《ヨム》に、涙《ナミダ》もはぶれぬめり。記《シル》されし事どもゝ、専《モハ》ら大御政《オホミワザ》のうへに要《ムネ》とあるべき限の事を摘《ツミ》出て、僅《ハツカ》の一巻に書尽《カキツク》されたる用意《コヽロツカヒ》など、なミ〳〵の人の及ぶべき業《ワザ》としもおもほえぬを、分註のをり〳〵、上古に違《タガ》へるふしの見えたるは、いかなることにかあらむ。後人のさかしらに加《クハ》へたるか、とおもへど然《サ》ばかりも見えず。按《オモ》ふに、本文ハ昔より家に伝へられしまゝなるを、註ハ当時《ソノコロ》いひ習ハしつる旨《ムネ》を、一わたりにものせられたるにやあらむ、かへす〴〵意得《コヽロエ》がたきことどもなりかし。

## 2　神名帳

同ジ書（「古語拾遺」）に「至《テ》二天平年中《ニ》一、勘二造《カムガヘツクル》神帳《カムフダヲ》一。中臣《ナカトミ》専《モハラニシテ》レ権《イキホヒヲ》、任《マヽニシ》レ意《コヽロノ》取捨《リツ》。有レ由者《ハ》、小《キ》祀皆《ナ》列《ネ》、无《キ》レ縁《タヨリ》者《ハ》大社《ナルミヤシロモ》猶廃《ホツ》。敷奏《ノベスヽメ》施行《ホドコシヲコナフヿ》当時《ソノカミ》独歩《ホシキマヽナリ》。諸社《ノ》封税《ノカムベノタヂカラ》、総入《テル》二一《ツノ》門《ニ》一。【此時の神祇長宮ハ、中臣朝臣意美麻呂也。異本にハ中臣ノ伯《カミ》意美麻呂とあるもありとぞ。されど中臣ノ伯といふこと、なほいかゞしく聞ゆ。神等《カミタチ》の御うへにまで権勢《イキホヒ》をふるまひけんハ、いとあさましき事なりき。】とある条を見れバ、諸《モロ〳〵》の天津社・国津社の御祭儀《ミマツリワザ》どもゝ、其ノほどよりぞ、いたく乱《ミダ》れたりけむ。延喜式の神名帳も、是《コレ》に依《ヨリ》て定《サダ》め給ひたるなゝめれバ、悉皆《コトゴト》く崇神天皇の御宇に定め給へるまゝにハあらざるべけれど、今ハまた其ノ神名式に載《ノセ》られたる社もおほかたに廃《スタ》れはてゝ、さま〴〵あらぬ御名《ミナ》ども奉りつゝ、世に知る人の無きが多《オホ》かるハ、いとも〳〵悲しきわざになんある。されバなほ決《ウツナ》く其ノ御社《ミヤ》と知れたる限《カギ》りは、古《フル》き名《ミナ》に改《アラタ》め奉らまほしく、住《ス》む里近きわたりの御社ハ、具にその古昔《イニシヘ》のありしやうどもを考へいで奉りなむハ、大なる功績なるべしかし。いにしへの学《マナビ》せん人よくおもひてよ。

### 3　備前神名帳

明応（15世紀末~16世紀初）の頃記《コロシル》したりし備前ノ国の神名帳【国ノ内祝給《イハヒタマフ》諸大明神百廿八社、と記したり。権少僧都円舜が書《シル》せしなりとぞ。】の、上道ノ郡なる西大寺といふ寺刹《テラ》にあるを見たりしに、式の神名は異なれど、其ノ比《コロ》までハなほ古への余波《ナゴリ》ありて、御社名《ミヤノナ》も今ノ世に唱《マヲシ》奉るとハ異《コト》なるが多《オホ》し。すべて何事も、応仁・文明の乱《ミダレ》よりうち続きたる世《ヨ》の騒《サワギ》につきて、あらぬ事どもに成果《ナリハテ》たるぞうたてき。其が中にも、諸社の祭式《マツリワザ》の廃《スタ》り（ママ）しと、人々の氏姓《ウヂカバネ》の知《シラ》れずなりゆきしハ、取復《トリカヘ》しがたきことにていとくちをし。

### 4　八幡・天神

今ノ世の神社《カムミヤ》に、八幡ノ大神《オホカミ》と菅原天満天神を斎祭《イツキマツ》れるがいづこも／＼多かるハ、御稜威の大じき故なるハ申もさらなれど、なほ、其ノ起縁《モト》ハ文武の御神ぞといふことより起《オコ》れるなるべし。

抑《そも／＼》八幡大神を武道《タケキミチ》の御守護神《マモリガミ》といひ始《ソメ》し縁故《コトノモト》を案《オモ》ふに、源ノ頼義朝臣、其子義家朝臣を石清水《イハシミヅノ》宮にて元服を加へさせ、字を八幡太郎と呼れしよりぞ、世々源の氏神と唱へ奉れるといふ説ハ実なるべし。【次々の弟たちを、賀茂二郎・新羅ノ三郎なンどいへるを以て考れバ、陸奥の戦のかう／＼しく武かりしを美称《ホメ》て、貞任《サダタフ》等《ラ》がつけたりといふ説ハ信《（ウケ）》られず。正長の頃、鎌倉左兵衛ノ督持氏朝臣、驕奢《オゴリ》のあまりに、嫡子賢王丸殿を曩祖八幡殿の嘉例なりとて、鶴岡の神殿にて元服させ、義久と名付られしといふことも見えたりき。】

然《シカ》るに、彼《カノ》義家ノ朝臣、比類《タグヒ》なき弓取なりしうへに、頼朝二位、鎌倉に移《ウツ》られし初《ハジメ》、頼義朝臣の古例をおもひて、石清水宮を鶴岡にうつして、になう斎祭《イツキマツ》られしより、漸々《ヤウ〳〵》他家にもとりはやして、武道の護《マモリ》神とハまうしたるなるべし。かくて足利の末の世の乱《ミダレ》に、一国一郡をも治《ヲサ》め保《タモ》つほどの人ハ、所領を他《ヒト》に奪《ウバ》はれじとのミ争ひぬれバ、武運ノ長久を祈らむ為とて、かならず八幡ノ大神を其近きわたりに斎祭《イツキマツ》ることにハ成りにけらし。さて、其斎祭るにつけてハ、新に大宮殿を造《ツク》作り奉りしもあるべけれど、おほかたはさる騒《サハ》がしき戦争《タヽカヒ》の中なれバ、初メより在来たる神社に配《アハ》せ祭《マツ》りたるも多かるべく、しか配《アハ》せ坐《マサ》せて、其ノ地の主の氏神ぞ、などまうし奉るほどに、即《ヤガ》て八幡の方を主《ムネ》と称《タヽ》へ奉るやうになりしを、年を歴《ヘ》て、竟《ツヒ》には元来《モトヨリ》の神ノ名《ミナ》をバ知《シ》る人もなくなりし類も、多きなるべし。

さて又、上古《イニシヘ》に天津神《アマツカミ》たちを祭り給ひし社にハ、天神某社《アマツカミソレノヤシロ》と申たるが多かるを、何事も字音《モジゴヘ》に唱《トナ》ふるかたを美《イミ》じとする世《ヨ》となりてハ、読《ヨミ》ひがめて菅原天神に混《マガ》ひたるも多かるべく、はた北野に祀《マツ》られし後ハ、御稜威《ミイツ》もこよなうおはしまし（ママ）からに、諸国《クニ〴〵》に斎《イハ》ひ奉れるも多きなるべし。【道真贈太政大臣、筑紫《ツクシ》（筑紫《ツクシ》）へ左遷《ウツ》され給ひし時、乗《ノリ》たまへる舩の泊《ハテ》たりし所《トコロ》にハ、後にかならず御殿を造りけんとおぼしく、予《ワ》があたりにもさる処々《トコロ〴〵》多《ヲホ》かり。また、其ノ時に詠せたまへる御歌・御硯の水などいふことハ、いづこにも〳〵多く、おほかた浦々の流行《ハヤリ》ものなり。是、かの太宰府・北野に祀り給ひて後、やう〳〵御稜威《ミイツ》の顕れしに依れるなるべし。また俗《ヨ》にいひ伝《ツタ》ふる怪しき物語《モノガタリ》どもハ、貝原篤信が天満宮伝記（『天満宮伝記』又『太宰府天満宮故実』とも〈『益軒全集巻之五』〉所収）といふ書《フミ》を作《ツク》りて委しく論ひたれバ、今ハいはず。其ノ中に、筑紫へ遷謫《ウツロ》ひ給へる前ノ年に、三善清行《ミヨシキヨツラ》ぬし、右大臣を辞ひ申シ給ハんことを諫られし事を、御心ノ中チには諾《ウベナ》ひ給ひながら、民《タミ》の憂《ウレヘ》を御心として政事《マツリゴト》を執申給へれバ、さしも拘《カヽハ》り給ハざりしやうにいへるハ、いと意得ず。近頃の或《アル》説にハ、彼ノ諫文《イサメブミ》の何とかやいふ漢国《カラクニ》の故事もて綴れゝバ、其を無礼《ナメ》しとおぼして、とりあへ給ハざりしやうにいへるも、猶いかゞなり。故《カレ》、つら〳〵当時の光果（ママ）（景カ）を考るに、左大臣時平朝臣ハ年齢《トシ》も若《ワカ》くおハし、才徳も右大臣にハこよなう劣《オト》らせ給ひけめども、其ノ比ハいミじかりし藤原氏の正統とある人にて、世々政を執申シ給へるうへに、皇后につきてまぢかき親族におハしゝかバ、一時に歴上《ヘアガ》り給へる右大臣に、官位を超《コエ》られ給ハんことをねたうおもほしけむも、人ノ情《コヽロ》の然るべき形勢《イキ（ホヒ）》なるべし。さればこそ、清行ぬしも其処を危くおぼされしほどに、漢の故事になずらへ、未来《ユクスヱ》を知りとほりたるやうにいひて諌メられしハ、嫌忌《ウタガヒ》を避たる深《フカ》き意《コヽロ》なりけめ。さハ、かの文中に、古事めきたるはかなき技《ワザ》を自負られし詞にて知れたり。右大臣ハた、敏《サト》くおハせしかバ、さバかりの事痞《サト》らせ給ぬやうもなく、仮令、其文詞《フミコトバ》ハ無礼《ナメ》げなりとも、身の為にいふ人の諌言を憤り給ハむハ、いと狭隘《セバ〳〵》しき御心といふべし。必、さハあるまじきことなり。また、萬民《ヒトクサ》の為に其ノ身を忘れ給ひしなどいふは、強《シヒ》てとりなしたる、例の儒者《ズサ》ごゝろの僻《ヒガ》説なり。官を遷《ウツ》されさせ給ハヾ、政申シ給ハぬことハ著《シル》きに、足《アシ》もとより禍《ワザワヒ》の起るを知りつゝ、猶、民の困苦をおもほすなンどハ、人ノ情ともあらざれバなり。されバなほ、其ノほどの事をばおもほしかけながら、さりがたき絆《ホダシ》どものおハして、躊躇《タユタ》ひ給ひしなるべし。又、左大臣も、此ノほどの御僻事《オンヒガゴト》ハおハしつらめども、俗にいふごとき悪人にもおはせじとこそおぼゆれ。其ノ故ハ、三代実録の序（『三代実録』〈『国史大系第四巻』〉は藤原時平や大蔵善幸らによって撰上され二人の署名のある延喜元年八月付漢文序は「臣時平等窃惟、云々」で始まる）などを以《モ》て考るに、右大臣にこそ及び給ハね、もろこしの学《マナビ》をも専ら為給へりと見えたるに、右大臣の筑紫に遷ひ給へるをもいとほしミ給へる詞も見えたり。よしそハ、仮令潤色《タトヒカザリ》の文辞《コトバ》にもあらバあれ、後ノ世に美《イミ》じくいふなる延喜の朝《ミカド》の政事《マツリゴト》ハ、右大臣の預り給ハぬ後は、全《モハ》ら此ノ大臣の行ひ給へるを以てもおもへよ。】

文道の神と申シ奉るハ、文章生《モムシヤウノシヤウ》より右大臣まで歴上《ヘアガ》り給ひしハ、全く文ノ道の力なれバいふにやあらむ。今ハ児童《ワラハベ》の手かく神《カミ》とていつゝ（いつく＝斎《いつ》くカ）めり。さるハ、書《テ》も文事《フミ》のひとつなれバにやあらむ。されど、なほいかにぞやおぼゆ。彼ノ八幡ノ大神こそハ御母皇后《オホミハヽキサキ》の御胎内《ミハラスヂ》に在《イマシ》ながら、韓国《カラクニ》を言向給ひし御稜威《ミイツ》に因《ヨリ》て、其ノ御宇《ミヨ》に百済《クダラ》より種々《クサ〴〵》の貢物《ミツギモノ》奉れる中に、博士王仁吉師《ハカセワニキシ》につけて論語と千字文を奉れるなむ、皇国《ミクニ》に文字《モジ》の渡来し権輿《ハジメ》なれバ、なほ文ノ道の御神とも申しつべけれ。凡《スベ》て神の御うへに某道《ナニノミチノ》神なンど限《カギ》りて称《マヲ》し奉るハ、いとも恐《カシコ》きわざなりけり。さハあれど、其レにつきて又、其ノ御徳を仰ぎ奉りつゝ諸人の尊《タフト》び奉るも、却《カヘリ》てハ神の御意《ミコヽロ》なるべきにや。とにかくおぼろけに推量《オシハカリ》り奉るべきわざにはあらずなむ。

## 5　カラウト

我《ワガ》備前ノ国などに所々《トコロ〴〵》洞穴《アナ》ありて、其所《ソコ》に云伝ふる諺《コトハザ》に、古昔《イニシヘ》火雨《ヒノアメ》の降《フ》りしをり人々隠《カク》れたる穴なりとぞ、いづれも〳〵いふめる。其ノ形勢《アリサマ》を見るに、全く古人《フルヒト》の墓とおぼしく、大キなるハ口より奥へ十間ばかり幅二間ばかりもありて、左リ右リともに大キなる石もて築き上《ア》げ、上《ウヘ》よりも又大キなる石を覆《オホ》ひて、中にハ石棺とおぼしき物の残《ノコ》れるもあり。【其ノさまの叮嚀なること、数十人の力にても輙《タヤス》く成るべき物とハ見えず。いと小なるも、其ほど〳〵につけてねもごろなり。孝徳記・大宝令などに、諸ノ臣《ミヤツコ》の墓《ハカ》の寸法《ノリ》を記されしを見るに、其レにも増《マシ》て大キなるがあるハ、其ノ頃より前つかたの物もあるなるべし。】これをカラウトといふ。【カラウトハ売《カラ》（殻《カラ》カ）虚《ウト》のこゝろにや。】[注]古事記伝に、此ノ事を土蜘蛛《ツチグモ》の巣穴《スミカ》なるべしといはれたるハ、或ル人の書るものを見て一わたりに考へられし誤にて、なか〳〵さる類にハ非《アラ》ず。去々歳《ヲトヽシ》、但馬の温泉にいきたる道にも、何処《イツコ》なりけむ、穴ありて火雨《ヒノアメ》のことも同じさまにいへる所ありき。なほ、余国にもあるべし。

［注］＝『古事記伝』十九之巻（『本居宣長全集第十巻』）の「土雲」語釈のところに、次のようにある。

さて又、今ノ世に、吉備ノ国などに、大ナル石を積むで作れる、大なる岩窟処々に多くありて、土人《クニビト》の伝へに、昔火ノ雨の降し時、諸人の隠れし跡なりと云と、彼国人語れり。いま思フに、是らも上ッ代に土雲等の住メりし蹟なるべし。火ノ雨のことは、後の伝への虚説なり。

## 6　ゼモン火

児島郡に角山《ツノヤマ》【今ハ常山と云フ。平賀氏の説に、[注1]峯の尖《トガ》りたる故に角山《ツノヤマ》といふ。他にも例ありといへり。今も彼処の俗ハなほしか呼《イ》ふもあり。】といふ山ありて、其ノ峯に城跡あり。天正のころほひ、毛利《モウリ》・三《ミ》村・宇喜多などの人々、戦《タヽカ》ひたりし所なり。其ノ麓《フモト》ハ平野にて、荘内といふ。【和名抄に賀茂郷とある所にて、後にハ豊岡《トヨヲカ》ノ庄といへり。故、庄内といふ。】其野中に砂川《スナガハ》一すぢ流《ナガ》れたり。其ノ川のほとりに、夏の頃雨《アメ》の降《フ》る夜など、彼ノ角山《ツノヤマ》のあたりより火出て、川辺を上ミ下モへ飛《トビ》ありく。此をゼモン火といふ。其形《ソノサマ》、地《ツチ》より人長《ヒトダケ》ばかり上へを通《トホ》りて、をり〳〵ハ其庄内の村々へも飛来る事あり。さすれバ、必ズ牛馬なンどの死《シヌ》ることありといふ。其ノ余《ホカ》にハさして祟《タヽ》らハしき事もなし。人もし此に逢ふ時ハ、意得《コヽロエ》て咳《シハブ》きするに、必外ざまへ飛びゆきて避《サク》ること、心あるものゝ如し。陰火かと見るに、松明《タイマツ》などの如く、飛交《トビカ》ふうちに火粉《ホコリ》落ツ。何ノ火といふ事を知らず、昔《ムカシ》より竟《ツヒ》に其ノ形《サマ》を認めたる者もなし。伝へていへらく、昔、人ありて物陰《モノカゲ》に伏隠《フシカク》れをり、件の火の近づくを待て、声をたてゝ驚《オドロ》かしたりければ、其ノ夜、何ものとも知れず来り祟《タヽ》りて、其ノ人笑ひ死《シニ》に死けるとぞ。然《サ》る後《ノチ》ハ語り伝へて、必咳《シハブキ》する習ひなりといふ。予《ヲノレ》も、其処《ソコ》の迫間《ハザマ》村てふ所の河合氏の[注2]家に久しく宿りおりけるとき、いと見まほしくて、意にかけて窺《ウカヾ》ひけれども、をりわろくて竟《ツヒ》に見ざりき。按に、ゼモンとは禅門といふ義にや、法師の灯し持《モテ》るなどいふなり。いと奇《アヤ》しきことなり。かの筑紫なるしらぬ火もかゝる類《タグヒ》にやあらむ。

［注1］＝羽生永明『平賀元義』（第五章「元義の地理学」）に次のような件がある（同書第四章に同じ引用が見える）。

彼（元義）は又、其の著『鴨方史』中に児島郡なる常山の事を記して、「此山を角山といふ事ハ、此山の形、東西ともにとがりて、遠く望み見れバ、角の二つさし出たる如く見ゆる故に角山とハいふなり。【石見の高角山などの如し。】然るを、ぬとねと音通ふ故に、誤りてハつね山ともいふ。実ハ角山也。【常山と書て、文字いと雅也などいふハ漢学者流の僻也。児島人ハ角山といふ也。…】」といへるも、動かし難き説なり。

元義『鴨方史』の成立時期は未詳。広道は、元義の角山説を、直接その本人から聞いたのか。その可能性は否定出来ぬが、あるいはたまたま『鴨方史』に接して知ったか。

［注2］＝「河合氏」に就いては未詳。ちなみに、岡山藩士の弟で業合大枝に学んだという「河合就義」（文化13年―明治15年）なる者が『岡山県人名辞書』に掲出されている。あるいは「河合氏」と関係のある者か。

## 7　号

近世にハ、漢学する人ハさらにもいはず、画《ヱ》かき其余いさゝかも文ノ道に關る人ハ、かならず山《ヤマ》・川《カハ》・邑《ムラ》・里《サト》の名などを取て、号といふ物を製りて、名《ナ》に換る風俗《ナラハシ》あり。其ハ一向《(ひたすら)》に唐人めかむとてするわざなるべけれど、先ヅハひがごとなり。漢国とても上古ハさることハ無りしを、隠者などの姓名を包《ツゝ》む由緒ありて、かつ〴〵号《ナツ》け始《ソメ》たるが世を経て俗と成たるなり。いはゆる諸葛亮が隆中、陶潜が五柳など称《イ》ひたる、いづれか君に仕へ世に顕《アラハ》れたる時の名なるべき。さるを、後世に古人の風俗を学《マナ》ばんとて深き慮《オモヒバカリ》もなく、顕《アラハ》れたる人もかつ〴〵ものしたる誤なるを、こゝにも伝へて命《(ナヅク)》るなるべし。【家《イヘ》に号《ナ》つくることハ、我古にもありし事なれど、人ノ名に換《カヘ》たることハ、隠者《カクロヘビト》の外、やまと・もろこしにあることなし。又、或儒者のいへるハ、長崎などにて唐人どもの書交《ショカハ》すに、彼ノ国人ハ必号を用ひて姓名を書《シル》さず、さるハ、彼ノ国にハ人の名を呼《ヨ》ぶことを諱《イミ》ていたく無礼しき事にすめるを、我国人ハさる事をも思ひはからで、彼方に名を書《カキ》て出ダせバ即て其《ソ》がまゝに呼なすを忌ひて号を用ふめるを、雅《ミヤ》びたるわざのやうにおもひとりて此方にもしかものすめるハ、我ガ国人の文学に疎《オロソ》かなる故なりといへり。然《サ》る故もあるべし。】

凡《スベ》て皇国にも、中昔《ナカムカシ》よりハ人の名【いはゆる実名】を呼ぶことハ無礼なり、として諱《イミ》たるものと見えて、東鑑［注］【正治元年八月の下《トコロ》】に、尼御台所【政子】の中将【頼家】を諫《イサメ》られたる条《クダリ》にも、「源氏等者《ハ》幕下ノ一族、北条者我親戚也。【中略】今於《テ》二彼《ノ》輩等《ニ》一無《ク》二優賞一、剰《アマツサヘ》皆《ナ》令レ喚二実名《ヲ》一給之間《ダ》、各（以脱カ）貽レ恨之由、有二其《ノ》聞《エ》一。」などいふこと見えたり。是レはた、其もとハ漢国ぶりの移《ウツ》りたるなれども、さる制となりてハ、強《アナガ》ちにものすべきわざにハあらず。されバ、号といふものつけんもさしたる僻事《ヒガゴト》にもあらざるべけれバ、なほ其ノかたにハ用ふることもあるべきにや。さはあれ、其ノ元ハかゝる事とだに知《シッ》てをあれかしとぞおもはるゝ。【近頃古学する人など漫《ソゾロ》に人ノ名を犯し呼ぶハ、古ヘはさる事ならめど、又いと無礼しきことなりかし。】

［注］＝『東鑑』（『吾妻鏡』）からの引用は、本居宣長『玉勝間一の巻』の「実名をよぶをなめしとする事」の条に、「同じ書（東鑑）に、平《ノ》政子が頼家を諫めたる語に、源氏等者《ハ》幕下《ノ》一族、北条者《ハ》我親戚也。仍《テ》先人頻《リニ》被《レ》レ施《サ》二芳情《ヲ》一、常《ニ》令《メ》レ招二座右《ニ》一給《ヘリ》、而《ルニ》今於《テ》二彼《ノ》輩等《ニ》一無《ク》二優賞一、剰《アマツサヘ》皆《ナ》令レ喚二実名《ヲ》一給之間《ダ》、各以《テ》貽《スノ》レ恨《ヲ》之由、有《リ》二其《ノ》聞《エ》一、とあり、人の実名をよぶことをば無礼《ナメ》しとすること、これにても知べし。」とあり、広道が引いたのと同じ件が同じ趣旨で引かれている。広道は、恐らく『玉勝間』のこの件も目を通していただろう。しかし、広道がそれを承知しつつ宣長の名も出さずにこの件を引くようなことはとても考えられず、ここでも、無意識裡にやらかしてしまったのではないか。と言うのも、『玉篠』と同じ頃書かれた『万葉集略解拾遺』冒頭凡例中で、広道は「近キ世の人の著せるふミども、かれやこれや読たる中に、既にいへりし事をゆくりなくおぼえ居て、記しつけたるごときもたま〳〵なしとすべからず。されども、そハ物忘れする本

性のゆくりなき過ちにて、さらに〳〵、他の説をぬすミてわがくう《（功）》にほこらん為の、心ぎたなきわざにハあらじ。」と断っていたのだった。『玉勝間』との一致も、右に言う「既にいへりし事をゆくりなくおぼえ居て、記しつけたるごとき」例、あるいは「物忘れする本性のゆくりなき過ち」の例になるのではないか。

## 8　脩姓

漢学《カラマナビ》する人ハ、何事も唐人に似《ニ》せむとする中に、己が先祖より名告《ナノリ》きたれる氏《（うじ）》名字《（みようじ）》の長きを嫌ひて、藤原《フヂハラ》を藤《トウ》、「菅原を」菅《カン》とばかり記《シル》す類《タグヒ》【これを脩姓といふめり。】ハやゝふるき習俗ながら、甚《イミ》じき僻事《ヒガコト》なり。彼国にても、夏侯・諸葛など二字なる姓も多かるを、【これを復姓といふにや】長しとて略き去て一字に記《シル》したることもなく、【但し詩歌の属《タグヒ》、調《ムネ》を主とするものにハ、たま〳〵さる事もあれど、其ハ例の外なり。】外国《トツクニ》の人ノ名に似ざれバとて短くしたる例も聞えぬを、いと〳〵甚きに至《イタ》りてハ、おほやけの官名をさへ略き捨めるハそも〳〵いかなる意得にかあらむ。こゝろある唐人ハ聞《キ、》驚《オドロ》きぬべし。

## 9　名字

名字といふものハもと田《タ》の界《サカヒ》を分別《ワカ》たむために名《ナツ》けたる物にて、今も田地《タドコロ》に某名《ナニミヤウ》、某字《ソレノアザナ》などいふこと有《ア》り。【按《オモ》ふに、阿奢名《アザナ》とハ畔《アゼ》名といふもさして差別なく聞えたるものから、広く宅地までを指《サ》すが如く、今ノ世に支村といふものに似たりとおぼし。されど、未だ詳《クハシ》くハ考得ず。】さるを中昔の末より人ノ名に冠らせ喚ぶこと「と」なりしハ、凡て名【いはゆる実名】を唱ふるを諱《イミ》て、いはゆる排行《ハイコウ》の次第もて太郎・二郎といふからに、同ジ名の多《オホ》くて紛ハしきを分《ワカ》むために、其宅地・田地の字を以て冠らせ別ちたるが、やう〳〵其ノ太郎・二郎までをも連《ツラ》ねて字といひ、又名字と字音にもいふ事になりたるなり。【安元のころ日吉《ヒエ》ノ神輿《カムゴシ》を射たる者の交名《ケウミヤウ》に田使俊行字難波ノ五郎・藤原ノ成直字早尾ノ六郎といふこと、玉海盛衰記などに見えたり。】

鎌倉のはじめより、此字を称《トナ》ふること殊に盛になれりしハ、京侍に分たむためか又官名などの無きを、あへなく不足《アカヌ》ことに思ひたる故《ユヱ》なるべし。今ハ殆《ホト〳〵》氏《ウヂ》姓のごとくなりにたり。また何時のほどよりか、苗字とも書《カ》くハ、初ハ某《ナニノ》二郎三郎といふまでを連《ツラ》ねて字といひけむを、後にハ三浦《ミウラ》・畠山《ハタケヤマ》の如きをのミ名字《ミヤウジ》といひ、二郎・三郎の類《タグヒ》をこと更に字《アザナ》といひ、又名字と字《アザナ》とを連ねても名字【こハ名《ミヤウ》と字《アザナ》との意なるべし。】といふにより、かた〳〵混《マギラ》はしければ、其《ソ》を別むために換たる文字と見えたり。此ノ差別《ケヂメ》、いと〳〵紛らハしく、よくせずハ惑《マド》ひぬべし。

## 10　字

漢学する人の、別に一種の字をつくることハ、源氏物語処女巻にも見えてふるき事ながら、世間なべての事にハあらず。又其ノつくるやうも、唐人《カラヒト》のいはゆる字とハ小《(いささ)》か異なる例にて、在五《ザイゴ》【在原ノ業平ノ朝臣】・菅三【菅原ノ道真ノ公】・文琳【文屋ノ康秀】・平仲【平ノ貞文】などの如《ゴト》く、必、氏の一字を取《ト》りて附《ツ》けたり。こハ皆、大学ノ寮に入リて儒道を学びたる人にのみ、限《カギ》れることなりき。【処女《ヲトメ》巻なるもしかり。なほ大学に入る時の式《ノリ》ども、委しく見えたり。本書を見て知るべし。此余に、中納言直世ノ王の子丹波守文屋ノ朝臣助雄を王明、大学ノ助山田ノ連《ムラジ》春城を連城、参議春証宿祢善縄を連《(ママ)》、といひしことども史に見えたるハ、皆大学に入リて儒学セし人どもなり。これら、助雄ハ父の王《ミコ》の王の字を用ひ、春城ハ字の続きに拘りて姓を用ひたれど、皆、同例とすべし。善縄を達《(ママ)》（連カ）とバかりあるハ、上に春ノ字など有けんが脱たるにや。】

鎌倉の頃の字【大庭平太藤九郎の類】も、おほかた此ノ類にていたく差《タガ》へるハあらざりしを、これも足利の末の乱世より、あらぬ事どもにハなり果《ハテ》たるなり。

## 11　官名の称

鎌倉の頃、庶人の官名を字《アザナ》に喚《ヨビ》たるも多けれど、皆拠ありて妄《ミダリ》ならず。たとへバ、左衛門ノ尉に任《ニン》ぜられたる人の子をバ、左衛門ノ太郎・二郎といひ、国の守・介などに任《ニン》ぜられし人の子も同例にて、必ズ其ノ父の官名を太郎・二郎の上に属《ツケ》たり。さるハ、左衛門ノ尉某が太郎なりといふ意なれバなり。【一ツ二ツいはゞ、上総介八郎・常陸六郎・秩父荘司ノ二郎・所ノ六郎なんどいふ類也。】また、太郎左衛門・二郎兵衛など下タに属《ツケ》たるハ、其身其ノ官《ツカサ》に任ぜられたる人ならでハ、称《イ》ハざりき。【平氏の家子に、越中ノ次郎兵衛ノ尉・上総ノ悪七兵衛ノ尉など、上ヘに父の受領の国名を唱《トナ》へ、下タに己身の衛府・官名を称《イヒ》しにて、推《オシ》て知《シ》るべし。】此例、おほかた違ふことなし。【これハた、足利の乱レ世より、私に厳《イカ》めしく官ノ名を称ふることはじまりて、常となりぬ。今ハ、穢多といふめる者すら左衛門・兵衛など称ふは、いと甚《〔妄カ〕》なりとヤいふべき。これらハ字音に漢めきたる名ぞ相応《フサハ》しかるべき。なほ穢多が事ハ下にいふ。】

## 12　今俗称

今ノ世の人の称も漫《ミダリ》なることハ論《アゲツラ》ふまでもなけれど、名付る文字どもハ悉く拠《ヨリドコロ》ありげなり。そハ、先ヅ下モに連《ツヾ》けて喚《ヨ》ぶ衛門・兵衛・助・丞の類ヒハ、官名を犯せるが習俗となりたるにて、此外、平ハ平氏なるべく、吉ハ橘氏の橘ノ字を音の通へるまゝに書換たるなるべし。【かく、氏の字を下タに踏てつくることハ、古ハ無りしこと、上ノ条にいへるが如し。また、いとむつかしき字などを、聞にまかせて誤り記すハ、文字に踈《ウト》き古俗の常なりき。東鑑などを見て知るべし。下にいふ名頭の字もしかり。】太郎・二郎ハ、次第ハ猥なれど、素《モト》より排行なり。上へに冠らせたる字も、源平の類ハさらにもいはず、勘ハ菅原の菅ノ字なるべし、惣ハ惟宗ノ字なるべく、甚ハ大神の神ノ字なるべく、忠ハ中臣・中原の中ノ字なるべき類、推試るに、おほかたハ附会《アヘ》るやうなるハ、もとかの氏《ウヂ》に依《ヨル》余波なれバなり。

## 13　名乗字

俗人いはゆる名乗を附《(つけ)》むとするに、自らハいかなるべき事とも思ひわかずたど〳〵しけれバ、漢学する人などをたのみて名《ナツ》くる事、習俗《ナラヒ》のやうになりたり。其が付ぬることを聞《キ》くに、おほかたハ仁・義・孝・悌・忠・信などの文字の続きばかりをおもひ、或ハ経書といふものの中よりさるべき詞どもを択《エリ》出して、つくるが多し。さるからに、文字のうへハいと理深げに見ゆるものから、其訓ハ何とも聞えぬ言のミなるを、名乗字訓とかやいひて別なる物にすめるハ、いと〳〵意得がたし。甚しきに至りてハ、読むべき詞の無き字を一字ばかりつけ、上ミ下モの二タ字を音に呼《ヨビ》反して、帰納の字を花押にすといふ説もありとかや。【但し、こハ小《(いささ)》かも、もの意得《(こころえ)》たる儒者などハ、さるかたに論じ弁まへたる事にて、まして五行の性《シヤウ》といふものに合せ、花押の穴を算へて吉凶をトふなど、いはげ《[け]》たるわざをバ為すべくもあらざれど、かの経書の切ぬきと詞の無き字を付クることハ、おほかた近来の習弊にて、見るもこちたくをこがまし。】

もろこしの国も、古へハ何事もやすらかにて、さる事ハせざりきと見えて、さしもの孔子も、尼丘［に］よりて丘と称ひ、其ノ子ハ、魚に因て鯉と附ケたるにて思ふべし。なほ、後世にも宋といひける頃まではハ、さる言痛き名どもハ、無有《(なかり)》しやうなり。其はともかくも、皇国人《ミクニビト》の、皇国言なき文字を付ケて唐人に似せむとするハ、いかにぞや。是ハた、漢人にかゝる事ぞと説《トキ》も聞せなバ、中々に笑ひつべきものをや。【一字の名を皇国にて付クるハ、中ごろ、嵯峨源氏の人に限りたるやうにて、其ノ裔《スヱ》の渡辺党の通字の如くなり来にたり。これもまた、其起ハ彼ノ先祖に漢風《カラ》を似せむとて始められたる余波《ナゴリ》なるハもとよりなれど、かく例となりてハ、其余の氏人にして国俗《クニブリ》といふことをも弁まへたらバ心すべき事にや。】

されど、今ハ今に従ふべきも又さるべき理なれバ、かの仁・義・孝・悌など、其余も中昔よりこなた、名告字訓といふ類ハいと強たる字訓ながら、言のうへだに聞えなバ世に従ひてやすらかにものすべきハ論なく、また通字といふものもさまざまに論ふ説あれども、今ノ世にてハ恐《カシコ》き御うへにだに用ひ給ひ、且つ此レに依《ヨリ》て氏族をも知ることなるに、久しく家に伝へて続ぎ《（ママ）》来たるをさかしらに改めむハあるまじきわざなれバ、能く守りて失《ウシナ》ハぬやうにすべきことなり。これらさしたる益もなくことさらびたる論なれど、をり〳〵名をつけてよといふ人の、かゝる事いはぬもなきがうるさくて、因《チナミ》に書付おけるのミなり。

## 14　作物語

いにしへハ、竹取・宇津保・伊勢・源氏なンど、今世に伝ハりたる冊子《ソウシ》（冊子《さうし》）の外に、なほ種々の作物語ありきと見えたるが、世を歴《ヘ》て悉《コトゴト》く失《（うせ）》はてけむハ惜むべし。十訓抄（第一「可離憍慢事」〈二ノ四〉）に、小野ノ小町が事かける哀記《アハレキ》（「壮衰記」）といふものありしとて記したるを見れバ、俗《ヨ》にいふ処とハ聊《イサヽ》違《カタガ》ひたるやうにおぼゆ。かの深草ノ少将の事、七小町などいひ伝ふるも、さる物語ありしなるべし。

さて、後々《ノチ〳〵》ハ伊勢・源氏などの如く好色のすぢのミならで、さま〴〵の事を作りしと見え、頼光朝臣の大江山土蜘蛛《ツチグモ》、渡辺綱《ワタナベノツナ》が羅生門市原野などの事、また、かの四天王とかいひし人々の、定《サダ》かならぬ丹後ノ守保昌ぬしをさへ、頼光朝臣の家子の如くいひなせるなンど、悉く作物語と聞えたり。其余、百合稚大臣・熊坂長範・小栗判官なンどいふ類、挙《アゲ》て算《カゾヘ》がたし。これ皆、いさゝかおもかげの有る事を潤色《カザリ》て執成し、或ハ一向《（ひたすら）》無き事をも作り出たるが、時を経て漸々に其ノ書《フミ》どもの廃り［れヵ］ゆきつゝ、唯其話説《タヾソノカタリゴト》をのミ語り継《ツ》ぎひがむるほどに、何事ともしられぬ奇怪《アヤ》しき事にハ成たるなるべし。

## 15　物語の作意

おほよそ物語を作るにハ、意得《（こころえ）》の有べきことなり。そハ、上ノ条にいへるが如《ゴト》く、跡《アト》かた無き事も世を経つゝ語り僻《ヒガ》むれバ、真事《マコト》の如くにも成り、又実事なるも、自然虚事《ソラゴト》にも成りゆきなど、さま〲に成りたらむを、物能く識通らん人の考へなどすれバ、何の事もなく分《ワカ》るべきことなれども、さりとて、はた悉く校《カムガ》へ尽《ツク》さるべくにもあらず。且ハ、実事めきたる虚事ハかた〲混《マギラ》はしく、参《マジヘ》考ふべき実録《マコトノフミ》も無《ナ》き事などハ、そのまゝ後世《ノチヨ》に伝ふる類もありぬべきを、其ハ猶さてもありなむを、実に良き人のうへの虚事に成るハ、いとも〱本意なく悲《カナ》しきわざにあらずや。

譬バ、近き世に作りたる浄瑠璃てふ物に熊谷・平山がことをいへるハ、其ノもと一谷の先登《サキガケ》を争ひたる事よりゆくりなく思ひつきて、直実を善人に季重を悪人に作り做《ナ》したるならめども、物知らぬ女童等ハ、さし当りたる処を似《モ》（以《も》）て評しぬれバ、熊谷と聞てハ甚《イミ》じく美《ホ》め平山とてハ強《アナガ》ちに忌悪むめり。季重・直実、共に武士の道に勇みて優劣無りし事ハ、平家物語・源平盛衰記に校《カムガ》ふれバ、事もなく明かなることなれど、さりとて、さバかりの功続［績］ありける人を悪人にとりなし、さるもの知らぬ女童になりとも、仮《カリ》にも悪ミ譏らせむハ、いとほしきわざならずや。故《カレ》、善人《ヨキヒト》ハ善人、悪人《アシキヒト》は悪人として、なほ止事を得ずハ、無名作り出すもよかりなむ。かゝる用意もなく物語作《ツク》らむ人ハ、大じき罪といふべきなり。さハ、とにかくに根なし言なれバ、かうまでに論《（イハ）》ずもあれと識者《モノシリビト》ハ笑ひもすべかゝめれど、猶《ナホ》えあらでなむ。

## 16　近世物語

近来、江戸に戯作者《ケサクシヤ》といふ者許多《(そこばく)》ありて、唐土の稗史・演義などに倣《ナラ》ひて、種々巧に作り出る中に、滝沢ノ某とか馬琴といふ人の書るのミ、勝れてをかしう見えたり。其中に、辞《テニヲハ》などハをり〳〵取外したる処も見ゆれど、凡て人情《ヒトノコヽロ》の趣向《ヲモムキ》を尽して、話説の次第・ゆき交る事どもの委きハ、幾里往《イクサトユキ》て幾時移るといふまでも、細かに用意したりと見えたるうへに、儒・仏の道の義理をもさるかたに弁まへ、文《フミ》づらもこよなうおぼえたり。京伝・三馬などいひけん人ハ、又可咲《ヲカ》しく誂《タハ》れたるかたの才に長たりきと見えて、是ハた、かいなでの作者にハ勝りたり。其余ハ、おほかた同じ列にていと〳〵劣《ヲト》れるハ、巻を門《(ママ)》（開）くもうたてげなるもありけり。

## 17　大江山

去々年の四月バかり、丹後国なる大江山の麓を過て、頼光朝臣の酒顛童子てふ鬼を殺《トラ》れし昔語を、つれ〴〵なるまゝに籃輿《(かご)》かきたる男に問《トヒ》しに、某の親王といふ人なりとて頼光とハいはず。其ノ人の乗れたりし馬鞍《ウマクラ》のわたり近き寺院に在りなどもいふ。さて山ノ上への事を問ふに、巌穴《イハアナ》のある所よりハ遥《ハルカ》に別なる処に、千丈が滝といふ滝あり。其ノ滝のもとに平かなる地ありて、家十七八戸あり。田地もありて、彼滝水を引き注て米をも作り侍り。其処に、酒顛ハ住しなりといへり。其所ハ、山の末七八分ばかりに直向らるゝ処なり。いと珍しく思へるまゝに攀《ノボ》りて見ま欲しかりしかども、脚気《アシノケ》のいたく悩しかりしかバ、さて止ぬ。依て按《オモ》ふに、当時武かる盗賊なンどの彼ノ家ある地に隠《カクロ》へ住たりしを、保昌ぬし、丹後ノ守なりしをりになど誅《ツミナ》はれし事の有《ア》りしを、さま〴〵作り做《ナ》せしにや。猶委しく問聞バ、考へ弁べきよしも有リつらめど、さる男のはかなき話説《モノガタリ》なれバ、さて過しぬ。

## 18　天橋立

天橋立《アマノハシダテ》は、丹後国与謝《ヨサ》の入江に、戌亥より辰巳に向ひて三十町ばかりもさし出たる地なり。並植《ナミタテ》る松の下枝、地より三尺ばかりのほどに悉く揃ひ出たり。其ノさまいと美《ウルハ》しく、げに天浮橋の落たるならんと、奇《アヤ》しきまでに見えたり。されど、おほかたの山の景色《ケシキ》・位置《タタズマヒ》、須磨・明石のあたりにこよなう劣《オト》りて覚ゆ。但馬の方より越行たるに、大内峠といふ所に、妙見の祠《ヤシロ》なる処より見下したる景色、殊に絶《スグ》れてぞおぼえし。

## 19　普甲

同ジ国宮津《ミヤツ》より、伊勢内宮（元伊勢内宮皇大神社）のおハす処へ越る路に、普甲峠《フカウタウゲ》とていと〳〵峻《サガ》しき山あり。延喜式に出たる普甲神社ハ、今ハ何とか仏めく御名奉りたるが其《ソレ》なるべし。其ノ峯に、近き頃建《タテ》しと見えて、千歳嶺《チトセノミネ》と記しつゝ、賀茂県主季鷹《カモノアガタヌシスエタカ》が作る碑立《イシブミタテ》有り。其書《ソノカキ》たる事を見れバ、[注]普甲《フカウ》の字音《モジゴエ》、不幸（ふかう）・不孝（ふけう）にかよひぬれバ、忌《ニク》みて千歳嶺と更めたるよしなり。按ふに、普甲とハ深生《フカフ》てふことを借字《カリモジ》に書《カ》きたるにて、いにしへはふもじを慥（たしか）に呼けむを【甲ハ入声文字なれバ、フをバたしかに唱《トナ》ふまじきが如くなれども、地名の借字の例ハ悉くさやうなり】、いつとなく字音の便に就て、幸・孝の音の如く訛来つゝ、かゝる事にハ成たるなるべし。山の形勢《アリサマ》、深生《フカフ》といふべき所なり。【後ノ世にハ何事も字音を主とするなれバ、げにかゝる事を忌悪むもことわりなきにしもあらざれども、然れバ、文字をのミ代用て詞をバなほ元のまゝに唱まほしきわざなり。さるハ、其ノ更むるに依て、由緒ある跡の隠れて知れぬやうに成るもあれバなり。又、字音もて地ノ名をつくるハ、皆ナかく借字の例なるをよくも思《オモ》ハで、近来、或人漢文を引いでゝ新墾《ニヒバリ》の名をつけしかバ、又の或ル人、古へに例《タメシ》なき事なりとて、太《いた》く（大くヵ）笑へりき。是また意得《（こころえ）》おくべきことなり。】

［注］＝広道が普甲峠で見た季鷹の碑に就き、『京都府下維新前民政資料碑文集』（明治45年6月京都府内務部刊）に解説文が付記されてその碑文が翻刻されている。それを写せば次のようである（但し、誤字・誤植が目立つ）。

千年山は近江・丹波二国に在。然るに、此山は、古《（いにしへ）》ふこうたむけと云しを、不幸・不孝など、音かよへば、祝て千とせたむけと云ひしとかや。今思ふに、延喜式神名帳に与謝郡布甲神社あれば、其神社、必此山に在し成べし。されば、其余波と覚しく中比まで普甲寺てふ寺有しが、夫はた絶にきとぞ。されば、弥《（いよいよ）》人蹟まれなれば、おのづから草木、所を得て茂りあへりとぞ。抑其山路さゝ泥《（ママ）》たに（さらでだにヵ）、さかしさに行かほ（ふヵ）人苦しめるを、こたびあはれみ給ひて、此わたり知しめす守のとのゝ仰書（事ヵ）有て、岩をうがちさかしきを平らげせばきに広くなさしめ給ひたれば、千歳山の千とせの末までも、往かふ人あほ《（ママ）》ぎたふとま（ざ脱ヵ）らむや。あなめでた〳〵とたゝえ侍りしを、きこしめし氏《（ママ）》（氏＝てヵ）仰事侍るを、いなみがたくて、八十の翁自をしほりつゝ、あからさまに筆を執いへるや。あな恐穴かしこ。／　天保二年九月廿三日　正四位下加茂　県主　季鷹

## 20　鳩巣小説

室氏（室鳩巣、享保19年没、77才）の書《カケ》る鳩巣小説といふ書を見たりしに、其中の一条（第50話〈『続史籍集覧』所収本中之巻第3話〉）に曰く、

神功皇后新羅退治の事、景行天皇より起り申儀ニ候。景行天皇の時分まではハ、筑紫・東国などハ、未《いまだ》王化に不順候て、政令及不申候。景行にいたりて、御自身征伐候て御渡候故、大ニ行と申意にて、景行と謚を奉り候。筑紫の方ハ、新羅・百済へ近く候故、其時分、(肥後脱カ)肥前の辺ハ、新羅より押領いたし候。其故、肥の字を、万葉集に、こまとよませ候。景行御退治候ても御凱旋候得ば、又跡より参て取申候。日本紀に熊襲と有之候は、くまハこまと申訓の転にて御坐候。おそハ、おそひ来るの意か、又ハ恐敷と申意ニ而可有之候。是、高麗人にて候。景行御年寄候て、御子日本武尊を被遣、熊襲を御退治被成候へ共、其後又来候て害を成候ゆゑ、仲哀に至候て、御征伐被成候処、其時、海嶋の老翁、計策を献候而、兎角枝葉を御追伐被成候ても、中〳〵やミ申間敷候。賊の巣元を御崩し被成候ハヾ、賊ハ自然に止可申候。爰に御搆ひ不被成、彼が本国へ兵を向られ候ハヾ、自然と退散可仕旨申候。其老翁ハ住吉明神ニて御坐候。西の海あはきが原と有之候得ば、西国海島の父老と見え申候。其時、蜑人ニ、是・西に国有やと御尋候へば、雲霧のやうにかすかに見え申由、返答申上る旨、日本紀に見え申候。海上はるか成儀にて、御征伐御難儀候故、御考へ候処に、皇后ハ英武の女中にて候故、却てもどかしく被思召、是ゆゑ御ふわにも候様に見え申候。無程、仲哀崩御の後、皇后、兵士を被遣候而、三韓御征伐ニて候。此御征伐の事、日本にてハ仰山に(申脱カ)伝候得共、朝鮮の書にも聢《しか》与《と》見え不申候。其時分、日本より三韓の地を攻申儀ハ相見え申候。多分ハ辺地の頭などを戮辱し(候カ)て、民舎など追捕候て御帰程の事にて可有之候。それともに、三韓、日本に立会候て、来患を成候故、其子細を御考へ候へば、中国に従ひて是を後盾に致し候故、日本の令を請合不申故、兎角中国へ通し候て、中国の力を借り不申候てハ不成事ニ御気付候て、皇后、其時初て日本より中国へ聘を奉じ候。是ハ三韓を従へん為に被成候得共、中国ニ而ハ何の搆無之事に候。中国へ来服の志を感じ候て請にまかせ、東海諸国、三韓を始、六国諸軍事を司候様に下知有之候。夫より三韓の地に日本府を立候而、三韓を制御し来り候処、聖徳太子に至り、日本の威を募られ候て、中国に従ひ候事を被嫌、日出所ノ天子、日没所ノ天子に書を賜など申趣[赴]候故、随ノ煬帝、以の外腹立にて、日本不通ニ成候ニ付、夫より三韓、又日本の下知を用ひ不申候。これハ、神功の深き心得有ての事にて候処、太子の仕そこなひと可申候。【下略】

といへり。先、景行天皇の御時までハ、筑紫・東国などハ「未ダ王化に不レ順」といひ、「肥後・肥前の辺ハ新羅より押領したり」といふなどハ、何の書《フミ》に見えたりや。皇国の紀にも韓国の書にもさる事ハ見えざれバ、悉く推《オシ》はかり説《ゴト》なり。次に万葉集を読《ヨミ》訛《アヤマ》りて【万葉十一ノ巻（二四九六番の作品）に、「肥人[注]額髪結在 染木綿 染心 我忘哉」とあるを、旧本に、こまひとゝ仮字付したるハ誤なること明けし。猶論あれど、今ハ略《ハブク》】、熊襲と高麗と肥国を一所の如くいへるハ、天と天竺の別なるをえしらぬとかいふことに似て、いと可笑しく、腹《ハラ》を捧て笑ふべきのミ。住吉大神を西国海辺の父老といへるも、強説なるハ論ふまでもなく、檍原《アハギハラ》てふ所だに得知ずと見えたり。仲哀天皇と皇后と御中不和などかけるハ、疑《ウタガ》ハしげに云れバ猶さても許《ユル》すべきを、三韓の御征伐の事を朝鮮の書に見えずとて、辺地の頭な[ど]正《マサ》しく紀《(ママ)》されたる事をだに疑ふものゝ、何の書にも無き事を作り出して自ら信《(たの)》めるハ、そも／＼何なる僻事《ヒガコト》ぞや。

[注]＝加藤千蔭『万葉集略解』（但し正宗敦夫校訂『諸訓参考万葉集略解』による）は、「肥人」を「うまびと」と訓み、「ウマビトは貴人なり。神代紀、結髪為髻など有るを思へば、わが古へ男は髪を額にて結ひたりと見ゆ。（中略）又古訓コマビトと有るからは肥は狛の誤か。さらば高麗人もわが古へに倣ひて額に結ひし故に言へるともすべし。」とのコメントを付している。尤も、現在では広道の言う「旧本」と同じく「コマビト」と訓んでいて、例えば沢瀉久孝・佐伯梅友共著『新校萬葉集』に「肥人《こまひとの》 額髪結在《ぬかがみゆへる》、…」とある。ちなみに、

広道は『万葉集略解拾遺』では、何故かこの作品に触れていない。

此人の尊《タフト》びさわぐめる儒道といふものも、全《モハ》ら此大皇后の御稜威《ミイツ》の大じきを恐怖《カシコミ》て、百済の王が貢に奉りしものとハしらずや。他国を中国・中華などいふことの僻説なるよしハ、先達の明らめ置たることなれバ、今ハいはず。【孔子、春秋を作りて、周の世のあらぬさまに乱れて君と臣との分別なきを書弁《ワカ》ち戒め懲しめたるをバ、いつも〳〵口号《ズサミ》にすなる儒者どもの、自国と他国との差別をだに知ラぬが多きハいかに。孔子の心を心と学びなバ、必ズさハあるまじき事ぞかし。此ノ室氏が同じ頃にハ、自らハ東夷と名告《ナノリ》出たりし頑狂漢もありけり。】況《マシ》てや、「三韓を従へ給ハむ為に漢国《カラクニ》に聘を奉じ給《タマ》ふ」などいへる一段《ヒトクダリ》、いとも〳〵恐《カシコ》く、皇大御国の大御徳をだに思ひ奉らぬ僻説なれバ、今更に呆るゝのみにて論《ロム》をも略きぬ。

さて、かゝることをいふハ、総てよしなき漢国を尊《タフト》び過《スギ》たる儒者等の癖《クセ》にて、珍しげも無きことなるうへに、さき〴〵も人の論《アゲツラ》ひ置たることなれバ、更にまたいふにも足ぬことなれど、此室氏なンどは当時《ソノコロ》いミじくいひし人にて且ハ忠直なる人と聞えたるすら、かくひとつも証拠《ヨリトコロ》なき説をいひ出たるを、其ノかたざまの人ハ猶さしも思ふらんが傍痛《カタハライタ》くて、かうかつ〴〵も論ふになむ。かの孔子の論語にも、「述而不レ作、信而《ジテ》好《ム》レ古《ヘヲ》」と（い脱カ）ハずや。かへす〴〵うたてきことなり。【按ふに、こハ彼漢国などのつらに、神を上古の人ぞと思ひて、世ハいつも常なるものなれバいつまでも異《アヤ》しき事のあるべきならず、と思ひ量りて、天照大御神・住吉三前神の御心もて韓国を天皇に言向給へ、と宣ひし御事を疑ひしより起れる説とおぼしく、新井氏のかける古史通なども、神を上古の人ぞと思へるから違ひゆきて、論ひたる説ども一つとして強説ならぬハなし。神、いにしへの人に坐せバ、などかハ殊さらに神とハ申さむ。】

## 21　武王

もろこし周の武王発が、殷の紂王を伐むとせし時、伯夷・叔斉、轡を控へて、臣として君を伐むは不義なりとて諫しかバ、殺さむとせしに、師に帥《ママ》たる呂望（呂尚）といふ者、義士なれバ殺すべからずとて助け去しめし、といへり。伯夷らが義士なるを知らバ、武王が不義ハいはでも著きことなるを、強ちに助けて紂を伐しめし呂望ハ、又いかなる人とやいはむ、いと〳〵いぶかしき事なりかし。

（次の「宋の羅大經が」以下、「猶委《ツバラカ》曲に弁まふるになん有《アリ》ける」までは、右の文章に続く割注だが、長くてかつ漢文の引用も多いので、活字ポイントを落とさず適宜改行しつつ写す。）

【宋の羅大經が、鶴林玉露などに、此事を論じていへらく、

太公之ガ鷹ノ如ル揚、伯夷之叩《サヽフル》㆑馬、道並ビ行レテ而不㆓相悖㆒也。太公処㆓東海之浜㆒、進テ而以㆓功業㆒済㆑世、伯夷処㆓北海之浜㆒、退而以㆓名節ヲ㆒励マス㆑世ヲ。二老者、天下ノ之大老也。故各為ニ㆓世間ノ㆒弁ズ㆓一大事ヲ㆒。可㆑謂フ、無ト㆑負㆓文王之所㆑養矣。使メバ㆔伯夷出テ而任セ㆓太公之事ヲ㆒、則太公亦必ズ退而為㆓伯夷之事ヲ㆒。所謂易㆑地ヲ則皆然。思㆓冠切意、二老受㆓文王之養ヲ㆒、平□《キヨ》（居）暇日、同㆑堂合㆑席ヲ、念フ㆓王室ノ之如㆑燬。固欲ス㆓起テ而救㆑乱。思㆓冠冕之毀㆑裂。又恐ル㆓因テ而階㆑乱。故ニ水火相済、塩梅相成シ、各々以㆓一事ヲ㆒自ラ任ス。如㆔三仁之自ラ献自ラ靖ガ㆒、或ハ殺㆑身以テシ全㆑節ヲ、或帰㆑周ニ、以テ全㆑祀ヲ、或ハ佯‐狂シテ、以テ全㆑道ヲ。均ク不㆑失㆓本心之徳ヲ㆒而已矣。豈故相ヒ矛盾スル者哉。観テ㆓伯夷之諫㆒、太公扶而去㆑之、曰㆓義士㆒。意可㆑見ツ矣。

といへり。これ皆ナ、本より無《ナ》き事を押て、古へ人の心を量《ハカ》る宋人の癖論《クセゴト》にて、何の事ともなし。「水火相ヒ済ヒ云々」、といへるを見れバ、世人の服はぬを計りて、試に偽りて諫たりといふにや。さらバ、何の大じき事かハあらむ。さる偽計に身を殺したるハ、勝れて愚《オロカ》なる人といふべし。されバ、決く然ハある

まじき事なり。三仁（殷末三人の忠臣。微子・箕子・比干のこと。）とかいふめる人の行も、たまたま勢の然りしのミ。其《ソレ》が中にも、微子が周ノ封《ヨサシ》を受てかゞまり居けるハ、何なる心にかありけん。これらをこそ推量りても観つべきものなれ。また天に応じ人に順《シタガ》ひて世を拯（すく）ふとしも唱ふるハ、叛逆《サカワザ》を謀るものゝ常言にて、珍しげもなきことなるを、湯王・武王が所為《シワザ》に限りて実に然りとするも、いぶかしき事なり。微子らが仁者なるを知らバ、天下《アメノシタ》を任《ヨサ》して蒼生《タミ》を誤らざることハ明けきに、僅に祭祀を継ぐばかりの宋ノ国を与へたるハ、世人の口を塞《フサ》ぐ謀術にて、巧に簒《ウバ》ひたる事、疑ひなかるべし。

また、尚書の甘誓に、「用レ命、賞二于祖一、不レ用レ命《ヲバ》、戮二于社一。予則孥二戮汝《ヲ》一。」湯誓に、「爾不レ従二誓ノ言一、予則孥二戮汝《ヲ》一、罔（罔）レ有《ルヿ》レ攸（攸）レ赦。」太（泰）誓に、「功多、有《ン》二厚賞一、不《ズハ》レ迪、有《ン》二顕戮一。」牧誓に、「爾（有《ラバ》脱カ）レ所レ弗《ル》レ勗《メ》、其于《テ》二爾躬《ガ》一、有《ン》レ戮。」といへるを以て按へバ、威勢を以て、衆人を駆《カリ》役ひたる状ハ著きを、徳を慕ひておのづから集ひたるやうに言ひ成せるも、彼ノ国人の習俗なるを、是ハた然なり、と諾なふ人も有けり。其が中に、太誓に、

予克《レ》レ受、非《ズ》二予武一。惟、朕文考無《也》レ罪。受克レ予《ニ》、非二朕文考有一レ罪。（惟脱カ）予《レ》小子無《也》レ良《キヿ》。

とあるハ、いと〳〵切なるものなり。

鶴林玉露に、また曰《イハ》く、

湯武、応《ジ》レ天順《フ》レ人之挙、実出《ツ》二於伊尹・太公《ニ》一、云々。詩曰《ク》、実維《レ》阿衡、実左《タスクト》二-右商-王《ヲ》一。不レ言《ハ》三湯用《ルヿヲ》二伊尹《ヲ》一也、云々。詩曰《ク》、維《レ》師尚父、時維《レ》鷹揚《ノガリ》（たすけて）涼《ニ》二彼《ノ》武王《ヲ》一肆伐《ニ》二太商《ヲ》一。不レ言《ハ》三武王用《ルヿヲ》二太公《ヲ》一也。湯-武非《ルヿ》二富レ天-下之志《ニ》一、於《テ》レ此、可《シ》レ見《ツ》。雖《ドモ》レ然《ト》、夫子則不《テ》三以《ヲ》レ是而恕《ヲ》二湯武《ヲ》一也。序《ニ》レ書之辞、曰《ヒ》二湯勝《ト》レ夏、曰《フ》二武王勝《テ》レ殷殺《ニ》レ受《ストヲ》。未《ダ》三嘗分《テ》二其罪《ヲ》於伊尹・太公《ニ》一云々。余嘗《テ》疑《ン》、商之取《ノ》レ夏《リ》、周之取《ヲ》レ商《ルヿヲ》、一也。湯崩《ジテ》、而太甲不明、甚《シ》二於成王之幼冲《ナルヨリ》一矣。然、夏人帖然、未三嘗萌《ノ》二蠢動之心《ヲ》一、及《テ》二武王既喪《ニ》一、商人不《スルニ》レ靖。観《ルニ》二

鴟鴞小‐毖之詩一、悲‐哀急迫、岌々然、若《クナルヿハ》レ不《ル》レ可《ラ》二以《テ》一朝居《モル》一何《ソヤ》也。湯放《ヲ》二桀於南巣一、蓋亦听《フ》下其自《ノミ》屏二於遠方《ニ》一而終上耳。未レ至乙如《キ》下以《テ》二黄鉞《ヲ》一斬レ紂《ヲ》之甚甲也。故夏人之痛、不レ如二商人一。夫以《レ》二懐‐王之死一、楚人尚且《ホツ》悲‐憤《シテ》不レ已、有下楚雖《ドモ》二三戸一《也ト》、亡レ秦《ヲ》、必楚《ナラント云》之語上。況《ヤ》六百年仁‐恩之所《ノ》二滲灑《スル》一者哉《ヲヤ》。当二是時一、若《シ》非《ズハ》下以《テ》二周公之聖《ヲ》一消中‐息弥中‐縫於其間上、則周之復為《ンヿト》レ商也決矣《セリ》。且湯既勝《ツ》レ夏《ニテ》、猶《ニ》レ有レ慙《ルヿ》レ徳《ニ》。慄々《トシテ》危懼《ミルヿ》、若《シ》レ将《ルガ》レ隕《ント》二于深淵《ニ》一。至二于武王《ニ》一、則全《ク》無二此等《レノ》意思一矣。由《テ》レ是《ニ》論《ズレバ》レ之、湯武亦《モ》豈可《ニンヤ》二並言《ベフ》一哉。朱文公云《ガク》、成湯聖敬日躋《ニル》、与二盤銘《ノ》数語《ノ》一猶《ホ》有二細密《ノ》工夫一。至二武王《テハ》一、往‐々並《ニ》不レ見二其切《ノ》レ已《ルニ》事《ヲ》一。

といへる、「湯武非《ズ》二富《ヲ》レ天‐下之志《ニ》一」など云へるハ、例の口癖《クチグセ》ながらなか〳〵に趣を得たりといふべし。

また、蘇軾が曰《イヘ》らく、

使下当時有中良吏如二董狐一者上、則南巣之事必《ハ》以レ叛書《シ》、牧野之事必《ハズ》以レ弑書《サン》、而《ドモ》湯武《ハ》仁人也《ナリ》。必将為レ法《ヲ》受レ悪《ヲ》、周公作《テ》二毎逸《ヲ》一曰《ク》、殷王中宗及《また》高宗及祖甲及我周《ノ》文王茲四人《ハ》、迪哲《也ト》。上《ミ》不レ及レ湯《ニ》、下《モ》不レ及《ルハ》二武王《ニ》一、以レ是哉。

といへる、是レはた心ゆかぬ処もあれど、おほかたハ同じ趣に論《ツラ》（論《アゲツラ》）ひたり。これら皆ナ其ノ国の為にいふめる説なるすら、かく疑ひける事どもなるを、由縁《ヨシ》もなき皇国に引キもて来《キ》て、ともすれバ尊《タフト》びあへるハ、そもいかなる心にかあらむ。彼ノ孔子も周ノ人ならずハ、武王が事ハ論ふべきものなるべし。書（尚書）の仲虺之誥（周の輔相仲虺の湯王のための詔）に、湯王が「予恐《レ》二来世一以レ台為二口実一」といへるも著《シル》く、それより後、叛逆《サカワザ》を企る者どもの口実とせざるもなく、北条ノ義時が承久の例《タメシ》にさへ引キ出デたるハかけまくもさらに忌々《ユユ》しきを、近来難波[注]の狂夫《タブレ》が、さへづり種にしたりしなどハ、かへすがへすも畏くて、猶委曲《ツバラカ》に弁まふるになん有《アリ》ける。】

［注］＝「難波の狂夫」は、大塩平八郎をさす。また「さへづり種、云々」は、蜂起時に発した彼の檄文の最後に「乍去此度の一挙、当朝平将門・明智光秀、漢土の劉裕・朱佺忠の謀反ニ類し候と申者も、是非有之道理に候得共、我等一同心中に、天下国家を簒奪いたし候慾念より起し候事には更に無之、日月星辰の神鑑にある事にて、詰ル処は、湯・武・漢高祖・明太祖、民を吊し（憐れみ）、君を誅し、天討を執行候誠心而已にて、云々」とあるのを承けているのだろう。

## 22　月

唐の欧陽詹《（おうようせん）》が翫《ブ》レ月《ヲ》詩序《ノ》にいはく、

月可《シ》レ翫《ブ》、翫《ブハ》レ月《ヲ》古也云云　月之《ノ》為レ翫《ヲ》、冬則《ハ》繁霜大寒、夏則《ハ》蒸雲大熱、雲蔽レ月《ヲ》、霜《ハ》侵《ス》レ人《ヲ》、蔽与レ侵倶害《アリ》レ翫、秋之《ノ》於《ケル》レ時、後《クレ》レ夏《ニ》先レ冬《ニ》、八月《ノ》於《ル》レ秋《ニ》、季《ノ》始《メ》孟終《リ》、十五於レ夜、又月之《ノ》中、稽《フレバ》二於天道一則寒暑均《シ》。取二於月数一則蟾兎円《カ也》。況埃壒（塵）不レ流、大空悠々、嬋娟徘徊、搏華上《リ》一游《ブ》、昇《リ》二東林一入《ル》二西楼《ニ》一、肌骨与レ之踈冷、神気与レ之清冷《也》、云云。斯古人《ノ》所二以為《テ》一レ翫《ヲ》也。【此序、事文類聚（宋代類書、祝穆撰）に出《デ》たり。今ハ、或《ル》書《フミ》に引《キ》たるを写しつ。】

といへり。昔より八月十五夜月を翫ぶハ、此ノ意なるべし。此序、文章づらも美《ウルハ》しく、理も深げに聞ゆめれども、八月《ハツキ》ノ十五夜ハ、漸夜寒になりゆく頃にて、おほかたハ曇りたる年ぞ多かる。七月の十五夜こそハ殊に年ごとによく晴《ハレ》て、はた熱《アツ》き比《コロ》ほひなれバ、更《フケ》ゆくまゝに夜風いと涼しく、海湖《ウミカハ》に舟をうかべ、楼台を遣放ちなンどして、月見むにハ実に宜しかりけれ［り］。さるを、魂祭る業のらうがハしきにさわがれて、月ノ色ハよかりしやわろかりしや、我人知ずして過す年のミ多かるハ、いとうもれいたき《（埋もれ甚き）》事になむ。

## 23　雨

晴たるを好《コノ》み雨《アメ》ふるを厭ふハ、よのつね並《ナベ》てのことながら、さりとて、しめやかに寂《シヅカ》なる方のをかしさハ、また雨《アメ》にこそ趣向《オモムキ》ハあンなれ。さるハ、日を経てをやみなく降るさみだれの頃なンどハ、庭の小草も茂らひて、ひとしほ青みわたるに、池の真菰《マコモ》の長《タケ》だち伸びたらむとおもふハ更にて、はしたなくいぶせげなるふせ屋も、ものしめやかに、日頃ハ何のかひなき賤の男《ヲ》も、蓑笠着てもの営む粧ひハ、なか〳〵見どころあるこゝちぞする。軒《ノキ》の玉水音頻《タマミツオトシキ》り、またうち撓ミなンどするさよ中、子規《ホトヽギス》の鳴わたり、螢《ホタル》のあはれげに飛びかふハ、いふもさらにて、蛙の声の所得がほに高くなりゆくに、小鳥《コトリ》どもの、食物求《クヒモノアサ》りわびていぶかしげにたどり来るも、とり〴〵あはれにやハあらぬ。窓《マド》の下《モト》に書読《フミヨミ》くんじて、徒然なるまゝに、傍《カタヘ》の琴ひきよせてしどけなう奏《ヒキ》まき［さ］ぐるをりしも、隈《クマ》なく思ひかハす友だちなどの訪来《トヒキ》たらむハ、いかばかりにかあらむ。いと尽すまじうこそ。すべて、花待つ頃の春雨をはじめて、降つゞきたる卯花腐《ウノハナクダ》し、肌膚涼しき秋の雨、黄葉染めゆくむら（ママ）衆雨を板庇に聞たる寝覚など、とりいでゆけバ、皆がらをかし。

## 24　万葉・古今の歌体

万葉集の末と古今集の初とハ、おほかた同時の歌《ウタ》なるべきに、歌体《ウタザマ》の甚く違《タガ》ひたるを昔より疑ふ人も有リしかど、さる故と説得《トキエ》たることをバ、未聞ず。案ふに、古今集撰《エラ》ばれし頃《コロ》までも、すべての世間ハ万葉の末の体《フリ》なりけむを、かの友則等《トモノリラ》四人の人々なンど、古今の風《フリ》を始《ハジ》めて詠出《ヨミイダ》されたるを珍《メヅラ》しがりて、大宮人の感、まどはれしより、件《クダリ》の人等《ヒトタチ》も、ことさら上手の名を得《エ》られ、其に依てぞ古今撰集の勅をも下し賜ハりけむ。さらバ、此ノ四人の人々の心に合《あ》ひたる歌のミを択《(えら)》れつらんからに、世間に一同《ヒタスラ》もてはやす昔よりの風とハ、甚く違《タガ》ひたるものなるべし。さて、古今の体、やう〳〵に流行いでゝ、古風ハ廃りゆくにつけて、いつとなく皆後ノ世風に移ろひたるを、さる後《ノチ》より見れば、僅《ハツカ》の年を歴《ヘ》たる間に、歌体《ウタブリ》の大く替りたるやうにハ見ゆるなるべし。

## 25　古今集序難注

古今集の序に、漢文・仮字文の二つありて、文義全く同じく、漢文《カラブミ》の方ハ紀淑望ぬし、仮字文の方ハ貫之のなりといふ事、かた〴〵混《マギラ》はしき筋《スヂ》ありて、先達もさま〴〵考へられしかど、定《タシ》かに決《サダマ》れる説も無し。【其ノ中に、秋成が打聴（上田秋成『古今和歌集打聴』〈『上田秋成全集第五巻』〉）にいへる説（「仮名序末識語」）を、おほかたハ得たりとすべし。】是に依リてなほつら〳〵読試るに、いさゝか按ひ得《エ》たるふしもあれど、作者の事《コト》ハかにかくに明《アキラ》かなる証《シルシ》のなき事なれバ、暫《シマラ》くいはず。漢文《カラフミ》と仮字文とハ、漢文のかた先成りて、後に其レをうつして仮字文ハ作けんものと見えたり。其ノ上、漢文のかたハ、毛詩ノ序・文選ノ序などに因られたりと見えて、論《ロム》なきにしもあらねど、おほかたハ、義《コトハリ》貫《トヲ》りて聞え、仮字文のかたハ、おもしろきやうなれど、よく味ひミつれバ、いと調ハぬ事ども多かり。【調ハぬ事ハありながら、又いと才々しき処も見えたれバ、おほかたハ貫之ぬしの作れしなるべし。さるハ、彼ノのぬしの大井川行幸ノ和歌ノ序に似たるところあるがうへに、栄花物語にも、後撰集撰ばれし下《トコロ》（巻一「月の宴」）に、貫之ぬしの作りてつかうまつられしよしをいひて、今ハさる人のなきとて歎《ナゲ》きていへることどものあるハ、全く仮字文の事と聞え、後拾遺集の序も、此レに效《ナラ》はれたりと見ゆれバなり。されバ、下モに難《ナン》ずるが如き誤ハ、幾遍ともなく伝へつるうちに、写しひがめたるものなるべし。】故、近来の註釈、打聴《ウチギヽ》・遠鏡《トホカヾミ》（本居宣長『古今集遠鏡』〈『本居宣長全集第二巻』〉）などに弁まへられし段《クダリ》をバおほかたに除きて、其余に按ひよれる事どもを、試にいはんとす。

○ちはやぶる神世にハ、うたのもじもさだまらず、すなほにして、ことのこゝろ、わきがたかりけらし。人の世となりて、すさのをのみことよりぞ、ミそもじあまりひともじハよみける。」《(ママ)》

素直ならバ、ことのこゝろ弁がたかるまじきことなるを、なか〳〵に、「弁がたかりけらし」といはれたるハ、いかに。されど、こハ人も論《イ》ひたれバおきぬ。次に「人ノ世と成りて、云々」を、打聴に隔句也といはれたれど、猶聴えがたし。奈何となれバ、隔句とても句を上下に置かへ、またハ次の句を隔て連《ツヾ》けなどすれバいとよく分《ワカ》るべきを、こハ何れの句より読始《ヨミソメ》ても義聞えがたけれバなり。【聞えがたしといふハ、素盞嗚尊《スサノヲノミコト》ハ神にし坐《マ》せバ人ノ世となりての御歌とてハ、有べくもあらぬ事ぞ。なほ打聴に委し。】

○とほきところも、出たつあしもとよりはじまりてとし月をわたり、たかき山も、ふもとのちりひぢよりなりてあま雲たなびくまでおひのぼれるごとくに、此歌も、かくのごとくなるべし。」《(ママ)》

漢文序に、「払レ雲《ヲ》之樹、生レ自《ヨリ》二寸苗之煙一、浮《ブ》レ天之波《モ》、起《ル》レ於《ヨリ》二一滴之露一」とあるを、千里の道も一歩に出、高山も微塵より生《ナ》るを云《イフ》、漢語《カラゴト》に転《ウツ》し代て書るなれど、譬喩《タトヘ》の意も、彼とハこよなうもの遠く聞え、また「年月をわたり」とばかりにてハ、定かに上の意に応《(かな)》ひ難《ガタ》きが如し。また、山におひのぼるとあるも、何とかや草木めきて、穏ならず聞えたり。さて又、「此ノうたもかくのごとくなるべし」、とあるハ、此と如此と無用に重りて、拙《ツタナ》きに似《ニ》たり。

○なにはづの歌ハ、みかどのおほむはじめなり。あさか山のことのはハ、うね女のたハぶれよりよみて、此ふたうたハ歌のちゝはゝのやうにてぞ、てならふ人のはじめにもしける。」《(ママ)》

「みかどの御ゝはじめ」てふ事、とにかくに聞えざれど、先達も疑ひ置たることなれバ、更に論《(い)》（は）

ず。「うねめの戯れよりよみて」といふ、でもじの結び、下《シモ》になくて、調はず。さてまた、浅香山の歌ハ知(ら)ず、難波津の歌の事ハ、光《ヒカル》源氏ノ物語にも見えたれバ、中昔《ナカムカシ》のころ、手習ふ人の始にしたるハ論なけれども、歌の父母《チ、ハ、》としもいへる事、何にしても意得《(こころえ)》がたし。打聴に、「二首共に世にめでたき功有歌なる故に」などもいはれたれども、此ノ余にも、猶大じき功ある歌も多くあれバ、従ひがたし。

○六義に換て書れたる評どもの宜はぬ事ハ、古註にもおほかたに考へおかれしからに、猶いはまほしき事もあれど、今ハ略きぬ。

○をとこ山のむ《(か)》なしをおもひいでをみなへしのひとときをくねるにも、歌をいひてぞ、なぐさめける。」《(ママ)》

此くねるといふ詞、此ノ外に物に見えたること無きにつけて按ふに、ひと時をへぬる【一時を経去る、といふ意なり。また、終ぬるといふ義としても聞ゆ】、とありしを、へをくに、ぬをねに、写し誤りたるにハあらずやとぞおもふ。さらバ、思ひ出《(いで)》てと、でもじを添たる本ハわろし。男山ハ男の若盛りの比喩なるハもとよりにて、女郎花は女の盛りを譬《タト》へたるにて、対句なるべし。さるハ、女ハ殊《コト》に盛り短《ミジカ》きものなれバ、女郎花といふ名に因てあだなる花に比《タト》へたるにて、あなかしがまし、花もひとゝきてふ歌を、下に含るなるべし。源氏にくね〳〵しといふ詞のある[注]を打聴に引たれど、彼ハ曲りたるやうの詞にて、今とハ別なり。又、くねといふ下タに、直に、るもじを連《ツヾ》くるは俗語の格なれバ、【雅言にハ、くね、くぬ、くぬる、といふべき例なれど、さる詞どもハ未だきかず】謬《アヤマリ》なることをしるべし。又、俗言に、くよ〳〵といふ意《コヽロ》なりといふ解《トキゴト》ハことに聞えず。

[注]＝「くね〳〵し」の語は『源氏物語』「紅葉賀巻」の巻に「われも一日も見奉らぬハ、いとくるしうこそ。されどをさなくおはするほどは、心やすくおもひ聞えて、まづくね〳〵しううらむる人の心やぶらじと思ひて、(下略)。」と見える。広道は『源氏物語評釈』の「紅葉賀巻」の頭書に「まづくね〳〵しう」を掲出し、「紫

上ハ幼けれバ、物ねたみの事などなくて心やすし。されバ、先さしあたりて、むつかしく恨る人の心をやぶらじとて、暫くかやうに出ありくと也。くねくしうハ、物むつかしくすねて恨をいふ形容の辞也。」と〈釈〉している。

○いにしへより、かくつたハるうちにも、奈良の御時よりぞ、ひろまりにける、云々。【中略[注]】山ノべのあか人といふひとありけり。歌にあやしくたへなりけり。(ママ)」

此段、「奈良の御時よりぞひろまりにける、云々」、「これハ君も人も身をあはせたりといふなるべし、云々」といふことを、打聞ニハ、貫之《ツラユキ》ぬしの言にあらずとて略《ハブ》かれたれど、さりとて正しき証《アカシ》もなし。遠鏡にハたすけて置れたれど、何の説もなければバ、いかなる心とも知り難し。かたぐく疑《ウタガ》ハしけれど、ひが事なるよしハ打聞に譲《ユツ》りて、今更に論（ぜ）ず。おほきミつのくらゐかきの本の人万[呂]ろとあるハ、むつのくらゐとありけむを、写し僻《ヒガ》めたるなるべし。こハ、古キ註に既《ステ》にいへる説《コト》とおぼゆ。

[注]＝「中略」の部分前半に、「かの御世や歌のこころをしろしめしたりけむ。かのおほむ時に、おほきみつのくらゐ柿本の人麿なむ、歌のひじりなりける。これは君もひとも身をあはせたりといふなるべし。」とある。

○こゝに、いにしへのことをも歌のこゝろをもしれる人、わづかにひとりふたりなりき。【中略[注]】いにしへの事をも歌をもしれる人よむ人、おほからず。(ママ)」

此ノ段、殊に乱れて、あとさき互に入交《マゼリ》(ママ)りたりと見えたれど、遠鏡に直されたれバ更にいはず。又打聞に、「彼御時よりこのかた、としハももとせあまり、世ハ十つぎになむなりにける、云々」、といふことを、後のしわざ也とて略き去られたるハ、錯れたる本のまゝに歳を算《カゾ》へて、人麻呂の事を疑ハれたるものにて、一トわたりの説といふべし。漢文序に、「昔平城天子、詔《シテ》二侍臣一令レ撰二万葉集一、自レ爾以来、時ハ歴二十代一《ヲ》、数過《ハグ》二百年一《ニ》。」とあれバ、こゝにも必ありぬべきことなり。

[注]＝「中略」の後半部分に、「かの御時よりこのかた、年はもゝとせあまり、世はとつぎになむなりにける。」とある。

○万えうしふにいらぬふるきうた、みづからのをも、たてまつらしめたまひてなむ。[注]」(ママ)
此末のなむといふ辞も亦、結び所なし。凡《スベ》てなむと下タに置くときハ、必、其ノ下モに、云々ある、とやうの詞のあるべきを略き去たる例なるを、此処ハ、「たまひてなむ」とばかりにてハ、其ノ下モに何といふ意ありとも知がたき語勢《コトバノイキホヒ》なり。また、数の詞を隔《ヘダテ》て、遥に下モへ係る辞《コトバ》かと見もてゆくに、それが中に[もカ]と、端を更《アラタ》めて、「歌をなむえらばせ給ひける」といふなむまで、詞すべて続きたれバ、とにかく聞えがたくなむ。

[注]＝この後、「それがなかにも、梅をかざすよりはじめて、ほとゝぎすをきゝ、もみぢををり、雪を見るにいたるまで、又つるかめにつけて君をおもひ人をもいはひ、秋萩夏くさを見てつまをこひ、逢坂山にいたりて手向をいのり、あるは、春夏秋冬にもいらぬくさ〴〵の歌をなむえらばせ給ひける。」とある。

○かくこのたびあつめえらばれてハ、山した水のたえず、浜のまさごのかずおほくつもりぬれバ、(ママ)」
「えらばれてハ」の、てハと「つもりぬれバ」の、バと応《かな》ひがたきが如し。其故ハ、てはを活れバ、つもりぬべけれバとあるべし。ぬれバを置バ、てハのハもじ無用なれバなり。如是ながらにて、次の今ハとあるハまでへ障りて聞ゆ。

○いまは、あすか川の、せになるうらみもきこえず。さゞれいしの、いはほとなるよろこびのミぞ、あるべき。(ママ)」

此ノ飛鳥《アスカ》川・細石《サヾレイシ》の比喩、ことに僻言なり。此に依てぞ、漢文《カラフミ》のかたを取て訳《ウツ》し作るものとハしらるゝ。そハ先、漢文序に、「淵変為レ瀬之声、寂々閉レ口、砂長為レ巌之頌、洋々満レ耳」とあるハ、其ノ上に、「陛下御宇、于ニレ今九載、仁流二秋津洲之外一ニ、恵ハ茂シ二筑波山ノ之陰一」とあれバ、正しく当御世を美称《ほめ》奉りたる文なるを、こゝにハ「かくこのたび集めえらばれてハ云々」の次に出して、此集《コノフミ》の事にいはれしハ如何。歌集撰ばれずとて、恨をいふものゝ有べくもあらず、出来たりとて、然ばかり歓《ヨロコ》ぶべき謂れもなし。【後ノ世にハ、撰集に命をかけたる如き人もあるハ、既にもてはやされたる後《ノチ》の習俗なれバ、其《ソレ》を引出《キデ》て論《アラソ》ふことなかれ。今ハ万葉など一《ト》つ二《タ》つの集の余に、ことさらに勅撰などいふ、いみじき事の無りしをりの情を、推《オシ》て按ふべきなり。】

故、なほ歓《ヨロコビ》のかたハ強ていはゞ、小《いささ》か理《コトハリ》なきにしもあらざンめれど、恨のかたハ釈《トク》べき縁《ヨシ》ハ絶《タエ》てなし。漢文《カラブミ》の方ハ、御仁恵《ヲホムメグミ》の流く（ママ）（れカ）茂き故に依《ヨリ》て、飛鳥川《アスカガハ》【よのなかはなにかつねなるあすか川きのふのふちぞけふハせとなる】に擬へて、世を恨むる者ハ無く、細石《サヾレイシ》【わが君は千世にやちよにさゞれいしのいはほとなりてこけのむすまで】に寄《ヨ》せて、御代を賀《コトホ》ぐ頌《ウタ》ひ声《ゴヱ》のミ耳《ミヽ》に満りといふなれバ、いと能く聞えたり。されバ、初よりかく理きこえぬ事を思ひ出《イデ》て誰かハ書べきなれバ、決《ウツナ》く漢文にあることを訳《ウツ》すとて、ゆくりなく思ひ誤《アヤマ》られたること著《イチジル》し。さてこそ漢文のかた先に出来《イデキ》て、仮字文《カナブミ》ハ其を訳《ウツ》したるものとハ云るなれ。今までいみじき人々の此ノ集の注釈《チウサク》したるハいと多《オホ》く、かばかりの事に心づかぬことハあらざるべきを、一概《ヒタスラ》に漢文を忌ミ劣《ニク》しめて、仮字文を尊びさわぎ、強《シヒ》て助《タスケ》むと為しからに、ふと考へ脱《オト》せしなるべし。されバ、猶漢文のかたを此ノ集の正しき序にハ定《タヾ》むべきにや。

○それわれら【遠鏡に[注1]従ひて、今更めつ。旧本に「まくらことバ」とあるハ何のことともなし。】ことばハ春の花のにほひすくなくして、むなしき名のミ秋の夜のながきをかこてれバ、」（ママ）

これまた、漢文序に、「詞ハ少二春花ノ之艶一、名窃二秋夜ノ之長ヲ一」とあるを訳《ウツ》したるものなれど、「かこてれバ」といふ詞、いかゞなり。凡《スベ》てかこつといふハ物によそへて怨《ウラミ》を述るが如き事にいふを【されバ語の本ハ、仮言すといふ義にやあらむ。又按、下のこつといふ詞ハ、添こつ・改こつなどゝ同じく、辞ならんか】、転りてハ物にも擬へず唯くよ〳〵と怨《ウラム》るよしにもいへり。されバ、「秋ノ夜の長きをかこてれバ」とてハ詞のうへハ事も無く聞《キコ》ゆれど、下タに含《フク》めたる意《コヽロ》を取失ひて、総《スベ》ての意に合はず。漢文の長ハ、長短の長にて、臣等《ワレラ》歌に長たりと聞食《キコシメサ》るゝハ、全く虚《ムナシキ》名《ナ》なるよしをいはむとて窃《ヌスム》とハいへるにて、【ぬすむとハ、人の許《ユル》さぬ事を押て窃《ヒソカ》にものする言《コト》にて、必しも盗賊の事のミにハあらぬよし、本居氏の古事記伝（二十三之巻）にくハし。】春ノ花・秋ノ夜ハ、仮に添へたるばかりなるを、本意を失ひ末詞《スエノコトバ》の続きばかりを取たるハ、また漢文を訳《ウツ》したる一ツノ証《シルシ》なり。【然れども、此処ハ強て説成さバ、聞え［ぬ］といふばかりの事にハあらじ。】さて又、初発に、「それわれら」とあるハ、漢文の発語に在る、夫字をしか訓《ヨメ》る外にハ、かく様《ザマ》にふと置たるそれてふ詞ハ見あたらず。珍《メヅラ》しき例なれど、何ニとなく穏《オダヤカ》ならず聞ゆめり。

（頭書）

| |
|---|
| 再案。［注2］「それまくら」ハ、それがしらを写し誤りたり、といふ説よかるべし。 |

［注1］＝仮名序最後の段に「それまくらことは春の花にほひすくなくして、云々」とあるが、その「それまくらことは」の箇所が分かりにくいが今も定説がないようだ。この件に関して、『古今集遠鏡』（『本居宣長全集第三巻』）に次のようにある。

おのがをしへ子なる三井高蔭《ノ》がいはく、まくらはわれらを写し誤れるなるべし、われ（草仮名）とまく（草仮名）と似たり。（中略）、横井千秋《ノ》もわれらなるべしといへり。又或人はいはく、それまくらはそれがしらの誤なるべし、おのがことをそれがしといへることも、中昔の文に例ありといへり。今思ふに、此ふたつのうちなるべし。

なお、高蔭らの「それ、われら」説も、「或人」の「それがしら」説もほぼ同じような意味になるが、宣長は前者説を採ったらしく、「それ」を「サテ」と承けて、「サテ我々ドモガ義ハ、云々」と口語訳していて、広道もまた宣長の紹介する前者の高蔭説または千秋説に拠ったのである。

[注2]＝ところが、広道はここで、高蔭らの「それ、われら」説の「それ」（発語）が穏やでないとして考え直し、後者の「或人」の「それがしら」がよいと言うのである。

○かつハ、人のみゝにおそり、」(ママ)

此ノ「耳に恐り」といふこと、聞えたるやうなれど、是レも何とかや、漢籍訓めきて聞ゆ。

○たなびく雲のたちゐなく、鹿のおきふしハ、」(ママ)

此ノはもじも、係《カヽ》り処《ドコロ》なし。此レを遠鏡に、「タツテモ居テモ寝テモサメテモ」と訳《ウツ》し釋れたれど、其ノ意ならバ、おきふしにとこそ、いふべけれ。

○このうたのもじあるをや、あをやぎのいとたえず、松の葉のちりうせずして、まさ木のかづらながくつたはり、鳥のあとひさしくとゞまれらバ、」(ママ)

「もじあるをや」てふ言、いかにしても聞えがたきを、遠鏡にハ「あるをや（の四字）ハ、次のあをやぎより混《マギ》れたる誤《アヤマリ》」として、「もじハ若《モシ》にて、ひさしくとゞまれらバといふへ係《カヽ》れ（る詞な）り」といはれたり。あるをやの誤ハげに然《サ》もありなめど、ひさしくの上へなる鳥跡ハ、青柳・松葉などの枕詞と同じからず。正しく文字の事《コト》をいへりと聞えたるに、其レを除《ヲキ》てひさしくへ係《カヽ》れりとハおもはれず。とにかくに、此わたりハ、殊に乱れたるものと見えたり。

○上にいへる説《コト》どもハ、今より七八年前つかた考置たることにて、猶《ナホ》いはまほしき事どもの多けれバ、別《コト》に一ト巻《マキ》として委曲《ツバラカ》に論ひ弁まへてんと思ひしかども、さる暇無くて黙《モダ》したりしを、今又おもひ出るまに〳〵、かつ〴〵も記しつけしなり。されバ、古き注釈《チウサク》どもを此彼《カレコレ》かひ集めて校《(かんが)》へなバ、今少し按ひ得ることもありげなれども、今ハさる書も失ひつ。唯《タダ》、岡部氏の打聴に本居氏の遠鏡をいさゝか書き加へたる冊《フミ》の座右《カタヘ》にありしを、引キ出デて校《(かんが)》へものしたるにて、おほかたハ、其ノ書どもに因れるばかりなりき。されば、昔よりの裏書と見えたる古キ注などの事も、打聴の説に譲《ユツ》りき。こゝで更《サラ》にいはず。なほ、いひ漏《モラ》せるふし〴〵ハ、序《ツイデ》あらむをりにうちいでなむかし。

## 26　同集漢文序

古今集漢文序に、

自《ヨリ》三大津皇子之初作二詩賦一、詞人・才子、慕《ヒ》レ風《ヲ》継《ギ》レ塵《ヲ》、移二彼漢家之字《ヲ》一、化二我日域之俗《ヲ》一、民業一改、倭歌漸衰。

また、

浮詞雲興、艶流泉《ノ》涌《ク》、其実《ノ》皆落、其花《ノ》孤栄、至レ有下好色之家、以レ此為二花鳥之使一、乞食之客、以レ此為中活計之媒上。故半為二婦人之右一、難レ進二大夫之前一。

また、

其《ノ》大底皆以《テ》レ艶《ヲ》為レ基、不レ知《ラ》二歌之趣《ヲ》一者也《ナリ》。

とあるなンどハ、詞気《(ことばづき)》ハ実に過たりともいふべけれども、また確《イミ》じき論といふべし。後ノ世の歌ハ、おほかた此ノ論に漏《モル》るハ稀なるべし。大津皇子の 叓《(こと)》、此余の書にハ見えざれども、この延喜の頃までハなほ、定かに言ひ伝へたる事のありしなるべし。「乞食之客云々」も、今ノ世の如く、別に歌咏者といふ者もあらざりけめど、上に好ミ給へる随に、歌を吟て権《イキホヒ》あるあたりに諂《ヘツラ》ひ寄《ヨ》りける者《モノ》どもハ、漸々ありしなるべし。其を指《サシ》て、「活計之媒」とハ書《カ》れしならむ。さて又、

小野《ノ》小町之歌《ガ》、古《ヘノ》衣通姫之流也。然《ドモ》艶《ニシテ》而無二気力一、如三病婦之著二花粉一《ヲ》。大友《ノ》黒主之歌、古猿丸太《（ママ）》（大）夫之姿《（ママ）》（次）。頗《ブル》有二逸興一而体甚鄙、如三田夫之息二花前一也。

とある猿丸といふ人、とにかくに疑ハし。大夫とあれバ五位ばかりの人とハ聞えたれど、史に見えたる事もあらねバ、何人とも決《キハ》めがたし。試にいはゞ、憶良大夫など有《リ》けむを写《ウツ》し誤《アヤマ》れるにハ非ずや。万葉集を以て考ふるに、山上臣憶良《オクラ》を大夫と記したる所も見え、且当時歌人の名ありけむ人と知られたるに、其ノ歌の体、全く此ノ序の評に漏《モ》るまじくおぼゆれバなり。【また案《オモ》ふに、宇治拾遺に、大きなる猿の事を猿まろといひたる事あり。されバ、猿丸大夫ハ其ノ古ヘさやうに醜号負せし人の在しか、又ハ今始て作り出されし戯《タハブレ》の比喩かハ知れねども、直に猿が事をさしいひて、「有逸興而体甚《ダ》鄙」、といふ譬に設られたるにハあらざるや。さらバ、上の衣通姫も、小町が歌風を甚じく聞えたる美婦の体の、たを〳〵としたる以て譬へたりとすべし。美人の体《カラダ》のかよわきハ素よりの事にて、かのもろこしの飛燕が、掌上に舞ひしといふ形容をも、おもひやりぬべし。されども、此ハ、悉、推量《オシアテ》の説なるうへに、そのほどの比喩《タトヘ》ハ、病婦と田夫にてこそ足ぬべく、はた、「流也」の下なる然ノ字も、いかゞしくおもハるれバ、猶、強説と思ふものから、疑ハしさの余りにおどろかし置て、識者の考をきかむとす。】

## 27　竹取物語

近来《チカキコロ》、飛騨高山《ヒダノタカヤマ》なる田中大秀《オホヒデ》（安永6年―弘化4年、享和元年宣長門）といふ人、竹取物語ノ解（文政11年成立『竹取翁物語解』）といふ書を著したるを見しに、いと〳〵委《クハ》しく足ひてくま〴〵漏《モラ》さず解明《トキアカ》したり、

と見ゆる中に、本居氏の源氏ノ玉ノ小櫛《ヲグシ》に物の哀《アハレ》といふことを論《（いは）》れしを引キいでゝ、此ノ物語も然るくさはひなれバ其ノ意もて読《ヨム》べし、といへるハいかにぞやおぼゆ。凡《スベ》て作物語ハ其作者のこゝろ〴〵にて、下タに思へる事どもハ各同じからずと見ゆるを、評する人の心《コヽロ》、ハ《（将）》たとり〴〵なるべければ、おしくるめて一向《（ひたすら）》にハ決《サダメ》がたくやあるべき。

されバ、此ノ竹取を予《オノ》が意《コヽロ》もていはゞ、法師などの好色を戒めて作るにやとおぼゆ。其《ソ》は先《マツ》、赫映姫《カグヤヒメ》の故《フル》事、またかの仏御石鉢《ホトケノミイシバチ》・優曇華《ウドングエ》など、専ら仏經《ホトケブミ》に因りと見えたるに、かぐや姫に心を尽して恋わたり、身をいたづらになしける五人の人々ハ、其昔、世に賢《カシコ》き名ある人なるを以て按ふに、かゝる賢人等【此ノ人々の其古に賢かりしよしハ、解（傍線原文、「竹取翁物語解」のこと）に委し。】も色に惑ひてハ、位高く職重《ツカサオモ》きをも顧ず、世の嘲哢《アザケリ》をも厭ずして、さるをこなる事《ワザ》をも行《オコナ》ひ騒《サハ》ぎ、且、世に無《ナ》き物誂《アツラ》へたるにて、姫《ヒメ》の下心ハ知《シラ》れぬべきを難き事《ワザ》とハ知ながら、猶さま〴〵偽惑へるなど、皆かの迷ひの甚《イミ》じき状を示し、最後にハ、帝のかしこき大御身にて、さる怪しき人とハ知り給ひながらも、賤《イヤ》しき翁が家にさへ幸まして、迷《マド》ひ給へるハ、此ノ条に依てハ、心ともなく異しき方に惑《マド》はされ、貴き賤きわいだめもなく、好らぬ事どもゝ出来《イデク》る例《タメシ》もありとやうに教へ、かぐや姫の月の都へ昇《ノボ》り去《イニ》しを止めむとして、厳《イカ》めしう備へさせ給ひしかども、それだに叶はざりしといへるハ、かしこき大御心にも、男女のよの中ハ思ほすまゝに成がたきをも悟せしなるべし。さて竟に、不《ズ》ㇾ死《シナ》薬を焼たるを、富士の煙《ケブリ》にとりなして巻を結めたるハ、かの色即是空とかいふめる如き理どもを下に思ひて、はかなき世の常なきを示《シメ》したるにやあらむ。さて、かく戒《イマシ》めたる故ハ、其頃ハ漸々にみだりがハしきに似たる事どもの、やむごとなきうへにもかつ〴〵有《アリ》て、よからぬ種はひとなりぬるを傍痛《カタハライタ》くおもひつゝ、擬《ナソラ》へて諫《イサ》めたる意なるべし。源氏などハ素《モト》より本居氏の説の如くなるべし。

## 28　ことともせず

同物語に【かぐや姫の美好《カホヨキ》を見聞て、人々《ヒトヾヾ》のまどふ状を云条《イフクダリ》ニ】、「さる時よりなむ、よばひとハいひける。人の物ともせぬところにまどひありけども、何のしるし有べくも見えず。いへの人どもに、物をだにいはむとて云かくれども、ことゝもせず」とあるを、解に、物ともせぬといふを聞《キコ》えずとて、物しもせぬとし、ことゝもせずといへるを、尾張人吉田ノ千足てふ人の考なりとて、こたへもせずとせしハ、なか〳〵に聞えず。此ハ俗語《サトビゴト》にいへると全く同じく、人の物とも思はぬあたりに、人々惑《マド》ひありけども、何の効《シルシ》も有べくハ見えず、といへるにていと能く聞え、又、その物とも、といふに対へて、事とも、とハいへるにて、いと文有て面白《ヲモシロ》し。且、初の「人」ハ赫映《カグヤ》姫を指し、次に「家の人」といふハ、かぐや姫の奴隷《ヤツコ》やうの者をいへるなり。さるからに、物をだにといへり。委しくいはゞ、赫映姫を恋、とかくいひよれど、物の数ともせねば、さる所に惑ひ歩くとも何の効かあるべきなれバ、然《サ》ても止なむをなほあやにくにゆかしければ、切《セメ》て其家人にだに物言むとて、何まれかまれ云かゝれども、其レすら事ともせずといへるなり。

## 29　ほうかむるり

同物語【車持王《クルマモチノミコ》の蓬莱のありさま語る下《トコロ》】に、天女の名をほうかむるりといへるは、宝冠瑠璃といふことにて、ふとうち見たる形勢《アリサマ》の、玉冠着《キ》たらんとおもひやりて名《ナツ》けしなり。【こハ、彼ノ大秀が解に洩《モレ》たれバ補《クハ》へぬ。其ノ余《ホカ》にハわろき処も無有《ナカリ》と覚ゆ。】

30　これひとつやハ

光源氏箒木《ハヽキヾ》巻に、「手を折てあひみしことをかぞふれバこれひとつやハ君がうきふし」といへる歌の、やハてふ辞ハ、例に違ひて、ハもじハ添《ソヘ》たるばかりなり。然るを、「是《コレ》一つのミ君がうきふしなるべしやハ、猶さま〴〵のうきふし有《アリ》し」とやうに説《トキ》たる湖月抄の注ハ、非《ヒガゴト》なり。さてハ、歌に続《ツヾ》けて、「えうらミじなどいひけれバ」とある詞《コトバ》、聞えず。女の返《カヘ》しもいかゞなれバなり。

31　あかりて

枕草紙の初発《ハジメ》に、「春ハあけぼの、やう〳〵しろくなりゆく山ぎハすこしあかりて、むらさきだちたる雲のほそうたなびきたる」とあるあかりてを、明りて、の意《コヽロ》と説たる春曙抄の注ハ、珍《メヅラ》しくハ聞《キコ》えたれどわろし。さてハ、上に「しろくなりゆく」とあるに重《カサナ》りて、いかゞしけれバなり。猶、上《（アガ）》りて、の意とすべし。【これらハ其ノ書《フミ》に就《ツキ》ていふべき事なれど、思ひ出るまゝにふとしるしぬ。おほかた李《（ママ）》吟が注ハ、かゝる未《イマダ》しきこと多し。されども、あらゆる歌物語を遍く注釈したるハ、又いと大じき業なり、と云ッべし。】

32　玉浦

万葉集十五ノ巻に「天平八年丙子夏六月、遺《玉フ》二使《ヲ》新羅国一之時《トキニ》、使人等各悲レ別贈答、及海路之上慟《テ》レ旅《ヲ》陳《テ》レ思《ヲ》作歌并当所誦詠《ノ》古歌。【続紀同年四月丙寅、遺新羅使阿倍《アベノ》朝臣純麻呂等拝朝、同九年正月辛丑、遺新羅使大判官従六位上壬生使主宇太麻呂少判官正七位上大蔵忌寸麻呂等入レ京、大使従五位下阿倍《ノ》朝臣継麻呂泊二津島一卒、副使従六位下大伴宿祢三中染レ病不レ得レ入レ京。】」とてあるが中ヵに、

「乗《リ》レ舩入《ル》レ海《ニ》路上《ニテ》作歌」とて、八首一連に載たる第五に、
奴波多麻能《ヌバタマノ》　欲波安気奴良之《ヨハアケヌラシ》　多麻能宇良爾《タマノウラニ》　／　安佐里須流多豆《アサリスルタヅ》　奈伎和多流奈里《ナキワタルナリ》

また、其《ノ》下モに「属《ツケテ》レ物《ニ》発《ス》レ思《ヲ》歌一首并短歌」と標《シル》して、

安佐散礼婆《アサ、レバ》　伊毛我手爾麻久《イモガテニマク》　可我美奈須《カヾミナス》　美津能波麻備爾《ミツノハマビニ》　於保夫祢爾《オホブネニ》　真可治之自奴伎《マカヂシジヌキ》
可良久爾爾《カラクニ、》　和多理由加武等《ワタリユカムト》　多太牟可布《タヾムカフ》　美奴面乎左指天《ミヌメヲサシテ》　之保麻知弖《シホマチテ》　美乎妣伎由気婆《ミヲビキユケバ》
於伎敝爾波《オキヘニハ》　之良奈美多可美《シラナミタカミ》　宇良末欲理《ウラマヨリ》　許芸弖和多礼婆《コギテワタレバ》　和伎毛故爾《ワギモコニ》　安波治乃之麻波《アハヂノシマハ》
由布左礼婆《ユフサレバ》　久毛為可久里奴《クモヰカクリヌ》　左欲布気弖《サヨフケテ》　由久敝乎之良爾《ユクヘヲシラニ》　安我己許呂《アガコ、ロ》　安可志能宇良爾《アカシノウラニ》
布祢等米弖《フネトメテ》　宇伎祢乎詞都追《ウキネヲシツ、》　和多都美能《ワタツミノ》　於枳敝乎見礼婆《オキヘヲミレバ》　伊射理須流《イザリスル》　安麻能乎等女波《アマノヲトメハ》
小船乗《ヲブネノリ》　都良良爾宇家里《ツラ、ニウケリ》　安香等吉能《アカトキノ》　之保美知久礼婆《シホミチクレバ》　安之弁爾波《アシベニハ》　多豆奈伎和多流《タヅナキワタル》
安左奈芸爾《アサナギニ》　布奈弖乎世牟等《フナデヲセムト》　舩人毛《フナヒトモ》　鹿子毛許恵欲妣《カコモコヱヨヒ》　柔保等里能《ニホドリノ》　奈豆左比由気婆《ナヅサヒユケバ》
伊敝之麻婆《イヘシマハ》　久毛為爾美延奴《クモヰニミエヌ》　安我毛敝流《アガモヘル》　許己呂奈具也等《コ、ロナグヤト》　波夜久伎弖《ハヤクキテ》　美牟等於毛比弖《ミムトオモヒテ》
於保夫祢乎《オホブネヲ》　許芸和我由気婆《コギワガユケバ》　於伎都奈美《オキツナミ》　多可久多知伎奴《タカクタチキヌ》　与曽能未爾《ヨソノミニ》　見都追須疑由伎《ミツ、スギユキ》
多麻能宇良爾《タマノウラニ》　布祢乎等杼米弖《フネヲトヾメテ》　波麻備欲里《ハマビヨリ》　宇良伊蘇乎見都追《ウライソヲミツツ》　奈久古奈須《ナクコナス》　祢能未之奈可由《ネノミシナカユ》
和多都美能《ワタツミノ》　多麻伎能多麻乎《タマキノタマヲ》　伊敝都刀爾《イヘツトニ》　伊毛爾也良牟等《イモニヤラムト》　比里比等里《ヒリヒトリ》　素弖爾波伊礼弖《ソデニハイレテ》
可敝之也流《カヘシヤル》　都可比奈家礼婆《ツカヒナケレバ》　毛弖礼杼毛《モテレドモ》　之留思乎奈美等《シルシヲナミト》　麻多於伎都流可毛《マタオキツルカモ》

返歌《カヘシウタ》二首

多麻能宇良能《タマノウラノ》　於伎都之良多麻《オキツシラタマ》　比利敝礼杼《ヒリヘレド》　麻多曽於伎都流《マタゾオキツル》　見流比等乎奈美《ミルヒトヲナ》
安伎左良婆《アキサラバ》　和我布祢波弖牟《ワガフネハテム》　和須礼我比《ワスレガヒ》　与世伎弖於家礼《ヨセキテオケレ》　於伎都之良奈美《オキツシラナミ》

とある玉浦ハ備前・備中の間なるべし、と契沖師のいへるに因《ヨリ》て按ふに、児島郡賀茂荘玉村といふ処の浦なりけり。其ハ先、かの八首《ヤウタ》の一《ハジメ》ハ潮待《シホマチ》を詠《ヨメ》れバ、御津【難波】の歌とすべし。其ノ次武庫【摂津】、其ノ次印南【播磨】、其ノ次に海人少女《ヲトメ》を詠る歌ありて、其ノ次に玉浦の歌を載《ノ》せ、其ノ次神嶋【備中】、其ノ次二首ハ牟漏《ムロ》の木を詠れバ鞆浦《トモノウラ》【備後】の歌とすべし。長歌にハ、御津・敏馬《ミヌメ》【摂津】、淡路嶋・明石浦【播磨】、家嶋【同レ上。今家《エ》島といふ。】と次第て、其ノ次、玉ノ浦をいへれバ、決《ウツナ》く此所なるべし。此地、東《ヒムガシ》に後閑村の出崎あり。西に、日比の門あり。南ハ、讃岐ノ国直嶋ありて、入江の如く湖《ミヅウミ》に似て、其中に小き嶋《シマ》ども彼是在れバ、いと〱景色好き所なり。さるを、小寺ノ清之（天保14年没、74才。備中笠岡の神官・国学者）が、備中名勝考（文政五年刊）に備中浅口郡玉嶋なりとして「備前にハ似かよひたる名も聞えず」といへれど、彼《カレ》ハ玉嶋といひて玉浦とハいはず。此（「玉村といふ処の浦」）も浦とハいはざれども、玉とばかりいへるなれバ、なほ玉浦といはむこと論《ロム》なし。【凡て一字に書る地名の古《フル》からぬよしハ、次の児島泊の条にいふが如し。されバ、此ノ天平の比より後に、家も数多出来て一ト村といふばかりにハなりけむ、とおぼしけれバ其レより前ハ玉浦といひけん事論なし。】

（頭書）

> 玉浦考、なほいはまほしき事どもありて、[注]とびの声といふものにしるしおきぬ。

伴蒿蹊（文化3年没、74才）が閑田耕筆（享和元年刊）にハ備後ノ尾道の旧名なるよしいへども、右の次第、神島・鞆浦よりも前にあれバ従《シタガ》ひ難し。さるを、其次第の事をバ論ひながら、疑ハざりしハいかにぞや。【明応の備前百廿八社の神名帳に、児島郡九社に玉比呼明神とあるハ、今直嶋の女木てふ島に玉比咩《タマヒメ》ノ明神とておハすが、其《ソ》レなるべくおぼゆ。又、小豆島郡に二社坐て玉比呼明神・賀嶋玉比呼明神とて奉たる、此賀島ハ小豆島の西方なり。又今、岡山の東なる山に坐す玉井神社と申スハ、其ノはじめ、児島の正東なる小串の光明寺といふ地に坐せしよし伝へたり。これらの神ノ名を、玉以て称奉れるも縁ありて聞え、此ノ所々もおほかたまぢかき所なれども、なほ、玉ノ浦ハ上に云る地なるべし。】

［注］＝「とびの声（鳶の声）」に就いては、冒頭『玉篠』〈解題〉（の⑴の㈣）参照。

## 33　児島泊

源ノ通親朝臣の記されたる治承四年高倉天皇厳島御幸の道の記（『高倉院厳島御幸記』―『群書類従巻第三百二十九』所収。なお左傍ルビは原文）に曰く、

びぜん《備前》のくにこじまのとまり《児島泊》につかせ給ふ。御所つくりたり。御もの〻ぐどもあたらし《新》くと〻のへおきたり。かんだちべ・殿上人どものしゆく《（宿）》所どもつくりならべたり。しほすこしひて、御ふねつき給。ミぎはとほけれバ、（御脱ヵ）こし《興》にてぞのぼらせ給。御所の東の御つぼにがくや《楽屋》をつくりて、入道・内侍どももぐしてまゐる。さま〴〵のひた〻れども、にしきをたちいれ、はなをつけたる八人、あつまりて、でん《田》がくをす。女のあそびどももみえず。た〵あらんだにあるべきに、うミのほとりに、めおどろかす。物やあらんとおぼゆ。でんがくはてにしかバ、国のすし《鮓》とて、をかしげなるものどもまゐりて、すし《（ママ）》（すぐ＝秀句）は《秀句》しりつかうまつる。日くれにしかば、ミなまかでぬ。うら〳〵御らんじやりて、いる日のそらにくれなゐをあらひ《洗》て、むかひなるしまがくれなる山のこだちども、ゑにかきたるこ〻ちするに、御めにか〻る、ところ〴〵たづねさせたまふ。このむかひなる山のあなたに、入道おと〵ハおはすると申すに、きこしめして、御気色うちかハりにしかば、人々までも（あはれに脱ヵ）思ふ心の中チどもみえたり。あからさま（ほんの少しの間）とおもふとまりだにも物あハれなる

に、ましてえびす《夷》がたち《舘》にいりぬらんけしき、いかばかりとおぼゆ。くにつなの大納言、御おとづれありしなど申ける。なにのはえもおぼしめしわかず。この国に、やハたのわかミや《八幡若宮》おハします、ときこしめして、へい《幣》たてまつらせ給。【三月廿三日の条なり。此文わづらハしけれど悉《コトゴト》くかゝげ出《イダ》したるハ、後に考へむ人に便あらむとてなり。】

といへる児島泊といふ所、今定かならず。【いにしへ、泊としもいへる所ハ後に湊といふべき所にて、家だちも繁く賑ハしき所なれバ、治承の比よりあまたの年をバ歴《ヘ》たるものから、なほ其ノ余波《ナゴリ》ハ有ぬべきほどなり。されど、こハ御幸の為に、此度仮に設《マウケ》たる泊なりけむも知《(しら)》ず。さてハ、考るに由なきことなり。○因《(ママ)チナミ》にいふ。いにしへ美那止といひしハ水門の義にて、必ズ川の海に落入る所をいふ。古書に証多し。今引出るまでもなし。また、泊といへるハ、舩の竟留《ハテドマ》るてふ意にて、今いふ湊のことなり。さるを今ノ俗にハ、水門を川口といひ、駅《ウマヤ》を泊といへるハ、旅路の詞に就《ツキ》て互に誤れるなり。川口も古昔ハ川尻といひたり。】土肥経平の寸簸之地理[注]といふ書に、波知浜ならむ、といはれしかども、切《タシカ》なる証《アカシ》もなきがうへに、波知浜の地ハ、松殿ノ関白の配所、上道ノ郡湯迫《ユハザマ》【松殿ノ関白の配所の跡ハ、湯迫村の山麓に有リ。其ノ時の国府より近きほどの所なり。近き頃、我空山公（岡山藩第七代藩主池田治政）、湯浅元禎（常山）に命ぜ《(ママ)》て、碑《イシブミ》の銘を作らせ給ひて著しき所なり。こハ他国の人の為にいふのみ。】よりハ直に山ひとつを隔たるのミにハあらで、いと西方にあたりて南へ引入りたる所にて、さし向ひにハ、宇多見・碁石などいふ地の山の端に障りて、此むかひなる山のあなたになどいふべき所ならず。また、「八幡の若宮おはしますときこしめして、幣奉《ヘイタテマツ》らせ給（ふ）」とあるを証《アカシ》に引れたれど、其《ソ》ハこの国にとあれバ近きわたりとハ聞えたるものから、なほ当地とハ決《キハ》めがたく、且此の波知浜の続き、西のかたに大崎槌原《ツチガハラ》、東のかたに碁石・郡・北浦・飽浦・阿津などいふ一連《ヒトツラ》の村々に、皆八幡の社在《(イマ)》せバ、何れとも決《キハ》め難《ガタ》し。【また、西行の山家集に、「小じまと申所に、八幡のいはゝれ給たりけるに篭《コモ》りたりける、年経て又その社をミ（け脱カ）るに、松どものふる木になりたりけるを見て、むかし見し松はおい木になりにけり我としへたるほどもしられて」とあるを引れたれど、これハた、小じまと申所にとあるのみにてハ、児島泊とハ決《きは》めがたければ、今ハとらず。さて、又その八幡の宮どもゝ、ひとつ〳〵斎《イハ》はれ給へる縁起《コトヲコリ》によりて考へなバ、思ひ得《ウ》る事もあるべけれバ、序《ツイデ》あらむをりに問ヒて記すべし。其ノ中に、波知浜なるハ宇佐より請じたる宮と聞ゆれバ、げにいと由縁ありてハ聞ゆめり。されどもなほ、慥なる証となりがたきよしハ、上にいへるごとし。】

［注］＝土肥経平（宝永4年―天明2年）は岡山藩士で有職家。その著『寸簸《きび》之地理（塵）』（『吉備群書集成一』所収）巻末跋文の日付は「安永七年の春」とあり、上巻の「児嶋泊」の条には次のようにある。

高倉天皇治承四年厳島御幸の道記に、児島の泊に着せ玉ふ。此処より向ひの山のあなたに入道おとゞおはすると申と云々、此入道おとゞと申は、松殿関白の御事にて、この時上島部《ママ》湯迫村に配流しておはします時なり。今児島郡波知浜村より、此湯迫村は此記のごとく海を隔て、其間に大島の島山、又御野山の東の山はな等隔てある所なり。又記に曰、八幡の若宮おはしますときこしめして、幣奉り給ふと云々、此波知浜に八幡宮昔より御鎮座にて、今もたゝせ給ふ。幣奉らせ給ふ若宮是なるべし。されば児島の泊とむかしにいへるは、今の波知浜なる事たがふべからず。

故、按ふに、湯迫より山ひとつ【此山ハ、今、佐々山、平井山などいふ山なり。】を隔てさしむかへらむ地ハ、【東の方より】阿津・宮浦・飽浦・北浦・郡【此ノ次、碁石てふ村よりハ海づら南に引キ入たれバ、北東に向ひて上道郡の山を望むべくもなし。】の村々なる中に、郡といふ名、耳にたちて聞ゆ。そハ先此ノ嶋の大号を児嶋といひて即《スナハチ》郡名《コウリノナ》なるからに、後に泊を村名に喚変《ヨビカヘ》などしたらむ時、さかしらに児島を略きて郡とのみやいひけむ。【泊を村ノ名に、駅泊《ウマヤトマリ》の名を転《ウツ》し去《ステ》て、直に一村と定たる如きをいふ。さて、児島ノ郡といふを本にて、児島を略きてたゞに郡とのミいふは、猶いかゞしく聞ゆめれど、俗の方言にハかゝること多きものなり。上古ハ、国よりはじめて郡・郷・村・里まで同名なるが多けれど、後ノ世の俗にて紛ハしきを厭ひて、必しか呼分つべきいきほひなり。且、昔ハ地ノ名をバ必二字に書べきよしの制ありし時、長きハ略き短きハ音韻の字を補ひなどして、かならず二字に書キなせしを、其ノ制のやう〳〵廃《スタ》れたる比より後につけたる地ノ名にハ、一字なるも三字なるもあり。これいと古《フル》からぬ地名の証なり。さて又、郡ノ内に小島地といふ村もあれど、そハいと山ノ中なる地なれバ合はず。】今も家繁く建並びて市坊めきたる所にて、そのかみ泊なりけむ地ともいふべし。

（頭書）

尓後、児島の舟人らがいふ説どもをきくに、泊ハ郡なるべくいひ伝へたり。尚、別にいふべし。
又、尓後、郡村の社家難波正蔵（未詳。郡村八幡宮祠官難波清門カ又はその縁者カ）にあひて聞しに、児島泊ハ郡にかぎれる由、さだかにいへり。尚、かの人の祖父の考もありとぞ。

次に、宮浦といふ名いかゞしく聞ゆ。そハ名立る神宮など在らバさもいふべきを、此ノ所にハさる宮も無きにつけて考るに、此治承の度に御儲《モウケ》（儲《マウケ》）のために建《タテ》たる行宮に、暫くもしか入御座ましたるをめいぼくにて、地名にも云ひ伝へたるなるべくおぼゆ。【上に引たる文につきて、御ムまうけのおもふに（おもぶきカ）、かりそめなる事にハあれども、いと厳《イカ》めしう構《カマ》へけむほどしられたり。但し、今のありさま以て見れバ、此ノ方ハさバかり泊《とまり》めきたる家地にもあらざれバ、此ノ御まうけにつきて行宮を造りて、待向へ奉りし故《ユヱ》に、泊とハ記されしなるべし。寸簸《キビ》之地理（上巻「高島宮児島郡　亀石邑久郡」の条）に、神武天皇の高島宮、此ノ前なる島に在し故にこゝを宮浦といふやうに説れたるハ、いふまでもなき妄説《ミダリコト》なれバ弁まへず。】此ノ地、前に竹島といふ小き島もあれバ、むかひなる島がくれなる山の木だちとあるにハ合《カナ》ひたり。此竹島などの向ひに見ゆるハ、かの平井山と今の岡山の地も、いと小き島山なりけんとおもほしけれバ、此等をいふなるべし。其ノ余の山々ハ皆ナいと遥にて、木だちども繪に画きたるこゝちするになど、いふべくもなし。さて、後ノ世の都人の記ハ、おほかた物の証になりぬべきハ少《スクナ》きを、此ノ道の記ハ、まのあたりに見たる形を記されしものなれバ、かく委しく説て証とするなり。されバ、おほかた此ノ二所の中なるべし。さて、其ノ行宮構へけむ地ハ、決《(きは)》めて遠く引キ入リたる所にハあらで、便よからむ出崎めくところにまうけぬべけれバ、上の文に、汐少し干《ヒ》て御船つき給フ汀遠けれバ、御輿にてぞ上《ノボ》らせ給フ、とあるを併せて求めなバ、おほかたハ知れぬべきものなり。【なほ、其ノ地にさる跡の残りてもありぬべく、里老の口碑に伝へたらむこともありぬべくおぼゆれバ、此ノわたり過なんこともあらバ、尋考て又も誌《シル》すべく、人も正し給へとて、かくハ委しく記しつけぬ。】

## 34　釜嶋

寸簸《キビ》之《ノ》地理《チリ》（上巻「小豆島小豆郡　釜島釜島郡」の条）にまた曰《イハク》、「【上略】釜嶋郡といふハ、其ノ余古くも近くも、何の書にも見えず。今、児島下津井の海上に、釜嶋といふ小き嶋あれども、ほども村といふべきほどの島にあらず。此ノ島にならびて、塩飽《シハク》七島（この後、「有り。もし昔此七島」とあるを落せり）を釜島郡といひて、其ノ名此ノ小サき島に残るにやと思ふに、塩飽嶋の名ハふるく聞えて、釜島の名ハさらに聞えし事なし。いといぶかし、」と云《イヘ》り。此ノ説おほかた的れり。げにも足利の頃のものに、をり〳〵釜島郡といふこと見えたるに【此ノ釜島を郡としもいへる事ハ、正《マサ》しく公だつものにハ見えたることなけれバ、いとおぼつかなきことながら】、天慶のむかし、伊予掾《イヨノジョウ》藤原ノ純友《スミトモ》が叛逆《サカワザ》しけるをり、城を築《ツキ》て西国の海路をさし塞ぎたる所、などもいふめり。今も、かの下津井泊の向《ムカ》ひに、塩飽の内、櫃石《ヒツイシ》といふ嶋に並びて、松島・釜島【此ノ二タ嶋ハ備前なり】といふ小き嶋ありて、松島のかたに城跡のあるが、即、純友が城の跡なりといへども、そハいとおぼつかなし。【天慶の企、天ノ下の騒《サワギ》なりしを以て思ふに、僅《ワツカ》に一町にだに足ぬ小島に、城を築て篭りたりしばかりの事とハおもはれず。されども決《（うつな）》く城ノ跡とハ見えたれバ、元亀・天正の頃など、いづれぞより出丸めく所に構へたるものなるべし。すべて今、下津井吹上の地ハ、長浜とていと長き浜なりしを、後に湊に定めたる時、海を築て家を建たるものなれバ、其処にいひ伝へたることどもゝ、証とすべきことハ少《スクナ》し。】

されど、仮にも郡といふを以ておもへバ、いと小サき嶋にハあらざるべければ、かの塩飽七島をはじめて、此あたりの島々を総《スベ》て釜島郡とハいひけんとおぼし。此ノ島々、今ハ讃岐国に属《ツケ》られたれど、嶋山の形勢すべて備前の内なるべく見え、【凡、国郡を分つにハ、其処なる山の形勢を以て分つべし。其ノ方に属《ツ》きたる山ハ、形・色あひより、草木の生たる状まで、おのづからいと能く似たるものなり。故、此備前・讃岐の海ノ上の堺を見るにも、いにしへのありさま、おほかたハ推測られたり。此処ばかりにもあらず。さしも上古名高かりし小豆島を初めて、豊島・直島など、古き文書に証の著なる所をも、讃岐に属られたるは、そのむかし、故有し事なるべし。天正の比などにハ、かゝる強たる定、いづこにもいと多し。〇因にいふ、豊島ハ、永禄の郡郷帳に児島郡の下に家浦ノ荘とあるが、其なるべく覚ゆ。】総てを合せてハ、一ト郡ともいふべきほどの地なり。【或説に、小豆島の西なる犬島ならむといへれども、かしこは外に混るべき島もあらず。又一郡といはむ家もなし。塩飽は、島々、昔より家も多く別に地頭などありて一かまへの地なれバ、猶、郡ともいふべきなり。太平記に「北畠ノ山城ノ守師清・伊予の村上ノ三郎左衛門義弘が遺跡を継んとて、陸奥よりうち出デて伊予に下ダられし時、塩飽ノ三郎といふ者をかたらはれしに、塩飽が勢八十余騎・兵船五十余艘を以て、備中ノ国神島へ押寄セし」といふ事見えたり。五十余艘の船に八十騎ばかり乗たるハ、案の外に人数の少けれども、余ハ北畠の軍士を乗せたるて、塩飽が従者ハ嶋に留めて舘など守らせたるなるべし。是を以て考ッるに、今もおほかたさバかりの地にて、公領ながら貢賦といふこともなく、いさゝかの田地もあれど、女にのミうち任して男のかぎりハ、木匠《タクミ》と漁を業とすれバ、案外に豊饒なる処なりといへり。】

此ノ島々、讃岐と児島の間《アヒダ》、殊《コト》に迫りたる所に連《ツラナ》りたれバ、海面いと狭《セバ》く、げに城など構《カマ》へ居たらむにハ、少の軍士を籠置とも、西国の海路をバたハやすく塞《フタ》ぎつべき地なり。さて、釜嶋を大号とせバ、塩飽ハまた其ノ中の一嶋の号《ナ》なるべきに、今ことさらに然称ふ島のなきを按ふに、本島といふが本の塩飽島なるべし。【此ノ島、塩飽島なるからに、塩飽の号を大号にしたる時、本の塩飽といふ意にて、ことさらに本嶌とハいひしなるべし。名《(ナツ)》けざまも後世めきて浅はかに聞ゆ。さて、塩飽の号、専となりてハ釜嶋の方ハまた一ト嶋に残りたるか、或ハ釜島も、もとより今いふところの島なりしを、一時大号に称《(となへ)》しにてもあるべし。一ト所の号を大号に冠て唱ふるハ、凡て地ノ名の例なり。さて又、今の塩飽の内にハ、万葉二［注］に見えたる狭岑島《サミノ》も交りてあり。これらハ、いにしへより讃岐ノ国なる事明かなれバ、讃岐に属《ツキ》たる方ハ、此ノ余《ホカ》も釜島・塩飽の外なりけむ。塩飽を七嶋と称ふも、後ノ世のこ［と脱カ］なるべく、今も員外《カズノホカ》に島多けれバ、一《ヒタ》むきにハ決《キハ》めがたくなむ。】

されバ、必しも名の古き新きをもてハいふまじき事なりかし。此ハ皆おしあての考にハあれど、おほやう違《タガ》ふまじくおぼゆ。なほ、彼ノ嶋にハ故の地頭の子孫などいふ旧家もありとかいへバ、其ノ人々につきて尋ね窮《キハ》めなバ、天慶に城築たる所もしられ、いにしへ書《カキ》たる物などもいできて、明かに知れぬべき事もあるべきなり。

［注］＝万葉集巻第二歌番号二二〇の柿本人麿の長歌に見える。広道は『万葉集略解拾遺』上巻にこの作品を「讃岐狭岑島視石死人云々」と掲出して、次のようなコメントを付している。

　狭岑島ハ、讃岐国丸亀より東北のまぢかきほどに有。今シヤミといふハ訛りたる也。理源房の産れし所なりとて、小堂たてゝ諸人のまうづる所也。上方より丸亀へゆく海中にハ、かならず過る也。哥にいへる中の水門ハ、土岐川といふ河尻なるべけれバ、その丸亀ぞそれなるべき。こハ遠き境の人にいふのミ。

## 35　雛祭

俗《ヨ》にハ費《ツヒエ》なる事の多かる中に、三月三日の雛祭など、はかなく幼《イハ》けたる事ハまたあらじ。いとやむごとなき御像《ミカタ》をはじめて、種々の人像《ガタ》・もろ〳〵の調度どもを造り居《スヱ》ツヽ、斎《イツ》き祭《マツ》るかと見れバ、さしもあらず。翫《モテ》弄ぶかと思へバ、また恭《キヤ》〳〵しく酒饌《モノ》を供へ、児輩《チゴドモ》の戯《タハフレワザ》事かと思へバ、大人も立騒ぎ、佳節の儀式かと見れバ、しどけなく打散しなど、凡て何事とも弁まへがたきに、高麗《コマ》・唐土《モロコシ》の綾錦《アヤニシキ》を切断ちつゝ、眼《メ》も耀くばかりさうぞきたてたるを、せめて五ッ日十ヲ日も翫《モテアソ》びハせで、僅《ハツカ》に一ト日二タ日過ぬれバ、即て箱に納めておし篭《コ》めつゝ、また取出《トリイダ》し観《ミ》る事だになし。かうはかなく戯《タハ》れたるわざも、然る故あらバなほさてもありなんを、其起ハ、上巳日の禊物《ハラヘツモノ》の人形と、文徳実録[注1]に見えたる母子草の祝儀と、児輩の弄《モテアソ》ぶなる雛《ヒイナ》といふ物と、一トつに混雑《マガ》ひたる俗習にて、うべ、いはけたるもことわりなるを、富る人などハ、児孫《ウマゴドモ》のゆかしがるに託《カコツ》けて、我家の豊饒《ユタカ》なるを誇《ホコ》りものせむとてや、千《チヾ》の黄金をも惜まで贖ひさわぐほどに、やがて様々《サマ〴〵》の奇巧《タクミ》なる雛《ヒイナ》どもを造り出《イダ》しつゝ、今ハ、ほと〳〵価幾十金《アタヒイクソビラ》などいふめるも出来《イデキ》にたるハ、そも〳〵いかなる態《ワザ》にかあらむ。　三月上巳日に禊祓《ハラヘ》する起縁《コトノモト》ハ、おほかた漢の郭虞《クハクグ》などが故事を、こゝにも伝へたる俗習なりけむとおぼし。されど又、いとふるき世より有リける事と見えて、人像《ガタ》を造《ツク》り母と子の体《ミ》をかき撫《ナデ》つゝ、邪祟《アシキケ》を其レに負せて川に流《ナガ》し棄《ステ》たりけむ。其ノ禊祓《ハラヘ》の式ハ、我古の身潔《ミソギ》の神事に、陰陽家の術をや交《マジ》へたりけむ。源氏ノ須磨《スマノ》巻に、三月朔日巳日《ヤヨヒノツキタチミノ》日にて、源氏ノ君、浦辺に出デて

「陰陽師をめして、はらへせさせ給」ひ、「舟にこと〴〵しき人がたをのせて流」させ給ひしといふことも見えたり。【これらの事、古書に見えたるを、猶あさり出なバいかほども有リぬべけれど、いとわづらハしく、且ハ人の既《スデ》に考へたる書も多ければ漏しつ。賀茂保憲ノ女ノ集（『校注国歌大系第十二巻』所収）に、「おほぬさにかきなでながすあまがつハいくその人のふちを見るらむ」、といふ歌もありしとおぼゆ。】

文徳実録を按《オモ》ふに、此ノ人像《ヒトガタ》を母子ともいひたりと見え、全ら母《ハヽ》と子《コ》のうへに禍事なからむことを祈《イノ》りて為し禊祓と聞えたり。【今ノ世に、ハウコウとて、いとふつゝかなる形したる雛のあるハ、其ノ人形の余波と知ラ

れたり。又、文徳実録に、「三月三日、母子草といふ草を採《トリ》て、婦女ども餻《モチ》に蒸擣《ムシツキ》てものすなるを、今、艾草《ヨモギ》を用ふるハ非なる」よしを、記ルされたり。此母子草[注2]ハ、本草に、「三月三日、取《リ》二鼠麹《ノ》汁《ヲ》一、密《ニ》(蜜)《ニ》和《シテ》為レ粉、謂《フ》二之《ヲ》龍舌糕《クサモチヒ》一《ト》、以《テ》、圧二時気《ヲ》一。」とある物にて、我あたりにて、ハウコウ花てふ草と聞えたるが、かの母子の人像と同ジ名なるも、元《モト》このいはひ事より起りたるにて、ハウコウは母子の訛《ナマ》れるなるべし。艾を餻に搗交《(つきまじ)》ふるハ今も猶しかり。】

雛といふ物ハ、中昔の物語どもに見えたるやう、たゞ童児の翫具《モテアソビモノ》にして、小き人像《ヒトガタ》を作《ツク》りて某甲《ナニガシ》・某乙《クレガシ》と名《ナ》をつけ、衣服を着せ、調度を備へなンどして、戯れ遊びたる事にて、今も女童のをり〳〵することなり。【比伊奈《(ひいな)》とハ鳥《トリ》の子《コ》のひゝと鳴くにつきいへる言にて、ひゝ鳴てふ意なるを転りてハ凡て小き物にいへり、と契沖師いへり。】されバ、三月ノ三日上ノ巳に限りて弄《モテアソ》ぶ事にてハあらざりしを、やう〳〵彼此混《マガ》ひ来《キ》て、かの母子の人像をも即《ヤガ》て雛《ヒイナ》と名《(ナヅ)》けつゝ三月三日に翫び、夫《ソレ》より転りてハ祭るが如くなれるも、禊祓《ハラヘ》の式に神祭りけむ余波なるべし。さるからに、くだ〳〵しく何業《ナニワザ》ともしられぬ形状なるにこそ、おほよそ一歳の行事《ノリワザ》どもの縁起《コトノモト》を尋るに、全ら漢国《カラクニ》のはかなき故事なるが多かるハ、是ハた中昔に何事によらず彼国の法を採用《トリモチ》ひ給ひし余波《ナゴリ》と知らる。さハあれど、歳々に、さかしだちてすなほならぬ俗風のミ、はやり出める世にハ、其ノ中昔のはかなき事もすゞろになつかしうぞおもひなさるゝ。

［注1］＝『文徳実録』(『増補六国史巻八』)嘉祥3年5月の条に、「此間、田野有レ草、俗名二母子草一、二月始生、茎葉白脆。毎レ属二三月三日一、婦女採レ之、蒸擣以為レ餻、伝為二歳事一。」とある。

［注2］＝「本草」は、『本草和名』(別名『輔仁本草』。『続群書類従第三十輯下』所収)を指すか。その「本草草部下品之下集」に〈鼠麹〉が見える(『大漢和辞典』によれば、鼠麹《ソキク》は「ははこぐさ」のこと)。そこに引かれている記事と広道が本文で引いているのと同じである。

## 36 紙ひいな

今の雛の中に、件のハウコウといふ物を、紙びいなとて烏帽子《エバウシ》着たる夫婦《イモセ》の像《カタチ》をいとふつゝかに作りたるとハ、極めて古くよしめきておぼえたり。其余ハ、おほかた劇場《シバヰ》の俳優どもがものに打扮《イデタチ》たる容体どもにて、見るもいぶせく鄙《イヤ》しげなり。這子《ハヒコ》とて、ちひさき嬰児の形のらうたげなるハ、今めきながら、はたなつかしう見ゆめり。調度《デウト》（調度《テウド》）【雛遊びに、でうと《（ママ）》（調度）拵ることハ、又いと古きことゝ見えて、物語どもにかた〴〵出たり。】も、貝桶・犬張子など、すべて上様なるハよし。下ざまのくちをしき限りの物どもハ、置並《オキナラ》べたる人の心さへ、いと浅びて見ゆるやうなり。

## 37 七夕

七月七夕に牽牛・織女の二星相逢《アヒアフ》といふなるハ、いはゆる大虚言なるよしハ童蒙《ワラハベ》までも知《シリ》たるを、やまと・もろこし、おしなべて貴きも賤きも老たるも幼きも物識る人も識ぬ人も、になうもてはやし騒ぐめるハ、いと〳〵不審《イブカ》しき事になむ。おほかた虚事《ソラゴト》の実事に成る例も多かれど、天下にこれほどの事ハ、またあらじとぞおもふ。

## 38 牽牛

織女星を天棚機姫神【古語拾遺に此神名見えたり。又神代紀の歌にも弟棚機とあり。】に附会《（あはせ）》たるに、牽牛星に配べき神のおはさねバ、たゞに彦星といひたるこそをかしけれ。【和名抄に、牽牛を伊奴加比保之とあるハいといぶかし。牛養の謬などにやあらむ。】

39　雲の上ハ

「雲の上ハありし昔にかはらねど」といふ歌を小町がとかやいひて、七小町（地歌・箏曲の演目）とやらむいふ事に作り入たるハ、藤原ノ成範朝臣【少納言通憲ノ子】のなりけり。十訓抄（第一「可施人恵事」〈一ノ二十六〉）に云、

成範ノ卿、事ありて召返されて内裡に参られたりけるに、昔シハ女房の入リ立なりし人の、今ハさもあらざりけれバ、女房の中より、昔を思ヒ出て、

〽雲の上はありしむかしにかハらねど見し玉だれの内やゆか《（恋カ）》しき

とよみ出したりけるを、返事せむとて灯炉《トウロ》のきハによりけるほどに、小松のおとゞの参（り）給ければ、急ギ立チのくとて、とうろの火（の脱カ）かきあげの木のはしにて、やもじをけちて、そばに、ぞ文字をかきて、ミすの内へさし入て出られにけり。女房取リて見るに、ぞもじ一（つ）にて返しをせられたりける、ありがたかりけり。

と、いへり。

40　擣衣歌

同書（『十訓抄』第四「可誡人上事」〈四ノ十一〉）に云、

天暦ノ御時、月次の屏風ノ歌（に脱カ）、擣衣《きぬた》所々、兼盛詠ジテ云ク、

〽秋ふかみ雲ゐのかりのこゑすなりころもうつべき時やきぬらむ

紀時文、件の色紙形を書（く）時、筆を押（へて）云ク、「衣をうつを見て、うつべき比やきぬらむと詠ずる、如何。」

兼盛に尋らるゝに、申シテ云ク、「（「貫之、延喜（の）御屏風ニ駒迎所に」との詞書脱カ）

逢坂の関の清水にかげ見えて今やひくらむ望月の駒、

と詠ずる、此ノ難有や如何。」

時文、口を閉（づ）。しかも時文ハ貫之が子にて、かく難じけるいよ〳〵浅かりけり。

と云《イヘ》り。今案ふに、此歌、実に傍題なり。擣衣所々といへバ、衣を擣《ウ》つ音の所々に聞えたるおもぶきなること論なきを、雲ゐの雁よりよみ起して擣衣のかたをバ想像たるさまに詠れたるハ、雁主となりて擣衣ハ客なるが如し。例に引れたる相坂の歌ハ、今やといへれバ　小《(いささ)》か異《コト》なるものから、猶、やもじにておもひやりたるさまハ遁《ノガ》れねバ、かのうちむかひたる景色をよむ例とハなりがたし。さバかりの兼盛朝臣、いかにしてかくハ詠外されしにや。又、時文ぬしも、かばかりの事にいかにして口を閉《トヂ》られけん、といといぶかし。

## 41　一伏三向

同ジ書（『十訓抄』第七「可専思慮事」〈七ノ六〉）に、

嵯峨帝ノ御時、無悪善、と書たる落書有けり。野相公（小野篁）によませらるゝに、「さがなくハよし。」とよめり。悪ハさがといふよみの有ゆゑ、みかどの御けしきあしくて、「さてハ臣が所為か。」と仰られけれバ、「かやうの御うたがひ侍るにハ、智臣、朝にすゝみがたくや。」と申けれバ、御門、

一伏三仰不来待、書暗降雨恋筒寝、

とかゝせ給ひて、「是をよめ。」とて、給ハせけり。「月よにハこぬ人またるかきくらし雨もふらなん侘(ママ)つゝもねむ。」とよめりければ、御気色直りにけりとなん。おとし文ハよむ所にとが有と云事、是レより始るとかや。わらはべのうつむきさいと云フ物に、一つふして三(つ)あふ(仰)ぬ(ママ)(ぬ衍カ)げるを、月よと云フ也。

抑、此ノ歌、古今集によみ人不知とて入レり。嵯峨帝より後ノ人よミたらバ、此ノ儀に不レ叶。もし、帝、始て作リ出デ給へるを、彼ノ集に入レたるにや、又、前代より人のよミおける古歌歟。不審也。

とあり。嵯峨ハ後の御謚《ミナ》なるをもしらで作《ツク》りたることハ論なきを、古今集に云々などいへる、すべて論《アゲツラ》ふにも足ぬ事なれど、萬葉集(巻十)に「一伏三向(「三伏一向」)」を月に借て戯れ書たるハ、此ノ意なるべし。又、十三(「万葉集」巻十三)に「菅毛一伏三向凝呂爾」と書たるハ、ねもころごろにと訓べく、是を古呂に借たるハ、このうつむきさいといふ事ハ何なる術とも知れねど、賽投て為ることハ聞えたれバ、其賽のころ〳〵と転《コロ》ぶてふ意以て、書たるなるべし。【按ふに、うつむきさいとハ俯向賽《ウツムキサイ》といふ意か、又ハ童部の打向賽といふ義にもあるべし。】

(頭書)
> 此事、[注1]既に万葉集略解ニもいひたれど、疑しくいひたり。こハ正しく、疑ふべき事にあらず。猶、其注[注2]にいはん。

[注1]＝『万葉集』巻十〈春雑歌〉の「詠月」と題された歌(一八七四番)の原文は「春霞 田菜引今日之 暮三伏一向夜 ……」(前掲『新校萬葉集』による)とあるが、『略解』には「三伏一向と書けるはいと心得がたし。翁(賀茂真淵)は三夜伏しいねて、一たび向ふ意をもて書ければ、四日の夜の月を言ふべし、さる義をもて暮三伏一向夜をユフヅクヨと訓めるかと言はれつれど、強言《シヒゴト》なるべし。猶よく考へてん。巻十三、根もころ

ころと言ふに一伏三向と書けり。こは其所に言ふべし」とある。又、その巻十三〈相聞〉に見える歌（三二八四番）は「菅根之　根毛一伏三向凝呂爾　……」（同上）とあるが、『略解』はまたこれに関して、次の如くある。

　コロと言ふを一伏三向と書ける事、如何にとも知られず。巻十に、ユフヅクヨと言ふを、暮三伏一向夜と書けるに似たり。十訓抄に、みかど一伏三仰不来待書暗降雨恋筒寝と書かせ給ひて、是を訓めとて給はせけり。つきよにはこぬひとまたるかきくらしあめもふらなむわびつつもねむ、と訓めりければ、御気色なほりにけりとなん。おとし文によむ所にとが有と言ふ事、是より始るとかや。わらはべのうつむきざいと言ふ物に、一つふして三あふむけるを、月夜と言ふ也云々と有るは、ここに由無くて、殊にいと後の世に作れる物なれば、挙げ言ふべきには有らねど、うつむきざいと言ふ物は、昔より有りけん。さて巻二（歌番号一九六）、人麻呂長歌に、許呂臥者《コロブセバ》かはもの如く、同巻（同二三〇）、あらどこに自伏君之《コロブスキミガ》など詠めるコロ伏は、字の如く自ら伏す事にて、今も自ら倒るるをコロブと言へり。されば其のうつむきざいと言ふ物の、一伏三仰も、おのづから転び起くるさまの物なれば、古へ其物をコロとや名付けて有りけん。さて上に出でたる三伏一向は、神仏をぬかづくより出でて、ツクの言に借りたるにや有らん。十訓抄には、此一伏三向と取り違へて、ツクヨと言ふに、一伏三仰と書けるか。こは試に言ふのみ。

〔注2〕＝「其注」とは、ここでは広道『万葉集略解拾遺』のことだろう。まず、巻十の歌に関しては、その上巻該当の箇所に次のようにある。

　三伏一向を月に借て書ること、十訓抄に出たるを証とすべし。巻十三、一伏三向凝呂とある下《トコロ》の略解にも引たり。うつむきさいといふ物の頭子《サエ》の、三つ伏て一つ仰向《アフムキ》たるを、月夜といふと見えたり。巻十二、三伏一起と書るも、十三なると同じく、ころと訓なり。意ハ、頭子の転《コロ》ぶより借たるのミ。此事委しく玉篠にいへり。疑ふべからず。但し十訓抄にハ、一伏三仰とあり。いづれにか。

なお、巻十二の作品は二八五七番の歌を指しているようだが、原文は「菅根之《すがのねの》　惻隠惻隠《ねもころごろに》　照日《てるひにも》　……」とあり、「三伏一起」とは書かれていない。又、巻十三の歌に関し前掲書下巻該当箇所に、次のように見える。

一伏三向ハ十訓抄をもて証《アカシ》として解べきこと、おのれもはやく考たることにて、委しく玉篠にいへり。篁（小野篁）朝臣の事、後世の作物語にハあれども、うつむきさいといふ物ハ其比までもありしにこそ。ころに借て書る意は、ころ〳〵と頭子《サエ》の転《コロ》ぶ意にて、外に義あるにハあらず。いにしへ此術《ワザ》をころと名づけたる故にてハなし。わらはべのうつむきさいといへるが即《スナハチ》其名也。此ところ童部《ワラハベ》の打向頭子《ウツムキサイ》といふ意か、童部の俯仰《ウツムキ》頭子といふ意か、いま些《（すこ）》し紛らハし。

## 42　琵琶

同書（『十訓抄』第十「可庶幾才芸事」〈十ノ七十二〉）に、

（源）顕基卿【大納言俊賢子、高明孫】、世を遁て上醍醐にこもりゐられたりけるに、醍醐の大僧正、「比巴《（琵琶）》の三曲（「流泉」・「啄木」・「楊真藻」）と云けるもの、老法師に引てきかせ給へ。けふ・あす、まかりかくれなんずるに、よみづと（黄泉苞）につかうまつらむ。」と強ちにいはれけれバ、さバかり貴き人のかくねんごろに誂へ給事なりと思ひ、ある時、三曲、始〆よりこと〴〵く是を引く。僧正よくよく聞てあくびたび〳〵して、「あハれ、花園より詣《マウ》でくる目くら法師の、極楽のあました《（雨）》ゞりのおととて引侍るハたふときものを、その曲をバ伝へ給ハぬにや。」と、とはれけり。とかくいふばかりなくて、いまだえこそとばかりにてやミにけり、云々。

とあり。もろこし魏《ギ》の文侯が古楽を聴てねむりをつとめ、鄭・衛の音を聴てハ倦ことを知ざりしといふにあはせて、いと心なきことに云伝ふめれど、其道にいりたゝぬ人のいはゆる雅楽《ガガク》を聞てハ、おほかたかゝる類ぞ多かる。此ノ僧正も、当時もてはやされし音楽《ヲンガク》のみちに疎《ウト》かりしハ、しなおくれておぼゆるものから、意にもあらで誉められたるにハ勝りぬべくやあらむ。何事も、其方に引るゝ心を離れて評じぬべき事なるべきにや。

## 43　義家

同書（『十訓抄』第一「可施人恵事」〈一ノ三十四〉）に、

義家朝臣、陸奥前司の頃、常に堀川右府の御許に参て囲棊をうちけり。いつも小雑色一人ばかりを相共たりけり。太刀を持て中門の内のからゐしき（唐居敷）に居たりけり。或ル日、寝《シム》でむ（殿）にて囲碁を打ッ間ダ、追入あり。犯人《ボンニン》刀をぬきて南殿（庭）を走り通るを、前司、「義家が候ぞ。まかり留れ。」と云ヒけるを、聞入ず、猶、過ギければ、「某侯（候）由、いひきかせよ、やれ。」と云フ。其時、雑色、「八幡殿のおハします。罷留れ。」と云フ。此事を聞て、忽に留りて刀をなぐ（投）。仍て、雑色、是を捕ふ。其間ダ、近辺の小家にかくし置ける郎党、四五十人ばかり出来て、件の犯人を相具してゐて去ぬ。

日来、かゝる武士等、人に見えざりけり。

とあり。此レを以て按ふに、この朝臣の武威の大じかりしほどもしられ、また其ノ日来《ゴロ》の用意の並ならざりし事も、推測《オシハカ》られたり。

## 44　汚穢

万の事に、汚穢《ケガレ》といふことハ、黄泉の段の古事より起りて、おほよそ人の死る事にのミいふことにて、神代の深き理ある事なるを、近世にハ、猪・鹿なンど喰たるをだに汚穢といひて甚じく忌なるハ、仏ぶりの移りたるなり。かの伊邪那美太神《イザナミノヲヽカミ》の黄泉戸喫《ヨモツヘグヒ》の故に因て、死たる人の家の物なンど喰たるハ、素《モト》より忌べき義なれど、其余ハ、総て食物に属《ツキ》ての汚穢といふことハ、古にあること無し。されバ、天津日御子ハ更にも申さず、諸神等の御勢《オホムベ》［贄］にも、猪・鹿の類ハ奉たり。【古書どもを見て、さるやうをバ知べし。】天武紀の御制禁に、牛・馬・猿・犬の類を喰ふ事を禁め給へるハ、人ノ家に用ある物なれバなるべし。【其ノ中に、猿をしも入レ給へるハ、稍《ヤヽ》人形に似たる物なれバなるべし。もろこしの国にハ、牛をこよなき物にいひて、王とある者の祖廟の贄に用ふめるハ、物の哀を知ぬ異なる風俗とこそいふべけれ。其ノ余にも、羊・豕・雞の属など、養馴し置たる物を、あへなく殺して喰ふめるハ、いかにおに／＼しき心なるらむ。毛詩に、雞棲《ハスム》二于塒一日之夕矣《ナリ》、羊牛下《リ》来《ル》、などいへるを読バ、ほと／＼涙もおちぬかし。かくばかり情なき風俗なりながらも、ともすれバ他国を指て禽獣《トリケモノ》のごといふめるハ、いかにぞや。】古語拾遺の末に載られたる大地主神の故事も、牛を田人に喰しめ給へるをこそ御歳神ハ咎め給ひつれ、猪・鹿なくひ《(喰ひ)》そと宣《ノタマ》へることハきかず。さりとて、今ハた強に喰へよと勧めいふにハあらざれど、奈良朝よりこなたハ、神事に仏ざたの交らぬハ無く、いとも／＼うたておぼゆれバ、俗人どもの為にかつぐ／＼いへるのミ也。

## 45　本地垂跡（迹）

上古の法師どもの為し業を按ふに、百済より仏道を伝へ来て間なき世にハ、皇国人ハ仏の故を知るべきならねバ、唯神をのミ大じく尊きものにおぼへてとりあへざりし故に、本地垂跡《スイジヤク》といふ事を作り出て、金胎《コムタイ》・両部の仏名に我神等の御名を配り当て、此ノ神ハ其ノ仏の垂跡なりとやうにいひ、神社の近辺に寺刹を建《タテ》て紛ハし初たるより、竟にハ仏を本よりの神の如く言做《イヒナ》して、愚《オロカ》なる民どもを迷《マヨ》はし、さて又、少しも心ある人の疑《ウタガ》へバ、某仏ハ如々此々の理あれバ、某神の云々なると何の違《タガ》ひかあるべき、故、威徳同体なりなンど説曲《トキマゲ》つゝ、或ハはかなき夢《ユメ》の託《ツゲ》などを正々しげに言挙などして、人惑しに其法《ソノノリ》を施ら(こカ)し弘めたるものと見えたり。【貝原ノ篤信が(ママ)　天満宮伝記に、[注]　渡唐ノ天神といふ事を弁まへたる条《クダリ》に、釈ノ円爾《(えんに)》（建仁2年—弘安3年）が夢《ユメ》に、天神現れ給ひて弟子にならむと宣ひしを、宋ノ国の仏鑑禅師に就て学び給ふべきよしいひしかバ、即て彼国に渡りゆき給ひつゝ、仏鑑より法衣を授り給ひツるよし、又の夢に見えけるといへる事、天神授衣記（「菅神入宋授衣記」）といふものに出《デ》たるよし。其ノ授衣記といふ書ハ、薩摩《サツマノ》国福昌寺建立の時、巌《イハホ》の間より出《デ》たりといひ伝ふるよしいひて嘲りたりき。これら正しく夢の託を造りたる証とすべし。其余にもかうやうの事ハいと多く、枚挙るに遑あらず。かの円尓などハ、仏学する人の中にも禅とかいふ事を宗として、怪しき事をバ先説ぬかたなるすら、かゝる事を巧ミ出せるにて、其ノ余ハおもひやられたり。】

万の道の明りゆく、今のゆたけき大御代に生れあひて其ノ説ども見聞バ、女童をも欺き得じと見ゆる説にて、いと〳〵拙くをこなれど、なほ其を真事と思ひてえ覚ぬもありげなれバ、え過さで論ふになむ。よしやくだ〳〵しき論ハとまれかくまれ、正《マサ》しく一切経ノ中に説たる仏の、何か日本といふ国へ渡り行て、某といふ神に成りと説たる事やハある。それ無きにて其妄説《ミダリゴト》ハ著きものをや。【されバこそ、其ノ実説《マコト》めかぬを不飽おもひて、後にハさま〴〵の偽経をも作り出せしが、是等ハ例の外なり。】且、配当たる金胎の仏も、悉く何某の神と極めたる説もなく、終にハ神をも心中の念々によりて顕るゝやうにいへるこそ、可咲《(をか)》しけれ。これら其道よりいはゞ、吾力ばかりにて道を弘め得ず、なか〳〵に他の道を借て、からうじて人おもむけたるにて、いみじき恥辱とこそいふべきなれ。【近来ハ、幾利志丹といふ邪宗をいたく禁《イマシ》め給へるにつきて、おのづから怪しき行をする僧も少になり、専ら実の仏の道を宗とすれバにや、夢の説などいふはかなき事をバいはれぬ勢ひとなりつゝ、外道を交へぬやうなるはなか〳〵に其ノ道の栄とこそハいふべきを、尚かの両部とかいふなる事を言挙して、ものしらぬ民をおもむくる人も有ハいかにぞや。】

総《スベ》て法師どもハ、釈迦のいはゆる方便てふ事に泥《ナヅ》みて、一度ハ人を欺《アザム》き詐《イツハ》るとも、末、竟に、真仏の意を悟《サト》りて、其ノ身すなハち仏に成バ、初の詐偽《イツハリ》ハ何の罪にもならず、却ていみじき善事の根種になれり、とばかり覚えたれバにや、世をも人をも惑ハして憚ること無きこそ、いとわろけれ。げに、まこと、其ノ成仏とかいふことをも覚らバこそあらめ、さる本にせむとて、種々に方便をめぐらすうちに、限ある人の魂の緒絶はてゝ、本より知らぬ惑をのミ重るハ、いかに罪おもき事ならずや。

［注］＝篤信（益軒）の『天満宮伝記』巻之下に次のようにあり、そこに釈円尓の夢のことと、それが「妖誕幻妄の説」なることが難じられている。

又世に渡唐の天神とて、衣冠せずして、あやしき巾服着て、梅花を袖にさしはさみ給へる像をゑがけり。これ菅公、神と成らせ給ひて三百余年の後、釈の円迩（円尓＝円爾）、もろこしより帰りて、つくし承天寺にありし時、天神顕れ給ひて、其弟子とならんとのたまはせしに、和尚答て曰、もろこしに仏鑑禅師有、我師也。是に参じ給へかしと申ければ、神うなづきてさり給ふ。その後天神又、円尓にまみえ玉ひ、われまのあたり仏鑑の室に入たりとて、みづから御わきに有し衣袋をさして、証とし給ふ。仏鑑よりゆるされ給ひしは法衣なり。これ神力をもつて宋に入て、仏鑑にまみえ給ひしといひ伝へ侍るなり。此説初めて、天神受衣記と云に出たり。其文は、薩摩国福昌寺、始て開基の時いはほの間より出たりとなん。菅公、本朝の俊傑なる事、世に隠れなければ、其名をかりて、其法を人にほこりかゞやかさんとて、神を誣て無下にいひなしたるにや。あゝかうやうのこと、その有無をあらそひて弁ぜんもいと口をし。天地の間の事、道理をもて弁へ知らざれば、かゝる妖誕幻妄の説にまよひて、さとし難き事、是のみにやはあるべき。道を知れる人は、弁ぜずして、おのづから其是非を知り給ふべし。道を知らざる人は、邪を信じて正を疑ふゆゑ、身を終るまで悟らず。

## 46　猿楽・田楽

天岩屋戸の故事に因て、猿女君、俳優【和邪袁岐《ワザヲギ》とハ、咲《ヲカ》しき事をして、神の御心を和め祷奉《いのりまつ》るをいふ。俳優の字に泥むべからず。】の事を司りて仕奉りつゝ、神事にむねと用ひさせ給ひしを、是レハた、漢国風に移りておのづから廃《スタ》れたるハ、いとも〳〵惜《ヲシ》むべし。そも〳〵我皇国の古の事ハ、何にまれ浅はかなる事の如くなれど、其源、神の御心以て定め給ひしことなれバ、用チひて実用あることいと著く尊きを、【譬へバ、いたうはらだち怒りたらむ人あらしう戯れバ、忽ちに刃（乃カ）をも捨てうち笑ひつゝ止ぬる例いと多かるを、さらむ時、所謂唐土《モロコシ》の雅楽をいかほど奏《カナデ》たりとも何とかも思ふべき。是、速に功あるしるしにざりける。】漢国ハ理深げに聞えたる事も、人の私智もて作り出たる事のミなれバ、時に当りて案外に違ひつゝ、さしも論ひたる如くにハあらぬこと常なりき。されバ、俳優《ワザヲギ》の類も、おどろ〳〵しき名《ナ》目どもハありやなしや、器物の戯《タハ》けて疎《オロソカ》なるいたうざれバみたるハ、うち見たるのミにてハいと鳴呼がましく傍痛《カタハライタ》くも見ゆめれど、何時まで見をれども飽こともなく、自然楽き境に入て我にもあらですゞろぐめるハ、人ノ心にうち合《ア》ひ真理に宜ひたる証なりけり。【此段、猶論ふべき事どもありて稿《シタガキ》し置つれども、くだ〳〵しけれバ、今略きぬ。】

其ノ余波にて、後ノ世にも咲《をか》しく戯れたる事をすべて猿楽といふハ、猿女の楽といふ意なり。【猿楽につきていふ俗説どもハいふにも足ず。又唐土にいふ散楽とするも当らず。】中昔にありし田楽てふものも、其属《ソノタグヒ》と見え、今ノ世にいふ狂言も其ノなごりなるべし。【田楽につきてまた俗説あれど、是レも非なり。按ふに、田楽とハ田人の楽といふ意なるべし。またハ田植る楽といふ意にもならむか。天皇紀に田儛《タマヒ》といふこと見えたるハ、いかなる事とも考得がたけれども、名ハ縁ありて聞えたり。東鑑に、大姫の御方に田植させて若人どもに歌うたハせられし事もあるなどを以て考るに、田植るハ人の命の本なる事なれバ、古ヘハ殊さらに御食に属たる神等を斎祭り祈申

て、然る猿楽をもなしけんとおぼゆれバ其ノ余波《ナゴリ》ともいふべきものなり。画に田うゝる所に田楽したるをも見たりき。】

さて、田楽ハ、今ノ世、軽業・大神楽などいふものに似たりとおぼしきが、其ノ業ハ定りたる事にや、種々の名目どもの古きものに見えたりと覚るを、猿楽ハさやうの軽業ハなく、何にまれ時に当りて笑《ワラハ》（ママ）ハしき趣向を作り出たり。今、謡の能を猿楽といふは、かの狂言などより転りたるものにて、名ハ同じけれど、其ノ業ハ大《イタ》く違《タガ》へり。

## 47　中昔の楽

中昔の頃、皇国の歌に唐楽の節を附会《あはせ》て歌ひけるもの、催馬楽【催馬楽といふ名ハ、拾芥抄に見えたる神楽歌のサイ前張《バリ》（前張《さいばり》）より混れたるならむ、と或ル人の云ヘるぞよき。】などの類、品々ありしが、いかなる物ともしられねど、おほかたハ今の楽声の如きものなりけむ。今もまたしか名付て掻引《かきひく》人もあれど、中ごろ廃りてありしを、節かきたる書に便て起せりとかいへれバ、然りや否やおぼつかなし。

（頭書）

> 催馬楽の名義、又の或人ハ其駒の曲より起りしといへり。これも又すてがたし。よく思ひて定むべし。

今様といふハ其時々のはやり歌なりしが、後にハ是も一種の物のやうになれるなり。今の筑紫琴に、組とて歌ふハ今様を組合て作れるなりともいふ。さハ何時ごろの今様なりけむ、源平のころにもてはやせし物とハ、決《キハメ》て同じかるまじうおぼゆ。されど又、名の等《ヒト》しきを思へバその余波《ナゴリ》とハしられたり。

## 48　三味線

近き世に三味線といふもの、他国より渡り来て、それにもさま〴〵の曲名どもありて、漸々、細しくなりゆきツヽ、今ハ天下に普く翫ぶ器物となりて、上手どもの多きころほひとおぼえたるに、盲法師さてハ女童のミ引もてあそびて、男の限りて引ぬやうになりたるハ、いと頑なる風俗とこそおもほゆれ。【男ハ、猿楽の謡といふものを翫ぶをむねとして、調ハいと疎かなるものなるぅへに、いと〳〵かしましく、おほかたなつかしからぬものなり。総て弾物・歌物ハ、人心を和め楽しむる物なれバ、弾ても聞てもおもしろからぬハ、何のやうともなし。】

一度、さる御制もありしハ、武道の衰へゆかむことをおもほしたるぅへに、宋儒の理楽［学カ］といふもの、盛に行れし世なりし故なるべし。

其出来はじめに書たるものを見たりしに、長き脇差の刀さしたる男の、三味線いだきたる画を書たるが、なか〳〵しほらしく見えたり。今も西国のかたにてハ、いとたけ〴〵しき風俗の国にも、男のものするもありとかや。されど今ハ今にて、一たびさる御制もありし上ハ、強ちに翫ぶべきわざにハあらず。且密にものする人を見るにも、おほかたハ世にはぶれたるがな(ママ)人のみなれバ、直実なる人の悪むも理なきにあらず。(以下の二字下げは、原文通り。)

　三味線ハもと蛮学の(ママ)　にて、琉球にて専ら悦び海蛇皮にて張たれバ、世俗ハ、ジヤヒセン(ママ)といへり。文禄年(ママ)　者石村検校、それが弟の平兵衛と、おなじく琉球国にわたり、兄の検校は其曲を習ひ、弟ハその製作をならひ得て帰り、石村平兵衛はじめて三味線をうちたり。そのかミハ寸尺定りなし。さて、かの検校が琉球にてならひたる唄、

チヤウリセツベリヤウソレヒヤウラニリヤ〱ニ
イヨアリヤヨイフリヤウソレルリヒヤウフリヤウ、

このうたの三味線の手にて石村検校のはじめて作りたる唄、

ちよの始のてんに照る月ハ。（ママ）十五夜が盛りよの。（ママ）あの君さまはいつもさかりよな。（ママ）

検校、これに次ぎて七組の曲を作る。琉球組もその内なり。この時、猶三味線の寸尺定まらず。一二三ともに上駒をかけたり。その後、柳川検校はじめて三味線の長さを弐尺壱歩と定む。その弟子浅利検校、佐山［検校］、市川［検校］などみな三味線の名人と称す。ことに佐山検校の端手七組を作り、手事といふ事をはじめ、かつ二上りの調子をはじめて弾出す。若みどりといふ唄、二上りの調子のはじめなり。この後、連川検校一下りの調子を引いだすといへり。

┌石村検校──虎次──山野┐
└石村平兵衛　┌───────┘
　　　　　　　柳川
┌─────┘
浅利──伊豆──岩崎┐
佐山─────────┘
市川──┐
　　　　河村

本手組十三組・端手組七組あはせて二十組、今も京・大坂にて法師のならひ伝へて、やんごとなき

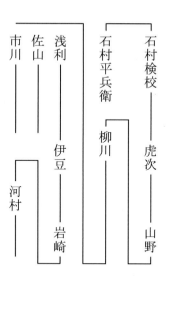

あたりの好ませ給ふか、あるひは神仏の法楽ならでハ弾けることなし。みだりになみ〳〵の人の為に弾きて聞するをゆるす［さ］ず。強て所望すれバ復すとて弾くなり。この法師といふ者ハ次分の瞽者にて、芝居・狂言などの浄るりに、三のをバ座歌と唱へて弾くことをいましむることなり。

## 49 仝

琉球よりわたる三味線の皮ハ実は海蛇皮にハあらで、かの国に産するゑらぶ鰻とて、漢名を慈鰻といふものゝ皮なり、云々。琉球よりは十里ばかり南にイトマンといふ島あり、云々。

三味線の手を書たる、大ぬさ（刊年未詳、巻末に「元禄十二年己卯暦」。『日本歌謡集成巻六』所収。）といふ板本の闕《カケ》たるを、或人の見（せ脱カ）たりしに、いへらく、

　三味線の起ハ、永禄年中に琉球より是をわたす。其ノ時は蛇ノ皮にてはりて、二絃なるもの也。泉刕（州）堺の琵琶法師中小路といひける盲目に人のとらせたりけるを、此もうもく（盲目）、よろこびてしらべつゝ心見けれど、をしへおかざれバ音律かなハず、是レを心うく覚えて、長谷の観音へ詣で一七日（ひとなぬか）参籠し、引キやうを祈《イノ》りしに、あらたなる霊夢有りて、階をくだる時に、大・中・小の糸三すじ、盲目が足にかゝる。是レより三すじの糸をかけて引クに、無尽の色音いでたり。それより三絃にきハむるゆゑに、三味線としかいふ。【今按ふに、明の謝肇淛が五雑組（明末の随筆集）に、「又有所謂三絃者、常合簫而鼓レ之、然多淫哇之詞、倡優ノ之所レ習フ耳」といへれバ、彼ノ国にも三絃といふ物ありしにこそ。其ノ小（ママ）いかなる形なりけむ、「多二淫之詞一云々」といへるをおもへバ、今の三味線と大く異《カハ》らざるものとおぼゆ。されバ、琉球ノ国より渡せしといふも疑しく、且ツ三絃といへるをおもへバ、此ノ中小路といふ法師盲が事も、またいかゞしく聞ゆめり。】

其砌ハむさと引キてなぐさみとせしに、しばらくして虎沢といひし盲目是レを引キかため、本手・破手といふ事をさだめて、人に是レをつたふ。其ノのち、沢住といふ盲目有て、是を引覚、歌にのせて引出したり。それより公家・武家のうちに賞翫させ給ふ方おほく有て、ミづからもひかせ給ふ。其後ハ、此器に緒《ヲ》をつけてくびにかけて引クを用とす。其後、平家のおもかげにして、浄瑠璃といふものはじまりつゝかたり出《(いで)》しかバ、びは《(琵琶)》を引クごとくに浄瑠璃といふことをのせて、三味線を引はじめたるハ、沢住がなす所也。而（して）后チ寛永のはじめ、摂州に加賀都《イチ》・城秀《ジヤウヒデ》といふ座頭両人、世に三味線を引出すに、此堪能なる事古今に独歩せり。東武にわしり《(走り)》て、大家・高門のもてあそびものとなり、既に盲目の極官に昇進す。加賀都ハ柳川検校、城秀ハ八橋検校となれり。今にいたり、三味線において柳川流・八橋流といふハ是也。其ノのち出世したる検校・勾当の中に、此両検をあざむく程の名人あまたあれども、先、柳川・八橋両検ハ三味線の曩祖《ノウソ》たり。是レによつて、今世、三味線の工人に、八橋の柳川のといふも此ノ名字をゆるされたる者也。

といへり。又、其序文めきたる下（「大怒佐序」）にいへらく、

【上略】されバ、此ノ芸つたへて久しく、其ノ間ダ、名におふ人多しといへども、ちか比、あづまに浅利検校・佐山検校、玉敷の都にてハ朝妻勾当といふ上手ありて、当風に新曲を引出し、唱歌をつくりて、世につたへしをかきあつめて、おぼろ〳〵のすき人にひろめ侍りぬ、【下略】

と云り。【これら、其ノむかし世にいひ伝へたるところなるべし。此本、闕たる物なりしかバ、板に彫《エリ》たる年月も定かならねど、おほかた元禄の比のものとおぼし。同じ比にかける松の葉（秀松軒編・元禄十六年刊）といふものにいへるも、同じ旨なりき。これら、さしたる益なきわざくれなれど、其ノいでき初をおもひやりぬべきものなれバ、わづらハしけれど、とり出ぬ。】其ノ初ハ、海老尾といふ所、後の方へ反《カヘ》りて、琵琶に似たり。胴《ドウ》も円くて、片面《カタツラ》

ばかり張たるものなりきといへり。寛永の頃の画に、さる状見えたり。【但し胴《ドウ》ハ、既に今の形なりき。此ノ大ぬさに出せる図ハ、全く今の形チ《カタ》なり。】古近江といふ工人《タクミ》の直せるなどもいふにや、又鼓弓《コキウ》といふ物も、初メハ胴円《ドウマロ》く、弓も全く弓の形なるを、附の処を採《トリ》て鼓《ヒキ》たりしとぞ。【○因にいふ、今、三味線の唱歌《サウカ》かきたる本に、あひの手といふものゝある処に、合と記す合ノ字ハ借字にて、まことハ間《アヒノ》手といふことなり。件ムの大ぬさには、然しるせり。】

「玉篠」了

# Ⅲ　『葦の葉わけ』

# 〈解題〉

## (1) 成立・内容

㈠ 萩原広道自筆出願本『葦の葉わけ』(内題は「葦の葉わけ巻一」) 冒頭の序文末尾に、「弘化二年といふとしの夏みな月とをかの日／寸簸《きび》の葭沼たハぶれにしるす。」とある。本書の成立は、弘化2年6月10日で、広道はここでは「寸簸(吉備)の葭沼」と称している(これは他には弘化4年に成った「神璽考疑同傍評私議」でも同じ)。

㈡ 冒頭の序文後半部に、本書の成立に就いてその経緯が次のように説明されている(漢字ルビ略。以下同断)。

このごろ、かたゐなかよりのぼりこしえせがくせうの、なにがしのほりきとかいへる、川づらの家にいりゐて、かれこれ見おどろきたる、にぎハひのありさまを、ふでのゆくへにまかせつゝ、かたはしづゝしるしつけたることゝて、人のかたりきかせけるまゝに、こゝにもうつし出すなり。

即ち、「このごろ」、「かたゐなか」から上坂してきた「えせがくせう」が、「なにがしのほりき(壍＝堀)」の川沿いの家に居住し、そこで見聞きしたことを筆にまかせて書き記したものだ、と人の話し聞かせた写本があって、それをそのまま写したのが本書だと言うのである。それを、「弘化二年」に「岡山」から大坂にやって来た「萩原広道」が、「伏見堀＝京町堀」の川面の家に居住しそこで見聞きしたことを記したものだとすること、要するに、その「えせがくさう」を広道自身だとストレートに解釈するのは、「創作」にかこつけて韜晦しようとする作者広道の表現工夫をも無視することになるが、さしあたりは許されだろう。[注]

[注]—「えせがくせう」とは即ち広道のことだとすると、気になる記事が二つある。

一つは、自筆稿本(草本)序文中の頭書に「乙未夏五月、初寓于伏見壍。」とあるが、「乙未」は天保6年(弘化2年なら「乙巳」)になるが、その時21才の広道が大坂に出て伏見(京町)堀に寓居していたことは考えにくい。「乙未」は「乙巳」の単なる書き損じとするか、あるいは後(「〇ふなをさ」)に見るように、明らかに「鴻池氏のあろじ」を思わせる「鶴池氏のあろじ」とある表現が見えるので、ここの「乙未」もいわば小説的虚構?ととるべきなのか。

二つは、同じく本文（「付ざうるり」）中に、大坂の地の「うたひ物」の流行変化に言及した次のような件である。

それがなかに、うたひ物のひとすぢハ、ちかき年ごろ、ことにさかりにうつりきたりとおぼしく、かくいふがくさうの、いつとせばかりさきにのぼりこしほどまでハ、ちまたにうたふこゑ〴〵の、なほかのぎだいふのざうるり、さてハ、こゝのさミせむにものする長歌・はうた、なゝどいふものばかりなりしを、ことしは、それにハ引かハりて、かのぶんごをはじめにて、きね屋とかいふめるものゝ、たてゝものするかぶきのまひといふものゝ歌、さてハ、しんないといふものゝのこゑなん、おほかりける。

右に見える「ことしは、云々」を弘化2年とすると、「（足かけ）いつとせばかりさき」は天保12年のことになる。「がくさう（学生）」を広道自身とすると、彼は天保12年にも大坂に来ていたことになる。先の『玉篠』（の「解題」）で見たように、広道は天保12年の初夏に但馬丹後旅行に出かけ帰国後大病に罹り病臥している。したがって、もし彼が大坂に来るとしたら、その旅行の往途か帰途かのほんの僅かな間と言うことになり、「うたひ物」の流行を観察する余裕があり得たかどうか、これを証する他の資料の見当たらぬこともあって、可能性は限りなくゼロに近い。右の件もまた小説的虚構なのかどうか。

㈢　本書は序文に続いて、「葦の葉わけ」全体の〈標目〉が記されている。そうして、「一の巻　物あらひの女　舩をさ　さみせんざうるり」以下、「八の巻　うかれ女男あそび　茶屋いけす　すまひ」まで挙げられた後、「附録」として「人ノ情のおもぶきをおしきハめざれバ、何の学びもすべてむなしごとなるべき論ひ二条」が掲げられ、「この段ハ、たハぶれながら此書のミたま《魂》とあるべきことなれば、云々」とのコメントも付されている（この書と並行して書かれていた『本学大概』の中でも、人情を推し究めることの大切さがあちこちで強調されていて、広道にとっては最も重要なテーマであった）。最後に「すべて、八まき・はたちあまり四くだり・そへごと十くだり・つけぶミ一まき、あハせて九まき三十あまり四くだりにしてをハるべし。」とあり、本書全体の規模が示されている。即ち、全体は、全九巻（うち一巻は「附録」）で、全部で三十四話から成るはずと言うのである。しかし、実際に残されているのは、一巻三話（と「そへごと」一話）である。残り八巻三十話は、広道の頭の中だけにあったものか、あるいは少しでも書かれたものがあったのか、今のところその詳細は全く不明である。

## (2) 諸本について

現在、『葦の葉わけ』は、(a) 萩原広道自筆稿本（請求番号甲和 623）、(b) 萩原広道自筆出願本（同甲和 831）、(c) 転写本（同 571/8）、の三本の写本が知られている（全て大阪府立中之島図書館蔵）。以下諸本に就いて触れる。

(一) (a)の自筆稿本は半紙本の大きさで、表紙に、「あしの葉わけ 一」とあり（他筆）、表紙裏に、「あしの葉わけ 一冊／萩原広道翁稿本／此書小田清雄氏へ貸与中　あし分舟ニ連載す。」と、旧蔵者の識語が認められている。本文冒頭には、タイトルが「あしの葉わけ一のまき草本（朱書）」と記されている。

稿本には、三度手が入っている。一度目は墨。その内の一つは、脱文の頭書欄への補記（このことから、稿本に先立った初期草本があったらしく思われる）。二つは本文への注記で、付け紙に記され頭書欄に貼付されている。三つは仮名遣いを中心とした本文訂正である。二度目は朱。本文のいくつかの字句が訂正され、本文への注記も直接に頭書欄に追加されている。三度目は青（?）。本文の何カ所かに、例えば、「がくす《せ》う（学生）」、「せむ《ん》どう（船頭）」「ず《ぜ》うるり（浄瑠璃）」など、特に字音仮名づかいの箇所に手が加えられている。なお、巻末には「著述脱稿之目」（本書は「葦の葉わけ初編　一冊」と紹介されている）と「上古政迹考標目」・「同外篇標目」とが付載されている。

(二) (b)の出願本は中本仕立てで、表紙題簽に「葦の葉わけ」とあり（「…葉わけ」の後に擦れた跡がある。ひょっとして「巻一」とあったか）、その余白に次のように記事が見える（他筆）。なお、「願人」の「越後屋治兵衛」は「越治」とも呼ばれ、広道とも親しい京都の書肆で、彫り師としても知られる。

文久三年亥八月三十日奉願上候処　　願人　越後屋治兵衛
翌元治元子年三月十一日被召出
当二月三十日　日当之願書ニ相改可申旨
被仰付依之右之通願面相改奉願
同年六月十七日　**西**（大坂西町奉行所）

本文冒頭（内題）には「葦の葉わけ巻一」とあり、稿本巻末の「著述脱稿之目」以下の付載記事は省かれている。出願本は、前掲稿本の墨書による訂正の全てと朱による訂正追加記事の大半が取り入れられている。青の全部と朱による一部は反映されていない。それらは恐らく出願本成立後の訂正なのだろう。出願本の成立時期は定かでないが、ただ、整然と書かれた筆跡から、安政年間中の左筆の以前だろうか。

(三) (c)の転写本は広道の手によく似た筆跡で稿本を写したもの。表紙題簽には「あしの葉わけ一のまき」、本文冒頭も「あしの葉わけ一のまき草本」とある。最後の段階の青による訂正も取り入れられ、恐らく明治期成立の最も新しい写本。巻末には、稿本と同じく「著述脱稿之目」と「上古政迹考標目」・「同外篇標目」とが付されている。

### (3) 版行

『葦の葉わけ』は、右に見た出願本表紙の記事にある通り、文久3年8月に大坂町奉行所に出願本が出され、翌元治元年6月に出版の許可が下りたが、半年前の文久3年12月に広道が亡くなったからか、版行されることなく写本のまま残った。本書『萩原広道未公刊著作集』は、そのタイトル通り刊行されずに写本（草稿・稿本）のまま残った広道作品を集めたものだが、この『葦の葉わけ』は、厳密に言うとこれまでに二度活字になっている。一度目は小田清雄（嘉永元年―明治27年）によって、雑誌『なにはがた』[注]の「第十六冊」から「第二十冊」まで四回に亘って掲載された。二度目は藤井乙男（慶応4年―昭和21年）によって『芸文』誌に翻刻版行されている。

近世文学研究者として著名な藤井乙男（紫影）に就いてはさておき、前者小田清雄に就いては森川彰「小田清雄覚書(一)〜(二十二)」（同『萩原広道研究への歩み 下』〈二〇一六年九月刊〉所収）に詳しい。特にその「(二十)」（以下、森川論文とも略）では『葦の葉わけ』の諸本や小田や藤井の『葦の葉わけ』翻刻に触れている。

［注］＝先に見た如く、『あしの葉わけ』自筆稿本表紙裏には「此書小田清雄氏へ貸与中　あし分舟ニ連載す。」とあった。『あし分舟（葦分船）』は、『なにはがた』が発刊されて間もなくの明治24年7月創刊の文芸誌である（明石利代「大阪の近代文学」

〈『毎日放送文化双書10大阪の文芸』〉。前掲森川論文の言う通り、表紙裏のこの記事はうっかりミスなのだろう。

㈠ 雑誌『なにはがた』は、西村天囚（慶応元年―大正13年）らが結成した浪花文学会の機関誌で、明治24年4月に創刊号（「第一冊」）が出され、明治25年1月の「第二十冊」まで続いた。大阪大学総合図書館蔵『なにはがた』（全20冊）の「第十六冊」（明治25年8月）を見ると、その冒頭「目録（目次）」に半牧居士「忍び車」などの文芸作品の並ぶ最後に「葦の葉分（第壱）萩原広道翁遺稿 小田清雄補正傍註」として掲出されている。「あしの葉わけ」と墨書された色つき扉頁が一枚挟まれた後に、本文が始まる（本誌掲載の諸作品は、それぞれ一頁からの頁付けがなされている）。冒頭の「あしの葉わけ」のタイトルの後に「あしのはわけのはしがき并作者の小伝」が続くが、その「はしがき」（小田清雄識語）に次のようにある。

此あしの葉わけは、萩原広道叟の戯著なり。今度なにはがたに載せらるゝことになりぬれば遺稿を写伝ふる間に誤りきと著き字、脱ちきとおぼしき字どもを吾意もて正しもし、補ひもしつ。かくするついでに、本文の傍に漢字を填て訳語を添へ句読点を施しなどしたるを、それに誤あらば補正したまひてよ見ん人たち。叟の伝は下総国人清宮秀堅が編輯しつる古学小伝に見えたるをこゝに抄録す。小田清雄しるす

この後に、清宮秀堅（文化6年―明治12年）の『古学小伝』（安政4年6月付編者題言、明治10年8月付編者再識、明治19年9月刊）掲出の広道伝が引かれ、それに小田清雄の若干のコメントの後、五頁から「あしの葉わけ」が始まり廿二頁で終わっている。『あしの葉わけ一の巻』には、「物あらひの女」と「船をさ」と「さみせん」とそれに付された「ざうるり」の四話から成るが、第一回の連載分では最初の「物あらひの女」全文が廿二頁半ばで収まっている。ところが少しの余白の後、第二話「ふなをさ」のタイトルとそれに付された題歌が見えるが、そこでぶっつり切れて、極めて不自然である（本作品は雑誌連載前に恐らく全文が活字に組み込まれていたのだろう。ここでは内容よりも紙数が優先して機械的に切り離されたと思しい）。

第二回目は「第十七冊」（明治25年9月）に載るはずで―事実、その冒頭「目録」に「葦の葉分（続き）萩原広道翁遺稿 小田清雄補正傍註」

と見えるが、しかし本文中に見えない。見えない理由は、実は関西大学図書館蔵「第十七冊」の本文末に「社告」が添付されていて、そこに「紙数の都合により此回は差扣へ次冊則ち第十八冊より引継掲載可仕候間、云々」と記されていることから知られる（前掲森川論文にその「社告」が写真版で掲示されている―なお、前掲大阪大学図書館蔵のには、その「社告」は剥がれたか、見えない）。その「社告」通り、「第十八冊」（明治25年10月）は、冒頭「目録」に「葦の葉分（　）《ママ》萩原広道翁遺稿 小田清雄補正傍註」とあり（タイトル直後の「（　）」は本来は「第二」とか「承前」とかとあるべきか）、本文中に廿三頁から卅二頁まで頁付けされて収まる。その最初の廿三頁の冒頭に、タイトルもなく突然に「いにしへに舟ぎみといひ、云々」と始まっている。但し、その終わりは、第二話の終わりと重なってこの回はすっきりしている。

第三回は「第十九冊」（明治25年11月）で、冒頭「目録」には「葦の葉分（前号のつゞき）萩原広道翁遺稿 小田清雄補正傍註」とあり、本文には三十三頁から四十二頁まで頁付けされて、第三話が載る。但しその第三話の最後に付された歌は途切れてここには見えない（読む者はその歌の存在には気づかない）。最後の第四回は「第二十冊」（明治26年1月）に載る。即ち冒頭「目録」に「葦の葉分（大尾）萩原広道翁遺稿 小田清雄補正傍註」とあり、本文は四十三頁から六十一頁まで頁付けされいて、その四十三頁初めに、前回で落とされていた歌が掲げられ、第四話「ざうるり」（但しこのタイトルはなし）が全文収められて終わっている。

(二)『葦の葉わけ』は、小田清雄のよりおよそ20年後の大正2年、藤井乙男によって京都文学会紀要『芸文』（第四年第一号、同第四号、同第六号、同第七号）誌上に翻刻紹介された（第一号掲載時には「解題」が付されている）。この後、その連載分は一つにまとめられ「あしの葉わけのまき《ママ》」のタイトルで、（『芸文』に付されていた）「解題」と共に、その論文集『江戸文学研究』（大正10年6月刊）に収められている。その「解題」後半部分を引けば次のようである。

こゝに掲ぐる葭の葉分の巻は、源氏物語評釈の著者として、はた侠客伝（滝沢馬琴『開巻驚奇侠客伝』）の続編（第五編）を物せし作者として普く世に知られたる萩原広道〔備前岡山の人、葭沼と号す―原注〕が三十三歳の時の作にして、難波の風俗人情をいとをかしく書きなせり。これや東なる都のてぶり（石川雅望『都のてぶり』）に向へて、芦がちる難波の手ぶりともいひつべく、文章の自在はた彼に勝るとも劣るべくはあらず。彼が僅か両国橋、博労町、薬師堂、夜鷹の四章に過ぎざるに、是（『あしの葉わけ』）の八巻二十四章の目次を掲げ出せる、まづ其意気を壮とすべし。只惜むらくば今伝はれるもの一巻三章に止りて、全豹を見る能はざることを、此書もし完備したらんには、大阪風俗志として絶類の作たるべし。

森川論文にも指摘のあるように、「解題」には先行の小田清雄翻刻には言及されていない。『なにはがた』は明治26年1月の「第二十冊」を最後に誌名が『浪花文学』に変更され、小田清雄も翌明治27年1月に亡くなる。その間、連載分が一つにまとめられなかったことも大きかったか、[注]大阪に近い京都の藤井乙男の耳にも『なにはがた』連載の『葦の葉わけ』の噂は入らなかったのだろう。

［注］＝小田清雄の「葦の葉わけ」は何冊かに亘る雑誌連載で、それは後の者には気づかれにくく気づいたとしても読むのは必ずしも容易でない。そのためであろうか、国立国会図書館蔵『なにはがた』の第16冊から第20冊を（オンラインデジタル画像で）みると、大阪大学図書館蔵のそれの「目録」と各冊とも全て同じなのに、第16冊～第19冊のその本文は欠落していて、第20冊目に全てが集められている。所蔵者が読みやすくするために製本し直したのだろうか。また、同じく国会図書館に奥付もなく成立事情も不明の「あしの葉分　萩原広道翁遺稿／小田清雄補正傍註」とのみある小冊子が蔵されている（前掲森川論文で亀田二郎文庫蔵本と紹介されているもの）。デジタル画像で見ると、右の第20冊目の「あしの葉わけ」全文と全くおなじ。森川論文はこれは抜き刷りであろうとしている。そうかも知れず、あるいはまた、連載雑誌から抜き取って単行本のように一冊にした読者がいたのかも知れないが。

小田清雄翻刻との「関係」はともかくも、「文章の自在はた彼（雅望）に勝るとも劣るべくはあらず。」とか「此書（「葦の葉わけ」）もし完備したらんには、大阪風俗志として絶類の作たるべし。」とかと、藤井乙男の『あしの葉わけ』評価はほぼ絶賛に近く、広道は以て瞑すべきである。この後さらに昭和3年、同じく彼の編になる『国文学名著集十一　雅文笑話集』にも、同様の「解題」が付されて収められる。『源氏物語評釈』などは別にして、翻刻されることの少ない広道著作中では、結果として最も広く流布した作品となっている。

㈢ 以上のように、『葦の葉わけ』は小田清雄と藤井乙男によって早く翻刻・版行されていた（以後、前者を小田翻刻、後者を藤井翻刻と呼ぶ）。すでに活字翻刻され版行されていたのだから、それを再びここに取り上げそれを「未公刊著作集」と銘打った本書に収めるのは詐欺にも等しい。しかし、それを承知の上で敢えて私に翻刻してここに収めたのは、次のような理由からである。

㈠ まず小田翻刻である。翻刻は原文に沿ってかなり忠実になされてはいるが、翻刻者自身が前掲「はしがき」で断っているように、一つは「吾意」でもって原文の誤字・脱字を正したと言う点である。このことは翻刻者として当然の処置だとしても、その箇所が明示されていないため、原文のままなのか「訂正」・「補足」されたものなのかが分からず、「それに誤あらば補正したまひてよ見ん人たち」と呼びかけられても「補正」のしようがない。しかし、それよりもなお問題なのは、「かくするついで、本文の傍に、漢字を填て、訳語を添へ、……などした」と言う点である。「原文」の仮名の傍らに元から「填《あ》て」られていた漢字と、翻刻者が新たに加えた漢字や元のを削り別のを入れ替えた漢字とが区別されておらず、かつその箇所は決して少なくない。「原文」の尊重と言う点では、小田翻刻は翻刻者自身の「吾意」がかなり目立つ。例えば、第一話「ものあらひの女」の冒頭部分を、原文（A）と小田翻刻（B）とを対照させると、次のようである。

A あふみ《近江》の海のあぶれ《溢》いづるをミなもと《水原》にて、加茂川かつら川なンどの、するゐ〲おちつど《落集》ひたるながれ《流》を、よど《淀》川となんいふ。それがのちせ《後瀬》をわかちて、いくすぢ《幾條》ともなく引もてきたるハ、このなにはづ《難波津》のいのち《命》なりけり。

B あふみの《琵琶湖》海のあぶれ《溢》いづるをミなもとに《水源ニシテ》、加茂川かつら川なンどの、するゐ〲おちつど《落集》ひたるながれ《流》を、よど川となんいふ。それがのち瀬をわかちて、いくすぢ《幾條》ともなく引もてきたるハ、このなにはづ《難波津》のいのち《頼ミ》なりけり。

見られるように殆ど同じであるが、逆に殆ど同じだからこそ、「原文」との小さな差異が大きく目立ち、原文尊重と言う観点からの行き過ぎは明らかだろう。「近江」を「琵琶湖」と変え、「のちせ」(に「後瀬」のルビのあるの)を「のち瀬」と改めルビを省き、「いのち」のルビは原文では「命」とあったのを「頼ミ」と改めている。確かに小田翻刻の方が近代の読者には読みやすいかも知れない(が、「近江」を「琵琶湖」に「命」を「頼ミ」に変更した理由は分からない。特に後者は改悪ではないか)。勿論、翻刻者の労を軽んじようとするのではない。その手を入れた結果がどうであれ、一番の問題は、どこまでが原文で翻刻者が手を入れた箇所はどこかが判然と区別されていないことである。

(二) 次いで藤井翻刻である。同じく第一話「ものあらひの女」の冒頭部分を、『江戸文学研究』所収「葦の葉わけのまき」から、次にCとして引くと次のようである。

C　近江の海の溢《あふ》れいづるを源に、加茂川桂川なンどの、末々おち集ひたる流れを、淀川となんいふ。それが後瀬《のちせ》を分ちて、幾条《いくすぢ》ともなく引もて来たるは、この難波津の命なりけり。

原文と比較すると、地の文のひらがなとそれに充てられた漢字ルビとを入れ替えたり、本来は仮名だけで漢字の充てられていない言葉を漢字に改めるなど、全体として、現代通行の漢字仮名交じり文に改められている。先の小田翻刻と比してもその改変の大きさは明らかである。ただ、翻刻者は、ルビはカナ表記にし地の文は漢字交じり仮名文とするも(つまり表記は変えるも)、原文に何かを加えたり変えたり減らしたりはしていないし、読みやすさと言う点では申し分なく、本作品を当時の優れた「大阪風俗志」として紹介しようとした翻刻者の意図は、十分に実現されているように思う。

しかし、原文の表記が一部改変されていることは、解題でも触れられておらず、従ってそれに気づく読者はいないだろう。尤も、原文を忠実に翻刻するのは、文字表記に限っても、影印にでもしない限り多くの無理があるので、藤井翻刻も一つの翻刻文として、十分許されるだろうとは思う。ただ、作者広道の意図は、「風俗」

を伝えようとしただけではなかった。藤井翻刻が恐らく読みづらいとして改めたかなを主とし漢字を従とする表記は、広道にとっては大事なことで、そこには読者に対する熱いメッセージも込められていたに違いない。例えば、『本教提綱』の「学問の大概」章の第六科「歌文」で、広道は次のように言っている。

さて、上古ハ右の如くなりしかど、今となりてハ、世間おしなべて、漢字音を交へたる言語となりて、昔ながらの物言《イヒ》ざまにあらざれバ、一ッにハ雅《ミヤビ》かなる古言を後世に存すべき為、二ッにハ世間の言事を国風ながらに記し留むべき為に、仮字書《カナガキ》の文章を専と習ふべき事、漢文を学ぶにハ勝りて要とある事なり。

また、この少し後の件でも、「上にいへるごとく、上古ハ歌を以て人情を知る事なりしを、後にハさま〴〵巧になりて、甚く迂遠きものとなれり。これに換て用あるハ、唯此物語のミなれバ、はかなき物とて必等閑に思ふべからず。此人情を知るかたにていはゞ、仮字文ハ漢文に勝れること、はるか也といふべし。」とある。その当否は暫くおき、広道としては、漢字に対する仮名（漢文に対する仮名文）の優位を強調したかったのである。

埋もれていた広道作品を紹介・顕彰せんとした小田清雄や藤井乙男らの業績はいささかも減じられるものではない。ただ出来るだけ原文に忠実であるのが翻刻の大事な仕事であるし、『葦の葉わけ』を著した広道の気持ちを忖度すれば、仮名を主体にし漢字をその傍らに添えている「原文」は、読みづらいけれども再現される必要はあるだろう。これまで二度に亘って活字翻刻されている「葦の葉わけ」を、ここに改めて収めた所以である。

〈凡例〉

㈠　本稿は大阪府立中之島図書館蔵萩原広道自筆出願本『葦の葉わけ』を底本として翻刻したものである。

㈡　稿本にあって底本とした出願本にないルビがいくつか見える。稿本にあるルビを［　］で補った。また、出願本の本文の字句が、稿本と異なる部分には傍点を打ち、稿本の表現を［　］で示した。さらに、出願本の本文に、脱字（または削除？）と思われる箇所がある。それも稿本によって［　］で補った。

㈢　頭書も稿本にあって出願本に欠けているものがある。それはその旨を記して、他の頭書と同様に本文の適当な場所に組み入れ、それを罫線で囲んだ。

㈣　出願本成立後と思しき訂正については、〈　〉で示した。ただし、特に多い字音仮名遣いの訂正部分については、それは必ずしも網羅的ではないしかつ煩わしくもあるので、特に注記しなかった。

㈤　文中の翻刻者注記の箇所は、全て、（　）で括って示した。

㈥　本書に身分的差別に関する語句の用いられている箇所がある。本稿の資料的文献としての性格上（又、当時の一知識人の否定的意識を知る上においても）、原文のままとした。

㈦　本稿は『葭第13号』（二〇〇六・三）に掲載したものに若干手を加えたものである。

（本文）

# 葦の葉わけ巻一

難波江のしげきあしのはかきわけてくまばやくまん底のこゝろを

（序文）

なにハゐなか《［難波田舎］》といはれしハ、いひしらぬむかし《往昔》のことなりけん、みやこ《都》ひき《引》ミやこびにけり、とよめるころよりハ、また千とせばかりのとし月をへて、とよとみ《［豊臣］》の大殿のときめき給へる御世のさかり《盛》に、天の

（頭書）
万葉集三（歌番号三一二）／むかしこそなにはゐなかといはれけめ今ハ都ひきミやこびにけり
式部卿藤原宇合卿被使改造難波堵之時《（難波堵を改め造らしめらえし時）》作歌とあり。神亀天平のころ也。

下のちからをつくして、いとなびたて《営ミ建》給ひつるおほき《大城》の、イミじく《巍々》いよゝかなりけるにあハせて、まぢかきくに《諸国》〳〵より、人あまたきつど《来集》ひすミ《住》て、かつ〳〵にぎ《賑》ハひそめ《始》たりしを、それハた、見はてぬゆめとなりはてゝ、今やおだやか《平穏》なる大御代のひかりに、よもつうミ《四海》のなミさわぐ《波騒》ことなく、あまね《普》き御うつく《仁》しみ《恵》の、かたじけなさにのり《乗》て、千ふね百ふねたゆるひまなく出入して、ふたゝびさかえまさりたる、御津のさとのにぎはゝしさこそ、いはんかたなく花やぎたれ。はたよろづ《二十万》のかまど《竈》のけぶりハ、大ぞらにかを《薫》りみ《満》ちて、高津のミかど《［天皇］》の、大御心をいたまし《［痛］》め奉るべくもあらず。こゝになりいで《生》たるわかうど《壮人》なンど

ハ、日のもと《日本》のミくりや《御厨》、なゝどぞほこり《誇》いふめる。げにや、さつま《薩摩》がた・みちのおく《陸奥》のはて〴〵ハ、いふもさらにて、りうきう《琉球》と聞ゆるからくに《蕃国》、えぞ《蝦夷》がちしま《千島》のくま〴〵まで、御ンめぐミ《徳化》にまつろひ《従順》て、みつぎ《貢》つかうまつるころほひなるに、なほいとはるか《遙》なる、にしのもろこし《西洋》のくに〴〵《諸蕃》よりも、つきせずもてはこ《「運」》ぶたから《財貨》物どもの、まづつどひ《集寄》よるところなれバ、かの庭訓往来・新猿楽ノ記なゝどいふめるふミに、こち《骨》〴〵しくしるしつけたゝなる、くにつもの《国産》ゝことゞもハ、うのけ《兎毛》ばかりにもあらず、とやいはまし。

このごろ、かたゐなか《田舎》よりのぼりこし《上来》えせがくさう《非学生》の、なにがし《某名》のほりき《塹》とかいへる、川づらの家にいりゐて、かれこれ《彼此》〈これかれ《此彼》〉見おどろきたる、にぎハひ《繁昌》のありさま《光景》を、ふで《筆》のゆくへにまかせつゝ、かたはし《片端》づゝしるし《記》つけたることゝて、人のかたり《談》きかせけるまゝに、こゝにもうつし《写》出すなり。さるは、まぢか《近》くうち見たる、川のべのありさまをはじめにて、つぎ〳〵《次第》に、聞あつめ・見あつめんまに〳〵、かぶき《歌舞伎》・ミせもの《観物》なゝどいふ、はかなきことぐさにいたるまで、もらさずしるしつけてんとて、先そのめやす《標目》をこゝにかゝげつ。もれ《漏》たるハ、おもひいでんまゝに「まに〳〵」、くハへ《加》てん。ミな《皆》、このめでたくかたじけ《辱》なき大御代の、ひろらけき《廣》御かげ《蔭》にたちかくれたる、四くさ《種》の御民のほか《外》なる人どもの、うへなりかし。

（頭書）

| |
|---|
| 乙未夏五月、初寓于伏見塹。（出願本にこの頭書なし。稿本より補う。） |

弘化二年といふとしの、夏みな月とをかの日　寸簸の葭沼たハぶれにしるす

（標目）

一の巻　物あらひの女　舩をさ　さみせんざうるり
二の巻　かし舟　家かり　とミ人
三の巻　旅人屋ど　かミゆひ　湯あみ屋
四の巻　はふり　ずさ　ほうし
五の巻　くすり師　歌よみ狂哥師／俳諧師　ゑかきてかき
六の巻　茶のゆいけ花　鳥かひうゑ木／金魚　ふるうつハ物賣
七の巻　かるわざ放下師　見せもの　かぶき
八の巻　うかれ女男あそび　茶屋いけす　すまひ
附録　人ノ情のおもぶきをおしきハめ《推究》ざれバ、何の学びもすべ《総》てむなし《空》ごと《［談］》なるべき論《アゲツラ》ひ［二条］。この段ハ、たハぶれながら、此書のミたま《魂》とあるべきことなれば、まづいひおくべけれども、いさゝかおもふむねもありて、しりへにハ附し也。

すべて、八まきはたちあまり四くだり、そへごと九［十］くだり、つけぶミ一まき、あハせて、九まき三十あまり三［四］くだりにして、をハるべし。

## ○ものあらひの女

さがなさのつみも川せにきえぬべししほの八百あひにながれいでつゝ

あふみ《近江》の海の、あぶれ《溢》いづるをミなもと《水原》にて、加茂川・かつら川なンどの、すゑゞゝおちつど《落集》ひたるなが《流》れを、よど《淀》川となんいふ。それがのちせ《後瀬》をわかちて、いくすぢ《幾條》ともなく引もてきたるハ、このなにはづ《難波津》のいのち《命》なりけり。

とある川づらをきりならし《平》て、ものあらふ《洗滌》処にさだめたるに、あしたよりゆふべまで、たちかハりくる人をながむれバ、いろゝゝのさま《状》かたち《形》して、くさゞゝ《種々》の物どもをもちいで《持出来》くなる、わかき《若》あり、おい《老》たるあり、をとこ《男》あり、をうな《女》ありて、あひしり《相識》たるハ詞をかハして、おのがじゝ《各々》ものがたり《談話》どもするを、ふとみゝ《耳》とゞめてきゝたるに、をかしくも、かなしくも、かたハらいたく《傍痛》も、心ぐるしくも、とりゞゝかんぜ《感》らるゝことなん、おほかりける［おほかる］。

なにがし《某名》と名にたてつばかりのいへにつかふる、みづし女《婢》どもなるべし、ふたり三人ならびうつぶ《ム》き［て］、あら《洗》ひたるきぬ《衣》ををけ《桶》にいるゝあり。ひるげ《昼食》のれう《料》のうを《魚》をどもの、大きちひさきこ《篭》にいれ来りて、てう《調》じつゝそゝ《滌》ぐあり。いまひとりハ、すでに《既》、いさゝかの物をあらひはて《竟》ゝ、かへらんとしけるが、またちもどりてものいひかくれバ、さながらに手をやめてうちゑみ《咲》つゝ、のきば《軒端》の日かげによりあひたり。おのゝゝ《各々》、家のうちのしりうごと《讒言》ゞも、するなるべし。きぬ《衣》あらへるは、も《喪》のすそたかくかゝげて、粂［久米］のやまびと《仙》の、はぶれ《堕落》ぬべきさまに、しろきはぎ《白脛》、あらハにかき出したるが、かんざし《笄》とうでゝ、み

だれかゝりたるびん《鬢》のあたりをかきあげつゝ、

「小梅よ、まだいとねむたげなるよ。うちかたも【しうの家をうちかたといふは、かゝる者どものおしなべたる詞なり。】よべハ、まらうど《客人》のおハして、例の茶のゆといふことのはじまりて、ね《[子]》ふた《[二]》つまでも、かへらざりき。それ《[其]》はて《[竟]》ゝ、うつハ《器物》ものあらひなゝどしつれバ、このほどの夜のみじかさ、鳥《雛》さへなきぬ。かくてねぶるとしもなきに、ばんとうぬしの【あき人の家のをさを伴頭となんいふハ、つかふ人のともものかミといふ意なるべし。】おどろ〱《驚々》しうのゝしりて、おこし《起》たり。おのれこそ、よひのほどよりいね《寝》あき《飽》たらんを、ひとのうへをバ、え《得》しもしらず、いぎたな《睡多》し、とてつぶやくよ。」

と、いひさして、あくび、ながやかにうちて、め《[目]》をしバたゝけバ、年のほど、はたち《二十》にハたらざるべし、河内にかあらん、はりま《播磨》にかあらん、まだひな《鄙》びたるきぬ《衣》うちき《著》たる女の、このほどハ、やう〱さと《里》なれ《馴》て、さかひ、といふ詞も、した《舌》ミじか《短》くなり、かきくけこのにごれる《濁》こゑも、はな《鼻》にもらしなどするまゝに、もとより《[元来]》のさと人にもおとらじ、と思ひあが《上》りたりげなるが、打きゝて、

「げに、さこそ。いづこも、あろじ《主人》ハ心ながきものぞかし。こゝにハうた《哥》の会とかいひて、同じくよハすぐるまで、おこし《起》いた〈ねさせざ〉りき。いかでかハ、ねぶたからざらん。歌会といへバ、このごろ《頃日》をかしうみゝ《耳》ならし《馴》つる、きよもと《[清元]》とかいふ、江戸ぶしのたぐひ《類》にこそと、ゆふぐれ《黄昏》よりしたまちしたるかひもなく、たいふハ【浄瑠璃かたる者を大夫といふことハ、下に詳にいふべし。】むそぢ《六十》あまりのほうし《[法師]》にて、名をバ、そうしやうとなんいふ。その宗匠法師、あくまでに酒うちのミ《呑》つゝ、何にかあらん、うちかたぶき《考》てハ、かミ《紙》にかく《書》よ。さるほどに、のミさしたるさかづき《盃酒》ハいつも〱さめ《冷》はてゝ、たび〱あたゝめ《暖》にたゝせたる、いとにくし《可悪》かし。をり〱ハ、てんち《天智》の天皇よむがごとき声して、いたうめで《感》くつがへり《覆》なゝどしつ。い

まひとり《一人》の小松わこは、はら《〔腹〕》をいた《〔痛〕》めてうちふし《〔臥〕》をり。せんかたなく、さく《酌》にさゝれて、いでつゝをるほどのわびしさ、千とせをへ《歴》ぬるこゝちなんせし。さるハ、あろじ《主人》ハやう《益》なきものごのミ《好事》し給ひぬなり。二七とか三八とか、人の名めきたる日にこそハ、またかのほうしき《僧来》つべし、と契りたれ、いとこうじ《困》にたる事。さハいへど、いへぎみ《家君》の、心なだらか《平穏》にて、らうたき《可愛》ものに思ひ給へれバ、けさもミづからハおきいで《起出》給ひても、われ《我》をバ、さてなんふせ《令臥》給へりき〈し〉。されバ、たゞいまのほどに、おきいでつるなり。このかたじけ《辱》なき御心ひとつにほだされ《絆》て、かのといひながら、かたほにゑミ《咲》つゝ、とバかりありて、人の、あたり《邊》へこ《来》かしといへど、なほこゝにつかへ《仕》つゝあンなり。」といふに、

「さハ、そこの家ぎみハ仏なりけり、こゝのハ、こよなくはらくろき《腹黒》人にて、口のさがなくきたなげなることハ、難波のうちに、またやハあるべき。ねこ《猫》のおうな《嫗》に【これハ、きぬをあらふとて、をり／＼くるおうなゝるを、つねに猫をかひつゝめづることの、あまりなるまでなりけれバ、かくあだ名つけたるなり】きゝたることあり。かならず人にもらし《莫漏》そよ。もと家ぎミハ、にひまち《新町》のあそび《遊女》なりけるを、あろじの、わか《若》かりけるほど、かよハれしを、打まど《惑》ハして、つひに、いへぎみに〔ハ〕なりぬとぞ。そのをりも、うから《族》がたの人ハうけがハれざり《不諾》しかど、あろじの、しひ《強》てものせられけるまゝに、いづれも皆、そバ／＼《〔側々〕》しくなりて、誰ひとりとひ来られしことハなし。さバかりの人なれバこそ、はらあしきもことわり《理》とは思へど、もとよりおほき屋《大家》のむすめ《女》めかしたるなん、いとかたハらいたき《傍痛》。過し日も、われをかたゐ《乞児》と、のゝしりたり。今こそあれ、国がたにては、さう《庄》屋のわかれ《支流》のすゑなるを、しかのゝしられ《詈》たるはらだゝしさは、いかばかりなりけん。されば、かのえせあそび《非遊女》、といはんとまでハ思ひしかど、これなんしんばう《辛抱》といふものなンめりとてこそ、さてすぐ《過》いたれ。げに、いとほうこう《奉公》といふものハくるし《辛苦》かりけり。」

と、うちなげき《歎息》つゝいへバ、今ひとり、魚あらひはてたるが、こ《(籠)》ながらおきてたちあがりて、

「あなかま《莫囂》、なにがし《某》屋の近かゝなるに。」

とて、てかき《手掻》つゝ、よりきてさゝやく《低語》。これハ、いますこしねびまさりて、みそぢ《三十》にちか《近》からん、と見えたる。きたるものどもの、さすがにあかづき《垢着》てもあらず、かミ《髪》さへなにはぶりによしめきて、打ミだれても見えざるハ、あろじ《主人》に、人しれず、おもハれたるゆゑなるべし。

「いで、その茶のゆこそ、今のよのはやりごと《流行》なれ。わがあろじも、もとハしられざりつるを、なにがしの御やかた《[館]》の、つかさ《[官]》人たちにまじら《[交]》ひがたしとて、このごろ、にはか《[俄]》にはじめられたり。その師をもまた、そうしやう《宗匠》となんいふめる。茶のゆなるも、おなじほうし《僧形》なり。なにごとをするかと見もてゆくに、先ヅそのうつハもの《器物》こそ、むねつぶる《胸潰》ばかりにあたひたか《價貴》けれ。あしなへ《蹇》のかたゐ《乞児》がもてらんやうなる、するゑもの《陶》ゝまり《椀》ひとつを、三十ひらのこがね《金》にかは《買》せたり。もろ〳〵《諸具》、それにつぎ《次》て、ミないとたか《貴》かりきとぞ。かの宗匠ばうハ、いとよきこがねをこそむさぼる《貪》なれ。かれがめ《妻》になるハ、いかなるさいはひ《幸福》人なるらん、うらやまし《羨》。」

とて、打ゑみながら、

「そハ、なほさてもよか《可》ゝめり。くひもの《食物》ゝあやしき《奇怪》ハ、いかなるわざぞや。くふ《食》べくもあらぬものどもをとりあつめ《集》て、ちひさき《小》うつハものに、ちぬ《猧犬》のくふ《喰》ばかりもりたるを、ひとつ〳〵ほめ《賞》ながらたうべぬる事、おもへバ〳〵、をかし《[可笑]》かりけり。それをも、あるじハいふがまゝにおこなひて、われらをもをとこ《男奴》どもをも、せめはたり《責》つゝ、おごそか《厳》におきて《掟》らるゝよ、いとわびしくハた《亦》あり。それが中に、茶ひくとかいひて、うす《臼》といひさして、した《舌》をそといだし《出》たるが、打ゑミかゝる口もとに袖をおほひ《覆》て、それにい

れてまハ《廻》すなり。にハか《俄》にものすれバ、いかなることにか、いたういまし《禁》めらるゝからに、あり《蟻》のはふ《這》ごとくなん、引めぐらすめる。これをはじめにて、さま〴〵のたハわざ《戯事》どもせらるゝに、あない《案内》ハしらず、このごろハ、家のうち、こぞり《挙》てさうどき《[騒]》つゝあンなり。それにくらぶれ《比》バ、小うめがかたのこそ、まさりたるらめ。わびしくとも、さく《酌》にたてば、をり〴〵ハさかな《肴》をもくれぬべし。はいばん《杯盤》のおり《下》けるにハ、く《食》ふべきものもなきにハあらぬを、茶のゆのハ、もとより《元来》、すこし《少》くてうじ《調》たるを、あまさ《餘》ぬやうにたうべぬるがはふ《法》なり、とかいふめる、いと《最》あぢきなく《無味》から《辛》きことを。」

と、いま《未》だいひもをハらざるに、いちはやく《速》さしいでゝ、

「うべ《諾》、しかり〴〵、いづこもたがハ《違》ぬあぢ《味》ハひぞこそ。されど、いと人わろき《可恥》ものがたり《話》なり。まことや、わぬし《汝》ハ、さバかりうらやましくは、などそのほうしうちまど《惑》ハして、そがいへとうじ《戸刀自》にハ ならざる。」といふに、まゆね《[眉根]》をよせ、

（頭書）

> 法ノ字ハ入声なれバ、ほふ、とこそかくべきを、昔よりほうしといふときは、う、と書たり。言を平かにせんとて也。

かうべ《頭》をふりて、

「いで、あなかたハ（不体裁な）、こち〴〵《骨々》しきおい《老》人まうけて、何にかハせん。さうづ《三途》の川のあないならはんよりほかのことなし。わぬし《汝》たち《等》に見せたらば、何とかいはん、さるハ、いとよくさらぼひ《耄》たるよ。」

とて、おのづから《自然》こゑもたかくなりつゝ、ミな、はと打わらふにハ、小梅といへるがあたり〴〵見めぐらしつゝ、かれたる声をしひてめら《乙》（声を落として）せて、

「さハ、わぬしハ、あろじの君におもはれて、なにのたらハぬ《不足》こともなくあれバにこそ。わがともがら《吾輩》のまづ《貧》

しきハ、おび《[帯]》一すぢもめぐ《恵》まれなバ、ゐとり《屠児》にもとつぎ《嫁》ぬべし。」

と、さかしだちていふに、はらをきり《捧腹》て、とよミ《大》わらふこと、かぎりなし。

「あなうたて、そのあろじもあろじぞかし。おのが《我》ごときしこめ《醜女》にだに、ことゝふ《言問》ほどの人なれバ、あながちに心おほく《多情》て、にひまち《新町》にも、にひどころ《新地》にも、こゝかしこ、あくがれ《漂》ありかるゝうへに、それ《某》のうら《裏》屋におもひもの《妾》をさへ、かくし《隠》するゐて、くまもなくしのびわた《密往》らるゝなり。そハ、さてもあゝべかゝめれど、日高の川をもこえ《越》つべき、家ぎミのつの《角》めだゝるゝ（角目立《つのめだ》たるる）、おどろ〱《驚々》しさハ、木のね・岩かどもさけ《裂》ぬべくなん。山つミ《祇》のみこと《命》とハうべ《諾》もいひけり。そのはし《間》に立わたりてそら《虚》言をしつゝ、かぢとる《柁取》うき《憂》身のあやふ《危》さハ、いかばりとかハおもふ。いま《今》はや、あら波にうちくだか《砕》れて、底のミくづ《水屑》となりなんこゝちぞ、するや。此ほども、かのおもひ人《妾》のはらふくよか《腹大》になりたりとて、なかうど《媒酌》したるかミゆひ《髪結》のき《来》て、いと《甚》いたうおどし《大威》ゝかば、金を十ひらやられたりき。たが《誰》ゆふ《夕》露のしだゝり《滴》、ともし《知》られぬものを、まこと《信》めかしたるも、をかし《可笑》かりけり。これをおもへバ、とみたる人ばかり、おろか《愚》なるものハ、あらぬぞとよ。そのこと、ほどもなくあらハれ《露顕》て、山つミの、なりはためか《鳴霹靂》れたること、おもひやる《想像》べし。されど、あろじハ、さすがにをとこなるからに、一こと《言》もかへし《答》ハせで、ともだち《朋友》のかたへ、出ゆかれぬ。しりうごと《後言》のついでなれバ、日ごろのはらだゝしさ、うつし《現》心もなく、ミなおしいでゝ、かぞへたてられたるくるしさ、身もきえぬべくなん、思ひたりし。されバ、心だにやすき《安楽》かたあらバ、つゞり《弊》のきぬ《衣》をまとふとも、かたゐ《乞児》がめ《妻》にもなりつべく、あ《吾》ハ、おもふよ。」

（頭書）

> 山神をバすべて山祇命とまうす。委く紀記に見えたり。

と、いとしミ〲といへバ、またもろともに打しめりて、

「げにさま〲《［様々］》の世ノ中なりや、かたち人にて《ヲトコガヨウテ》、とみ人にて《［カネモチデ］》、とあづまうた《東謡誦》にかたらふやうなる、あろじにつかへて、さこそハたの《楽》しかるらめ、とおもひつるを、なりひら《業平》の朝臣ハ、いろごのみ《好色》なりけり。されバ、よそ《外》におもひはかり《思量》しにハ、おほかたハにぬ《似》ものになん。こゝにつながる《繋》ゝしれもの《白癡漢》ハ、かけわざ《賭博》のさち《幸》なけれバとて、はれのきぬ《鮮衣》二ッながらもてゆきて、ふた月になれどかへさぬなり。をとつひ《一昨日》も、家君のとも《供》にたつべき事ありしかども、せんすべ《為術》なけれバ、にハかにかしらいたし《頭痛》、とてうちふし《臥》てやミ《止》ぬ。いたづらもの、ハたうしろめたう《後目痛》こそ。さても、ゆくさき《向来》ハ、たれも〲、いかなるせにか、よりつく《倚》べき。おほかたハ、この川水のやうに、うみ《海》にこそながれいづらめ。」

なンど、さすがにたゞよハしき《漂蕩》身の、よるべ《所縁》さだまらぬ《不定》ことを、いひなげき《歎》つゝ、はしら《柱》によりかゝ《［倚］》りて、たすき《襷》をまさぐり、ちり《塵》をひねりなンどして、やう〲《漸々》あハれ《可憐》にかたらふほどに、うちつゞきたるさみだれ《五月雨》の空、なごりなくはれ《晴》わたりて、てりかゞやき《照暉》たる大ぞらに、け《消》ぬかにまひのぼり《舞上》たる、大きやかなる鳶の、いつしかまひさがり、つと身をかハしておとしきつ《下来》。矢よりもはやく、よこぎり《横》とび《飛》て、かの、あらひ《洗》たるこ《籠》にさハるとぞ見えし、大きなるすゞき《鱸魚》、ひとつかいつかミ《攫》て、川をたて《竪》ざまににげ《逃》てゆく、はかぜ《羽風》のはげしき《烈》にやと、おびえ《脅》つゝ見やりたれバ、とほから《遠》ぬほどの屋のうへに、ものほし《物干》といふものゝこうらん《勾欄》にもてゆきて、はら《腹》のあたりをひきさき《裂》つゝ、くひ《食》てをり。

「くハや《咄嗟》、身のうへの大事なンめり。」

と、あハて《慌忙》まどひてきば《黄》ミたる声はりあげて、かたへに見ゐたるわらハべ《童子》をよびいそがし《呼急》て、

「てふきち、あこよ【あきなひだなにつかふるわらハべを、なべて蝶吉といへり。】いかにせん、はやくかへり

て、はやもてこ《持来》。きぬほすさを《衣干棹》ゝ。」なンどぞ、おほせ《令》つくめる。

雲にとぶ薬もがなや天がけりあたらすゞきをとりてこましを

なンど、あしづり《蹉跎》をしつゝせめていふも、かの山つミのたゝり《祟》をのがれむ《免》、とのミまづ《先》おもふなるべし。

（頭書）

雲にとぶ薬ハ、漢土の准南王が故事也。

○ふなをさ

かぢまくらそこはかとなきうき身をやなげのあハれにかへむとすらむ

いにしへに舟ぎみといひ、からくに《漢土》にもしうし《舟子》、なンどたゝへ《称》しは、波風のおそろし《恐》さに、たふとび《尊》あがまへ《崇》たる名なるべし。いまハ、もじごゑ《字音》に、せむどう《舩頭》といひて、ものゝのあハれしらぬ一くさ《種》にかぞへられたるものにも〈から〉、またさま〴〵のせかい《世界》ありて、のりもの《乗物》ゝ大きさを、つむ《積》なるよね《米》のかず《数》になづけて、千といひ百といふに、しなわき《分品》たり。上の品なるハ、うまき《美》ものあくまでにくらひ、よききぬ《鮮衣》あた

（頭書）

ミなとハ水門の義にて、泊とハ異なれど、今ハ湊字をかきて、泊をミなとゝいふにしたがひて、湊字を注す。此類上下ニ多し。

ゝかげにきて、とまり〱《泊々》のあそび《遊女》にたハ《ム》ぶれ、ミなと〱《湊々》にかくし《隠》づま《妻》うけ《儲》て、ほばしら《帆柱》のうら《末》よりも、はるか《遙》に思ひのぼり《上》たりげなるハ、おほやけ《公然》だちたる、ぬすミもの《贓物》ゝひかり《光》なゝめれど、ふたよ《二世》はゆかぬうつせみ《現身》の、いのち《命》をはかなきさを《棹》・かぢ《柁》に、かけたるがあハれ《可憐》なれば、しう《主》も、しらずがほつくるなるべし。それより、つぎ〱《次第》にしなくだち《等降》て、いと〱下の品なるハ、ゐむしろ《藺席》を帆にあげなゝどして、いか《碇》りづな《綱》のこゝろぼそ《細》げにわたらふ《活計》めり。いとやすきかた《片》より《搓》のたま《魂》のを《緒》、と見えたり。

こゝによりくるハ、それにハあらで、川じり《尻》にて、くに〴〵《諸国》の大ぶねをぶね《小舟》どもより、ものをうつし《移》とりてもてはこび《運》、あるは《或》淀川をさかのぼりて、みやこ《皇都》ハさらなり、やまと《大和》・かふち《河内》・あふミ《近江》・たにハ《丹波》、のくに〴〵へ、おくり《送》もてゆくたぐひなりけり。かこどもハ、くに〴〵のはぶれもの《亡命者》なりければ、とり〴〵をかしく、めづらしきことどもをぞ、さへづり《囀》あふめる。

何とかやなづけたる、いとほそくながやかなる舟に、とま《苫》ひきく《低》ふき《葺》かけたるが、なにをまつ《待》にか、きのふよりともづな《纜》をとかで、つれ〴〵《徒然》といそべにある、それにならび《並》て、いさゝかおとり《劣》ざまなる舟に、もの《物》たかくつミ《積》たるかたつかたに、かごとばかりの日おほひ《覆》をして、ふねつなぐ《船繋》べからずと、もの〱しくかきたる家のはしらに、こちなく《無骨》つなぎとめたり。すがハら《菅原》の神に、にくまれ奉りたるをのこ《男》よと、ふとまづ《先》め《目》とゞ《留》まる。これらにのりたるものども、いづれも〱うまれ《生》ながらのあかはだか《赤裸》にて、かけまくもかしこき《可畏》大日女《ヒルメ》のミことの、御かげ《影》かうぶりて、ふすぼりかへりたるに、やへ《八重》のしほかぜ《潮風》にふか《吹》れたれバ、うハベハしら《白》けだちて、なまづ《鯰》とかい《魚》をの名めきたる、あや《紋》こそいできにたれ。

（頭書）

> 和名抄云、病源論歴易【奈万豆波太】人頸及胸前腋下、自然斑點相連、不痛不療。

ひほうのごとし《如飛蓬》、とむかし《昔》のから歌《詩》にいひけんやうなる髪の、もとゆひのたえ《絶》たるを、わらのしべ《藁蘂》にてを〈お〉ぎなひ《補》たる、はたちあまり《二十餘》のわかうど《若人》、へさき《舳先》にたち《立》あらハ《顕》れたるが、たゞいま水あミ《浴》てあがりたりと見えて、ぬれたるたのごひ《手巾》をたふさぎ《犢鼻褌》にまきかへ、手にハ、かぢなハ《柁縄》の、あたる前にものすべきわら《藁》の、あミ《編》さしたるをもちて、ゆるらか《緩々》にあミながら、さすがに声ハいとよくてうたふ。されど、ふるめき《古》たるひなぶり《夷曲》なりけり。

いざやこげ《サンサオセ》〳〵、こども、あかままで《シモノセキマデモ》。　こがバミなとぞ《オセバミナトガ》、ちかづきぬらし《チカクナル》。

こ（来）、といへど《コイトイユタトテ》、ゆかれむものか《ユカリヨカサドヘ》。　あら《サドハ》波の、佐渡ハや《四十五里》へたつよそに有《ナミノウエ》けり。

せこが来る、よ《サマノクルヨハ》ひハしるしも《ヨヒカラシレル》、せどのとの、はらすの《ウラノハスイケノ》池にかもさわぐ《カモガタツ》なり。

ひたもののつゞけ《連々》うたふほど、かまどのまへ《竈前》にあぐみゐ《踞居》て、いやしげなるうつハもの《器》に、いひ《飯》おしいれて、うまげ《甘》にくらひをる、むそぢ《六十》ばかりのおきな《叟》、このとなれ《隣》る舟をさ《長》と、にげ《似気》なきものがたりどもすなり。かた《片》ふね《船》に、「をゝ」とよびかくれば、かの日おほひ《覆》のしたにひるね《午睡》せんとて、はらあて《腹当》といふものをして、けた《片》なる木をまくら《枕》にしたるが、「をゝ《唯》〈おゝ《唯》〉」とこたふ。

「ごむざをぢ《権三爺》よ、きけかしな。こハ、いとうち〳〵《内々》のものがたりなれど、をとつひ《一昨日》の夕ぐれに、川じりにさしかゝるほどに、例のにひぼり《新墾》のかたき《敵》どもなん【遊女を敵といふハ、かゝるものゝおしなべたるはやり詞なり】、いちはやくミつけてまねく《招》ほどに、そら《空》うそぶき《嘯》てのミありしかど、しバ〳〵《屡》声たてゝ、しらずがほハいかに、なゝどいふに、さすがににくゝはたあらざれバ、つひにハまけ《負》てなまめき《誂》かは《交》すに、かならず《必》こよひ《今宵》ハなゝどいひけれど、すぎしころのものぞこなひ《損》に、おやかたに【業の長とある人を親方といへり】いたういまし《[禁]》められて、からき《辛》め見たりしほどに、いとようねんじ《念》かへして、しのび《忍》すぐしゝを、かなし《悲》きかな《哉》、一つき《盃》の酒にゑひたるあまり、ゆあミ《浴》せんとて、くが《陸》のかたにゆきたりしに、かのかたき《敵》、ゆくりなく《不意》き《来》あひ《会》て、いとむつましげに、かた《肩》のあか《垢》をかき《掻》などするを見るに、つぶ〳〵とこえ《肥》、あぶらづきたるもゝ《股》のあたりのしろ《素》やかなるに、たちまち《忽然》、むね《心》はしり火のもえあがりて、しのび《忍》はたすべくもあらざれバ、よし《縦令》さらバいかゞハせんハと、にハか《俄》に、なよ〳〵と引もてゆかれて、またひとけた《一方》の、ぅハ荷うちたり。

（頭書）

> いにしへ、かたきといへるハ、かならず仇・讐のことのミにハあらず。たゞに対ふ者をさしていへり。あそびがたきなど、猶あり。敵字もまたしかり。対ひたる妓をしかいふハ、俗言ながら、あたれり。

【舟の波風にしづミぬべくするをり、つミたる物を海にすつるをうハにうつ、といふなり。それにいひよせたる詞なるべし。】あなまが〳〵《「禍々」》し。かれをかたき《仇敵》とハ、ぅべこそ、なづけ《号》たゝなれ。」

とて、なごりなく打わらふに、

「そハ、から《辛》くおもしろ《楽》きめを見たりけりな。こゝにも、同じさまのことぞとよ。なにがし屋の荷づミの、いとまいる《遅滞》ほどに、あつらへ《誂》られたるふミ《書簡》つて《伝》んとて、ほりえ《堀江》のかたへいでたちたるみち、にひまち《新町》

をよぎりたれバ、ひるま《昼》のごとく、ともしつらね《灯列》たる火のひかりに、たゞならずうかれありきて、ゆくりな《不意》く、おくまりたるかたにまどひいり《迷入》にしかバ、とある家より女どものむらだち《郡［群］》いでゝ、あながち《強》にひきいるゝを、こハ《此》いかにするとて、すまひ《争》しかども、手にそで《袂》にひかれ、かたにこし《肩腰》におされなンど、心ともなく、ひきのぼせられつ。かくて、たけきさま《建状》すれバ、はなつ《放》ことゝきゝたりしかバ、さハ、かくして《如此》われ《我》をいかにかする、とたゞむき《腕》をとりしばり《扼》て、いかき《厳》さまにうめき《吼》しかバ、家とうじ《女主》なンどいでゝ、さま〴〵にすかし《誘》こしらへ、つや《艶》めきたるかたきども、ハたちかハりつゝ、ついそう《追従》するに、つひにハ、ひじ《臂》のちから《力》もぬけて、いのちをさへにとられむとしき。いかり《碇》くり《繰》ても、かいとりても、人にハおとらぬごんざ《権三》のうし《大人》も【ミづからいふなり】、ひめにハ【あそびをひめといふも、又この比のはやり言なり】、いたうおく《臆》れにけり。さるほどに、けさ、はしたなく、あけ《明》はなれてかへりしからに、かのふミ《簡》をだに、えもてゆかで、こゝにあるよ。」

とて、また、かや〳〵《呵々》とうちわらふハ、いますこしわかやか《壮》にはミゆれど、こゆるぎのいそぢ《五十》ばかりなるべし。五ッ六ッばかりに見へたるをさなき《幼》児をゐて《率》きたりけ〈た〉るが、かたへ《旁》のいへに、ほうし《僧》の経よみたるこゑをきゝをりて、

「きおむにふむゐしんじちはうおむさ《棄恩入無為信実報恩者》、なもあミだ《南無阿弥陀》ぶ」と、くりかへしつゝくちまねをぞすなる。それに打あハせて、かのへさき《舳先》なるをとこのうたふ。

うかれめに、おや《オヤハ女郎カヒ、》ハうかれて、後《コハゴショネガヒ、》の世を、子ハかし《イマノウキヨハ、》こめり、よやも《サカサマニ》さか《逆》ゆく

すミ《澄》わたる、水かゞみ《鏡》にさし合せたれど、かしらの霜のかげ《影》はづかし、とだにおもハず。やをら《徐々》いひくひ《飯喰》

をハりて、ふなばたよりうつハものさし出して、さながらに、すゝぎ《滌》をさめ、けぶりぐさ《煙草》くゆらして、なほぞかたらふ。

「さてハ、わぬしもおごり《驕奢》にけり。おやかたのつね《常》に、おごりとて、おごそか《厳》にいましめ《禁戒》らるれども、つら／＼《熟》かんが《考》ふれバ、かばかりあたひいやしき《価賤》ものハ、またあらじかし。わづかばかりのしろ《代》をいだせバ、まづいときら／＼しき家に、うるはしき《美》はいばん《杯盤》おきならべ《置並》、あくまでにさけ打のミ、さかな《酒魚》とりくらへども、又誰にかハはゞか《憚》るべき。いますこしの物をませバ、天つをとめのくだ《降》りたらんやうなる、うた［ひ］女のきて、声なつかしく、かいひき《搔弾》［も］ぞする。それすぎて、見もしらぬくハこ《桑蚕》ぎぬのふすま《衾》のうちに、ひこめ《孫女》といふともふさハ《相応》しきをとめ《少女》をむだき《身抱》て、くたかけ《腐鶏》にも、やもめがらす《病鵲》にもおどろかず、うづも《埋》れね《寝》たらむたのしさハ、いかばかりとかハおもふ。むかし、ほうらい《蓬莱》とかいふくにへゆきたる、浦島［ノ］子がこゝちぞするや。おのがあがた《県邑》のぢとう《地頭》のきミも、いかでこれにハまさり《勝》給ハん。わ《汝》ぬしハ、いかにおもふぞ。」と、いへバ、

（頭書）

腐鶏　伊勢物語（第十四段）／病鵲　遊仙窟（唐代伝奇小説）

「げに、をぢ《叟》がせち《説》ハそらごと《虚言》ならじ。まことは、これにいき《息》をのば《伸》へて、はる／＼こゝにハかよふ《往来》なり。むら《村》にかへれバ、さすがに家一ッのあろじ《主人》とて、さとをさ《里正》のぬしに聞えんもところせく、子どものおもふらんことさへ、なまはしたなうてつゝしミ《慎》をるも、あぢき《味気》なし。されバぞ、ふなのり《舟乗》のあぢ《味》はひハ、いくよ《幾世》をへても、わすれがたき〈し〉とハいふぞ［なる］。されどまた、なには江のにごれ《濁》る水の、しミつきたるけにや、かへ《帰》りたるすなハち《即時》ハ、なにものもきたな《穢》げに見ゆる中に、いねつき《稲春》・まぐさかる《草苅》いへと《家刀》

うじ《自》が、まめ《忠》だちてまち《待》よろこ《欣》ぶも、なか〳〵《却》うたて、にくゝさへおもハるゝよ。またこむよ《来世》には、鶴《ツルノ》池氏のあろじにもうまれ《生》かハりて、ミやびか《風流》なる家とうじ、よびするゑてんを。」と、さしも口がためつるミそか《密》ごと《譚》のやう〳〵《漸々》にそゞろ《不覚》ぎまさりて、いちこち《壱越》とか〈か抹消〉いふばかりのこわね[注1]によばゝれバ、川波にひゞきて、あたり〳〵人のみゝ《耳》をもつらぬ《貫》きつべうぞ聞ゆる。わかうどハ、ふなバたをたゝ《敲》きたてゝ、くだけよかしとはりあげたるハ、おの《己》がつま《妻》こそ、といふこゝろにか。

（頭書）

拾遺（恋四）なには人あしびたく屋のすゝたれどおのがつまこそとこめづらなれ　万葉ニモ　酢四手雖在[注2]

にひまちにあし火たく屋をくらぶれバおく山にすむ古狸かも《オサカヂョロカウテ、ウチノカヽミレバ、千里オクヤマノフルダヌキ》はげ《禿》たぬきかも、とをりかへして。

[注1]＝「いちこち（壱越）」調とは雅楽の六調子の一つ「壱越」を基音とする音階、「こわね」は「声音」。
[注2]＝『万葉集』（巻十一、歌番号二六五一）に「難波人《なにはびと》 葦火燎屋之《あしびたくやの》 酢四手雖有《すしてあれど》 己妻許増《おのがつまこそ》 常目頬次吉《つねめづらしき》」とある。
掲出の「酢四手雖有（在）」とは、「煤すけているけれども」の意。

○さみせん附ざうるり

しのびねにたてゝもなかむいまこと《今琴》のこゝまのあがき《足掻》におくれゆく世を

（頭書）
三絃の柱をコマといふハ、むげに俗《サト》びたる言なれど、便にまかせてよミ出づ。また、アガキといふ言も、後世にハ聞えぬ古めきたる詞にて、かゝるふりの歌にハ相応《フサハ》しからねども、事の因《チナミ》に取出づ。此類、上下に多し。さる心して見ゆるしてよ。

中むかしに、さいばら《催馬楽》など聞えしハ、もろこし《唐》のがく《楽》のこゑ《音》をうつして、やまとことのハをうたひしものなり。そのながれ《流》のするゑに、いまやう《今様》といふものゝおこり《興》しハ、そのかミ《当時》の、今めきたるわざうた《童謡》をいへるなるべし。

やうろく《永禄》といひける御世のころ、りうきう《琉球》のから国より、さミせむ《三味線》といへる琴をわたしおこせけるを、いづミ《和泉》のくに、さかひ《堺》のめしひ《盲》ほうし、なかせうぢ《中小路》といへる人、かの、いまやう歌にあハせてひきそめけ《弾始》るよりはじまりて、とらざハ《虎沢》・さはずミ《沢住》などいへるほうしども、つぎ／＼にくハしく《委》ひきなしつゝ、やう／＼《漸々》、をかしうさだめける中に、くわんやう《寛永》のころ、このなにハ《難波》の津に、柳川・八橋といふめしひ《盲》のいでゝ、いミじき上ず《大手》にてなんありければ、それがながれ、くに／＼《諸国》にひろ《弘》ごりて、今ハたゞ下ざまのがく《楽》のやうになん、なれりける。

このやながハ《柳川》・やつはし《八橋》を、かゞいち《加賀都》・ざうひで《城秀》、なゞどいへるにや、今も、めしひほうし《盲僧》の名に、なにいち《某甲都》・ざうくれ《城某乙》、とつくるハ、それがすぢにかたどるなるべし。【むかしの比巴ほうしにも、某一といへるが見えたれども、今のハそれとハことなり。】これらの人々、なには人なりしからに、こゝなる声をもとゝして、天のしたに、またなき此ミちのもとつ国なれバ、今はた上手どもの、おほきころほひなりかし。いざや〳〵、くだ〳〵《繁雑》しきものとき《講説》ハやミてん。

あるまち《或町》にすまひ《住》て、家のおもてハかうし《格子》をもて打かため、いぬがき《犬垣》といふもの、しめぐらし《廻》たるかど《門》に、こと〴〵しきふミだ《札》をうちて、それ《某》氏のけむげう《検校》としるしたるハ、いと〳〵まづしき《貧》人のこなりけるを、もがさ《痘瘡》の神にすく《救》ハれて、今ハ、にしきのとばり《錦帳》にもおきふしすべきほどになりたる、なにがし《某》のいち《都》といふ、つくし《筑紫》琴とさミせんとを、をしふる《教》師なりけり。いとのどやか《寛》なる本上《性》にて、しれ〳〵しき《愚》めのわらハ《女童》をも、さるかたにこゝろながくをしへ《教》たて、こと《式》ゝあるをりをすぐさず、よのつとめをもなしければ、こゝにもかしこにも、また《又》なき師ぞ、とほめ《賞》さわがれて、とみ《[富]》たる人のむすめ、あまたをしへの子にもちたれバ、家のうちもいとにぎハゝ《賑》しく、くる《暮》とあ《明》くと、まらうど《客》のたえまなきほどなりき。

このごろハ、たへがたげなるあつさ《暑》のころほひなれバ、なミ〳〵《並》の師は、そらう《所労》なンどいひたてゝこと《事》やむ《止》べけれど、れいのさかし人なれバ、朝とく《疾》なンどちぎり《契》つゝ、まだあけぐれ《未明》のほどより、さらへといふことをぞすなる。ひろ《広》らかなる家の、前栽のかたなるさうじ《障子》を、こと〴〵くあけはなち《明放》て、朝がほのかめ《[瓶]》にうゑたるが、にほひ《香》やかに咲たるを、かたへ《旁》におきたるハ、人のめづる《賞》を、きゝめで《聞愛》にするにかあらん。

なにとかやなづけたる、からむしろ《唐席》をしきたるうへに、こし《越》のくにのうすもの《羅》ゝかたびら《帷子》をきて、うるは《正》しうおしなほり、こあふミ《古近江》とか、むかしのミやうざう《名匠》のつくり《製作》たる、よしめきたるさみせんに、しが《滋賀》の松とめい《銘》つけたるを、なのめ《斜》にとりて、所せげにつどひ《集》たるわらハべを、ひとり〳〵よび《呼》いでゝ、をしふめり。はにわ《埴》（はなは《塙》）のなにがしがこゝろざしをきゝしたひ《慕》て、やまとうた《和歌》をもよみければ、かくミやび《風流》たる名をも、つけぬ〈た〉るなるべし。

とひ《問》屋といふものゝ子ハ、たび／＼ひきやミ《弾止》てものをとへバ、さうバし《相場師》とかいふ人のむすめハ、われさがしらにふし《節》をさだめてかゝハらず、くすりだな《薬店》のいとなき《幼》に、かうばし《香》きこゑあれバ、しろいものうり《白粉売》のわらハべハ、つや《艶》めきたるしらべあり。いもじ《鋳物師》のひゞき、われ《破》たらむがごときハ、いつも／＼わらハ《笑》れてなミだをおさへ、こうかき《紺搔》の糸につかぬハ、おのれとこゝろいられして、たもとをしぼるもありぬめり。とり／＼さま／＼に、たちかハるほどに、おく《奥》まりたるかたより、きよら《清》なる女の、かうもゝ《香杏》［からもゝ］のあか《赤》くてりたるを、こ《籠》にもりてもていでつ。ちハ《宇治》やぶるわたりの名におふ、このめ《茶》をにて、師のもとちか《近》うおしすう《居》れバ、とばかりひきやミて、あせ《汗》おしのごひ《拭》ながら、ひとつ／＼あたへ《与》させたり。

かくのごとく心をくだき《砕》て、よそ《外》に見るだに、もどかしくわづらはし《煩》げなることをたふる《堪》にこそ、めこ《妻子》もやつこ《奴婢》も、ものおもひなげに、おもひあがりてわたらふ《活計》らめ。されど、うち／＼のこゝろづかひ《用意》ハ、また、なミ／＼のことにしも、あらざるべし。

とみさかえ《冨栄》たる人のこハ、いでいるもろ《諸》人にほめ《褒》たてられて、おのづからほこり《誇》かにおのがまゝなるも、なほ見すぐして心とらるゝからに、なにわざ《何業》にもおこたり《懶惰》がちにて、とにもかくにも、せんかたなくおろ《愚》かしきがおほかるを、おや／＼《父母》のこゝろハうらうへ《表裏》にて、いかでよの人にまさら《勝》せバや、とおもふより、師にも、をりすぐさぬなさけ《情》をかけて、めづらか《珍》にをかしきものをおくりなンどしつゝ、たゞよく《善》もあし《悪》くも、打たのミ《憑》まゐらすなりなンど、おだやか《穏》にものせらるゝに、いかばかりなだらか《平穏》ならんとする人も、岩木にしもあらざれバ、つひにハ心ぐるしうなりて、いかにもしてまさらせてしがなと、ちから《力》のかぎり《涯》

（頭書）

白氏文集／人非木石皆有情　（出願本にこの頭書なし。稿本より補う。）

をしへ《教》さとせ《諭》ども、本上《性》のとから《敏》ぬをバいかにとかせん。

これにかハりて、まづしき人ハ、ならは《習》せまくもおもへども、さしあたりてものゝいりめ《費》のおほかゝなるにこうじて《困》、さてのミすぐいつゝさしおくを、こゝにもかしこにも、同じほど《齢》のともだち《友等》のものするをうらやまし《羨》がりて、ねだりかゝりなゝど、からうじて《奇（辛）》出て来るほどなれバ、おやのこゝろいたさ《心痛》も、かへりてハ心ぐるしうて、あらずもがなと思ひながら、なま〳〵にをしへなゝどすれど、おのれとすきこのミ《好》て心いるゝからに、おほかたすく〳〵《無碍》とまなび《学》とりて、さどく《敏》、らう〳〵《労[々]》しきもすくなからず。

されバ、はじめこそあれ、しか心いれて、とし月おこたら《怠》ぬこゝろざし《志》にめでゝ《感》、さだまりたるぎしき《儀式》なゝどもさしおきて、いみじき《[甚]》ことをもゆるして《免》ならハせなゝどするを、かのとみ人なゝど、おのづからも《漏》れきい《聞》たらんにハ、おのがこのしれ《己子癡》たるをいふべしやハ。

（頭書）

になうといふ詞ハ、大かたハ無レ似の意なるべし。されど、こゝハ思ふむねもありて、旧説の如く、無二と注せり。

「あなあやし《吁奇怪》、いかで、かうかた《如此偏》よりてハものすらん、いちはやくぬけいで《傑出》ね、とてこそになう《無二》心をもつく《尽》いたゝなれ、よしさら《然》バ今より後ハ。」なゝど、めをそバめて《目側》、うをこゝろ《魚心》あれバなゝどいふ、ざうるりのことバ《浄瑠璃語》をも、ひきいづべかゝめり。さるときゝたらんをりの、こゝろぐるしさハ、またいかばかりにハあらん。世中のことわり《道理》を、ありのまゝにのべて、おこたり《懈怠》をいはん《陳》にも、ます〱《益》にくミ《憎》もてゆかれて、はて〱ハ、こゝかしこ、あしう《悪》のミとりなされつゝ、つひに《終》ハ、なり《業》をうしなふ《失》なかだち《媒》とも、なりぬるぞかし。

かゝるこゝろしらび《配意》の、かた時だにはなれぬを、あしたよりゆふべまで、おもしろくをかしげなるさま《状》にもてなして、琴のしらべ《調》にうかれのり《乗》たらんハ、げにもいとたへ《堪》がたげなるわざなるべし。てかく《手書》ことをゝしふる《教》も同じすぢながら、それハなほ、かゝるしれ《愚》人をも、ふでづか《筆柄》におよび《指》くはへ《加》てかゝせつゝ、あかき《朱》ものして、ほめ《賞》たる詞なンどおほく《多》かきたつれバ、さてもうらみ《恨》おふばかりにハあらざンめるを、これハ、かならず《必》まねび《学》とらせて、おやおほぢ《父母祖父》の御ンまへにも、うた《歌》ひき《弾》なンどせらるばかりにハ、さづけ《授》ざれバ、なか〱ならひがひなしとて、師にとが《咎》をぞおほせ《課》らるべき。さりとて、ひとり《独》にのミかゝづらへ《拘》バ、このあまた《許多》あるをしへ子を、またいかにせん。かへすぐ〱らう《労》がハしくて、いと《最》いたう《甚》、おもひくんじ《屈》たらんをりなンどハ、などかくますらを《大丈夫》にハ生れいでながらなンど、はて〱ハ、身のさいはひ《幸》なきなげき《歎息》とぞ、なり《成》なましかし。　かくて、花を見すてゝかへる《帰》かり《雁》なンど、あてやか《貴》なることのはも、ねずミ《鼠》ぐハ〈わ〉た〱なンど、つきなくさとび《俗》たるも、おほやうハ、そなた《彼方》の物ごのミ《好》に打まかせ《任》て、四たび五たびかきかへしてハほめはやし《賞揚》つゝ、しりぞかする《退》ほどに、日かげもやゝさかのぼり《栄上》て、こゝかしこのめのと《乳母》や、はした女《婢》や、日がらかさ《傘》なンどもちて、むかへ《迎》にきつどひ《来集》たり。そなたざまのひとまどころ《一室》にて、これにハいへとうじ《家刀自》いでゝ、なつかしげ《馴着》にものうちいひ、木のめすゝらせ《茶啜》、けぶりぐさ《煙草》くゆらめ《薫》〈らさせ〉、

（頭書）タバコをけぶりぐさといひかへたるハ、遠藤春足（天保5年没、53才）が白癡物語（文政8年刊）に従ふ。

なゝどして、かミ《髪》のゆひ《結》ざま《様》をほめたて、きぬ《衣》のあやがら《縞》をよミ《算》たてなゝどぞする、これはた、大かたならぬわづらハ《煩》しさなるべし。

かくのごとくして、おもむけさとし《語[悟]》たる人も、やう〳〵《漸々》、おとな《大人》しくなりゆくころほひよりは、よろづ《万事》いとうど〳〵《疎々》しうなりて、年に一たびのおとづれ《音信》をだに、まぢか《間近》きほどにあり《在》ながらせず。みち《路》のほど《上》にゆきあひたらんにも、もの見えぬをよきことにして、詞をかハ《交》さぬ人もありげなりや、いとたのミ《頼》ずくな《少》き心あさく《浅》なゝめり。人にとつぎ《嫁》て、よめぎみ《新婦君》なゝど、もてはやされんものゝ、かうしん《庚申》まもり《衛》につどひ《会》たらむにも、人なみ〳〵《並々》に声たてゝ、おやざと《親里》のはぢ《恥》をさへ、ひきかくす《弾隠蔽》なるハ、そも〳〵《抑々》、たれ《誰》がいさ《功》をにかあるらん。これをいひいでんは、ことさらめきたれバ、〽軒のしのぶのおともせで、さてすぐすほどにうまれたるを、うな子の、やゝと《十》をばかりにもならん時に、またふと《俄》にハかにおもひいでつゝ、こと《殊》さら《更》に心とりさうどき《騒》て、つき〴〵《着々》しくむかし《往事》のめぐミ《恩》のよろこびいハる《謝》ゝを、うれし《嬉》とやきくらん、かな《悲》しとやきくらん。あな《吁》、〽玉だすき、〽むさしあぶミのよの中なりや。

（頭書）

> 新古今集（巻二十　釈教歌）／ふかきよの窓うつ雨におとせぬハうき世を軒のしのぶなりけり
> 古今集（巻十九　俳諧歌）／ことならバ思はずとやハいひはてぬなぞよの中の玉だすきなる
> 伊勢物語（巻十三段）／むさしあぶミさすがにかけてたのむにハとはぬもつらしとふもうるさし

けだし《蓋》、わすれ《忘却》ざる人ありて、わづら《煩》ハしくとも、おふな〳〵《切々》、とひおと《音》づれたらむを思ひくらべ《比》てあぢ《味》ハひなバ、たもと《袂》ゆたか《潤》にたち《裁》ぬ《縫》ハしめて、なミだのたま《玉》をつゝミあますべくなん。

（頭書）

古今集（巻十七　雑上）／うれしさ（ママ）（き）をなににつゝまんからごろも袂ゆたかにたてといはましを

がや〱《囂々》とさやめきていとま《暇》つげつゝ、かへり《帰去》にし後ハ、のわき《暴》の風の、ふきやみ《吹止》たらむこゝちして、さながら、うつぶしふし《俯伏臥》たるを、あまとり《按摩》といふ、同じたぐひ《類》のめしひほうし《盲僧》、まち《待》つけをりて、かた《肩》のあたりに、かゝぐり《捜》よりのぼしかゝりて、うちひね《打捻》るべし。

なでしこの色のくさ〲あつめてハつゆも心のおかれざらめや

○附ざうるり（原文にこのタイトルはない。仮に付した）

○五（ママ）とこ《徳》のくわざ《冠者》、とかいはれにし人の、へいけ《平家》の物がたりつくりいでしを、めしひほうし《盲僧》のうけ《受》つた《傳》へけるより、つぎ〱《次々》にもてはやして、あしかゞ《足利》のよ《世》のすゑ《末》までハ、さかりなりきとなん。それ《其》がなごり《餘波》に、せきやう《説経》といふものいできて、むかしのいくさ《軍》の事どもをとりなしてうたひありきけるを、さつま《薩摩》

（頭書）

信濃守行長といへる人を五徳［ノ］冠者とつけたること、徒然草を委シとすべきか。就て見るべし。

ざうゝむ《浄運》といふ人、いさゝか《聊》おしなほして、ざうるりひめ《浄瑠理姫》といふ物がたりをなん、つくりいでける。それより今にいたるまで、かゝるたぐひ《類》をバ、すべてざうるり《浄瑠理》といふなり。それがするゑ〴〵に、いちう《一中》・みや《都》こ・いづミ《和泉》・とさ《土佐》、なンどきこえしハ、いかなるものなりけん。

ぐわむろく《元禄》といひける御代のするゑに、ぎだいふ《義太夫》といふものいでゝ、上のこゑどもをあやどりかへつるに、ちかまつ《近松》といふ人、ことのハをつくりてかたら《誦》せたり。このちか松、いさゝかざえ《才》ありけるうへに、人のこゝろ《情》のゆくへ《行方》をも、くハしうたどりしり《探知》てけれバ、はじめありけるものにハまさりて、世中なべてもてさわぎけり。このながれ《流》、いまにたえ《絶》せずつた《伝》ハるなかにも、かのぎだいふ《義太夫》ハ、たけ《竹》本とてなには《浪華》にすミしものなれバ、これはた《此亦》、こゝ《此処》なるこゑ《音》をおや《祖》として、それにうちあハぬをバ、すべてよこなまれ《訛》りとなんいふ。これをかたりてなり《業》とするものをたいふ《大夫》となんいふめるハ、かミ《上》にいへるミやこ《都》・いづミ《和泉》なンどいひけるものども、いづれもミなしかいひしゆゑによりて、おのづから何となくつたへき《傳来》ぬるなるべし。

（頭書）

続世継（今鏡、平安末成立）に、伊賀大夫・六条大夫など、ふき物・ひきものする人をいへることを、玉かつま（九の巻「伎芸に大夫といふ名」）に引出られたれど、それハ実に花園［ノ］左大臣家の大夫なれバ別なり。其後、猿楽などハしかつきたるもあれど、そのほどハ乱世の中にて僭につけたるなれバ、実の五位ニハあらず。都大夫・和泉大夫なども、只なにとなく、猿楽にならへるなるを、今のハそれとも又別にて、其かたる者をうちまかせて、大夫といふなるハ、かの都・和泉さてハ義太夫などに習ひて、ミづからもしか付るを、他よりもまた、しかよぶにぞありける。因云、豊後ハ豊後大夫といふ者のはじめける故に、しかいふとぞ。

このたいふ《大夫》につき《従》てまなぶ《学》ともがら《輩》、なほ《平》人にもおほ《多》かれど、めづらし《奇》きふしもなければ、はぶき《略》てい
はず。この、義だいふがざうるりの、ミちゆき《道行》といふくだり《條》をもと《原》にて、きやうほう《享保》のすゑつかたより、
ぶんご《豊後》といふもの、おこ《起》れり。

はじめハ、こゝ《此処》（なには）にてつくり《作》しを、ミやこ《京》にもてゆき、江戸にうつして、もてはやしけるを、江戸にて、ときハづ《常磐津》・とみもと《冨本》・なにがし《某甲》・くれがし《某乙》なンどいふものども、つぎ〳〵に、をかしうつくりかへけるまゝに、今ハ、ほと〳〵《殆》、えどのざうるり《浄瑠理》となりて、こゝにおこり《発》けることをバ、をさ〳〵しら《知》ぬ（ママ）人さへあンめり。さるほどに、こゝにハひさし《久》うたえはて《絶果》たり。いはまくもいとかしこ《恐惶》けれども、大江戸の御いつ《稜威》、いミじく《大》とほしろく《著明》ましますゆゑ《故》により《因》て、えどのてぶり《俗》、とし〴〵《年々》に、くに〴〵《諸国》へうつ《移》りもてゆくを、ミやこ《京》・なには《浪速》の人どもハ、いつも〳〵《毎々》うけがハず《不肯》げにてありしかども、またいつしかとうつりゆきて、いまハおほかた、かしこ《彼處》のならはし《習俗》なん、おほかる。

それがなかに、うたひ物のひとすぢ《一條》ハ、ちかき年ごろ、ことにさかりにうつりきたり《移来》とおぼしく、かくいふがくさう《学生》の、いつとせ《五年》ばかりさきにのぼりこしほどまでハ、ちまた《街巷》にうたふこゑ〴〵の、なほかのぎ《義》だいふ《大夫》のざうるり、さてハ、こゝのさミせむにものする長歌・はうた、なンどいふものばかりなりしを、ことしは、それにハ引かハりて、かのぶんご《豊後》をはじめにて、きね《杵》屋とかいふめるものゝ、たてゝものするかぶき《哥舞伎》のまひ《舞》といふものゝ歌、さてハ、しんない《新内》といふものゝのこゑ《音》なん、おほかりける〈おほかる〉。

今やうの、はやり歌といふものハ、なほ、こゝのこゑなれど、こゝろとし《心利》、ミやび《風流》たりなンど、ミづか《自》らいひほこら《誇》ふはぶれものどもハ、かならず、かしこのふりに《風似》するをよし、とおもへるありさま《光景》なり。

されど、それハミな、下つしな《等》のさかひ《境》にのミ、むねとハもてあそびて、人がらとか【中の品より上ざま

なるとミ人を、ひとがら、といふ。こゝの方言なり。】となふる《唱》ひと《人》の家々にハ、をさ〳〵、ミづからハ、なほうたハぬやうなり。さみせんにものするうたも、この人がらのと、めしひ《盲》ほうし《僧》のとばかりハ、まがハ《混》ぬこゝのものなるを、うたひ女・あそび《遊女》のよりしもハ、おほかた、あづま《東》のこゑ《音》をまじへて、いとことやう《異様》なり。こゝのミにもかぎらず、これをうつ《摸》してもてあそぶ、にし《西》のくに〴〵の、ミなと〴〵《湊々》など、おしなべて、ひとやうなるふりなゝめり。

さて、このあづま《東》うた《哥》をしふる《教》ハいかなる人にかとて、おとするあたりをしをり《栞》にてとひきけバ、もと《原》ハかしこにありわぶる《在詫》さすらへ《浮浪》人なるが、よのならハし《俗習》にひかれて、たゞひとりご《一子》のまなむすめ《愛女》に、ときは《常磐》づのざうるりを、心いれつゝならハせけるに、らうつもり《労積》て、もじなにと《文字某》かいふ、あざ名をさへゆるされて、また、人にをしへつゝわたらひ《活》けるを、とみたる家のむすこなる人、ゆくりなく《不意》、おもひかけてかよふほどに、つひにことゝげ《遂》て、まぢかうかくし《隠》するゑつゝ、うつし《現》ごゝろもなくたちわたるに、やがてそのわたりの、うたハれぐさ《謡種》となん、なれりける。

これをきゝて、おや《父母》・はらから《兄弟》、いたうあさましがりて、いましめ《禁》つれども、つや〳〵《一切》きゝいるべうもあらざりければ、人しれず、いくそひら《幾十枚》のこがね《金》を、そのおやにあたへて、夜のほどに、おひとほ《追遠》ぞけたるによりて、このなにはがたにハ、なづミこし《来》なりけり。

はじめのほどこそハ、かのいくそばく《幾十許》の金あれバ、かくてもよろこびつゝありけるを、とりたてゝなら《習》ひえ《得》たる、はか〴〵しきなりハひ《業》もあらねバ、いつしかそれもミな《空》になりて、せんすべのなきまゝに、ひざ《容》をいる《膝》ばかりの、あやし《怪》げなる家をかり《借》てすま《住》ひをり。まぢかきわたりのわかうど《壮人》どもをつどへ《令集》て、またかの三すぢのいと《線》をひきいだして、よをあやどりつゝあゝなり、とぞいふなる。或ハまた、うたひ《妓》女のなが《流》

れなるを、此ごろのよになり《業》をうしな《失》ひてはぶれ《流落》たるなンどもいふにや、きはやかにはしられがたしとぞ。

あした《朝》のほどハ、わな［ろ］びれたる人の子、三人四人きてまなび《学》けるをバ、こゝかしこへはしら《走》かして、よろづ《万》てうじ《調》て過るなり。いひ《飯》たうべたるのちハあくまでにひるね《午睡》して、夕かげになりたるころ、やをら《徐々》おきいでゝ、ゆあミ《浴》なンどしつゝあるほどに、たそがれ《黄昏》すぐるころより、かのわかうど《若人》も、きつど《来集》ひたり。あろじ《主人》のたいふ《太夫》ハ、はたち《二十》にひとつふたつ、たらざるべし。たま《多摩》川のかけひ《筧》の水に、あつごえ《(厚肥え)》たるあぶら《脂》をあらひ《洗》おとしたるかミ《髪》を、こゝにてもなほあらため《改》ざれバにや、ひるねのまくら《枕》にうちミだれて、あいぎやう《愛敬》づきたるまミ《眉目》のあたりに、ゆら〳〵とかゝりたるをわづら《煩》はしがりて、みゝはさミ《耳挿》したる、なほそぼれつゝ、ゆふ風にそよぐ《戦》めり。しろがね《銀》にかあらん、何にかあらむ、ちひ《小》さきかんざし《簪》ひとつをぞ、さしたるかほ《顔》の、いろ《色》、雪のごとくつや《艶》めきて、みどりのまゆ《眉》の、ふと《太》やかなるを、きえ《消》ぬばかりに、そ《剃》りほそめ、しろいもの《白粉》なンどハ、いさゝか《少》もほどこさず、ありまつ《有松》そめといふ、大あや《綾》のゆかたびら《浴衣》を、ない《蔑》がしろ《如》にきなしたるハ、のぼりく《上来》る道のほどにて、ものめで《物愛》してかひ《買》たるなるべし。くれなゐ《紅》の、かうけち《纐纈》のちゞみきぬ《縮緬》をおび《帯》にかへて、むなぢあらハ《胸乳顕露》にかきいだし、みぎ《右》りのたゞむき《腕》ハ、かた《肩》のあたりまでまき《捲》あげて、きざ《象》のばち《撥》、ひらめにとりもち、ひだり《左》ハ、おほゆび《大指》にそで《袖》をくハ《加》へて、さミせんとり《把》たるさま、ひぢ《泥》の中よりおひ《［生］》いでたるはちす《蓮》の、花の夕かぜにさきこぼれたらむ夕ばえのこゝちして、すめ《澄》らむ水にうつして見ばや、とあたらし《可惜》うみえたり。よろづ、しどけな《無静気》う、もてなしたるに、氷をあざむくひざ《膝》にそハ《添》りて、なにとかやいふ、した《下》のきぬの、くれなゐ《紅》ほのかに、ほころび《綻》出たるを、いますこしなンど、むねとゞろかすすきもの《好色人》もあるべし。

はゝ《母》のおや《親》ひとりぐしたるが、まめ〳〵しげにくり《厨》屋のことをとりもちて、むすめをバ、なか〳〵《却々》しう《主》

のごとくにぞかしづきたゝめる。よりつどひ《寄集》たる人ども、ちひさき《小》かミ《帋》のふだ《札》をいだしてさしおくハ、いくひらに、あたひ《価》いくばく《幾許》とさだめて、まづうり《売》おきたるを、それもてくれバ、三たび五たびきかへして、うたひ《歌》さづく《授》るなり。いかで声よくうたはんとて、あせ《汗》もしとゞにうなり《吼》をる《居》人のありさま《情態》くさ〴〵《種》なれど、さのミハとてれい《例》のもらし《畧》つ。一めぐり〴〵《廻》はてたるころほひより、例のごとくさけ《酒》をぞのむ《呑》なる。

ちかきあたりのとみ《富》人の、このごろ、あやしうよごゝろ《春心》つきて、しのび〴〵《密々》はひわたるをそゝのかし《誘》来て、うし《大人》とたゝへ《称》きみ《君》とあふぎ《仰》て、この酒・さかな《［肴］》のいりめ《費》をなん、おほせつく《課付》める。酒屋のはしりづかひ《走奴》［の］、しれ《愚》たるをのこいでくるを、いつも《毎》、そこゝ、はしらするに、おのれがかたへハ、たちもかへらで、はるか《遥》なる家まで、かひ《買》にゆくなり。はゝおうな《母嫗》、ハた、まめ《忠》だちて、さかなてうじ《肴調》て、かへるべし。そのほど《間》に、かのはしりづかひ《走奴》が、もてきてかくしおきたるものを、ひとり《一人》のわかうど《壮人》、さがし《捜》いだして、「これハいかに」といふをミれハ、このほど、はち《鉢》に水をたゝへ《湛》て山などつくり、それにたつ《建》べき、舟橋、あるハ屋がた人がたの、ちひさき《小》を、すゑもの《陶器》にてつくれるなり。

これハ、たいふ《大夫》が、いといたうものめで《物愛》する本上《性》なるをはかりしりて、心とりがてら、かひ《買》もてきたゝなれども、人々のわらはんかとて、かくしおきたるなりけり。いまひとり《一人》つたへ《傳》見て、

「いで、あな、をさな《幼愚》のもの、もちてけり、なにゝかすらん。」

とて、うちかたぶけ《考》バ、いたうさかしがり《大賢》さしすぎ《過》て、くすのき《楠公》と、しこな《醜号》おほせられたるをのこの、をこがましうすゝみ《進》いでゝ、

「こハ、ぜんじやう《先生》の御《［ミ］》こゝろとりにとて、しれもの《白癡》がたてまつる《奉》、家づと《苞》ならむ。」

といふに、

「さハ、十四五のあし《銭》にかへて、あはれにも、とらのひげ《虎鬚》ひかんとしけり。」とて、ミな、声たてゝころびつ《転》べくうちわらふはしに、かのしれもの《白癡》、かへりきたり。「あハや」、とあハ《慌》てまど《惑》ひつゝはしりのぼり《走上》て引あふこと、かしがまし《囂々》。たいふハ、これをとり《〔取〕》て、れいのものめで《好事》なれバ、さすがに「をかし《可愛》。」とうち見たり。くす《楠》の木ハ、もろ《諸》人をやう〳〵にしづめ《令鎮》て、いとのどやか《緩々》にかたりていはく《曰》、

「むかし《昔》、なにがし《某》のミやうぎ《名妓》にけさう《懸想》しけるかぬち《鉄工》ありけれど、まづしき身にてせんかたなし。されども、こゝろひとつに、おもひやミ《止》ぬべくもあらざりければ、年ばかりへて、からうじて《辛》、一夜あひ《会》ぬばかりのしろ《代》、とゝのへてゆきたるをバ、かのミやうぎ《名妓》いたくあはれび《憐》て、こゝろゆくばかりかたらひてかへしゝをバ、後の世までありがたきためしにこそ、いひつたふ［る］なれ。いかでか人をおもふとて、たかき《貴》いやし《賤》きくらゐにハよらん。いや高き松のこずゑにも、はひのぼり花さく藤もあるものを。」

（頭書）

> 此物語の一条ハ、都島原の妓吉野といひしが事にて、そらごとかまことかハしらざれども、北窓鎖談（橘南谿「北窓瑣談」）といふ物に出たり、とおぼゆ。
> 再案　此一段ノ話ハ、唐山ノ小説近古奇観出タル売油郎ノヿヲ、翻シタル也。（この頭書は、稿本では朱書。）

と、もの〳〵しくときなす《説成》ハ、かねて此きみにこゝろかけてかきくどけども、くち《口》のさがなくねじけがましきをにくミ《憎》いとひて、いひそし《言殺》つゝはづかし《辱》むるほどに、「さハ、わがまづしきをうとむ《疎》なゝめり」と、おしあて《推当》にひがこゝろえして、かくよそながら、さとしがほするにぞ、あるべき。ことわり《理》のさしあたる《当然》

処なれバ、「げに」とばかりいらふる《答》もあれバ、「れいのくすのきがえせこうさく《非講釈》」、とてわらふもあり。その中に、ひとりさるがう《猿楽》がましきをとこの、ひざ《膝》をうち《拍》て、「げに君ハものしりびと《識者》なり。くすのき《［楠］》のはうがん《判官》とハ、うべ《諾》こそまうしたれ。もろこし《漢土》のしばう《子房》（張良）も、いかでかハまさらん。されバ、はかりごとを、ゆまきのうちにめぐらして、たつことを。」と、いはんとするを、いはせもはてず、しやかうべ《頭》はたとうちこらせ《懲》バ、そがまゝに、かしら《頭》をかゝへ《抱》て立あがり、かぶき《哥舞伎》のまひこ《舞子》がふり《態》なんどするにいづれもけう《興》にいることかぎりなし。

（頭書）歌舞妓芝居の役者といふ者を舞子といふハ、少しいかゞなれども、暫、松屋文集（藤井高尚、文化11年序）にしかいへるに従ふ。

かくするほどに、酒もあたゝまりて、さかな《肴》ところせ《所狭》くおきならべたるを見て、かうやう《如此様》のさがな人も、さすがに心はづかしうやあるらん、にハか《俄》にこちなげ《無骨》にゐなほり《居直》て、かのとみ《冨》人の子をたいふ《大夫》にならべて、かミくら《上座》におしすゑつゝ、「まづ、うし《大人》の君よりことはじめ給へ、御《ミ》あろじ《主人》にこそ。」なンど、ゆづり《譲》かゝれバ、「うし《大人》とまうし、ぜんざう《先生》といひ、いとよき一つがひ《対》のひいな《雛》にます。」なンど、心にもあらぬついそう《追従》をさへいふ。さかづき《杯》のめぐり《［巡］》もかさな《重》れバ、それもいつしか打ミだれて、おのれ《我》ばかりいみじ《大》きものハ、またあらじと、おのも／＼《各々》おもひなりぬ。およびのかず《指数》をよミくらべ《算競》てハ、まけ《負》わざに酒をのませなンど、声もいといたうたか《高》うなりて、紙ひとひら《一枚》だに、ならひあへぬざうるりを、さながらみだり《乱》がハし《雑》う、うちをめくもかたハら《傍》いた《痛》けれバ、たいふ《大夫》ハ、ふたゝび《再》かきあハせ《掻合》して、「やよ、しばし《暫》しづまり給へ、ならひもあへぬすさびなれども、しんない《新内》すこし《少》、ミさかな《肴》にせん。」

といへバ、「そハよかンなり」と、もろごゑ《諸声》にいらへ《應》て、ひしとことやめ《言止》てうちまもれバ、左のかたにかほ《顔》をそむけ《背向》て、「秋さぶ《ム》くおどろく風も身にしミて。」とうたひいでたるいミじさ、夏ながら、うなじ《頸》のあたり、そゞろさぶ《寒ム》うおぼゆべし。

すべてこのしんない《新内》といふものハ、豊後ぶしのながれ《〔流〕》のすゑ《末》に、つるが《鶴賀》といひけるものゝのいできて、いま一きハ、人のこゝろをとゞろか《蕩》さんとて、なまめき《妍媚》たるかぎりの事をつゞりたるに、ことバ《詞》、はた、ひたむき《一向》にくたれ《腐爛》てのみもあらず、せち《切》なる心に、あるべきさま《状》の事をうれ《愁》ハしげにうたふものにて、ずさ《儒者》なンどの、いたういむ《忌》なる、ていせい《鄭声》とかいふものゝきは《極》ミなれバ、いミじき《甚》よの人のお《（ママ）》ほ《官》やけよりもたび〳〵とゞめ《禁》させ給へれど、とにかくに、人のこゝろにしミつき《染着》て、いまハた、はゞから《憚》ぬさまに、もてさわぐほどのものなるに、たいふハ打とけて、をかしと見ゆるたをやめ《美人》の、さくら《櫻》の花のごとく、ゑひ《酔》すさびたるが、年つきのらう《労積》をつみて、こゑ、まさやか《清朗》にうたふなれバ、いちこち《壱越》よりばむしき《盤渉》にうつるほど《間》ハ、ひろから《広》ぬいへのさうじ《障子》の、かミ《帋》にひゞき《響》あひて、うつばり《梁》のちり《塵》のまふ《舞》、といひけんもろこし《唐土》の、ふること《故事》もなにならず、と見え聞えたり。されバ、このさうどき《騒》人どもの、すきがましき《好色》心ぎも《肝》をさしつらぬく《貫》がごとくにて、しハぶき《咳》ひとつするもなく、うちかたふ《ム》きてひたひ《額》をあつめ、よだれ《涎》をながして、聞ほれ《惚》ゐたり。

（頭書）

> 五雑組に、／孔子謂、鄭声淫〔淫〕者、靡也巧也、楽而過度也、
> 艶而無実也といへり。　これよく新内の音に合〔ナ〕へるか。
> 淫といふ字を婬慾の事とおもへるハ、過たるべし。

はかもなくあだなる糸の音にかけて鬼ひこしろふ声ぞあやしき

ひきやミ《弾止》たるころ、しどろ《乱雑》にゝゑをたてゝ、「やゝ」と、ほめ《賞》のゝしりつゝ、はじめて人ごゝちつきたるやうなるに、なか／＼《却》ゑひ《酔》もさめ《醒》がたになりて、夜も、子ふたつばかりにふけ《更》わたりぬべし。とミ《富》人のこ《児》よりまづ《先》おどろ《驚》きて、にぐる《逃》がごとくかへりゆくに、さそはれて、かれこれとも《伴》なひ出る。なかに、きぬう《絹布》るたな《肆》のてだい【かはりてものつとむる者を、手代といふ事、足利のころにも見ゆ。】といへる人、としのほどハ、はたち《廿歳》にひとつ［一］ばかり《許》あまりてや有らん、いろしろ《色白》くまなじりきよげに、なよ／＼とほそ《細》やかに、のびらかなるかたちしたる、はじめ《始》より、われハがほにものをもいハず、人のものがたり《譚話》をのミ、おほかたハきゝてをる人のあるを、たいふハ、しばし《暫時》、とよびとゞ《呼止》めて、

「やよや、まつりの《祭時》ちかゝなるに、かたびら《帷子》もおび《帯》も、ものせんとするを、このごろ［頃日］ハ、めづらしきはやり《流行》ものハ侍らずや」

とて、かれハよしそれハあしなゝど、いとなが《長》やかにあげつら《論定》ひて、あつら《誂》へつく《付》めり。さるハ、いとおほくいりくる［入来］人の中に、此人のミ、じちやう《実様》になさけありて、ほこり《誇》かなるところハ、つゆ《毫》ばかりだにあらず、をり／＼、家のうちのたらぬ《不足》ものなゝど、人しれずこゝろをつけて、つき／＼しくとりおこな《執行》ふに、はゝ《母》とうじ《刀自》より、先ヅめで《感》そめ［始］て、になき《似無》ものにおもひいへバ、おのづから、むすめ《娘子》もなづさ《馴》ひつきて、「いかで、たびねの心ぼそさをこの人にまかせ《任》てみバや。」と、ひとたび思ひよりにしをはじめにて、ふたゝ《再》び三たびと、ちかまさり《近勝》しつゝ見ればきけバ、ありとあらゆることもわざも、はかなき事だにみな《悉》がら《皆》身にしめて、めでたう《感痛》のみ思ひすゝみぬ。

いかにもして、うご《動》かさんとおもふに、しの《忍》ぶぐささへかれはてゝ、をばな《尾花》がほにも、いでつべきけし

きなれバ、さすがに、わか《若》きほどのこゝろすさ《進》びに、いかでかハた《堪》へすぐすべき。さてなん、よそ《外》ながらも、打かたらひて、ちから《力》のかぎり《涯》、うしろミ《後見》ばや、としたに《心裏》おもひかは《交》したるを、たれもたれも、あな《穿》ぐり《鑿》さと《悟》りて、ねた《妬》きこと、かぎりなければ、さまた《妨》げせんとて、たちかはりつゝ、しうね《執念》くもつきまと《纏》ふなり。いざなはんとて二人三人まち《待》を《居》れども、ことはつ《果》べうもあらざれバ、さのミハとてかへりゆくに、れい《例》のくす《楠》のき、いちはやくはかり《謀》ごと《計》をめぐらして、人々にさゝやき《耳語》しめし、たゞ《唯》ひとり《一人》ひそか《密》にかへりきて、ものあらふ水をはしらかしいだすものゝ、あな《穴》につきてまだゝき《瞬》もせで、かいまみ《垣間見》をり。

かくて、やう／＼《漸々》あつらへ《誂》ごともはてければ、いとまをつげてかへらんとするを、おくまりたるらう《楼》のうへより、母とうじの声たてゝ、

「夜もいたうふけ《更》しづまりて侍るを、なには《浪華》ゝぬすびと《盗人》のおほきところにて、道のほどもおぼつかなう侍るに、今となりてしう《主》のかど《門》たゝかんも、人わろく《厭聞》心くるしうこそ。いぶせくとも、こよひ《今夜》はこゝにあか《明》させ給ひつゝ、つとめて《早朝》とく《疾》かへらせたまへ。おい《老》人ハいぎたな《睡》からざれバ。」

なッどいふに、天の川にわたしぶね《渡舩》えたるこゝちして、女ハ、はづかしげにたも《袂》とをさへひかへたり。ばんとう《伴頭》のはらぐろき《腹黒》もかね《豫》ておそろしけれど、このきハ《極》になりてかへ《[帰]》るべしやハ。

「しか《然》のたまへバ、げにこそ。このほど、なに《某》まち《坊》のそれ《某》の屋にぬす《盗》人のいりきて。」

なッどかたらひながら、おもて《表》のいりくちをとざ《鎖》して、ひかれつゝいり《入》たるあかりさうじ《明障子》のかミ《紙》に、おも《面》てをさしあハし《合》〈せ〉て、まがふべくもあらぬすがたの、ほのかなるとも《燈》し火にうつろひて見ゆれバ、くす《楠》のきハ、まつら《松浦》さよひめ《佐用姫》にもあらねど、石にハたやすうなりぬべきこゝちして、ねた《妬》きことといふばかりなく、そゞろ《不覚》にいきどほ《憤》れる身の、おも《重》りかになりて、ミぞ《溝》のうへ《上》に、はつかにかけわた《渡》いたるおほ《覆》ひの

（頭書）

万葉集五（歌番号八七一）に見えたる松浦佐用嬪面の事ハ（その詞書に）遂脱領巾麾之《(遂に領巾を脱ぎて麾る)》云云　因《(かれ)》号此山《(此山に号けて)》　領巾麾之嶺《ヒレフルミネ》也とあるバかりなるを、もろこしの望夫石の事に談り合せたる俗説なれど、今ハさバかりいふべきにもあらねバ引出づ。（出願本にこの頭書なし。稿本により補う。）

いた《板》を、あやなくもふみ《踏》くつがへ《覆》して、二さく《尺》ばかりほり《掘》ふか《深》めたるひぢ《泥》りこ《水》の、きたな《穢》げなる中に、おち《堕》いりぬ。「あなや《嗟》。」といふべきこゑをだにたてえず、した《舌》しのびね《音》にうちなら《鳴》しつゝ、からうじて、はひ《這》のぼ《上》れバ、くつ《履》ハぬが《脱》れて、とゞ《留》まりぬ。うち《内》にも、いざと《敏》く聞つけたりけん、「くハ、ぬす人よ、あな《吁》おそろ《可畏》し。」と女の声して、しめ《密》やかにいふ。

たゞ一すぢのまことにぞよる《寄》《搓》つひにこのひく手あまたの三の緒も

「葦の葉わけ」了

# Ⅳ

# 『西戎音訳字論』

〈解題〉

(1)『西戎音訳字論』について

㈠『西戎音訳字論』の本文冒頭部に本書成立の由来が記されている。即ち弘化2年の秋、病床にあった広道は、恐らくは親友藤井高雅の叔父である緒方洪庵の紹介で、蘭医の中玉樹に診て貰っていた。広道は、患者と医者との関係だけでなく「友人」として親しくなったその彼から、翻訳の蘭医書を見せてもらった。ところが、「訳シタル語ニ当タル漢字ノ、尋常ノ漢音・呉音、或ハ唐音ナドイフ物トモ甚異ニテ、傍ヘノ仮字ヲ離チテハ、イトモ〳〵読難ク、云々」と、その用語(蘭語)に宛てられた漢音訳の難解さに驚いた。そこで、玉樹に問うた。「イカナル由縁ノアリテ、シカ迂遠《モノドホ》キ支那音《カラゴヱ》ヲ以テハ訳ス」のか、なぜ「皇国ノ仮字」を用いないのか、これこそ、「何ノ国ノ音ヲ訳スニモ」便利な上、「童子マデモ」たやすく読み取ることが出来、「其道ヲ受授ケ、弘メモテユク種子トモナル」のにと。それに対して玉樹が言うのには、翻訳する人の多くが、「儒士・医士」である、彼らは、「漢学ノ足ヌヲバアヘナキコト」に思い、また「漢文シテ物書ザレバ、諸ノ学力サヘ無キヤウニ」も思われ、そのため、「彼ノ西戎ノ学ヲバイトヨク習ヒ究メタル人」も、「漢文章ノ拙キヲ愧テ、訳本ナドノ著述」もできない者までいると。広道はいよいよ義憤に駆られ、玉樹からの勧めもあって、その非を難ずべく筆を執り、かくして成ったのが本書だというのである。従って、本書の内容は、その著作動機から二つある。一つは「何ノ国ノ音ヲ訳スニモ」「皇国ノ仮字」が便利であること、「仮字」がそのままでは対応できぬ際にも、書記法を工夫することで十分可能であるとの論証である。もう一つは、「世俗皆漢意トナリハテ」て、「漢国ニ辺列《ヘツラ》ヒテ」「漢学ノ足ヌヲバアヘナキコト」に思い、「漢文章ノ拙キヲ愧」る、という風潮に対する批判である。

㈡筆の速い広道は、他の著述と並行して本書を書き上げていたようで、次に引く弘化2年11月17日付藤井高雅宛広道書簡(井上通泰編『萩原広道消息』)に本書の名が見え、この年の11月頃までには出来上がっていた。

拙者、本学大概と申もの、大方に草稿仕候。短日の上、無益之雑事しげく、何事もするすると出来かね、困入申候。御憐察可被下候。右之間に西戎音訳字論、私家歌会式など申もの、一冊づゝうすき物をつゞり申候。御相談申上、可蒙御示教事ども、多く御座候へども、書中には難尽、来春御登り之節を、呉々奉相待候。

出来上がった本書は、玉樹は勿論のこと、洪庵をはじめとした蘭医たちにも見て貰った可能性はあるだろうが、玉樹や洪庵らのコメントは知られていない。しかし、本居宣長（の著作『漢字三音考』）に依りつつ、「漢国」の「音声」を「侏離鴃舌・鳥獣木石ノ音」とさげすむ一方、「皇国」のに対しては「皇国ノ音声言語ノ正シキハ、今更ニ云ニモ及ヌ〻ナガラ、短直ノ声ノミ、ウルハシク連ネ活カシテ、ツユ混ル丶〻ナク言談スル国ハ、世ノ界リ尋ヌトモ、又アルベクモ思ハレズ。」と自賛する本書は、翻訳論書・語学書と言うよりあくまでも国学書だったようである。従って、国学者―少なくとも広道に親しい国学者たちの間では、いくらか読まれていたらしい。例えば、本書が書かれて7年後、周防宮市松崎天満宮の神主で足代広訓門の国学者鈴木高鞆に宛てた嘉永5年10月17日付の広道書簡（『広道書翰』）に「西戎音訳字論御返し可被下候。原本貸失ひ、一部も無御座候。」とあることからも、そのことが推察される。

ところで、この高鞆宛広道書簡によれば、広道は、原本以外に副本を（少なくとも）一部は作っていて、それを高鞆に貸していた、ところが手元に残して置くべき肝心な原本を「貸（し）失」ってしまい、一冊もなくなったと言う。高鞆は、広道の催促にすぐに応じたようで、その2ヶ月半後の、嘉永6年1月4日付同上書簡（『広道の消息』）に「西戎音訳字論、慥ニ入手仕候。」とある。高鞆から戻されて来たその副本は、原本を失った広道の手元に大切に保管されたに違いない。と言うことで、本来なら本書はその一本のみが残されていたはずだが、しかし、後で見るように、ひょっとして紛失した原本の転写本なのか、広道手元の副本に派生するそれなのかはともかく、現在複数の写本が残っている。そのうちの二つ三つに就いては、後の〈諸本について〉の項で触れている。

㈢　本書冒頭に、広道の友人で岡山藩士の隠岐清別の認めた序が掲げられている。その日付は文久2年11月で、広道は翌3年12月に亡くなるので、ほぼその一年前のことだった。そこに次のようにある。

ことし、公ごとにつきて浪花にものしけるほど、萩はらぬしこの西戎音訳字論、こたび桜木にものせむとするに、一こと此はしにとて見せ給ふを、云々。

清別は「公ごと」のため―大坂湾防備のため備前藩に割り当てられた場所に藩の陣屋を建てる任を帯びて―やって来ていた。一方の広道は、十数年も前の旧稿をこの文久2年に刊行しようと思い立った。先にも見たように、彼は同様の旧稿『葦の葉わけ』も板行許可を得べく出願していたし、後でも触れる如く、やはり以前から書きためていた『本教提綱』の板行も企てていた。それは、『源氏物語評釈』第二帙に寄せた文久元年一月付識語を左筆によって認め板行しようとしたことも繋がっている。安政3年秋に中風で倒れ右手が不自由になりながらも、「文人」としてなお立ち続けようとの彼の思いがそこに込められていた。

## (2)　〈諸本〉に就いて

『国書総目録』に挙がる、京都大学大学院文学研究科蔵写本（京大本）・京都女子大吉沢文庫本（京女本―但し国文研電子複写による）・無窮会図書館神習文庫本（神習文庫本）・静嘉堂文庫本の四種の写本に就いて触れる。

㈠　本書の原本は、すでに嘉永5年10月の時点で、広道本人の手から離れて紛失していたらしいことは先に見た。京大本を含めてこれら4種の写本の内に、その原本（広道自筆稿本）であるものが含まれている可能性はあるだろう。事実、後でも触れるように、静嘉堂文庫本は「（自筆）稿本」と言っている。しかし、本当にそうなのかどうか。そのことをも踏まえて、以下、4種の写本を検討する。

㈡　右に挙げた4種の写本は、京大本と京女本（以上A系統）、神習文庫本と静嘉堂文庫本（以上B系統）の、二つ系統に分けることができる。A系統は、本文中のいわゆる割注の部分が、おそらく〈原本〉に従ってだろう、細字二行書になっている。一方、B系統のその部分は、改行され一行書になっていて、さらに、後でも触れるように、A系統写本には見られない脱文や錯文が、共通して見られる。

(三)　A系統の写本は、共に〈原本〉を写した写本かと考えられ、その中で恐らく京女本の方が〈原本〉の姿に少し近いのではないかと想像される。京女本の筆跡は稚拙にも見え広道の手とは全く似つかぬけれど、京大本には見えないルビがいくつもあり（それは京女本作者の恣意だとは考えられず）、また、京大本の本文に一行余の脱文（あるいは削除？）や少なからずの誤字・脱字があるのに比して、京女本ではそれらの「欠陥」が少ないからである。

一方、京大本だが、右に指摘したように誤字・脱字・脱文等が見られるものの、恐らく広道が副本として作った自筆転写本ではないかと推測される。筆跡は広道の手と思われるし、ルビの削減は原本作者だからこそ可能だっただろう。[注]決定的なのは、清別の序文を唯一有する点である。要するに、京大本はいわゆる原本（広道自筆稿本）ではないけれども、周防の高鞆から取り戻して広道の手元に戻った前述の副本であろうと言うことである（京大本は京女本に比してやや雑でルビも少ないのは、副本だったからとも考えられる）。

［注］この次に取り上げる『本教提綱』は、それ以前の『本学大概（提綱）』に比して、本文のルビは極めて少なく、また不注意な誤字・脱字も目につく。『西戎音訳字論』原本（それに近い京女本）と京大本との関係も、それにやや似ている。

また、京大本には、少なからずの朱が入っている。清別の序文にも、朱で「便利《タヨリヨキ》こと」などとルビが付されているので、この朱は、清別序文の後になされたのは明らかだが、これもまた広道によるのではないか、と思われる。というのは、他人（清別）の序文にルビをふるのもそれが広道からは親しい（ひっとして弟子筋にあたる）人だから出来ることだし、また、本文最後の節の割注に見える、彼の主著名「本学大概」が「本教提綱」と、朱で訂正されているからである。これらは広道以外にはなしえないだろう。

以上から、京大本は、いくつか不備を抱えながらも（実際の板行のためには少なからずの誤字・脱字等を訂正せねばならぬとしても）、刊行すべく準備されていた清書本に近いものと考えていいだろう。

(四)　一方のB系統本だが、これはA系統の写本とは異なる別種の写本（仮にb写本と呼ぶ）を共有する転写本だと考えられる。というのも、B系統写本は、同じ語句・部分の脱字・脱文がある。

短い例を一つ挙げる。「(本論)」冒頭の「〇他国ノ音声ヲ、云々」とある件の少し後に「天竺其ノ外、西洋ノ諸国モ、云々」と続くが、B系統本は共に「西洋ノ」という語句が脱落している。さらに、錯綜した部分（以下、錯文とも略）も共通している。例えば、「〇皇国ノ音声言語ノ正シキハ、云々」の節の中ほど、「サテ、義訳スル寸ハ、漢字ヲ用フベシ。」で始まる段落中に、共通した錯文が見える。これらの欠陥は、A系統写本には見られない。

B系列の各写本を見る。まず、静嘉堂文庫本。実はこれは完本ではない。「〇皇国ニシテ、漢文字ヲ用ヒ初メラレシ起源ヲ案フニ、云々」という長い節の、後ろから二つめの段落（「皇国言ハ、テニヲハノ活用アリテ、云々」で始まる段落）の五行目に、「委曲ナラザル証拠ナリ、ト知ルベシ。」とあるが、静嘉堂文庫本は、ここで終わっている（この静嘉堂文庫本が『国書総目録』等で「(自筆)稿本」とされているのは不可解）。また、ルビもA系列の写本に比して、極端に少ない。次いで、神習文庫本。これは静嘉堂文庫本と違って、最後まで写された完本だが、A系統写本はもちろん、静嘉堂文庫本にも見られない、かなり大きな脱落部分があり、さらにルビが一切省かれている。

このように見てくると、B系列の両写本は、写本・被写本の関係にはなく、またそれぞれが同じb写本から直接転写したとも考えにくい。同じb写本を共通の祖本としながらも、また別の写本がその間に入ったと考えるべきだろう。いずれにしろ、B系列写本は、A系統のものに比してかなり新しい写本（恐らく明治期以降のもの）と推測される。

〈凡例〉

㈠　本稿は、京都大学大学院文学研究科蔵写本『西戎音訳字論』を底本として、京都女子大学吉沢文庫蔵写本（京女本）を適宜参照した。京女本で補った部分は、［　］で括った。

㈡　本文中に見える諸記号は、節冒頭の「○」印や、二重傍線「＝」（ただし「＝」は、原文では、「▯」）、また抹消線「━」（ただし、朱で抹消されているものは朱線と付記した）や「博」などの音読み符号の傍線など、全て原文のままである。ただし、「□□」の如き強調傍点は、翻刻者による。また、広道自身が適当に作った記号が使われている箇所がある。それをそのまま写すのも難しいのでそれに少し似た記号を探しそこに埋め、「ㄣ」※のように、※印を付した。

㈢　底本には、例えば隠岐清別序文中に、「見ト《え》」の如く、仮名遣いの訂正や、「本学大概《教提綱》」のように、書名変更による訂正のための朱書がいくつも見られる。その朱書部分は、原則として他と区別すべく、ゴチックで示した。

㈣　冒頭、隠岐清別の言葉に、元はなかった「序」と言うタイトルを付け、（　）で括った。以下、（　）で括ったものは全て、翻刻者による補足や注記である。なお、節（○で始まる部分）と節との間は、一行空けた。

㈤　文中の注記すべき語句について、簡単なものは、その語句の直後に（　）で括って示したが、やや長くなるものについては、語句に「注①」等の記号を付し、文末にまとめて記した。

㈥　本稿は『葭第12号』（二〇〇五・五）に掲載しものに、若干手を加えたものである。

西戎音訳字論 萩原広道著　全　（表紙）

（序文）

ものごとさかりになりゆく御代の有さまは、今さらいふべくもあらねど、このちかきとしごろは、東西となく、いと遠き国々より、よろづ渡来つゝ、なにくれたよりよきことゞも、おほくなりゆくめるにつきて、そのかたの学問、はたこちたきまでになむ。しかして、其訳書ども、これかれ見忄《え》しらがふめるを、かたはしよみ試みつるに、げにとおぼゆる事もあなる物から《けれども》、そのうつしざまなむ、いかにぞや見ゆることゞも多かりける。さるは、ものどほき文字どもおほく用ひ、文章のすがたもことやうにて、うちみるまゝに、それと心得がたきふしぶしもまじりて、うちかたぶかるゝ也けり。それ、いかで如此《かく》は物すらむとおもひつれど、多く通《かよ》はしみざれバ、うけばりてなにとかはいはむ。たゞあやしきことゝのみ、おもひつゝ過来ぬるに、ことし、公ごとにつきて浪花にものしけるほど、萩はらぬし、この西戎音訳字論、こたび桜木にものせむとするに、一こと此はしにとて見せ給ふを、よく／＼見もてゆけば、げによく論じ定られたる書になむ、有《アリ》ける。其かたのまなびせむ人々、此ふみよくよみ□ひて、このせちの如く、そのうつしふみども物しなば、清別等が如きからまなびなきどちも、いと安く読こゝろえて、その何くれ便利《タヨリヨキ》ことゞも、ます／＼弘りゆきて、しか物せむひとのいさを、はたこよなくなむ有べき、と思へば、いなびもえあへでなむ。

文久二年十一月一日　　　　備前　隠岐清別[注①]

（本文）

# 西戎音訳字論

萩原広道述并自註

（自序）

弘化二年ノ秋ノ比、注② 浪華《ナニハ》ノ僑居《カリズミ》ニ病臥《ヤミフセ》ル徒然《ツレ〴〵》ノアマリニ、遥ニ西ノ方ナル戎国〔カラクニ〕ノ訳本《ウツシマキ》ドモ、何クレトナク、我友中氏【玉樹】注③ノ許《モト》ヨリ、借《カリ》ツヽ見ルニ、彼ノ国言《クニコト》ノ耳遠キハ、素《モト》ヨリサル遥〔ハルカ〕ナル境《サカヒ》ノ言語《コトノハ》ゾ、トオモヘバ、異《アヤ》シムニモ足ラズ、唯、ソレヲ訳〔ウツ〕シタル語《コトバ》ニ当《アテ》タル漢字《カラモジ》ノ、尋常《ヨノツネ》ノ漢音・呉音、或ハ唐音ナドイフ物トモ、甚異《イトコト》ニテ、傍《カタ》ヘノ仮字《カナ》ヲ離チテハ、イトモ〳〵読難《ヨミガタ》ク、煩《ワヅラ》ハシカリケルホドニ、殆《ホト〳〵》困《コウ》ジハテツヽ、中氏ニ「イカナル故アリテ、如此《カク》物遠〔モノドホ〕キ訳字ヲバ宛《アテ》タルモノナラム。」ト、問ヒ試ムルニ、「其《ソ》ハ、モト、明末ヨリコナタノ、支那音《カラゴヱ》ナルヲ、彼処《カシコ》ノ人ノ、当テ書〔キ〕タル字ノ例ニ、ヨレルモノナリ。サルカラニ、今イフ、漢・呉音、マタ唐音トイフ物トモ異〔コト〕ナルヿ也。」ト云ヘルニヨリテ、予、又問ヒケルハ、

サハ、イカナル由縁ノアリテ、シカ迂遠《モノドホ》キ支那音《カラゴヱ》ヲ以テハ、訳スニカ。皇国《ミクニ》ノ仮字コソハ、何ノ国ノ音ヲ訳スニモ、甚《イタ》ク便ヨキウヘニ、童子《ワラハベ》マデモ輙《タヤス》ク読得《ヨミウ》ベキコトナレバ、中々ニ、其〔ノ〕道ヲ受授《ウケサヅ》ケ、弘《ヒロ》メモテユク種子《クサハヒ》トモナルベキヲ、

ト、イヒタルニ、中氏、又答ヘケラク、

ゲニサルヿナルヽ〔リヽ〕。然レドモ、其〔ノ〕音《コヘ》〔音《コヱ》〕語《コトバ》ヲ訳《ウツ》ス人、オホカタ、儒士・医士ヽ〔師〕ナレ

バ、漢学《カラマナビ》ノ足ヌヲバ、アヘナキコト丶シテ、必ズ別《コト》ニ、彼ノ訳字ノ例ヲ習ヒテ、モノスルコト也。コレヲ習ヒ得ルヿモマタ、容易キ事ニアラヌウヘニ、漢文《カラブミ》シテ物書《モノカヽ》ザレバ、諸《モロ〳〵》ノ学力サヘ無キヤウニ聞ユレバ、彼ノ西戎《ニシクニ》ノ学《マナビ》ヲバ、イトヨク習ヒ究メタル人モ数多《[アマタ]》アレド、漢文章《カラブミコトバ》ノ拙《ツタナ》キヲ愧《ハヂ》テ、訳《ウツシ》本ナドノ著述ヲモ、サシ措《ヲキ》［措《オキ》］テアル人ナドモアリ、トコソ聞シカ、ト、云フニ、予、大《イタ》クウチ嘆《ナゲ》キテ云ヘリケルハ、

応神ノ天皇ノ御世ニ、漢字ノ渡来《ワタリキ》テヨリ、今、此ノ弘化ノ御時マデハ、凡千五百余年、推《(ママ)》古天皇ノ御世ニ、上古《ウヘノミヤ》［宮《ミヤ》］聖徳皇太子ノ、皇国神世《ミクニカミヨ》ヨリノ御制度《サダメ》ヲ改《[アラタメ]》テ、漢国様ノ冠位ヲ始《ハジメ》玉ヒシヨリハ、千二百余年ガ間《ホド》ニ、何事モ何事モ、彼ノ国ブリニ移《ウツ》ロヒ変《カハ》リテ、世俗皆［ナ］漢意《カラゴヽロ》トナリハテタレバニヤ、カバカリ迂遠《マハリドホ》キ所為ヲスラ、ナホ漢国ニ辺列《ヘツラ》ヒテ、マヂカク、其［ノ］道ノ弘マリ行ンヿヲモ思ハズ、サシアタリテ、云［フ］ベキフシヲモ押隠シテ、書《フミ》ヲダニ作《ツク》ラズアリトイフハ、ソモ〳〵、イカナル習俗《ナラハシ》ゾヤ。コレヲオモヘバ、漢文バカリ世俗《ヨノヒト》ヲ惑ハス物ハアラジ、トテ、其ノワタリノヿドモ、カツ〴〵談《カタ》リ試ムルニ、中氏ノ意《コヽロ》ニヤ応《カナ》ヒタリケン、

イザ［デ、］サラバ、其［ノ］ヨシヲ、書キ付ケテ見セ禾［ネ］カシ、ナホ熟《ヨ》ク読考《[ヨミカウガヘ]》タルウヘニ、実《マコト》ニ理《コトワリ》アラバ、彼レ此レノ人ニモ論《アゲツラ》ヒ議《ハカ》リテ、眠《[ネブ]》レル龍ヲ、驚《オドロカ》シ出《[イデ]》ン丶［シ］便宜《タツキ》ニモ、ナド、云フニ、

何《イカ》デカハ、然《シカ》、主張《ウケバリ》テハ弁《ワカ》チアヘム、此《[コ]》ハ、唯、理義《コトハリ》［義《ワリ》］ノサシ当ル処ヲ、予《ヨ》［予《オノ》］ガ思フマヽニ、論《アゲツラ》ヒ試ミタルニテ、大カタ僻説《ヒガゴト》ナルベケレバ、其［ノ］方ノ博士《ハカセ》ノウヘヨリハ、マタ云フベキフシモコソアレ。サラバ益《[ヤウ]》無キヿニサシ出テ、世ノ嘲《アザケリ》ヲ負《オヒ》ナンモ、且《カツ》ハ、ヲコナルフルマヒナレバ、

トテ、辞《イナ》ミシカド、猶云云《ナホカニカク》、ト云《イヒ》ソヽノカサレテ、意《ツヒ》［竟《ツヒ》］ニハ、片端《カタハシ》書ツクルヿトハナリヌ。然《シカ》ハアレドモ、オホカタ、入リタヽヌ道ノ事ヲ、傍《カタヘ》ヨリ見テ、トヤカクヤ云ヒタルヿハ、下立《オリタチ》テハ、又、コヨナク違フヿノ、常《［ツネ］》ニ多キモノナレバ、如レ此《カク》［如此《カク》］テモ、ナホ推量《オシアテ》ノ説ニテ、実《マコト》ニハ、サリガタキ事ドモ、ヽアンメレド、ヨシ、其レハイカニセン。サル件《クダリ》ドモヲバ、誰［レ］人ニモアレ、能引直《ヨクヒキナホ》シ、論《アゲツラ》ヒ直《ナホ》シ賜《［タマ］》［ハランヿヲコソ。其ノ上ニテ、予《オノレ》モマタ、イフベキヿノアラ（脱文）］バ、サシモ立《タテ》タルスヂノ、放《ハナ》チガタキ心ギタナサヲバ、清ク去《ステ》テ、理《［コトハリ］》ノ落合マデ、問［ヒ］試ミナバ、即《ヤガ》テ、其［ノ］スヂノ然ルベキ義《ヨシ》ヲモ、熟《ウマ》ク意《［コヽロ］》得尽シテシヽ（「シヽ」は京女本も同じ。底本に「ンヽ」と朱書）。コレ則《［スナハ］》チ、広道ガ志ナリトテ、オフケナクモ、言《イヒ》モテユク概略《アラマシ》ゴトヲ、先《［マヅ］》、カク此《［コヽ］》処ニ書出《［カキイツ］》ルニナン、アリケル。

（本論）

○他国《［アダシクニ］》ノ音声《コヱ》ヲ記《シル》スニ、漢字《カラモジ》バカリ、迂遠《モノドホ》キ物ハアラジ、其［ノ］処［然］ル故ハ如何《［イカニ］》トイフニ、先ヅ、彼ノ国ヲ除《オキ》テ、其ノ余《［ホカ］》ノ国々《［クニぐ〵］》ハ、皇御国《スメラミクニ》ハイフモ更《サラ》ナリ、天竺其ノ外、西洋ノ諸国《［クニぐ〵］》モ、オシナベテ、何レモ言語《コトノハ》ヲ主本《モト》トシテ、文字ハ、其［レ］ヲ助《タス》ケ記スベキ為ニ、作リタル物ニテ、音《コヱ》ノミアリテ、意義《コヽロ》アルヿナシ。サルハ、先［ヅ］言語《［コトノハ］》ニ発シ出《［イデ］》タルヿヲ、次ニ文字シテ記スベキガ、サシアタル理《コトハリ》（京女本も同じ。「ハ」を「ワ」と朱あり）ニテ、実《マコト》ニ、然ルベキヿニナンアル。然ルヲ、漢国ハソレトハ表裏《ウラウヘ》ニテ、文字ニ含《フク》マセ製《ツク》リタル義理《コトワリ》ヲ主本《モト》トシテ、音声《コヱ》ハ、其ノ文字ヲ呼別《［ヨビワカ］》ツ為ニ、サマぐ〵換タル物ナレバ、中々ニ、意義《コヽロ》アルヿナシ。【彼国ノ上古《イニシヘ》、蒼頡トイフ者出テ、文字ヲ製《［ツク］》リシ、トカイヘバ、ソレヨリ前ツカタ

ハ、彼処《カシコ》モ、言語ヲ主本トセシコト、決《[ウツナ]》シ。】

サレバ、天地ノ間ダニ、在《[アリ]》ト在《アラ》ユル物事《[モノゴト]》ニ、各《オノ〳〵》文字ヲ製《ツク》リテ、相宛《アヒアテ》ントシタレドモ、際限《カギリ》ナキ事ニシアリケレバ、竟《ツヒ》ニ[ハ]、悉《コト〴〵》ク宛得ルヿ能ハズシテ、二物ニ、一名ヲ宛テタルアリ。【后ノ字ヲ、君ニアテ、マタ、君ノ妻《メ》ニアテ、マタ、其レヲ後ノ意ニ用ヒナドスル類、コレナリ。】マタ、其[ノ]文字一箇毎《ヒトツゴト》ヲ、各《オノ〳〵》別《コト》ナル音《コヱ》ニ喚換《ヨビカヘ》ムトシテ、サマ〴〵、猥雑《ミダリ》ナル声ドモヲ出シテ、叫《ウメ》クメレドモ、コレハタ、限《[カギリ]》リアルヿナレバ、彼[ノ]数千ノ字ヲ、悉ク喚分《ヨビワカ》ツヿ能ハズシテ、一音ノ、数字ニワタレルアリ。【同韻ノ中ノ、同音ノ字、皆コレナリ。】

カク、混雑《マギラハ》[混雑《マギラ》]ハ《（ママ）》シク、煩《ワヅラ》シキ物ナレバ、其[ノ]国ニ生レテ、其国ノ文字ヲ、ミナガラ、得知ヌ人ノミゾ多カル。其[ノ]ウヘニ、彼ノ同ジ音韻ノ連声、紛《マギラ》ハシキ故ニ、平談《ツネノモノガタリ》ニモ、キハヤカニ、言語シテ、物事ヲ別ツヿ能ハズシテ、形勢《アリサマ》ヲ、身ニマネビツヽ、語ル也トゾ。【長崎ノヿ書タルモノニ、注④唐人ノ手マネスルコト、ヲリ〳〵見エタリ。】

事ノヤウヲ按《オモ》フニ、実《マコト》ニ然《[シカ]》アルベキヿニテ、彼国バカリ迂遠《[モノトホ]》キ国ハ、世《ヨ》ノ界《カギ》リ、アルヿナシ。然レドモ、彼ノ文字ハ、理義《コトハリ》（京女本も同じ。「ハ」を「ワ」と朱あり）ヲ含《[フク]》ミタル物ナレバ、其[ノ]余ノ諸国《[クニ〴〵]》ノ語ニ当《アテ》テ、意義《コヽロ》ヲ訳《ウツ》ストキハ、僅《ワヅカ》ニ一字ヲ記シテモ、三、四言ノ語《コトバ》ヲ、訳《[ウツ]》シ得ベケレバ、マタ、甚《ハナハダ》[甚《ハナハ》ダ]、便利《タヨリ》ヨキ物ニテ、彼ノ国ニテ用フルヨリハ、ナカ〳〵事短《コトミジカ》ク、カシコゲニオ《テ》（京女本も「ア」）ゾ、アリケル。【皇国ニテ、今用フル処ノ義字ノ用法、実ニ言語ノ奴隷《ヤッコ》トシテ、此上ノ宝貨《タカラ》アルヿナキニテオモヘバ、自余《コノホカ》ノ諸国《[クニ〴〵]》ノ語ニ宛訳シテモ、又、同ジカルベシ。サルヲ、例ノ漢執《カラゴリ》スル人ドモ、彼ノ国ニテハ、皇《[ミ]》国ニテ用フルヨリ劣《[オト]》リタルヿヲダニ、エ知ズ、文字ノ無キ国トテ、本国《モトツクニ》ヲ夷《イヤ》シムルコソ、可咲《ヲカ》シケレ。漢字ヲ用ヒ来ラレシハ、全《マタ》ク、便利《タヨリヨク》[コ]ヨトヲ（「便利《タヨリヨク》」のルビは朱で消され、「ヨ」は朱で「コ」とルビが付されている）[便利《タヨリ》ヨキヲ]

詮トセラレタルニテ、カノ百済ノ王ガ、貢物《［ミツギモノ］》ニ奉進《［タテマツ］》リケルヲ、サナガラ用ヒテ、皇国ノ用ヲ、カシコク執セタマヒタルハ、サハイヘド、神功皇后・応神天皇ノ御稜威《ミイツ》ノ余沢《ミメグミ》、ト思ヒ知奉ルベキナリ、［也］。】

サテマタ、其字音ヲ借用ヒテ、諸国《［クニ〴〵］》ノ言語《［コトノハ］》ノ声ニ宛《［アテ］》テ訳《［ウツ］》ス方ハ、マタ、甚、迂遠《マハリドホ》キヿニテ、全《［マタ］》ク、当《［アタ］》ルヿハアラス、［ヌ］物ナリ。サルハ、彼ノ漢字ノ音ハ、上ニモ云ルゴトク、数多《［アマタ］》ノ文字ヲ呼別《ヨビワカ》タントシテ、サマ〴〵、猥雑《ミダリ》ニ拗リタル音《コヱ》ノ限《［カギ］》リヲ、出シタルモノナレバ、単直《（ママ）》（京女本も同じ。以下は短直と出る）ナル言語ナドニ宛テハ、一箇トシテ、違《タガ》ハザルヿヲ得ズ。

イデ、其証ハイカニトイハンニ、譬《タト》ヘバ、悉曇字母ノ音ヲ訳《ウツ》スニ、長声・短声・大空・涅槃ノ、四ツバカリノ事ヲダニ弁《ワカ》チ得ズシテ、短ノア‖ノ対注ニ、阿ノ字ヲ書テ、短ク呼ベ、音、近《シ》レ悪《ニ》、ト注シ、或ハ、入テ呼ベ、或ハ、音、悪、トモ注シ、又、悪ノ字ヲ用ヒテ、烏・舸反ナドモ注セリ。サテ又、長ノア‖ニ、同ク、阿ノ字ヲ書テ、依《テ》レ声《ニ》、長ク呼ベ、ナド書タルハ、ア‖ヽト呼ベ、トイフ義ナリ。【阿字ハ、モトア‖ヽナレド、上ノ短呼ノ注ニ分タン為ニ、カク、云ルナリ。】コレニ准《ナゾラ》ヘテ、思フベシ。ア‖ト、ア‖ヽト、バカリノヿヲ、数万ノ字ニテ、全《［マタ］》ク注《［シル］》［シ］得ズシテ、カクサマニ、煩《ワヅ》ラハシキ解釈《トキゴト》ヲ下シナガラ、ナホ、熟ク記シ了《ヲハ》リタリ、ト聞エズ。音、悪ニ近キナラバ、全ク、ア‖、ナラザルヿハ論ナク、【悪ハ、入声字ナル故ニ、喉《ノンド》［喉《ノド》］ニ急促《ツマ》リテ、隠《ホノカ》ニ韻アルナレバ、全ク、ア‖、ニハ合《カナ》ハズ。サレバ、近シ、ト書タル也。】、入テ呼ベ、ト注シテハ、入声ノ如ク聞エテ【悪鬼ナド、連ネイフ時ノ悪ノゴトキヲ、イフナリ。】コレモ、平声短直ノ、ア‖、ニハ非ズ。音、悪トカケルモ、悪ノ字、モト入声字ナレバ、ナホ、全キ、ア‖、ニ非ズ。烏・舸ノ反、トアルモ、此方ノ漢音ノ如ク、正シク、ウ‖・カ‖、ナラバ、ア（底本・京女本とも‖傍線なし。ア）、トモ切《ツヾマ》ルベケレドモ、烏モ舸モ、共ニ、全ク、ウ‖・カ‖、ニハ非ルベケレバ、ナホ、ア‖、ニハ非ジ。カク、サマ〴〵ニ、長々シク注釈ヲモノシテモ、ナホ、タヾ、ア‖、ト、ア‖ヽ、トノ差別《ケヂメ》ヲダニ、エ、イヒ分タヌハ、実《マコト》ニ、所謂《イハユル》、侏離鴃舌《（しゆりげきぜつ）》・鳥獣木石ノ音ニテ、便ナキヿ、イフバカリナシ。【コレラノヿハ、先師本居翁ノ漢字三音考注⑤ニ、詳ニイハレタルヲ、取レリ。】

宋ノ羅大経ガ鶴林玉露ナドニモ、注⑥皇国《［ミクニ］》ノ僧《ホウシ》安覚ガ云ル、物ノ名ドモヲ訳ストテ、宛《アテ》テ書キタル字ドモヲ見ルニ、甚異様《イトコトヤウ》ナルモノニテ、全ク当ラザリシヿハ、決《ウツナ》ク知《シラ》レタリ。【其外ニモ、彼国ニテ皇国言ヲ記シタル書、彼此多ケレド、イヅレモ皆、同状ナリ。】

コレニ准《ナソラ》ヘテ考フレバ、自余《コノホカ》、諸国《クニ〴〵》ノ言語《［コトノハ］》ヲ訳シタリトモ、又、同ジスヂノヿニテ、其《［ノ］》本音《モトツコヱ》ノマヽニ、訳《ウツ》シ得《［ウ］》ルヿハ、漢字シテハナラザルモノ、ト知ラレタリ。然ルヲ、ナホ、彼ノ国ノ猥雑ナル音声ヲ以テ、西戎諸国ノ語《［コトバ］》ヲ訳《ウツ》スサヘアルニ、彼《［ノ］》国人等《ラ》ガ当《アテ》タル字形《モジガタ》ヲ、一字《ヒトモジ》モ違ヘジト、頑《カタクナ》ニ務《ツト》メ学《［マナ］》ビテ、イチハヤク意得ラルベキヿヲ、ワザトムツカシク説成《トキナ》スハ、何ノ為ニカアラン、イト〳〵怪《アヤ》シク、聞《［カ］》マホシキヿニナン、アリケル。

推量《オシハカリ》ニ思ヘバ、其ノ原始《ハジメ》、西戎ノ語ヲ訳《［ウツ］》シ始《［ソメ］》タル人、漢学ニ傾《カタブ》キテ、ヨロヅ、彼ノ国ヲ上モナキ国ゾト、ヒガ意得シタル意習《コヽロナラヒ》ニ、彼ノ明ト云ヘル比ヨリコナタ、彼処《カシコ》ニテ訳シタル書ヲ見テ、漫《スヾロ》ニ慕ハシク、羨《ウラヤマ》シクオモヒツヽ、イカデ、此方《［コヽ］》ニモ、サル様《サマ》ニモノセン、トオモヘル蒙《ヲサナ》キ俗習《ナラハシ》ヲ、頑《カタクナ》ニ伝ヘタルヿトコソ、オモホユレ。

サテ、今ニテ、其書ドモヲ読テ目馴《メナレ》タル人ハ、マタサラデハ、ナカ〳〵ニ、混《マギ》ラハシキヤウニモ思フベカンメンヽ（京女本も同じ。「レ」カ）ド、其《［ソ］》ハ、所謂《［イハユル］》先入ノ主トナリタルニテ、正シク、公然《オホヤケザマ》ノ理ニハアラズ。広道等ガゴトキ、漢字《カラモジ》モ戎語《カラゴト》モ知ヌ者ノ、フト見テ、フト意得ヌベキサマナランコソ、其ノ書ヲ訳シ伝《［ツタ］》フル本意《ホイ》ニ［ハ］アラズヤ、ト云マホシキハ、猶、ハタ非説ニヤアラム。

○皇国ノ音声言語ノ正シキハ、今更《［イマサラ］》ニ云ニモ及ヌヿナガラ、短直ノ声ノミ、ウルハシク連《ツラ》ネ活《ハタラ》カシテ、ツユ混《マギ》ルヽヿナク言談《［コトドヒ］》スル国ハ、世《ヨ》ノ界《カギ》リ尋《［タヅ］》ヌトモ、又アルベクモ思ハレズ。【但シ、コレハ、今ノ俗語ノヿニハアラズ。漢国音ノ雑《マジ》ラザリシ、上古ノ言語ヲイフナリ。サハイヘド、今ノ俗語モ、上古ニ比《クラ》ブレバ溷《ミダリ》ガハシケレド、諸ノ蕃国《エミシグニ》ノ語ニ対《ムカ》ヘテハ、マタ甚《［ハナハダ］》正シキヿ、論ナシ。コレラノヿモ、又、三音考ヲ見テ知ベシ。】サレバ、外国《トツクニ》ノ拗曲《マガ》リタル音ドモヲ記スニハ、便アシキガ如クナレドモ、決《キハメ》テ、サハアラヌヿナリ［也］。彼ノ天竺ノ十八字、西戎ノ廿六字ダニ、彼《カレ》ト此ト合セ呼《ヨビ》テ用フレバ、イカナル音モ記シ得ラルヽヲ、況《マシ》テ、皇国《［ミクニ］》ノ言語《［コトノハ］》ハ、短直ノ五十音ニシテ、一音ニ一字ヅヽ用フナレバ、イカナル細《［コマ］》カナル事マデモ記シ得ラルベキヿ、サシアタル理ナリ。

其［ノ］然ルベキ由縁《ヨシ》ドモ、試ニ、コヽニ書ツケテン。サルハ、カノ長・短声ノ如キ、長ク拗《マガ》リタル声ヲ短《ミジカ》ク記スニハ、必［ズ］、其ノ故ヲ注セザレバ、短キヨシヲ、タヾニ知ベクハアラヌヿナルヲ、短キ声ヲモテ長キ声ヲ記スハ、甚容易《イトタヤス》キワザニテ、譬《タト》ヘバ、ア、ノ如キ音ヲ長クセントスレバ、今一ツ、ア（底本・京本とも傍線なし。）ヲ書テ、アヽ、トシ、マタ、今少シ長クセントスレバ、アヽヽ、ト書ク。コレニテ、其長サノ間《ホド》サヘ知レテ、事モナク、便ヨキニハアラズヤ。マタ、拗ル声ノ如キハ、チユン・チユウ・チヨン・キヤンナドノ類《［タグヒ］》、何レモ音ニ随《［シタガ］》ヒテ合《アハ》セ用フレバ、イカバカリムツカシゲナル音ヲモ、ツユ違ヘズ記《シル》サルベシ。ナホ委《クハ》シクイハヾ、チ、ト、ユ、ト合ヒタル所、チノ方、主《ムネ》ト聞ユルトキハ、チ、ヲ大キク、ユ、ヲ小［ヒ］サク連《ツラ》ネテ、チユ、トヤウニ書テ分《ワカ》チ、ユノ方、主《ムネ》ト重《オモ》ク聞ユレバ、ユ、ヲ大キク、チ、ヲ小サク連ネテ、チユ、トヤウニ書テ、分ツベシ。マタ、引［ヒ］ク音ノ、チヨウ、ノ如キハ、引ク処、開口音ナラバ、チヨオ、トカキ、合口音ナラバ、チヨウ、トカクベシ。【漢字音ノ開合ヲ、仮字シテ別ツニ、開ニハ、チヤオ、合ニハ、チョウ、トカク例也。今モマタ、サル差《ケヂメ》ニ用ヒテモ、違フベカラズ。】コレラハ、唯《タヾ》、片《カタ》ソババカリノ論也。例シテ知ベシ。

マタ、阿蘭陀ノ号《ナ》、実《マコト》ニハ、フホヲルランド、トイフガ如キ、ホ、ニ、フ、ノ発韻アリテ、オ、ト引キ、ル［ル］、ト転《ウツ》ルガゴトキハ、フヲホオル［フホオル］、ナド書テ、字形《モジカタ》ノ大小ニテ、音ノ開合・屈曲ヲ分ツベシ。サテ又、濁音《ニゴルコヱ》、或ハ、ハ・ヒ・フ・ヘ・ホ、ノ半濁ノ如キハ、昔ヨリノ例《［アト］》ノ如クニ、○等ノ点ヲ、旁《カタヘ》ニ添《ソヘ》テ、其レト知ベク、マタ、ソノ連声《ツヾク》ノ四声ノ如キ、甲乙《アガリサガリ》ノ処ニハ、漢字ニ附ル四声点ノ例ナドニテ、字ノ角ニ、小圏点《チイサクマロキ》ヲ加ヘ、○去 ○入 □ ○上 ○平 ナド、記シテ、別ツベシ。

又、音末《コヱノスヱ》ノ急促《ツマ》ル入声ノ長キガ如ク、マタ、ン、ト撥《ハネ》タル音《コヱ》ノ、隠ニ韻《ヒヾ》クガ如キ処ニハ、丿※・㇏※、ナドノ点ヲ添《ソヘ》テ、内ヘ入ル方ニハ、丿※、トシ、外ヘ撥《ハネ》ル方ニハ、㇏※、トスル時ハ、大カタ、彼国人ノ言語《コトノハ》ヲ、アリノマヽニ、記シ得ズト云ヿ、ナカルベシ。

サテ、コレハ、所謂体言《ヰコトバ》、マタ、物ノ名ナドノウヘマデニテ、此外ニ、詞ノ活《ハタラ》ク処ニハ、三世・天人【此ヿ、別ニ論アリ。~~委シク、而尓乎者《テニヲハ》略図義解ニイヘリ~~（朱線、京女本にも抹消線あり）。三世トハ、イハユル過去・現在・未来、天人トハ、天然・人為ナドヲイフ。此外ニモ、名目ドモ多シ。】ナドノ差別《ケヂメ》ヲ、四段・二段ノ活語格《ハタラキコトバ》ニ【四段・二段トハ、本居春庭ノ詞ノ八巷（『詞のやちまた』）ト云書ノ仮目也。】合セテ、相応ノ例格ヲ定メ、又、テニヲハノ如キ、所置《［アリカ］》ヲ定メテ、形勢《アリサマ》ヲ聞シムル処ニハ、其ノ類ノ助辞ヲ、宛テ定ムベシ。【西戎ノ助辞、三等ニシテ、六格也、トイヘリ。我皇国ノ、テニヲハハ、廿余等アリテ、中ニモ、ナリ・ケリ・メリ・ラン・ケン、ノ類ノ、合辞ノ、テニヲハ有テ、歎息《ナゲキ》ノ余韻《ヒヾキ》ト、形容ノ委曲《ツバラカナ》トヲ示スヿ、実ニ、他国ニアルヿナシ。サレバ、彼一等ニ、此五六等ヅヽヲ、配当《アテ》オキテ活用シナバ、是又、決《ウツナ》ク足ラハヌヿナク、彼国人ノイフヨリハ、却テ、形勢ヲ詳《ツバ》ラカニ［詳《ツバラカ》ニ］云ヒ別ツヿモ、アルベシ。】

サテ、義訳スル時ハ、漢字ヲ用フベシ。上ニモイヘルゴトク、漢字ハ一箇《ヒトツ》ヅヽ、義理《［コトハリ］》ヲ含《フク》メタル物ナレバ、言語ノ訳《ウツシ》ナドハ、簡約《ツヽマヤカ》ニテ、イト便ヨキウヘニ、今ハ、ホト〳〵、皇国《ミクニ》ノ正言ヲ失ナヒタル世間ナレバ、皇国ノ語ニテハ、却《カヘリ》テ意得ガテナル人モ、アルベケレバナリ。サテ、其訳シ解《トキ》モテユク、凡《スベ》テノ文章《フミコトバ》ハ、近［キ］世ノ軍物語《イクサモノガタリ》ヤウノモノ、サテハ、浄瑠璃《ザウルリ》ナドノ語《［コトバ］》ニテモ、宜シカルベシ。諸国《クニ〴〵》ノ方言《カタコト》ハ、他国人《アダシクニビト》ノ、通《サト》リガタキヿモアルモノニテ、天［ノ］下ニ弘クオシ広ムル書ナドニハ、フサハシカラズ。軍談《イクサモノガタリ》・浄瑠璃ハ、オホカタ、何国《イヅク》ノ人モ、ヨク意得タルベケレバナリ。必シモ、人ニクゲニ、漢《カラ》メキタル文字識《モジシリ》ブリハ、云《イフ》モ更ニテ、皇国ノ古言《イニシヘコト》・雅語《ミヤビコトバ》ヲモ、又、サラニ用フマジキ也。【然レドモ、今ノ俗ノ語ハ、唯今ノ人ノ耳ニ ニ《(ママ)》（京女本も同じ）、聞知リ易キノミニテ、正シキ格法アルヿナシ。戎語ハ、九等ノ名目アリテ、スヱ〴〵、細密《コマカ》ニ格法アル物ナレバ、ヨクセズハ、中々ニ、配当《アテ》ゾコナヒスルヿアルベシ。サレバ、暇ノヒマニハ、皇国ノ古言ノ格ヲモ学ビ知リテ、活用《ハタラキ》ノ大概《オホムネ》ヲバ、知ルベキヿナルベシ。近来《チカゴロ》ノ翻訳者、強《アナガ》チニ鄙俗語《サトビコトバ》ヲ以テ、宛《アテ》ントシタルカラニ、イト〳〵苦シゲナルヿドモ、見エタリ。】

然シテ、物ノ名・体言ナドノ、彼ノ国言ヲ、其ノ本ツ音ナガラニ記ルス処、平仮字《ヒラカナ》ナラバ、地《チ》ノ文ハ片《［カタ］》仮字《カナ》ヲ以テシ、物ノ名・体言ナド、片仮字ナラバ、地ノ文ハ平仮字ヲ以テ、各《オノ〳〵》普通《ナミ〳〵》ノ漢字《［カラモジ］》ヲ交《［マジ］》ヘテ、目《［メ］》ヤスクモノスベシ。此ノ余《ホカ》ニ、些《スコシ》ヅヽノ差別《ケヂメ》ハ、時ニアタリテ、契約《チギリ》ノ印点《シルシ》ヲ製リテ註《［シル］》シナバ、イカバカリ細密《コマカ》ナルヿモ記《［シル］》シ得テ、錯乱《［マガヒ］》ナカルベシ。【近来、戎語ヲ片仮字シテ記スニ、音ノ引ク処ニ、—、如此キ点ヲ下シ、又、漢字三音考ニ、急促《ツマ》ル音ノ印ニ、ㄣ※、如此点ヲ製リテ、当ラレタリ。コレ皆、一時ノ造《ツク》リ点《ジルシ》ナガラ、其［ノ］書ニ目馴《メナレ》タルウヘハ、甚便《イトタヨリ》ヨキニテ、オモフベシ。】

如此《［カク］》シテ見ル時ハ、彼戎国ノ音韻ヲ、ツユモ漏《モラ》サズ、訳《ウツ》シ取ルベケレドモ、畢竟ハ、其レハタ、無用《イタヅラ》ナルヿナルベシ。サルハ、各《［オノ〳〵］》其［ノ］本ツ国ノ、風土《トコロブリ》ニツキタル音声《コヱ》トイフ物ハ、生《ウマ》レナガラノ差異《ケヂメ》アルモノニテ、同ジキ皇国ノ内ニテダニ、東ノ国［ノ］人ト、西ノ国［ノ］人トノ言語ハ、上去《アガリサガリ》ノ声音《コヱ》、互《［タガヒ］》ニ入混《マガ》ヒ、マタハ、連声《ツヾクコヱ》ノ緩急《ユルキハヤキ》ナド［ニ］テ、イト〳〵異《コト》ナル物ト聞ユレバ、マシテ、遥《［ハルカ］》ニ数万里ヲ隔《ヘダテ》タル国ノ音声《コヱ》ヲ、其［ノ］音僻《コハグセ》ナガラニハ、何《［イカ］》デカ学ビ得タルベキ。モシ、ヨク学ビ得タリゲナルガ、適《タマ〳〵》アリトモ、彼ノ国人ノ聞タラバ、ナホコソ、怪《［アヤ］》シキ音トオモハメ。仮令《ヨシヤ》、力《チカラ》ヲ尽シテ肖《［ニ］》セ得タリトモ、書《［フミ］》ヲ読《ヨム》ウヘニテハ、何ノ益《［ヤウ］》モナキヿニテ、竟《ツヒ》ニハ、某々《ナニ〳〵》ハ云々《シカ〴〵》ノ事ゾ、ト皇国ノ語ニテ注《［シル］》シテ意得ザレバ、熟《ウマ》クハ、会得セラルマジキナリ。

サレバ、彼ノ書ニ記シタル事ノ、契符《チギリ》ダニ違《［タガ］》フヿナクバ、此方《［コヽ］》ニテハ、損モ益モナキヿニテ、フホオルランダ、ト訛《コエナマ》リ覚《［オボ］》エタルガ如キハ、オランダ、トシタル方近クテ、誰モ〳〵学ビヨキガ如キヿモアルベシ。若強《シヒ》テ、漢字《カラモジ》シテ注《［シル］》サントナラバ、アジアヲ、阿自阿【下ノ阿［ノ］字ハ、常ニ也《ヤ》ト云モ、馴《［レ］》タレバ、品ニヨリテ［ハ］阿自也、トモカクベシ。】、ヤウロツパヲ、陽六把、トヤウニ、此方《［コヽ］》ノ漢・呉音ニテ、注《シル》シテモアリナン。サラバ又、彼ノ戎音ノ甲乙《アガリサガリ》・細大《ホソクフトク》［大《フトヤカ》］ナル僻《クセ》ヲ、全《マタ》ク訳《ウツ》シ得ガタシ、ナドイフ説モアリナンカ。其皆大《ソレミナイタ》ク非《ヒガゴト》ナリ。上ニイヘル如ク、悉曇ノ長・短声ダニ、訳シ得ガタキ漢字音《カラモジゴヱ》ノ、イカデカ、戎言ノ甲乙・細大ヲ訳シ得ベキ。其ノウヘ、此方ニテハ、カノ亜欧羅巴ノ如、字音ヲバ、フツニ、エ知ヌヿナレバ、陽六把ト、欧羅巴ト、亜細亜ト、阿自阿ト、何ノ差モアラヌヿナリ、ト知ルベシ。【亜細亜・欧羅巴ノ、亜・巴ハ、此方ニモ、ア‖・ハ‖トイフ声ナレバ、論ナシ。サレバ唯、細・欧・羅、ノ如キノミヲ、イフヿゾヤ。】

然ハアレドモ、又活語《ハタラキコトバ》・助辞《テニヲハ》【活語・辞ナド云ハ、皆、我国言《ミクニコト》ノ活用《ハタラキ》ヲ釈《［トキ］》モテユク、仮名目ニテ、彼訳法ニハ、附属名言・性言ナドモイフニヤ、和蘭語法解注⑦ニ見エタリ。此書モトヨリ、彼訳法ヲイフ書（京女本も同じ）ナレバ、彼名目ニ随フベキ理ナレドモ、イト〳〵多キ名目ヲ、頓《［トミ］》ニ意得ルヿ難《カタ》ケレバ、姑《シバラ》ク、我ガ法ニテイヘル也。上下、此《コヽ》ニ效《ナラ》ヒテ知ベシ。】ノ如キ、活用キタル語ハ、サバカリ乱雑《ミダリ》ガハシクシテハ、言語《コトノハ》ノ次第《ツイデ》錯《ミダ》シテ、文章《フミコトバ》ヲ成ガタカルベケレバ、必《ズ》厳《ヲゴソ》カニ例格ヲ立テ、細微《コマヤカ》ナル意趣マデヲ、熟《ウマ》ク訳《[ウツ]》シ尽《ツク》スベキヿナリ。右ニ［モ］左《ト》ニモ、西戎国ノ人ト親《シタ》シク対《ムカ》ヒ居《ヲリ》テ、其ノ学ヲ受ンニ、由緒《[ヨシ]》モナキ漢国《カラ》ノ字音ヲ借用《カリモチユ》［用］ルハ、正《カク》クサシ向《ムカ》ヘル家ノ事問ントテ、遥《[ハルカ]》ニ隣《[トナ]》レル人ニ尋《タヅヌ》ルガ如シ。イカデカハ、其［ノ］悉《ツバ》曲《ラカ》ナルヿヲ知得ン。中々ニ間近《マヂカ》キ処ノヿヲ、何《[ナ]》ゾ得知《[エシラ]》ヌトテ、怪《アヤ》シビ笑《ワラ》フベキガ如キ、道理ナルヲヤ。

【サルヲ、西戎［ノ］国ノ識《モノシリヒト》者タチ、彼ノ漢学ヲ主《ムネ》トスル人ニモ劣《オト》ラジト物セラルヽハ、留《トヾマ》ル処、何ノ義《コトハリ》（京女本も同じ）トイフヿヲ知ズ。オシアテニ按《オモ》ヘバ、是モ亦、博識トカ云ヿノ、名ヲ好《コノマ》ルヽカ、サテハ、然《シカ》、博識ブリスル人ハ、世俗《ヨノヒト》モ、神ノ如ク、尊《[タウト]》ブメレバ、イカデ世ノ人ニ、尊《[タウト]》マレン、仰《アフ》ガレン、トオモハルヽニカ、二ツノ事ヲバ過《スグ》ベカラズナン、オシハカラルヽ。サラバ、イト〳〵アヂキナキ事也［事ドモナルべシ］。】

○皇国《ミクニ》ニシテ、漢文字《カラモジ》ヲ用《[ツカ]》ヒ初《ハジ》メラレン起原《オコリ》ヲ案《オモ》フニ、上古《イニシヘ》ノ代《[ヨ]》ハ、文字《モジ》ト云物無リケル故【皇国ニモ、文字ノゴトキ物、イニシヘ在《アリ》テ、其レ［其《ソレ》］ヲバ名トイヘリ。諸《モロ〳〵》ノ物ノ名ドモヲ、注シツクル為ノ物ナルベシ。サレド、漢字ノ如ク、意義《コヽロ》ヲ含《フク》ミタル物ニハアラデ、西戎ノ諸国《クニ〴〵》ノ如ク、意《コヱ》［音《コヱ》］バカリアリシ物ト見エタリ。委［シ］クハコヽニ略《ハブ》ク。】、字［漢文字］ノ、意義含《コヽロフク》マリテ、便《タヨリ》ヨキヲ愛《メデ》テ、カツ〴〵用ヒ始《[ツメ]》ラレシニ、文章トイフヿサヘ無《[ナカ]》リケレバ、【皇国ノ上古ニハ、文章トイフ物ヲ、巧《タクミ》ニ作リテモノスルヿハナク、人々口《クチ》ヅカラ、相ヒ伝ヘシナリ。~~コノヿ古語拾遺蛇足抄ニ委クイフヲ見ルベシ。~~】カノ漢文章《カラフミコトバ》ノ法則《ノリ》ニ習《[ナラ]》ヒテ、文字ヲ用《ツカ》ハレシバカリニテ、別《コト》ニ何ノ意《コヽロ》モ、アルヿナシ。

サテ注⑧後《[ノチ]》ニハ、其《ソレ》ニ習ヒテ、皇国ノ詞《コトバ》ニテモ亦、文章ヲ作リテ、用《[モチ]》ヒラレシヨリコナタ【皇国ノ文章ノ始《[ハジメ]》ハ何レナリケン、詳《ツバラ》［詳《ツバラカ》］ニ知ガタシ。延喜式ニ見エタル諸祭ノ祝詞《ノリトコトバ》、サテハ、続紀ニ見エタル宣命ノ類《タグヒ》ヤ、其ノ始ナルラン。或人ハ、紀ノ貫之ノ朝臣ノ、大井川行幸［ノ］和歌ノ序ナドヲ、ソノ始ナルベシトイヘド、何《イカ》ニカアラン。サレド、何《[イツ]》レニシテモ、其ノ前ヘツカタ、遠キ世ヨリノヿニハアラズト見ユ。】、女ハ、仮字《カナ》シテ、皇国言ノマヽニ書来《[カキヽタ]》レドモ、男ハナホ、漢文章ヲ学《[マナ]》ビテ書[ク]モノヽヤウニ、ナラヒ来ツルヲ、【コノ男ガタノ物スル漢文ノ末、ヤウ〳〵ニ衰《オトロ》ヘテ、中比ノ日記・往来ナドノ文章トナリ、又オトロヘテ、今ノ俗文《サトビブミ》ノ消息ノ体トハナレリ。】此頃ノ世トナリテハ、又、古昔《イニシヘ》ノ仮字文《カナフミ》ニ習ヒテ、雅言《ミヤビコト》ニモノスルフリモ盛《サカリ》ニ出来ツヽ、中ニハ、ホト〳〵古《イニシヘ》ニ恥《ハツ》マジキモ、彼レ此レ見エタリ。サテ、今世ノ軍記物語ナドノ文章ハ、彼女ガタノモノシタリシ仮字《カナ》文ニ、漢字《カラモジ》ヲ交ヘテ綴《[ツヾ]》リ始メタルガ、ヤウ〳〵劣《オト》リザマニナリ来テ、竟《ツヒ》ニ、シカ、クチヲシキ状《サマ》ノ物トハ、ナレル也ケリ。

サレバ、今ニアタリテ、世間《ヨノナカ》、押《オシ》ナベテ用《[モチ]》フル文ハ、消息《セウソコ》ノ俗文、サテハ軍記物語、マタ浄瑠璃トイフ、野《イヤ》シキ謡《カタ》リ物《[モノ]》ノ詞ナドニテ事足ルベキヲ、サテハ、ムゲニ俗《サト》ビタル物ニテ、クチヲシナド思フ人モアラバ、古ノ雅言《ミヤビコト》シテ書連《カキツラ》ヌル、仮字《カナ》ノ文章ヲモノスベキヿ也。皇国《ミクニ》ノ詞《コトバ》ニシテ、シカモ、雅《ミヤ》ビタル物ナレバ、ツユモ俗《イヤ》シゲナル事ナクテ、イカサマノ文章ヲモ、成《[ナ]》シ出《[イデ]》ツベケレバナリ。サレバ、漢文ノ用トイフハ、押概《オシクル》メテイハヾ、外国人《トツクニビト》ニ書《フミ》ヲ贈《[オク]》ルコトノアランヲリカ、或[ル]ハ、漢国ノ文人等《ラ》ト談話《コトドヒ》スルタメナドノ時、サテハ、蓋シク朝廷《ミカド》ノ御ン大事トシテ、彼ノ国王等《コニキシラ》ニ、詔書《オホミゴト》ナド遣《ツカハ》サレシ時ノ料ナドバカリゾ、物ノ益《[ヤウ]》ニハ立ツベカリケル。サレドモ、其レハタ、ソノ職《ツカサ》ノ人タチ[人等《ヒトタチ》]アリテ、物セラルベケレバ、其[ノ]余《[ホカ]》ノ人ドモハ、得知《[エシラ]》ズトテ、何事カハアラン。然ルヲ、世ノ中オシナベテ、漢文章ヲモ書キ出[ヅ]ル人ヲバ、徳アル人ノヤウニ思ヒ来リシ俗習ノ余波《ナゴリ》、ナホ失《ウセ》ヤラズシテ、方《ケタ》ナル字《モジ》シテ、諸越《モロコシ》紙《[ガミ]》ニ書キタル字ドモヲ見テハ、何トモ思ヒ識《シラ》ヌ人サヘ、イト奥《[オク]》ユカシゲニ思フメルハ、然習《シカナラ》ヒ来《[キタ]》リシ先入ノ主トナリテ、頓《[トミ]》ニ覚リガタキ習風《ナラハシ》ノミナルベシ。

イデ、試《[コヽロミ]》ニ、其ノ漢文章、何ノ用ニカ立ツ、ト説《トキ》テモ見ヨ。大カタハ、上ニイヘルヤウナル事ノ外ニハ、無用ナル物ナルベシ。

(次の「予《オノレ》、総角《アゲマキ》ナリシホド……」から「……、学ブベキモノナレ。」(p.195 頁 5 行目) までは割注になっているが、長くてまた興味深い件でもあるので、他の割注とは違って、本文同様にポイントを下げずに写す。)

【予《オノレ》、総角《アゲマキ》ナリシホド、或ル儒 先生《［センセイ］》ニ、漢文章作ルヿヲ習ハント思ヒテ、先ヅ問ケルヤウ、

漢文章学ブハ、何ノ用ニカ侍《ハベ》ルラン、俗ノ消息文シテモ、今日《［ケフ］》ノ事ノ、欠《［カク］》ベキニモ非ルヲ、漢学スル人ハ、何レノモノヽ、勤《［ツト］》メテ物セラルヽハ、定メテ、深キ由縁《［ユエ］》モコソアルラメ、先《［マヅ］》、承《［ウケ玉］》ハラバヤ、

ト、イヒケルニ、先生、答ヘラレケルハ、

世間ノ道ハ聖人ノ道ナルニ、其ノ聖人ハ漢国ノ人ナレバ、其ノ口気ヲアリノマヽニ移シテ、一ト文字《モジ》モ意ヲ違ヘジトテ、サテ、カク漢文章ヲバ学ブコト也。コレ、大ナル道ノ関係ナレバ、広道ラモ、必、学ビテヨクスベシ、

ト、云レタリ。予《［オノレ］》、又、問ヒケラク、

聖人ノ道ノ、世間ノ道ナルヨシハ、承リヌ。然レドモ、其［ノ］聖人、漢国ノ人ナレバトテ、漢土ノ文章ヲサナガラニ、イカデ皇国ノ人ノ、読解得《ヨミトキ》ベキ。サレバ、其ノ聖人ノ口気トイフモノモ、イカデカ、実《［マコト］》ニ如此《［カク］》ト、熟《ウマ》クハ学ビ取《トラ》ルベキ。サレバ、聖人ノ言語ヲ載セタル書ニモ、訓点トイフ物ヲ添《［ソヘ］》テ、皇国《［ミクニ］》ノ語《［コトバ］》ニ訳《ウツ》シ読ムニハ侍ラズヤ。ソレ、タヾニ皇国言ニ読テダニ、ナホ、字音ナガラノ処、或ハ、皇国言ナガラ、古言ナドノ処ハ、初学ノ耳ニハ、解《サト》リ難タケレバ、又、ソレニ、講釈トイフ事ヲシテ、カラウジテ、通ズルニハ侍ラズヤ。然レバ、聖人ノ道ヲ載タル漢籍ニモ、皇国人ノ意ニ、カ

ヽルヿゾ、ト解《サト》リ得ルカタハ、悉《［コト〳〵］》ク皇国ノ俗語《［サトビゴト］》ニ訳《［ウツ］》サヾレバ、聞エズ［ヌ］ホドノヿナレバ、其ノ師トアル人ノ意トシテ、聖賢ノ語ヲ俗語ニシテ推弘メテハ［ナバ］、世間《ヨノナカ》普《アマネ》ク其ノ道ノ意趣《オモブキ》ヲ、イチハヤク知ルベキ理ニハ侍ラズヤ。サラバ、自《ミヅカ》ラ漢文ヲ作リ出ルヿハ、サシアタリテハ、無益ノ事ノヤウニ侍リ、

ト、イヘルニ、先生、又、云レケラク、

ゲニ、サルヿモアルベシ。サレバ、近来《チカゴロ》ハ、心学トカイヒテ、俗人ドモノ、覚《サト》リ易キヤウニ訳シ釈テ、人薦ムル類ヒモコソ、アリト聞シカ。汝ガイヘル、類ノ意ナルベシ。万巻ノ書ヲ読明メテ、普ク、事物ノ理ニ通達セザレバ、シカ間近《マヂカ》キヿノミニテハ、道ノ委曲ニハ、至リガタシ。其ウヘ、漢国ノ文章ハ、文雅風流ナル物ニシテ、意味ノ幽玄、涯《［カギ］》リナキ物ナレバ、容易《タヤス》クハ、達《イタ》リガタク、学ビガタシ。サレバ、自《ミヅカ》ラ筆トリテ、物ノ形容ノ巨細ナルヲ、模《ウツ》シ出スバカリニ非レバ、熟《ウマ》ク奥旨ヲ得ルコトカタク、文雅風流ナラザレバ、厳《キビ》シク迫《セマ》リタル物ト成リ果《ハ》［成果《ナリハテ》］テ、緩《ユル》ヤカニ、大ラカナル古人ノ意ヲ、得ガタクシテ、俗ニ流レ易シ。コノ故ニ、文章ヲ学ビテ、物スルナリ、

ト、イハレタルニ、又、問ケラク、

心学ト云ヿノ、浅ハカナルハ、予《［オノレ］》モ、シカ承リ及ビヌ。但シ、ソレハ、道ノ本意マデヲ、俗ニスレバコソ侍《（ママ）》（京女本も同じ）ラメ、予ガ申スハ、其レトハ異《［コト］》ニテ、道ノ意ハ、意ナガラ、文雅風流ハ、文雅風流ナガラニ伝ヘテ、漢国ノ文章ヲノミ、皇国ノ俗語ニ訳《ウツ》サマホシ、ト申侍ルナリ。初ニモ申シヽ如ク、今ノ世ニ、講釈トイフヿヲスルガ如クニ、軍記物語ナドノ詞ヲ以テ、仮字附《カナヅケ》ヲシテ書ヲ読ナバ、読ムニシタガヒテ、初学ノ輩モ、カヽルヿゾ、ト了解《サト》リツベシ。サラバ、別《コト》ニ、シカ、迂遠《モノドホ》キ漢文章ヲ学バズトモ、道ノ意ハ、意ナガラニ、伝ヘ得ルニハ侍ラズヤ。マタ、文雅ノヿハ、宣《ノタマ》フ

如キ物ナルベケレド、サシモ先生タチノ詩文章ダニ、ナホ、全ク彼《［カノ］》国ノ音律ニ合《カナ》ハズトテ、和臭トイフヿヲ、唱《トナ》フルニハアラズヤ。サラバ、［カヲ］尽シテ学ビ得タリトモ、ナホ、全ク、彼ノ国ナガラノ物トモイフマジケレバ、畢竟ハ、無用ノ長物ニ近カルベウヤ、侍ラン。若シ然ラバ、其［ノ］文雅風流［ハ］、皇国《［ミクニ］》上古ノ歌《ウタ》・文章《フミ》ヲ習ヒテ、古代ノ優美ナル体《スガタ》ヲダニ摸《ウツ》シ得ナバ、他国ノ文雅風流ヲ学バンヨリハ、便ヨカルベシ。且《［カツ］》ハ、国風《クニブリ》ノ古調ヲ、後世ニ伝フル端《［ハシ］》トモナリヌベシ。サレドモ、彼レト此レトハ相似テ、聊カ異ナル処モアレバ、全ク彼ノ詩文ノ如クニ、此歌文《ウタフミ》ノ、作ラルベキニモアラザレド、其レハ国ブリノ然ル故ナレバ、彼ノ国人ノ彼ノ国ノ文詩［詩文］ヲ翫ブト、竟ニ同意ニオツメリ。サラバ、理義《コトハリ》（京女本も同じ）ハ、毫末《ツユホド》モ、違フヿナカルベシ。既ニ儒学シテ、名高《［ナダカ］》カリケル人ノ中ニモ、熊沢・貝原ノ先生タチナド、サヤウニ云ヒタル人モ、カツ〲ハ聞侍リキ。コレ亦、一向《ヒタスラ》ノ俗事トハ、遥カニ異ナル処ナリ。右《ト》ニモ左《カ》クニモ、聖語モ詩文モ、普遍《（ママ）》ノ道ニハ、無用物《イタヅラモノ》メキタルニヤ、

ト、云ヘルニ、先生、聊カ腹立シゲニテ、

トカク云ヘバ云ハル丶物カナ。然レドモ、漢文章ノ味《［アジハ］》ヒハ、昨今《キノフケフ》、四書ト云物ダニ、ハカ〲シク解《サト》リ得［エ］ヌ後生ノ、能ク知ルベキヿニハアラジ。広道ラモ、今少シ年月ノ労ヲモ積《ツミ》ナバ、自然《［オノヅカラ］》思ヒアタリテ、ゲニサルヿ、ト点頭《ウナヅカ》ル丶ヲリモアルベシ。今ハ益《ヤウ》ナキ論弁ゾ、

トテ、ニガ〱シゲニ、イハレタルニゾ。サテハ、大《イミ》ジキ誤ニコソ、侍リケレ。然レドモ、サシアタリテ学ブベキヿノ、用ト不用トヲ、先［ヅ］弁マヘザレバ、学ブベキ道ノ向来《ユクテ》ヲモ、明カニ知ルベキヨシモ侍ラヌカラニ、思フムネヲ、問ヒ試ミツルナリ。宣フゴトク、年月ノ労ヲモ積［ミ］ナバ、サル奇《アヤ》シク霊《クス》シキ漢文章ノ奥旨ヲモ覚《サト》リテ、天下有益ノ道ナルヨシヲ、思ヒ知ベク侍ルメレバ、其時トテコソ、サテ止シカ。

後ニオモヘバ、ゲニ先生ノ説ノ如ク、用アルヿモ、サバカリニハ限ラズ、イハユル文詞ノ味ハヒモ、夢ノヤウニハ覚［サト］ラシテ［レデ］、大《イミ》ジク無礼《ナメ》ゲナリシ論《アゲツラ》ヒシツ、ト悔シカドモ、今ニ、心イレテモ勉《ツト》メアヘズ、怠《ヲコタ》リタルケニヤアルラン、義理ノサシ当ル処バカリハ、ナホ、始メノヤウニノミゾ、思ヒトラルヽカシ。アハレ、此ウヘニモ、カクサマノ意趣ヲ、ヨク了解《サト》リタラン人アラバ、ナホコソ、示シタマヘカシ。実ニサル尊《タツト》キヨシアラバ、不負魂《マケジダマシヒ》ヲバ清ク去《ステ》テ、ヒタスラ、漢文章ヲコソ、学ブベキモノナレ。】

サテ、其ノ漢文章ノアリサマヲ、予《オノレ》ヨリ見テ、ナホイハバ、文字一箇《ヒトツ》ヅヽニ義理アル故ニ、実《マコト》ニ妙《タヘ》ナルガ如クニハ見ユレドモ、其レハ、此方《コナタ》ノ、テニヲハ繁《シゲ》キ語［コトバ］ニ当［アテ］テ、ヒトツ〳〵［ヅヽ］、ウマラニ委［クハ］シク、物ノ所置《アリカ》・形容《アリサマ》ヲ尽［ツク］セバコソアレ、実ニ、彼ノ文章ヲ、字音ナガラ唱［トナ］フルバカリニテハ、此方《コナタ》ニテ聞分《キヽワカ》ツホドニ、悉［クハシ］ク妙［タヘ］ニハ非［アラザ］ルベシ。

イデ、其［ノ］証《シルシ》ハ奈何《イカニ》、トイハヾ、論語ニ、

賢㆑賢易色、

ト、アルヲ、朱熹ガ注ニ、

賢《トシテ》㆓人之賢《ヲ》㆒、而易㆓其好㆑色之心㆒［其《ノ》好㆑色《ヲ》之心《ニ》㆓］、

ト、釈《トキ》タルヲ以［モ］テ、賢ヲ賢トシテ色［イロ］ニ易《カヘ》ヨ、ト訓来《ヨミキタ》リタリ。然ルヲ、後ノ或説ニハ、賢人ヲ賢人トシ尊《タツト》［尊《タフト》］ビテ、顔色ヲ易《カ》ヘテ敬マフ意ナリトシテ、色ヲ易《カ》フ、ト訓《ヨミ》タリ。或説ノ蒙《ヲサナ》キハ論ナケレド、然訓《シカヨメ》バ訓《ヨマ》ルヽヤウナルハ、テニヲハノ無キ故ナリ。マタ、古訓ニハ、賢賢ヲ、サカシキヨリサカシカラムトナラバ、ト附《ツケ》ラレタリ。サテハ、賢人ヨリモ賢ニナラント思ハヾ、トイフ意ニナリテ、大《イタ》ク違［タガ］フベシ。

マタ、

父母唯其疾之憂、

ト、アル朱注ニ、

父母愛《[スル]》レ子之心、無レ所レ不レ至《[ラ]》、唯恐《テ》二其《[ノ]》疾病《ヲ》一常《ニ》以《テ》為レ憂《ト》也、

ト、釈キテ、サテ、旧説ニ、

人《[ノ]》子能使《メバ》乙父母《ヲシテ》不下以《シテ[テ]》三其陥《ルヲ》二於不義《[ニ]》一為上レ憂《ト》、而独以《テ》二其病《ノ》一為甲レ憂《ト》、乃《[チ]》可レ謂《ト[云フ]》レ孝《ト》、亦通《タズ》、

ト、イヘリ。コレマタ、何レニテモ通ジタルガ如クナレドモ、カク、二タヤウニ聞エテ紡《マギラ》［紛《マギラ》］ハシキハ、テニヲハノ有ラザルニ依レリ。コレヲ、父母ハ唯《[タヾ]》其《[ソノ]》疾《ヤマヒ》ヲ憂《[ウレ]》フ、ト訓ジ、マタ旧説ノ二《(ママ)》（京女本にはなし）意ニハ、父母ニハ、唯《[タヾ]》其《[ソノ]》疾《[ヤマヒ]》ノミヲ憂《[ウレ]》ヘシム、ト訓ミタリ。此レニテ、幾千年《イクチトセ》ヲ歴《[フ]》トモ、疾《[ヤマヒ]》ヲ憂《[ウレ]》フト、疾ノミヲ憂《[ウレ]》ヘシムトノ意ハ、何方ニシテモ、混《マギ》ルヽヿナシ。コレ、テニヲハノ霊妙《タヘ》ナルニハ非ズヤ。

マタ、

子謂子貢曰、女与回也孰愈、

マタ、

子謂仲弓曰、犁牛之子騂且角、云々、

トアル、此二ツニテ、ナホイハヾ、初ノ方ハ、其ノ人ニ対《ムカ》ヒテ云《[イハ]》ルヽヿ、論ナキヲ、後ノ方ハ、朱熹ガ注ニ、

此ハ論《[ジテ]》二仲弓《[ヲ]》一云《イフ也》レ爾《シカ》、非《ズ》下与二仲弓一言《イヘルニハ》上也、

ト云リ。然ラバ、仲弓ヲ謂《[イヒ]》テ曰《[イハ]》ク、ト訓ムベキ意ナリ。然ルヲ、共ニ、子謂某曰、トアルノミニテハ、其ノ人ニ向《[ムカ]》ヒテ曰フト、其ノ人ヲ評ジテ曰フトノ、差別《ケジメ》アルヿナシ。【但シ、論語中ノ例ヲ見ルニ、

其[ノ]人ニ対ヒテ曰フ処ニハ、曰ノ字ヲ記シ、其[ノ]人ヲ評シテ曰フ処ニハ、曰ノ字、無キ例ノヤウナリ。サレバ、此犁牛ノ子云々モ、実ニハ、何事ノ譬喩《タトヘ》トモ知難ケレバ、朱熹ガ麁漏ニハ非ルカ、サルヿマデハ考ヘザレド、トニカクニ、物ノコトワリハ、違フマジキヿナリ。】

聖賢トイフバカリノ人ノ語《[コトバ]》サヘ、如是《カクノゴトク》ナレバ、其[ノ]余ハ、概《オシクル》メテ知ルベキナリ。【此[ノ]類、何レノ書（京女本も同じ）ニモ多キヿニテ、枚挙《カゾヘアグ》ルニ遑《イトマ》アラズ。此レハ、唯ソノカタハシバカリナリ[也]。】

皇国言《ミクニノコト》ハ、テニヲハノ活用《ハタラキ》アリテ、所置・形容ヲ決《サダ》ムル辞《[コトバ]》アル故ニ、子夏ニ[ニ]、ト云ヒ、仲弓ヲ[ヲ]、ト云フニテ、何ノ弁説ヲモマタズ、明ラカナリ。コレ、漢文章モ、皇国ニテ用フルホドハ、漢国ニテハ、委曲《ツバラカ》ナラザル証拠《アカシ》ナリ、ト知ルベシ。【惣《スベ》テ漢籍ニハ、常ニ、某《ナニガシ》ガ義ナド云テ、説《トキゴト》ノ紡《マギラ》[紛《マギラ》]ハシキヿ多カルハ、皆[ナ]此ノ故ト知[ル]ベシ。古詩ノ注ナド、殊《[コト]》ニ避説《ヒガコト》ノ多キハ、歌《[ウタ]》ヒ物ニテ、比喩《タトヘ》ノ事多キ故ナリ。此ノヿハ、別ニ委キ考アレド、長ケレバ略《ハブ》ク。】サテ、唯《[タヾ]》皇国《[ミクニ]》ノ言語《コトノハ》ニ宛テ然ルバカリニハアラズ。自余《[コノホカ]》、語言《コトバ》ヲ主本《ムネ》トスル、諸国《クニ〴〵》ノ言語《コトノハ》ニサシ当《[アテ]》テモ、亦、同ジ類ヒノヿニゾアリケル。

【焉・哉・乎・也類ヲ、助辞ト云テ、皇国ノ、テニヲハノ如シ、トイフ説アレド、甚、アタラヌヿナリ。カノ、焉・哉・乎・也・矣ナドハ、皇国（ママ）[ノ]合辞ノ如キ物ニテ、歎息《ナゲキ》ノ余韻《ニホヒ》ト、ヤ・カ等ノ如ク、反激《ウラガヘ》リテ聞ユル処トノミノ助辞ニ（京女本も同じ。テ脱カ）、テニヲハトハ、遥カニ異ナリ。合辞注⑨トハ、ナリ・ケリ・ラン・ナン、ノ類ニ、韻[音]合ヒタル、テニヲハヲ、私家ニテ云フ、仮名目《カリノナ》ナリ。】

然レバ、漢文章ヲ訳《ウツ》シ釈《ト》クニ、西戎諸国ノ言語ヲバ宛《アツ》ベケレドモ、西戎諸国ノ言語ヲ訳シ釈クニ、漢字ヲ宛《アテ》テ用フルハ、音《コヱ》ヲ借《カ》ルハ更ニモイハズ、義ヲ借ルモ、活動《ハタラキ》ノ辞《コトバ》、混《マギ》ラハシクテ、相応《アヒカナ》フベキヿハ、アリゲニモナシ。仮令《ヨシヤ》、其レハタ、漢国人ト戎国人トノ間《アヒダ》ナラバ、サテナホ、相訳《アヒウツ》サンヨリ外ニ為術《センスベ》ハアルマジケレドモ、皇国《ミクニ》ノ言語《コトノハ》ハ、彼ノ戎国《エビスクニ》ノ語《コトバ》トハ、甚《[ハナハ]》ダ親シクテ、彼《[カレ]》ガ音《コヱ》ヲ、此《[コレ]》ノ仮字《カナ》シテ訳《ウツ》サンニモ、彼処《カシコ》ノ義《こゝロ》ヲ、此処《コヽ》ノ語意《コトノコヽロ》モテ訳《ウツ》サンニモ、イト〳〵便利《タヨリ》ヨキモノナルヲ、其レヲ措《オキ》テ、迂遠《マハリトホ》キ漢字音ヲ借リ用フルハ、イト〳〵所謂《イハレ》ナクナン、オボユル。

○皇国《［ミクニ］》の《（ママ）》（京女本も同じ）言語《コトノハ》ハ、上ニモイヘル如ク、短直ノ正音ヲ、五十バカリ連《ツラ》ネテ、其レニ宛《［アテ］》テ用フル字モ、一音《ヒトコヱ》ニ一字《ヒトモジ》ナルウヘニ、【上古《イニシヘ》アリケン皇国《［ミクニ］》ノ名《ナ》モ、一音ニ一字ヲ宛《［アテ］》タル物ナリシ、トハ見エタリ。】四段・二段、自行・他行ノ、活動《ハタラキ》ノ転《ウツ》リ細《コマ》ヤカニテ、天地《アメツチ》ノ間《［アヒダ］》ニ、在《［アリ］》トアラユル事モ物モ、僅《ハツカ》ノ語《コトバ》ニテ、言尽《イヒツク》サズト云フヿナシ。ナホ、其ノウヘニ、テニヲハトイフ物、イト〳〵多ク委曲《ツバラ［カ］》ニテ、事物ノ所置・状態・天然・人為・自他・動静・過去・現在・未来ノ形勢《アリサマ》ヲ、熟《ウマ》ク尽《［ツク］》サズト云フヿナシ。此ノ一事ハ、一偏《ヒタスラ》ナル皇国ノ言立《コトダテ》ヲバ措《オキ》テ、平穏《ナダラカ》ニ余国《ホカノクニ》ヨリ評ズル意ニシテモ、又、皇国ヲ第一ト云ベシ。

【~~委シキヿハ市尓平者略図義解活語弁ナドニ云ヘレバ、コヽニハ省キヌ~~（朱線。京女本、この抹消線なし）。】

カクテ、ツラ〳〵考ルニ、西戎諸国ノ語音ノ中ニ、天竺《テンヂク》【天竺ハ、今ノインデヤ、ナドノ処ト云レバ、然記スベキヿナガラ、悉曇ノヿヲモ云ル条《クダリ》ナルウヘニ、意得易クサヘアレバ、昔ノマヽニ云リ。上下、此ニ效《ナラ》ヘ。】ノ音ノミ、拗音少クシテ、一音ニ四等ノ差別アルノミナルハ、皇国ニ近クシテ、稍《ヤヽ》東方《ヒムガシノカタ》ノ音声《コヱ》ナレバナルベシ。【此事ハ、三、四国ノ言語ノサマヲ、片ハシ知タルバカリニテハ、ナホ慥《タシカ》ニモ云ヒガタケレド、西戎諸国ノ語ヲ解得《サトリエ》タル人タチ、サル意シテ験《タメ》シ見ラレナバ、彼ノ諸国ノ中ニテ、大カタ、東ノ方ノ、短直ナルヿハ、違フマジクゾ、オボユル。】西戎［ノ］国ヨリ持渡《モチワタ》リシトイフ、地球万国ノ図《［カタ］》ヲ見レバ、大塊《オホツチ》ハ、圓《マロ》ラカナル形《［カタチ］》ノ物ニテ、イヅレ東西《［ニシヒガシ］》ト云ヿハ、アラザルガ如クナレドモ、我ガ皇国ヨリ東南ノ方ハ、海上《ウミノウヘ》、甚広《イト》ク（原文ママ）シテ、アメリカ、トカイフ国ノホドマデ、小キ島ダニアルヿナシ。甚《（ママ）》［其］ノ外ノ諸州《［クニ〴〵］》ドモハ、皆、イト間近《［アハヒチカ］》ク連《ツヾ》キタレバ、皇国ヲ東南ノ極《キハミ》トイハンニ、論ナカルベク、日本ノ號《ナ》モ、空《ムナ》シカラザルニ似

タリ。【日本ノ号ハ、別ニ故アルヿナレド、暫ク文字ノウヘバカリニテ、イフナリ。】

抑《[ソモ〳〵]》、国《[クニ]》ハ、日《[ヒ]》ニ近キヲ以テ美《ヨキ》国トシ、【然《[シカ]》イハヾ、赤道直下ナド云国ドモヲコソ、実ニ美《ヨキ》国トモイハメ、ナド難《ナミ》スル人モアルベキカ。其レハタ、日ノ目メ（ママ。京女本も同じ。「目《メ》」か。）モ見ヌ国トハ、美《メデタ》キヿ、云モ更ナレド、余リニ近キ故ニ、熱ク堪《[タヘ]》ガタキ憂アリテ、全クヨカラズ。サレバ、今ハタヾ、正帯ト云ヘル間《[アヒダ]》ノ、諸国ノ中ノミニテ、云ル論ナリ。皇国ノ京都《ミヤコ》コソハ、北極出地、三十五六度、ト云バカリニ当リタレバ、実ニ正帯ノ正中《タヾナカ》ナルベシ。是ゾ、実ニ美国ニハアリケル。】日ハ、出《イツル》方ヲ以テ、始《[ハジメ]》トスベキ理ナレバ、【然云バ、日ハ間断《タエマ》ナク纏ルモノナレバ、何《[イヅ]》レ始ナド云ベキニ非ズ、ナド云ンカ。実ニ、サルヿノ如クナレド、カノ、海[ノ]上ノ広ク見エタル処ヲ境《[サカヒ]》トシテ、第一ニ、日ノ纏《メグ》リ来《ク》ル始ゾ、トイハンニ、論ナカルベシ。】東南ノ極《キハミ》ナル国ゾ、真《[マコト]》ニ世界ノ上国《ウヘツクニ》ナルト云ンモ、亦、甚《イタ》ク強《シヒ》タル説トハ云マジキナリ。【其ウヘ、此アジアトイフ国々ハ、アルガ中ニモ智《[サトリ]》アル人ノ夙《ハヤ》ク出来テ、万ノ事ヲ始メ導《ミチビ》キタリト、彼ノ国説《クニゴト》ニモイフメレバ、其アジアノ諸国《[クニ〴〵]》ノ中ニ皇国ヲ第一トストイフトモ、亦、甚《[ハナハダ]》、強《[シヒ]》タル説ニハ、アラザルベシ。ナホ、別ニモ論アリ。】

ヨシ、其レモ亦タ、右《ト》マレ左《カク》マレ、語音ノ正《タヾ》シキハ、専《[モハ]》ラ、サル故ニ因《[ヨレ]》ルモノカ、オボロケニテハ、知《[シラ]》レガタケレド、正シキバカリハ、真《[マコト]》ニ正シクナン、アリケル。サラバ、彼ノ天竺ヨリ、漢国ハ皇国ニ近ケレバ、印度《インドノ》音ヨリモ、支那《カラノ》音ゾ、短直ニテ、正シキ道理ナルベキヲ、ナドイフ人モアランカ。然《サ》ハ、上ニモ云ル如ク、彼ノ国ノ音トイフ物ハ、一切、字音ノ差《シナ》ヲ別タントテ、強《アナガ》チニ拗《ユガ》マセ喚《ヨビ》タルモノナレバ、元トヨリ、其[ノ]国ノ上古ヨリノ語音ニハ非ルベシ。蒼頡ガ文字造《ツク》ラザリシ前ツカタノ音《コヱ》ハ、必ズ印度ノ音ヨリハ正シカリケンコト、朝鮮・琉球ノ語音、漢字音ヲモ交《マジ》ヘナガラ、ナホ皇国ノ語音ニ近キヲ以テ推《オシ》テ知レタリ。【蒼頡ガ文字ヲ造リ初シトキ、鬼神夜ル泣キタリト云ヘリ。サルハ、後世ニ姦点《サクジラ》[姦点《サカシラ》]スル者ノ、多ク成ユカン故ニモアルベケレドモ、一ツニハ、言語ノ乱レテ、鳥獣ノ声ノ如クナラン故ナリシモ、知ルベカラズ。】

サテマタ、西戎諸国ノ語音ハ【諸国名、少シヅヽノ差《タガヒ》ハアルヨシナレド、予ハ、サル細密《コマヤカ》ナルヿヲバ、得知ラヌユヱニ、唯、ソノ概略《［アラマシ］》ヲ論ズルマデナリ。】タマ〳〵、短直ノ音モアレド、多クハ軟弱《カヨワ》キ拗音ニシテ、引ク声・急促《ツマ》ル声・反撥《ハズ》（ママ。京女本も同じ。反撥《ハネ》カ）ル声ドモナレバ、連《ツヾ》キザマニヨリテハ、紡《マギ》［紛《マギ》］レ易ク、殊ニ異《アヤ》シキハ、ハ・ヒ・フ・ヘ・ホ、ノ唇《クチビル》ヲ撥《ハジ》ク声【皇国ニテ、○点シテ、分ツ声ヲイフ。】ヲ、多ク用ヒテ、発語［三］サヘ云ルハ、稍《ヤヽ》乱雑《ミダリ》ナル証《アカシ》ナリ。マタ、其ノ文字【彼ノ処ニテ、何トカヤイヘドモ、姑ク、意得易キ故ニ、文字トハ記シツ。】ヲ用フルヿモ、天竺ヨリハ多クテ、委《クハ》シキヤウナレドモ、声音ノ多キニ比ベテハ、甚ダ少クシテ、便悪《タヨリアシ》シ。サレバ、音ゴトニ、其ノ約《ツヾマ》ル音ヲ考ヘテ、彼レ此レ合セテ、其音ニ宛《アテ》用フルヿニテ、皇国ノ一音《ヒトコヱ》ニ一字《ヒトモジ》トハ、又、甚便《イトタヨリ》アシゲナリ。【サレド、此方ニテモ、字音ナド記スハ、此デウ（京女本も同じ。ヂヤウ〈＝定〉カ）ナルニ、大《イタ》ク煩シクモナキニテ思ヘバ、他《［ホカ］》ヨリ見テ推量《オシハカ》ルトハ、中々ニ、タヤスキヿモアルベキナリ。】

テニヲハノ類ヒハ、三等バカリアリ、トシイヘド、サバカリニテハ、又、万物《ヨロヅノモノ》ノ形容《アリサマ》・情態《コヽロ》ヲ、普《アマネ》ク詳《ツバラ》ニ尽スベキヨシ、ナカルベシ。【或人曰《ク》、「西戎ノテニヲハ、三等ニシテ、万物ノ状《［サマ］》ヲ説尽スメルニ、皇国ノ、テニヲハハ、二十余等ニテ、甚煩《イトワツ》ラハシク、中ニモ、ケリ・ナリノ類ノ、二音ナルナドハ、殊ニ無用《イタヅラ》ナルモノ也。タトヘバ、筑波峯《［ツクバネ］》ノ峯ヨリオツルミナノ川、トイフガ如キハ、筑波嶺ノ峯ヲ落ル、トイヒテモ、コトワリ、違フヿナシ。実ニハ、水ノ、峯ヲ落ルナレバナリ。サレバ、西戎ニハ、此方ノ、ノ・ニ・ヲ、ナドニ当ル、テニヲハ、三、四等バカリニテ、事スムナリ、」ト、イヘリ。予レ此ノ説ヲ肯《ウケガ》ハズシテ、論ジケラク、「サルハ、皇国ノ多キニハアラズ、戎国ノ少キナリ。カノ、筑波嶺ノ御歌ノゴトキ、下ノ句ニ、恋ゾ積リテ淵トナリヌル、トアルハ歌ニテ、事ハ譬喩《タトヘ》ナガラ、意ハナホ、川下モ《(ママ)》ノ淵ト成タル所ニテ、詠《［ヨマ］》セ玉ヒタルオモブキナレバ、峯ヨリ落ル、トアルニテ、形勢《アリサマ》ノ悉曲《ツバラ》（ママ—京女本も同じ。）ナルヲ、知ルベシ。筑波山ノ高嶺《タカネ》ヨリ、ハル〴〵ト流レ落出タル水ノ、川ト成テ流レタルガ、竟《ツヒ》ニ川下ニテ、カクノゴトク、淵ト成《［ナリ］》ヌルコトヨ、ト宣《ノタマ》ヒシ意ハ、此ノヨリノ、テニヲハ、一箇《ヒトツ》ニ篭《コモ》リテ、聞エタリ。サルヲ、タヾニ、峯ヲ、ト云テヨカランヤハ。コレ、合辞ノ、テニヲハノ、霊妙《タヘ》ナルトコロ

也、」ト、答ヘタリキ。コレニテ、サルユヱヲバ、知ルベキ〻ナリ。】

然《シカ》ハアレドモ、又、彼ノ漢国ノ侏離鴃舌・溷《(こん)》雑不正ノ音ニ比《クラ》ベテハ、マタ、イト厳《ウルハ》シク、正シキ音《コヱ》ナルガウヘニ、三、四等バカリニテモ、テニヲハノ如キ物アルカラハ、又、カノ漢語ノ迂遠《マハリドホ》キヨリハ、形容・情態ヲモイヒ分ツベキモノ也。サレバ、右《ト》ト(ママ)ニ左《カク》ニ、皇国ノ人トシテ、諸ノ戎国ノ語ヲ、解キモテユカンニ、由縁《ヨシ》ナキ漢国ノ不正ノ字意［音］ヲ借リ用フルハ、俗ニイフ、酌《(ママ)》（京女本も同じ。「杓」）子定規ノ諺《コトワザ》ニ、似《ニ》タルモノナルベシ。

○上ノ件《クダリ》ニ云ヘル〻ドモハ、初メニモカツ〴〵謝《コトワ》リオケル如ク、入リ立タヌ道ノ事ニシアレバ、サシモ他《ホカ》ヨリ思ヒタル如クハアラデ、又別《コト》ニサリガタキ〻ドモモアンナルベク、且《[カツ]》ハ、然《サ》バカリ関《アヅ》カラヌ事ヲ、烏乎《ヲコ》ガマシクサシ出テ言《イヒ》タルサヘアルニ、論《アゲツラヒ》スル詞気《コトバツキ》ノイト〳〵サシ過《スギ》タレバ、此レヲ見テ、却リテハ、腹立《ハラダヽ》シク思フ人モアルラメド、広道ガ意ロハ（京女本には「意《(ココ)》ロハ」とあり）、ユメ〳〵然《サ》ニハアラズカシ。

ソモ〳〵、西洋諸戎国《[ニシノウミベモロカラクニ]》ノ、皇国《ミクニ》ニ朝《マヰ》リ始《ソメ》シハ【古昔《イニシヘ》ノ御世《ミヨ》ニモ、何トナク、漂《タヾヨ》ヒ着《ツキ》タル船《フネ》ナドハアリテ、ヲリ〳〵、物ニモ見エタレド】東照神祖尊《アツマテルカムミオヤノミコト》ノ、天ノ下ノ政事執奏《マツリゴトトリマウ》シ給《タマ》ヘル御代《[ミヨ]》ノ初《[ハジメ]》、慶長ノ六年ノ比《コロ》ヨリツギ〳〵ニ渡《[ワタ]》リ来《[キ]》テ、其［ノ］方物《クニツモノ》・書籍《フミ》ノ類［ヒ］種々《クサ〴〵》献《[タテマツ]》リシニヨリテ、今ハホト〳〵、彼ノ諸国《クニ〴〵》ドモノ事モ、片旁《カタソバ》バカリハ知ラヌ人モ、ナキヤウニハナレルナリ。【慶長ノ六年、交趾《カウチ》・東蒲塞《カンボチヤ》・呂宋《ルスン》ノ国々《クニ〴〵》、入貢シテヨリツギ〳〵ニ、諸国ノ船舶《フネ》、渡来《[ワタリコ]》シアリサマハ、新井君美主ノ外国通信事略注⑩ニ見エタリ。阿蘭陀ハ、慶長ノ十四年ヨリ入貢ス、ト見エタリ。】

コレハタ、天津皇祖神等《アマツミオヤガミタチ》ノ、殊《[コト]》ニオモホセル、大御心《オホミコヽロ》ナルベク、思ヒ奉リ合《アハ》スル〻モアレバ、彼ノ(ママ)

孝徳天皇（ママ）天智天皇ノ御代ノ頃ヨリ、蔓《ハビコ》リ来《キタ》リシ漢国学《カラクニマナビ》ノ、漸々《ヤウ〱》様々《サマ〲》ニ衰《オトロ》ヘテ、空譚《ムナシゴト》ノミスル物ノ如ク成ニタルトハ【此事、委クハ、本~~学大概~~教提綱・上古政跡考・~~古語拾遺蛇足抄~~（朱線。京女本には抹消線なし）ニ云リ。就キテ、見ツベシ。】、又、甚《ハナハ》ダ別《コト》ナル事ドモノアルベキナリ。其レモ、其ホドハ（京女本も「其」ナシ）、伎利志丹《キリシタン》トカイヘル邪教《ヨコサマゴト》ヲ、大《イミ》ジク禁《トヾ》メサセ給フ御意《ミコヽロ》トシテ、サル諸国《[クニ〲]》ノ書籍《フミ》ナド、私《[ワタクシ]》ニ読釈《ヨミトク》コトヲモ、禁《トヾ》メサセ給マヘリケレバ、不審《タドラハ》シキフシモ無キニ、ハタ、アラザリケレド、此頃ノ世トナリテハ、医薬・方技ノ諸書《ショ》バカリハ、御免蒙《ミユルシカウブ》リテ、公《オホヤケ》ザマニ訓釈《ヨミト》クコロホヒトナレリシハ、又カノ（ママ）天津皇祖神等《アマツミオヤガミタチ》ノ大御心《オホミコヽロ》ニコソ、オハスラメ。【カヽルヿニテ、天津皇祖神《アマツミオヤガミ》タチノ御心トシモイフヿ、俗ノ儒者輩《ドモ》ハ疑《ウタガ》フメレド、別ニ幽《フカ》キ由縁ノアルヿ也。長ケレバ、コヽニハ略ク。】

サレバ、医薬《[クスリ]》ノ実験《シルシ》アル方々《ミチ〱》ハイフモ更ニテ、殊《コト》ニ戦場《イクサノニワ》ニ益《ヤウ》アルベキ、火術《ヒワザ》ノ伝《ツタヘ》・兵器《ツハモノ》ノ製《ツクリザマ》、其ノ余《ホカ》、世間《ヨノナカ》ニ益《[ヤウ]》アルベキ方術《ワザ》ナドハ、イト〱細密《コマカ》ニ学ビ取ルベク、彼国々ノ訳本《ウツシマキ》ドモヲ見ルニ、西戎［人］ノ習俗《ナラヒ》トシテ、舶《フネ》ニ乗《ノリ》テ天ノ下ヲ見巡《メグ》リツヽ、強国《ツヨキクニ》ニハ、異様《コトザマ》ナル教法《ノリゴト》ヲ伝《ツタ》ヘテ、其ノ国人ノ心ヲ動カシ、弱国《ヨワキクニ》［ニ］ハ、奇《アヤ》シゲナル兵威ヲ耀《カヾヤカ》シテ、其［ノ］国俗《クニヒト》ノ魂《タマシヒ》ヲ挫《トリヒシ》ギナド、ヤウ〱、貨財アル国々ヲ、奪《ウバ》ヒ取ルヿヲ専《モハ》ラ務《ツトメ》トスルヿ、ト見エ（ママ）エタレバ、此《[コレ]》［ノ］瑞穂国《ミヅホノクニ》ノ豊饒《ユタカ》ナルヲ見テハ、思フ事無シトモ究《キハ》ムベカラズ。サラバ、サルヲリノ用意《コヽロカマヘ》ナド、彼レヲ謀《タバカ》リテ、其［ノ］情実《マコト》ヲ探《サグ》リ知《[シ]》リ、彼レガ異術《コトワザ》ノ概略《オホムネ》ヲモ推測《オシハカ》リテ、サテ（ママ）公廷《オヽヤケ》ニ訴《ウタ》ヘ奉ランハ、皇御国《スメラミクニ》ノ御民《ミタミ》トシテ、年月蒙《[カウブ]》リ奉リシ御恩頼《ミタマノフユ》ノ、千《チヾノ》一ッヲ報《ムク》イ奉ルベキ忠節《コヽロザシ》ノ、一端《カタハシ》ニモナリツベク思ヒトリタレバ、【伎利志丹《キリシタン》トイヘル邪法《ヨコサマゴト》ヲ、大《イタ》ク禁《トヾ》メ玉ヒ、外国《トツクニ》ノ商船《アキナヒブネ》ヲ、ミダリニ入レタラ（ママ）（京女本も同じ）玉ハズ。浦々ノ民ドモガ、外ッ国ニ通《カヨ》フヲ、制《トヾ》メ玉フナドノ御法令《ミノリ》ヲ、カシコクモ按《オモ》ヒ奉レバ、官家《オホヤケ》ノ御意《ミコヽロ》モ、サハイヘド、其ノ御備《ミソナヘ》ノ為《タメ》ト、推量《オシハカ》ラルレバ、彼ノ国々ノ奸計《タバカリゴト》ヲ探《サグ》リ知リテ、告訴《ツゲウタ》ヘ奉ルヿヲ、サシアタル忠節トハ、イヘルゾカシ。】広道ラモ、其ノ方ザマノ先生タチノ門《カド》ニ入リテ、戎語《カラコトバ》ヲモ読明《ヨミアキ》ラメ、細微《コマカ》ナル方術《ワザ》ヲモ学《マナ》ビ識《シ》リ、彼レガ計略《ハカリゴト》ノ底《ソコ》ヲ探《サグ》ラマク思ヒハ立チナガラ、貧《〔マツ〕》シク病ヒガチナル身ハ、所《〔トコロ〕》セキ煩《ワツラ》ヒドモ多《〔オホ〕》クシテ、サシモ思ヒカケタル、本《モト〔ツ〕》御国《ミクニ》ノ学問《モノマナビ》ダニ、ハカ〴〵シク明《アキラ》メタル事シモナケレバ、況《マシ》テ、サル外《〔トツ〕》国ノ事マデヲバ、得《エ》シモ窺《ウカヾ》ハズ。遺憾《クチヲシ》サニ、イカデ、彼ノ漢文章ニ拘《カヽ》ヅラヒテ、翻訳ノ著述ヲサヘニ、廃居《ステヲ》ラルヽ先生タチノ、如此《〔カク〕》イフニ、憤《イキドホリ》ヲフリ発《オコ》シ、サル書籍《〔フミ〕》ヲモ、作《ツク》リ出《イデ》ラレナバ、我等《ワレラ》ガ歓《ヨロコビ》ハ、云フモ更ニテ、天ノ下ノ御為《タメ》ニモ、サコソハナルラメ、ト思フ一偏心《ヒトヘゴヽロ》ニサシハヘテ、人悪《ヒトニク》ゲニ書キタル也。

ヤヨ、イカデ、カヽル大義《コトハリ》ヲ思ヒ起《タヽ》レン人々ヨ、世ノ光景《アリサマ》ヲモ得知ヌ俗人ドモノ、毀誉《ホメソシリ》ニ拘《カヽハ》ラレヌハ素ヨリニテ、漢国ノ道ニノミ執着《シヾコリ》リ《(ママ)》(京女本も同じ)テ、日本夷人ナド、自ラ名告出《ナノリ》〔デ〕タルガ如キ、狂儒《タブレズサ》輩ドモガ浅議《アサハカゴト》ニ、惑サルヽヿナク、又、カノ戎国ノ道ヲ学ズトモ、漫《スヾロ》ニ戎国ニ随順《ムカ》リ附《ツキ》テ、戎国ノ民ノ心ト等シク成ユカンヿハ、日本夷人ト何ノ差《ケヂメ》モアラヌ事ナドノ、大義《コトワリ》ヲ深《フカ》ク思ヒテ、身ノ分々《ホド〴〵》ニ、皇国《ミクニ》ノ御ン忠節《タメ》ヲ思ヒ奉ラレナバ、今、カク言挙《コトアゲ》スル広道等《ラ》ガ志ト意義《コヽロ》ハ、何ノ差異《ケヂメ》カハアラン。サラバ、和《ヤマト》・漢《モロコシ》、古代《フルキヨ》ノ書《フミ》ヲノミ読《ヨミ》テ、当世《イマノヨ》ヲ譏《ソシリ(ママ)》リ種《クザ》(「種《クザ》」のルビ、ママ。京女本も同じ)ニスル、俗《ヨ》ノ学者輩《ドモ》ガ空言《ムナシゴト》ニハ、遥《ハルカ》ニ勝《マサ》リタル学術《マナビワザ》ナラント、イト〳〵可惜《アタラ》シク思《オボ》ユルマヽニ、カクマデサシ出テ漫言《スヾロゴト》スルヲ、咎《トガ》メラレズテ、サルコトヽ点頭《ウナヅカ》ルヽヿシモアラバ、甚《イミ》ジキ幸《サイハヒ》トコソ、云フベカラメ。【此〔ノ〕事ハ、戎国学スル人ノミニモ非ズ。儒・仏、何クレノ学者タチニモ、マタ云ハマホシキヿニナン。】サハイヘド、猶《ナホ》、如此《カク》言思《イヒオモ》フモ、大《イミ》ジキ非説《ヒガゴト》ナラバ、サルヤウ、火速《イチハヤ》ク示《〔シメ〕》シ給ヒテヨ。サラバ、平《ナダラ》カニ心ノ疑惑《ウタガヒ》ヲ問《〔トヒ〕》尽《ツク》シテ、予《オノ》ガ強言《シヒゴト》ニ極《キハ》マラバ、言《コト》ヲモ止《ヤ》メ書《フミ》ヲモ焼《〔ヤキ〕》テ、ナホ〳〵ニ、其高説ニ従《シタガ》ハンヿ、モトヨリ希《ネガ》フ意ナレバ、心ギタナキ不負魂《マケジタマシヒ》ヲバ、カヘス〴〵押立《オシタテ》マジキモノヤ。

「西戎音訳字論」本文 了

【注】

注①＝隠岐清別は直原正一編『岡山和歌俳諧人名辞典』に「沖清別」名で掲出され、摘記すると次のようにある。

　通称は市兵衛、後に左馬之丞、八三四。名は忠恕、清貞、清身、鄙夫。姓は源。文政元年を以て、岡山藩士三上三郎太夫の三男に生まる。年十五にして、大野重左衛門の家を継ぎ、大組役となり、十人扶持を給せらる。安政三年姓を沖〔隠岐〕と改む。万延元年九月小作事奉行に挙げられ、大阪御陣屋及び岡山城二ノ丸の工事を督して功を立て、捨扶持百三十石を賜わる。元治元年征長の役に際しては、藩命を帯びて広島に出向。明治元年六月政治顧問に任ぜられ、(中略)、新時代に活動させんとして、施設を計画中、周囲の抵抗迫害に会い、遂に明治三年五月七日自尽す。行年五十三。国典を好み、萩原広道、平賀元義、上田及淵らと交わる。

　広道は、清別とは岡山時代から親しく、広道の著作『万葉集略解拾遺』(天保十四年成)にもいくつか評を寄せている。広道の大坂移住後も親交は続き、広道書簡に彼の名が何度か見える。清別序文によれば、「ことし(文久二年)」に「公ごと」で来坂して来た清別が広道から序文を頼まれたのだった。「公ごと」とは、右引用記事中にも見える大坂湾防備のための陣屋普請のことである。そのことが、岡山藩『奉公書』(岡山大学図書館蔵)に収まる「(大野十兵衛)御奉公之品書上」の文久2年の条に次の如く見える。ほぼ文久2年中、清別は在坂していた。

一　同二壬戌年(文久二年)　正月六日、御小作事方之者共召連、御国出立。同十日、大坂表へ着仕、同年十二月迄、御陣屋御普請御用相勤申候。

一　同年十二月三日、大坂御陣屋御普請御出来相成候ニ付、御小作事方之者共召連御同所出立、同七日、御国へ帰着仕候。

注②＝「弘化二年ノ秋ノ比」に広道は病臥していたと言う。彼の上坂は弘化2年の春でその半年後のことである。

このことに関しては、冒頭〈解題〉にも引いた同年11月17日付高雅宛広道書簡に、次のように見えている。

（上略）、偖、先頃御上京之砌ハ、茅屋へ御光来被下候処、折節御覧之通病中ニテ、甚以、失礼之御接待申上、恐入申候。且、段々御物語モ御座候処、度度御出会モ得不申上、遺憾千万奉存候。猶亦緒方先生へ御治療御頼被下、段々御懇切之至、不一方、難有奉存候。御蔭ニテ追々全快ニ及、去月廿日ニ、病臥相離レ申候。此段モ御安慮可被為下候。

岡山時代からの友人で備中宮内（吉備津神社）の藤井高雅が、所用で上京の帰路、病床の広道を訪ねてくれ、高雅の叔父（母の弟）に当たる緒方洪庵にその治療の依頼までしてくれた、そのお陰で追々全快に向かい、「去月廿日」即ち10月20日には病床を離れることが出来たという。ちなみに、洪庵は弘化2年4月刊一枚刷『当時流行町請医師名集鑑』で東の関脇に擬せられる著名な医師であり、また適塾の塾生指導もあり、この年の暮れには過書町の新居に引っ越しするので（芝哲夫『適塾の謎』〈二〇〇五年六月〉）、その準備にも忙殺されていたと思われる。そんな中で広道の治療に当たってくれたわけである。

注③＝「我友中氏【玉樹】」とある中玉樹は、洪庵の師中天遊・環《かん》（または「環」を訓じて玉樹《たまき》―天保6年没）の従弟（後に天遊の養子）の中伊三郎のことと思われる。天遊の実子耕介（伊三郎の娘と結婚し同居）も後に環を名乗り紛らわしいが、中野操編著『医家名鑑』（昭和45年10月）が指摘するように、この3年後の嘉永元年版「大坂医師番付」の東の頭取に「中環（籠屋丁《かごやちょう》　四）」が見え、東の座配に「中耕介（カゴヤ町）」と見えている。即ち、この時でも、耕介は「環（玉樹）」を名乗っていない。ちなみに、二人の居所（籠屋町）は、洪庵のその時の居所瓦町より、広道宅にはずっと近い。洪庵と中伊三郎・耕介とは当然のことに親しく、後の「癸丑年中日次之記」（緒方富雄『緒方洪庵』所収）にもしばしばその名が見える。洪庵は広道方往診の途次伊三郎方を訪れ、恐らく広道を診るように頼んでくれていたのだろう。

注④＝「長崎ノヿ書タルモノ」が何を指しているか分からないが、中国語はたいそう不便で本人達も筆談や身振りをも使って意思疎通しているという如き怪しげな「長崎情報」は、しかし広く流布していたらしく、例えば熊谷直好「古今集正義総論補注」（天保14年成立―『日本歌学大系第九巻』）の中にも次のように見える。

本文（香川景樹「古今集正義総論」）にも云はれたる如く、唐土は声の爽ならぬ方より、応接不自由なり。今長崎に来る華人なども、唯かりそめのことは、いひ合せてたる事なれど、六ヶ敷論談に至りては、思ふ事は言演るに、人是を聞き取る事かたく、或は手まねを加へ、或は文字に書きても知らせなどするとぞ。

注⑤＝「先師本居翁ノ漢字三音考」は本居宣長『漢字三音考』（『本尾宣長全集第五巻』所収）で、例えばその「今ノ唐音ノ事」の項に、「其中ニ鶴林玉露ニ。皇国ノ僧安覚ガ言《イヘ》ルコト訳シタル語少々アリ。硯曰《ヲ》ニ松蘇利必《ト》ニ【此方《ノ》音 ショウ ソリ ヒツ。今唐音 ソン スウ リイ ヒ】。筆曰《ヲ》ニ分直《ト》ニ【此方言 フン チキ。今唐音 フウ ン チ】。（下略）。」とあり、『西戎音訳字論』本文と対照させれば、『漢字三音考』が下敷きにされていることが知られる。

注⑥＝「鶴林玉露」は13世紀半ば成立の南宋羅大経の随筆、18巻。本居宣長『漢字三音考』で言及されているので、広道もそれによったのだろうが、本書は、先の『玉篠』の「21 武王」の章でも言及されていた。

注⑦＝「和蘭語法解」は藤林普山訳述『和蘭語法解』三巻三冊。『近世蘭語学資料第Ⅳ期和蘭文法書集成第五巻』（二〇〇〇年二月刊）影印複製所収。堤桂樹の序の日付は「文化壬申秋九月」、小森玄良及び広川子豸（子典）のそれは、「文化九年壬申季春」。従って成立は文化九年ということか。なお、序文は他に蘭文序もあり、京都府医師会医学史編纂室編『京都の医学史』によれば、その筆者は馬場佐十郎とのこと。ちなみに前掲影印本には刊年の記載はないが、ここでは、「文化九年完成、文化十二年刊行」としている。ところで、広道は、

活語・辞ナド云ハ、皆、我国言《ミクニコト》ノ活用《ハタラキ》ヲ釈《[トキ]》モテユク、仮名目ニテ、彼訳法ニハ、附属名言・性言ナドモイフニヤ、和蘭語法解ニ見エタリ。

と本文中で言っている。「性言」（男・女・中性名詞に対応する冠詞）については、巻之上本文冒頭の「言辞総括」に続く「性言篇」で、「付属名言」（名詞の格変化）については、「性言篇」に続く「名言篇」で言及されている。「性言」「付属名言」は、「辞（テニヲハ）」に当たり、「活語」には対応しないだろう。「活語」に対応する「活言」は、巻之中で取り上げられている。ところで、広道のことからやや離れるが、興味の持たれるの

は、本書巻之中の本文冒頭部に、まず「平安 普山藤林先生訳述」とあり、続いてその「門人」として「参定（参訂＝校合）」者として「但馬 堤 碌桂樹」と「讃岐 宮武文明卿」との名の後に、「校正」者とし「浪華仲 環環中」の名が見えることである（彼の名は巻之上には見えぬが、巻之下には「参定」として見える）。彼が、先の注③で触れている初代中環（天遊）のことなのは言うまでもない。

注⑧＝これより後の件は、広道『本教提綱』下巻（「学問《モノマナビ》の大概《オホムネ》」の章〈第六科歌文〉の項）の、次の件とほぼ重なり、『西戎音訳字論』への言及もある。

　さて、また文といふ物ハ、上代にハ祝詞《ノリト》・宣命《セムミヤウ》の類《タグヒ》、言語《コトノハ》を美《メデ》たく麗《ウルハ》しく飾らひて、いふべき事の定まりたるを、漢字【いはゆる宣命書也】して記されたるばかりにて、別に言語のまゝの文章といふ物ハなかりけらし。【（割注略）】物事を記すにハ漢文して記したるを、此方の語に訓て解《サト》りしなり。其後、今京となりてハ、皇国言ながらの文章も、かつ〴〵興り始ルれども【大井川行幸・和歌ノ序・古今集などを其権輿と云説ありしにや、いかさまにも此ほど遠き世よりの事にハあらざるべし】、大かた女の書にのミ用ひて、男のかぎりハなほ漢文して物事をバ記しゝ也。【これらの事もいはまほしき事多けれど、ところセけれバ、別巻にいふべし。いさゝかハ西戎音訳字論に、いへりき。】

注⑨＝「合辞」に就いては、広道『心のたね』（嘉永3年刊）下巻の「〇合辞俗訳」の項に、「合辞とハ、けり なりのごとく、二音合て意をなせる辞をかりに名《なづ》けしなり。初学のほどハ、けりといふべきをなりといひ、なりといふべきをたりといひなど、かたみにまぎらハしきこと多きものなれバ、古今集遠鏡などの例にならひて、其意を俗言《サトビゴト》にあハせてこゝに挙つ。」と、「合辞」という私家製熟語にほぼ同じ説明がなされている。

注⑩＝新井君美（白石）の『五事略』は、『五事略』（『新井白石全集第三』所収）の上巻に収まる。全集〈例言〉に、本書に関して次のようにある。

　（上略）、五事略二巻は事略五種の惣名なり。皆当時大政に関して、或は御下問に応じて選述し、或は建議する事のあるに当りて、進呈せるものに係る。（中略）。外国通信事略と本朝宝貨通用事略とは、長崎互市の旧弊を矯正せんが為に、既往を鑑み将来を図り、薬物の外、無用の玩物のために金銀銅の多く外国に流出せるを憂慮せるものにして、当時に在りては最も経世必要の書たりしなるべし。（中略）。以上五種を一部として五事略と題せるは、先生在世の時よりの称か、又は後人の伝写輯集せるものたま〳〵此の五種を取り束ねて私にかく名づけたるものか、今より之れを詳にすること能はず。又本書の世に伝写せるもの頗る多けれども、善本甚だ少し。

右の中の「外国通信事略【当家御代始より通ぜし国々なり】」を写す。広道が本文で触れている国が順に並んでいる。冒頭「安南《アンナン》」は広道本文では「交趾《カウチ》」とある（同じ所を指しているが、広道の見た写本にはそうあったのか）。

安南《アンナン》　慶長六年に始て書を奉り物を贈りしより寛永九年に至るまで通信絶えず御返書をなされしなり。其後は通路絶えぬ。

柬埔寨《カンホチヤ》　慶長六年に始て書を奉り物を贈る。但しこれよりさきに此方より御書と物とを賜ひし返礼の由、書中に見えたり。寛永四年の後は通信絶えたり。其国の使来る時は参拝の儀ありき。

呂宋《ロソン》　慶長六年に始て、書を奉り物を贈れり。同十八年の後は、使来る事いまだ見る所なし。其国の使参拝の儀ありて、御返書を賜へりき。但し此国は、西洋の欧羅巴の地方伊西把儞亜より治る所なり。これによりて、呂宋国王よりの使にはあらず、伊西把儞亜の官人よりの使なり。

阿蘭陀《ヲランダ》【世伊羅牟止　具留宇祢解　計留止留羅牟止乎　宇布留伊世留　布利伊須羅牟止　乎良牟太】　慶長十四年に書と物とを始て奉れり。御返書をも賜はれり。寛永四年に至て、我国に入れらるまじき儞評定ありて其使をもおし返されし事あり。其後又渡り来る事をゆるされて今に至る。

「西戎音訳字論」了

# V

# 『本教提綱』

〈解題〉

## (1)　『本学大概』・『本学提綱』・『本教提綱』

㈠　『本教提綱』は、その下巻末の跋文（斎藤守澄筆）からも知られるように、姫路藩の藩校改革の一環として設けられた国学（本教）舎のテキストとして書かれた。広道にそれを委嘱した斎藤守澄はその藩校の教官であり広道と同じ野之口隆正門だった。広道は守澄から今回の話のある前に、実は備中の友人と同趣旨のものを書く約束をしていたのだった。そのため腹稿もあり渡りに船と言うことでどしどし書き進めていたと思われるが、弘化元年11月に藩主が亡くなり藩校改革も一時頓挫し、本書はさしあたっての目標を失ってしまった。しかし、翌弘化2年春に大坂に移住した広道は、その冬までに初稿『本学大概』を書き上げて、友人知人の評を乞うまでになっている。その4年後の嘉永2年、「大概」を「提綱」と改めて[注]、タイトルを『本学提綱』と呼び、前年から書肆の協力も得て蔵版で出すべく、弘化3年4月付秋元安民序文と日付不明の守澄（嘉永2年11月没）の跋文をも得ていた。しかし、内容に何か憚られる箇所があったのか、板行はされぬまま広道書簡の中でもしばらく本書に言及されることはなくなった。友人宛書簡に再び本書への言及があるのは嘉永末から安政の初め頃のことで、黒船来航――外寇騒動と恐らく無縁ではあるまい。しかしそれもまたつかの間、安政3年秋に中風で倒れて病床に臥し、ややあって少しは回復するも四肢（少なくとも右手）不自由となったため、他の著作（「源氏物語評釈」など）と同様に、本書に就いて彼の口から聞くことが再びなくなった。その後本書に直接間接に言及され出すのは文久年間に入ってからである。右手不随で新しい著作の困難な中、しかし文人としての活動は継続すべく、これまで筐底に埋もれていた草稿の板行を考え始めた。本書もまたそんな草稿のそれも最も大事な一つだった。

［注］＝嘉永2年2月14日付鈴木高鞆宛広道書簡（『広道の消息』）に「昨春ゟ上梓受合せ置候本学提綱【本学大概の事】と申候もの、近々清書ニかゝり可申つもりニ候ヘバ、云々」とあり、「大概」から「提綱」への変更の時期は特定できないが、さしあたりその嘉永2年2月のこととする。

㈡　正宗文庫に収まる『本学提綱上之巻』の、後でも引く冒頭識語で、本書のタイトルに就いて説明している。我が国の「古道」を学ぶ学問はこれまで用いられてきた「国学」とか「和学」とかの言葉は、先師たちの指摘通り不適切である、「古道」は（古事記序文にある如く）本教と言うので、それを学ぶ側から「本学」と呼び換えたまでのことだとある。これは必ずしも特定の派の専用語ではないはずが、とりわけ野之口正隆派のキーワードとなっていた。と言うのも隆正自身がその「教説」（『嚶々筆語』〈天保13年刊〉）で「世に和学者・国学者などいへど、あたれる名称にあらず。よそにてはいかにもいへ、みずからは本教・本学なり。」と言い、これより後のものだが、『本学挙要』（安政2年成）や『本教神理説』（安政3年成）と言うタイトルの著作があり、前者の中で「本学といふ名は古書にみえざれど、本教といふことあれば、その本教の旨をまなびしる学術なるにより、これを本学といふなり。」と（広道と同じことを）言っているからである。

㈢　タイトルの改変―本稿が底本とした大阪府立中之島図書館蔵稿本のタイトル「本教提綱」はこれまでの「本学提綱」からいつ変えられたのか（「大概」から同じ意味の「提綱」への変更は嘉永2年前後）。広道最晩年のことであるのは確かで、文久元年中に書かれたと推測される本書の斎藤拙堂序文は「本学提綱序」とあるが（拙著『俗地と文人』p.398以下）、文久2年11月1日付隠岐清別序文をもつ『西戎音訳字論』の本文中に見える「本学大概」は「本教提綱」に改められている。この「本学」から「本教」への改変に就き、広道は本書下之巻「学問の大概」（「第一科本教」）の割注中で、「初ハ本学提綱といへり。是ハ本教学といふ意なり。然れども、本学といふこと上古になしと或人のいへれバ、改めたり。」と言っている。なお、「或人」とは広道が嘉永末年頃から親しくなった六人部是香のことだろう。彼はその著『篶能玉籤』（安政2年序）で、「近キ頃国学といふ」のを嫌い「古事記ノ序に本教とあるを拠として本学と」呼ぶべきだと言うが、それは「皆私の狡意《サカシラ》」で「本学といふ事ハ有べくもあらず」と難じている。

## ⑵　『本教提綱』と広道

嘉永3年春板行の『詞書葉山のしをり』巻末の広道著作広告中に「本学提綱」も掲出され、次のように紹介されている（「広告」の最後に、「浪華書林積玉圃主人〈河内屋喜兵衛〉識」と記されているが、勿論、広道自身が書いただろう）。

此書ハ、皇朝先皇の大道を本として外教の得失・歴朝の沿革を委く論じ今世にして士人の勤むべき学業を十科に分ち各その学びやうを喩して神教の今日に用あるべき経済の旨を述られたる書なれバ、先生（広道）学風の概略を窺ふべき有益の書なり。

一つは「皇朝先皇の大道」（即ち〈本教〉）とそれに基いての「外教（儒教・仏教）の得失・歴朝の沿革」が論じられていて、これに関しては本書全三巻の内の二巻（上巻・中巻）も割かれている。もう一つは「今世にして士人の勤むべき学業を十科に分ち、各その学びやうを喩して、神教の今日に用あるべき経済の旨」があげつらわれていて、具体的には下巻の「学問の大概」の章全部がそれである。その趣旨からも割かれたスペースからも、力を注ぐべきは前者だったのだろう。しかし、上巻・中巻は、下巻に比して抹消されたり手入れされた跡も目立ち相当苦しんで書いている。中之巻「物の感」の章などの一部を除いて、多くの章はぎくしゃくしていて、読むのに相当苦労する。

広道は、先の『百首異見摘評』巻末跋文で、己れの「摘評」に忠告・批判する者に対し「不負魂《マケジタマシヒ》」でもってどこまでも弁明・抗弁し続ける己の性癖をやや戯画的に書いていた。その性癖は生来のものだったようで、これも先に見た如く、『西戎音訳字論』においても、総角《あげまき》の頃の自分が「不負魂」でもって漢学の先生にああ言えばこう言う式の議論をふっかけていたことを、これもややドラマ風に書いていた。『本教提綱』では広道にそんな余裕は見られないが、特にその眼目である「皇朝先皇の大道」を論じた章（特に上巻「外国乃道」や中巻「歴朝の沿革」）では、「不負魂」がより露骨でかつ挑発的に映る。自分の言うことに予想される反論・批判・非難——その多くは恐らく当の広道自身が抱いていたものだろうが——を過度に意識しながら書いている。それは論の展開に「公平」「客観的」であろうとする、いかにも彼らしい「努力」の跡だと言えなくもないが、それにしてもいかにもくだくだしく弁解がましく映る。[注] ここの所は強いて言えば、国学論などというより国学ノートとでも称すべきものになっている。ただ、ノート的と言うのは必ずしもその未熟さを意味するのではない。ノート的であることは、思想の営みがあらわに映し出されるだけでなく、読む者もいつしかその営みに参加させられると言う、そんな仕組みをも併せもっている。広道が意図的にそうしたと言うのではないけれども、そんな開かれた議論の場の設定もまた、広道の目指す方向だったのではないか。

［注］＝周りの批判・非難などに一切気にも留めない師隆正の、あの教祖的物言いの出来る能力の、その一％でも広道は持つことができなかったのかなどと馬鹿げたことを思う。板行すべく『本教提綱』初稿を書き上げた嘉永元年は広道34才の時だったが、師隆正はその34才の文政7年に『矮屋一家言』を出していて、その跋文で「この書わが一家言なり。難ずるものにハこたへず。信じて猶こゝろえがたきふしあらバ、吾門にいりてとへ。」などとうそぶいていたのである。

くだくだしい「皇朝先皇の大道」論のことはさておき、実はもう一つの「学問の大概」の章は、比較的明晰で読みやすく、この差はどこからきたのだろうかと思う。広道自身も、『本教提綱』の眼目であったはずの「本教」やそれに基づいた「外教」・「歴朝沿革」を論ずるよりも「今日に用あるべき経済」を論じていた方が、ずっと楽しくてここのところが一番書きたかったのではないか。事実、周防の友人鈴木高鞆宛の嘉永元年8月7日付書簡（『広道書翰』）で、彼は本書（この時点では『本学大概』）に就き「先年、本学大概と申書三巻、書竟申候。何ばかりの物ニも無御座候へども、小生学術之次第概略相認候物ニ候処、云々」と、「学術之次第」を認めたものだと紹介し、続けて「当今之右より左へ役に立候処主意に而、学業を十科に分ち申候。」とその「十科」を挙げ（即ち下巻「学問の大概」の章に言及し）、その中の「農桑之一科」に就いては、「和漢学者之別ニして八申さぬ事ニ候へども是、人生衣食之急務・経済之第一たる事に候故、皇国之上古ニハ、殊ニ此筋を重んぜられたる事を初にて、今世之貨植を論じ、民生日用国家富有之大本を論じたる処、一部の主意ニて御座候。」と言っている。本書において広道の関心がどこにあったのか、「学問の大概」の章が他の章に比べてどうして読みやすく感じられるのか、などがこの書簡から自ずと知られる。

### (3)　諸本に就いて

諸本については森川彰「本教提綱—その書誌—」（『混沌第十号』〈昭和61年3月〉—以下森川論文と略）に詳しい。ここではその森川論文で言及されているものの中から、中之島本、竜門文庫本、正宗文庫本、竹柏園文庫本に触れる。[注]

［注］＝森川論文には小田清雄（p.128参照）が中之島本を模写したものと言う「神習文庫本」（但し巻二のみ）も挙がる。これは、

松本三之介『国学政治思想の研究』（一九七二年一〇月）で「宣長の主情主義を継ぎ『源氏物語評釈』一四巻《（ママ）》のすぐれた業績を遺した国学者萩原広道」の著作として興味深く言及されているが、「諸本」として特に云々するものではないようだ。

㈠　中之島本―大阪府立中之島図書館蔵『本教提綱』は最後の広道自筆稿本で上中下三巻三冊の完備したものである。その上巻表紙に「願人　越後屋治兵衛　作者　萩原広道」と別筆で認められていて、あたかも出願本かと思わせるが、森川論文が指摘している如く、中之島本には「およそ三五葉にものぼる貼紙抹消、訂正の部分」があって、それはとても無理（ましてや板行に直結する「板下本」などではありえない）。広道は中風で右手不自由になった後も殆ど死の直前まで本書に手を入れていたようで、森川論文は中之島本には「一見してそれとわかる」つまり「他筆でなく、広道の左手書きと判断される」ようないくつもの「拙い筆跡の箇所」のあることを挙げ、「（広道は）最終稿を書き上げることなく、世を去ったのではなかろうか。」―要するに中之島本は未定稿であると指摘している。事実、貼紙による抹消部分の多さ以外にも、竜門文庫本等と比較して中之島本のルビの極端な少なさに気づく。初稿『本学提綱（大概）』から中之島本（『本教提綱』）への改稿時に、その初稿にあったルビをさしあたり省いて写し、いずれ定稿時にルビを施すつもりだったに違いない。広道は『西戎音訳字論』で蘭医の翻訳語（音訳字）の難しさを指摘し「傍ヘノ仮字ヲ離チテハ、イトモ〳〵読難ク」と難じていたが、ルビの少ない中之島本も、「傍ヘノ仮字」のない蘭書翻訳本と同様、このままで読み通すのはとても難しい。その点からも中之島本は未定稿である。

㈡　竜門文庫本―竜門文庫蔵広道自筆稿本一冊は、初稿『本学大概』の二之巻（中之巻）である。本書に就いては先にその「物の感」の章を『葭第5号』に翻刻した際にも、主としてその章の範囲に限ってだが言及した。ここでは、中之島本ではカットされている、友人・知人の評（頭注）の二つを取り上げる。

一つは八木立礼の評である。「歴朝の沿革」冒頭部（「崇神天皇の六年、云々」とある件）に見える頭注に、「書中闕字の例ハ公式令の式に依て記すべく、若然らずハいにしへざまに続けて書くべきよし、八木立礼いへり。」と記されている（広道と立礼との「交友」は、拙稿「八木立礼、又は〈いかがわしい〉者について」（『国文論叢』第19号）参照）。

つまり、立礼の見た竜門文庫本（初稿「本学大概」中巻）には天皇名等の前に闕字が見られたようで、彼はその非を直接広道に指摘したらしい。広道は、立礼の指摘を是とし、（公式令の規定は煩瑣だったからか）「古ざま」に書くと決めた。改稿の中之島本では闕字の跡（空白部）は全く見えず、初めから続けて書かれている。

もう一つは前田夏蔭の評。即ち、同じ章の冒頭部に近い四天王寺建立の件に付された割注の中に、「守屋大連をひたすら逆賊の如くいひ伝へたるハ、云々」とあり、その「逆賊」文字（この後にも数ヵ所見えるがその全て）に「サカビト」とルビが振られているが、その上欄に朱書の「逆賊ヲさかひとト訓ルヿナキヨシ、前田氏云リ。然ルベシ。サレバ皆あだひとト改ムベシ。下同。」と言う頭書が見える。その指摘の是非はともかく、ここに見える「前田氏」とは、前田夏蔭のこと。四天王寺建立の件より少し後の、水戸光圀の業績を顕彰した件、即ち、

> 難波の僧契沖に命せて万葉集の代匠記・古今集の余材抄などいふ注釈をせさせ給へる、これなん此頃の世にいはゆる和学・国学の権輿なるべき。然れども、彼ノ日本史・礼儀類典などを主と撰ばしめ給へる御意を推量り奉れバ、歌・物語の如き翫物の為にハあらで、さし当る御政事のうへを一向《ヒタスラ》御心に懸給ひし事中すも更なり。

とある件の上に、「前田夏蔭、此書ヲ見テ歌・物語ヲ翫物ト云ルヿヲ咎メラレタリ。然レドモ、是ハ唯今世サマニツキテ云ルノミノ事ニテ、其用アルヿドモハ、下巻歌文ノ条ニ云ヲ見ルベシ。」との頭書が記されている。清水浜臣門の夏蔭が、「歌・物語の如き翫物」との広道の物言いを咎め、広道はそれは「今世サマ」について言ったまでだと弁明しているが、それはともあれ、江戸の夏蔭が大坂の広道の書いた物をどういうつてで見たのかが気になる。考えられるのは、本書の成立に深く関わった姫路藩の斎藤守澄の仲介である。これは『葭第14号』（〈神璽考論争〉と萩原広道―解題と翻刻」）で触れているが、守澄は弘化4年に所用で江戸へ行き、その際夏蔭に西田直養の『神璽考』の評を乞うているが、恐らく併せて本書の評も乞うたのだろう（この前後の斎藤守澄の動静・夏蔭との関係等に就いては『姫路市史第四巻近世2』第九章「文化の諸相」〈竹下喜久男筆〉の第二節「教育と文化の動き」に詳しい）。

㈢　正宗文庫本―正宗文庫蔵広道自筆稿本一冊は、『本学大概』の一之巻（上之巻）である。但し、森川論文に指摘のあるように、表紙題簽や目次や本文冒頭などに見える「本学大概」の「大概」が「提綱」と訂正され、冒頭の秋

元安民序文も本人の筆であり（但し中之島本の安民序文は広道筆）、天皇名の前にも闕字があるなど、初稿「本学大概」の上に訂正加筆された第二稿「本学提綱」である。なお、広道の親友で隆正同門の姫路藩士秋元安民に就いては前掲竹下論文に見えるが、島田清「姫路藩の勤皇志士秋元安民と山崎」（昭和18年11月序刊、兵庫県宍粟郷土研究会）も詳しい。

㈣　竹柏園文庫本―現在所在不明だが、佐佐木信綱編『竹柏園蔵書志』（昭和14年1月）に次のように掲出されている。

> 本学大概二之巻　一冊　零本　萩原広道　／文中、平田篤胤の死を去々年といへるによりて、弘化二年広道三十一歳の著と知らる。歴朝の沿革、物の感《アハレ》に就きて評論せり。物のあはれの説は、後の源氏物語評釈に論ぜるとはやゝ趣を異にせり。西田直養が評語を加へたるを付箋にせり。「古学舎記」等の印記あり。

「本学大概」二之巻一冊と言うことで、森川論文はこれは前掲竜門文庫本の転写本だろうと推測している。恐らくそうなのだろう。ただ、直養評の付箋があると言うのには注目される。直養は小倉藩大坂蔵屋敷留守居で、広道が当時親しく行き来していたので、評を乞う際、斯道の大先輩である彼には、あるいは自筆稿本を持参したのではないかとも思われる。もう一つ、竹柏園文庫本には「「古学舎記」等の印記」があると言う。「古学舎」とは、賀茂季鷹門の田中躬之（寛政8年―安政4年）門下で加賀金沢藩士の高橋富兄〈文政8－大正3〉ではないか。加賀人と言うと、安政2年3月19日付池辺真榛宛書簡（飯田義資『池辺真榛大人伝』所載）に、「本学提綱と申拙著、入御覧候様被仰下、此方より可奉願存候所にて、早々さし上可申候処、加賀人借帰候後、其者死去、今以返し不申、困入居申候。別に副本もなく候故、何とかいたしてさし上可申候。」と言う件がある。『本学提綱』を借りて行って（返さずに）亡くなったと言う「加賀人」が（富兄でないのは確かだが）誰のことかは分からない。ただ、広道と接点の不明な加賀の高橋富兄が竹柏園文庫本『本学大概』の旧蔵者だったことは、広道書簡に見える「加賀人」の登場で、少なくともその唐突感は薄れる。その経緯は全く不明。なお、佐佐木信綱「萩原広道の「物のあはれ説」」（『国語と国文学』第16巻第5号）には、竹柏園文庫本の「物の感」から少なからずの件が引かれている。

〈凡例〉

一、本稿は大阪府立中之島図書館蔵広道自筆稿本『本教提綱』（請求番号甲和 88）三巻三冊を翻刻したもの。これまでに翻刻した中之巻の「物の感」（『葭第5号』〈1999 年 11 月〉）と下之巻の「学問の大概」（『葭第19号』〈2009 年 3 月〉）の各章以外は、今回新たに翻刻した。

一、翻刻の要領は本書冒頭に掲げた〈凡例〉に依る。その他特に本稿に関しては、次の要領に従った。

『本教提綱』三巻三冊は底本として用いた中之島本が唯一のもの。但し中之島本に改稿される前の『本学提綱』はその内の上巻が正宗文庫に、中巻が竜門文庫にそれぞれ収まる（下巻は不明）のでそれを適宜参照した。

㈠ 中之島本の白紙貼付等で抹消された箇所は、分かる範囲で正宗文庫本・竜門文庫本によって補った。

㈡ 中之島本にはあって然るべきルビ（あるいは上付き文字）が少ないので、上巻の「道の起原」「皇国の正道」と「外国乃道」の大半、及び中巻の「物の感」に就いては、正宗・竜門両文庫本に従いルビ・上付き文字を追加した。その際、元の片仮名によるルビと区別するため、「所見《みえ》」や「其の」の如く、平仮名を用いた。なお、これ以外に読みやすさを考慮して、他の箇所で付されているのを参考にして翻刻者の判断で適宜ルビを付した。その際は、「如此《（かく）》」の如くに平仮名を用いかつ（ ）で括った。また、正宗・竜門両文庫本本文と語句等の異なる場合は、その直後に［ ］を付して示した。なお、中之島本を底本としての翻刻という趣旨から、対校やルビや上付き文字などと同様、あくまで参考に供すと言うことで、全体には亘っていない。

㈢ 注記に際し、日本思想大系『古事記』（青木和夫・石母田正・小林芳規・佐伯有清校注）・日本古典文学大系『日本書紀』（坂本太郎・家永三郎・井上光貞・大野晋校注）・岩波文庫『古史徴開題紀』（山田孝雄校訂）・同『古語拾遺』（西宮一民校注）・『玉襷』（山田孝雄校訂・青葉書房版・索引あり）・『神典』（大倉精神文化研究所編刊・索引あり）等を参照した。

# ◇本教提綱　上　（「本教提綱」第一冊目表紙）

## ◎本教提綱序[注]（原文にルビはなく、参考に供すべく誤りの少なきを念じつつ付した。）

掛巻《かけまく》波《は》可《か》惶《しこ》久《く》負気《おほけ》無事《なきこと》乍《ながら》、皇大御国《すめおほみくに》乃《の》大御為《おほみわざ》尓《に》物学《ものまな》毘《び》仕奉《つかまつら》牟《む》止《と》、共《とも》尓《に》志《こころざ》世《せ》流《る》吾兄《わがあに》萩原広道《はぎはらひろみち》、此度此《このたびこの》本教《もとつおしへ》乃《の》提綱《おほむね》乎《を》書著《かきあらは》之《し》、天皇神《すめがみ》乃《の》伝《つた》閉《へ》賜《たま》弊《へ》琉《る》誠《まこと》之《の》道《みち》乃《の》御面向《おんおもむけ》乎《を》、菅根《すがのね》乃《の》称《ね》毛《も》一向三《ご》伏《ろ》尓《に》説諭《ときさと》之《し》、外国《とつくに》人《ひと》能《の》言挙《ことあげ》志《し》鶴横《つるよこ》乃《の》道《みち》能《の》心《こころ》或《まどひ》乎《を》、浅茅原《あさぢはら》曲曲《つばらつばら》尓《に》論《あげつら》比《ひ》糺《たゞ》世《せ》留《る》波《は》、物学《ものまな》夫《ぶ》為《ため》乃《の》甚《はなはだしき》舗功《いさを》尓《に》乞止《こそと》、我《わが》輩《ともがら》波《は》誉称《ほめたたへ》賞歓《ほめよろこ》弁《べ》流《る》乎《を》、蟹往成《かにのゆくなる》横左之《よこしまの》道《みち》尓《に》満来潮《みちくるしほ》乃《の》片寄《かたよ》良《ら》牟《む》人等《ひとら》波《は》、蜑乃縄《あまのなは》多岐《たき》承控《うけがひ》邪《や》羅《ら》米《め》杼《ど》、綿《わた》積《つみ》乃《の》沖《おき》乎《を》深米《ふかめ》弖《て》物学《ものまなび》世《せ》牟《む》止《と》奈良婆《ならば》、先斯書《まづこのふみ》乃《の》説言《ときごと》乎《を》、墨江《すみのえ》能《の》岸《きし》乃《の》白浪打反《しらなみうちかへ》之《し》天《て》、荒羅松原《あららまつばら》真細《まほそ》尓《に》読味《よみあぢは》比弖与《ひてよ》。如斯《かくのごと》読味《よみあぢは》比《ひ》弖《て》婆《ば》、皇神《すめがみ》乃《の》道《みち》能《の》尊伎《たふとき》故由毛《ゆゑよしも》、甘羅《あまら》覚良衣《さとらえ》、外国《とつくに》乃《の》道《みち》乃《の》曲礼流《まがれる》節々毛《ふしぐ〳〵も》、自然《おのづから》尓《に》釈果弖《ときはてて》、於牟加志《おむかし》止《と》社《こそ》誉称米《ほめたゝへめ》、目細《まぼそ》之《し》止《と》乞《こそ》賞歓婆米《ほめよろこばめ》。神祖《とほつおやがみ》之《の》本津教《もとつおしへ》能《の》大旨《おほむね》、叙髣髴迹《ほのかに》勿念《なおもひそ》、此説乎《このときごとを》。

弘化三年四月

秋元安民謹序

［注］＝『本教提綱』では削除されているが、『本学提綱』（正宗文庫本）には、著者広道の序文（識語）が次のように付されている（なお、前掲森川論文にも翻刻されている）。

皇国《ミクニ》の古道《イニシヘノミチ》を学《マナ》ぶを、和学・国学などいふことの非説《ヒガコト》なるよしは、先師等《タチ》の書《フミ》に詳《ツバラカ》なれバ、殊更《コトサラ》にはいはず。是を本教といひたり。さるハ古事記ノ序に、「太素ノ杳冥ナル依リテ二本教ニ一而識二孕レ土産レ嶋之時ヲ」と見えたる故なり。これ然《シカ》るべし。然《シカ》れども、本といふ時ハ、必《カナラズ》末に対《ムカ》へたる語《コトバ》なれバ、猶外国《ナホトツクニ》の道に対《ムカ》へていふ意《コヽロ》を遁《ノガ》れたりとハ聞《キコ》えねば、かゝるも決《ウツナ》く当《アタ》りたるにハあらざれども、然云《シカイハ》ざれバ、儒仏の道々《ミチ〳〵》に耳馴《ミヽナレ》たる世人《ヨノヒト》のふと聞知《キヽシリ》がたき故《ユヱ》に、仮《カリ》に設《マウケ》たる号《ナ》としるべし。総《スベ》てハうけばりて、唯《タヾ》学問とぞいふべき。さて本教とは、此ノ皇御国《スメラミクニ》の御《ミ》おもむけといふ意にて、乎之敝《ヲシヘ》といふ義《コト》には非《アラ》ず。乎之敝《ヲシヘ》といふハ、小技《チヒサキワザ》のうへまでいふ言《コト》にて、未知《イマダシラ》ぬ事を授受《サヅケウク》るをいふのミなれバ、的《アタ》りがたし。御《ミ》おもむけとハ、天皇《スメラミコト》の大御心《オホミコヽロ》として、此ノ大御国《オホミクニ》の民《タミ》どもを、此方《コナタ》に面向《オモムカ》しめ善様《ヨサマ》に教導《ヲシヘミチビ》き給ふ意なり。さてこゝに本学としもいふ故ハ、学《マナ》ぶ方《カタ》よりいひたるにて、かの和学・国学などいふに換《カヘ》たるまでの名《ナ》目なれバなり。提綱とはおほむねといふ意なり。

◎本教提綱目録（タイトルに算用数字を付す。〇印は原文。〈〉内の数字は、原文での大凡の丁数。なお、総丁数は約180丁）

上之巻

1　〇道の起源〈4〉　2　〇皇国の正道〈9〉　3　〇外国の道〈35〉

4　〇三教一致といふ説の弁〈7〉

中之巻

5　〇歴朝の沿革〈41〉　6　〇物の感〈15〉

7　〇大古の御制度今（の）世の御制度に近き説〈10〉

8　〇学問の大概〈48〉　注―aの「総論」は仮に付した。b「書数」とc「外教」は本文では入替わっている。

（総論）[a]〈4〉　第一本教〈4〉　第二武教〈0.5〉　第三律令〈5〉　第四史書〈3〉　第五故実〈4〉

第六歌文〈5〉　第七農桑〈12〉　第八[b]書数《（ママ）》（外教）〈8.5〉　第九[c]外教《（ママ）》（書数）〈1〉　第十諸技〈2〉

下之巻

9　〇著述〈5〉

（本文）

# 本教提綱上之巻

備前　萩原広道述并自註

## 1　道《みち》の起源《オコリ》

人といふ物の世間《よのなか》に在経《アリフ》る間《ホド》の形容《アリサマ》を観《み》るに、口《くち》に食《くら》ひ、身《み》に衣《き》、家《いへ》に住《す》ミて、さて男女《めを》の交合《まじらひ》して子《こ》を産《うみ》たる後《のち》は、病《ヤミ》て死《しぬ》るのみなり。其然《ソノシカ》る故ハ、何《なに》の為何《タメナニ》の理《ことわり》といふ義《コト》を知《シラ》ず。【天地《あめつち》の神明《かみ》の御《み》うへにては、必然《かならずしか》るべき理《ことわり》の知ラれたることならめども、人のうへにハ其ノ伝《ツタヘ》なけれバ、知リがたし。】其《それ》より鳥獣《とりけもの》［虫《むし》］魚《うを》の類《たぐひ》までも、各々然《おの〳〵しか》る物になん有リける。

さて、其ノ食《くら》ふ物に味《うま》きと味《うま》からざるとあり。衣《き》る物に鮮《ウルハ》しきと汚《キタナ》きとあり。住《す》む家《いへ》に広《ひろ》き狭《せば》きとあり。男女《めを》に美《うつくし》きと醜《みにく》きとありて、一《ひと》かたならざるを、各《おの》も各《おの》も、味《うま》き物《もの》を食ひ、鮮《うるは》しき衣《きぬ》を着《き》、広《ひろ》き家《いへ》に住ミ、美《うつくし》き夫婦《メヲ》［妻《め》］を設《まうけ》んと思《おも》ふにつきて、さま〴〵に心を尽《つく》すほどに、詐偽《いつはり》といふ事をもし、人《ひと》の物《もの》をもいかで身《み》に着《つけ》てんと欲《ほり》するまに〳〵、竟《つひ》にハ許《ゆる》さぬ物を奪《うば》ひ盗《ぬす》ミなどするにも至《いた》るを、それ防《ふせが》んとて、又心《こゝろ》を砕《くだ》きて盗奪《ぬすみうばゝ》れじとするからに、闘争《あらそひ》といふ事も起《おこ》るなり。かくてハ一日《ひとひ》も穏《おだやか》かに寛《ユタ》けきこと無《ナケ》れバ、君《きみ》といふものありて、然《サ》は放《ハブラ》かさぬやうに宜《よろ》しきほどに制《サダ》め導《みちび》きて、其《それ》に従《したが》へるを賞《ほ》め、其《それ》に戻《もと》れるを罰《つみな》ふるなり。是《これ》を政事《まつりごと》となんいふ。[注] 此ノ政事《まつりごと》の、神《かみ》の御心《みこゝろ》、人の心の、時《とき》・処《ところ》・位《くらゐ》に宜《かな》ふと宜《かな》ハぬとにつけて、治《おさま》ると乱《みだる》るとの二道《ふたみち》は出来《いでき》にけり。

［注］＝この後に正宗文庫本に次の割注あり。但し、底本には割注が抹消されたことの分かる空白部分はない。

麻都里事《まつりごと》とハ天地《あめつち》の神《かみ》の御心《みこゝろ》を問議《とひはか》り奉らん為《ため》に先《まづ》祭祀《まつ》りて事《こと》ども決《さだ》め給ふ故にいふ事《こと》にて、祭祀事《まつりごと》といふ意なり。或説に令順事《まつらへごと》の意なりといへるはさることの如くなれども、なほ然《さ》にはあらじ。

其の政事《まつりごと》を宜《カナ》へむとするに、二《フタツ》の理《スヂ》あり。其一《ソノヒトツ》ハ、諸人《モロヒト》の歓《ヨロコ》ぶべきさまの事を施《ホドコ》して自然《オノヅカラ》に順《マツロ》ひ従《シタガ》ハしむるなり。其二《フタツ》は、左《ト》に右《カク》に為術《センスベ》なき暴人《ハブレモノ》の出来《いでく》る時にハ殺《コロ》して人を威《オド》すなり。千万《チヨロヅ》の書巻《フミ》どもに載《のせ》たる語《コトノハ》どもゝ、いひもてゆけバ、唯如此《タヾカク》二事《フタツノコト》をことよく行《オコナハ》んとする状《サマ》を細密《コマカ》に示《シメ》したる余《ホカ》ハあらざりけらし。さて其ノ二ツの事を敷施《シキホドコサ》んとするにつけて、其の国所《クニトコロ》の風俗《フリ》といふことありて、いかならん善《ヨ》き道々《ミチ〳〵》を惟《オモ》ひ出たりとも、其風俗《フリ》に合《カナ》ハざれバ、さしも善《ヨシ》とて行《おこな》ふ事も、諸人《モロヒト》の心にハ悪《あし》とのミ思とりて従《シタガ》ハぬものなり。此ノ風俗《フリ》といふ物ハ、唯自然《タヾオノヅカラ》に出来たる物にて、慥《タシカ》に形《カタチ》の有る物にもあらず、定《サダマ》りたる条理《スヂ》の見えたる事にもあらねば、おし並《ナベ》て如此《カク》とハ決《キハ》め云《いひ》がたきものになん有ける。

熟《ツラ〳〵》其本源《ソノモト》を考見《カンガヘミ》るに、此ノ人といふ物、同《おな》じ容貌《カタチ》の物にはあれども、千人集《チヒトつど》へバ千人《ちひと》ながらに面《オモテ》の貌《カタチ》少《スコ》しづゝ異《カハ》りて、竟《ツイ》に毫違《ツユタガ》はぬハなく、其《ソレ》に随《シタガ》ひて心に思《おも》ふ趣《オモムキ》もまた少しヅヽの差別《ケヂメ》あるを、男女《メヲ》交接《マジラハ》んとて一家《ヒトツイヘ》に住始《スミソメ》しより、子《コ》を産《ウミ》、孫《ヒコ》を産《ウミ》などして、次第《ツギ〳〵》に多《おほ》く集《つど》ふほどに、其人々《ソノヒト〴〵》の心を此彼《コレカレ》［彼此《カレコレ》］譲《ユヅ》り合《アヒ》、押平《オシナラ》して初《ハジメ》て家一《イヘヒト》つの風《フリ》を成《ナセ》り。さて、其の家《いへ》を若干集《ソコバクツド》へたる処を村《ムラ》といふ。其の村にもまた一村《ヒトムラ》の家人《イヘヒト》の譲《ユヅ》り合《アヒ》、押平《オシナラ》したる風《ふり》あり。又其ノ村を若干集《ソコバクツド》へたる所を郡《コホリ》と云。【郡村などいふは、漢国《カラノクニ》郡県の制度《サダメ》を移されてより後《のち》の称《な》なれど、こゝはさる鎖細《コマカ》なる事までを正《たゞ》しいふべきにもあらねバ、たゞ今の世様《ヨサマ》につきて云へるのミなり。】其郡《コホリ》にも亦一郡《またひとこほり》の風《ふり》を成《な》し、それより、国《クニ》といひ天下《アメノシタ》といふばかりになりても、また各《オノ〳〵》其の一国《ヒトクニ》・天下《アメノシタ》の風《フリ》有て、いかさまにすとも動《ウゴキ》き難《ガタ》き勢《イキホヒ》のものなるハ、皆然本《ミナシカモト》の随《マヽ》に天神《アマツカミ》より賜《タマハ》りたる人心性《コヽロネ》の、変《カヘ》がたき理《スヂ》より起《おこ》れれバなり。されども又、習俗《ナラハシ》の故《ゆゑ》に因《より》て出来《いでき》たる風ハ、かの政事《マツリごと》のおもむけざまに依《ヨリ》て、少《スコシ》しづゝは直《ナホ》りもすれども、其国・其所の国神《クニツカミ》の御心《ミコヽロ》を受得《ウケエ》たる本来《モトヨリ》の風《フリ》ばかりハ、またいかにとも改《アラタマ》りがたき物にぞ有ける。其の風《フリ》の成行《ナリユク》ありさまをつら〳〵細微《コマヤカ》に稽《カンガ》へ量《ハカ》りて、彼ノ二ッの事を施《ほどこ》さゞれバ、平穏《オダヤカ》に治《ヲサマ》りはてて天下《アメノシタ》の諸人《モロヒト》の悲《カナ》しく憂《ウレ》ハしき心はなく常《つね》に歓《ウレシ》く楽《タノ》しく世を終《ヲハ》りゆかん、やうにはならざる物なりと知ルべし。

さて、其の政事《まつりごと》のすぢをことよく行んとするに、後世《ノチノヨ》ほどさまざまの事ども多《オホ》く起《オコ》りて煩《ワヅラ》はしく成行《なりゆく》につけて、一人二人《ヒトリフタリ》の業《ワザ》にてハ、輙《タヤス》く行なひ果《ハツ》べくもあらねバ、君《キミ》とある人の臣《オミ》に、一箇《ヒトツ》ヅヽの事を分《ワカ》ち執《トラ》しめて行なひゆくなるが、彼《かの》ノ風俗《フリ》にひしと合《カナ》ひて治《ヲサマ》りゆくを、聖君《ヨキキミ》の極《キハミ》とする事になんありける。

其の聖君《ヨキキミ》の政事《マツリゴト》の跡《アト》を尋《タヅ》ねて後ノ世の鑑《カヾミ》にせんとしたるおもむきを、伝《ツタ》へもてゆくを道《ミチ》といふ。道《みち》とハ、人の履行《フミユ》く道路《みち》の事なるを借《カリ》て漢士人《モロコシビト》の比《タト》へ命《ツケ》たる号《ナ》なり。【漢籍《カラフミ》中庸の起発《ハジメ》に、「天命謂《フ》㆓之《ヲ》性《ト》㆒。率《フ》㆑性《ニ》謂《フ》㆓之《ヲ》道《ト》。修《ム》㆑道《ヲ》謂《フ》㆓之《ヲ》教《ト》㆒。」とあるハ、これらの事を熟見得《ヨクミえ》たる語《ことば》なり。但《たゞ》し教《をしへ》といふはいはゆる政教の事にて、別《こと》に教といふ物を造《ツク》りて、一人ヅヽに理《コトワリ》を喩《さと》したる物にハ非ずと知ルべし。】

皇国《ミクニ》の太古《イニシヘ》ハ、元来《モトヨリ》、しか言挙《コトアゲ》するほどの悪風俗《アシキナラハシ》ハあらざりけれバ、さる言痛《コチタ》き比喩《タトヘ》の号《な》を儲置《マウケオキ》て、事行《コトオコナ》ふばかりにハあらざりしかども、外国《トックニ》の悪風俗《アシキナラハシ》を治《をさ》ムる道々《みち〳〵》の渡来《ワタリキ》て、其の道々を主《ムネ》と言立《コトダテ》するからに、皇国上古《みくにのいにしへ》の御代《ミヨ》を治《をさ》め給へる聖《カシコ》き御跡《オホンアト》をも、亦《マタ》、道《ミチ》とハ号《ナツ》け始《ソメ》つるなり。今ハ此ノ外国《トックニ》の道々をも互《カタミ》に執用《トリモチ》ゐさせ給ふ大御世《オホミヨ》なれば、先《マツ》、皇国《ミクニ》の本源《モト》の正道《マサミチ》を初《はじめ》にてかたはら外国《とつくに》の道々をも引出《ひきいで》つゝ、当世《イマノヨ》に宛行《アテオコナ》ふべき用意《コヽロシラヒ》をおぼろけに述たる此の書《フミ》ぞよ。是件《コノスヂ》の事を学《まな》ぶを本学《モトツマナビ》とハいふなりけり。さるハ、広道が一己《ヲノレ》と作《ツク》り定《サダ》めたる僻説《ヒガコト》とな思ひそ。皆《ミナ》、上古《イニシヘ》の天皇《スメラミコト》たちの、天神《アマツカミ》より受伝《ウケツタ》へ坐《マセ》る正理《マサシスヂ》の大御政《オホミワザ》の、御紀《ミフミ》ともに顕《アラハ》れたる限《カギリ》を考《カムガ》へて、近世《ちかきよ》の先師等《タチ》の云置《いひおか》れつる旨《ムネ》に会《アハ》せて云へるなれバ、よく〳〵恐《かしこ》ミ尊《タフト》ミて、受伝《ウケツタ》ふべきわざなりかし。

さて、此段《このクダリ》ハ、道《みち》といふ物の出来たる本《モト》の意《こゝろ》を、未《イマ》だ出来《イデコ》ざりし初《はじめ》の人情《ヒトゴヽロ》に因《ヨリ》て、誰《タレ》も〳〵思ふべきさまの事より云《いひ》試《コヽロミ》たるなれバ、儒仏などいふ道々《みち〴〵》ハさらにて、皇国《ミクニ》の道にも関《あづか》らぬ事なれば、さる方《かた》に引《ひか》るゝ心を浄《キヨ》く離《はな》れて、唯此人《タヾこのひと》といふ物の状態《アノサマ》を熟《ツラ〴〵》に思《おも》ひ観《ミ》つべきなり。此等《コレラ》の趣意《オモムキ》を先委《マツクハ》しくセざれバ、各国《クニ〴〵》の道《ミチ》に勝劣《マサリオトリ》あることも、政教《マツリゴト》の国風《クニブリ》に依べきことも、聞《きこ》えがたかるべければとてなり。

## 2　皇国《みくに》の正道《まさみち》

先師本居翁《モトヲリノオキナ》の歌《ウタ》に、「世間《ヨノナカ》に有ルおもむきハ何事《ナニゴト》も神代《カミヨ》の跡《あと》をたづねて知ラる」[注1]と詠《ヨマ》れたり。実《ゲニ》もさる事にて、皇御国《スメラミクニ》ハいふも更《さら》なり、外国々《トツクニ〴〵》のあるやうも、たゞ此神代《このかみよ》の跡《あと》にてよく分《ワカ》れ知ラれたることなり。されバ、要《ムネ》とある御ン政事《マツリゴト》のすぢハ申スも更《サラ》にて、諸《モロ〳〵》神社《カムミヤ》の祭祀《マツリ》の式《ワザ》より、家一《イヘヒト》つに用《モチ》ふる婚礼《トツギワザ》喪礼《ハブリワザ》の末々《スヱ〴〵》に至《いた》るまで、皆此神代《ミナこのかみよ》の御跡《ミアト》[御ン跡《あと》]を遺《ノコ》し留《トヾ》められたるハ、天地《アメツチ》の初発《ハヂメ》より自然《オノヅカラ》に生出《ナリイデ》、また天神国神《アマツカミクニツカミ》たちの大御心《おほみこゝろ》の常盤《ときは》に堅盤《カキハ》に動《ウゴ》くまじき理《コトワリ》の坐《マシ》ますが故《ユヱ》なり。【此等《コレラ》の事かくばかり云ヒてはなま漢意《カラゴヽロ》の人などハ肯《ウケ》ぬことも有るべけれど、事長《ことなが》ければ此処《ここ》ニハ漏《もら》して、たゞ御政《ミワザ》につきたる事ばかりをいふ。委《くは》しくハ予が著《あらは》す上古政跡考[注2]・古語拾遺蛇足抄[注3]などを見てしるべし。】其《それ》が中に、総《スベ》ての吉礼《よきのり》には、多《おほ》く天岩屋戸《あめのイハヤド》の故事《フルコト》を用《もち》ゐられたりと見ゆるハ、二《マタ》なく歓《ウレシ》く感《メデタ》き例《タメシ》なれバなるべし。

[注1]＝この歌は宣長『玉鉾百首』（天明7年刊―『本居宣長全集第十八巻』）に「世間乃阿流於母夫伎波何事母《ヨノナカノアルオモブキハナニゴトモ》神世之跡袁尋弖斯良由《カミヨノアトヲタヅネテシラユ》」と（万葉仮名で）見える。広道はややうろ覚えだったようである。

[注2]＝「上古政跡考」（又は「上古政迹考」或いは単に「政跡（迹）考」とも）は、先に『西戎音訳字論』でも見え、またこの後に何度も見えるが、実際には書かれなかったか、名前だけの伝わる広道著作の一つである。嘉永元年8月24日付鈴木高鞆宛広道書簡（『広道書翰』）に、「別ニ上古政迹考と申ものも著述仕度

候。是ハ孝徳天皇より已前（大化以前）、本朝固有之政迹を論じて国家政道之亀鑑ニも備度と存立候事、微身ニハ大業《おふけなき》ニて候へども、皇朝先王之道ハ是より外ニハあるまじくと思付候事なれば、つとめて引証など集め居候。されど、是も未一枚も書かけ不申候。」（ルビは原文）とあり、その内容に触れている。ただ「引証」は集めていたらしいが、この時点で「未だ一枚も書かけ不申候。」と言っている。ちなみに、『あしの葉わけ』（自筆稿本）巻末に「上古政迹考標目」とのタイトルの下に、その「標目」が次のように挙げられている。

祭祀　武備　氏姓職掌　農工　賞罰禊祓　調役　質朴　歌謡俳優／倒語　○律令　位階　儀礼　文華　漢字　仏教

［注3］＝「古語拾遺蛇足抄」もまたこの後何度か見えるが、これも名前だけの広道著作の一つらしい（『西戎音訳字論』に見える本書には抹消線が引かれていた）。なお、嘉永2年2月14日付鈴木高鞆宛広道書簡（『広道の消息』―但し嘉永元年書簡とあるのを改む。）の次に引く件で、「注解取懸り可申とて少々引集メ置たる物（「蛇足抄」）も御坐候。」と、右の「政迹考」と同じようなことを言っているが、「愚論頭書か何ぞニ、御加へ被下度候。」とも言っているので、少しは書き進めていた「愚論」もあったのだろう。

○《ママ》古語拾遺講説と申もの御坐候よし、ゆかしく奉存候。此書拙生甚信仰ニ而、色々存付候事も有之候。注解取懸り可申とて少々引集メ置たる物も御坐候。もし御同案の事ならバ畢竟ハいらぬ事ニ候間、相止可申候。少々異同御坐候位ナラバ、乍失敬、愚論頭書か何ぞニ、御加へ被下度候。もし又大ニ違ひ候ハヾ、別ニ綴り可申候。何分小生意趣ハ拾遺ハ大抵わかり居申もの故、注釈ハ大抵ニいたしかの書ニよりて、神教の衰微を大ニ憤激して論じ候広成宿祢の功績を顕し、且かの書わづかの間ニ天下の大論を尽されたる事を讃し度候。大方奈良より今京に至り、公家中ニ而有益之論御坐候人ハ、此宿祢（斎部広成「古語拾遺」）と善相公（三善清行「異見封事」（延喜14年提出の意見書）の外ハ見当り不申候。奇妙に覚候故、此二書注を名として、畢竟ハ讃と論とを認度つもりニ御坐候。見解相違仕候ニヤ、御示し可被下候。

さて、御ン政事《マツリゴト》につきたる事どもを謹《つゝしみ》て考ふるに、天照大御神《アマテラスオホミカミ》・高木神《タカギノカミ》の大御心《おほみこゝろ》として、皇孫《スメミマ》天津《アマツ》

日高日子番能迩々芸命《ヒタカヒコホノニニギノミコト》を、この葦原中国《アシハラノナカツクニ》の主《キミ》として天降《アマクダ》し給へる所の古事記ニ云《いは》ク、

爾《コヽニ》、天児屋命《アメノコヤネノミコト》・布刀玉命《フトダマノミコト》・天宇受賣命《アメノウズメノ》・伊斯許理度賣命《イシコリドメノ》・玉祖命《タマノヤノ》、并《アハセテ》五伴緒《イツトモノヲ》矢《ヲ》支《クマリ》加《クハヘ》而《テ》、天降《アマクダリマサシメ》也《玉ヒキ》。於是《コヽニ》、副《ソヘ》㆓賜《タマヒ》其遠岐斯《ソノヲギシ》八尺勾瓊《ヤサカノマガタマ》・鏡《カヾミ》、及草那芸剣《マタクサナギツルギ》、亦常世思金神《マタトコヨノオモヒガネノカミ》・手力男神《タヂカラヲノ》・天《アマノ》石門《イハト》別《ワケノ》神《ヲ》㆒而《テ》詔者《ノリタマハク》、此之《コノ》鏡者《カヾミハ》専《モハラ》為《シ》㆓我《ワガ》御《ミ》魂《タマ》㆒而《トテ》、如《ゴト》㆑拝《ヲロガムガ》㆓吾前《ワガマヘヲ》㆒伊都岐奉《イツキマツレ》。次《ツギニ》思金神《オモヒカネノカミ》者《ハ》取《トリモチテ》㆓持前事《ミマヘノコトヲ》㆒為《マヲセトノリ玉半》㆑政《マツリゴトヲ》。此二柱《ノフタバシラノ》神者《カミハ》拝㆓祭《アハセマツリキ》佐久久斯侶伊須受能宮《サククシロイスズノミヤ》次《ツギニ》登由宇気神《トユウケノカミヲ》㆒。此者《コレハ》坐《マス》㆓外宮《トツミヤ》之度相《ノワタラヒニ》㆒神也《カミナリ》。次《ツギニ》天石戸別神《アマノイハトワケノカミ》、亦名謂《マタノナハマヲシ》㆓櫛石窗神《クシイハマドノカミト》㆒、亦名謂《マタノナハマヲス》㆓豊石窗神《トヨイハマドノト》㆒。此神者《コノカミハ》御門之《ミカドノ》神也《カミナリ》。次《ツギニ》手力男《タヂカラヲノ》神者《ハ》坐《マス》㆓佐那県《サナガタニ》㆒也。故《カレ》天児屋命者《アメノコヤネノミコトハ》【中臣連等之祖《ナカトミノムラジラノオヤ》】、布刀玉命者《フトタマノ》【忌部首等之祖《イミベノオビトラノオヤ》】、天宇受賣命者《アメノウズメノ》【猨女君等之祖《サルメノキミラノオヤ》】、伊斯許理度賣命者《イシコリドメノ》【鏡作連《カヾミツクリノムラジ》等之祖】、玉祖命者【玉祖連《タマノヤノムラジ》等之祖】。故爾《カレコヽニ》詔《ノラシ》㆓天津日子番能迩々芸命《アマツヒコホノニヽギノニ》㆒而《テ》、云々。天《アマクダシマセタマヒキ》㆓降坐于竺紫日向之高千穂之久士布流多気《ツクシノヒムカノタカチホノクシフルタケニ》㆒。故爾《カレコヽニ》天忍日《アメノオシヒノ》命・天津久米命、二人《フタリ》取《トリオヒ》㆓負天之石靫《アメノイハユギヲ》㆒、取《トリハキ》㆓佩頭推之大刀《クブツチノタチヲ》㆒、取《トリモチ》㆓持天之波士弓《アメノハジユミヲ》㆒、手《タバサミ》㆓挟天之真鹿児矢《アメノマカコヤヲ》㆒、立《タヽシ》㆓御前《ミサキニ》㆒而《テ》仕奉《ツカヘマツリキ》。故《カレ》其天忍日命《ソノアメノオシヒノ》【此者《コレハ》大伴《オホトモノ》連等之祖】・天津久米命《アマツクメノ》【此者久米直《クメノアタヘラノ》等之祖也】。

と見えたる、[注]是《これ》ぞ此ノ皇御国《スメラミクニ》の御政事《オホンマツリゴト》の起源《ヲコリ》にハ有リける。【上ノ文《コトバ》ハ有にまかせて古事記をのミ引キたり。なほ日本紀に校合《カムガヘアハ》せて見るべし。】

［注］＝古事記からの右引用部分を、日本思想大系本の漢字仮名交じり文によって示せば次のようである（原文の平仮名・片仮名区別や変体仮名は全て平仮名で統一した。「」は原文。但し、割注部分の（）は【】に改めた。）。

爾《しか》して、天児屋命《あめのこやねのみこと》、布刀玉命《ふとだまのみこと》、天宇受売命《あめのうずめのみこと》、伊斯許理度売命《いしこりどめのみこと》、玉祖命《たまのやのみこと》、并《あは》せて五伴緒《いつとものを》を支《わか》ち加《くは》へ而《て》天降《あも》りたまふ。於是《ここに》、其《そ》の遠岐斯《をきし》【此《こ》の三字は音《こゑ》を以《もち》ゐる】、八尺《やさか》の勾瓊《まがたま》・鏡《かがみ》と草那芸剣《くさなぎのつるぎ》及《と》、常世思金神《とこよのおもひかねのかみ》、手力男神《たぢからをのかみ》、天石門別神《あめのいわとわけのかみ》亦《と》を副《そ》へ賜《たま》ひ而《て》、詔《の》者らさく、「此之鏡者《このかがみは》、専《もは》ら我《わ》が御魂《みたま》

と為而《して》、吾《あ》が前《まへ》を拝《をろが》むが如《ごと》、伊都岐奉《いつきまつ》れ。」とのらし、次《つぎ》に「思金神者《おもひかねのかみは》、前《さき》の事《こと》を取《と》り持《も》ちて、政《まつりごと》為《せ》よ。」とのらす。此《こ》の二柱《ふたはしら》の神者《かみは》、佐久々斯侶《さくくしろ》、伊須受能宮《いすずのみや》を拝《をろが》み祭《まつ》る。【佐自《よ》り能至《ま》では音《こゑ》を以《もち》ゐる】亦《また》の名《な》は豊石窓神《とよいわまどのかみ》と謂《い》ふ。此《こ》の神者《かみは》、御門之神《みかどのかみ》なり。次《つぎ》に登由宇気神《とゆうけのかみ》、此者外宮之度相《こはとつみやのわたらひ》に坐《いま》す神者《かみ》也《ぞ》。次《つぎ》に、天石門別神《あめのいわとわけのかみ》。亦《また》の名《な》は櫛石窓神《くしいはまどのかみ》と謂《い》ふ。亦《また》の名《な》は豊石窓神《とよいわまどのかみ》と謂《い》ふ。此《こ》の神者《かみは》、御門之神《みかどのかみ》なり。次《つぎ》に手力男神者《たぢからをのかみは》、佐那々県《さなながた》に坐《いま》す。故《かれ》、其《そ》の天児屋命者《あめのこやねのみことは》【中臣連等之祖《なかとみのむらじらがおや》ぞ】、布刀玉命者《ふとだまのみことは》【忌部首等之祖《いみべのおびとらがおや》ぞ】、天宇受売命者《あめのうずめのみことは》【猿女君等之祖《さるめのきみらがおや》ぞ】、伊斯許理度売命者《いしこりどめのみことは》【鏡作連等之祖《かがみづくりのむらじらがおや》ぞ】、玉祖命者《たまのやのみことは》【玉祖連等之祖《むらじらがおや》ぞ】。故尓《かれしか》して天津日子番能迩々芸命《あまつひこほのににぎのみこと》に詔《の》らし而《て》、(云々)。竺紫《つくし》の日向之高千穂之久士布流多気《ひむかのたかちほのくじふるたけ》に天降《あも》り坐《ま》さしめたまひき。【久自《よ》り以下《しも》の六字は音《こゑ》を以《もち》ゐる】故尓《かれしか》して天忍日命《あめのおしひのみこと》・天津久米命《あまつくめのみこと》の二人《ふたり》、天之石靫《あめのいはゆぎ》を取《と》り負《お》ひ頭推之大刀《くぶつちのたち》を取《と》り佩《は》き、天之波士弓《あめのはじゆみ》を取《と》り持《も》ち天之真鹿児矢《あめのまかこや》を手挟《たばさ》み、御前《みさき》に立《た》ち而《て》仕《つか》へ奉《まつ》りき。故《かれ》、其《そ》の天忍日命《あめのおしひのみこと》【此者大伴連等之祖《こはおほとものむらじらがおや》ぞ】、天津久米命《あまつくめのみこと》【此者久米直等之祖《こはくめのあたひらがおや》ぞ】。

遠岐斯《ヲギシ》とハ天照大御神《アマテラスオホミカミ》、天岩屋戸《アメノイハヤド》に刺篭《サシコモ》り坐《マシ》ましける時、出《ダ》し奉らんとて八百万神《ヤホヨロヅノカミ》の集《ツド》ひて神議《カミハカリ》に議《ハカリ》て、招《マネ》き祷《イノ》り申《シ》給へることをまうす古言《フルコト》なるよし、古事記ノ伝に見えたり。「八尺勾瓊《ヤサカノマガタマ》・鏡《カヾミ》、及草那芸剣《マタクサナギツルギ》」ハいはゆる三種《ミクサ》の神器《カムタカラ》に坐《マシ》まして、天皇《スメラミコト》の常盤《トキハ》に堅盤《カキハ》に大八島国《オホヤシマ》所知食《シロシメ》すべき天津御璽《あまつみしるし》になん坐《まし》ましける。其の中にも鏡《カヾミ》ハ天照大御神《アマテラスオホミカミ》の御魂実《ミタマシロ》と坐《マセ》バ、是に勝《マサ》りたる神宝《カムタカラ》やハおはします。これ即《すなはち》伊勢《いせ》の大御神《オホミカミ》になん御坐《オハシマシ》ける。また天児屋命《アメノコヤネノミコト》より、次々《つぎ〳〵》の神等《かみたち》も彼招禱事《カノヲギコト》によしある神等《かみたち》にて、石屋戸段《イハヤドノクダリ》に見え給へるをさながら依《ヨ》セ奉り給へる御事ハしも、小縁《オホロゲ》ならぬ御心《みこゝろ》の御坐《オハシマ》す御ん事と見えたれども、露《アラハ》に申さむハいとも〳〵恐《カシコ》けれバ、こゝには省《ハブ》きつ。右《みぎ》の外《ほか》にも新撰姓氏録[注]・旧事本紀などに見えたる神等《かみたち》の多《おほ》かるハ、世間《ヨノナカ》に益《ヤウ》ある諸職《モロ〳〵ノツカサ》の祖神等《オヤガミタチ》を数多添《アマタソヘ》て天降《アマクダ》し奉り給へるなれども、日本紀・古事記にハ其ノ主《ムネ》とある神等《かみたち》をのミ挙《アゲ》られたるなり。【旧事紀の偽書《ニセブミ》なるハ論なけれど、記《しる》したる事ハミながら偽《イツハリ》事にもあらず。必ズ上古《イニシヘ》の史《フミ》どもを彼レ此レ取参《トリマジ》へて作《ツク》れるなれバ、よく見わたして取《トル》も捨《ステ》もすべきなり。されバかの三十二神の御事なども正《マサ》しく上古の伝《ツタヘ》なるべし。其に擬へても天皇に属奉るべき諸職の多キ事を知べし。】

[注] ＝弘仁6年 815 成立の「新撰姓氏録」は、畿内諸国の氏族を皇別（天皇の後裔。皇族から出て臣籍に下った氏族）・神別（神代の諸神の後裔と伝えられる氏族）・諸蕃（渡来人の後裔の氏族）等に分類、各出自、姓誌名の由来、始祖・別祖等を記す。「新撰姓氏録」はこの後も単に「姓氏録」の名で何度か見える。

さて、是を大御政事《おほんみまつりごと》の起源《おこり》なりと申すハ、神武天皇、従順《マツロ》はぬ八十梟師《ヤソタケル》どもを誅《ツミナ》ひ給ひて、畝火《ウネビ》の橿原宮《カシバラノミヤ》に肇《ハジメ》て天下所知食《アメノシタシロシメシ》ける時の御事を申せる古語拾遺に、

逮《テ》二于神武天皇東征之年一大伴氏遠祖《オホトモウヂノトホツオヤ》日臣命《ヒノオミノミコト》帥二督将《スベヒキテ》元戎《オホヒクサビトヲ》一剪二除《キリハラヒ》兇渠《オホキナルアダヲ》一佐レ命《タスクルミコトヲ》之勲《イサヲ》無《シ》レ有《ル》レ比レ肩《ナラブルカタヲ》。物部氏遠祖《モノヽベウヂノトホツオヤ》饒速日命《ニギハヤヒノミコト》殺レ虜《コロシアダヲ》帥《ヰテ》レ衆《モロヒトヲ》帰二順《マツロフ》官軍《ミイクサニ》一忠誠之効《マコトノシルシ》殊《コトニ》蒙《カヽフル》二褒寵《ミメグミヲ》一。大和氏《ヤマトウヂ》遠祖推根津彦《シヒネツヒコ》者《ハ》迎二引《ムカヘヒキテ》皇舟《ミフネヲ》一表《アラハシ》二績《イサヲ、》香山之嶺《カグヤマノミネニ》一加茂県主《カモノアガタヌシノ》遠《ツ》祖八咫烏《ヤタカラス》奉レ導《ミチビキ》二宸駕《ミユキヲ》一顕《アラハス》二瑞《シルシヲ》菟田之《ウダノ》径《コミチニ》一。妖気既晴《アシキケスデニハレテ》無《ナシ》二復風塵《マタサヤギ》一。建《タテ、》二都橿原《ミヤコヲカシバラニ》一経二営《ツクリ玉フ》帝宅《オホミヤヲ》一。

仍《カレ》令《シメ玉フ》下天富命《アメノトミノミコトニ》【太玉命之孫《フトタマノミコトノヒコ》】率《ヒキヰテ》二手置帆負《タギホ》・彦狭知《ヒコサチ》二神之孫《フタハシラノカミノスヱヲ》一以《モテ》二斎斧《イムヲノ》・斎鋤《イムスキヲ》一始採《トリテ》二山材《ヤマノキヲ》一構《ツクリタテ》中立正殿《ミアラカヲ》上。所謂底都磐根《イハユルソコツイハネニ》宮柱《ミヤバシラ》布都之利立《フトシリタテ》高天乃原《タカマノハラニ》尓搏風高之利《チギタカシリ》排※皇孫命乃《スメミマゴノミコトノ》美豆乃御殿乎《ミヅノミアラカヲ》造《ツクリ》奉仕也《ツカヘマツルナリ》。故《カレ》其裔今《ソノスヱイマニ》在《アリ》二紀伊国名草郡《キノクニナグサノコホリ》御木《ミキ》・麁香二郷《アラカノフタサトニ》一【古言《フルコトニ》正殿謂《フ》二之麁香《ヲアラカト》一】採《トル》レ材《キヲ》斎部《イムベトコロ》所レ居《ヲル》謂《ヒ》二之御木《ヲミキト》一造《ツクル》レ殿《トノヲ》斎部《イムベノ》所レ居《ヲル》謂《フ》二之麁香《ヲアラカト》一。是其証也《コレソノアカシナリ》。

※後で引く西宮校注本に「排」は衍字とある。

又《マタ》令《シメ玉フ》下天富命《アメノトミノミコト》率《ヰテ》二斎部諸氏《イムベノモロウヂヲ》一作《ツクラ》中種々神宝《クサ〴〵ノカムタカラ》・鏡《カヾミ》・玉矛《タマホコ》・盾《タテ》・木綿《ユフ》・麻等《アサドモヲ》上。櫛明玉命之孫《クシアカルタマノミコトノヒコ》造《ツクル》二御祈玉《ミホギタマヲ》一【古語《フルゴトニ》美《ミ》保《ホ》伎《ギ》玉言《タマトイフ心ハ》所《ノ》祷《ミホグナリ》也。】其裔《ソノスヱ》今在《イマアリテ》二出雲国《イツモノクニ、》一毎レ年与《トモニ》二調物《ミツギモノト》一貢二進《タテマツル》其玉《ノタマヲ》一。天日鷲《アメノヒワシノ》命之孫《ミコトノスヱ》造《ツクル》二木綿《ユフ》及麻《マタアサ》并織布《マタアラタヘヲ》一【古語阿良多倍】。仍《カレ》令《シム》下天富命《アメノトミノミコト》率《ヰテ》二日鷲命之孫《ヒワシノミコトノスヱヲ》一求《マギテ》二肥饒地《ヨキトコロヲ》一遣《ヤリテ》二阿波国《アハノクニ、》一

殖《ウヱ》中穀麻種《ユフアサノタ子ヲ》上。其裔今《ソノスヱイマ》在《アリ》二彼国《カノクニ、》一。当二大嘗之年《オホムベノトシ》一貢《タテマツル》二木綿麻布及種々物《ユフアサヌノマタクサ〲ノモノヲ》一。所三以《ユヱノ》郡名《コホリノナヲ》為《スル》二麻殖《アヱ》一之縁《トコトノモトナリ》也。天富命《アメノトミノミコト》更《サラニ》求《マギテ》二沃壌《ヨキトコロヲ》一分《ワカチテ》二阿波斎部《アハノイムベヲ》一率《ヰテ》二往《ユキ》東土《アヅマノクニ、》一播二殖《マキウヱ》麻穀《アサユフヲ》一好麻《ヨキアサノ》所《ル》レ生《オフ》故謂《イヒ》二之総国《ヲフサノクニト》一穀木《ユフノキノ》所《ル》レ生《オフ》故謂《ユヱニイフ》二之結城郡《ヲユフキノコホリト》一【古語、麻《アサ》謂二之総《ヲフサト》一也。今為《ナル》二上総《カミツフサ》・下総二一国是也】。阿波忌部所レ居便《チ》名二安房郡《アハノコヲリト》一【今安房国是也】。天富命《トミノミコト》即《ヤガテ》於《ニ》二其地《ソコ》一立《タツ》二太玉命社《フトタマノミヤヲ》一。今謂二之安房社《ト》一故《カレ》、其神戸《カムベニ》有二斎部氏一。又手置帆負《タギホヒノ》命之孫《スヱ》造《ツクル》二矛竿《ホコザヲ、》一。其裔《ノスヱ》今《ニ》分《レテ》在二讃岐《サヌキノ》国《ニ》一毎レ年調庸之《ミツギノ》外貢《ル》二八百竿《ヤホサヲヲ》一。是其事《ノ》等証也《ドモノアカシナリ》。

爰《コヽニ》仰《アフギ》二従《シタガヒテ》皇天《アマツカミ》二祖《フタミヲヤノ》之詔《オホミゴトニ》一建《タテ》二樹《玉フ》神籬《ヒモロギヲ》一。所謂《イハユル》高皇産霊《タカミムスビ》・神皇産霊《カミムスビ》・魂留産霊《タマツメムスビ》・生産霊《イクムスビ》・足産霊《タルムスビ》・大宮売神《オホミヤメノカミ》・事代主神《コトシロヌシノカミ》・御膳神《ミケツカミ》【已上今御巫《ミカムノコノ》所レ奉《マツル》レ斎《イツキ》。】・櫛磐間戸神《クシイハマトノ》・豊磐間戸神《トヨイハマドノ》【已上今御門《ミカドノ》巫《ミカムノコノ》所レ奉レ斎《キ》也。】・生嶋《イクシマ》【是大八洲之霊《オホヤシマノミタマ也》。今生嶋巫所レ奉レ斎也。】・坐摩《ヰカズリ》【是大宮地之霊《オホミヤドコロノミタマ也》。今坐摩《ヰカズリ》巫所レ奉レ斎也。】

日臣命《ヒノオミノミコト》帥《ヒキヰテ》二来目部《クメベヲ》一衛《マモリ》二護宮門《ミカドヲ》一掌《ツカサドル》二其闔開《ノアケタテヲ》一。饒速日命《ニギハヤビノ》帥《ヒキヰテ》二内物部《ウチモノヽベヲ》一造《ソナフ》二備矛盾《ホコタテヲ》一。其物既《ニ》備《リ》天富命率《ヰテ》二諸《モロ〲ノ》斎部《ヲ》一捧《サヽゲ》二持《モチテ》天璽鏡剣《アマツシルシノカヾミツルギヲ》一奉《マツリ》二安《マセ》正殿《オホトノニ》一并《アハセテ》、懸《カケテ》二瓊玉《タマヲ》一陳《ツラネテ》二其幣物《ミテグラモノヲ》一殿祭《オホトノマツリノ》祝詞《ノリトドコロトス》【其祝詞文《ノリトドコロノコトバ》在二於別巻《コトマキニ》一】。次《ツギニ》祭《マツル》二宮門《ミカドヲ》一【其祝詞亦在二於別巻一】。然後物部乃立二矛盾一大伴・来目《クメ》、建《タテ、》レ仗《ツハモノヲ》開レ門《ミカドヲ》令《シム》下朝《マヰデシメ》二四方之国《ヨモノクニヲ》一以観《ミセ》中天位之貴《タカミクラノタフトサヲ》上。当二此之時一帝之《スメラミコト、》与レ神《カミト》其《ノ》際《ダ》未レ遠同レ殿《ミアラカヲ》共レ牀《ミアグヲ》以レ此為レ常《シ玉ヒキツネト》。故《カレ》神物《カムツモノ》・官物《オホヤケモノ》亦未《ナカリキ》二分別《ワキダメ》一。宮内《ミヤノウチ》立《タテ》レ蔵《クラヲ》号《ナヅケテ》二斎蔵《イミクラト》一令二斎部氏一永任《ヒタブルニヨサ、》二其職《ソノツカサヲ》一。

又令《シメ》下天富命《ノ》率《ヰテ》二供作《ソナヘツクル》諸氏《ヲ》一造《ツクラ》中作大幣《オホミテグラヲ》上訖《ヲハリテ》令三天種子命《ノタネコノミコトニ》【天児屋命之孫】解《ハラ》二除《ヘ》天罪国罪事《アマツツミクニツツミノコトヲ》一。所謂天罪者《ル》上《ニ》既設《ニマケ》訖《ヲハル》。国罪者《ツミハ》国中人民《ノヒトノ》所《ノ》レ犯之罪其事具《ツブサニ》在二中臣禊《ノハラヒノ》詞《ニ》一。尓乃《カレスナハチ》立《タテ》二霊時《マツリノニハヲ》於鳥見《トミ》山中《ヤマナカニ》一天富命陳《ツラネ》レ幣《ミテクラヲ》祝詞《ノリトゴトマヲシテ》禋《（まつり）》二祀皇天《アマツカミヲ》一偏《タ》秩《ツイデ、》二群望《モロ〲ノマツリヲ》一以答《コタヘ玉フ》二神祇之恩《ウツクシミヲ》一焉。是以《コヽヲ テ》中臣斎部二氏《イムベノフタウジ》倶《ニ》掌《シル》二祠祀《マツリ》之職《ノツカサヲ》一。猿女君氏《サルメノキミノ》供《ツカヘマツル》二神楽《カミアソビノ》之事《コトニ》一自余《コノホカ》諸氏各有二其職《ツカサ》一也。

と、見えたる、これ其大概なり。[注1]【此段《クダリ》に古語拾遺を引き出たるハ、あるが中にも委しけれバなり。されども、其要《ノムネ》とする処《ところ》ハ、忌部《いむべ》氏の衰《おとろ》へたるを歎《なげ》き憤《イキドホ》りて書《か》ゝれたる文《ふみ》なれバ、彼ノ氏のうへにつきて甚《いた》く抑揚《アゲオサヘ》ありと見えたれバ、其の意《コヽロ》して読《よむ》べし。こゝも「自余《このほか》ノ諸氏《もろうじ》各も有二其の職一也。」とあるに、広《ひろ》く諸《もろ〱》の職々《つかさ〱》の氏を兼《かね》たる文《ことば》と見るべきなり。さてまた、天の富の命の[注2]諸《もろ〱》の忌部《いむべ》を率《ゐ》て奉仕《ツカヘマツリ》給へるに准《ナゾラ》へて、自余《そのほか》の氏々《うじ〱》のありしやうをも推量り知ルべし。（この後、半行ほど抹消）。】

［注1］＝『古語拾遺』からの引用箇所を、参考のため、岩波文庫版の書き下し文（仮名漢字交じり文）によって示せば、次のようである（原文の［］の割注を【】に変えた）。

神武天皇《じんむのすめらみこと》東《ひがし》に征《ゆ》きたまふ年に逮《およ》び、大伴氏《おほともうぢ》が遠祖《とほつおや》日臣命《ひのおみのみこと》、元戎《おほつはもの》に督将《いくさのきみ》として、兇渠《あたども》を剪《き》り除《はら》ひき。命《きみ》を佐《たす》けし勲《いさをし》、比肩《なら》ぶもの有ること無し。物部氏《もののべうぢ》が遠祖《とほつおや》饒速日命《にぎはやひのみこと》、虜《あた》を殺し、衆《もろひと》を帥《ゐ》て、官軍《みいくさ》に帰順《まつろ》ふ、忠誠《ただ》しき効《まこと》、殊《こと》に褒寵《みめぐみ》を蒙《かがふ》る。大和氏《おほやまとうぢ》が遠祖《とほつおや》推根津彦《しいねつひこ》は、皇舟《みふね》を迎引《みちび》きまつりて、績《いたはり》を香山《かぐやま》の巓《いただき》に表《あらは》す。賀茂県主《かものあがたぬし》が遠祖《とほつおや》八咫烏《やたがらす》は、宸駕《みゆき》を導《みちび》き奉《まつ》りて、瑞《みづ》を菟田《うだ》の径《みち》に顕《あらは》す。妖気《わざはひ》既に晴れて、復風塵《またさわぎ》無し。都を橿原《かしはら》に建て、帝宅《おほみや》を経営《つく》る。／仍りて、天富命《あめのとみのみこと》【太玉命が孫《うまご》なり】をして、手置帆負《たおきほおひ》・彦狭知《ひこさしり》の二《ふた》はしらの神が孫を率《ゐ》て、斎斧《いみをの》・斎鉏《いみすき》を以て、始めて山の材《き》を採りて、正殿《みあらか》を構《つく》り立てしむ。所謂、底つ磐根《いはね》に宮柱《みやはしら》ふとしり立て、高天原《たかまのはら》に搏風《ちぎ》高しり、皇孫命《すめみまのみこと》のみづの御殿《みあらか》を造り仕へ奉れるなり。故、其の裔《すゑ》、今紀伊国《きのくに》名草郡《なぐさのこほり》御木《みき》・麁香《あらか》の二郷《ふたさと》に在り。【古語に、正殿は麁香《あらか》と謂ふ。】材《き》を採る斎部の居《を》る所は御木《みき》と謂ふ。殿《あらか》を造る斎部の居る所は麁香《あらか》と謂ふ。是其の証《しるし》なり。／又、天富命をして、斎部の諸氏《もろうぢ》を率て、種々《くさぐさ》の神宝《かむだから》、鏡・玉・矛・盾・木綿《ゆふ》・麻《を》等《ら》を作らしむ。櫛明玉命が孫《うまご》は、御祈玉《みほきたま》【古語に、美保伎《みほき》玉といふ。言ふこころは祈祷《ほき》なり。】を造る。其の裔《すゑ》、今出雲《いづも》国に在り。年毎《としごと》に調物《みつきもの》と共に其の玉を貢進《たてまつ》る。天日鷲命が孫、木綿《ゆふ》及《また》麻《を》并《また》織布《あらたへ》【古語に阿良多倍《あらたへ》といふ。】を造る。仍りて、天富命をして、日鷲命が孫を率て、肥饒《よ》き地《ところ》を求《ま》ぎて阿波《あはの》国に遣はして、穀《かぢ》・麻《あさ》の種《たね》を殖《う》ゑしむ。其の裔《すゑ》、今彼《そ》の国に在り。大嘗《おほみにへ》の年に当たり、木綿《ゆふ》・麻布《あらたへ》及種々《またくさぐさ》の物を貢《たてまつ》る。所以《このゆゑ》に、郡《こほり》の名を麻殖《をゑ》と為《す》る縁《ことのもと》なり。天富命、更に沃《よ》き壌《ところ》を求《ま》ぎて、阿波《あは》の斎部を分ち、東《あづま》の土《くに》に率《ゐ》往《ゆ》きて、麻・穀を播殖《う》う。好《よ》き麻生《お》ふる所なり。故、総国《ふさのくに》と謂ふ。穀の木生ふる所なり。故、結城郡《ゆふきのこほり》と謂ふ。【古語に、麻を総《ふさ》と謂ふ。今、上総《かみつふさ》・下総《しもつふさ》の二国と為す、是なり。】阿波《あは》の忌部《いみべ》の居《を》る所、便ち安房郡《あはのこほり》と名づく。【今の安房《あはの》国、是なり。】天富命、即ち其地《そこ》に太玉命の社《やしろ》を立つ。今安房社《あはのやしろ》と謂ふ。故、其の神戸《かむべ》に斎部氏《いみべうぢ》有り。又手置帆負命が孫、矛竿《ほこさを》を造る。其の裔、今分れて讃岐国《さぬきの》に在り。年毎に調庸《みつぎもの》の外に、八百竿《やほさを》を貢《たてまつ》る。是其の事等《ことども》の証《しるし》なり。／爰に、皇天二《あまつかみふた》はしらの祖《みおや》の詔《みことのり》に仰従《したが》ひて、神籬《ひもろき》を建樹《た》つ。所謂、高皇産霊《たかみむすび》・神産霊《かむむすび》・魂留産霊《たまつめむすび》・生産霊《いくむすび》・足産霊《たるむすび》・大宮売神《おおみやのめのかみ》・事代主神《ことしろぬしのかみ》・御膳神《みつけのかみ》。【已上、今御巫《みかむなぎ》の斎《いは》ひ奉《まつ》れるなり。】櫛磐間戸神《くしいはまとのかみ》・豊磐間戸神《とよいはまとのかみ》。【已上、今御門《みかど》の巫《かむなぎ》の斎ひ奉れるなり。】生嶋《いくしま》。【是、大八洲《おわやしまの》の霊《みたま》なり。今、生嶋《いくしま》の巫の斎ひ奉れるなり。】坐摩《ゐかすり》。【是、大宮地《おほみやどころ》の霊《みたま》なり。今、坐摩《ゐかすり》の巫の斎ひ奉れるなり。】／日臣命《ひのおみのみこと》、来目部《くめべ》を帥《ひきゐ》て、宮門《みかど》を衛護《まも》り、其の開闔《あけたて》を掌《つかさど》る。饒速日命《にぎはやひのみこと》、内物部《うちのもののべ》を帥て、矛・盾を造り備ふ。其の物既に備はりて、天富命、諸《もろもろ》の斎部を率《ゐ》て、天璽《あまつしるし》の鏡・剣を捧げ持ちて、正殿《みあらか》に安き奉《お》り、并瓊玉《またたま》を懸《か》け、其の幣物《みてぐら》を陳《つら》ねて、殿祭《おほとのほがひ》の祝詞《のりとごと》す。【其の祝詞《のりとごと》の文《ふみ》は別巻《ことまき》に在り。】次に、宮門《みかど》を祭る。【其の祝詞も、亦別巻《またことまき》に在り。】然る後に、物部《もののべ》乃ち矛・盾を立つ。大伴《おほとも》・来目《くめ》、仗《つはもの》を建て、門《みかど》を開きて、四方《よも》の国を朝《まゐ》らしめて、天位《あまつひつぎ》の貴《たふと》きことを観《み》しむ。此の時に当りて、帝《すめらみこと》と神《かみ》と、其の際《あひだ》未《いま》だ遠からず、殿《おほどの》を同くし床《ゆか》を共にす。此《ここ》を以て常《つね》と為す。故、神物《かむだから》・官物《みやけのもの》、亦分別《またわきため》あらず。宮の内《うち》に蔵《くら》を立て、斎蔵《いみくら》と号《な》曰《づ》けて、斎部氏をして永《なが》く其の職《つかさ》に任《ま》けしむ。／又、天富命をして供作《つくりつか》へまつる諸氏《もろうぢ》を率て大幣《おほみてぐら》を造作《つく》らしめ訖りぬ。天種子命《あめのたねこのみこと》【天児屋命が孫《うまご》】をして天罪《あまつつみ》・国罪《くにつつみ》の事を解除《はら》へしむ。所謂天罪は上《かみ》に既に説き訖りぬ。国罪は国中《くぬち》の人民《ひとぐさ》の犯せる罪なり。其の事具《つぶさ》に中臣《なかとみ》の禊《はらへ》の詞《ことば》に在り。尓《しか》して乃《すなは》ち霊時《まつりのには》を鳥見山《とみやま》の中《なか》に立つ。天富命幣《みてぐら》を陳《つら》ねて、祝詞《のりとまを》して皇天《あまつかみ》を禋祀《まつ》り、群望《くにつかみ》を偏秩《まつ》りて、神《あまつやしろ》祇《くにつやしろ》の恩《みうつくしび》に答ふ。是を以て、中臣・斎部の二氏《ふたうぢ》、倶《とも》に祠祀《まつり》の職《つかさ》を掌《つかさど》る。猨女君氏《さるめのきみうぢ》、神楽《かぐら》の事を供《つか》へまつる。自余《このはか》の諸氏《もろうぢ》、各《おのおの》其の職《つかさ》有り。

[注2]＝正宗文庫本にはこの抹消部分は「なほ委シくハ蛇足抄に例証《タメシ》を徴《アカ》していふを見よ。」とある。

如此《かく》して、諸《もろ〳〵》の職々《ツカサ〳〵》闕《カグ》ることなく制《サダ》め給へる形勢《アリサマ》ハ、日本紀・古事記に見えたる諸氏の職《ツカサ》と、姓氏録に出たる祖先《トホツオヤ》の由緒《ユエヨシ》とを照《テラ》し見て暁《サトル》るべし。さて、右の中臣《なかとみ》・斎部《いむべ》などの如く、朝廷近《ミカドベチカ》く仕へ奉ッる類《タグヒ》を、総《スベ》て伴造《トモノミヤツコ》と云《い》ひ、此ノ外に諸国《クニ〴〵》に居《ゐ》て百姓《オホミタカラ》を掌《シ》り治《ヲサム》るを、国造《クニノミヤツコ》と云《い》へり。国造《くにミヤツコ》にも、県主《アガタヌシ》・君《キミ》・別《ワケ》・稲置《イナギ》・村主《スグリ》などの差《シナ》［差《けぢめ》］ありて、各《オノ〳〵》其ノ地《トコロ》の広《ひろ》き狭《セバ》き分々《ホド〳〵》につけて、百姓《オホミタカラ》を預《アヅカ》り領《シ》れる此ノ類ヒ［の名］をバ骨名《カバネ》といひ、上《かみ》の中臣《なかとみ》・斎部《いむべ》の類《たぐひ》をバ氏《うぢ》といへるを、氏なるにハ臣《オミ》・連《ムラジ》などいふ骨名《カバネ》を賜り、骨名なるハ即《ヤガ》て其ノ地名《トコロノナ》を冠《カウブ》らせて氏《うぢ》を賜《たま》へり。是《これ》、氏《うぢ》・骨名《かばね》の本《もと》の義《こゝろ》なり。

【骨名《カバネ》の事ハ、近来《ちかごろ》、細井貞雄《ほそゐさだを》（文政6年没、52才）といふ人の著したる姓序考（文化11年序）といふ書ありて、詳に論じたり。されど氏と骨名と互に前後あるよしをバ知ざりけり。予が考へハ、委しく上古政跡考に云べし。】

かくて、天照大御神《アマテラスオホミカミ》の御魂《ミタマ》の鏡《カヾミ》をバ大宮《オホミヤ》の内に斎《イツキ》祭り賜ひて、御殿《ミアラカ》を同《トモ》にし、御膳《ミケ》・御衣《ミソ》をも等《ヒトシ》しく給ひて、いと厳重《オゴソカ》に尊《タフト》ミ崇《アガ》まへるに效《ナラ》ひて、御臣等《ミヤツコタチ》も各其ノ祖神《オヤガミ》を家々に斎祭りつゝ、其職々を産子《ウミノコ》の八十綿々《ヤソツヾキ》伝《ツタ》へ来《キ》て、天皇《スメラミコト》に仕奉り、百姓《オホミタカラ》を撫育《ナデメグ》むより、余《ホカ》の事ハあらざりけらし。されバ其祖神を氏神と申し、其氏人を氏子といひしを、[注]今、本居《ウブスナ》の国神《クニツカミ》を氏神といふハ謬《アヤマ》れることながら、其称《そのナ》ばかりはいと古き事なりかし。

[注]＝この「氏神」・「氏子」に就き、次のような頭書が記されている。なお、その中に「国神考」と言う広道著作が見える。これは、他に一ヵ所「5 歴朝の沿革」の冒頭部にも言及されているが、これら以外には見えない。これも予定はしていたが書かれなかった著作の一つだろう。

此氏神・氏子の事、なほよく考るに、実に小縁ならぬ理のある事にて等閑にいふべき事にあらず。其由委くハ国神考にいふ。今の世にハ氏神の天神を祭る事ハ絶たれども、なほ本居の国神をハ新嘗に擬へて然るなり。此事も大く論ある事なれど、こゝには略く。

さて、御臣等《ミヤツコタチ》の家に生れ出る人ハ生《ウマ》れながらに、其ノ家の氏・骨名を被《カウブ》り告《ノリ》て、其職々《ツカサ〴〵》を受継《ウケツギ》つゝ、かりにも他事《アダシコト》をバ慕《ネガ》ハず。其ノ家の業《ナリ》を守りるのミにて、其職《ツカサ》を遷《ウツサ》るゝ事ハ生涯《ヨノカギリ》あらざりければ、他《ヒト》を羨《ウラヤ》ミ自《オノレ》を歎《ナゲ》きなどする心ハ、毫末《ツユホド》もあらず。自然《オノヅカラ》君と臣《オミ》との分別《ワキタメタヾ》正しくて、君を恨ミ親を疎《ウト》むる類の暴人《ヒガモノ》ハ、おほかたある事無くなんありける。蓋シ、たま〳〵さる白癡漢《シレモノ》の出来て大じき暴逆《アラビ》を引出れバ、物部・大伴の造等《ミヤツコタチ》、其部下《トモ》を率《ヰ》て討伐《ウチキタ》め、さハがり（さバかり）にもあらぬ軽き罪を犯し出たるハ、其氏骨名を貶《オト》し、職掌《ツカサゴト》を召上げ邑県《サトアガタ》を奪《ト》りて貧《マツ》しくせさせ給ひ、なほさバかりにもあらぬ限《カギリ》ハ、贖物《アガモノ》を出さしめて、祓《ハラヘ》を科《オフ》セ、神明《カミ》に誓《チカ》ハしめて、身滌《ミソ》ぎ改めしめ給へりき。かゝれバ、自然《おのづから》に上の御教令《ミノリ》を畏《カシコ》ミて、過《アヤマチ》を再《フタヽビ》せず、邪曲《ヨコシマ》を思ひ構《カマ》へず、己が職掌《ツカサゴト》の暇《イトマ》の隙《ヒマ》にハ、歓欣《オモシロク》（ママ）く可咲《ヲカ》しき俳優《ワザヲギ》などし、酒を呑《ノミ》、歌《ウタ》を諷《ウタ》ひ、舞《マヒ》ミ戯《タハレ》ミ楽しミて、とことハに直く健《スコヤカ》に、美《メデ》たしとも賞《メデタ》き大御国風《オホミクニブリ》になんありける。是皆、天神《アマツ》の詔《ミコト》のまに〳〵、毫違《ツユタガ》ハせ給ハず。思金神《オヒガネノカミ》の御方寸《ミコヽロ》より出たる大御政《オホミワザ》にして、よろづ天上《アメ》の儀《ノリ》の如くせさせ給ひつゝ、細事の礼式にいたるまでも、神代の跡《アト》を遺《ノコ》し移させ給ひけるによりてなり。

【上に引《ケ》る、古語拾遺神武の条に見えたる御制《ミサダメ》どもハ、天上にて天照大御神の定め給へる儀《ノリ》なるよしハ、其上の文に「宜《ベシ》下太玉命率二諸部神《モロ〳〵トモノヲノカミヲ》一供二奉《ツカヘマツルヿ》其職《ワザニ》一如中天上儀《アメノノリ》上、仍《カレ》令《シメ玉フ》二諸神亦与陪従《トモニソヘハベラ》一。」とあるハ天照大御神の勅語《オホミコト》なるが、太玉命にのミ令《（おほ）》せ給へるやうにハ聞ゆれども、自余の諸神たちにも係る事なるハ、「令諸神亦与二陪従一。」とあるにて、准《ナズラ》へて知れたり。さるハ拾遺ハ、上にもいへる如く、忌部氏の衰微《オトロヘ》を慨《ウレ》ひて書れたるものにて、強《アナガ》ちに忌部を揚ていはんとて、かくさまにハ書れたるなるべし。さて其儀礼《ノリゴト》ハ多く岩屋戸の故事なるよしハ、彼処《カシコ》に見えたる諸神たちの裔孫《スヱ》に、さながら其職を任じ給へるにて知るべし。なほ委くハ上古政趾考に証文《アカシコトバ》を挙《アゲ》ていふを見るべし。今ハたゞ概略をいふのみなり。】

さて、上件《クダリ》にいへる二の治術《ヲサメワザ》をバ、いづれを用ひさせ給ひしぞといはむに、此の葦原中国ハあるが中にもいと武き国俗《ブリ》にて、下《シモ》が下にいたるまで、ともすれバ武に過たる事も有《ル》を以て、天皇の大御稜威《オホミイツ》をいと〳〵厳かに赫《カヽヤカ》し給ひて、威《コラ》し伏《キタ》むる方を表にハ立給へり。さハ何を以て然るぞといはむに、上に引たる古語拾遺に「物部乃《スナハチ》立㆓矛㆒盾㆒、大伴・来目《クメ》建《タテ》㆑仗《ツハモノヲ》開㆑門《ヲ》、令㆘朝㆓四方之国《ヲ》㆒、以観㆗天位之貴《タカミクラノタフトサヲ》㆖」、とあるを始にて、つぎ〳〵大宮の大《イミ》じく厳《イカ》めしく戎器《ツハモノ》の多く利きなど、皆此条《スヂ》に係《カヽ》る御事と見えたれバなり。【かくいはゞ、例の生漢意《ナマカラゴヽロ》の人などハ、彼《ノ》漢国の上古に、「茅茨不㆑剪、何とか」やいふ事のあるを引出て、左《ト》や右《カク》やいひもすべかめれど、さハ後世に益なき驕奢文飾《カザリ》の風流《ミヤビ》の故に、下民の物を貪り掠《ト》る悪風俗《アシキナラハシ》を揉《タメ》んとていひたる激語《カラゴト》にこそあれ、実に天位之貴《たかみくらのたふとさ》を観《み》つべきハ、宮門《ミカド》の厳《イカメ》しく凝然《イヨヤカ》なると、矛・盾・兵仗《つはもの》の多く利《と》きと、軍士《イクサビト》の健く壮《さかり》なるとにあらずて、何物かハあるべき。（この後、数行抹消。）[注]】

［注］＝抹消された部分を正宗文庫本によって補えば、次のようである。

彼の陰陽五行の虚理《ムナシゴト》に仮托《カコツ》けて赤く青き幡蓋《ハタキヌガサ》に鳥獣《トリケモノ》の形状《カタチ》を画くなる虚飾《ムナシカザリ》の文のごとき空事にハあらずかし。其ノ幡蓋の虚飾だに、猶其ノ虚飾にて王の王たる形容《アリサマ》を示《ミ》せて、貴き事にする二ハあらずや。よく〳〵思惟《オモヒハカ》りて、さる事を勿《ナ》いひそよ。

さらバ、ひたすらにしか武くのミ坐《マシ》まして御仁慈《ミウツクシミ》のかたハ麁略《オロソカ》なりしか、といはむに、其はたさしもあらじ。おほかた世間《ヨノナカ》の事ハ、一向《ヒタムキ》に偏《カタヨ》りてばかりハ大《イミ》じき過失《アヤマチ》の出来る物なれバ、さやうに猛く剛きのミにてハ諸民《ヒト》の思ひ附従ひ奉るべくハあらぬ事なれバ、天照大御神の御心を御心として、大御光輝《オホミヒカリ》の照さぬ隈《クマ》なく青人草《アオヒトクサ》を恵《メグ》み憫《アハレ》みて、治め給へりき。さるハ、古事記に、須佐之男命《スサノヲノミコト》の勝佐備《カチサビ》の御所行《ミシワザ》を申せる段《クダリ》に、「故《カレ》雖《ドモ》㆓然為《シカスレ》㆒天照大御神者《ハ》登賀米受而《トガメズテ》告《ノリ玉ハク》如《ナス》㆑屎《ハクソ》酔《エヒテ》而吐散《ハキチラス》登許曽《トコソ》我那勢之命《アガナセノ》為《シツラメ》㆓如此《カク》㆒又《マタ》離《ハナチ》㆓田之阿《タノア》㆒埋《ウツム》㆑溝者《ルミゾハ》地矣《トコロヲ》阿多良斯登許曽《アタラシトコソ》我《アガ》那勢之命為《シツラメ》㆓如此《カク》㆒登詔雖《トノリドモ》㆑直《ナホシ玉ヘ》、猶《ナホ》其《ソノ》悪態《アシキワザ》不㆑止而《テ》転《ウタテアリ》」とありて、天照大御神ハ、如此状《サマ》に和《ナゴ》やかに仁慈《ミウツクシミ》おはして、教導《ヲシヘミチビ》き給へるを、其ノ大御心として、同殿《オナジミアラカ》に御坐《オハシマ》す。天皇のいかでかは御仁慈《ミウツクシミ》のおはせざるべき。

然れども、おほよそ人心ハ転《ウタテ》ある物にて、其ノ御仁慈も常となれば、馴侮《ナレアナド》り奉る心の自然出来るものなれバ、かく大御稜威《ミイツ》をバ厳《キビシ》く赫《カヾヤカ》しく押立《オシタテ》させ給ひて、天下を圧鎮《オシシヅ》め給へる、これなん即《ヤガ》て天神《アマツカミ》の御心で、天圧神《アメノオシガミ》の天ノ下所知食《（しろしめし）》ける御政風《ミワザブリ》なりける。【天圧神とハ神武天皇を申せること、日本紀（巻三、「十有一月の癸亥の朔の条」）に出】されバ、天皇をバひたすら遠神《トホツカミ》と崇め順《マツロ》ひ奉りて、かりにも御所行《ミシワザ》の善悪など八露も議《マウ》さず、唯《タヾ》心を尽《ツク》くして畏《カシコ》び尊び奉る余《ホカ》ハなかりしなり。【遠神とは天位のはるかに貴《タカ》く遠く坐ます御事を称《マウ》セる古語なり。誤《アヤマリ》て下情《タミノコヽロ》に遠き事と勿《ナ》思ひ混《マガ》へそ】されども和《ナゴ》やかなる大御心の辱《カタジケナ》さハ、何事も大《オホ》らかに寛《ユル》やかにて、飢《ウヱ》ミ寒《コヾエ》ミすばかりの貧しき民もあることなく、他《ヒト》を羨み外を慕《ネガ》ふ姦人《サカシラビト》も少《マレ》なかりしかバ、たゞ暮と旦《アケ》と不覚《スヾロ》に楽しミ歓しミてのみなん有ける。是なん道々しき名《ナ》ハあらずして、所謂道ハ自然《オノヅカラ》に有ける皇御国の惟神《カムナガラ》の正道にハ有ける。【此段、いはまほしき事いと〳〵多かれど、上古政迹考にいはんとて、大かた略《ハブ》きて唯その大概をのミいへるなれバ、見ん人麁漏《オロソカ》なるを咎むることなかれ。】

## 3　外国《トツクニ》の道《ミチ》

漢土《モロコシ》の上古《イニシヘ》を彼国史《カノクニブミ》に依《より》て考《かんがふ》るに、[注]後の世の如く姦黠《サカシラ》にハあらで、神明《カミ》を敬《ウヤマ》ひ斎《イツキ》きたる状《サマ》も法令制度《ノリオキテ》のおもむきも、大率《オホムネ》我《わが》ガ上古《いにしへ》へに似たる物になん有ける。さるハ、先づ彼国《かのくに》の太古《イニシヘ》には、史記に（この語句正宗文庫本にはなし）、庖犧氏・女媧《堝》氏・神農氏などいへる王《コキシ》［王（ルビなし）］ども出来て、種々《くさぐさ》の事どもを始《はじ》めけるよしなれども、いと〳〵往昔《むかし》の事にて微細《こまやか》にも伝《つた》ハらず。【其の中にも庖犧氏・女媧《堝》氏を蛇ノ身人ノ首、神農氏を人ノ身ノ牛首といひ、共工氏が祝融氏と戦ひて、其の頭《かうべ》不周山といふ山に触《ふれ》て死《しに》たりしかバ、天柱折《クジ》け地維欠《カゲ》たるを、女媧氏が五色ノ石を錬《ねり》て天を補《をぎな》ひ、亀《カメ》ノ足を断《きり》て四極を立っなど記るしたるハ、吾神代《わがかみよ》のさまに似たる処あり。また「庖犧氏始て画《く》二八卦《を》一、以《て》通二神明之徳《ヲ》一、以《て》類《す》二万物之情《を》一。」などあるハ、道の神明《かみ》より出たる証《アカシ》とすべし。】

［注］＝この章の冒頭「漢土の上古」に触れた件に、正宗文庫本には、次のような頭書が認められている。

頃日、平田氏の著されたる三五本国考また赤県太古伝の二の巻まで見たりしに、漢土の上古に所聞《きこえ》たる三皇五帝の事どもをいと〳〵詳しく考証して、さて其三皇五帝などハ、大かた皇国の神たちの渡り行して彼国を開き給へるやうに論《イハ》れたり。げにさもあるべき事なり。然ハあれども、其引用ひられたる書ども、いハゆる緯書（経書にかこつけた禍福・吉凶・予言を記した前漢末の偽書）と云物の類にしあればいと〳〵怪異しき事の多かる上に己レ書を読こと博からねバ、其書ども全篇を読ざる物も多く悉く実証になるべき可否かをも頓に定めがたけれバ、姑くこゝの論をも改めずしてさしおくなり。つぎ〳〵に彼の緯書ども読ミて実にさもあるべき事ならバ、彼説に従ひて猶委しく記し改むべし。

其後、黄帝軒轅・帝顓頊高陽・帝嚳高莘などいふなれど、これはた、何《いづ》れも詳《ツバラカ》ならず。【其の中に、高陽氏の下《トコロ》に「載《オコナヒテ》レ時《ヲ》以《て》象《ドリ》レ天《ヲ》、依《て》二鬼神《に》一以制《シ》レ義《ヲ》、治《メテ》レ気《ヲ》以《テ》教化《し》、潔《シ》レ誠以祭祀《ス》。」といひ、高莘氏の下《ところ》に「明《にして》二鬼神《を》一而敬事レ之《ヲ》。」など云へるハ、又吾上古に似《に》たる処あり。】高莘氏の子に帝尭放動（勲）といへる王の時よりハ、聊《いささか》伝《つた》へたる書も見えしらがふを以て、儒《ズ》者《サ》ハこれよりよろづ論《ろん》ずることなり。故《カレ》、其光景《ソノアリサマ》を熟《ツラ〳〵》考《カムガフ》るに、此帝尭の頃《ころ》ハ、やゝ人ノ心も狡黠《サカシラ》に成《なり》もて来にけるにや、国中［天下］［注］にさま〴〵の禍災起《ワザハヒオコ》りて平穏《オダヤカ》ならざりしを、【河水《かはみづ》の溢《アフ》れて万民《ヒトクサ》の煩《ワヅラ》ひとなりしハ、土地《トコロ》の長大《おほき》なるに水脈《みづすぢ》といふことを知ラざりしなるべければ、これハ禍災《わざはひ》の中チにハあらず。されど典刑を制《さだ》めしハ悪人《さがなびと》の為《ため》なるべく、四国《よくに》の長《をさ》を誅《ツミナ》ひしハ暴人《ハブレモノ》の懲《コラ》しめなるべければ、人の心のさかしだちて禍災の起《おこ》りけんことハ知るべし。】さま〴〵の人に任《よさ》して治《をさ》め導《みちび》きける故に、其の世ハいとよく静謐《しづか》なりしといへり。其の任《ヨザシ》の為《ため》に選挙《えりあげ》て用ひたる人の中に、虞舜重華といへる、勝《すぐ》れて賢《かしこ》かりしかバ、女子《ムスメ》に配《アハ》せて養子《ヤシナヒゴ》として国中［天ノ下］［注］の政事《まつりごと》を譲《ゆづ》りたり。

［注］＝「漢土」の歴史に触れた件で、「漢土」全体を指す言葉として、「本学提綱」では「天下」又は「天ノ下」と記していたが、「本教提綱」では、ここに見えるように、「国中」と言う言葉に置き換えられている。この言葉の置き換えは、必ずしも全てに亘らず、書き換え忘れたのか意識的に残したのかの区別はあいまいだが、この後にも多く見える。先の〈解題〉で触れたように、広道は闕字の非を指摘されて改めたが、ここでも誰かに言われたのか、あるいは自分でそうしたのか。闕字はともかくも、この言葉の置き換えに関しても、広道の論争好きで負けず嫌いな側面が伺える。

又、同時《おなじとき》の人の中に、伯禹といへるもまた賢《かしこ》くて、溢乱《アフレミダ》れたる水脈《みづすぢ》を修《をさめ》て功《いさを》ありしかバ、後にハ此人に虞舜氏の政事［天ノ下］を譲《ゆづ》り与《あた》へたりとぞ。是《これ》を夏［夏］の禹王となんいふ。【尭の舜に譲《ゆづ》りしハ後ノ世にすなる贅《ヤシナヒゴ》子の物《もの》に所見《ミエ》たる初メなり。これ太古《いにしへ》よりの制《さだめ》を改変《あらためかへ》て、かく異《こと》やうなる事を始めたるなれど、産子《ウミノコ》の丹朱が愚蒙《おろか》にて為術《センスベ》のなきままに、女《ムスメ》に配《めあは》せたるなればなほ所拠《よりどころ》ハありけるを、舜の禹に譲《ゆづ》りたるハいかなる義《よし》とも詳《さだか》ならず。強《しひ》ていはゞ禹も同宗なりし故にもや有けん、司馬遷が筆法《フデツカヒ》もさるさまに書なしたり。これにハ聊《いささかイブカシ》不審き事もあれど、思ふ旨《ムネ》ありて今ハさて止《やみ》ぬ。これらをバ徳に譲《ゆづり》りたりとやうにいひて、上《うへ》もなく美《イミ》じき事にいひさわぐめれど、実《まこと》に為方《せんかた》の無《なか》カリし耳《ノミ》にて、何の事もなし。仮令《たとひ》徳に譲りたるが美《いみ》じきにもあれ（この後正宗文庫本には「采覧異言などに出たる」とあり）、西戎《にしのから》の国にハ今も猶《なほ》さる習俗《ならはし》の所ありとしもいへれバ、彼ノ尭舜ばかりを珍《メヅラ》しげにいふべきにはあらざるべし。さてまた、舜ハいと〳〵賤人《イヤシキヒト》の子にて、親《みづか》ら耕《たがへ》し或るハ陶器《すゑもの》を作《つく》り、また廩《クラ》を塗《ぬ》り井を穿《ほ》り、などせしとやうに記るしたるハ（この後正宗文庫本には「孟軻などが」とあり）、偽説《イツハリゴト》と聞えたり。それいかにと云はむに、舜ハ顓頊が七世の後《のち》にて父の瞽叟までハ六世《むつぎ》なり。嚳も尭も、皆顓頊と同じく、黄帝の裔《すゑ》なるに、舜もまた帝の系《すぢ》を出て七世ばかりならバ、いかに流落《オチブレ》たりともさまでに賤しき者になるべしやハ。周の頃《ころ》までも同姓といふことをバ重《オモ》みしたるを、遥《はるか》に前《さき》なる尭の代に顓頊より六七世の同姓を放流《ハフラカ》して、陶器《すゑもの》を作り井を穿《ほ》るばかりの人となさば、尭を聖人といへるハ虚誕《ソラゴト》なるべし。されバ決《キハメ》めてさハあるまじき理《コトハリ》なり。~~孟軻~~或が書などにさる事を云へるハ、自己《オノレ》が説の窮《きはま》らんことを恐れて作り設《まうけ》し妄譚《ミダリゴト》なり。[注] 此の事ハ宋の蘇軾もかつ〴〵疑ひたり。総て彼ノ国の史ども詳論したる中にハ、此の蘇軾といふ人のいへる事どもぞさもありげに聞ゆる事の多かるハ、人情《ヒトノコヽロ》世態《ヨノシワザ》を深《ふか》く暁《さと》りたる故なるべし。】

　[注]＝この後二行ほど抹消。正宗文庫本には「よしまた孟軻にあらずとも、必ズ其ノ頃の擬賢人《サカシラビト》ラ等が所為《シワザ》なること明けし。史記など八、彼ノ孟軻等ラが言を信《マコト》なりとして取用《トリモチヒ》たるなれバ、論に及ばず。」とある。

　さて、其ノ尭・舜・禹の政事《まつりごと》しける状《さま》ハいかにぞと観《み》るに、何《いづ》れも天神《アマノカミ》の詔命《オホミコト》を畏《かしこ》み尊《たふと》み奉りて、厳《おごそ》かに斎《いつ》き祭《まつ》りつゝ、天下《アメノシタ》の黎民《ヒトクサ》の恩沢《ミメグミ》に漏《モレ》ざらんやうを勤《つと》めたる外《ほか》ハなかりしなり。其ノ証《シルシ》ハ則《ヤガ》て彼ノ世の事を云る史記［いへる条の史記］に「於是《コヽニ》［於レ是］帝尭老ヌ、命レ舜ニ摂《かね》二行《はしめ》天子之政一ヲ、以テ観《せしむ》二天命一ヲ。舜乃チ在《アキラカニシテ》二璿璣玉衡ヲ（渾天機）一、以斉《テトヽノフ》二七政ヲ（七曜）一、遂類ニ《し》二於上帝に一、禋シ二于六宗ニ一、望シ二于山川に一、弁ズ二於群神ヲ一、摂《ヲサメテ》二五瑞ヲ一、択二吉月日ヲ一、見テ二四岳諸牧ヲ一、班レ瑞ヲ、歳ノ二月東巡狩《に》シテ、至テ二於岱宗ニ一柴ス。望二秩於山川ヲ一、遂見二東方君長ヲ一、合《カナヘ》レ時-月正ヲレ日ヲ、云々」とある、是なり。【此事、書（書経）にも見えたり。天子とハ天帝の子といふ義《ヨシ》なり、これ吾上古に天皇《スメラミコト》を天津神《あまツかみ》の御子《みこ》と申奉りしに、甚《はなはだ》似《に》たり。さて彼ノ国の上古にも、かくの如く上帝天帝などいひて、天神御坐《アマツカミノオハシマ》す事をたしかに称《まを》せるを、後にハ唯天とのミいふことになれりしハ、語《ことば》を省くとて本意を失《な》ひたるなり。こゝの注どもいたくひがこと多けれど、わづらはしさに爰にハ贅《もの》せず。】

かくて後ハ、禹王が子孫《コドモ》つぎ〳〵に国を治《をさ》め知《しり》て、君も臣も家を世《ヨ、》に伝《つた》へつゝ、同姓などいふをバいと〳〵重《おも》き事として、仮令《カリソメ》にも系統《スヂ》なき者に人の長《ヲサ》させけることなどハあらず。総《スベ》て正しく治りゆきしに、【姓を重《おも》くする事ハ右に云へるが如くなりしかども、職《ツカサ》を授《サヅク》るに人選《ひとえり》をせし事ハ、尭の時に既《はや》く起れり。されバ、此の夏の世などもさるぢやうにこそありつらめ。さハいへ、其の人選《ひとえり》も後世の如く、系統《すぢ》なき下民《たみ》をも取挙《とりあげ》て重職《おもきつかさ》を授くる如き事ハなかりしなるべし。さるを、野無《ニ》㆓遺賢㆒などいふ事を猛《たけ》きことの如くいひ騒《さわ》ぐめるハ、後のの状《さま》をのミ見てさかしがりたる空談《イタヅラゴト》なり。凡《すべ》て、文書《ふみ》のうへにさまぐ〳〵語《ことば》を潤色《かざり》て、ものものしくかきなすハ、彼ノ国人の僻《くせ》なれバ、其れにハ惑《まど》はで、唯よく事情《ことのまこと》のすぢを見弁《わか》つべきなり。】其の裔《すゑ》に、孔甲といへる王いできて、聊愚《いさゝかおろか》にぞありけらし。此王の時よりこそ、諸侯などいひける長《をさ》ども［もゝ］夏に畔《ソムキ》たりとハしるしたンなれ。【史記の此の条《くだり》に記るしたる豢龍氏《（カンリユウシ）》（龍を飼育する氏族）の事ハ、当時比喩《そのかみたとひ》の寓言《ソラゴト》なるを、正々《まさ〳〵》しげにかきたるハ、司馬遷がよくも思ハざりしにぞ。】

此孔甲が三世《みよ》の孫《ひこ》、履癸桀といひける王、またいと暴々《アラ〳〵》しき本性《ほんじやう》なりけるにや、妄《ミダリ》に人を殺す事などありて、普《あまね》く人の情《こゝろ》を動《うご》かしけれバ、ます〳〵畔《そむ》きて従《したが》ハぬ長《をさ》どもゝありけん。【桀王が事に酒池肉林などの事をいへる書もあるハ、紂王の事より紛《まぎ》れたる伝《つたへ》と見えたり。又紂王が事に酒池肉林をいへるも、たゞ文《ふみ》章《ことば》の潤色《かざり》なるを、実《まこと》にさる事ありきと思へる人もあるにや、事情《ことのこゝろ》を得知《えし》らぬことの甚《アマ》りなりとぞいはまし。】

其れが中に、彼尭の時、選挙《（えりあげ）》られたる人の中に、契といへるありき。其の裔《すゑ》に商（殷）の成湯履といふ者ありて、諸侯といふ物にこそありけめ。何事《なにごと》か桀王が心に合《かなは》ぬ事引出しけむ、夏台といふ所におしこめて囚《トラ》へ置《おき》たりしを、後に釈《ユル》されて国に帰《カヘ》りつ。此に依て、いといたく桀王を恨ミて、遂《つひ》に討亡《うちほろぼ》さんとぞ構《カマ》へける。【履が桀王を恨ミける事ハ、夏台に囚れし故なることハ明かなるを、少《イサヽカ》も論じたることの聞えぬハいかにぞや。さる故もなくて君主《きみ》を亡ぼさんとまでに思ふ心の、人として発《おこ》るべくハあらぬ事ぞかし。桀王が死なんとする時の史記に「吾悔《ラクハ》不三遂《シテ》殺《ニサ》二湯於《ヲ》夏台一使《ム》レ至レ此《ニ》。」といへるを見るべし。】

其の構《かま》へけるやうハいかなりしぞと推試《オシこゝろむ》るに、並《ナベ》て人の情《こゝろ》に合《カナ》ひて好《この》むべきさまの事を行ひて、己身《ヲノガミ》をバ慎《つゝし》ミつゝ物多く出だして人に与《あた》へなどやうの事をぞ為《シ》にけん、さるハ、桀王が暴《アラビ》に目《め》を側《ソバ》めたる諸侯どもを従《したが》へむとの謀略《ハカリゴト》なり。【史記に［（この語句なし）］「湯修《む》レ徳《を》、諸侯皆帰《なす》レ湯《に》、湯遂率《ニて》レ兵以伐《をて》二夏桀《ツヲ》一。」とある文のさま、しか聞えたり。「修レ徳《ヲ》」とハ上に云へる如く、己《オノ》が欲き事を堪へ忍びて、先《まづ》人より与ふる類《アタ》を総ていふ漢人《からびと》の常語《つねごと》なり。】さるやうを知リて、伊摯（伊尹。摯は諱）といへる者《もの》、其ノ尾《を》に携《スガリ》て身《み》を立《たて》んとや思ひたりけむ、何の故ともなきに、鼎俎《カナヘマナイタ》の類ヒ［類《たぐひ》］を負《おひ》もて往《ゆき》て、履に謎々《ナゾ〳〵》を懸《かけ》たりしかバ、即《ヤガ》て悟《さと》りて挙《あげ》用ひつゝ、専《もは》ら此伊摯と夏王を亡《ほろぼ》す謀計《ハカリゴト》をぞ巧《たく》ミたりける。【一伝《またつたへ》にハ、伊摯、莘といふ国の野《の》に耕《たがや》し居《を》けるを、履、さま〴〵礼《ゐや》を厚《あつ》くして招《まね》き来タりしなり、といへり、これハ謬《あやまり》なるべし、若《もしまこと》実にさる事ありしならバ、履と摯と予《カネ》て言合《ことあは》せおきて、摯を尊《たふと》くして人に示《み》せんと謀りしなるべし。漢国《からくに》も上古《いにしへ》ハ姓氏の統《すぢ》を尊《たふと》みし事、上に云る如くなれバ、履帝孫《キミノスヱ》の侯［侯］として、さる野人《いやしきひと》を礼《らい》すべくもなく、其を招《まね》かんとて自《みづか》ら行クべき事にもあらず。伝説呂尚などが事を謬《あやま》り伝たへたるなるべし［ならん］。彼の頃《ころ》ハ既《すで》にさるさかしら事の、出来べきころほひなれバ、さやうの事どもゝ有しなるべし。】

伊摯を出して桀王に仕へしめて夏の形勢《アリサマ》を窺《うかゞ》ひ量《はか》り、【伊摯を桀王に仕へさせたるハ、夏の案内《あない》を探《さぐ》り知らん為なること、蘇軾もいへり。孫子用間ノ篇に「昔殷之興也、伊摯在《ル》レ夏《り》、周ノ之興也、呂牙（呂尚）在《ニ》レ殷、故明君賢将、能以《(ママ)》二上智一為《トハ》レ間者、必成《ズ》二大功一。」といへるハさる事なるを、近来梧窓漫筆（太田錦城著、前編文政6年・後編同7年・三編天保11年刊）などに引出てとかく云へる事もあれど、皆儒者ざまの常説《ゴト》なれバ論に及バず。】隣国《となれるくに》の葛といふ地《トコロ》の伯《キミ》が祀《マツリ》を怠《オコタリ(ママ)》れりとて、其れを咎《とが》めて兵《いくさ》を起《おこ》しつゝ、諸侯どもを威《おど》し且誘《かつサソ》ひしかバ、桀王が暴《あらび》に困《コウ》じたる諸侯(ママ)馳集《はせあつま》りて、即《やが》て桀王を攻伐《せめうち》つゝ、鳴条といふ所へ追ひ出だして、夏の国［天ノ下］を簒《うば》ひ取《とり》にき。是、彼の国にて君とある人を伐《ウチ》て国を奪《うば》ふことの、物に所見《ミエ》たる初《はじめ》なるうへに、系統《スヂ》なき者を挙用《あげ》ひて、政事《まつりごと》を執《とら》しむる事も亦た、此の伊摯なん始めにハ有ける。【此の事さまぐ〵に云へれども、其の方《カタ》ざまの説ハ悉《コトゴト》クひがごとなり。葛伯が「不《ぬ》レ祀《まつら》」を咎めたるハ理に似たれど、桀王こそ咎むべき事なるを、故《ゆゑ》もなくさし出て兵《いくさ》を起したるハ、己が威勢《いきほひ》を諸侯に振《ふる》まはん為なること著《しる》し。又説苑（前漢の劉向編の歴史故事集）などにいへる趣を以て見れバ、かく恣《ほしいまゝに》に兵《いくさ》を起したるは、桀王を怒《いか》らしめて彼れより手を出させせんとしたる伊摯が謀計《たばかり》と見えたり。さるハ、臣《やっこ》として君を伐《うつ》ことハあるまじき事にて人の従ふまじければ、攻められて為方《せんかた》なき様《さま》に取成《とりなさ》んとてなり。また野《の》に出て網《あみ》を張《はり》つゝ、一面《ひとつら》を残《のこ》してかにかくといへることも、軍《いくさ》を誓《ちか》ひし誥《コトノハ》も、皆人を順がへんとしたる偽譏《イツハリハカリゴト》なり。これはた伊摯が狡意《サカシラ》なるべし。いとぐ〵悪《にく》むべし。桀王が鳴条にて死たるも、履が密《ひそか》に殺《しせ》しなるべし。上に引ケる桀王が最後《いまは》の語《ことば》憤《いきどほ》り深く聞ゆるにて思ふべし】。

さて、しか臣《やっこ》として君《きみ》を伐《うち》たるハいとぐ〵逆事《サカワザ》なることなれば、諸人《もろひと》の肯《ウケガ》ふまじきを量《はか》り識《シリ》て、これを天命に仮託《カコツケ》つゝ、さまぐ〵小賢《コザカ》しく偽《いつは》り説《とき》て、さて人の情に欣《よろこ》ぶべき限《かぎり》の事を考へ施《ほどこ》して、己《おの》が罪《つみ》を覆《おほ》ひしほどに、さすがに質朴《すなほ》なる古人《いにしへびと》どもなれバ、皆其の巧言《ことよき》に惑《まど》はされて、実《まこと》に聖人のごとくいひもて伝へたるハ、いとぐ〵本意《ほい》なく遺憾《ノコリオホ》きわざにぞ有ける。【履ハしかすがに快《こゝろよ》からざりけん、書に「(この語句なし)」「来世以《て》レ台《ワレヲ》為《し》二口実《ト》一。」などいひて悔《くや》ミしを、伊摯・仲虺（湯王の臣、左大臣）などいへる者ども、又さまぐ〵にとりなし潤色《かざり》て賞揚《ホメアゲ》たるハ、そもぐ〵いかなる悪逆《ヒガゴト》ぞや。すべて此伊尹摯といふ者ぞ、返逆《さかわざ》を謀る「謀《はかり》し」者の魁《ハジメ》なれバ、悪ミてもなほ飽《あか》ぬ者なり。さるを、履が子の太甲を桐宮といふ所に押籠《おしこめ》ながら、位を簒《うばゝ》ざりし一と事を以て賢人とて尊ぶめるハ、またいとをこなるわざなりけり。なほいはゞ、履ハ返逆《さかわざ》を以て国中［天ノ下］を奪《うば》ひしかども、さすがに帝孫《きみすぢ》なるからに世の人も少《すこ》しハ思ひ免《ゆる》すすぢも有けめど、伊摯ハ何ともなき野人《いやしきもの》なれバ、奪ハゞ免《ゆる》すまじき勢ひの有しからに、為方《せんかた》なく太甲に位を復したるもあるべし。これらの事ハ、後の世氏姓の乱《みだり》が

はしく成れりし時の状《さま》を以てハ、いふべからぬ事なり。】

さて、此の裔の世ハしか逆事《さかわざ》を以て奪《うば》ひしけにや依《より》けむ、ともすれバ乱《みだ》れむとしたる状《さま》も数《シバ〲》所見《ミエ》たる中に、いと〲末葉《スヱ》の武乙といへる王、あるが中にもあぢきなくて、天帝《アマツカミ》に逆《さか》ひ奉りしかバ、忽《たちまち》雷《いかづち》に震《ウタ》れて死《しに》たりき。其の孫《ひこ》に受といひけるハ、後に紂王といへるが事なり。【一説にハ、受と紂とハ音《こゑ》の相近《あひちか》けれバ、受即て紂の事なりと云へり。いづれにか。】此受王、膂力《チカラ》強く智恵敏《サトリハヤ》くして、さま〲誇《ほこ》り慢《あなづ》りけるあまりに、民心《たみのこゝろ》に背《そむ》く事どもこそ多かりけらし。国［天ノ下］の人に悪《にくま》れて畔《そむ》く者ども出来にけり。

其の頃、尭の時后稷（農業神、周王朝の伝説的な祖先）といひける人の裔《すゑ》に、西伯姫昌（周の文王）といへるありて、情実《ナサケ》あるさまの事どもを成《なし》しかバ、諸侯どもの従《したが》ひ付《つき》たるも多かりき。さてハ、後来《ユクスヱ》大《イミ》じき害《わざはひ》もこそとて、崇侯虎といへる人受王を諫《いさめ》しかバ、やゝ悟《さと》りて昌を麦里といふ所に押籠《おしこめ》て囚《とら》へ置きたりしを、後にハ昌が臣《やつこ》どもに欺《あざむか》れて昌を釈《ユル》して帰しける上へに、崇侯虎が云々《かにかく》と諫めし事までを告《つげ》て恣《ほしきまゝに》に他国《あだしくに》を征伐《うちきた》むる事をさへ免《ゆる》しき。かゝれバ、まぢかき国々《くに〲》をも思ひの随《マヽ》に攻伐《せめうち》て、いと〲広《ひろ》く地《ところ》を奪《うば》ひ取り、竟《つい》に崇侯虎をも伐亡《うちほろぼ》したりけり。【受王が驕《おご》り慢《たかぶ》りて欺《あざむか》れつゝ忠臣《まめびと》を殺せるハ論に及バず。昌もし世にいふ如き聖人ならバ、漫《ソヾロ》に他国《ひとのくに》を征伐《うちきた》めよと命《おほ》すとも辞《いな》むべき事なるを、なか〲よき事にして地《ところ》を奪《うば》へるハいかにぞや。また崇侯ハ深《ふか》き仇讐《アダ》なれバ先伐亡《まづうちほろぼ》すべきを、さハなく最後《いやはて》に伐ちたりしハ、世人の訾《ソシ》らん事を恐《おぢ》たるなるべし。然れども、己が姦謀《ワルダクミ》を見破《みやぶ》られたる怨念《ウラミ》止《やま》ずして竟《つひ》に伐ち亡ぼしたるにて、昌が忍人《ネヂケビト》なりし事ハ綻《ほころ》びて、著かりけり。】

然れども、昌ハ生涯《よのかぎり》時をはかりて受王を主《キミ》と崇《アガ》まへつゝ、猶《ナホ》現《アラハ》に後闇《ウシロクラ》き所行《シワザ》ハせざりけらし。此人死《ミマカ》りて後、其子の武王発といへる、忽《タチマチ》反逆《サカハザ》を企《クハダ》て、父《チヽ》が時より賓客《マラウド》として留置《トメオキ》たる呂尚といふ者を（と、カ）詐謀《タバカリ》を議《ハカ》りて、遂《つひ》に諸侯どもを招《マネ》き集《アツ》め、さて受王と戦《タヽカ》ひ攻克《セメカチ》て、親《ミヅカ》ら受を斬屠《キリハフ》りぬ。【昌といへるハ、後の周の文王と謚《ツケ》たるが事なり。さていかに戦ひ克《カチ》たりとも、昨今《キノフケフ》まで主《キミ》と崇《あが》まへ居《をり》たる人の首《クビ》を親《みづか》ら斬《キリ》たる発が所行《しわざ》ハ、逆暴《サカアラビ》の極《きはみ》とやいはまし。】

さて、此発が謀略《ハカリゴト》のやうもおほかた履が為《セ》し如くなりしかども、かく受王を亡ぼしけることハ怒《いか》りにまかせて伐《うち》たるにも非ず。祖父《オホヂ》の亶父といひけるが比《コロ》より、人を憐《あはれ》ミて自然《オノヅカラ》に従《したが》ひ付《つく》べき術《わざ》を施して、漸々《やう〳〵》に世を累《かさ》ねつゝ時勢《いきほひ》の必《かならずかつ》勝べきを量《はか》り知て、さて商をバ攻《せめ》たるなり。【亶父が薫育の寇《あた》を避《さけ》て豳《(ひん)》ノ国を去《すて》たるハ、衆人《もろひと》を馴属《ナヅケ》んと謀りたる偽謀《イツハリゴト》なることハ論なし。土地《クニ》も人民《たみ》も吝《ヲシ》からねバとて、遠祖《トホツオヤ》より伝たへ来《た》れる国をも家をも、おめ〳〵と仇敵《アダ》に与《アタ》ふる如き白痴《シレモノ》やハあるべき。もし実にしか思ひたるならバ、世《ヨ、》の祖《オヤ》へ尽《ツク》すべき孝《けふ》といふ事をバいかにとかせん。されバ、決《ウツナ》く偽計なること著し。其レに継て昌がさま〴〵の難事を堪忍《たへしの》びて地《トコロ》を広げ、呂尚を礼《らい》して師と崇《あが》め、伯夷等をはじめて天の下の賢士《サカシヒト》を募《ツノ》りたるなど、おぼろけの下タぐみにハあらず。此等《これら》の事今少しいはまほしけれども、さしも此処《こゝ》にやうなき事なれバ略《ハブ》く。なほ、此余《ほか》に昌が易の爻ノ辞を造《つく》り変《かへ》て天命に仮託《カコツ》け、暦ノ数を算《カゾ》へ革《アラタメ》て受命の結構《シタガマヘ》したる事などハ、頃日《コノコロ》見たりし伴氏の周易私論（天保5年成立）、平田氏の春秋命暦序考（天保4年序刊）などに詳《つばら》に論《アゲツラ》［論《い》］~~はれ~~ひたれバ、其に就きて見るべきなり。】

これはた大《イミ》じき悪逆《サカワザ》なりけれバ、其れを覆《オホ》はんとして亦《また》天命に事托《コトヨセ》ツヽ、種々《クサ〴〵》善状《ヨサマ》の事を為《し》て、国中衆人《モロビト》の心を取たる中に、発が弟に周公旦といへる、勝《すぐ》れて才智長《さとりたけ》たりしかバ、さま〴〵深《ふか》く謀《はか》り成《なし》て、衆人《もろひと》の信《ウケ》ぬべきさま〴〵の事多く製《ツク》り出けり。【其おもむきは、彼ノ国の書どもに詳なれバ今ハ略く。】さるハ、皆ナ先ヅ自己《オノレ》がうへをバ鎖細《イサヽカ》の事をも約《コトソ》ぎ省《はぶ》きて、広《ひろ》く天の下に仁徳《メグミ》の及ぶといふことを標題《ウハゴト》に設《マウケ》て、政事《まつりごと》すべき末々《スエ〴〵》を細密《コマカ》に穿鑿《アナグ》り究《きは》め、また人と人と交《まじ》らふに、尊卑貴賤《タカキイヤシキ》ま差《ケヂメ》ある式礼《ノリワザ》を理《コトワリ》を推《おし》て、いとまた細密《コマカ》に砕《クダ》き定《さだ》め、【史記に「成王云々、在《テ》レ豊《ニ》作《る》二周官《を》一、興二正《シ》礼楽《ヲ》一、制度於《て》レ是改《にる》。」といへる、是なり】兵器《ツハモノ》を振去《トキステ》、軍旅《イクサビト》を釈散《トキチラ》し、馬牛《うまうし》を放去《ハナチステ》て再《ふたゝ》び干戈《イクサ》を起すまじきよしを示《しめ》したり。【兵器《つはもの》を振去《ときすて》、馬牛を放去《はなちすて》たるハ、我ガ後葉《ノチノヨ》に至りて諸侯どもが先蹤《サキノタメシ》をいひたてて叛逆《さすわざ》を企《くはだて》んかとて、先づかく兵器《つはもの》の頓《トミ》に用ひらるまじき結構《シタガマヘ》をなし置たるにて、秦の始皇が天下の兵器を銷《ケ》して金人《カナヒト》（銅人12体）を作りたると全《また》く同意じなるを、此レをバ賞美《メデタ》き例《ためし》にいひ、彼れをバ愚惑《おろか》なるが如くいひ曲《マク》る儒者輩《ども》の論ハ、いと〳〵意得《こゝろえ》がたくなんある。】

これよりして、彼の国の政事《まつりごと》の様古《さまいにしへ》に違《たが》ひゆきて、よろづ雌々《メヽ》しく文飾《カザリ》がちになりて、君主《きみ》といふ物ハ、唯仁恩《タヾメグミ》を以《も》て人を憐《あはれ》ミ馴属《ナヅケ》るをのミいふやうになり、少《イサヽカ》も其レに違《たが》へバ彼の桀紂が類なりとして、竟《つひ》にハ殺《ころ》して簒《ウバ》ふとも、簒《うば》ひし者に咎《とが》なきやうにハいひ始《そめ》しなりけり。然れども、其根源《もと》ハ反逆《サカワザ》を覆《おほ》ひ匿《カク》さんとするに出たるなれバ、庖犠氏の上帝《あまつかみ》より受得《うけえ》たる上古《いにしへ》ながらの制度《さだめ》には非ずと知るべし。

上件《カミノクダリ》、夏の禹王よりこの周の発王（武王）までを三代聖人の世といひて、後世儒士の本拠《モトツヨリドコロ》とする所なり。【されど、右にいへる如く、三代の趣向《おもぶき》も亦甚異《いとこと》なる事どもありて、夏ハなほ本のまゝなる統々《スヂ〳〵》の君主《きみ》にて、制度《さだめ》も何も太古《いにしへ》よりの様《さま》なりしを、商に至りてハ、彼ノ履王が機変《タバカリ》に出たる反逆《さかわざ》の潤色《かざり》の為《タメ》に、甚《いた》く変革《カハ》りたる事もありぬと所思《オボユ》れども、系統《スヂ》なき者と取挙て政事を委《ゆだ》ぬると、正朔を改めたると、をり〳〵誥（みことのり）といふ物を作りて理屈を下民《しもつたみ》に喩《さと》したるなどの外にハ、史《ふみ》に見えたる事なけれバいふまでもあらず。おほかたハ、此の周の代制度《さだめ》をなん概《ヲシクル》めて三代の道とハいふめるなり。さて、商よりこなた、誥といふ物を作りしにとも（ママ）、下民《たみ》の全《また》く従がハざりし事をバ知るべし。実に能《よ》く従ひたるならバ、など理《コトハリ》を唱《とな》へて喩《さと》するに及ぶ事かハあらん。中にも盤庚（殷朝19代王）が都《みやこ》を遷《うつ》さんとしたる時にハ、下民大《たみどもいた》く怨《うら》ミ憤《いか》りてかにかくと訴《うた》へたるを、辛《カラ》うじて喩《さと》したる状《さま》見えたり。王ノ徳《いきほひ》の軽々《かろ〴〵》しさ惟《おも》ひ見つべきものなり。周の国初《くにはじめ》の事にハなほ論あれど、今ハわづからハしさに略きていはず。然れども、此頃までも神明《かみ》を敬ひたる事ハ、大《イミ》じかりけんと覚《オボエ》［所見《ミエ》］て、受王を討ちたる時の祝文に、「殷之末孫季紂、珍㆓廃《シノ》先王明徳㆒ヲ、侮㆓辱神祇㆒ヲ、不㆑祀、昬㆓暴商邑百姓《ノ》㆒、其章顕㆓聞于天皇上帝㆒。」などいへるにて見るべし。】

さて、其制度儀礼《サダメノリワザ》の類よく国中に行ハれたりや否《アラズ》や。其は知ラれがたけれど、康王釗（釗カ—周朝第3代王）が世までハ周公旦・召公奭などいふさかし人ども在《アリ》けれバ、おほかたにハ行なひ見たるにもあるべし。【「民和-睦《して》頌ノ声興ル。」など書たるハ、例の潤色の文《コトバ》にこそあれ、実《まこと》に人の情を推《おし》て考ふれバ、彼ノくだくだしき儀礼文華を一時《ひとゝき》に施《ほどこ》し行んとせバ、民ハほと〱困《コウ》じぬべきわざなるべし。されども、周公・召公・畢公など云へるハ、才《ざゑ》いとたけたりきといへれバ、言巧《コトヨ》くいひなして施しつべけれバ、一旦《ヒトタビ》ハさもと信《ウケ》て行なひ見たるにもあらんか、其ハ左《ト》まれ右《カク》まれ、人ノ情といふ物ハ煩《わづら》ハしきを厭《いと》ふが古《いにしへ》今《いま》並《ナべ》て異《かは》ることなき物なるを、甚《アマ》りに事の制《サダ》を多くすれバ名《な》目を記憶《オボユ》るばかりも難《かた》きわざにて、天の下おしなべてハえ守《まも》るまじき事知られたり。其れも後の世其の道に固執《シヾコ》る人は、容易《たやす》く行なはるべきことの如くにも思ふべけれど、人にハ賢《かしこき》あり不肖《オロカ》なるありて一向《ヒタムキ》にハ定めがたきものなれバ、しか思ふハ唯自《ワ》がうへをのミ知て他のうへをバ顧《おもは》ぬ狭険《セバ〱》しき心なり、といふべし。不肖《おろか》なる人も守らるべきほどの制度《さだめ》ならでハ、立てたる法《ノリ》も其のかひなき物と知ルべし。】

されど、しかむつかしげなる制度《さだめごと》なりしかバ、上みに其の人なくなれバ即《ヤガ》てあらぬさまに乱《みだ》れゆきつゝ、康王釗が子の昭王瑕（周朝第4代）といへる王よりハ竟《ツヒ》に法制《ノリサダメ》も衰《おとろ》へて、本に復《かへ》る事ハあらず成り行きたるに、厲王胡（周朝第10代）といへる王、あぢきなき所行《しわざ》を為《せ》しほどに、国人《くにうど》の為に襲《おそ》ハれて都《みやこ》を去《すて》て出奔《イデハシ》りたり。いとあさましく軽々《かろ〲》しき態《ワザ》とぞいはまし。是れ、国中［天ノ下］の王《きみ》たる人の出奔といふことの所見《みえ》たる始めなるべし。其の後、許多《あまた》の年を歴《へ》て、厲王が子宣王静を立てて位《くらゐ》を嗣《つが》せしより、又いよ〱衰《おとろ》へて、其の子の幽王宮涅ハ褒姒《(ほうじ)》といふ女に嫮《タハ》けて、竟《つひ》に犬戎といへる戎人《エミシ》［戎人《えびす》］の為に殺《ころ》されたり。其子の平王宜臼、戎《えびす》の強《つよき》きに堪《たへ》かねて雒邑といふ所に遷《うつ》り住《すみ》しより後ハ、王ハ在ども無《なき》が如く、其の下の諸侯ども己《おの》がじゝ驕《おご》り慢《あなぞ》りて、さま〲の狂態《タフレワザ》をせしかども、咎《とが》むべき力《ちから》も尽竟《つきはて》て、竟《つひ》にハ秦といふ国の為に趾《あと》はかもなく討亡《うちほろぼ》されて止《やみ》にき。

さるほどに、甚《いみ》じく所聞《きこえ》たる先王の制礼ハ、無用《イタヅラ》の長物《ナガモノ》と成竟《ナリハテ》たるうへに、なか〱彼諸侯どもが国を奪《うば》ひ争《あらそ》ふ囀《サヘツ》り種《ぐさ》となりて、邪曲《よこしま》の媒《なかだち》となりぬるぞうたてかりける。【春秋戦国などの諸侯ども、己《おの》が欲《ほり》する事にのミ妄《みだり》に礼ノ文《コシバ》を付会《シヒアハ》せて他国《ひとのくに》を奪《うば》ふ手着《タツキ》としたるハ、邪曲《よこしま》の媒《なかだち》となりたる証《あかし》なり。彼ノ史どもを見て知るべし。】其の中に自己《オノ》が国を広《ひろ》げんとて、周を尊《たふと》むがほを作《つく》りて聊《いさゝか》善状《ヨサマ》の事を為《ナシ》たる諸侯斉ノ桓公小白、晋文《ノ》‐公重耳が類《たぐひ》五人を五覇と唱《とな》へて、美《イミ》じき例《タメシ》に云ひ伝ふれども、いづれも其ノ裏心《シタゴヽロ》を掩《おほ》ふまでにも至らざりけれバ、其の国の博士等《はかせども》も全《また》く哲侯《ヨキキミ》とハいはざりけらし。

其の後、周公旦が裔《すゑ》の魯といふ国の大夫に、孔丘仲尼といふ人ありけり。生《うま》れながらにして智恵深《サトリフカ》く正道《まさみち》の至極《きはみ》を考へ知りて、世間《よのなか》に益《やう》あるべき芸《わざ》どもをも悉《コト〴〵》く学《まな》び知りてけるに、周の王《きみ》、威《いきほひ》日《ヒ》に異《ケ》に衰微《おとろ》へ、諸侯どもが僭上無礼《オゴリナメク》して、国中［天ノ下］至らぬ限《くま》もなく乱《みだ》れたる事を深《ふか》く慷《なげ》き慨《ウレタ》ミて、いかにもしてさるべき君に仕へつゝ、本《もと》の如く平穏《おだやか》に押鎮《おししづ》め、君《きみ》と臣《やつこ》との分《わき》を正《たゞ》し、百姓《たみ》の労苦《イタツキ》を拯《すくは》んとて魯の国を出て、徧《アマネ》く諸国《くに〴〵》に流《サスラ》へわたり、さる賢明《カシコ》き君を覓《モトメ》られしかども、然《サ》ばかり道無《みちな》き世になんありければ、誰一人正《タレひとりたゞ》しき言《ことば》を信容《ウケイ》るゝ人もなくなり、恥辱《はぢ》を被《かうぶ》るやうにさへ有けるハ、いと〳〵悲《かな》しく痛《いたま》しき極《きはみ》になん有ける。たま〳〵少しも用ひまくする侯《キミ》あれバ、即《ヤガ》て傍国《カタヘノクニ》より謀略《はかりごと》を構《かま》へて追却《オヒシリゾ》けなど、左《と》にも右《かく》にも廃《スサ》められて徒《いたづらに》に年老《としおい》ぬれバ、大《いた》く歎《なげ》き痛《いた》みつゝ、切《セメ》てハ後の世にさるべき人も出来て吾志《わがこゝろざし》を続《ツ》げとや思はれけん、詩書礼楽の書策《フミ》どもを忠《マメ》やかに删《ケツ》り正《たゞ》して永《ヒタブル》に残し置かれたるハ、いと〳〵殊勝《スサウ》にはた甚惜き志なりと云べし。

又、魯ノ国の為に春秋といふ史書《シルシブミ》を記されたるも、いと〳〵美《メデ》たく足ひたる書にて、中区《ウチツクニ》を尊《たふと》び外夷《アダシクニ》を卑《いや》しめ、王を崇《アガ》まへ覇を貶《オト》しめて、其ノ周ノ代の礼《ゐやわざ》を規則《のり》として、忠《まめ》なると忠《まめ》ならざると、義《コトワリ》あると義《コトワリ》なきとの差別《けぢめ》を言短《ことみじか》に書きなされたるに、其の身其ノ人にもあらざりしかバ、顕露《アラハ》には云ヒも出ず。唯筆用《たゞふでツカ》ひに用意《コヽロシラヒ》して明白《キハヤカ》に書キ別カたれたるなど、実《ゲニ》も凡人《タヾヒト》の業《ワザ》にハあらざりけり。されバ、其身こそさて終《ヲハ》られしかども、後世まで聖人といひ尊《たふと》びて其の道の片端《かたはし》をもて伝へつゝ、彼の国の規模《ノリ》とする事も所謂《イハレ》なきにハあらざるべし。これ彼ノ国に別《コト》に道といふ物の出来たる祖《ハヂメ》なり。【つら〳〵孔氏《（ママ）》の意《こゝろ》を考ふるに、彼ノ天竺の仏法のごとく、別《こと》に道《みち》といふ物を作《つく》り設《まけ》て、云云《かにかく》せんとおもはれしにハあらず。上みに云へる如く、其の世の状《さま》の乱《みだれ》がハしきを歎《なげ》くあまりに、云云《カクカク》と説きもてゆかれしばかりなるを、後に此の人に従ひて其の説を聴きたる人どもの、又さま〴〵に語《かた》り伝《た》へつゝ、竟《つひ》に一つの道といふばかりの物にハ作《つく》り為《ナシ》しなり。されど、論語ノ中などに、吾《わが》道また夫子の道などいふことも所見《みえ》たれバ、自《みづか》らも此ノ件《クダリ》の事を任《ウケバ》りてものせられしにハ有るべけれバ、別《こと》に道といふ物の祖《ハジメ》とはいへるなり。されど、此れより前《さき》にも道といふ名《な》ばかりは有りしなるべし。老聃ハ孔氏《（ママ）》より前の人なれども、彼れハ猶道といふことの言立《ことだて》するをバ、なか〳〵道ならぬやうに云はれたれバ、別《こと》なり。此の後に、孟軻・荀卿などいふ者ども、またこの孔氏《（ママ）》の道を祖《おや》として三代之道などいふ事を言挙《ことあげ》せしかども、孔子とハまた更《さら》に別《こと》なる処有りて、さま〴〵詭《いつはり》の寓言《そらごと》をさへ作くり、心の本性《ほんじやう》のさだをいひなどして、止《トヾマ》る処ハ功《コト》の急《ニハカ》に立たんことをのミ説きさわぎしなれバ、自余《ほかの》の諸子といふ者の言とさばかりの差《ケヂメ》ハあらぬ事なり。さるを孔子の書に孟軻が書を並《なら》べいふなどハ、後の世に儒者といふものゝ私説《わたくしごと》を押《おし》立てんとして強《しひ》て採納《トリイレ》たるにて、また一時《ひとゝき》の権術《カリワザ》なりと知るべし。】

然有《しかり》しより後もなほ、かの諸侯どもが暴乱《アラビ》ます〳〵止《とゞま》らず。彼れを合《あは》せ此レを亡ぼしなどするほどに、後にハ強国《つよきくに》のかぎり、唯六ッ七ッばかりになんなりにける。さる中に、秦といふ国、殊更《ことさら》に武《たけ》く強《つよ》くして、竟《つひ》に余《ほか》の国々《くに〴〵》を余波《ナゴリ》なく討ち亡ぼして、国中［天ノ下］を悉皆《みながら》併《あは》せ領《しり》たりけり。其の然《しか》る故《ゆゑ》を、奈何《いかに》ぞと伺《うかゞ》ひ視《み》るに、帝顓頊が系《すぢ》に、大費（帝舜・禹に仕えた。伯益とも）といふ人の裔《すゑ》、西の方なる秦といふ地《ところ》に侯《きみ》として歴世《よゝ》周に仕かへて在りけるを、周の恵王が時に当りて、謬公任好といへるありて、いと賢《さかし》くこそありけめ、様々《さま〴〵》の人を呼挙《よびあげ》て地《ところ》を広《ひろ》げんとしける処に、隣《とな》れる戎国《えびすぐに》より使《つかひ》に来《き》にける由余といふ者に、其の宮室《イヘ》の豊饒《ユタカ》なるを示《み》せて誇《ホコ》りしかば、由余云云《かにかく》といふ事の有けるを、いと奇《あや》しと思ひ［ひて］、其れを留《トヾ》めて計略《はかりごと》を問ひつゝ、竟《つひ》に戎国《えびすぐに》を討奪《うちうば》ひて許多《そこばく》の地《ところ》を開《ひら》き、彼ノ五覇の一人《ひとり》と算《かぞ》へられき。【此の由余がいへりし事、おほかた世を治むる要《むね》を得たりと見ゆ。史を読て知べし。さるを、とにかくに評じたる説もあれど、皆儒者輩《ども》の我が道に合《かな》はぬを悪《にく》ミていへるにて、例の空論《いたづらごと》なり。】

其の後に、孝公渠梁といへるもまたいと賢《さか》しかりけん、父祖《オヤ〳〵》の他国《あだしくに》に辱《はづか》しめられたる事を憤《いきどほ》りて、怨《うらみ》を復《かへ》さんと謀りけるを聞て、衛鞅といふ者、衛ノ侯《キミ》の子《こ》なるが、馳到《はせいた》りて其の業《わざ》を助けたり。此の衛鞅、亦いと賢《かしこ》かりけれバ、天下の法制《ノリオキテ》大きに乱《みだ》れて並々《なみ〳〵》の術《ワザ》を以ては馭《ヲサ》めがたきを暁《サト》りつゝ、今までの周の法《のり》どもを革《アラタ》めて新《あらた》に時《とき》に宜《かな》ふべき制度《さだめ》をぞ造《つく》り出ける。其のありしやうハ、国の内の田地《タドコロ》を押平《オシナラ》して県といふことを定めて、一人宛《ヒトリヅヽ》の令《カミ》を置《オキ》、百姓《タミ》どもに耕稼《タガヘシ》の業《わざ》を勧《ス、》め務《ツトメ》しめて、貢賦《ミツギエダチ》の法を掟《オキ》てなどしつ。

さて、乱世《みだりよ》を斬鎮《きりしづ》むるに、軍士《イクサビト》を励《ハゲ》ます術《ワザ》を考《かうが》へ出て、敵《アダ》の首級《クビ》を斬《キリ》たる多少《おほきすくなき》を以て、功績《イサヲ》の軽重《かろさおもさ》を糺《たゞ》しゝかば、内には用ふべき財物《タカラトモ》乏しからずして、外にハ戦争《たゝかひ》の利《クボサ》を得たり。此よりして秦ノ国ハ自余《ほか〳〵》の諸国《くに〴〵》に事かはりて、いと〳〵勁《ツヨ》く当《あた》りがたくハ成れりけり。【これ彼国にて後の世に郡県といふ法《のり》の源《もと》なり。それも委《くは》しくいはゞ、県ハ此の時に制《サダマ》りたるを、郡といふハ後に県の法に効《なら》ひて始皇と李斯とが議《はか》りなしゝなり。さて此の衛鞅が法の類ひを刑名とかいひて儒者輩《ども》ハ大《イタ》く悪《にく》むめれど、全《また》くさばかりにハあらず。さるハ、此後に白起（公孫起、秦の武将）が人を屠《はふ》れる事の多きと、始皇の時の儒者どもを埋《ウヅ》め殺したる事などを、一偏《ヒタムキ》に混《マガ》へ云ひて、総《すべ》て秦ノ法の酷《カラ》きに過《すぎ》たるやうにいへれども、それハ其の事の酷《カラ》かりしにこそあれ、法制《のり》の酷《からき》にハ非ず。かばかり厳《きび》しき法《ノリ》を制《サダ》めざれバ、乱世を伐鎮《ウチシヅ》むるにハ足《たら》ざれバなり。されバ、皆己《オノ》が道に違《たが》へるを悪《にく》むばかりの僻論《ヒガゴト》といふべし。さて又、此の衛鞅、孝公が子につらかりし事を怨ミて、孝公が薨《ミマカ》りける後に殺されたり。それをも引出て、此[此ノ法]を行なひたる報《ムクイ》の如く説きなすなどハ、彼の因果の説に似て笑ふに堪《たへ》たり。此の事、猶下に論あり。】

されバ、彼の自余《ほか〳〵》の国の王ども、蘇秦といふ者の言《ことば》に惑《まどは》されて、何《いづ》れも〳〵一つ意《こゝろ》に言合《いひあは》せて、秦の国を攻伐《せめうち》しかども、皆打負《うちまけ》て逃帰《にげかへ》れり。【衛鞅が法《のり》の験《しるし》かくの如し。】さて後ハ、いよ〳〵さま〴〵の人物《ひとゞひ》を募《ツノ》り挙《あげ》て、諸国《くにぐに》を伐けるほどに、孝公が五世《いつよ》の孫《すゑ》始皇帝嬴政といへるが世に至りて、悉《ことごと》く諸国《くにぐに》の王どもを亡ぼし尽《つく》して、竟《つひ》に天の下を一つに統《すべ》たり。此の時李斯といへる者、廷尉へる官《ツカサ》に居《ゐ》て種々《くさぐさ》の制度《さだめ》を造《つく》りける中に、彼ノ県の法《のり》に因《より》て、国下［天ノ下］を三十六郡に定めて悉皆《みながら》皇帝《きみ》の国とし、其の郡ごとに守・尉・監などいふ官《つかさ》を置たり。是れ彼の国にて太古《いにしへ》よりの制度《さだめ》を大きに改《あらた》めたる魁《ハジメ》にて、此れより後今に至るまで、大率《オホムネ》此法に依《よら》ざることなん無有《ナカリ》ける。【これ、後の世彼の国の風土《くにぶり》に宜《かな》ひたる法制《のり》なるべく、さて、この李斯が定めたる制度《オキテ》のやうを見るに、かの由余・衛鞅が様にハあらで、周の代の浮文《カザリ》に習《なら》ひてあながちに虚号《ムナシナ》をいひ立てつゝ、よろづ骨々《コチゴチ》しくいひたれども、大概《おほかた》ハ実《まこと》なき制法《のり》にて、始皇政が驕奢《おごり》に諂《へつら》ひたる物と所見《みえ》たり。されど、また其の中にハ由縁《よし》なきに非ざる事どもゝ所見《ミエ》たるを、後の儒者輩《ども》ハ例のおしくるめて秦の酷刑とやうにいひて、孝公も始皇も衛鞅も李斯も、ひたむきに皆聖人の仁徳を知らず、思ひのまゝに驕り暴《アラ》ひて亡失《ほろびうせ》たるやうにいへるハ、委《くは》しからぬ妄説《みだりごと》なり。此すぢの事ハ賈誼といへる漢儒が書きたる過秦論などや、其の魁ならん。いづれも事の情《こゝろ》を知ラぬ空論《むなしごと》といふべし。また、しか秦の滅《ほろ》びたる由縁《よし》をのミいひて、夏・商（殷）・周の滅びたる由縁《ゆゑ》をいはぬハ、いかなる理《ことわり》ぞや。かの桀・紂が亡びたる状《さま》の、余《あま》りに無敵《アヘナ》かりしに比《クラ》ぶれバ、秦の亡びざまハ今些《すこ》しかひあるに似たり。章邯といへる将、軍兵《いくさびと》を率《ゐ》て二タ年ばかりも支へたるハ、彼一挙《ひとゝき》に滅び失たるといづれぞや。二世胡亥が癡《おろか》なりしにて思へバ、さすがに父祖《オヤオヤ》の余光《ひかり》ありてよくこらへたり、とやい（は脱）まし。しかいはゞ、彼レハ湯武が聖《かしこ》く徳ありし故などやいはむ。さらバ又、周の世の諸侯どもに侮《あなど》られて消《けぬ》るが如く滅び失せたるをハ、何とかもいはん。武王・周公が遺教《ヲシヘゴト》の美《イミ》じからバ、今少しいふかひ有るべき事にハ非《あら》ずや。若《もし》それハ、武王・周公が遺教《をしへごと》のまゝに守《まも》らざりしかバといはんには、しか後の世の庸《タヾ》の君《きみ》の守《まも》らるまじき制度《さだめ》を造《つく》り置きたるハ、思慮《おもひはかり》の短《みじか》きとや云べからむ。世を累《かさぬ》るうちにハ必ズ庸愚《しれもの》の主《きみ》もなくてやハ有るべき。さらバ、秦の法も二世と趙高が愚昧にして、孝公・衛鞅が遺法《のり》の如く守らざりし故といひてもあるべし。左《ト》にも右《カク》にも偏頗《カタオチ》なる論とこそいはめ。これらの事、なほ委《くは》しくいはまほしけれど、此ハ元来《もとより》益《やう》もなき漢土《もろこし》の事をいはんとてものする書にもあらず、た〻本学の旨趣《ムネ》を演《のぶ》るついでに、かたはら彼国の道に及べるなれバ、凡《すべ》て略《はぶ》きていはず。また衛鞅等《ら》が刑法《のりわざ》を頻《しきり》に賞すにも非ず。彼れにも論《イフ》べきことハいと多くあれど、や〻時に当［当タり］て乱《みだる》を鎮《しづ》めたる功績《いさを》の、自余空論《そのほかむなしごと》いふ徒《ともがら》には遥《はるか》に勝《まさ》りたるを、事もなげに云ひ消《けた》るるが憐《あはれ》なれバ、序《ついで》に取《とり》出て論《アゲツラ》ひたるばかりなり。】

さて、此の始皇政といふ帝《きみ》も、其初こそさま〴〵に事ども慎《つゝし》ミて国を広《ひろ》ぐる功業《コトワザ》をも続勉《ツギツト》めたれ。既に国ノ中［天ノ下］を伐取《キリトリ》たるうへハ漸々に驕恣《おごり》の情《こゝろ》つきそめて、竟《つひ》にハ種々《くさ〴〵》の狂態《タブレワザ》をして後の禍災《わざはひ》を引キ出したるハいと〳〵怪《あや》しきやうなれど、大概《おほかた》人の情といふ物ハ如此状《カくさま》に成《なり》ゆくべきものになん有りける。

【始皇が驕恣《おごり》の光景《アリサマ》は儒者どもの常《つね》に口号《クチズサ》む事なれバ、今更にいふべきにもあらねど、所々に石《いし》を建《たて》て自己《オノレ》が功徳《くどく》を賞《ほめ》させたると、松の樹《き》に五大夫といふ封を号《な》たると、徐市（徐福）といふ者に欺《あざむか》れて僊人（仙人）といふ物を覓《もとめ》させたるなどハ、あまりに童《わらは》げたる所行《しわざ》にて、其の初め諸国《くに〴〵》を攻め伐ちたるとハ、同ジ人ならぬやうにさへ見ゆめり。】

其子の二世皇帝胡亥といへるハ聊《イサヽカ》癡《シレ》たる君にや有けむ、趙高といふ姦人《ネジケビト》を挙《あげ》用ひて功《いさを》ある臣《ヤツコ》どもを誅《ツミナ》ひ、法律《のりおきて》を厳《きび》しく刻《カラ》くして国ノ中［天ノ下］の人を威《おど》し〻かバ、下民《しもつたみ》どもハ凡《すべ》て身《み》じろぎをだにすべくもあらず成にたり。【秦の法《のり》を深《イタ》く刻《カラ》くしたるハ二世と趙高とにて、始皇のミにハ非ず。彼ノ史を熟覧《ヨクミ》て知べし。中に史記に［中に（「史記に」なし）］「趙高故嘗教二胡亥書ニ及獄（獄カ）律令法事ヲ一胡亥私幸レ之ヲ。」といひ、また「二世乃、遵《ビ》二用趙高一申《カサヌ》二法令ヲ一。」などある情実《まこと》を詳《つばらか》に考ふべし。さるを、一向《ヒトムキ》始皇・李斯にのミ罪《つみ》を課《オフ》するハ委しからぬ論なりと云べし。】その弊《ツイヱ》［弊《ナガレ》］の流《スエ》、竟《つひ》に陳勝といふ匹夫《たみ》をして反逆《サカワザ》を唱《とな》へしむるに至りけるに、世を憤《いきどほ》る者どもつぎ〳〵に蜂《ムラガ》り起りて、いく年も歴《へ》ぬ間《ホド》に、趙高、二世を殺［弑《コロ》］し、二世の子の子嬰、趙高を殺《ころ》して反賊《サカヒト》に降《くだ》りけるほどに、秦の国中［天ノ下］をバ奪ひ取れたり。

其蜂《ムラガ》り起りける中に、項藉（籍）といへると、劉邦といへると二人勝《スグ》れて武《タケ》かりしかバ、後にハ又此の二人挑《イド》み争《あらそ》ひて、竟《つひ》に項籍を殺して、劉邦ぞ国中［天ノ下］の主《きみ》とハなりにける。是を漢の高祖といふ。

【黄帝より始皇にいたるまでハ、さま〴〵の事にて国中［天ノ下］の主《キミ》［主《ウシ》］とハなりしかど、猶系統《すぢ》なき者を帝《きみ》とする事ハあらず。何れも黄帝が子孫《こども》の君たるべき人の裔《するゑ》なりしを、此の高祖劉邦よりなん、系統《すぢ》なき匹夫《たみ》も国中［天ノ下］の主《うし》とハなれりける。これ彼の国の大キなる変遷《ウツロヒ》なり。また、神明《カミ》を敬《ゐやま》ひたる状《さま》も、聊麁略《オロソカ》にハ所見《ミエ》れども、始皇までハなほ上帝《アマツカミ》を斎《イツ》き祭りしを、これハた高祖より甚疎漏《はなはだおろそか》になりて、ただおのがじゝの黠意《サカシラ》を以て、世を操《アヤツ》り治むるやうにハなりしなり。これハ、高祖が賤《いや》しき者にて其家に伝へたる古への伝説《ツタヘゴト》などもあらず、唯酒徒《サケノミ》博奕《バクチウチ》の友《とも》を挙《あげ》て、少《すこ》しも利口《サカシ》げなる方にのミ依《ヨレ》る故なるべし。司馬遷・班固等が史にさる事をいはぬハ、其の世の人なきバ忌諱《イミサケ》て論《イハ》ぬなるべし。よく〳〵思ふべし。】

是レより後の法制《ノリオキテ》ハ、彼ノ秦の郡県の制《さだめ》に周の文華《かざり》の儀礼《ノリワザ》を少《すこし》ヅヽ交《まじ》へなどし、さて其ノ官職《ツカサ〴〵》に役《ツカ》ふ人どもハ、国中［天ノ下］の偏《あまね》き百姓《たみ》の中より其ノ職《ツカサニ》相応《ニツカハ》しき者を選挙《エリアゲ》て功《コト》を急《すみやか》に掌《トラ》しめむとぞ構《かま》へける。されバ、昨日《きのふ》までハいと〳〵賤《イヤ》しく貧《マツ》しかりしも、些《スコ》しく世上《よのなか》を操《アヤド》り得てかしこげなれバ、今日《けふ》ハ丞相などいふ一《イチ》の上《かみ》にもなり、今日《けふ》ハしか丞相など持栄《モテハヤ》されたるも、其ノ官《ツカサ》を失《うしな》へば、明日《アス》ハ又いと賤《いや》しき匹夫《タミ》にも成下《ナリサガ》りなどして、いと〳〵乱雑《ミダリガハ》しく静気《シドケ》なき光景とぞなれりける。かゝれバ、いかにもして賢人《さかしびと》の真似《マネ》をして少《すこし》しも級高《シナタカ》き官位《ツカサクラヰ》に登《のぼ》らんと謀《ハカリ》ごつほどに、さま〴〵に身行《ミノオコナヒ》を偽《いつは》り擬《ツク》りて賢《さか》しがほするを、さては好人《ヨキヒト》ぞとて採登《トリアゲ》て用ふれバ、やがてあらぬさまに悪事《ヒガゴト》を為出《ナシイデ》て、家をも族《ウガラ》をも滅《ほろぼ》す類《たぐひ》、枚挙《かぞへあぐ》るに遑《いとま》あらず。さるハ、元来善《もとよりよか》らぬ人なりけりとて、又別《コト》なる人を換用《カヘモチ》ふれども、此ハた同状《おなじさま》に驕《おご》り慢《たかぶ》りなどして、左《と》にも右《かく》にも事違《ことユカ》ぬハ、実《まこと》に熟《よ》くこの人情《ひとのこゝろ》のなりゆくべき末々《するゑ〴〵》を思量《おもひはか》らぬ故なるべし。【初に云へる人の情の起る下《トコロ》に合せ見て、さるやうを悟《さと》るべし。人の性ハ善などいふ説《こと》をいひしらがへども、其れは只浮《うき》たる理屈にこそあれ、実に人の情といふ物ハ、鮮衣《ヨキキヌ》を着《キ》、美味《ウマキモノ》を食《くひ》、美婦《ヨキヲムナ》を得《え》て子孫《こども》の栄行《さかえゆか》ん事を思ふなん、実情《マゴヽロ》の極にハ有ける。】

されバ、其レを防《フセガ》んとて弥益《いやまし》に法律《のりおきて》を厳《きびし》く建《たて》などして左右《トカク》すれども、次第《つぎ〳〵》に狡黠《サカシラ》にのミなりもてゆきて、竟《つひ》に彼ノ国人ハ人の身《み》に行はれもせぬ空論《むなしごと》を、高《たか》く遠《とお》くさかしげに云フ物《もの》の如くなれりしハ、庖犠氏の上帝《アマツカミ》より受伝《うけつた》へたる、真実《まこと》の正道《まさみち》を取失《とりうしな》ひたる故にぞ有ける。尓後《サテノチ》、奪《ウバ》ひみ奪《うば》ハれみ、数多《あまた》の世を経《へ》て、宋といふ頃《ころ》に至りけるに、老子の書《ふみ》に携《タヨリ》［携《より》］て仙術といふ事を翫《もてあそ》ぶ道、また天竺国の仏法などいふ物、熾盛《サカリ》に起《おこ》り蔓《はびこ》りて、せめて片端《かたハシ》伝《つた》へ来《こ》し孔子の道だに棄《スタ》り果《ハテ》んとするを見て、程顥・程頤（頤）といふ兄弟《はらから》の者ども、新《あらた》に説《こと》を建設《タテマケ》て、彼ノ道々《みち〳〵》に負《まけ》じと勉《つとめ》たる其の末《すゑ》に朱熹といふ者出て、尚《なほ》又其の説《コト》を解広《ときひろ》げつつ、あらゆる古書《ふるきふみ》どもに注釈《ちうさく》をぞものしたりける。

其れが有るやうをかつ〴〵いはゞ、往昔《むかし》より尊《たふと》ミ来し孔子の論語に曰《いは》れたる事を本拠《もと》として、次《つぎ》にハ孟軻が書に性善養気といひしことのあるをも撮納《トリイレ》て、大学といふ礼記ノ中の辞《ことば》に持付《もてつけ》などして、此の世《よ》に所在《アラユル》人といふ物ハ原孩児《モトミドリゴ》の時にハ何の不善事《ヨカラヌコト》もなくありしを、次第《ツギ〳〵》に生立《オヒタチ》ゆくにつけて様々《さま〴〵》悪《あし》き習俗《ナラハシ》に染《そま》りつゝ、いと〳〵甚《はなはだ》しきハ、君《きみ》にも親《おや》にも背《そむ》き逆《さか》ひなどするを、事物一《モノゴトヒトツ》づら（ゝカ）当《あた》る毎《ごと》に、其の理《ことわり》の原《モト》を窮《きわ》め格《タヾ》し、善事《ヨキコト》の涯《かぎ》りを知《しり》行なひて、其の習《ならひ》に染《しみ》ぬれバ、自然善心《おのづからよきこゝろ》ばかりに成りて、又原《もと》の孩児《ミドリゴ》の如く成《な》るものなり。されバ、聖人といふハ嬰児《みどりご》に智恵《さとり》のあるやうなる物なれバ、性《コヽロネ》の善《ヨカ》りし初めにだに復《かへ》れバ、凡人《たゞうど》も即《ヤガ》て聖人と成《ナラ》るゝ物ぞ、とやうにいひて、美味食《うまきものくは》まほしく鮮衣着《よきゝぬき》まほしき類ひの人の常情《つねのこゝろ》をバ人欲と号《なづ》けて、太甚《ハナハダ》しく悪事《あしきこと》のやうにいひなど、猶種々《なほくさ〴〵》の理《ことわり》を付会《ツケアハ》せて、其の前《まへ》つかた周惇頤といふ人の製《こしら》へ置きたる易の太極図説といふものに理《ことわり》を捜《サグ》りつつ、たゞ心性《こゝろね》だに正《たゞ》しけれバ、竟《つひ》にハ国《くに》も天ノ下もそれにて治りゆくやうに云り。［注］

［注］＝この後に8行分ほど抹消された箇所あり。そこを正宗文庫本によって補えば次のようである。

大学の大ノ字を大人《オトナ》の義と見て、誠意修身云云の事を万民《ヨロヅノタミ》の学ビとしたるハ、いかにぞや。庶人《タヾビト》のごときハ実《マコト》に誠意修身なりとも、治《ヲサ》むべき国天ノ下ハ無《ナキ》にハあらずや。仏説に、草木国土悉皆成仏など云フハ、皆ナ我心《ワガコヽロ》の思ひなしをいへるのミにて、実《マコト》に一僧《ホウシヒトリ》のしか思ひたれバとて、草木国土までも悉皆《ミナガラ》成仏すべきにハ非ラず。皆ナ唯学識《モノマナビ》の見《ミ》やうまでの事なるハ、誰《タレ》も知リたる事なり。さるを、口を極《キハ》めて詆《ソシ》れる儒者も、またかゝる事をいひ出るハ、彼レを羨《ウラヤ》ミて負《マケ》じと勉《ツト》めたる空論《ムナシゴト》なり。凡ベて宋儒の説にいへる養気性善ハ煉丹修禅に近く、凡人も聖と成ルといふハ羽化成仏に近く、善徳天命の応報ハ陰徳因果になん似たりける。これらの事どもハ、彼ノ朱熹等が注釈《チウサク》の書《フミ》、また近思録・小学の題辞などいふ物を覧《ミ》てさるやうを悟《サト》るべし。今ハ煩《ワヅラ》ハしけれバ略《ハブ》きぬ。

いでや、其の説《ときごと》の是《ヨキ》と非《あしき》と、其の事の成《なる》と不成《ならぬ》とハ姑《しばら》く置きぬ。かくてぞ彼ノ国の道《みち》といふ物ハ甚《いた》く違《たが》ひゆきて、たゞ彼ノ仙術・仏法に並《なら》べて劣《おと》らぬ状《さま》のものとのミ成にける。若実《もしまこと》に（この後数字抹消—正宗文庫本には「孟軻等がいへりし如く」とあり。）凡人《たゞうど》も即《やが》て聖人と成《なら》るゝものならバ、さるやうを人に教《をし》へたる孟軻・朱熹等《ら》ハすなハちいみじき聖人なるべきを、其徒《ともがら》だになほ賢人とのミいふめるハいかにぞや。もし又実《まこと》に性に不善なけれバ、即《やがて》て国家《くに》［天ノ下］の治まるべきものならバ、詩書礼楽も制度法令も三代先王の跡《あと》を尋《たづ》ぬるにやハ及ばん。是《これ》を権道《カリノミチ》といはばさもあるべし。実に正道《まさみち》ぞといはゞいかにかあらん、知《しら》ずかし。【然《シカ》ハあれど、其の世の光景《ありさま》と其の道の衰微《おとろへ》とを合はせて、つら〳〵事の情を考ふれバ、彼ノ程朱（すぐ後に見える北宋の程頤と南宋の朱熹）らが志も、其の国のためにハ忠《マメ》やかにて所謂《いはれ》なきにハ非るべし。】

然ありてより後ハ、皆又彼ノ程頤・朱熹等が説に因《より》りて、心性《コヽロネ》のさだをのミ彼れや此れやと説きもて騒《さわ》げども、おほかたは同理《オナジスヂ》の事を少《スコシ》ヅヽ変《かへ》たるのミにて、皆太古の道とハこよなく異様《コトザマ》なるものなり。然れバ、彼ノ国の道を概《オシクル》めていはゞ、庖犠氏の上帝より伝へたる道ハ、夏ノ世《よ》より已前《まへつかた》を指《さし》ていふべく、また時に当《あた》りて、其れを活用《はたらか》したる道ハ孔子《くじ》のばかりぞ大《イミ》じき本《ほん》にハありける。

【上にいふべきを脱《おと》したれバ序《ついで》にこゝにいはん。商ノ世の誥に鬼神の事を多く云りとて、後世の儒固《ママ》ハ訾《そし》るめれど、さハ商の世の誥の多く残《のこ》れるを、一とわたりに見てさやうに思ふにこそハあれ、商より已前《まへつかた》ハ、いと／＼此の件《クダリ》の事を重《おも》くせしこと、上み所々に云へるが如し。なほ本居先生の玉勝間《タマカツマ》にも論《イハ》れたり。就て見よ。さてまた、後世陰陽五行をいふ説どもにも、神理《かみのことわり》のかたはしを見つけたりげなる事も、ひたすら無きにしもあらねど、とにかくに、其陰陽五行またハ造化などいふをバ、徒《タヾ》に器物《うつはもの》を翫《もてあそ》ぶがごとくいひて、聊《いささか》も尊《たふと》びたる状《さま》の所見《ミエ》ぬハいかにぞや。実《まこと》にしか賢《かしこ》げにいふ人の身も、此の世に生《うま》れて如此《かく》活動《イキハタラ》きて在経《アリフ》るハ、かの造化陰陽の故に成《な》り、造化阴（陰）阳（陽）の故に活動《いきはたら》くにハあらずや、心を平《たいらか》にして熟《ヨク》思ふべし。されバ、吾が神の御国《みくに》の事をバ置きつ。彼の漢国《からくに》の上古《いにしへ》にも上帝《あまつかみ》ハさらなり、山川《やまかは》の神を祭《まつ》れる事の等閑《なほざり》ならざりしハ、天地《あめつち》の神霊《かみのみたま》を斎《イツ》き崇《あが》まへたる美《いみ》じき風俗《ならはし》とこそいふべけれ。此のすぢの事も彼の国の古書《ふるきふみ》どもを参考《まじへかんが》へてなほ今少し論《いは》まほしけれど、客舎《たびや》の中《（う）》ちに漫《そゞろ》に筆把《ふでとり》て記るしつくる此の書なれバ、さるべき書どもをも齎《モタ》らず、たゞ肘近《ひぢちか》なる史記の類ひ一っ二っの書籍《ふみ》によれるのミなれば、これはた大むねばかりなり。】

さて、此ノ条《クダリ》に如此《カク》漢国《カラクニ》の道の事を引出て左や右や論《アゲツラ》へるは、すべて無用《イタヅラ》なるが如くなれども、今世ハ、彼道々も要と国天下を治め給ふ便《タツキ》となりて、其方ざまの説どもの普く行はれたる御ン時なれバ、いかさまにしても此等の道を潔く棄果ることハならざる勢あるからに、末々其用とあるさまの事をいはむとて、先彼ノ国の上古より道の成来し形勢を、おほらかにいへるのミなり。必ズしも異様なる争論を好ミて、一偏に彼道を言腐《クタ》さんと構へたるにハ非ず。唯其採用ふるに捨ると否ざるとの差別有べき事をいはむに、本来の道の建ざまを心得ざれバ、必末の巧言《コトヨキ》に惑さるべけれバとてなり。又、彼国の王侯ども人ハ思ふらめど、是はたさしもあらぬ事なり。そも／＼庶人《タヾウド》として位爵《シナクライ》ある人を議《サダ》するハ、いと／＼無礼《ナメ》き事にハあれど、それハ其国に属《ツキ》て其ノ封彊《サカヒ》（封疆）の内ならバこそあらぬ、皇国よりいへバ漢土《モロコシ》も天竺《テンヂク》も何れの外国も皆蕃国《ミヤツコクニ》にしあれバ、其蕃国《ミヤツコクニ》の王侯《キミ》等を何の所謂《イハレ》ありてか押崇《オシタフト》むべき。元来如此云べきが相当れる所なれバなり。さるハ、彼国々の書籍《フミ》をも見よ。吾皇国の天皇の大御うへをだに、彼蕃国の庶人《タヾウド》等も無礼《ナメ》げに書《カキ》たるをや。然るを何の由来《ユヱ》にか、これの水穂国《ミズホノクニ》の御民として彼蕃国の王侯《キミ》どもを尊《タフト》むべき。かへすぐ\僭上《オゴリ》にも無礼《ヰヤナキ》にもあらぬぞとよ。【漢籍《カラブミ》にのミ泥める俗の儒者輩《ドモ》ハ、尭・舜・禹・湯・文・武などがうへにのみ、ノタマハク タブなどいふ言《コト》を訓《ヨミ》つけて、皇国の天皇さてハ将軍家の御ン事などをもたゞ等輩《ヒトシナミ》の人をいふ如く、イハク スルとやうに訓《ヨミ》なすは、そもく\いかなる道理ぞや。事がらの条理《スヂ》を糺《タヾ》されなバ、其罪を遁るゝに言《コトバ》ハなかるべし。されバ、先よく自己《オノレ》がうへを正して、さて他人のうへを咎むべき事どもなり。此ハ此書を読て必ズしか思ひいふ人の有リぬべく思へば、まづいひ出デおくなり。】

○天竺ノ国《(ママ)》の上古《イニシヘ》ハ其国の史書の渡り来らざれバ、何なる状《サマ》とも考ふべきよし無れども、彼仏説経論の中に、をりく\所見たる光景《アリサマ》を以て按《オモ》ふに、これはた甚く異《カハ》りたる様ハあらずとおぼえて、漢土に所謂上帝といふべき状の神も在て、外道に、【外道とハ仏ノ道の外なる道といふ義《コト》にて、釈迦文《サカモニ》（釈迦文《もん》＝釈迦牟尼《むに》）より已前《マエツカタ》にある其国の道々をいふなり。必ズしも邪魔《アシキモノ》の道の事にハ非ず。仏説に九十六種ノ外道といへるハ、然ばかりも有しにや。過去ノ七仏など云ヘるも、其中に出たる名号なるべし。】魔鶏首羅天王・大梵天王など所見《ミエ》たる、是也。【「五浄居《ニ》、有二魔鶏首羅天王処一、是為二造化之本一、帰レ之則得二解脱一。」また、「大梵天能《ク》生二万物之本一、違レ之則受二生死一、順レ之則得二解脱一。」など見えたり。】

さるを、釈迦文《シヤカモニ》、我道を押立んとして其上を一層高《ヒトガサタカ》く説成つゝ、かの大梵天王或ハ自在天王、また魔鶏首羅などいふをバ、悉《コトぐ\》く邪魔《アシキモノ》の如くいひ成したるハ、実にさる事にハあらず。唯方便《タヾタバカリ》の説のみなり。【大論に「外道事二梵天一、梵天自請《ラヘバ》、則外道道心伏《ス》。」また、「衆生常識《ニ》二梵天一、以《テ》為二祖父《ト》一、故説二梵天《ヲ》一。」などあるにて知べし。方便とハ衆生を化度《ヲシヘ》んとて、仮に寓言《ソラゴト》をいふことなり。】

総て仏法ハ、おほかた異様なる道にて、幻変《マボロシゴト》と方便とを形体《アルカタチ》としたる物なれバ、経典などいふ物も彼国の事実を記したる物にハ非ず。唯衆生を導きて、生死の苦を脱《ノガ》れしむといふを以て道としたれバ、其ノかたの事と、其レを導くべき僧の執行《ヤラヒコト》の法とをのみ説たるものにて、一箇《ヒトツ》として政事・治術《ヲサメワザ》の形勢《アリサマ》を窺《ウカヾ》ふにハ関《アヅカ》らぬ事なり。治術《ヲサメワザ》の事《コト》は、別に其法《ノリ》の有ルなるべく所見《ミエ》て、かの刹利・波（婆）羅門・毗舎（毘舎）・首陀などいふハ、皇国の後世に士農工商といふが如きものなれバ、刹利の官人より法令を出して毗舎・首陀を治め、【刹利ハ王種といへれバ、官人《ツカサビト》を総云号《イフナ》なるべし。毘舎・首陀は商農なり。】波羅門ハ其レを助けて教導くものと見ゆ。【仏法も波羅門の一種にして、釈迦文は刹利より出て波羅門に入たる人なり、と富永仲基の説（「出定後語」）にいへり。】さるハ、天下を治る君主の制度の外に、別に法といふことハ有べくもなき事なるを、【皇国ハさらなり、漢国の上古にも別に道といふ物ノありて人を教ふる事ハ無有《ナカリ》しを、後世に件の仏法などに效ひて其国の古説に因循《ヨリシタガ》ひつゝ始めて、道といふ物を造りて教る事の出来たること、上条に云るがごとし。】天竺わたりより西の国々にハ、何れもさる事の有リと所見て、彼波羅門といふ者の如く、別に奇怪《アヤ》しき幻術《マボロシワザ》を施し行ひて、先吾道に随ひ属《ツカ》しめ、さて後様々の方便の虚説を設けつゝ、愚なる衆生どもを威《オド》し、且賺《カツスカ》しなどして教るを、官よりも免じ置て政事の助とする事、其国々の習俗《ナラハシ》と所聞《キコエ》たり。

されバ、彼ノ釈迦文《サカモニ》もさる習俗《ナラハシ》に随ひて、先彼ノ外道の幻術ある者に属従《ツキシタガ》ひて其術を修《ナラ》ひ知り、然後に其ノ外道の説よりも一層高《ヒトカサタカ》く遠き理を説出して、国中の衆生を導き教へたるなり。【因果経に「太子因入二雪山一扣《トフ》二諸仙一。」といひ、大論に「鳥無レ翅《レバ》不レ能《ハ》二高《ク》翔《ブヿ》一菩薩無二神通一不レ能三随意教化《スルヿ》二衆生一。」といひ、智度論に「如来在二此《ノ》鉄囲山外《ニ》一共二文殊及《マタ》十方仏一結二集大乗法蔵《ヲ》一。」とある類、是なり。】其ありしやうは、其ノ已前《マエツカタ》の外道の道々に何れも皆身死《ミマカリ》て天に生るといふ事を主と云へるを以て、其を本拠《モトヨリドコロ》として種々の世界といふ物を作り出て、【いはゆる須弥山諸天の説これなり。】身死て行処の差別を立また其ノ反対《ウラムカヒ》に地獄といふ悪趣《アシサマ》の処を説出して、無量《カギリナキ》艱難《ウキコト》の極《キハミ》を談《カタ》りまた三世の因果といふ事を説出して、過去《キシカタ》の因によりて現世《ウツシヨ》の果を得たるなれバ又此ノ現世の因によりて未来の果を得るとやうにいひて、愚癡《オロカ》なる衆民をどもを威《オド》し誘《アザム》きつゝ、少《スコ》しも疑ふ者あれバ彼ノ神通を行ひて種々の相《カタチ》を現し示《ミ》せて、其詐偽説を信実とせしなり。

【神通といへるハ、即《ヤガ》て幻術の事にて、尊く号けたるばかりなり。さて、その幻術のおもむきハ、出定後語[注]に引たる大論（巻之上「神通第八」）に「問曰《テ》、神通有二何次第一、答曰、菩薩離二五欲一、得二諸禅《ヲ》一、有二慈悲一故、為二衆生一、取二神通一、現二諸希有奇特之事一、令二衆生《ノ》心《ヲシテ》清浄《ナラ》一、何以故、若無《クハ》二希有事一、不レ能レ令《ルヿ》二多衆生《ヲシテ》得度《セ》一、菩薩摩訶薩、作二是念《ヲ》一、已繋《テゲ》二心身中《ノ》虚空一、滅《ジテ》二麁重相《ノヲ》一、常取《ニ》二空軽相《ノヲ》一、発二大欲精進心《ヲ》一、智二恵籌量心力能《ク》挙《ゲ》レ身《ヲ》未《シヤヲ》一 籌量已《シテ》、自《ラ》知《ル》三心力大《ニシテ》 能挙《ヿヲ》二其身《ヲ》一、譬《バ》如レ学レ趠《ヲ》、常壊《シテ》二色麁重相《ヲ》一、常修二軽空相《ノ》一、是時便能飛《チ》、二者亦能変二化諸物一、令《ムル》二地《ヲ》作《シ》レ水《ト》水《ヲ》作レ地《ト》風《ヲ》作レ火《ト》火《ヲ》作《サ》レ風《ト》、如レ是諸大、皆令二転易《セ》一、令《ム》三金《ヲ》作二瓦礫《ト》一、瓦礫《ヲ》作レ金《ト》、如レ是諸物、各能令《ム》レ化《セ》、変《ジテ》レ地為《ハ》二水相《ト》一、常修《ニシテ》 念《ヲ》レ水、令《ム》四多《ク》不《ラ》三復《タ》憶《セ》二念地相《ヲ》一、是時地相如《ク》レ念即《ノチ》作レ水《ト》、如《ノ》レ是等諸物、皆能《ク》変化《ス》、問《ニ》曰、若尓《シラ》与二一切入一、有二何等異《ノ》一、答曰、一切三入、是神通初道、先已《ニ》一切入《ハ》、背二捨勝処《シ》一、柔二伏其心《ヲ》一、然《シテ》後《ニシ》易レ入《リ》二神通《ニ》一、復次一切入中《ノ》、一身《ニハ》自見二 地変為《ルトモ》レ水《スヲ》、余人《ト》不レ見、神通則不レ然、自見《ラレバ》二実是水《ニレト》一、他人亦《モ》見二実水《ト》一。」といへる、おほかた此の如き事と聞えたり。「令二衆生心《ノ》 清浄《ヲシテ》《ナラ》一。」とハ其奇特《アヤシミ》を以て教導きて諸苦を解脱しむれバ、衆生の心清浄くならんといふ意なり。「滅《ジテ》二麁重相《ノヲ》一、常取《ニ》二空軽相《ノヲ》一。」とハ心に軽く空しき事をのミ念て、麁（あら）く重き事を念はぬやうにすることなり。かゝる類ヒを観想といひて皆空虚中に念を以て様々の相を作りて観る事なり。是彼ノ法の修《ナラ》ひざまと所見《ミエ》たり。さて、「自見《ラレバ》二実是水《ニレト》一、他人亦《モ》見二実水《ト》一。」と云ヘるにて、熟《ヨク》思ふべし。天地間にあらゆる地・水・火・風の、唯一人のしか念《オモ》ひたれバとて、実に変りて、水ハ火と為り火ハ風と化るものに非ず。されバ、一人の念相《オモヒノカタチ》を凝《コラ》しめて、先自《ミヅカ》ら火と見水と見て、後に人も其レに奪れて火と見水と見るなれバ、なほ真実《マコト》の火水にハ非ず。されバ、仮令（たとひ）所焼《ヤカレ》たるも真実に所焼たるにハ非ず、溺れたるも真実に溺れたるにハ非ず、皆唯心の惑ひてしか見ゆるばかりなれバ、末竟《スヱツヒ》にいたづら事なり。故、幻とハ号けたるなり。かゝる理を熟明めて惑はざれバ、彼レ自ら水と見るとも惑ハざる人ハ、なほ地と見るべき理なるをや。されバ、往昔より明慧《サトリ》ある人の前にてハ、幻術の折《クジ》けたる事をしば〳〵物にも記したるぞかし。若、実に神通にてさバかり自在に変化る物ならバ、彼ノ戒法の制をバ止て、男女もなく酒魚もなく凡て人情に欲と念ふべき物を滅し尽して置ならバ、破戒破律の僧もなく、一切衆生の煩悩もなくして、仏菩薩の本願の如く此世間を掟《オキテ》つべきものをや。其しかならぬにても、亦神通の幻変なるを知るべし。】

[注]＝「出定後語」からの引用箇所を、日本思想大系本（水田紀久校注）の書き下し文から引けば次の如し。

大論に云く、「問うて曰く、「神通、何の次第かある」と。答へて曰く、「菩薩は五欲を離れ、諸禅《しよぜん》を得て、慈悲あるが故に、衆生のために神通を取り、もろもろの希有奇特《けうきどく》のことを現じ、衆生をして、心を清浄《しようじよう》ならしむ。何をもつての故に。もし、希有《けう》のことなくば、多くの衆生をして、得度《とくど》せしむることあたはず。菩薩摩訶薩《まかさつ》はこの念をなしをはりて、心を身中の虚空《こくう》に繋《つな》ぎ、麁重《そじゆう》の色相を滅し、常に空軽《くうきよう》の相を取り、大欲精進心《だいよくしようじんしん》を発《おこ》して、智恵は、心力よく身を挙ぐるやいまだしやを籌量《ちゆうりよう》し、籌量しをはりて、みづから、心力大にしてよくその身を挙げぐることを知る。譬へば、趠《あしなえ》の学ぶがごとし。常に色麁重の相を壊《え》して、常に軽空の相を修すれば、この時、便《すなわ》ちよく飛ぶ。二には、またよく諸物を変化《へんげ》し、地を水となし、水を地となし、風を火となし、火を風となさむしむ。かくのごとき諸大、みな転易《てんやく》せしむ。金《こん》を瓦礫《がれき》となし、瓦礫を金となさしむ。かくのごとき諸物、おのおのよく化せしむ。地を変じて水相となすには、常に修して水を念じ、多くまた地相を憶念《おくねん》せざらしむれば、この時、地相は念のごとく、即ち水となる。かくのごとき等の諸物は、みなよく変化す」と。問うて曰く、「もししからば、一切入《いつさいにゆう》と何らの異あるや」と。答へて曰く、「一切入は、これ神通の初道。さきに、すでに一切入は背捨勝処《はいしやしようしよ》にして、その心を柔伏《にゆうぶく》し、しかしてのち、神通に入りやすし。また次に、一切入の中には、一身みづから地変じて水となるを見れども、余人は見ず、神通は則ちしからず。みづから実にこれ水と見れば、他人もまた実の水と見る」と。

猶、さても疑ふばかりの智慧《サトリ》ある者にハ、其ハ皆心ノ中の念々に因て、さる相を現すにて、真実にハ此身此心の事なりとやうにいひて、彼ノ世界また仏名などをも唯心に念ふ事の階級《シナ》の如く説為《トキナシ》しなり。【世界随レ心起ルといひ、即身成仏などいふ類、皆此すぢの事ども也。】されバ、時により処により人によりて其ノ説たる経文どもゝ、悉く同じからず齟齬《クヒチガ》ふことのミなるは、さる事ハ皆空虚《ウツケ》たる寓言《ソラゴト》にて、強ちに拘泥《カヽハリナツ》ミたる事に非れバなり。【須弥地獄の在所・天の高さ・地の深さ、其余、仏ノ名・戒律の号など、経説に依て異同ある類、皆此ノぢやうなり。されバ、仏学する徒ハ後世まで此意を伝ふれバにやあらん、何れも虚談を作り出す事をよき事にし、何ばかりの罪とも思はぬやうなり。皇国に伝ハりても又其ノぢやうにて、即《ヤガ》て本地垂迹のごとき、あとかたもなき妄説を作りて、つぎ〳〵に衆生を惑はし、なほ飽足《アキタラ》ぬ事あれバ、経文の贋物をさへ作り出して、忌憚ることなく確《イミ》じき証拠のやうにいひふらしなどもしたりしなり。】

いでさらバ、其切《ツヾマ》る所の本意ハ奈何《イカニ》といふに、大凡の人情に慕《ネガ》ひ欲するほどの事をバ、悉皆無明とし煩悩として苦しき事の極とし、さて其苦しき所以を覚悟て、さる念を滅し尽すを正覚といひ円寂といひて、上もなき真楽《マコトノタノシミ》ぞと教へつゝ、其苦患を解脱しめて其極めたる真楽を得しめんといふ意なりけり。さるハ、此現世に生れ出て活動《イキハタラ》くほどの物ハ、其活動《イキハタラ》く涯《（かぎ）》り其慕ひ欲する念の滅ふべき理ハ無き事なれバ、さる念の滅れバ身も亦随ひて死るのミなり。されバこそ、死る事をバ涅槃【涅槃すなハち円寂と訳《ウツシ》たり。】といひて、こよなく美《メデタ》き事にするにハ有けれ。若、実にさることにて、唯死るばかりの道ならバ、生たる間に学び知《（しら）》でも有ぬべし。されバ、此も亦方便にて虚談なるべし。【かくもいはんかとて、既に出離生死と説たれど、生死の二つを出離れてさていかなる物と成んとかする。さらバ、ます〳〵生たる人の知《シラ》でもあるべき道なるべし。さて、かくさまに論《イ》ふを其道より聞ならバ、決《キハ》めて卑く小《チヒサ》き事を云とや笑ふらん。然れども、さる説を言《コト》立するも皆生たる人の説出て~~出~~生たる人の聴にハあらずや。よく〳〵思ひ分ちて高く大キなる説の幻変《マボロシ》の空談なる事を覚悟《サト》りねかし。】如是、彼方此方に依着《ヨリツカ》ず漂《タヾヨ》ひて、諺に云瓢《ヒサゴ》以《モ》て鯰魚《ナマヅ》を押《オサ》ふる如く定まらざるハ、悉皆《ミナガラ》方便《タバカリ》と幻変《マボロシ》とにて、製《つく》り作《なし》たる道なれバなり。若、誠に諸経説を執へて、此ハ方便彼レハ幻変とて擲《ナゲウ》ち棄るものならバ、竟に仏法《ホトケノノリ》といふ物ハ尽果《ツキハテ》て亡《ナク》なるべきなり。されバ、切《タシカ》に実なる事のミをいはゞ、智者《サカシビト》のうへにハ其道を修《ナラ》ふ為《タメ》の戒律と、愚者《オロカビト》の為にハ地獄・天堂の勧懲《スヽメコラシメ》とより外に、益ある事とてハ見えずなんある。是レ太甚奇《ハナハダアヤ》しく異《コト》ざまなる法にて、彼ノ国人などにハ実に然もあるべく所聞《きこえ》るならめども、皇国人にして考れバ、いとも〳〵思ひ係《カケ》ぬ事のミになんありける。【かくいふを僧などの聞たらバ、さらバ皇国に彼ノ法の渡来《ワタリキ》てよりかくのごとく弘まりつゝ、陸奥・筑紫《ツクシ》の浦々までも寺院ならぬ所もなきが如くなるハ、皇国人も実に然有《しかり》として信尊《ウケタフト》ミたる故ならずやなどもいはんに、一トわたりにてハさることの如くなれども、さハ上古の世に幻術を以て目前に怪異を現しつつ、其尊きさまの虚談《そらごと》を説誇りて、質朴《スナホ》なる古人を誘《サソ》ひたる故にて、実にかくさまに発《あば》き出して教へたるにハ非ず。さるハ日本紀に彼法の渡り来し下《トコロ》に、種々の怪異を記《シル》されたるを初にて、つぎ〳〵僧どもの幻変奇怪の多かるを思ひ合すべし。出定後語にハ「然而《シテ》是在二東人《ミクニビト》一、則難《キ》矣、何也、風気異也。（日本思想大系本書き下し文「しかるに、これ東人にあつては則ちかたし。何ぞや。風気異なればなり。」）」とて王充（後漢の人）が論衡を引て云ることもあれど、諸宗の祖師どもが怪異を現したる事どもの多く所見たるハ、皇国にも古昔ハ幻術の伝ハりたりし証なり。また後に出来たる念仏題目の類は既に彼ノ法の尊げなるを世人も聞知たる上にて、経説戒律の煩雑しきを説破りて、いと容易き事にても成仏すとやうに云ヒまげつゝ、俗に云麦飯にて鯉魚を釣るが如き理を説て、衆生を誘き他を誹謗りて、癡心を凝固《シヽコラ》しめて驕り慢る俗情に合へたる物なれバ、更に論にハ及バぬ事なり。されバ、其弘まりたりと思へるも、悉皆衆生を愚惑したるばかりにて、彼本意の如く済度《スク》ひたるにハ非ず。さるハ、このごろの大御世となりて、幾利志丹といふ邪法を厳《キビ》しく禁《イマシ》め給へるにつきて彼幻術も失果《うせはて》たれバ、若、今ノ世にかくさまの法の入来るとも、惑さるゝ者はなかるべきをや。】

また、其ノ仏像《ホトケガタ》といふ物の形容《アリサマ》の、赤く青く彩色《イロドリ》て種々怪異しき相に刻成したる、打向ふにも幻《イハ》けたる物なれど、案に此ハ彼ノ国俗の頑愚《オロカ》にして、かくさまに比喩《タトヘ》つゝ其神通幻変《カミワザ》の自在《ホシキマヽ》なるを示《シメ》さゞれバ、頓に覚《サト》りがたけれバとて製《ツク》り出たる方便《タバカリ》なるべし。【事の因に云まくもいと可畏《カシコ》けれども、皇国の神たちには仮令《カリソメ》にもさる戯れたるハおはし坐《マサ》ず、たゞ神宮を斎《イツキ》き《(ママ)》建て鎮り座《マス》ます《(ママ)》のミなるは尊《タフト》しとも崇き事ならずや。またその御体実《ミカタシロ》のいますがるも、唯《タヾ》弓矢・太刀・矛・鏡・玉の類にして、かの三面六臂《カヲミテムツ》などやうの異しき形なるハおハさねど、疎略《オロソカ》ならず斎き祀り奉るをもて、神の御稜威《ミイツ》の著く恐《カシコ》きと、皇国人の敏《サト》く信あるとをも思ふべきなり。】

さて、其釈迦文の所説一定《ヒトカタ》ならざりしかバ後にハ其徒ども、漸々に種々《コトコト》の異説を起立《オコシタテ》て、彼を非《アシ》とし此を是《ヨシ》とし、各々一層《ヒトカサ》づゝ加《クハ》へ上して高く遠く空理を説争ひたるが、何れも彼ノ幻変と方便との二箇《フタツ》を体裁《スガタ》として、至らぬ隈もなく牽強付会《シヒゴト》せしほどに、竟にハ釈迦文の本意ハ、何れを真実とも徴しがたきやうには混乱《マギレミダ》れしなり。【小乗・大乗、法華・華厳・涅槃・頓悟・曼陀羅の諸説、ミな出定後語に是を論じて云。「大小部乗各作㆓経説㆒、皆上証㆓之《ガ》迦文㆒、亦方便已《ノミ》。昔者秦緩（秦の名医）死《ス》、其長子得《テ》㆓其術㆒、而医之名斉《ニ》㆓于秦緩㆒、其二三子者不㆑勝㆓其忌《ニ》㆒、於㆑是各為㆓新奇㆒而託㆓之《ヲ》于父《ニ》㆒、以求㆑勝㆓其《ノ》兄《ニ》㆒、非㆑不㆑愛㆓其兄㆒也、以為不㆑有㆔以異㆓于兄㆒、則不㆑得㆔以同《キコトヲ》㆓于父㆒、天下未㆑有㆓以決《スル》㆒也、他日其東隣之父《ガ》得㆓緩枕中之書㆒、而出以証《ス》焉、然後長子之術始《テ》窮《マルト》㆓于天下《ニ》㆒、此事出《ツ》㆓毛元仁《ガ》（明の人）寒檠膚見《ニ》㆒、是則似㆑之。[注]」といへり。実に此説の如し。されバ、皇国に参渡来ても、諸宗の祖僧ども皆此意を得てければ、さまぐ\他を誹謗《イミ》種《リグサ》にして、八ッ九ッの異説をば立たるなるべし。】

［注］＝「大小部乗……是則似之。」までは、『出定後語』巻之上「経説の異同 第二」に見える。前掲思想大系本によって、この件の書き下し文を次に写す。

余かつて云く、「大小部乗、おのおの経説を作りて、皆上、迦文《かもん》に証す。また方便のみ。」と。／むかし、秦緩《しんかん》死す。その長子はその術を得て、医の名秦緩に斉《ひと》し。その二三子の者はその忌にたへず。ここにおいて、おのおの新奇をなし、これを父に託して、もってその兄に勝《まさ》らんことを求む。その兄を愛せざるにあらざるなり。おもへらく、もって兄に異《こと》なることあらざれば、則ちもって父に同じきことを得ずと。天下いまだもつて決することあらざるなり。他日、その東隣の父、緩が枕《ちん》中の書を得て、出してもつて証す。しかしてのち、長子の術、始めて天下に窮《きわ》まる。このこと、毛元仁（明の人）の寒檠膚見《かんけいふけん》（随筆）に出づ。これ則ち、これに似たり。

さるハ、しか説乱したる後の僧徒《ホウシバラ》に罪あるが如くなれども、元来道の立ざまの信実なきに出たれバ、いづれも釈迦文の意なることハ論《アゲツラ》ひなし、左《と》にも右《かく》にも其道の外より見れバ、奇しく異《あや》しく心得がたき道にぞ有ける。さて、此仏道の皇国の為《タメ》になるべき実の験どもを按ふに、呪詛加持《トゴヒマジナヒ》などいふ事の功験（効験）ありて万民の疾病を救ふと、【皇国にて仏法を用ひさせ給ひしやう、古昔ハ唯此一途ばかりなりき。】地獄・天堂の説を設て愚癡なる婦幼《ヲキナワラワベ》を誘き導くと、唯此二事ぞ益にハ有ける。其道の本意よりいはゞ、此二事ハいといと末の方便にて、何ばかりにもあらぬ事なれど、政教のうへよりいへば、彼ノ高上無辺《タカキカギリナキ》妄誕《ミダリゴト》の空理《ムナシゴト》どもハなかなか何の益ともなくて、云もてゆけバ無用事《イタヅラゴト》なり。さて、其呪詛加持《トゴヒマジナヒ》の功験《シルシ》有リしは神通の幻術の伝ハりたる故なりしを、近来ハ幾利志丹《キリシタン》といふ邪術を禁《トガ》めさせ給へること厳しくして、少しも怪しげなる術のあれバ、頓て甚《イミ》じく咎めさせ給へるに依て、さる幻術も失果たるにぞあらんずらんかし。いとまた功験なき物と成果たれバ、其かたの事ハ論ふべきにもあらず、地獄極楽の説ハ盛に行はれたるやうなれども、此レハさバかり世の大害に成べきほどの事にも非ず。愚なる下民どもハ地獄を恐て悪事を止め極楽を羨ミて慈悲をなさバ、さても甚《アマ》りに悪むべき事にハ非ず。素より下民ハ愚なるが素直《スナホ》にて治めよきものなれバ、何の道にも下民を明《アキラカ》に智慧《サトリ》あらしめむとハせぬ事なれバなり。[注]

［注］＝この後抹消されている数行分の割注は、正宗文庫によれば、「孔子の語にも、民ハ之に由しむべし之を知らしむ可らず、といはれたり。之とハ道の事なり。さるを、後世の儒固どもハ教訓といふ事をいひふらして、天下の万民を皆明かにせんとするハ、上古の道に非ること論なし。若実に下に智明ある民ども多

くならバ、必ズ上の政事を議し訾《ソシ》りて私の党など立易かるべきものなれバ、なか〳〵其レをこそ世の大害とハいはめ。秦始皇が李斯と議りて儒者どもを坑ミ殺したるハ、甚りに酷き事ながら、所謂《イハレ》なきにハ非るべし。」とある。

但し、其方便説をいと諾々《ウベ〳〵》しく説誇《トキホコ》りて愚なる下民の心を固執《シヾコラ》かし、一向《ヒタスラ》其仏祖宗祖等が為に命を係《カケ》て斎《イツ》かする類ハ、私の党《ムレ》をも立易《タテヤス》かるべき物にて大《イミ》じき国中の大害なるべし。【さるは、まぢかき永禄天正の頃の宗門ノ一揆などいふ物の囂《サヤガ》しかりし状、また寛永の頃に西国の百姓どもが肥前ノ国島原に城を築きて討手の御使《ツカヒ》を駐《サヽ》へたるなどにて思ふべし。】此を除ての余ハ、恣《ホシキマヽ》に寺塔など建造《タテツク》りて下民の物を誘ひ取り、また種々の功徳といふ事をいひたてゝ、妄に金銀を貪る悪習《ナラハシ》だに止バ上古の如き大害ハあるまじきなり。彼幾利志丹といふ物を禁《(とが)》めさせ給へるにつきて、諸の寺院に檀那といふことの定まりつゝ、尼僧《アマホウシ》の衣食ハ其分々《ホド〳〵》に乏からねバ、彼釈迦文の戒律を厳《キビ》しく執りて高く遠き真仏《マホトケ》の心念《コヽロバセ》を修《ナラ》ひ行ひつゝ、甚《イタ》く世塵に染《シマ》ずしもあらバ、世に在詫《アリワブ》なる廃人《スタレヒト》の静けき隠《カクレ》家と成ゆくべければ、是ハた朝廷《ミカド》の大御仁徳《オホミウツクシミ》の余れる恩沢ならんかし。【さるを、ともすれバ、儒者ハ更なり神道者といふものも、力を極めて訾《(そし)》るめるハ、甚《アマ》りに過たるにも近からんか。其も昔の如くいと〳〵恐き御わたりに何ともなき僧の咫尺《チカツ》き奉りて、種々の事ども申勧め奉り、其につきて天下の財用を費しなどするやうの事ならバ、徒《タヾ》に黙止《モダス》べくも有ぬ事なれど、今ハ唯上に云へる如き、外にハ強ヒて大害と成べき事も無ケれバ、唯自《ワガ》道に違へるを嫉《ニク》むばかりとなん聞ゆめる。されど、墨染《スミゾメ》の衣を着ながら凡俗の家室に宿りて姦婬《ミダリゴト》し、経説を口に誦《ズン》じながら芝居浄瑠璃《シバヰザウルリ》に立交りて、忌憚ることなき僧どもの見えしらがふめるハ、一切経蔵に本文の有べくもおぼえず、いといと疾むべき光景なりけり。なほ、昔世に仏ノ道の厳《イカ》めしくて大害と成りし事ハ、次条にかつ〴〵記すを稽《カムガ》へ見て、今の大御世ハ彼法の大《イタ》く衰へて有難く平穏なる事を思ふべくなん。】

なほ、仏ノ道の事、委しくハ彼ノ論疏などを見て知べく、また其概略《オホカタ》ハ富永仲基といふ人の著《アラハ》したる出定後語などにて見るべし。彼ノ垣内《カキツ》を立離れて外より見たる書なれバ、自余ノ出家どもの説にハ様《ヤウ》かはりていとよく其道の状態《アリサマ》を弁へ得たる書になむある。【総て何の道も、其ノ垣内を立離れて一度ハ外より視ざれバ、其ノ道の全体《アルカタチ》を知尽すことハ無きものなり。予ハ此ノ仏道といふ事をバとりたてゝはか〴〵しく学びたる事もあらざりけれバ、其道の趣向を全く知べきにも非ず。されバ、年来異しき事のミにていかなる物とも知れねば、其経典・論~~疎~~疏の類、彼や此やかたはしづゝ見たれども、凡てハ何なる故とも覚りがたくして、普く諸宗の僧どもにも問きゝたりしかども、何れも紛々《マチ〳〵》にて定まらぬうへに、自宗の祖の意をだに得知ぬなどハ論にも及バざれども、聊《（いささか）》其道に名あるほどの人も、たゞ自宗と他宗との差異《ケヂメ》を責論《セメイ》ひ、或ハまた自宗の内にても某師《ナニシ》の義ハ云々、某上人の説は如此《カク》如此、などいふことを競《クラ》べいふのミにて、竟に仏道の全体《アリスガタ》を窺ひ得たりとも聞えず、甚しきに至りてハ、釈迦文ハ神か仏か人か鬼か、分別なき状なるさへありて、いと〳〵多く聴もてゆくほど、元来知ぬ惑疑をのミなん累ねたりける。さるハ、彼道ハ幻変《マボロシ》と方便《タバカリ》とに成る道にて、事を説くこと方広《シドケナ》く虚実をバ仮令《（かりそめ）》にも問ず、たゞ欲しき情を払ひ去るをのミ主としたれバ、更に事実《マコト》を以てハ責論《セメイ》ふべからず、いと〳〵奇しく怪しく拘へ所なき故にぞ有ける。さハ、彼ノ釈迦文の、世に出て在し間の時世だに、何時《イツ》の頃とも定《サダ》かならず、推量《オシアテ》の説のミ紛々《マチ〳〵》なるにても、其孟浪《ウキ》たる事をバ知べし。さて後に本居先生の玉勝間《タマカツマ》に賞られたる説の有を以て、此出定後語といふ書を見るに、彼出家どもの説とハ遥に異にて、先釈迦文の道の建立ざまより其末流《スヱ》さま〴〵に支《ワカ》れて一定《ヒトカタ》ならず、自己《オノ》が説を押張んとて他を劣しめつゝ加へゆきて、くさ〴〵の異説の出来たる状など其経論の文に徴《アカ》していと〳〵委しく論ひたり。かくてぞ、彼ノ法の全体ハかゝる物といふ事をおろ〳〵窺ひ始《ソメ》つゝ、さて後ハいかばかり怪しく異しき説を聞ても驚ゝ事もなくなりぬる。是富永氏の大《イミ》じき既物《タマモノ》にて、上件にかつ〴〵論《イヘ》ることもおほかた彼説に拠て云るなり。されバ、彼ノ道を伺んとする人ハ更にもいはず、学ばんとする人も亦彼概略《オホムネ》の説を見聞てものするならバ、大じき惑ひをバ~~果~~累ぬまじきなり。おほよそ何の道を学ぶにも、甚《アマ》りに其道に固執《カタムケ》（ママ）けバ必其弊《ツヒエ》の出来るものなるを、また初より固執ざれバ竟に其道の成べきこともなきものなり。此弁別《ワキタメ》を熟《(よく)》思ひてたとひ一度ハ固執て道を学ぶとも、又其道の外よりも姑《シバラ》く其道のあるやうを見ざれバ、いつまでも活用《ハタラキ》といふ事ハ有まじきなり。かくいはゞ、今この皇国の道にも広道らが固執凝滞《カタムキシヾコリ》て一偏《ヒタムキ》なる論《コト》をいふとこそいはめ、其もまたさることなれど、皇国の御民として、皇国の道に固執くハ本来然《シカ》有ルべき理義にて、彼外国の道々も、いかで其国の民どもを固執《カタムカ》しめ随順《ヨリツカ》せんとしたるにハ非ずや。さらバ、皇国の道に固執くハ、外国の道にしても本意の違ふまじき理になんありける。猶いはゞ、今ノ世ハ遠き西戎の国々よりも舶に乗て渡り参来《マヰキ》つゝ万国の通路開けたる時なれバ、先我皇国の道に主と固執てかたじけなき事を身に染て思はざれバ向来《ユクサキ》大《イミ》じき大害もこそ出来べきものなれ。幾理志丹とかいへる邪術を大じく禁め給へるも、専らさる御意とこそ聞えたれ。されバ、いさゝか頑愚に聞ゆる事ありとも、皇国の道にこそ固執《(かたむく)》べきわざなれ。】

○《(ママ)》諸越《モロコシ》の国に道学といふ事あり。其ハ、周ノ世に出たる老聃といふ人の言を本にて、仙術といふ物を唱る道なり。此ハ皇国に伝はざれバ、いかなる物とも弁まへがたけれども、【但し其書ばかりハかたはし渡来りてハ有ど、皆空理幻理にて奇怪しき事ばかりなり。】左《ト》に右《(かく)》に、亦世間の益あるべき事とハ聞えず。然れども、彼老子の経《フミ》ハしか仙術の事を説たる物にハあらず。凡てハ此現世《ウツシヨ》に所見《ミエ》来る神々《カウ〴〵》しき理義《コトワリ》の源を、よく〳〵推究めつゝ、さて其理を活《ハタラ》かし用ふべきさまの概略《オホムネ》を、くりかへし説演《トキノベ》たるものにて、おほかた彼ノ土《クニ》にあらゆる諸子の、学術の起原《オコリ》と所見たり。さるハ管夷吾（管仲）・衛鞅（商鞅）が功績有し法（法家）より、刑名（刑名家＝法家）・縦横（縦横家）の類、さてハ兵法（兵家）なども皆其面影あるうへに、孔子も亦此老子に礼を問きとこそ記したンるなれ。然らバ孔子の道も老子に出たりと云べし。【後世の腐儒輩ハ、孔子に師ありきといふ事を快《コヽロヨカラ》ずとして、とかく諍《アラソ》ひ論《イ》ふめれど、其ハ礼といふ物の末をのみ思て本を顧ぬ論なるべし。そも〳〵礼といふ物ハ仮令《カリソメ》なるが如き式《ワザ》にハあれど、此に因て君と臣と上ミと下との差別を分つことにて、国中を治る術の本なれば、これより大なる道やハある。されバ老子に問ハれけん事疑ふべからず。或説に論語の術而（述而第七）なる老彭ハ老子の字なるべくいひたるハ、実も然るべし。平田氏の三五本国考にハ老彭とあるハ老聃と彭祖となりといへる説を採れたれど、彭祖といふ者然バかり道の言挙したる者とも聞えねバ、なほいかゞあるべき。[注1]凡て孔子をバ生知とかいひて生れながらの事識のやうに云へるハ、仏などの如く思へる非説《ヒガゴト》なり。実に生れからに事を識たる者ハ人の身ならんに争《イカデ》かハ有べき。其ハた寓《カリ》に然いはゞ猶さも有べし。実にしか思へるならバ笑に余りあり。[注2]】

［注1］＝「（平田氏の）三五本国考にハ、……いかゞあるべき。」までの件は、正宗文庫本ではこの割注の頭書として記されていたが、それが右のように本文（割注）に組み入れられたのである。

［注2］＝この後二行余抹消されているが、それを正宗文庫本により補えば、「朱熹が論語の注にハ、「吾十有五而志学」といふ条を初にて、かゝる類の語をバ皆人を教んとて、方便言を云れたるやうにいへり。信にしか思へりしにや、不審しき事なり。」とある。

彼列御寇（列子）・荘周（荘子）が書をのミ老子の流《タグヒ》とおぼえたるハ、未《イマダ》しき説にて論《イフ》に足《タラ》ず。そのうへ、老子の書と荘周等が書とハ趣向《オモムキ》も大《イタ》く差異《カハリ》ありて、老子ハ上に云る如く、理の起源を推究めて此ノ世の光景《アリサマ》に考へ活《ハタラ》かしたる物にて、言ハ少けれどもいと〳〵広く大なる道なり。荘子ハ物一の理をいはんとてさま〴〵の寓言《ヨツヘゴト》を作りて長々と説たれど、其活用ハ僅ばかりの事にて、いひもてゆけバ幻空《マボロシゴト》に近し。されバ決《ウツナ》く老荘ハ一《ト》やうの書にハあらざるべし。されバ、彼ノ国の道々の中にハ達人《ヨキヒト》のよく用ひなば、此老子の道ぞ大《イミ》じき道にハ有べき。【漢文帝劉恒（前漢第5代皇帝）といへるが時に、此道を以て国を治めしかバいとよく治りきといへり。其をもとやかくや評じたる儒者も有ど、またいと偏屈《カタクナ》なる論なり。もし強てしかいはゞ、いはゆる三代先王の道をさながら用ひて、何時の世か思ひのまゝに治りしぞ、其聞まほしき事になん有ける。】さるを、彼ノ仙術・道術などいふ物に覆ハれて、呪咀幻変の事ばかりのやうに思ひ、列子・荘子の書に依て、異端なる空談の如く云るなん、彼ノ国の為にハ甚惜《イトホシ》かりける。

## 4　〇《ママ》三教一致といふ説の弁

漢土に儒・仏・道の三を三教といひて互に甚く争《アラソ》ふに效《なら》ひて、皇国にても亦道を除きて吾皇神を加へ、其をも三道とやうにいひて、皆一致なりといふ説あり。其初ハ仏学《マナビ》する徒の妄《みだり》に言出たるなれど、漸々に代を歴てハ、天ノ下押並てさる説の耳底に残りたるやうにて、ともすれバ引出て論《イ》ふ事なれバ、因《チナミ》に其一致ならざるよしを、かつ〴〵此処に弁《わきま》へてん。さるハ、彼儒仏道の三の事ハ出定後語（巻之下「三教第二十四」）に弁へて、おほかた残る隈も無きやうなれバ、今更に論《アゲツラ》はず。【出定後語曰、「三教之有レ争久《シ》矣、是何争《ニカフ》也、儒者守二其《ノ》名数一、道者修二其《ノ》衛生《ヲ》一、仏者離二其生死一、亦各立二其言一以説レ道者也、今試蔽レ之《ヲ》、儒之所レ淫者文、仏之所レ淫者幻、而道之以レ天為レ宗、或謂三海外有二神仙之居一、亦以レ幻進者、乃竺土外道之類也《ナリ》、其称道亦最汚下、固非二儒仏之列一、其経説亦皆後出《ツ》、西-昇化-胡、三十六天、大羅天帝之居、要皆幼（幻）而《シテ》加二上《スル》于仏《ニ》一者也、此方《ノ》不《ニ》レ伝《ハラ》、今所レ不レ論、云々、或問二仏《ヲ》于竜門王子《ニ》一、曰、聖人也、其教如何《ハ》、曰《ク》、西方之教也《ナリ》、中国《ハ》則泥《スル》、是得レ之矣、其中国則泥《スル》者何、所レ貴在レ幻也、或問二儒《ヲ》于余《ニ》一、曰、聖人也、其教如何《ハ》、曰、西方之教也《ナリ》、此方《ハ》則泥、此方《ハ》則泥《スル》者何、所レ貴在《レバ也》レ文《ニ》也、夫言《レ》有レ物、道為《ニ》レ之分《ガル》、国有レ俗、道為レ之異《也》、儒之教且在二此方《ニ》一則泥《ス》、何況《ソンヤ》仏之教在《ヲヤ》二西方（この後「之西方」脱）一乎、故仏《ニ》之《ノ》所レ淫在レ幻、儒之所レ淫在《リ》レ文《ニ》、捨レ此則幾二於道一矣。［注］」といへり。此概略《オホムネ》なり。委くハ本書を見るべし。さて、右にいへる道ハ、後世ノ仙術の道学をいへるにて、老子経の事にハ非ず。思ひ混《マガ》ふること勿れ。「夫言有レ物道為《ニ》レ之分《ガル》。」といふより下、殊《コト》に確《イミ》じき論と云べし。】

［注］＝この『出定後語』からの引用部分は、前掲前掲思想大系本（の書き下し文）によれぱ次のようである。

三教の争ひあること久し。これ何をか争ふや。儒はその名数《めいすう》を守り、道はその衛生《えいせい》を修め仏はその生死《しょうじ》を離る。また、おのおのその言を立てて、もつて道を説く者なり。いま、こころみにこれを蔽するに、儒の淫する所の者は文、仏の淫する所の者は幻にして、しかして、道の天をもつて宗となし、あるいは海外に神仙の居ありと謂ふも、また幻をもつて進む者にして、乃ち竺土外道《げどう》の類なり。その称道もまたもつとも汚下、もとより儒仏の列にあらず、その経説も、またみなのちに出づ。西昇化胡《さいしょうけこ》・三十六天・大羅天帝の居（以上、道教の所説）も、要するにみな幻にして、仏に加上する者なり。この方、伝はらず。いま論ぜざる所、云々（中略）、ある人、仏を竜門王子《りょうもんおうじ》（隋の王通）に問ふ。曰く、「聖人なり」と。「その教へ、いかん」と。曰く、「西方の教へなり。中国は則ち泥《でい》す」と。これ、これを得たり。その、中国は則ち泥する者は何ぞ。貴ぶ所、幻にあればなり。ある人、儒を余に問ふ。曰く、「聖人なり」と。「その教へ、いかん」と。曰く、「西方の教へなり。この方は則ち泥す」と。この方は則ち泥する者は、何ぞ。貴ぶ所、文にあればなり。それ、言に物あり。道、これがために分かる。国に俗あり。道、これがために異なり。儒の教へは、かつ、この方にありては、則ち泥す。何にかいはんや、仏の教へ、西方の西方にあるをや。故に、仏の淫する所は幻にあり。儒の淫する所は文にあり。これを捨てて、則ち道に幾《ちか》し。

そも〳〵我皇神《スメガミ》の道ハしも、上条にかつ〴〵云ヘりし如く、天照大御神《アマテラスオホミカミ》の天《アメ》上を治《ヲサ》め給へる道なるを、皇孫命《スメミマノミコト》にさながら令依給《ヨサシタマ》ひしなれバ、万国の道の根源なるハ申スも更にて、其御礼《ミワザ》どもゝ皆自然《オノツカラ》の事にして、更に人の作り製《コシラ》へたる道にハ非ず。されバ、表方《ウハベ》こそ浅々しげに所聞《キコエ》たれ、事実のうへに係《カケ》ていと〳〵切《タシカ》に験《シルシ》ありて、一も此レに漏《モレ》る事ハなし。外国の道々ハ、所謂聖にもあれ仏にもあれ、皆人の智慧《サトリ》に考へ出したる道なれば、一わたり諾々《ウベ〳〵》しく所聞《キコユ》れど、事実に係《カケ》てハさしもいひたる如くにハあらで、齟齬《クヒチガ》ふ事常多かり。【この事ハ、本居先生の書どもに毎に云れたる説なれバこゝに省く。本書どもを見て知べし。】然るを、ともすれバ外国の道を人の作りたるに准《ナズラ》へて、吾皇神《ワガスメガミ》の道も上古の人の作り製へたるやうに云へるハ、甚《イミ》じき僻説《ヒガゴト》にて、【富士谷氏（御杖）の古事記灯（文化5年成）などにさへ、神代の事ハ神武天皇の御心より出たるやうにいへるなど、皆非也。】此理ある故に、此ノ神名《カミノミナ》を作り為たるには非ず。此神いますがる故に此理ハ有なれバ、熟々《ヨク〳〵》深《フカ》く思ひ籌《メグ》らして皇神の道の誣《シヒ》ず尊きを知べし。【是本教の第一に心得おくべき事なり。】

さて、しか此ノ世間《ヨノナカ》の形容に合せて作り設《マケ》たる道に非れバ、唯天然《オノツカラ》に神代の跡を守りて大政《オホマツリゴト》聞食《キコシメ》すのミにして、別に教訓《ヲシヘ》などいふ事ハあらず。たゞ惟神《カムナガラ》に治りて毫《ツユ》も邪曲なる事の無有《ナカリ》しよしハ、上にいさゝかも云るが如し。されバ人民《ヒトクサ》の心質朴《スナホ》にして狡黠《サカシラ》なく、唯生るを楽しみ死るを悲しみ、身も心も目も口も、安く快きをよきことゝしたるばかりなれバ、死る事を忌ミ憎《ニク》ミ嫌《キラ》ひ厭《イト》ふ事の大《イミ》じく深《フカ》かりしハ、実にさも有べき理にして、此ノ魂緒《タマノヲ》の絶果《タエハツ》れバ黄泉といふ闇《クラ》き国へ往て、此世の事ハ悉皆《ミナガラ》いたづらに成ゆくなれバ、此より禍々《マガ〳〵》しく忌々《イマ〳〵》しき事の有べくもなし。是レ神世に伊邪奈美尊《イザナミノミコト》の黄泉戸喫《ヨモツヘグヒ》の故事《フルコト》の長久《トコシヘ》に正《マサ》しき験《シルシ》にて、上《カミ》つ世に死葬《シニハブリ》の事を重く忌避《イミサケ》たる由縁《ユヱヨシ》なり。然るを、彼ノ仏道にハ死るを涅槃といひてこよなき真楽《マコトノタノシミ》ぞといひ、生死の相《カタチ》を出離るゝ解脱とて大《イミ》じ~~ま~~く明に智《サトリ》ある事とするハ、いとも〳〵奇怪《アヤ》しく思ひ係ぬ道ならずや。是レ先我道と仏道と表裏《ウラウヘ》にて一致《ヒトツムネ》ならざる証拠《アカシ》なり。されバ、此生死に係《カヽ》る事、何事も〳〵甚く異《コト》にて、皇国にハ食物ハ生命《イノチ》の根柢《モト》なる故を以《モ》て、御食津《ミケツ》神を斎《イツ》き祭る事等閑《ナホザリ》ならず、上ハ大嘗《オホニヘ》・新嘗《ニヒナヘ》の御儀式《ミノリゴト》の、こよなき朝廷《ミカド》の大礼《オホミワザ》なるを初として、下民《シモツタミ》まで新嘗《ニヒナヘ》・水口《ミナグチ》の祭祀《マツリ》を忌ミ慎ミ恐《カシコ》ミ祝《イハ》ひて、唯《タヾ》年穀《タナツモノ》の豊饒《ユタカ》ならん事をぞ祈りつる。此はた人心の真実の極《キハミ》にて、必ズしか有べき理《コトワリ》なるを、仏道にハ穢《ケガ》れ臭《クサ》れて人の棄る物を、さしはへて乞《コ》ひ食《クラ》などするを美《イミ》じき理《コトワリ》として、少《スコ》しも悪き物の限《カギリ》を猛《タケ》き事と定めたるハ、いとも〳〵奇《アヤ》しく怪《ケ》しく異様なる事どもならずや。されバ、仏ノ道ハ凡《スベ》てハ生る人の習ふべき道にハ非ずなんおぼゆる。【生《イケ》る人の学ぶ道ならバ、生る人の益《ヤウ》あるべき事をこそいふべきに、さハなくかゝる奇怪しミを教るにておもへバ、これも亦幻変方便《マボロシタバカリ》のうちなるべし。】

されバ、善悪《ヨシアシ》といふことも、皇国にてハ唯我身に受て愉快《コヽロヨキ》き事を善とおぼえたるを、仏ノ道にハ少《スコ》しも辛《カラ》く苦《クル》しき事を強て為るを善因《ヨキコト》としたり。これ甚《ハナハダ》一致《ヒトツムネ》ならぬ事にて、凡てハ我善といふハ彼がいはゆる悪《アシキ》にて、彼レが悪といふぞなか〳〵我善にハ有ける。【おほかた人情を矯《タメ》て辛苦《クル》しき事を善とするハ、其辛苦を徳とし人を順へ属んとしたる方便なるを、後世ハ、儒道にさへさる事の移りて、善悪のさだ、いと異《コト》やうになりたり。なほ此余に云ハまほしき事ハ多けれど、かくばかりにても彼ノ道と異なる事ハ著ければ、わづらハしさに皆略《ハブ》きつ。】さてまた、漢土の道ハ、上古ハ皇国の道に肖《ニ》たりしさま、上条に云る如くなりバ、上古《イニシヘ》ハ一致といひても大《イタ》く違《タガ》ふ事ハあらざるべし。【漢土のミならず、天竺の上古も上に云ヘる如く肖《ニ》たることにてぞ有けらし。大日経涅槃論などに云ヘる外道の中に、自然毎因魔醯首羅などいへるハ、いかなる物とも知ラれねど、其名号にておもへば、上古の道を伝へたるにも有べし。されバ、漢土の皇天上帝其余の神々も、皆皇国の神たちの渡りゆかして物事を始め給へるなりと平田氏（篤胤）の云ヘるハ、さもあるべし。】

然れども、商周より已来《コナタ》ハ、彼履（殷湯王）・発（周武王）が反逆《サカワザ》の潤色《カザリ》の為に大く制度を違へたれバ、甚異《イトコト》なる物となりたる上ヘに、【上に引ケる出定後語に、「儒之所レ淫在レ文。」と云ヘるに合せて思ふべし。彼国の文《アヤ》なるハ皆逆事の文飾より出てしかる事を思ふべし。】宋儒より後ハ又一トきハ異様《コトザマ》になりて、仏説に似たる事を云ヒ出て心の沙汰《サタ》を解しらひ善悪を尤《ケヤケ》も責《セメ》て、おほかた人の行ひ得がたき事を論《アゲツラ》ふなど、又我道とハ別《コト》にて一致《ヒトツムネ》ならさること決《ウツ》なし。さハ何を以てしか一致《ヒトツムネ》ぞと云フと問試るに、人に勧めて善を為《ナサ》しむるハ皆同じければ、其ノ末《スエ》の業《ワザ》こそ変《カハ》れ本《モト》ハ何れも一意《ヒトツコヽロ》なりといふを以て、一致とハいふなりけり。是いと可咲《ヲカ》しき事にて、其善意といふ事も、上に云るがごとく、各同じからざれバ皆別《コト》なり。儒にいふと仏にいふとは、後世に云ヘるかたハ似たるやうにもあれど、猶甚異《ナオイトコト》なる事にて、儒にいへるハ五倫五常といふことの常理に順ふを善とし、其レに逆《サカ》ふを悪《アシ》としたるなれバ、なほ此生る人の道なるを、仏にいふハ死るを善とし生るを悪とし、艱難《クルシ》き事をして怪異《アヤシミ》を発すを善とし、妻《メ》を愛《ウツク》しミ子を憐むを愛欲といひて悪《アシ》としたり。是又甚く異なるにハ非ずや。されバ、違へる善悪を以て一致ぞと定めたるハ、非《ヒガゴト》なること論なし。

さてまた、皇国の儒者の説にハ、神と聖人とを一物として、漢土の聖人ハ皇国《ミクニ》の神なりと思ひ、三種《ミクサ》の神器《カムタカラ》ハ智仁勇の三徳に象《カタド》りたるものなりなどいふ事なれど、【此類の説いと多けれど、煩ハしけれバ皆略く。准へて知べし。】これまた自道《ワガミチ》を強て皇国に会《アハ》せんとしたる妄説なり。さるハ、彼国にてハ皇天上帝また山川の神などいふより外に、神名《カミノミナ》の、物に所見《ミエ》たる事なきによりて、【但し、道書といふものにハ見えたるもあれど、疑《ウタガハ》しき事多くして大かた後世の作名《ツクリナ》と聞えたり。】天照大御神《アマテラスオホミカミ》・須佐之男命《スサノヲノミコト》など申をば何れも大古の人なりとして、神代の故事ハ人の製《ツク》りたる寓言《ヨソヘゴト》なりと見たるよりの非説《ヒガゴト》なり。

そも〳〵、皇国にして神と称し奉るハ更に太古の人にハ非ず。加微《カミ》といふ詞《コトバ》ハ気身《カミ》の意《コヽロ》にて、【気を加と云ハ、香《カ》・風《カゼ》・霞《カスミ》・陽炎《カギロヒ》・影《カゲ》の類の加《カ》、悉《コトヤ〳〵》くしかり。先達の加微《カミ》の解説《トキゴト》、何れも非《ヒガゴト》なり。[注]】気《ケ》の中に種種《クサ〴〵》の身御坐《ミオハシ》まして各物理を持分て所知食《シロシメ》す御事なれバ、其御名《ミナ》はた其物事に随ひて分れたるなり。されば、此神等《カミタチ》の御坐《オハシ》ます故に依て此ノ世に此理《コトワリ》ハ出来《イデク》るにて、此理ある故に此ノ神といふ物を製りて此名を設《マウケ》命《ツケ》たるにハあらず。よくよく心を平かにして遠く思ひ深く慮りて、目《メ》に所見《ミエ》ず耳《ミヽ》に所聞《キコエ》ぬ余《(ほか)》を皆虚説と思ふまじき事なり。【仏学する輩、常に儒者を晒《ワラ》ひて断見といへるは、目に見えず耳に聞えぬかぎりハ惣て怪異《アヤシミ》とし妄談《ソラゴト》として、見識《ミシリ》にことの短く断《カギ》りたれバなり。これ信にさる事なり。されども又仏徒の断見ならずと思へるも、人ノ心の念々《オモヒ〳〵》に因て長くも遠くも思ひなしたるなれば、これはた人ノ心を離れぬ断見にて、実に天地の理ハ太古《イニシヘ》の時よりいひもて伝へたる真説ならでハ、真実の断見に非る事ハなしと知べし。されバ、人身に行ふ事こそハ目に見え耳に聞えたるかぎりをも行はめ、目に見ず耳に聞ずとて、物理を短く断《キリ》て見ることハ有まじきなり。】

[注]＝『古事記伝三之巻』(『本居宣長全集第九巻』)には、「〇神名は迦微能美那波《カミノミナハ》と訓べきことも、首巻《ハジメノマキ》に云り。迦微《カミ》と申す名義《ナノココロ》は未ダ思ヒ得ず、【旧《フル》く説《トケ》ることども皆あたらず、】」とある。

彼ノ聖人といふハ、所謂《イハユル》庖犠氏・神農氏の、蛇身牛首なるも質《カタチ》有る物にしあれバ、仮令《たとひ》雲に翔り風に走るとも、猶目《ナホメ》に見《ミ》え耳に聞ぬ事ハ知べくもあらず。神ハ質の在《ある》物にあらねバ、然ばかり狭《セバ》き事にハ非ずして、天地の気の至る極《カギリ》ハ所知食《シロシメサ》ぬ事もなき物にて、大く異なることと知べし。【かくいはゞ、また陰陽五行すなはち神の事ぞといはんか、其はたさしもあらぬ事なり。彼陰陽五行ハ、此世にあらゆる物の状を人より見て命《ツケ》たる名にて、目に見え耳に聞ゆるかぎりを少《イサヽカ》ばかりいひたる物なれバ、猶神とハ別なり。神ハ何れも生坐《アレマセ》る原《モト》の伝ありて、火にも非ず水にも非ず、又火と水と合たるにも非ず、いと〳〵霊《クス》しく妙《タヘ》なる理《コトワリ》どもを一箇《ヒトツ》として持分知《モチワケシラ》せ給ハぬ事もなけれバ、其ノ所聞《キコエ》伝はりたる御名も際限《カギリ》なく広く多きことにて、四大（老子の「道・天・地・王」カ）・五行の如き麁漏なる物にハあらず。但し造化といひ陰陽と云るのミハ、皇産霊神《ミムスビノカミ》また伊邪那岐《イザナギ》・伊邪那美命《イザナミノミコト》の御魂《ミタマ》の末《スエ》を、片はし見つけたるに似たり。此事別に論あれど長けれバ略きつ。】

さてまた、掛まくも可畏《カシコ》けれども、三種の神器と称奉るハ天照大御神の皇孫命《スメミマノミコト》に賜ひたる天津御璽《アマツミシルシ》なれバ、彼人身に備ふとかいふめる智・仁・勇といふ物とハ別なる事いふも更なり。されども、彼神器を令依《ヨサシ》奉り給へる御心はしも、小縁《オボロケ》ならぬ御事と所聞たれバ、鏡の明かなるを御体《ミスガタ》として、剱《ツルギ》の厳《イカメ》しく瓊《タマ》の愛《ハシ》きが如き理《コトワリ》も、其ノ中にハ篭《コモ》りて御坐《オハス》べけれバ、智・仁・勇も其片端にハあらめども、左《と》に右《かく》に彼ノ小き人身の智・仁・勇を以て、此大なる天璽の神器を論ずるハ甚じき僻説《ヒガゴト》なりともいふべし。此にてまた神と聖人と一物ならざる事を明むべし。【此条なほいと論まほしき事多けれど、かりそめに論《イハ》尽すべくもあらざれバ、先かくて此巻ハ結《トヾ》めてん。これら皆益《ヤウ》なきわざくれに似たれど、各国の道の差別《ケヂメ》も一わたり心得置ざれバ、末竟に混《マガ》ひもぞするとて、止事を得ぬわざなりかし。】

◇本教提綱　中　（「本教提綱」第二冊目表紙）

（本文）

# 本教提綱二《ママ》之巻　備前　萩原広道述并自註

## 5　歴朝の沿革

つら〳〵皇国《ミクニ》上古《イニシヘ》の紀《ミフミ》に因《ヨリ》て歴朝《ミヨ〳〵》の沿革《ウツ》り来《コ》し形勢《アリサマ》を按《オモ》ふに、神武ノ天皇の畝火橿原《ウネビノカシハラ》に大宮所《オホミヤドコロ》を造《ツクリ》建給《タテタマ》へる御時《オホントキ》より崇神天皇の御世の初までハ、天照大神《アマテラスオホミカミ》・高皇産霊神《タカミムスビノ》の天祖《アマツミオヤ》、瓊々杵尊《ニニギノミコト》に授《サヅケ》奉り給へる高天原《タカマノハラ》の御政教《ミマツリゴト》ヲさながらに伝《ツタ》へ座《マシ》まして、神代ながらの御《ミ》おもむけざまなりけれバにや、紀《ミフミ》のうへにも異《コト》ざまなる事ハ一箇《ヒトツ》も見えねバ、議《マヲ》すべきふしもなし。【神代ながら御おもむけざまの事ハ、委しく上古政迹考に云れバこゝに略く。】崇神天皇の六年といふ年に至て、[注]御殿内《ミアラカノウチ》に斎祭《イツキマツリ》給へる天照大御神を、豊鍬《トヨスキ》

［注］＝竜門文庫本にはこの件に、次のような頭書（朱書）が付されている。

書中闕字の例ハ公式令の式に依て記すべく、若然らずハいにしへざまに続けて書くべきよし、八木立礼いへり。いかさまにも然るべき事なり。されバ此後写さん時にハ必古ざまに続けてかくべし。

入姫命《イリヒメミコト》に託《ツケ》奉り給ひて、倭笠縫邑《ヤマトノカサヌイノムラ》に磯堅城神籬《シカタキノヒモロギ》を立て祭祀《マツラ》しめ給ひ、【倭大国魂神《ヤマトノオホクニタマノ》と称《マウシ》奉るハ大宮《オホミヤ》地《ドコロ》の御魂《ミタマ》と座《マ》す国津御神《クニツミカミ》なり。今ノ京となりて加茂《カモ》ノ大神と似《ニ》なく斎祭《イツキマツ》り給へるも全《モハ》ら此意にて、いと〳〵深《フカ》き由縁《ユヱヨシ》のおはします御ン事なり。委しくハ国神考に云べし。またかく二柱《フタハシラ》の大御神を殿外《ミアラカノト》に遷し祭り給へる御事は、

「畏《オソレ》㆓其《ノ》神勢《カミノミイツヲ》㆒共《トモニ》住《スミ玉フヿ》不㆑安《カラ》。」と見えたり。あなかしこ。】百姓《オホミタカラ》の疫疾《エヤミ》を治め給はんとして、大田田根子《オホタタネコ》といふ人を覔《マギ》て、大物主神《オホモノヌシノ》を祭らしめ給ひ、また八百万神《ヤホヨロヅノ》、海川山野《ウミカハヤマヌ》の神等《タチ》までをも悉《コトゴト》くに祀《マツ》り給ひて、天社《アマツヤシロ》・国社《クニツヤシロ》・神地《カムドコロ》・神戸《カムベ》を定め奉給へる、これなん神と天皇《スメラミコト》との差別いできて、神社《カミノヤシロ》を別所《コトドコロ》に造《ツク》られたる起源《ハジメ》なりける。【其はじめハ、職々に仕へ奉る伴造《トモノミヤツコ》国造《クニノミヤツコ》も、皆己々《オノオノ》の祖神《オヤツカミ》を家ノ内ニに祭られけん事、かつぐ〳〵上に云へるが如し。これ甚深き理《コトワリ》ある事と見えて、天神《アマツカミ》の大道《オホミチ》にハ有けるを、此ノ御世《ミヨ》にかく改め給へるハ、亦さる深き由縁こそおはしけめ。日本紀にも古事記にも、唯神等を斎祭給へる故に、国ノ内の疫疾《エヤミ》息《ヤミ》て富《トミ》栄えけるよしのミ記されたり。これのミにあらず。此ノ御世にハ、調役《ミツギエダチ》の法を制《サダメ》め（ママ）、順《マツロ》はぬ国々を言向《コトムケ》しめなど、もろ〳〵の事どもの出来たる様《サマ》に所見《ミエ》たれど、詳《クハシ》くハ知れがたし。されど、紀に著はれたる限ハ、上古政迹考・神社勧請弁に云を見て知べし。】

其後、応神天皇の御世に、百済《クダラ》国より貢《タテマツ》る方物《クニツモノ》の中に、論語と千字文とを渡し上《タテマツ》りしを、阿知《アチ》・王仁《ワニ》などいふ人を召《メシ》て読釈《ヨミトカ》しめ、皇太子《ヒツギノミコ》菟道稚郎子尊《ウヂノワキイラツコノミコト》、それを師として読習ひ給へる事の所見《ミエ》たるハ、漢国《カラクニ》の文字の渡来し原始《ハジメ》なり。されど、当時《ソノカミ》ハ必しも彼国の道といふ物を崇《タフト》びて読習ひ給しにハあらず。唯其文字して物事を記すことの便利よきを感《メデ》て、かつ〴〵用ひ始給へるのミなりき。【文史博士《フビトハカセ》など、紀《ミフミ》に見えたるも、皆たゞ此すぢの事のミなり。さるを、例の儒者輩ハ道といふ物の始なるやうに説なして、やがて此菟道《ウヂノ》皇太子《ヒツギノミコ》と仁徳天皇と御位を譲らひ給ひし御事をすら、彼ノ道の功験なるやうに云へるもあるハ妄《ミダリ》なり。又漢国にてハ、其文字も皇国にて用ふばかり便《タヨリ》よくハあらぬ事ハ、西戎音訳字論に云へり。】また其後、欽明天皇の御世に、百済《クダラ》の聖明王と聞えしが、流通礼拝の表《フミ》に添《ソヘ》て仏像《ホトケノカタ》を奉りぬ。朝廷《ミカド》の御臣《ミヤツコ》たちさま〴〵に議《サダ》し争《アラソ》はれしを、蘇我《ソガ》ノ稲目《イナメ》ノ大臣《オホミヒトリ》一人かたく是を申行《マヲシオコナ》ひて、己《オノ》が田圃《タドコロ》を以て仏殿《テラ》を脩治《ツク》り僧尼《アマホウシ》を養育《ヤシナ》ひて、竟に此法を留めたり。【註 欽明天皇十三年、蘇我稲目宿祢、「浄㆓捨向原家㆒為㆑寺」と見えて、豊浦寺と名けたり。是私に寺を建たる始なり。】是レ天竺ノ国の仏法《ホトケゴト》の渡来し原始《ハジメ》なり。

されど、これはた朝廷にハ強《アナガ》ちに用ひさせ給ふにもあらずさて過《スギ》にしを、用明天皇の崩御せさせ給へる間《ホド》、鴻業《アマツヒツギ》の御事に就て、物部守屋大連《モノヽベノモリヤノオホムラジ》と大臣蘇我馬子《オホオミソガノウマコ》と確執《アラソヒ》を起《オコ》して相闘戦《アヒタヽカ》ひしに、馬子、守屋連に伐勝《ウチカチ》てけれバ、独威権を耀《カヾヤカ》して自恣《ホシキマヽ》にぞふるまひける。然間に、己が家に留置たる善信といふ女僧を百済国に遣《ヤリ》て、受戒といへる法を学バせ、大和なる飛鳥《アスカ》の真神原《マカミノ》にて、法興寺といふ寺塔をなん建たりける。これ公《オホヤケ》ざまに寺を建たる始なり。

また、用明天皇の皇子《ミコ》厩戸皇子《ウマヤドノミコ》【後に聖徳太子と称ししが御事】も馬子を助けて守屋ノ連を攻伐給ひけるが、四天王といふ仏像を造りて云々《カニカク》と誓願《チカヒゴト》し給ひしに因《ヨリ》て、摂津国《ツノクニ》に寺塔を建て四天王寺と号《ナヅ》け給へり。【このほどの事につきては、甚《イト》論ずべきことゞも多かれど、此書の大概に関るべきにもあらざるうへに、先達の論じたる説も彼此見えたれバ、かた〴〵譲りて、こゝにハ略く。また仏法の渡来し時のありさまも、紀《フミ》に詳《ツバラカ》なれバ大く省約《コトソギ》て記したり。守屋ノ大連をひたすら逆賊《さかびと》の如くいひ伝へたるハ、僧徒の妄言《ミダリゴト》の広ごりたるにて、実に然る事にハあらず。[注] 崇峻天皇の未だ鴻業《アマツヒツギ》しろしめさゞるほどの事なれバ、逆賊《さかびと》などいふべきにハ非ず。唯守屋ノ連ハ仏法を忌嫌はれたる人なれバ、後世の僧徒忌憎《イミニク》ミて、さま〴〵あらぬ妖言《オヨヅレゴト》どもを作り構へて、しか逆賊《さかびと》の如くにハいひなしゝなり。いと悪むべし。】さて、後にハ馬子が威権《イキホヒ》漸《ヤウ〳〵》盛《サカリ》になるまゝに、崇峻天皇の大《イタ》く疾《ニク》ませ給へる事と漏聞《モレキヽ》て、竟に人して天皇を弑《シヒ》奉りき。これ臣として天皇《スベラキ》を弑奉りたる逆賊《さかびと》にて、神代より今ノ世に至るまで二人とあらぬ罪人なるを、僥倖《サイハヒ》に其ノ罪を遁《ノガ》れつゝ無《ナク》て世を終りたるハ、あさましともくちをしとも云むかたなんなかりける。

[注]　＝竜門文庫本には、この件の上欄に次のような頭書（朱書）が見える。
逆賊ヲさかひとト訓ルヿナキヨシ、前田氏云リ。然ルベシ。サレバ皆あだひとト改ムベシ。下同。

さて用明天皇の皇后《オホキサキ》推古天皇を推て皇位《ミクライ》に即《ツケ》奉り、厩戸皇子《ウマヤドノミコ》を皇太子に定め奉りたるなど、皆馬子等が謀略《ハカラヒ》にて、女天皇《ヒメスベラキ》に坐ませバ、よろづ自恣《オノガマヽ》に行ハるべしとの結構《シタガマヘ》なりけん事著《シル》し。【皇后《オホギサキ》を天皇と称し奉る事ハ此度が始なれバ、かたむき奉る御臣等《ミヤツコタチ》も少しハ有べき事なるを、さる事の見えぬハ紀に脱《オト》されたるか、はた馬子等が威権に憚て議《マヲ》す人も無有《ナカリ》しにか、いと〳〵不審き事どもなり。また皇太子のさばかり聖徳おはしましながら、馬子が罪をも誅《カタ》め給ハず見知らぬに御座まし〻御事ハ、先達のさまざまかたむき申し〻事にて、実に理《コトワリ》ハ然る事なれど、既に馬子等が為に推立られ給ひて皇太子に定まり給ひ、其ノ女《ムスメ》を婚《メシ》て妃にし給へるうへは、事の勢《イキホヒ》始《ハジメ》よりすべて論にハ及ばぬことなり。皇太子の御心のまゝに政を摂《トリ》給ひても、馬子等が後安《ウシロオス》く思ひてしか定め奉りしにて、其ノ御為レ人《ヒトヽナリ》ハ推て知れたり。】

かくて、馬子、より〳〵に天皇・皇太子に勧奉りて、己が信《タノ》める仏道を天ノ下に施し弘《ヒロ》め、僧尼を集《ツド》へ寺塔を造り、忌憚ることなくふるまひけるを、天皇も皇太子も其ノ方《カタ》にてハ又なき御魂合《ミタマアヒ》なりけれバ、奏《マウ》すまに〳〵天ノ下に令《オホ》せ施し給へりき。これなん皇国に仏法の蔓《ハビコ》りたる始にハある。【推古天皇紀「二年春丙寅朔、詔《ミコトノリシテ》二皇太子及《マタ》大臣《ニ》一令《玉フ》三興二隆三宝《ヲ》一、是時《ノ》、諸臣連《モロ〳〵ノオミムラジタチ》等、各為《ニ》二君親之恩《メグミ》一競《テ》造二仏舎《ヲ》一、即《チ》是謂《ヲ》レ寺焉、」とある。三宝とハ仏・法・僧をいふ。また「競《アラソヒテ》」とある字に心を着《ツク》べし。上に好ミ給へる道なれバ、さしも思ハぬ人々も御心とりがてら寺を造りしも必あるべく、俄に天下に弘まりけん事さもあるべく聞えたり。また馬子が大じき罪を強ても問せ給ハざりしも、さハいへど、一ッハ此ノ仏道の事に関りけんとぞ推量らる〻。石原正明が年々随筆（文化2年成立、弘化元年刊）に云ク、「主ごろしの例ハ眉輪王《マユワノミコ》なれど、いとやんごとんき皇親にて、しかも年いとをさなく、親の御ためにてさへあれバ、たしかに逆臣の例ともいひがたし。蘇我ノ馬子こそ、かしこくも大けなくもきたなくもよこしまにもおもひがまへて、君をしせ（弑せ）まつれるなれ。又親ごろしの例ハ、推古天皇三十二年に、有二一僧《ノ》一執レ斧殴《ヲウツ》二祖父《オホジヲ》一。とありて、これに依て、僧正・僧都・法頭を置れし事見ゆ。律条には、祖父母云々を一般にしたれバ、これ的例なり。仏法まう来ていまだ幾許《イクバク》ならず、一人ハ比丘、一人ハ優婆塞にて、か〻る禍の門ひらきけん、あやしき事なり。さる道をしも朝廷に尊び弘め給ひけん、又あやしき事なり」《(ママ)》といへる、実に然る説なり。優婆塞とハ俗ながら仏法を行ふ者をいふ戎語《カラコト》にて、馬子を指て云るなり。】

さて此厩戸皇太子ハいと聡明《サト》く坐《マシ》けるよしにて、彼ノ仏法などをも委しく習知給へるうへに漢国の道をも学び給ひてけれバ、【推古紀（元年四月庚午朔己卯の条）に「習《ヒ》二内教《ホトケノノリヲ》於高麗僧《コマノホウシ》恵慈《ニ》一、学二外典《カラブミヲ》於博士覚哿《カクカ》一、（並脱カ）悉達《クイタリ玉フ》矣。」と見ゆ。】竟に、同キ天皇の十一年（十一月己亥朔）といふ年に、漢国の制度《サダメ》を模《ウツ》し給ひて（すぐ後に見える「冠位十二階」）、よろづ彼国風《クニブリ》になん掟《オキテ》給ひける。さるハ、いかなる御心なりけん知れねど、彼所《カシコ》の書籍を御覧《ミソナハ》して理深げにもの〳〵しく記したる文辞《フミコトバ》に感賜ひ、また韓国《カラクニ》わたりの者どもの来朝《マヰキ》ぬるが、さま〴〵文に飾りたる物を着持《キモチ》などするを御覧して、皇国人の神代ながらの質朴なる状したるを、飽《アカ》ず敢なく思《オモ》ほしゝ故にもぞ有べき。紀《フミ》に、「作《ル》二大楯及靫《オホタテマタユキヲ》一。」（同上）とあるハ、いかなる製状《ツクリザマ》なりけむ、神世より伝ハりこし物とは決《キハメ》て異様《コトサマ》なりけむ。また、「絵《エガク》二干旗幟《ハタニ》一。」（同上）とあるハ、いかなる文《アヤ》なりけむ。おほかたは、隋といひける頃の製状《ツクリザマ》を似せ《ニ》られぬとぞおぼゆる。【平田氏の古史徴の開題記にハ、かの前朱雀・後玄武・左青龍・右白虎の類の絵を旗に画しめ、いはゆる獣盾とて獣を画ける楯を作らしめ給へるなるべし、とやうに云~~れ~~たり。さもや有けん。惣て此間の事ハ、彼開題記（「古史徴一秋之巻」岩波文庫叛 p.279）に言を残さず論ひ尽《ツク》~~され~~しれたれバ、ここにハ略《ハブ》く。開き見て知るべし。】さてまた、十二階の冠位といふことを製《ツク》り給ひて、貴《タカ》き賤《イヤシ》き階級《シナ〴〵》をきハやかに定め給ひ、親ら十七条《クダリ》の憲法《ノリゴト》を造りてものろこしざまの教訓《ヲシヘゴト》をも施《(ママ)》　始給へりき。【なほ此余にも「（推古天皇十二年の条）秋九月改二朝礼一、因以詔之曰《ミコトノリ玉ハク》、凡出二入宮門《イデイルニハミカドヲ》一、以《テ》二両手《マデヲ》一押レ地《ヲサヘツチヲ》、両脚《モロアシヒザマツキ》跪《ニ》レ之越レ梱《シキミヲ》則立行。」などあるを初にて、さま〴〵外国の礼式《ノリワザ》をはじめ給へる事見えたり。紀を読て知るべし。】

かくてぞ、天祖《アマツミオヤ》の神《カム》ながらに受伝へさせ給へる、天照大御神の御制度《サダメ》ハ、大かた破れはてゝ、唯彼黠利《カノサカシラ》を主《ムネ》とする漢《カラ》国の風《フリ》なんまじこりける。【漢風の黠利《サカシラ》なる所由《ユヱ》ハ上の巻に既にいへり】旗幟の絵などの事ハ姑《シバラ》く置く。そも〳〵空位《ムナシクラヰ》を制《ツク》り設《マケ》て人智《ヒトノサトリ》を募《ツノ》り功利《イサヲ》を急《ニハカ》に誘《イザナ》ふことハ、いと〳〵便よきが如く聞ゆれども、其ノ根原《モト》人の短《ミジカ》き智恵《サトリ》より出て神随《カムナガラ》の道にハ非りけれバ、何れも其階《シナ》貴き冠位を得まく欲《ホリ》してさまざまの賢《サカシ》がほを擬《ツク》り、世をも人をも力の涯《カギリ》文《カザ》り偽りて、我先其位に登《ノボ》らんとのミ構《カマ》ふめれバ、偽といふ事・黠《サカシ》といふ事知ぬ国風《クニブリ》のいつしかと移りゆきて、彼ノ漢国の俗《ナラヒ》の如く、表方《ウハベ》をのミ飾りもてつけて、裏心ハいとさもあらず成ゆくめり。さるハ、皆富貴き権勢《イキホヒ》を動かし弄びて、世ノ人の智《サトリ》を操《アヤド》るより起る事なれバ、神代よりの御制度にハさる事どもハ無有《ナカリ》けらし。さるを、かく改まりてハ、元来黠利《サカシラ》知らぬ人民《ヒトクサ》に、しか成ゆくべき事を教るが如きものにて、縦令《ヨシャ》其ノ教事こそハ善事の限にもあれ、其に依てまた悪事を為る媒《ナカダチ》となる事も必出来べき勢なれバ、漸《ヤウ〳〵》に姦黠《サカシラ》なる輩の多く出来し事、左《ト》に右《カク》に弁ふるまでもあらず。此次下《ツギ〳〵》に記《シル》しもてゆく光景を考て知べし。【此事ハ、なほ玉篠に猫児《ネコノコ》を教るに比《ナソラ》へて云へることあれバこゝにハ略く（現存の『玉篠』には「猫児」の記事見えず。なお、この後4行分ほど抹消）。さてまた、此段ハ、たゞ其出来はじめの事を論る処なれバ、全く今ノ世の事にハあらず。今ハ今にて又用ひ給ふべき節《ホド》の、（この後数字分空白）、おハすべけれバ、其よしハ巻末（下之巻の「7大古の御制度今の世の御制度に近き説」カ）にいへり。】

皇極天皇の御世に至りて、馬子が子蝦夷《コエミシ》、其ノ子の入鹿父子《イルカオヤコ》、相継《アヒツギ》て政事を執奏《トリマウ》しゝかば、後にハ種々の狂態《タブレワザ》をして、大《イミ》じくおふけなき事どもをぞ巧《タク》ミたりける。これを見て、中臣《ナカトミ》ノ鎌子連《カマコノムラジ》【藤原鎌足公の御事】天智天皇のまだ中大兄皇子《ナカノオホエノミコ》とて坐《マシ》ましけるに睦《ムツ》び寄《ヨリ》奉りて、蝦夷等《エミシラ》を誅《ツミナ》はん策《ハカリヿ》を籌《メグラ》されけるに、他の嫌はん事を恐れて、南淵先生《ミナミブチセンジヤウ》【此ノ先生ハ、推古天皇の御世に西戎《カラクニ》へ学問に遣されたる南淵漢人《ミナミフチノアヤヒト》請按なるべきよし、平田氏云り（同上 p.287）。】といへる博士に、周公・孔子の道を学ぶとて往還《ユキカヨ》ひつゝ、其ノ路上にてぞ謀り談合《カタラヒ》給ひける。かくて思ひのまゝに蝦夷・入鹿を誅ひ給ひしかバ、皇極天皇ハ孝徳天皇の軽皇子《カルノミコ》とて坐ましけるに皇位を譲りて、天津高御座《アマツタカミクラ》を降《オリ》させ給ひき。是、後ノ世まで降居《オリヰ》の天皇《ミカド》と申す御事の権輿《ハジマリ》なりけり。

天智天皇ハ即《ヤガ》て皇太子に立《タヽ》せ給ひ、鎌子連《カマコノムラジ》を内臣《ウチオミ》として万機《ヨロヅ》思食《オモホシメス》まゝなりしかば、殊更に天下の法《ノリ》制《オキテ》・朝廷《ミカド》の儀礼《ノリワザ》を大に改め革《（ママ）》給ひて、全く漢土《カラクニ》の制《サダメ》の如くなん定め給へりける。さるハ、皇太子も内臣も南淵先生に其ノ国の道を学び受給へるうへに、この孝徳天皇をバ紀（孝徳天皇紀冒頭）に「尊《タフトビ》二仏法《ホトケノヲ》一軽《アナヅリ玉フ》二神道《カミノミチヲ》一、（この後の割注「斬二生国魂社樹一之類、是也」は略されている）、為レ人柔仁好《コノミ玉ヒ》レ儒、不レ択二貴賤一、頒降《クダシ玉ヒキ》二恩勅《メグミノ大ミコトヲ》一。」と記されたれバ、かた〴〵其ノ方ざまの御魂合《ミタマアヒ》にて御座《オハシ》ましけれバ、かく所思食《オボホシメス》まゝにハ改《アラタ》まりしなり。【平田氏の説にハ、此ノ度の事ハすべて天智天皇と鎌子《カマコ》ノ連《ムラジ》との御心より出て、孝徳天皇ハさしも関《アヅカ》り給ハざりけんやうに云れたり（同上p.285）。事情《コトノコヽロ》を按《オモ》ふに然《サ》もあるべく聞ゆれど、今ハ姑く紀文《ミフミノコトバ》の表《ウヘ》につきて云るなり。また、かの開題記にハ、鎌子ノ連の権謀を行はれたる事どもを引出て細密《コマカ》に論ぜられたり。これはた事情さもありげに聞ゆ。なほ鎌足公の末々の御事ハ、伴氏の松の藤靡《フジナミ》（文政13年奥書―『伴信友全集第三』所収）といふ書にも委しき論ありき。されば今ハ悉く略きつ。】

其改革《アラタ》め給へるさまハ、彼ノ漢国の随・唐の頃《コロ》の制《サダ》に效《（なら）》はせ給ひて、左右ノ大臣よりはじめて百官《モヽノツカサ》を定め置《オキ》、更に十九階の冠位《カウブリノシナ》を作り、大化といへる年号を建《タテ》、天下の兵器《ツハモノ》を収聚《メシアツメ》めて庫《ミクラ》に納《ヲサ》めしめ、国造《クニノミヤツコ》・県主《アガタヌシ》などの部曲《カキベ》を停《トヾ》め、諸罪《モロ〳〵ツミ》ある者どもの、軽き・重き科《シナ》を定めて刑戮《ツミナヒ》の法を設《マケ》など、其余細事《コマゴト》のうへにまで、皆云々《シカ〴〵》の御法《ミノリ》をなん下《クダ》し給ひける。其ノ詳《クハ》しき事どもハ彼ノ紀に所見《ミエ》たれバ、此処《コヽ》にハ略く。其事の得失《ヨサアシサ》もさまざまにて、皇国《ミクニ》の御ン政教《マツリゴト》の大キなる変《カハリメ》なれバ、議《マウサ》まほしき事どもハ甚多かれど、いと〳〵恐惶《カシコ》きわざなれバ総て申シ止マりぬ。【但シ、其ノ止事を得ざる条のミハ上古政跡考などにかつ〴〵論《イフ》べし。】かゝる中にも、仏法をバ大じく尊《タフト》き物にせさせ給ひて、諸国に寺刹《てら》を建造《タテツク》りますます僧尼を誘引て専ら其《（ママ）》其ノ道を施し給ひつと見えて、大化元年の詔命（孝徳天皇大化元年八月の条）に「凡自㆓天皇㆒至㆓于伴造《トモノミヤツコ》㆒、所㆑造《ツクル》之寺ノ不㆑能㆑営《イトナムヿ》者、朕《ワレ》皆助作《タスケツクラシム》云々。」と所見《（みえ）》たるにて其余ハ想像《オモヒヤラ》れたり。

かくて、天智天皇の御世にまた冠位《カウブリノシナ》など改め加へさせ給ひて、いよ〳〵漢様《カラザマ》の制度《ミサダメ》を摸《ウツ》し添《ソ》へて、令の書《フミ》を制り給ひしより【開題記（同上 p.303）に、「天智天皇元年制《ス》㆓令二十二巻㆒世人所㆑謂近江《ノ》朝廷之令也。」とある弘仁格ノ序を引て、これはた鎌足公の定められたるよしを委く論~~れ~~ひたり。開見て知るべし。但し、其中に天武天皇の御世に近江ノ令を改めら~~れた~~るハ、彼令の能も備《トヽノハ》ざりし故なるやうにいへるハ非《ヒガゴト》なり。さるハ、近江令ハいと能く備ひては有しかども、此天武天皇の鴻業《アマツヒツギ》所知食《シロシメシ》ける御事ハ、天智天皇の御譲《ユヅリ》のまゝにも御座《おはせ》ざりし事なれバ、何事をも彼ノ御世ながらに用ひさせ給ハんをば御快《ミコヽロヨカ》らずおもほしゝなるべし。されバ、紀のかしこ（天武天皇十年二月の条）の詔命《オホミコト》にも改め給へる所由《ヨシ》をバ詔《ノタマ》はで、たゞ「朕今更欲㆘定《ニ》㆓律令㆒改㆗法式㆖、云々」とある文のゆくりかなるにても思ふべし。然るを、今本の天智天皇紀（十年正月の条）に、東宮大弟とある皇大弟ハ大友《オホトモ》ノ皇子と有べきよしを見出て、深き謂《ユヱ》ある事なりなどい~~はれたる~~ひしものゝ、ここに心着《ツカ》~~れ~~ざりしハふと思ひ誤~~られ~~しなるべし。されバ、文武天皇の御世四年六月の下《トコロ》に「勅《シテ》㆓某々等《ニ》㆒撰㆓定《シメ玉フ》律令《ヲ》㆒、賜《ヿ》㆑禄《ヲ》各有㆑差。」と見えたるハ、彼天武天皇の御世に改められたるハ、強《アナガ》ちに近江令を替んとして定め給へる故に、なか〳〵に備《トヽノハ》ざる事ありしを飽《アカ》ずおぼしめして、更に「撰㆓定《エラミサダ》」（返点「二」原文）められし事知れたり。此㆑ハ事の因《チナミ》にいふのミなり】、天武天皇・持統天皇の御々世々《ミヨ〳〵》、漸《ヤウ〳〵》にもろ〳〵の礼式制令《ノリオキテ》を益《マシホド》施し給ひつるが、竟《ツヒ》に文武天皇の御世大宝年間に至りて、藤原贈太政大臣不比等《フヒト》公に令《オホ》せて律令の書《フミ》を改られたるを、其ノ後また元正天皇の養老二年といふ年に、同じ大臣して撰定《エラミサダメ》しめ給へりき。是、即今に至るまでの、朝廷《ミカド》の御制度《ミサダメ》の起原《ハジメ》なり。【弘仁格ノ序に、「逮《テ》㆓文武天皇ノ大宝元年《ニ》㆒贈太政大臣藤原朝臣不比等奉㆑勅《ヲ》更撰《ニブ》㆓律令《ヲ》㆒各《〳〵》為㆓十巻㆒今行㆓於世㆒律令是也。」とあり。】

其ノ中にも天武天皇の御世十三年といひける年に、諸氏《ウヂ〳〵》の族姓《カバネ》を改て八等《ヤシナ》に定め給へるハ、いかなる大《オホ》御意《ミコヽロ》か御座《オハシ》ましけむ、これよりしてハさしも神代より伝はり来し御臣等《ミヤツコタチ》の氏姓《ウヂカバネ》やう〳〵混れ行《ユキ》て、其ノ職々《ツカサ〳〵》を勤《ツト》め労《（いたつ）》きたる上古の法ハあらぬさまにぞ成にける。斎部広成宿祢《イムベノヒロナリノスクネ》の古語拾遺に此事を論じて「唯序《ツイデ、》二当年之労《ソノトシノイタツキヲ》一不レ本《モトヅケ》二天降之績《ミアモリノイサヲニ》一。」といはれしハ、実に然る説《コト》とこそおぼゆれ。【按《オモフ》に、孝徳天皇の御世よりこなた、漢様の制度を施し給へるに依てハ、上古より伝はり来れる家々の、職《ツカサ》に属たる姓《カバネ》といふ物ハ、無用物《イタヅラ》と成果たるべけれど、猶《ナホ》其ノ上古よりの習風《ナラハシ》の、急《ニハカ》に改まるべくもあらねバ、彼ハ某甲《ナニガシ》の宿祢の系《スヂ》、此レハ某乙《クレガシ》の連《ムラジ》の家などいひ喧《サワ》ぐを聞食《キコシメシ》て、幸に彼ノ漢国に公卿・大夫・士などいふ差《ケヂメ》ありて其を爵といへるにおぼし擬《ナゾラ》へて、姓《カバネ》の中にむねとあるをのミ八等《ヤシナ》に定め給ひつゝ、次々《ツギ〳〵》に功績《イサヲ》ある御臣《ミヤツコタチ》等に賜はんとの御企なりけん、彼ノ紀の詔命《オホミゴト》に「更改《ニ》二諸氏之族姓《カバネ》一作《テ》二八色之姓《ヤイロノカバネヲ》一以混《マギラシ玉フ》二天下万《ノノノ》姓一。」とある混ノ字に、意を着て味はふべし。】

さて、またかの律令ハ、全《モハ》ら漢国《カラクニ》唐の太宗李世民といへるが、世に制《サダ》めたる法□（法カ）を採用《リモチ》ひさせ給へりと所見《ミエ》て、悉《コトゴト》く彼ノ制に似《ニ》たる中に、大政官の上《カミ》に神祇官を置《オカ》せ給へるのミハ、先達も云ヘる如く、さすがに上古《イニシヘ》の面影《オマカゲ》ありて美《メデタ》しとも美き御制《ミサダメ》とこそまうさめ。現世《ウツシヨ》の界《カギ》り渉猟《アサレ》ども、かゝる国の又有べしやハ。是につきても、皇国の神事《カムワザ》の等閑《ナホザリ》ならぬほどをバ思ひ知ルべきなり。然れども如此《カク》定まりてよりハ、神事に関《アツカ》るすぢハ悉《コトゴト》く神祇官ばかりの職掌《ツカサゴト》となりて、太政官其ノ余の司々《ツカサ〳〵》には神の御心を伺《ウカヾ》ひ奉るなどいふ事ハ、おほかた絶《タエ》たるが如くにて、唯かの私智《ワタクシノサトリ》を先《サキ》だてゝものする漢国の道を主《ムネ》と学びて、其方《カタ》ざまによろづ行ふことの如くにぞなれりける。されば、おのづから神ノ道ハ無用物《イタヅラモノ》の如く成果《ナリハテ》て、唯御ン祈願《イノリ》などあるをり〳〵に、神ノ宮を仏寺に並べて、祈祷呪除《マジナヒ》をのみせさせ給ふ物のやうに成来つるハ、かの漢国風主《フリムネ》と移りたるにて、いとも〳〵可惜《アタラ》しく歎《ナゲ》かしき事になん有ける。

いでや申さむも言新《コトアタラ》しけれど、皇御国《スメラミクニ》にて神と称奉るハ、戎国《カラクニ》にて鬼神・神祇などいふ類の物とは遥《ハルカ》に別《（こと）》なる差《ケヂメ》おはします御事にて、遠くハ高天原に座《マシ》ます天神等《アマツカミタチ》の御恩頼《ミタマノフユ》に答《コタ》へ奉り、近くは天津日嗣《アマツヒツギ》知食《シロシメ》す歴世《ミヨ〳〵》の天皇命《スメラミコト》たちの、今の現《ウツ、》の御代《ミヨ》を治め給ふ御政《ミワザ》を護《マモ》り給ひて、天下の黎民《ヒトクサ》の毎日《ヒゴト》の法則《ノリオキテ》用《コ、ロ》

意《シラヒ》までに教へ導き、千《チヾ》の禍災を払ひ除きて、万の福徳《サイハヒ》を授け給へる大《イミ》じき御威徳《ミイキホヒ》のおハします御事なれバ、更に昔物語《ムカシモノガタリ》を聞が如く浮たる妄譚《ミダリゴト》にハあらぬを、鬼神などの文字の上《ウヘ》をのみ思ひて、さる物と一ッに混《マガ》へつゝ【加微《カミ》に神字を充《アテ》たる、大かたは当れるが如くなれども、猶いと異なる事にて、彼レハたゞいはゆる造化の迹を覓《(もとめ)》ておほろかに云へる名なるを、此ハ上にも云る如く、産《アレ》ましく本の伝あるのミならず、其ノ神の御名もいと〳〵多く委しく足ひて、今の現《ウツヽ》の眼前に、正しく御魂《タマ》の霊《クスバ》しきにて、全く当らざるほどをば知べし。】、はて〳〵は神を祭り祈り奉りなどするをば、女々《メヽ》しく童げたる白癡《シレモノ》の如く思ひ云フめるハ、いかなる私《ワタクシ》意《ゴヽロ》の曲事《マガゴト》ぞや。是皆、漢国風の漸々《ヤウ〳〵》に移りたるにて、よろづ彼国人の賢《カシコ》げなる言をのみ真実《マコト》ぞと意得て信歓《ウケヨロコ》びぬる、なか〳〵に浅はかなる心にこそ有けれ。【上に云フ如く、神祇官の上に立置キ給へるにて、朝廷《ミカド》の大御心ハ著《イチシル》きを、其レは其として猶さかしらのミ多かるは、主《ムネ》と学ばれける漢風《カラブリ》の習俗《ナラハシ》なるべし。】

さて、しか御制度《ミサダメ》ハ漢国様《カラクニザマ》に改まりしかども、太古よりの習俗、はた悉くハ革らぬ所ありて、律令のおもむきも、彼ノ書ながらに全く行はれたり、とハ見えぬ事どもゝあり。【律令格式ハ更なり、国史に載られたる大政官符の文も皆いと正しき姿にてハあれども、其ノ御制度の天下に及びたる委曲《クマ〴〵》を知るにハ至らず。これを知ざれバ当世の勢を見るに足ずして、なほ空論《ムナシゴト》に近かるべければ、今昔物語・宇治拾遺物語などやうの中昔の草紙どもに考併せて、細密なる形勢《アリサマ》を知るべきなり。これ史《ミフミ》を見る学ビの要《ムネ》とある事どもなり。其ノ外、源氏・狭衣の類ヒの物語も寓言《ソラゴト》にハあれど、情態《コヽロシワザ》を尽してかける物なれバうち〳〵のありさまを知るに足り、必併せ読ムべきなり。】其ノ中にも系《スヂ》なき者を挙用《アゲモチ》ひて、政事を執しむる事などハ、さハいへど、氏姓《ウヂカバネ》を重《オモ》ミし尊《タフト》ミたる古俗《イニシエブリ》の改まりがたき勢《イキホヒ》もこそありけれ、大政官の大臣などにハ、一人もさる由緒《ヨシ》なき者の成上《ナリノボ》りたるハおはせざりき。これまた皇国の比類なき美《メデ》たさにて、漢土などのかけても及ビがたき所なり。

さて其ノ後、聖武天皇・孝謙天皇などの御時に、仏教を主《ムネ》と崇び給ひて、ます〳〵諸国に寺塔を建立させ、御《ミ》親《ミヅカ》ら僧尼を近づけて其ノ教を授かり給ひけるほどに、聖武天皇ハ仏を拝《ヲロガ》ミて三宝の奴《ヤツコ》と宣《ノタマ》ひ、竟にハ御髪《ミグシ》を薙《オロ》し給へるに至り【是、天皇御落飾といふことの権輿なり。】、孝謙天皇ハ道鏡といふ僧を寵《メデ》させ給ひて、ほと〳〵天ノ下の乱《サワギ》にも及ばんとせしハ、うたて可畏《カシコ》き御事にぞ坐《マシ》ましける。

然《サ》ばかりの事なりしかば、あらゆる僧ども所を得て、さま〴〵の妄説《ミダリゴト》妖説《オヨツレゴト》を造り出して栄利に誇《ホコラ》んと構へけるほどに、天下の形勢一たび変りて、竟にハ仏ノ道を知ざれバ世の交らひもなりがたく、寺《テラ》塔を建て供養せざれバ人がましくもあらぬやうにぞ成にける。【此間の事どもハ、国紀《ミフミ》ハさら也、当時の僧の伝《ツタヘ》、寺々の縁起など読て考ふれバ大かたに知ラれて、いとおどろ〳〵しき形勢なりき。これに因て天ノ下の財力の費エけん事いくばくなりけん。三善清行卿の異見封事などにも、此事をバいたく諫メられたり。備前ノ国に僧報恩[注]が建たりといふ四十八~~等~~箇寺といふものあり。其縁起どもにいへる趣を見れバ、天平の比、孝謙天皇の御瘧病《ワラハヤミ》を報恩が呪ひ奉りたる時、恩賞ハ乞に依べしとありしかば、己が生れたる備前国にて弥陀の四十八願に擬《ナソラ》へたる四十八院を造らん、と望申たるを即て免させおはしまして、当国の租税《タヂカラ》以て作らしめ給へりといへり。其寺ども今もなほ大かたに存れり。これを以ても其ノ世の形勢を知べき事、此類他国にもあるべし。また中昔の物語などに書たるおもむきを見て、寺塔を建テ仏ノ道を知ざれバ、人がましくもあらざりしやうをバ知べし。】

［注］＝竜門文庫本には、この「僧報恩」の言及した件の上欄に、次のような朱書の紙片が貼付されている。

此報恩大師と申僧の実名ハ、何と申たるやらん。元亨釈書（元亨2年、虎関師錬の日本仏教史全30巻）をもあら〳〵と吟味仕候へども、彼書実名を以て記し候例ゆゑ、却而知れがたくさし置申候。四十八ヶ寺の事書居申候書、備陽国志（和田正尹著、元文4年成立）・吉備前鑑（著編者不明、18世紀初頭成立）の類、御手本に御座候ハヾ、御しらべ被下候て、某ノ僧《ホウシ》と御直し置被下度候事。　広みち　／大野ぬし

宛名の「大野ぬし（大野十兵衛）」とは、先に広道の「西戎音訳字論」に序を寄せていた岡山藩士隠岐清別のこと。この紙片はその彼宛の消息（の写し）らしい。なお、その消息文の最後に「……、と御直し置被下

度候事。」とあることから、この時（弘化末か嘉永初か）、広道は岡山の清別に一覧と評を乞うべく本書（「本学提綱」）を送っていたことが分かる。

然有《シカリ》しより已来、今の京の始の時、桓武天皇の大御心として、伝教大師が鬼門鎮護の説を採用ひさせ給ひて、比叡山延暦寺を建立させ給ひける後ハ、仏ノ道の勢ます〱熾盛になりて、仏法・王法など並べ称《トナ》ふるにも至り、末竟《スエツヒニ》に山法師日吉《ヒエ》の神輿を舁て大内に迫り訴へ、弓矢囲《ユミヤカク》ミて責奉《セメタテマツ》るに至りしハ、いともいとも忌《ユヽ》々しくあさましき御事にぞ有ける。【此ノ事ハ諸書に委しく論ひたれバ、殊更にハいはず。加茂川の水・双六《スゴロク》の塞《サイ》（賽）に比《タグ》へ給へる白河院ノ天皇の大御詔《オホミコト》を見聞奉るをりなどハ、ほと〱涙もはぶれぬかし。さるを、猶おほらかに和《ナゴ》めおはしまして、大御矢面《オホミヤオモテ》に立塞《タチフサガ》りて志《コヽロザシ》を顕《アラハ》し仕へ奉りし武士《モノヽフ》どもを、彼ノ僧徒《ホウシバラ》がまうすまに〱、遠国へ流し棄《ステ》させ給ひしなどハ、いとも〱哀《アハレ》にて腸《ハラワタ》を断《タツ》こゝちぞするや。】

かくて、漢国の儒ノ術《ワザ》を時めかし給ひし事も、其レに続《ツギ》てハ等閑《ナホザリ》ならず、上《カミ》ハ摂政関白またハ大政官の大臣よりはじめて、受領といへる諸国の掾・目に至るまで、一人として漢学《カラマナビ》し給はぬハあらぬさまなり。【其ノ儒道を学ばれけるやうハ、大学寮の令式を本として、当時の物語どもに合ハせ考れバ、いとまたきハやか《（際やか）》に知れたれバ、こゝにハはぶく。】されバ、何れも風雅《ミヤビカ》にして野鄙《イヤシ》からず、いともいとも優《イウ》に辱《ヤサシ》きさまにハ御坐《オハシ》けれども、武術《タケキワザ》のかたは自然《オノヅカラ》に劣《オト》りざまにや成にけむ、近衛の大少将、兵衛・衛門の督など所聞《きこえ》たる御臣等《ミヤツコタチ》も、賭弓《ノリユミ》・競馬《クラベウマ》ばかりハし給ひつらめども、自《ミツカ》ら弄槍《ホコユケ》・撃刀《タチカキ》し給ひしさまにハ見えず。

さるほどに、朱雀天皇の天慶の頃、平ノ将門が東国に逃《ニゲ》下りて反逆《サカワザ》を企けるにも、即《ヤガ》て討伐《ウチキタメ》もし給はず、許多《ソコバク》の月日を歴《ヘ》て将軍《イクサノキミ》を任《マケ》給へる間《ホド》に、平貞盛朝臣が仇撃《アダウチ》の軍に藤原ノ秀郷《ヒデサト》ノ朝臣馳加ハりて、竟に将門《マサカド》をば攻亡《セメホロボ》しき。[注1]【将門が滅《ホロ》びたる年月諸書に異同《カハリ》あり。按に、天慶二年十一月廿一日、其ノ伯父常陸《ヒタチノ》掾国香《クニカ》[注2]を弑しけるより、国々を追却《オヒオト》して同三年二月十四日亡びたり、といへるハさもあるべし（この後、三行ほど抹消）。】

［注1］＝正宗文庫本には、この件の上欄に次のような頭書が見られる。

天慶三年二月八日、参議修理大夫兼右衛門督藤原忠文・征夷大将軍刑部大輔同忠舒・右京亮藤原国幹・大監物平清幹・散位源経基副将軍／将門記天慶三年二月滅歴四年

［注2］＝抹消された部分は、正宗文庫本で補えば、次のようである。

……といへるハさもあるべき事ながら、下総ノ国猿島《さしま》ノ郡石井《イハヰ》ノ郷に都《ミヤコ》を建《タテ》て文武百官を置キたり、といふに併《アハ》せて、いさゝか不審《イブカシ》き処あり。神皇正統記にハ、承平五年二月と記されたり。いかゞあるべき。なほゆくさき実録どもを考ヘ合ハせて委しく別《コト》にいふべし。

されバ、京より下《クダ》らんとし給へる討手の御使《ミツカヒ》の将軍《イクサノキミ》たちハ、道の程より帰り上られたり。これらの今の大御世の形勢《アリサマ》にて案《オモ》へバ、いとまた不審《イブカシ》き事どもこそ多《オホ》けれ。【此時も諸寺《テラ〳〵》の僧徒《ホウシバラ》に令《オホ》せて朝敵降伏の修法などせさせ給ひぬ。又追討《ウチ》の御使《ミツカヒ》たる将軍等も、道すがら詩《カラウタ》など口ずさび給へりき。それわろしと申すにハ更に〳〵非ザれども、今の大御世の形勢《アリサマ》にておもへバ、いと緩《ユル》らかなる状に所聞たり。また将門が返逆《サカワザ》の憎《ニク》むべきハ論ずるまでもなけれど、憤《イキドホリ》の本ハいさゝか故も有リしなるべし。将門ハ正しく桓武天皇の皇子《ミコ》葛原親王の曽孫《ヒヽコ》にて、平ノ良将《ヨシマサ》ノ朝臣の子なれバ王族《ミコノスヂ》を出て遠からぬを、例の漢学《カラマナビ》やなかりけん、五位だに得ることなくて、よろづ廃《スサ》められて居しうへに、弓矢を取て武かりけれバ、竟にハ慷慨のもだしがたきふしこそ有けめと推量られたり。惣て中昔よりハ、摂政関白の事も皇子《ミコ》たちに任らるゝ事なくして、大かた一系《ヒトスヂ》に限りたることの如く成るうへに、私に其職《ツカサ》を譲らるゝ事さへありけれバ、皇子皇孫《ミコノスヂ》もなか〳〵其御権威にハこよなくぞ聞えたる。況て氏姓《ウヂカバネ》を賜はりて御臣《ヤツコ》の列《ツラ》（皇別）に成リ給へれバ、唯神別・諸蕃の家々（p.228 冒頭の「新撰姓氏録」に付した［注］を参照）と何の差もあらぬ素よりの御臣《ヤツコ》にこそおはせ、其レと此レと三五世《ミヨイツ》の間に、仰《アフ》ぎても見がたきばかり隔りゆかバ、さばかり氏姓《ウヂカバネ》を重《オモ》みしたる国俗なれバ、人情の思ふことなきにしもあらぬ勢なるべし。これ皆、かの漢国ぶりの制度よりしか成来にける習俗《ナラハシ》と知れたり。されバ、上古の大御世ハ申もさらなり、今の大御世はた、御制度ハ御制度として

別に其家々を定め給へるハ、なかなかにめでたき御事とこそおぼゆれ。】

さてまた、同ジ時承平六年二月より、伊予ノ掾藤原ノ純友《スミトモ》といふ者、西海の国々にて賊《ヌスビト》をせしを、小野ノ好古朝臣已下の臣等に令《(おほ)》せて討伐《ウチキタ》めさせ給ひしに、天慶四年六月竟に純友戦ひ負て生捕れたり。其後、後ノ一条ノ院ノ天皇の御世長元元年四月、平ノ忠常《ツネ》が下総ノ国にて叛《ソム》き奉りしに、検非違使平直方《ナホカタ》・中原ノ成道を征討使として下し給へり。然れ共、忠常が勢強くして官軍敢《アヘ》なく敗れしかば、成道・直方ともに空しく京へ帰り上られけり。【長元三年の春、安房守藤原ノ光業《ミツナリ》も忠常を恐れて、国を弃（棄）て京へ帰リ上られぬといへり。】其ノ次に、源ノ頼信朝臣を遣されしに、海を渡りて攻んとせられたるを見てなん忠常ハ降りぬる。【長元四年四月の事なり。忠常が叛《ソム》きたる間惣《ホド》て四年。】

此間《ホド》の光景《アリサマ》、はた今の大御世より見れバ、いとまた不審《イブカシ》き事ども多し。また其ノ後に後ノ冷泉院ノ天皇の御世天喜の頃、陸奥《ミチノク》ノ国の郡 司《コオリツカサ》安倍ノ頼時が国司《クニノカミ》の命《オホセ》に乖《ソム》きたるを征《タヾ》し給はんとして、源ノ頼《ヨリ》義朝臣を下ダし給ひしに、頼時が子貞任《サダタフ》等《ラ》威《イキホヒ》を振ひて国人《クニウド》を犯し集《アツ》め数多《アマタ》の年を駐《サヽ》へ防《フセ》ぎて、康平五年九月竟《ツヒ》に亡《ホロ》び失《ウセ》ぬ。【頼時が逆きたる始ハ永承五年なれど、一たびハ順《マツロ》ひて、天喜二年再び逆きたり。これを世に前九年の合戦《タヽカヒ》といふ。されど頼時ハ天喜五年に誅《ツミナ》はれて、其ノ後ハ其ノ子貞任が酋 長《ヒトコノカミ》して戦ひしなり。】其ノ後にもまた、清原家衡《キヨハラノイヘヒラ》等が出羽国に叛きたるに、源義家朝臣陸奥守として攻メられけるに、此もまた、許多の年月を歴《ヘ》て、堀川院ノ天皇の御世寛治五年十一月に亡びぬ。【この軍の濫《ラン》觴ハ、白河院ノ天皇の永保二年、陸奥国なる清原真衡《サネヒラ》と出羽国人吉彦 秀武《ヨシヒコノヒデタチ》が私の争に起れり。同三年の秋、義家朝臣陸奥守にて下られしに、真衡三日厨《クリヤ》といふ事して饗応けるよし、後三年記に見ゆ。寛治五年まで八十年なり。其間の事詳ならず。これを世に後三年の合戦といふハ、家衡等寛治三年の頃より国司に叛きたるにや】。

これはた、今の大御世より見れバ不審《イブカシキ》が如し。彼頼義・義家父子の朝臣ハ古今比類なき名将と聞ゆるを、貞任・家衡等《ラ》が普通《カイナデ》の軍に駐《サヽ》へられて然《サ》ばかりの年月を躊躇《タユタ》ひ給へるハ、意得がたき事にハ非ずや。されバ、つら〳〵当世の状を推考るに、唯また漢様の御制度なりしからに、官軍に馳参る兵士《イクサビト》の少《スクナ》かりし故とこそおぼゆれ。合戦の習ひにて、攻《セメ》る方の軍兵ハ多からざれバ事ゆかぬを、なかなかに寡《スクナ》きを率《ヰ》て戦ひ勝れつるハ、さハいへど、彼ノ父子の朝臣の名将なりし証なりけり。

【中昔の頃、諸国《クニ〴〵》の軍兵《イクサビト》を喚《メサ》れし状《サマ》ハ、軍防令をはじめにて当時の諸記またハ後の軍記物語などにも所見《ミエ》たり。但《タヾ》し、軍物語などに勇《イサ》ミ進ミて参れるやうに記ルしたるハ、事がらの形容《アリサマ》をいへるまでなりと知べし。さて官軍《ミイクサ》の寡《スクナ》かりし事ハ、始メ終リいと纔《ハツカ》ばかりの事と聞ゆるを、賊《アタ》どもハいつも〳〵国中を劫《オドロカ》して憚なく駆集《カリアツ》めしかバ、こよなく多かりける状に見えたり。さるハ、前九年の時、清原ノ武則《タケノリ》が出羽ノ国より一万余の軍兵を率て御方に加はりてよりハ、貞任等しバ〳〵負軍《マケイクサ》してやがて亡されぬ。後三年の時、家衡《イヘヒラ》が家人《ヤツコ》千任《チタフ》といふ者、矢倉《ヤクラ》に上りて此事をいひつゝ義家ノ朝臣を罵《ノヽシ》りしかバ、金沢《カナザハ》の柵の陥《オチ》ける時、千任を捕へて舌を斬《キ》リ、其ノ主武衡が頭《カウベ》を陥せられたり。これ其病に云ヒ中《アテ》けるに依て、かく酷《イタ》く疾《ニク》まれけんほど知れたれバ也。そよ、此千任といふ人よ、歯を折舌《ヲリシタ》を斬《キラ》れたる上に、樹枝《キノエダ》に縛《シバ》り上されながら、なほ其ノ主の頭踏《フマ》じとすまひし志、いとも〳〵健気《ケナゲ》にあハれなりといふべし。此ハ事のついでに云のミなり。また頼信ノ朝臣の忠常を攻て海を渡されし時も、五百騎ばかり馬の太腹《フトバラ》に立て渡ると宇治拾遺に見ゆ。かくばかりの軍兵を率て、ひたすらに海に打入レられたる頼信朝臣の驍勇《イキザシ》、さこそと想像《オモヒヤラ》れたり。されバこそ、さしもの忠常も一ト軍《(いくさ)》もせでおめ〳〵とハ降りたンなれ。後鳥羽ノ院ノ天皇の文治の頃、頼朝ノ卿、私に兵を起して藤原ノ泰衡《ヤスヒラ》を攻められしをりハ、いと〳〵軍兵多かりけれバ、貞任より大《イミ》じかりける泰衡も月をも超《コエ》ずして亡び失セたり。これらを思ひわたして、其おもむきをバ知べきなり。そも〳〵漢様の御制度《ミサダメ》初《(はじま)》りてより已来ハ、其ノ家を職《ワザ》ながら世々に伝へらるゝ事ハあらざりけれバ、乱賊《サカビト》の出来たるをり〳〵に、其任《ヨサシ》に堪ぬべき人を選出して将軍として討伐めさせ給ひけるを、天慶の時に藤原秀郷朝臣・源経基ノ朝臣・平貞盛朝臣など、殊更に勤《イソ》しミ励《ハゲ》まれけるより、其子孫《スヱ》遂《ツヒ》に武業《タケキハザ》を改められず朝廷《ミカド》の鬼《シコ》の干城《ミタテ》と成れしかバ、源平と並べ称《タヽ》へつゝ、おのづから文武の二ヶ道ハ分れ始《ソメ》たりき。そのうへ、頼義・義家朝臣たちしか名将なりしからに、軍士《イクサビト》を馴著愛惜《ナツケイトホシ》まれし事も並々《ナミ〲》ならずと見えたるに、前後二十年ばかりの恩義を感《メデ》つゝ、其軍士ども後にハ家人の如くなん成にける。これ、後に頼朝卿の東国に起られたる種子と成レり。されバ清盛公・頼朝卿など、功に誇りて初て恣《ホシキマヽ》に暴《アラ》びられたるやうにハ聞ゆれども、これはた漢国ぶりの御制度のやう〲弛ミて、天慶の騒乱おこり其に因て武事を業《ナリ》とする家々も出来て、其ノ職を世々に伝へ家子《イヘノコ》郎等を馴著られたる故なれバ、唯仮初の勢にハあらず。されバ、鳥羽院天皇の御世にハ、諸国の武士ども、源平の家々に属《ツ》く事を止むべきよしの官符をも下されけれども、なほ改らずして、竟に保元・平治の乱に至れり。是皆、漢国ざまの制度の氏姓《ウヂカバネ》を崇《タツト》ミ家業《イヘノナリ》を世々に伝へし我本来の国俗に合ハぬ理ありと見えて、おのづから成来《ナリコ》し形勢なる事を知べし。】

さて後、後白河ノ院ノ天皇の御世、保元のころほひに至りてハ、官軍に参る武夫《モノヽフ》どもに憑思食《タノミオボシメス》など記したるハ、実にさる大御詔《オホミコト》有しにか、事勢申奉るもいと恐《カシコ》き御事なりけり。後鳥羽ノ院天皇の御世文治の年間《コロホヒ》、源ノ義経朝臣身の置所なきまゝに大内に迫り訴《ウタ》へて、鎌倉追討の宣旨を奏し下したる事を種として、頼朝卿さま〲に憤《ムツ》がられしかバ、後白河法皇の御計らひとして日本総追捕使といふ号を賜ハりて、武事をバ悉くに任せ給はりき。されバ、国に守護といひ、荘園に地頭といふ号を建て、鎌倉の武士を天ノ下に頒《ワカ》ち遣りつゝ、漸々に武威を押張りもてゆきて、竟にハ国司・領家を蔑如《ナイガシロ》にして、貢《ミツギ》も何も奪ひ取にけり。【（この後、半行程の割注抹消）】。されバ天下の訴詔《ウタヘ》、櫛の歯を挽が如くにして、内裡よりも院よりもたび〲仰下されしに、其度ごとに頼朝

（頭注）

源為義・義朝皆亡び失て、平清盛公の威勢漸く出来て竟に二十余年がほど、さま〲の悪業を為られけれど、誰も手出する者もなかりけり。されど、是ハ猶太政大臣たる人の、入道したる官人ぞかし。されども（以下空白）

卿大く驚く真似《マネ》して、其守護・地頭を咎め、更に代人《カハリノヒト》を遣されけれど、元より頼朝卿の意なりしかば、即《ヤガ》て前にも勝りて恣《ホシキマヽ》にふるまひなどするほどに、後にハ京都を置て直に鎌倉に訴へ出る者もありき。其をバいとよく厳に掟《オキテ》て帰し遣れけるまゝに、年を歴て竟にハ宣旨・院宣よりも、鎌倉の下知状なん重きが如くにハ成りける。天皇も法皇もこれに御目を側め給ひて、さま〴〵憤らせ給ひけれども、またいかにとも為させ給はん御ン術計《すべ》も無有《ナカリ》けらし。【鎌倉の事につきてハ、論ふべき事いと多けれど、長ければこゝにハ漏しつ。】

さて、実朝の大臣《オトヾ》弑られ給ひし後ハ、北条義時、陪臣ながらに権威を奪ひ執て、なほ彼《(かの)》一尺屈《ヒトサカカヾ》ミてハ一丈伸《ヒトツエノブ》るが如き謀略《ハカリゴト》を為《セ》しかバ、【(この後8行程の割注抹消)】後鳥羽院ノ上皇大《イタ》く逆鱗《イキドホリ》まし〴〵て、より〳〵に官軍を聚《ツド》へ給ひつゝ、義時を誅《ツミナ》ひ給はんと思ほししを、義時いちはやく聞キ知リて奸謀《タバカリゴト》をめぐらしつゝ、東国の軍兵を其ノ子の泰時等に付ていと多く攻上らせけるに、承久三年六月十四日官軍竟に打負て散々《チリ〴〵》に成しかバ、泰時等やがて京に入て、高御座《タカミクラ》に御座《オハシ》ましける順徳院ノ天皇を押下し奉りて、佐度島へ遷し奉り、後鳥羽院ノ天皇と土御門院ノ天皇とおの〳〵引分ち奉りて、隠岐島と土佐国とに遷し奉りけり。これ天地の初発の時より見も聞もせぬ甚《イミ》じき悪逆《サカワザ》にて、あさましなど申さんハおろかにて、いと〳〵忌々《ユヽ》しき御事なりけり。さるを、却《カヘリ》て上皇の御謀叛《ムホン》など記したる物もあるハ、当時《ソノカミ》の形勢天下の人情《ヒトゴヽロ》実にさもありげに思へるにや。近来までも、正しく大君に射向《イムカ》ひて攻奉りたる泰時をすら賢人の如く思ひ来れるハ、更に〳〵申さまくも可畏《カシコ》き御事にぞ有ける。

【泰時が事ハ、近き頃本居先生など殊に力を極て論《アゲツラ》はれし故に、世ノ人おしなべてさる擬賢《サカシラ》の忍人《ネヂケヒト》なりしよしを心得果《ハテ》たるハ実に大《イミ》じき功《イサヲ》なるを、平田氏の玉襷《タマダスキ》(「一之巻」p.44以下)といふものにハ又さま〴〵に助け論《イハ》れたり。此事ハ既に新井殿の読史余論にも、神皇正統記に「およそ保元平治より此かたのみだりがハしきに、頼朝といふ人もなく泰時といふ者もなからましかば、本国（但し、神皇正統記・読史余論とも原文は「日本国」とあり）の人民いかゞなりなまし、このいはれをよく知ラぬ人ハ、故もなく皇威の衰へ武備のかちにけるとおもへるハあやまり也、云々」とある段《クダリ》を引いでゝいはれし事もあれど、皆もろこしざまの議論《サタ》にて、更に所謂《イハレ》なし。玉襷の説ハ其レにハこよなく勝りたれど、なほ、かの漢土の履（湯王）・発（武王）等が其主《キミ》たる桀王・受王を伐放て下民の歓ぶべきさまの事しけるを称誉《ホメ》し（ママ）たると、何の差もなく聞えたり。然るを、かの履発が事をバ返逆とせられたるものゝ、泰時が罪をミながら義時に負せていはれしハ、いかにぞや。なほいはゞ、彼ノもろこしハ上古より君統《キミノスヂ》の一姓にも限らぬ国なれバ、さても少しハ許さ（ママ）べき事もあらんか、此ハ神代の御時より堅盤《カキハ》に常盤に動くまじき皇位を動かしたるにてこよなき差ある事なるを、三ッや五ッの善事有とて購ハるべしやハ。】

されど、これはた一朝一夕の根ざしにハあらず。推古天皇の御世に、聖徳皇太子の仏寺を建造り冠位を制り給へるよりハ七百年【推古天皇十二年より承久三年まで実に七百一年也】、孝徳天皇・天智天皇のミながら漢土の制度に改革め給ひしよりハ六百三十余年【大化元年より承久三年まで六百三十七年なり】の年月《トシツキ》の間《ホド》に、漸〱《ヤウ〱》に成来し勢にて漢国ぶりの郡県の御制度の廃《スタ》り始《ソメ》たる始なり。然ハあれども、上古よりさま〲穢《キタナ》き奴どもゝ出来しかど、天皇に代《カハ》り奉らんと謀りける者ハ一人もあらぬ国俗なれバ、此度《コタミ》義時等思ひのまゝに振まひしかども、なほ後堀河ノ院ノ天皇を天津高御座《アマツタカミクラ》に座《マ》せ奉りて尊ミ崇《（あが）》まへけるは、彼ノ戎国どもの習俗とハ遥に別にて、天津神祖《アマツカムロギ》の御系統《ミスヂ》の、堅盤《カキハ》に常盤《（ときは）》に知食《シロシメス》べき皇大御国の美たさなりけり。

されども此よりしてハ、六波羅に館を構へて、義時等が氏族に守らせ、諸道《ミチ〱》に探題などいへる号《ナ》を建て、ます〱皇威を削《ケツ》りしかば、天の下の政事ハ大かた鎌倉の沙汰とのミなん成にける。後醍醐ノ天皇の御世に至りて、義時が裔《スヱ》の高時法師が自恣なるを大く憤らせ給ひつゝ、誅ひ給はんとおもほし懸《カケ》ける間《ホド》に、高時忽に聞知てかへらまに（逆に）笠置の行宮《カリミヤ》を攻陥しまゐらせ、彼ノ承久の例と唱へて、即て隠岐島へ遷し奉りしを、辛《カラ》うじて脱出《ノガレイデ》させ給ひつゝ、伯耆の国人名和長年を召れけるより御徳運《ミイキホヒ》かへりて、竟に高時等を誅ひ給ひ、一度ハ大御心のまに〳〵食国《ヲスクニ》の大政事をなん御親《ミヅカ》ら聞食ける。

然れども、文治・承久の比よりハまた百有余年《モヽトセアマリ》の【文治より凡百四十年ばかりなり】星霜《トシツキ》を歴《ヘ》たりしかば、世上《ヨノナカ》の光景《アリサマ》もよろづ其ノ昔の御制度にハ違へるおもむきの有しうへに、鎌倉に属従《ツキシタガ》ひて臂《ヒヂ》を張居たりし武士どもの、たま〳〵忠やかに従順《マツロ》ひ奉りつゝ大御矢面《オホミヤ》に立塞りて醜《シコ》の御楯《ミタテ》と仕奉りしを、猶彼ノ漢国様の郡県の御制度を押立給はんとして、文官の御臣等《ミヤツコタチ》の下にむげに劣《オト》しめ給ひつゝ遍《アマネク》く其ノ勲功《イサヲ》をも賞させ給ハざりしかバ、即て足利尊氏の叛きしに、天下の武士ども過半に与《クミ》して官軍に楯を衝《ツキ》たりき。新田義貞朝臣・楠正成朝臣など官軍を率《キ》て此を駐《サヽ》へしば〳〵戦ひ勝れしかども、竟にハ多かる賊どもを防ぎかねて何れも討死せられたり。かゝれバ尊氏思ふまゝに威権を振ひて、持明院殿の御統なる光明院殿を押て高御座に座奉り、天津璽《シルシ》の鏡・剱をも奉ずして天皇と称《タヽ》へつゝ、なほ難面《ツレナ》く逆(さか)ひ暴《アラ》びけるまゝに、其を暫く避給はんとて吉野の奥の行宮に幸《イデ》ましけるが、終《ツヒ》に其所にて崩御せさせ給ひにけるハ、恐《カシコ》しとも恐き御事なりながら、総てハ官軍の寡きに因《ヨレ》る故なりき。此時にこそかの風雅《ミヤビカ》なりける雲の上人たちも、弓箭《ユミヤ》を負ひ鎧を着て戦場に臨ミ給ひ、武きハ自ら太刀打して刃に血あえ給へるも有けれ。されども、なほよのつねの武士どもの軍立にハ如何にか有けん、とおぼしき状にぞ記したゞなる。【太平記などに情《コヽロ》を止めて読試むべし。】かくて、後亀山院ノ天皇と御和睦《ミムツビ》の事とゝのひて、御譲位の儀を以て神器を渡し奉り給ひ、嵯峨の大覚寺殿に入せ給へる後ハ、足利氏の威権ます〳〵熾盛《ミサカリ》に成て、天下の御政事ハいふも更なり、天津日嗣《ツギ》の御事、もろ〳〵官位爵禄の事までも、心の随《マヽ》に打ふるまひて、義満朝臣ハ押《オシ》て大政大臣にぞ上られける。されバ、朝廷《ミカド》の御臣《ミヤツコ》たちも室町殿に出入リて、おのづから世の勢に随ひ給ふやうにぞ成にける。此時にこそ聖徳皇太子の制り始め給ひ、孝徳天皇・天智天皇の敷施《ノベホドコ》し給へりし漢国の郡県ざまの御制度ハ、大かた空事《イタヅラゴト》に近く成て、唯其名目ばかりぞ遺《ノコ》りける。【これより前にも、北朝の御方ハよろづ足利氏のはからひなりけれバ、天皇のおもほすまゝにハならざりけめど、南朝の御方ハなほ昔ながらの御制度にて、万機朝廷よりおきてさせ給ひけるを、此度よりミながら足利氏のはからひとハ成ぬ。此間の事にもまた論《イハ》まほしき事ハ多かれど、事長きうへに先達のいはれたる説もかた〴〵あれバ、其ㇾニ譲りて皆略きつ。いでや、聖徳皇太子の冠位を施しそめ給へる推古天皇の十二年より明徳三年まで、おほよそ八百七十二年なるべし。】

後ノ土御門ノ院ノ天皇の御世、応仁の頃、足利義政朝臣の臣《ヤツコ》細川勝元と山名持豊入道と、よしなき闘争《アラソヒ》を起しせるより事始まりて、やう〳〵に諸国に戦争おこりて、止期《ヤムトキ》なく天下至らぬ限もなく乱れしかば、朝廷の大御稜威《オホミイツ》も、取復し給はん御暇だになかりしうへに、足利殿の武威敢なく衰へて鎮め給ふべき御ン術《スベ》計こそ無有《ナカリ》けらし。かゝりける間に、諸国の御厨《ミクリ》、神社《カムミヤ》の御封《ミトシロ》、また位職《ツカサクライ》の田《タ》、私《ワタクシ》の荘園《タノミドコロ》に至るまで、悉く武人の為に押奪《トラ》れさせ給ひて、朝廷の大礼《オホワザ》・神社の祭儀《マツリワザ》よりもろ〳〵伎術《テワザ》の道々まで、此ノ時に永く廃れたるハ、誠に忌《ユヽ》々しとも悲《カナ》しともいはんかたなんなかりける。また、諸国の士民ども、此に仕へ彼に属て、本居《ウブスナ》の村里を吟《サマヨ》ひ出つゝ、おのがさま〴〵に乱れ散けれバ、二世三世重ぬばかりの間に、何国の誰子とも知れぬやうに成たるに、文学して手書《テカ》くことなども得為《セ》ざりしかバ、物に記し置く事もなくて、竟にハ神代より重《オモ》ミし崇《(たつと)》ミ来し氏姓の正しき脈《スヂ》も、あらぬ状にぞ乱れ成ぬる。此一事ハ、ゆくすゑいかならん時に会《アヘ》りとも再び取復し難き事にて、可惜《アタラ》しなどいはんも愚なり。これ皇御国の美風《メデタキフリ》のとこしへに闕《カゲ》たる第一になんある。かゝる乱世なりしかバ、さしもいみじかりける朝廷の御臣《ミヤツコ》たちも、皇都《ミヤコ》にすら在詫《アリワビ》給ひて、縁《タヨリ》につきて出行つゝ、さバかり物気《モノゲ》なく賤しめ給ひつる辺境《カタヰナカ》の武士どもを憑ミて、からうじて過《スグ》し給ひけれバ、越《コシ》の山・周防《スハウ》の海《ウミ》、風流《ミヤビ》かに聞知リ給へりし歌枕の名所どもをも、初て驚《オドロ》〳〵しき光景ぞとハ見知り思ひ知給ひにけん、いと心ぐるしくはた痛《イタマ》しかりける御事ども、当時の物語どもに書たるを見て知ルべし。

さて後、正親町院ノ天皇の御世永禄四年の比、織田信長~~朝臣~~、今河義元を伐取給ひてより威名やう〳〵著《アラハ》れしかバ、足利義昭《アキ》卿の流落《サスラ》へられたるを助けて、近江の佐々木を攻出し即て京都に上り行て、賊どもを追却て皇居を衛り給ひければ、義昭卿を征夷大将軍【左近衛中将従四位下】に、信長朝臣を弾正忠従五位下にぞ叙任し給ひける。【永禄十一年十月の事なり。此ノ年を以て信長公朝廷に仕奉り給へる初年として、つぎ〳〵甚論《イトイフ》べき事あり。末ノ八巻（下之巻の「7大古の御制度今の世の御制度に近き説」カ）に委く記すべし。】かくて、いくほどもなく畿内《ウチツクニ》の乱賊どもを伐リ鎮め、天皇の大宸襟《ミコヽロ》を安みし奉り、義昭卿を傅立《モリタテ》て二条の館を造りなど、さま〴〵勤《（いそ）》しび給ひける。中にも年久しき世乱に、皇居の甚く破壊《ヤブレ》て修造《ヲサメツク》る人も無きを悲しミ、儀礼《ノリワザ》の永く停廃《スタレ》て再興《（おこ）》り難きを歎き給ひて、木下秀吉・村井定勝（貞勝―本能寺の変時に没）などを留めて皇都を警衛《（まもら）》しめ、より〳〵に心を尽し、くさ〴〵に事を計りて竟に皇居を造り建、毎年の御行事《ミワザ》をも執興し、朝廷ハ更なり、御臣等の御領などの久しく御貢をも奉らざりしをも、かたばかりハ復し奉りなど、いと忠《マメ》やかに仕へ奉り給ひければ、天皇、其ノ功績《イサヲ》を大く賞させ給ひて、正二位右大臣までなし上せ給へりき。【織田殿、皇居を造らるゝ事三年にして功成し後に、猶何くれの御調物どもの、後世まで怠慢なからん為とて、京都の商賈《アキビト》どもに金銀を貸与へて、月毎に其利息を朝廷へ献るやうに掟て給へりしハ、さし当る時に臨ミて、滞を解き煩を省き済《スク》はれたる術にて、いと〳〵美じくこそ聞えたれ。按に、木ノ下・村井の人々や思ひ寄れけん。是のミにあらず、常に~~儒者ども~~**橘友閑**（橘友閑は松永氏・三好氏に討たれた足利将軍義輝の家臣。主君の死後信長に仕え茶人としても知られ、本能寺の変時は家康接待で堺にいて難を免れ、信長死後秀吉に接近するも、その後消息不明）を召て世を治る道を問ひ、古今の事どもを語らせて聞給ひなど、さる方に心を尽し給ひし志、いと〳〵殊勝に忠やかなりと申すべし。然れども、事に触て理に違へる者を悪ミ給ふ事、甚《（あま）》りに過て物あらきに似たる性こそおはしけめ、さま〴〵辛き事して人多く屠り給へるを後の儒者輩ハ引出て、かの諸越《モロコシ》の秦の始皇嬴政にも比べつべくいふことなれど、これはたさバかりハあらず。上にもいへる如く、乱れたる世を急に治んとするにハ、並々の寛やかなる法度にてハ何のかひもなき事なれば、しか武く厳しく罪を糺し給へるにてさし当る時の勢なれバ、よのつね治りたる世の姿を以てハいふまじき事なり。されバ、織田家の国々は、道に落たる物を拾ハず、夜も戸を鎖で寝たりと記したり。実に然有しならバ、かゝる乱世の中にしていと珍らかに美しき事にハあらずや。よく／＼当時の形勢に情を深め及ぼして考へ弁まふべし。

さてまた、読史余論をはじめて其後の物どもにも、義昭卿の義輝卿を討たる讐を報ゆる軍を助けて京に上り給ひながら、三好・松永等が降れるを免してなか／＼に国郡を与へられたる事を譏りて、惣てハ何の為に軍をバ起されしならんとやうに論《イハ》れたり。一わたりハさる事の如くなれども、なほ深く考るに然らず。日本外史・国史略などに立入が記とかやいふ書を引いていへるやうハ（下之巻の「7大古の御制度今の世の御制度に近き説」をも参照）、天皇、其初織田殿の威名を聞しめして、熱田大神に幣奉り給ふにかこつけ給ひて、信長朝臣に御衣《ミソ》を賜はり、殊更に天下の静りゆかん事を詔《ノタマ》ひ遣しゝかバ、信長朝臣大く畏まり歓び給ひて、勅使（立入宗継）を饗して厚く謝《ヨロコ》び奏し給ひ、即て京へ参上りて初めて朝廷を拝み給ハん日に、彼ノ賜ひつる御衣を着んとて、勅使を送給へりといふ事見ゆ。

己《おのれ》未だ其本書を見ざれバ極めてハ云がたけれど、これもし事実ならバ誠におぼろけの事にハ非ず。されバ、唯天皇の宸襟を安からしめ奉り、天下の速に治らん事をのミ計り給ひけるなれバ、義昭卿の為に讐を報ゆる事などハさして意ともし給ハざりしなるべし。さらバ、かの三好・松永等が降れるを免じ給ひしハ、一ツにハ順《マツロ》ふ人を殺さぬ大らかなる意を世に示し、二ツにハ畿内の弓矢の事をバ其地に物馴たる彼ノ輩に委《ユダ》ね置て、なほ属《シタガ》ハぬ国々を馴著んとし給へるにぞ有べき。かゝれバこそ、日ならずして畿内を打従へ給ひつゝ、天下を斬鎮むべきほどの功業をバ立そめ給ひつれ。但し此事、義昭卿のうへにていはゞ、いと拙怯《つたな》くいふかひなし。たとひ織田殿功の急に成ん事をおもひて免し給ふとも、強て勧めて義輝卿を殺したる罪を糺すべき事なるを、さもあらざりしハかへす／＼拙怯し。なほ織田殿の御事ハ此余にもさま／＼に議《サタ》したる説もあれど、大かたもろこしざまの論ひにて当れるハ少し。今ひとつゞゝ弁へまほしけれども、言長けれバ略まつ。別巻に[注]委しく記すべし。】

［注］＝下之巻「8 学問の大概」（第二科・三科など）本文中にも何度か見える「別巻」は、森川論文も指摘する如く、刊本『さよしぐれ』巻末広告に「本学大概 附録一巻 三冊」と見える「附録」のことか。

さて、其暴《あら》び逆《さか》ひける賊どもの中に、例の延暦寺の僧徒《ホウシバラ》、所謂《いはれ》なき軍立をして此大臣（信長）に楯を衝《ツキ》たりしかバ、即て討伐《ウチキタ》めて寺塔どもを焼給ひぬ。これよりしてハ山僧の勢こよなく弱りて、再び世の騒にハならずなりにき。【桓武天皇の大御心として、さばかり美しく建させ給ひつる御寺を焼失ひ給へるハ、甚く僻事の如くにも、其方ざまの人ハおもふらめど、すべてさハあらぬ事なり。彼延暦寺を造り給へる大御心ハ、一ッにハ皇都の御鎮護《シヅメ》のため、二にハ天下静謐なるべき事をおもほしけるよしなるを、かゝる乱世に遇ながら其かたの御《ミ》修法《シホ》をバ勤めもやらず、仏戒を受ながら兵器を翫びて人を殺し地を奪ひ、婦女玩童《ヲミナワラハベ》を貯へて己がまゝに暴びける事ハ、彼大御心に非るよしハ申も更にて、伝教法師の心にもあらざるべし。そのうへ天皇の勅を蒙りて天下の暴乱を鎮んとし給へる朝廷の御臣（信長）に対《ムカ》ひ奉りて弓を引しハ、そも〳〵いかなる暴行《アラビワザ》ぞや。返逆に准《なず》らへ給ひし事うべなり。若、然ばかり尊き御寺の為を思はゞ、然ばかり尊き御寺に篭り居て、さる暴行をばすまじきものをや。】

かくて年毎に東西となく軍兵を押出して、順《マツロ》はぬ国々を伐征し給ひければ、さしも喧しかりし世間もおほかた治りはてんと見えけるに、天正十年六月二日、右大臣（信長）、明智光秀が為にゆくりなく弑《シセ》られ給ひて事竟《コトハテ》給ハざけれるハ、可惜《アタラ》しとも可惜しき限《カギリ》になん有ける。此時、豊臣関白秀吉（左傍に「公」、右傍に「秀吉」と付記―注）まだ羽柴筑前守といひけるが、備中ノ国より馳上りて即て光秀を誅《つみな》ひつゝ、相続て諸国の乱を征し給ひしかバ、天下の武権《タケキイキホヒ》おのづから此人にぞ帰き靡《ママ》きける。此をりにこそ、再び筑紫・陸奥のはて〳〵までも、皇御門に順ひ奉りて詔命《オホミコト》を用ひ奉るやうにハ成りけれ。【織田・豊臣の殿たち、勅命を奏賜《マウシタマハ》りて諸国を征伐られし事を、読史余論、其余の物にも、是皆一事の詐謀にて、天子を挟むを名とせられたるまでなり、実ハ此時に天子の令を謹むべき事を誰かハ知べきなれバ、其令に応ぜざりしも少なからず、畢竟ハ鬼面を粧ひて小児を驚すが如くにて、かたはらいたき事なりとやうに論れたり。いかさまにも、応仁・文明の比より久しき乱世也しかバ、天皇の尊く恐く坐ます事を夢にも知らざる賊どもゝ有けんと見ゆれバ、事情ハさもや有けん。然ども、天皇の詔命を蒙りて穢き奴どもを誅《ツミナ》ひ給へるを、詐謀伯術などいふべき物かハ。よしや鬼面を仮て小児を驚すが傍痛《カタハライタ》けれバとて、また誰が命ぞとて従ハざる人をバ咎めんや。若、私の旨ぞといはゞ、私の争戦と何の差かあらん。其こそなか〳〵傍痛くハあれ、強ていはゞ、織田殿の義昭卿を取立て京へ上り、豊臣殿の同卿に将軍職の譲を乞れし類をこそ権謀など申さバ申さめ、天皇の詔命を奏賜はりて行ひ給ひしハ、実にしか有べき理《コトワリ》にて、私の旨と称へ給ハざりしにこそ、此殿たちのすぐれて美じき御功績ハ著れたれ。】

されバ、故右大臣の跡に效ひつゝ、公家《オホヤケ》の何くれ仕奉り給ひて、ます〳〵仰ぎ崇《(たつと)》ミ給ひしかバ、また大く賞させ御座まして、従一位関白にまでなし上せ給ひけり。然るに、関白、豊秋津洲《トヨアキツシマ》の乱を撥《ヲサ》めて、猶御心にや飽足ざりけん、神功皇后の御時より皇朝に臣として貢仕奉りたる朝鮮国の王どもが、久しき懈怠《オコタリ》を咎め出て、竟に彼ノ国へ軍を渡シて七年が間攻伐給ひ、後にハ明国の王をも討伐《ウチキタ》めて其ノ国を領《シラ》んとぞ謀り給ひける。然れども、竟に事遂《トゲ》げ給はずして中途にして薨給ひにけれバ、諸の大名たち各軍兵を率て、空しく帰り渡られぬ。【此事、昔より何くれと論ひたる物もあれど、全く的《アタ》れるハ少《(まれ)》なり。或説に、関白卑賤き民より出てかく上なき位に歴上《ヘノボ》り給へるうへに、織田殿の御時、従ハぬ大名どもを滅し尽して、其所領を悉く功績ある人々に分ち与へ給ひしかば、怨を含む者多くして、急に功の成がたかりし事をや思ひ給ひけん、背きたる人をもいとよく言向和《コトムケヤハ》して、従ふかぎりにハ本の所領を賜はりしかば、案外に早く事遂給へりき。然れども、昨今従ひ属たる人々なれバ、なほ変心のあらん事を慮りて、軍中にして久しく威権を示しなバ、竟にハおのづから服ひて、実に二心なきやうに成ゆくべしとの結構《シタガマヘ》にて、かく朝鮮をバ伐給ひけんとやうにいへるハ、事の情さもありげに聞えたり。されど、其世には涯もなく費の多かりしに、罪なき士民をよしなき戦争に死しめ給ふことなど、かたぶき議《マウス》者もありしやうにぞ聞えたる。されどまた、これによりて、皇国の武く厳《イカメ》しき大御稜威《イツ》をも偏く万の国々に聞知奉りて、真に威畏るゝ事となりぬれバ、今のゆたけき大御世にも諸の戎狄どもの面をだに出し得ずして、辺囲《カタキナカ》をだに窺ひ見ざるハ、さハいへど、其功なしとハ云べからず。なほ此らの事につきてハ、甚く論ある事なれど、長けれバ例のもらしつ。是皆天津神等《カミタチ》の神量《カムハカ》りに量り給へる、大御心なるべからんかし。】

かくて後ノ陽成院ノ天皇の御世慶長五年、石田三成が輩、所謂なき叛逆を巧ミ出して討伐められ奉りし後ハ、天下の勢ひ大く変りて、おのづから我東照神祖命に靡き順《まつろ》ひ奉りしを、豊臣秀頼公嫉ミ憤りて関白の遺言に背きつゝ、由縁なき謀叛を企て亡び失《うせ》られける後ハ、今日の今夜に至るまで、大八島の波騒ぐことなく富士《フジ》の大山《オホヤマ》動《ユル》かずして、堅磐に常盤に美《メデ》たく有難き大御代となん成りける。然るに東照神祖命、彼ノ織田ノ大臣の斎き始給へる御心を続思召て、朝廷を尊ミ崇まへ給ふ事大かたならず、諸の御制度どもを定め給ひて、なほ天下の無窮に治りゆかん事を思ほし縣（懸カ）《かけ》させ給ひければ、御征伐の御事ども未だ竟《はて》させ給ハざりける間より、林道春先生・南光坊天海僧正などに仰付させ給ひて、上古より御政事に便あるべき書籍どもを、普く取集め読釈《よみとか》しめ給ひて、其を御覧じ聞し召て、宜しきほどに採用ひ定めさせ給ひつゝ、ゆるがぬ御制度ども令《おほ》せ出させ給ひけり。是、今の世の御制度の始なり。【此事ハ、先達平田氏の弟子なる竹内某主といふ人の（この後一行分ほど抹消）[注]皇朝古道学の弁書に当時の実録どもを普く参へ考へて、具さにいはれたれバこゝにハ贅せず。其中にかく書籍を集めさせ給ひしハ、御翫物の為にハあらで全《モハ》ら天下の御政事の御基の為なるよしも、委しく所見《みえ》たり。】

［注］＝正宗文庫本を参照すれば、「竹内某主としいふ（人の）」から抹消された部分を含んで「皇朝古道学の弁書に」までは、次のように記されてる。

竹ハ内某主《ナニガシヌシ》といふ御旗本の御士《ミサブラヒ》より大目付内藤殿へ、文政三年のころ書キて出されたる皇朝古道学の弁書に、なお、「竹内某主」は御家人で文政元年入門の気吹舎門の竹内孫市（健雄）のこと。「大目付内藤殿」とはこの時は「目付」の内藤隼人正矩佳のこと。但し内藤隼人は、この年文政3年4月に目付から大坂西町奉行に任ぜられている（文政12年3月まで）。

然るに、彼ノ道春先生・天海僧正ハ儒仏の道々を宗とせられけれども、なほ皇国の古書どもを偏に採用ひさせ給ひしハ、本国の上古より風土に応《カナ》ひたる御制度の様を本とせさせ給ひし事、申も更なり。其後に水戸贈大納言【光圀卿】、東照神祖命の御孫として専ら彼ノ御ン志を継んとや思召けん、律令格式を始めとして、何くれの書どもを集め訂《タヾ》し給ひて、礼儀類典（五一〇巻五一五冊、宝永7年成立）といふ美たき書を編《アマ》せ給ひ、又日本史（＝大日本史）といふ歴史の美しきをも作り出させ給へりき。されバ、種々の書をも集め様々の人をも召集《ツド》へて、其事ども執しめ給ひし中に、難波の僧契沖に命《おほ》せて万葉集の代匠記（＝万葉代匠記）・古今集の余材抄（＝古今余材抄）などいふ注釈をせさせ給へる、これなん此頃の世にいはゆる和学・国学の権輿なるべき。然れども、彼ノ日本史・礼儀類典などを主《むね》と撰ばしめ給へる御意を推量り奉れバ、歌・物語の如き翫物の為にハあらで、[注]さし当る御政事のうへを一向《ヒタスラ》御心に懸給ひし事申すも更なり。

[注]＝竜門文庫本には、この件の上部に次のような頭書が記されている。

前田夏蔭、此書ヲ見テ歌・物語ヲ翫物ト云ルヿヲ咎メラレタリ。然レドモ、是ハ唯今世サマニツキテ云ルノミノ事ニテ、其用アルヿドモハ、下巻歌文ノ条ニ云ヲ見ルベシ。

さて其後に稲荷社の祠官《ミヤヅカサ》羽倉東満《アヅママロ》（荷田春満）といふ人、神道の灼然《イヤチコ》なる理を深く悟り明めて、上古の正しき紀《ミフミ》どもに考へ証《アカ》しつゝ説を立ける、其弟子に遠江国の岡部（賀茂）真淵といふ人、其教の趣を演説《のべと》き施して、万葉集などの古書を読明らめ、上古の御世の光景を細密に探り知つゝ、江戸に出て田安（宗武）

殿に仕へ奉り、専ら其説をぞ弘められける。其説どもの中に、国意考（明和2年頃成立）といふ書ありて、主と皇御国の尊く辱きよしを述べ、漢士の道の上《ウヘ》に隠れたる僻事をなん、唱へ著ハされける。此を我学問の始祖とハするなり。【其説ハ、本居先生の玉かつまに詳し。】

そもそも、豊臣関白の天下奏《マウ》し給ひける比に、冷泉家の庶子に藤原粛ノ朝臣、仮号《カリノナ》を惺窩先生といふ人ありけり。播磨国人別所長治《ベツショナガハル》に父と兄とを討れて、其讐を復し得ず、秀吉に属《（つき）》て長治を撃んと謀られけれども事ゆかざりしかバ、空しく京へ上りて、後にハ諸越《モロコシ》の宋儒の説を読釈て世人の行状をぞ責られける。

【案に惺窩文集（林羅山等編、寛永4年序、5巻続3巻）に出たる先生の伝に「天正六年戊寅赤松氏ノ旁族別所小三郎源長治以レ兵ヲ襲来略二細河荘ヲ一、為純・為勝父子防グレ之。四月一日戦死云々、歴世蔵書尽ク為二灰燼一、粛訟フ二之ヲ平右府信長公ノ家臣筑前守秀吉ニ一、秀吉曰且ク待テト二時運一、竟ニ不レ果、粛無二如之何一、於レ是齎シ二正和二年ノ公牒及残編遺書ヲ一、奉レ母ヲ与二兄弟一同ク来二京師一、云々」とあり。此人をぞ近来の儒宗とハいひつたへたる。】

林道春（羅山）先生ハ此人の弟子なりしを、神祖命に召れて其説を演《（のべ）》得られしより宋儒の学天下に行はれて、其頃の武く強き習俗に合せて厳しく其教を守りしかバ、無てハ得あらぬ道の如く成つゝ、諸大名の家々にも儒者といふものを召置て、漢国の聖人の道をもてはやさるゝ事いと／＼盛に成にけり。されバ、漸々年を歴て犬打童までも、人倫の道ハ聖人の作リ設ケし道とやうにおぼえて、曽て疑ふ人なん無有《（なかり）》ける。

【（割注冒頭五行程抹消）皇国の儒者たちハ、武く質朴なる意地にかけていと厳しく守られけるほどに、中にハ彼ノ程朱等がいひたる説の旨趣に毫《ツユ》も違はず行ひたる人もあり。また其学ビの天下に蔓りてよりハ、武士の行ハ更にもいはず、平民《タダウド》のうへにまで仁義孝悌の教をひたと守りて、漢士に聞えぬ義士忠臣孝子貞婦どもの出来し事、枚挙に遑あらず。さるハ、強健《スコヤカ》に雄々しき皇国の風なる上に、天ノ下久しく乱れて人心ます／＼武く強くなれりしかバ、堪がたきわざも強て堪つゝ、教の如く勤め励ミたる故なりけり。然れバ、彼宋・明の頃の唐人の何の益ともなかりしにハ遥に勝りて、実に~~程朱等が彼~~彼志の如き教ハ皇国に施し得たりといふとも、甚く強たる説にハあらざるべし。其中にも慶長元和の比よりこなた、大将軍家に仕奉りて政事執給へる大名たちの中にハ、漢国の上古にも聞知らず皇国の古昔にも多く得がたき君たちおはして、いはゆる賢佐とも謂つべきが多く出おはしたるハ、又是天津皇祖神《ミオヤガミ》の御心にて、かく穏ひに治りゆくべき祥瑞とこそおぼゆるなれ。さハ、今の御世に諂ひ~~て、空賞し~~奉るにハ更にあらず。其政迹行状のうへを微細に考へ奉り置て、さて和漢の書籍どもに見えたる古よりの賢人たちの行跡に比《たぐ》へて精く考へ併せなバ、毫も疑ひなかるべし。然るを、大かたに書読む人の心ハうたてあるものにて、まぢかき事をバさしもあらぬやうに思ひ腐し、唯上古・漢土の見ぬ世ばかり□《(不明)》慕ハしく思ひいふめるよ。さるハ彼書どもにハよき事のかぎり著し記したる物なるを見て、昔や漢土にハあしき事の少しとのミ思ふなるべし。

かくて先哲叢談・近世畸人伝などに見えたる儒者たちのうへをおしわたして按ふに、先熊沢（蕃山）先生・新井（白石）殿などの学術ハ、かいなでの儒者にハ遥に勝れて、実にさしあたる皇国の学ともいふべし。さるハ、熊沢ぬしハあるが中にも政事のうへにらうらうじく（労労じく）て、事どもを執て滞らざる状ハ其著されたる書を読ても知べく、我備前国に仕へしころ（池田光政治政下の正保2年―明暦3年）、国の政事にも関られけるが、池川の修理《スリ》などありし時にハ、馬上ながらに一トめぐり巡り見たるのミにて定めたり、といひ伝へたる迹の百年余を歴てもつゆも其言に違ハざる一事にても、其才の神々《カウ〴〵》しかりしをバ知べし。新井殿の学ビの博きハいふも更にて、さまざま作り出されたる書ども、皆世に益ある事のミにて一ツも空談なるハあらず。其が中にも国風の故実をいはれたる段などハ、よのつねの儒学者の思ひもかけぬ事にていと〳〵めでたし。其次に山崎嘉（闇斎）といひける人ハ初ハ僧なりけるが、其道の妄誕《ミダリ》なるを厭ひて儒学にうつり、後にハ神典を読釈てもはら皇国の道を言挙したりといへり。今よりして其説どもを見れバ幼き事論なけれども、さしも皇国の人として学問するからハ、皇国の神ノ道を本としてさて外国の道々にもわたるべき事と思ひ立たる志、実に当然《サシアタ》る理にていと〳〵殊勝なりといふべし。此人や仏説を離れて神教を称へいでたる魁なりけん。さてハ、伊藤長胤（東涯）・貝原篤信（益軒）などの遺せる書を見るに、いづれも浮華《ウキ》たる空談にハあらず、或ハ事実の録《フミ》どもを考証して世間に益あるべき事を演説《(のべと)》き、或ハ人民の為に日毎の活計種《ワタラヒグサ》の用意まで細かに教へ導きたる志、いと〳〵崇《たふと》く殊勝なりといふべし。

おほかた此等の人々を除ての外ハ、主と立たる漢国の道にこそハいづれも至り深くハ見ゆれ、時に当りて皇国の要とある事情に近きかたにてハ、いふべきふしの無きにしもあらず。其中にも、荻生茂卿（徂徠）といふの学様こそ、いとも〳〵意得ね。宋・明の儒説の孔子の意に非るよしを弁へ別てる、論語徴（10巻10冊、元文2年刊）などの一ッ二(ッ)の書ハ、其かたざまにしてハげにさもあるべく聞えながら、南留別志（5巻5冊、宝暦12年刊）といふ物を作りて皇国の事をものげなく書消《カキケチ》つ。孔子の画に賛すとてハ自ら日本夷人と書たるなどハいかなる狂態《タフレワザ》ぞや。此事ハ先達さま〴〵に論破られたれバ今更いふべきにもあらねど、日本夷人とてハ日本国の夷人と聞えて蝦夷《エミシ》などの人を指が如し。いと〳〵笑べし。げに此人ばかり夷心の日本人ハなかりけらし。されど此ハなほ一時の戯といはゞいひてん。鈐録（20巻20冊、享保12年自序）といふ軍書を作りて天下の武士を威どしたるハ、そも又いかなる罪科ぞや。其にいひたる概略ハ、もろこし明の比の兵法の節制を元亀天正の頃の軍立に付会《しひあはせ》て、彼ノ明制の戦法知ラざれバ軍ハならぬやうにぞ説ためる。其に附ヶたる答問の録など殊に強たる僻説多くていと憎むべき書なりかし。そも〳〵豊臣関白殿下の、諸大名と朝鮮に渡し遣されて正しく明の兵どもと戦はれけるに、一度も拙き敗軍をバせられざりき。中にも南大門の合戦に、李和松とかいへる明将が百万騎など称へて寄たりしも、小早川殿などの二万騎の勢力に斬崩されて、将とある李和松ハ馬より下に突落されつゝはふ〳〵逃て帰りしなどハ、あまりに拙き軍立ならずや。また東照神祖ノ命に仕へ奉りし寛文蔵【或ハ佐橋甚五郎とも】といふ人、朝鮮に逃渡りけるが、彼ノ国の軍立の拙きを見て皇国の戦法を教へ習はして、たび〳〵彼国にて勝軍しけれバ後にハ甚しく挙て用ひたりといふ事も、白石先生紳書（宝永2年から享保10年頃成、白石近侍者編）に見えたり。[注1] 如此正しく験ありし事をハ除、ひたすら漢土の強きを説誇りつゝ皇国の武士を威したるハ、いはん方なき罪にハあらずや。これら要なき論に似たれど、国体に関係《アツカ》る事の大きなる事なれバ、聊さし出て驚しおくなり。猶別にも論《イフ》べし。先輩松崎惟時（太宰春台門、安永4年没、51才。丹波亀山藩家老）が常山紀談（25巻拾遺4巻附録1巻30冊、湯浅常山著、元文4年刊）の序（明和4年9月付）に書していはく、「寛永以後、有ニ兵家者流一云々、或ハ又謂、戦国ノ時多ニ屡々ニ軍立レ功者一、故ニ諸将不レ吝マニ爵禄ヲ一、以テ畜フレ士ヲ。太平已ニ久、世ニ無ニ喋血一、有ラバレ如キニ万一辺圉ニ有ルガ一レ警、則莫レ如《クハ》下遵《フテ》二異邦之法《ニ》一、明《ニシ》二法令《ヲ》一、厳《ニシ》二賞罰《ヲ》一、以《テ》率《ルニ》上レ之《ヲ》。近世将士之談、無《ト》レ所レ用《ル》也。殊《ヘテ》不レ知異邦之兵皆《ナ》卒徒、故《ニ》唯《ダ》可《シ》二以《テ》レ法《ヲ》使《フ》一也。我邦《ガ》士大夫《ノ》、《ハ》皆《ナ》出レ自二武騎一、国家待《スル》レ士《ヲ》、養《テ》二其廉恥《ノ》一、使《ム》二人人《ヲ》自喜《ラバ》一。平生待《スルニ》以二君子《ヲ》一、則臨《テ》レ事《ニ》、不レ可下徒《ニ》以《テ》二法令《ヲ》一約中束《スヲ》之上也、云々。[注2]」といへるハ、此鈴録のごとき説どもを裏《シタ》に思ひし論にて、実にさることなり。

また其弟子なりし太宰純（春台）といへる者、あるが中にもさがなくてさま〴〵僻説をいひたる中に、三王外記（東武野史訊洋子〈伝太宰春台〉著）とかいふ、正しく今の大将軍家の御事を記したる書を作りて、歴世の君を戎国の昔の王どもが上に比べて議《サタ》し奉りしハ、いかにあさましなどいはんハ愚にて、いと〳〵可畏《カシコ》く負気《オフケ》なきわざになんありける。然れども、其根源ハ漢国の世々の儒者ども、前王どもが亡ヒたる故を枚挙《(かぞへあげ)》て当代の得失を論《(い)》ひたる書をのミ目馴《メナラ》して、学問する者ハ当代《ソノヨ》の盛衰栄枯・君の行状の非義などハ憚りなく議し正すものぞ、とゆくりなく思ひたるにぞあるべき。されど、其ハ国がらによる事なンめり。上にもいへる如く、もろこしの国ハ、君を弑して位を奪ふ事を世々にする国なれバ、其前朝の亡ひたる君ハ云々の非義《ヒガゴト》ありし故にしか亡びたるぞ、とやうに説成す習俗にてさても全く理なきにハあらざるべし。皇国ハ上古よりさる事のおはさねバ、唯尊ミ崇《(あがま)》へ奉りつゝ、仮令《(たとひ)》御ン非義《ヒガゴト》に似たる事のあらむにも、何となく諷へ諌る事ハあれど、あからさまに誹謗《ソシ》り奉る事ハ、更に有ざる国鉢《(ママ)》（体）なり。されバ今の世にあたりて、忠信孝悌の教を釈て人を善さまにおむけなんハ、実にさしあたる事にハあれど、唯其漢国の休《(ママ)》（体カ）をのミさかしがりて、漢国の儒と為ること勿れとや云ハまし。】

［注1］＝『白石先生紳書』（『日本随筆大成第三期第12巻』所収）の「巻六」に次のような件があり、そこに本文では抹消線の引かれていた「筧又蔵」の名が見えている。

一　東照宮、信長と御勢を合され戦の有し時、筧又蔵に人数を御あつかはせ有しに、殊の外様子替るを、信長誉られしに、家康が者にはかれほどの者は猶多く候と宣ひしを、又蔵聞て我程のものさ程多く有べしやとて恨申て出発したり。廿四歳斗の時の事にや、神祖かく仰られしには思召も有之にや、此ものゝ事惜しみ思召されしかば、にくきやつかな日本国中を構はせ候べしと仰られしと聞へしかば、我国に足をとめかね、いかなる便に朝鮮へ渡りて在しに、かの国にて敵国と戦ふ時に負軍しけるを見て、我に兵少しあらば斯る負はせじものをと云を、其国にも聞へて、試に兵士を預けしを、我国の軍法を教へ戦に習ひし時に均しく出て戦ふ程に、勝軍して敵国の地ども取得しに至れり。かくて其後日本朝鮮和議にて、朝鮮の官使東武に来り、帰る時に駿府へ参りしに、神祖使の者共御覧じて、朝鮮の上々官の中に、何人めに居し者を見知りやと御尋有しに、誰とも見しるべきやうもなく候と申ければ、筧又蔵め也、いかなる故にかの国に行ては又来りぬかと、筧のもの共に様子を尋ねさせよと仰られしに、筧のもの共尋行て事の子細を問しかば、在し事共をかたりて、殿様にも御機嫌能悦入候と申す。（中略）、筧の親族に佐橋内蔵助の語しを、大岡五郎大夫入道寿縁の物語也。

一　右後に佐橋左源太に尋ねしに筧又蔵は水戸へ付られしと也。朝鮮へ渡りしは佐橋甚五郎とて同氏の者也。又蔵といふは誤り也。台徳院殿御見覚有て、本多佐度へ仰られしと申伝ふと云々。

［注２］＝本文で引かれている松崎惟時序文は、訓点にやや不備があるので、岩波文庫叛『常山紀談』（上下巻二冊、森銑三校訂）冒頭の序文（序文末に「明和丁亥（4年）九月甲子　亀山松崎惟時」とあり）によって補う（なお、序文中の「喋血」は血の海を見る意、「辺圉」は辺境の意）。

然るを、真淵、他の毀誉《ホメソシリ》に毫《ツユ》も拘《カヽハ》らず、世の人情に戻《（もと）》るをもかつ知ながら、かゝる説の端を押立起されしハ、豪傑《スグレビト》などいはんも愚なり。されバ生涯誹《ソシ》られがちにて終られしかども、其大旨を伝へたる弟子に伊勢国人本居宣長といへるありて、師ノ説の趣をいと〳〵細密に演説て、古事記伝といふ美たき書をはじめて、数百の巻をぞ撰び出されける。此人、和漢の書籍どもを博く覧わたしたる上に、古書古言どもを人情にかけて、いと詳《クハシ》く釈明《トキアキ》らめ熟《ウマ》く考へ究られしかば、其書どもの論説《アゲツラヒゴト》一箇《ヒトツ》として的当《アタラ》ざることなく、千歳を経て廃《スタ》れ来し我皇神《スメガミ》の御代の事より、経緯《タテフキ》に説著されたるハ大《イミ》じとも大じき功績になん有ける。されバ、今かく尾に携《スガ》りて物いひ騒ぐ広道等も、全《モハ》ら此人たちの恩恵に頼て皇御国の尊き理《コトワリ》をも、かつ〴〵窺ひ知る事と成りしかバ、眼前に其教を受たる事ハあらねど、先師と推崇《オシタツト》び敬ひて仮にも其名を称《イハ》ず、岡部先生・本居先生など崇ふるハ、実に其道を尊ぶが故なり。独広道らのミにハあらず、此人たちの弟子と所聞《キコエ》たる人ハいふも更にて、其余何くれと言聞ゆる識者どもゝ、皆此説を拠《(よりどころ)》に為たる上へに、さしも頑固《カタクナ》に説立《コトダテ》せし皇国の儒者どもゝ、やう〳〵本国と蕃夷《ミヤツコグニ》との差異《ケヂメ》を知リて其弁論の所聞来《キコエク》るもあるハ、悉《コト〴〵》く此人たちの功《イサヲ》の末《スヱ》とこそ思《オボ》ゆるなれ。

さて、其本国学《(ママ)》する識者の中にも、去々年《ヲトドシ》（天保14年）の秋死《(まか)》りきと聞ゆる平田篤胤《アツタネ》といふ人の学問の様、また尋常の業にあらず。彼ノ本居先生などハなほさバかり博くもものせられざりしかど、此ハ惣て天竺の仏道、西戎諸国の天文地理、或ハ医薬・方術（不老不死の術・易占）・黄老（黄帝を始祖とし老子を大成者とする道家の一学派の思想）・兵書の類、在と所在《アラユル》書籍どもを見究《ミキハ》めて其異同を考訂《タヾ》し、一向《ヒタスラ》皇国の万国に勝れて有難く尊き由を説尽されたるさま、普通の識者どものかけても及バぬ状に見えたり。其中にも、仏ノ道の一切経蔵を見尽したりと自ら書たるなどハ、実に聞も驚くばかりになんある。【一切経蔵を読尽すといふ事ハ、其道を宗とする僧すら稀なる事にいふめるを、種々の学業の暇のひまに見究められたる此一事にても、其博士なりしことハ知れたり。】其撰ばれたる書どもゝいと多く有とハ聞ゆれど、此辺《コノワタリ》にハ乏しければ唯其板に彫たるかぎりを二三部ばかり読たりしに、げにいはれたる事ども多かり。【但し、其中に世にしらず奇異しく霊妙《クス》しき理源《コトワリノモト》を推究《オシキハメ》んとして、さま〴〵今ノ世の怪《ケ》しかる話説《モノガタリ》どもをうけばりて論《イ》れたる一事ハ、いさゝかうちも傾かれぬかし。其故ハ、今の世にして神の御稜威《ミイツ》の霊《クス》しく妙《タヘ》なる活用《ハタラキ》を識んとすれバ、げにも眼のあたり怪しき事する天狗狐狸などのうへより試ミざれバ、疑をはるくべき事ハあらざンめれバ、我独其意を得てうち〳〵同志の人々と語り合さんハさることながら、天下久しく漢学の狡意《サカシラコヽロ》に習ひ来タりて、さる怪しき事をバ、いはゆる怪力乱神を語らずとある孔子の語を引などして大く劣しめ嘲る習俗なれバ、大かたの生賢人《ナマサカシラビト》どものげにとうなづく事ハあらぬ勢ひなり。されバさしも思ひて説出たる事も、世俗の信《ウケ》あへざれバ何のかひもなきうへに、なか〳〵道を軽しめられて慢《アナド》らるゝ端《ハシ》をも引出べく、そのうへ我皇国の古の伝説ハ昔ハ唯大宮の内にのミ秘《ヒメ》給ひし道にて、普く下民どもに発《アバ》きて説示《トキシメ》す道にハあらず。されバいかさまに衰へて其ノ道の為とハまうしながら、街巷《チマタ》に説《トキ》て道路に聞キ、書籍《フミ》に書著して四方に知らしむるが如き事ハあるまじき理なるを、しかはしたなく説もて出せバ即《ヤガ》て誰も〳〵聞驚きて、皇国の神ノ道ハかばかりの物ぞなど、例のはやりかなる浮薄者どもの言端にかゝりなど、とにもかくにも神ムながらの釈ざまとハおぼえざれバなり。されバ此件《スヂ》に係る事どもハいはゆる神秘秘伝などいふ事に譲りおきて、姑く世俗の信《(うけ)》ぬべき時を待ばやと己レが思ふハ、なほ又ひが事にやあらん。】

又、若狭の小浜の家士に伴信友といへるありけり。本居先生の遺志を能継守れる人にて、世に現れたる書どもハ更にもいはず、神社仏閣其他やんごとなき御あたりの、秘庫《ヌリゴメ》（ママ）蔵《ヲサマ》れる記録どもをさへ引集め、考《カムガヘ》証《アカ》して著述《シル》されたるもの若干《ソコバク》有りと聞ゆれど、それハた此あたりに乏しけれバ、［注］目に触たるハいとすくな〳〵**くなん有ける**。【此人ハたしかなる明徴《アカシ》なきことハ毫もいはじとおもひ構へたる学風なりと聞ゆれバ、其著されたらむかぎり世の害となることハ大抵あるまじくおぼえたり。】其余歌物語など、むねともてあつかふ人などハいと〳〵多く出来りて、何れも皆くちをしからず、上古の物にも立後るまじくせらるゝ人々も多けれど、此所に関る事ならねバさし除《オキ》つ。

［注］＝信友の書いたものは「此あたりにハ乏しければバ」と言う。信友の著作は多いが、本人の強い意向で版行はされず多くは写本で伝えられたため、それが「乏しい」のは「此あたり」だけでないだろうが、それはともかくも「此あたり」とはどこを言うのか。実は、このすぐ前の篤胤の著作に触れた件にも「此辺《コノワタリ》にハ乏しければバ」とあり（篤胤著作は信友のに比して版行（蔵版）作品はずっと多いが）、その冒頭に「去々年《ヲトドシ》（天保14年）の秋死《(まか)》りきと聞ゆる平田篤胤《アツタネ》といふ人、云々」とあるので、本稿（の少なくともこの件）の

書かれたのは弘化2年と言うことになる。広道はその春に大坂に移住しているので、「此あたり（辺）」は、さしあたり大坂の地を指すことになる。ところで、これより先の「外国の道」の章に「此のすぢの事も彼の国の古書《ふるきふみ》どもを参考《まじへかんが》へてなほ今少し論《いは》まほしけれど、客舎《たびや》の中《(う)》ちに漫《そゞろ》に筆把《ふでとり》て記るしつくる此の書なれバ、さるべき書どもをも齎《モタ》らず、たゞ肘近《ひぢちか》なる史記の類ひ一っ二っの書籍《ふみ》によれるのミなれば、云々」（p.254）とあり、本稿はそもそも「客舎の中」—巻末の斎藤守澄跋によれば、姫路城下の「客舎の中」—でまず書かれていたのだった。そうすると、「此あたり（辺）」とは姫路辺を指す可能性もあるだろう。

そも／＼、如此様《カクサマ》にいみじき先生等《ゼンジヤウタチ》の世に出て、遥に昔の心詞をも読釈《ヨミト》き識明《シリアキ》らめて、外国の道を交へぬ神随《カムナガラ》の道の言立せらるゝも、総てハ東照神祖命の御恩頼《ミタマノフユ》にかく飽ぬ事なく、穏かに平かに治り果たる大御世の辱さにて、是即て天津神等の大御心とこそハ知れ奉るなれ。さて、其先生等の世に出られて、しか上古の意ハ明に際《キハ》やかに著れて、皇御国の尊さ辱さをおほかた知ぬ人もなくなん成りしかども、其道ハいと／＼往昔《ムカシ》の事にて、千歳百歳過去《スギニ》ける御世の事どもなれバ、又さながらに今ノ世のありさまに相合ひて、上ハ制度法令の御事より、下ハ己がじゝの家一ッ身一ッを治め斉ふるに至るまで、治り行ん、成果んと決《(うつな)》く切にいふ事ハさて置て如何状に行ふが神ノ道ぞと細密に問試れバ、またいと様々にて実に如此と取定めたる説の所聞来《キコエコ》ぬなん聊たどらハしきふしハ有ける。【本居先生の語に、学者ハたゞ道を索《タツ》ねて明らめ知るをこそ務むべけれ、私に道を行ふべき者にハあらず、然れバ、よく古ノ道を考へ明らめて其旨を人にも教へ喩し物にも記遺し置て、たとひ五百年千年の後にもあれ、時至りて上に此を行ひ給ひて、天下にしき施し給ハむ世を待べし、これ宣長が志なりといはれたり。実にさる説にて誰も／＼しか心得て足ぬべき事なり。然ハあれども、今ノ世にも後ノ世にも、時至り上に此レを行ひ給ふ事あらん時、その行ひやうハいかにと思し召サんに、先ヅいと千万の書を御覧じて其説の得失を撰び定め給ひ、然して後に其時のさまに随ひて天下に施行し給はん事ハ、いと／＼煩ハしく輙《タヤス》からぬ事なれバ、たとひさる御志のおはしまさんにも、ほと〳〵困《コウ》じ果給ふべきわざなり。然れバ、今ノ世の形勢に比べて今すこし其用ひざまをいはでハ、竟にハ混はしき事もおはすべく、また身一のうへにても力の極り勤め学びて、悉くさる識者とならバこそあらめ、労《(らう)》がはしき世の所業に絆《ホダ》されて、しか古ノ道を学び明らむるに至る人ハおほかた稀なる事なれバ、竟にハ世俗に皆識者になれといはんが如く聞ゆべし。漢土の道ハさる事を細かに穿鑿《アナグ》りたるものにて、うち聞くより即てげにとおぼゆるさまなれバ、なほ其教説の世俗の耳に留るなるべし。然れバ、私に道を行ふなどおふけなきことといはんハ、あなかしこ、実に慎むべき事にハあれど採用ひさせ給ふばかりにハ説なすべく、また人に教へ喩し記遺し置んにも、人々の才に随ひて広くも狭くも、意得受らるべきほどのあるべき事ならんかし。】

　されバ、なほ彼儒者どもの和学国学などいふハ、唯往昔の家作《イヘツクリ》・服色《キヌノイロ》・調度《デウド》やうの物の故実を識ると、さてハ歌物語の翫物《モテアソビモノ》こそハあれ、誠に身を脩め家を斉へ国を治め天下を平かにする道ハ、漢国聖人の道を除て外に又やハ有べき、などいふに、信《ゲ》に一わたりにてハ実にしか思ふも、一向《ヒタスラ》理《コトワリ》無しともいひがたきなるべし。是すなはち此書を作り出たる大概《オホムネ》なりけり。さて、此処までハ、しか今ノ世に行はれて益あるべき理を述んとて、先其道々の成来し趣、御世々々の沿革《ウツリ》来《コ》し形勢を、あら〻かに記しつけたるなり。

## 6　物《モノ》の感《アハレ》

漢国《からくに》の後の世の儒の説に、心-法・心-術などいふ事あり。其の大略《オホムネ》のやうハ、喜《うれ》し怒《イキトホラ》し哀《かな》し楽《たぬ》しなど、常《つね》に思《おも》ふ心をば人-欲と号《なづ》けて、甚悪《イトあし》き限《かぎ》りの事とし、其れを放下《オシハナ》ちて、一点《ツユ》の私《わたくし》【私《わたくし》とハ上にいはゆる喜《うれ》し哀《かな》しの類ひをいふ】なくして、一念《ひとおもひ》も起《おこ》らぬやうに修《をさ》め得《う》るを、天理に従《したが》ふとして、善《よ》き事の極《きは》ミとして、此れを成《な》し得《う》れバ聖-人となり、此れを知らねバ鳥獣《とりけだもの》の類ひなりとして、甚卑《はなはだいや》しむる事なり。さるハ、仏法《ほとけごと》の禅法などに原《もと》づき效《なら》ひたる事なるを、いはゆる経書といふ物の語《ことば》に引当《ひきあて》て説曲《トキマゲ》たるにて、真《まこと》に彼ノ国の古《いにしへ》よりの伝説《つたへごと》にハあらず。然《しか》れども後の世に及《およ》ぶほど、事業《ことわざ》繁《しげ》く成《なり》ゆくものなれバ、人の心も姦《かだま》しく佞《ねぢ》け黠《サクジ》りて、妄《みだり》に智巧《たくみ》を活《ハタラ》かして悪謀《あしきはかりヿ》を為《す》るからに、彼の程朱等《ら》より、つぎ〳〵に説《とき》たる心-法の格-物致-知、良-知良-能などいふ事も、なくてハえあらぬやうに思ふ人どもゝ出来て、終《つひ》に其の説どもハ蔓《はびこ》りしなり。

然れども、古への意《こゝろ》に照《てら》して見れバ、皆極《みなきは》めたる牽強付会《しひごと》にて、生涯《よのかぎり》勤《つと》め学《まな》ぶとも、大かたさやうにハ成《なり》がたき道なり。其れハ巻首《まきのはじめ》にもいへる如く、人といふ物ハ喜《うれ》し哀《かな》しなど、時《とき》に触《ふ》れ物《もの》に当《あた》りて情《こゝろ》の動《うご》くにてこそ活《イキ》たる者の証《しるし》ハあれ、間思雑慮《クサ〴〵ノオモヒ》の起《おこ》らぬが善《よ》しとてうつら〳〵として死灰《いたづらもの》の如くなるべき事かハ。されバ、所謂《いはゆる》聖人も喜《よろこ》びまた怒《イカ》りなどせし例《ためし》ハあるを、其れをバ天-理の喜怒とやうに言別《いひわか》てども、実《まこと》にハ喜怒に二《ふた》やうハ無《な》き事なれバ、竟《つひ》にハ自《みづか》ら然思《しかおも》ひ分《わき》て自《みづか》ら然守《しかまも》らんより外に為方《センカタ》ハなく、偏《あまね》く人々に教《をし》へ施《ほどこ》すべき道にハ非ず。又受《またうく》る者の心々に因《より》てハ、甚異《いとこと》やうなる事どもなるべきなり。然《しか》ハあれども、亦さバかりいひて一向《ひたすら》に心の善《よ》き悪《あし》き差別《けぢめ》を云《いは》ずハ、末竟《スヱつひ》に大《いみ》じき非義《ひがこと》も出来べけれバ、かつ〴〵其の用意《コヽロシラヒ》のやうハ有るべきなり。

さるハ、何事を行《な》ふにも、心より思ひつきて成《な》す物なれバ、先悪《まづあし》き事ハ為《ス》まじく善《ヨキ》事ハ為《す》べしとやうに、切《タシカ》に思《おも》ひてだにあらバ違《たが》ふ事なかるべし。【孔子《くじ》の語《ことば》などの、心のさだに及べる［るも］、全《モハ》らさる意とこそ聞えたれ。然れども、其の善悪《よしあし》といふ事も、彼処《カシコ》にいふと此処《こゝ》にいふとハ差異《けぢめ》あること、上の巻（上之巻「〇外国之道」）に云へる如くなれバ、能々《よく〳〵》思ひ分《わか》つべきものなり。】

こゝに、皇国《みくに》の中昔のころより、物《もの》の感《アハレ》といふことあり。其おもむきハ、本居先生の源氏の物語《ものがたり》の玉小櫛《タマノヲグシ》といふ注釈《ちうさく》の二《に》ノ巻《まき》にいはれたるやう、あハれといふハ、もと見るものきく物触《ふる》る事に心《こゝろ》の感《かん》じて出る歎息《なげき》の声《こゑ》にて、今の俗言《よのこと》にも、あゝといひ、はれといふ、是也。たとへバ月花を見て感じて、あゝ見ごとな花ぢや、はれよい月かな、などいふ。あはれといふハ、此ノあゝとはれとの重《かさ》なりたる物にて、漢文に嗚呼などあるもじを、あゝとよむもこれなり、云々、あゝはれと感ずべき事にあたりてハ、その感ずべきこころばへをわきまへしりて感ずるを、あハれをしるとハいふ也。又物をあハれぶ［む］といふ言も、もとあゝはれと感ずること也。

古今集の序に、霞《かすみ》をあはれびとあるなどをもてしるべし。又後の世にハ、あはれといふに哀の字を書て、たゞ悲哀の意とのミ思ふめれど、あはれハ悲哀にハかぎらず、うれしきにもおもしろきにもたのしきにもをかしきにも、すべてあゝはれと思ハるゝハ、みなあはれ也、云々。さて又、物に感ずとハ、俗《よ》にハたゞよき事にのミいふめれども、これも然らず。字書にも感ハ動也といひて、心の動くことなれバ、よき事にまれあしき事にまれ、心の動きてあゝはれと思はるゝハミな感ずるにて、あはれといふ事によくあたれるもじ也。漢文に感鬼神［感㆓鬼神㆒ヲ］と有て、古今集の真字序にも然《しか》書れたるを、かな序にハおに神をもあはれと思はセとかゝれたるにて、あはれハ物に感ずる事なるをしるべし。大かたあはれといふ言《こと》の本《もと》、又うつりてつかひたるやうなど、上件《かみのくだり》にて心得べし。

かくて又、物のあハれといふも同じ事にて、物といふハ、言《イフ》を物いふ、かたるを物語《ものがたり》、又物まうで・物見《ものみ》・物《もの》いみ、などいふたぐひの物《もの》にて、ひろくいふときに添《そふ》ることばなり。さて、人ハ何事にまれ、感ずべき事にあたりて感ずべきこゝろをしりて感ずるを、ものゝあはれをしるとハいふを、かならず感ずべき事にふれても心うごかず感ずることなきを、物のあハれしらずといひ、心なき人とはいふ也。ものゝわきまへ心ある人ハ、感ずべきことにハおのづから感ゼでハえあらぬわざなるに、さもあらぬハ、

何ともおもひわくかたなくて、かならず感ずべきこゝろをしらねバぞかし。【已上、玉の小櫛の文を所々約《つゞ》めて引き出たるなり。】

とて、なほ詳《つばら》に説尽《ときつく》されたり。【この論《あげつら》ひ、いと〳〵細密《こまやか》にて、二ノ巻一まきハ悉《ことゞ〳〵》く物の感《あはれ》のゆゑよしをいはれたり。本書を見るべし。但し、あはれといふ言《こと》の本《もと》を、あゝとはれと、二言《ふたこと》の重《かさ》なりたる如くいはれしハ、いさゝか心ゆかず。凡て、はれといふ詞《ことば》ハ、古の物に見えざるうへに、今の俗言《よのこと》にも聞《きゝ》つかぬこゝちす。されバ、なほ別《こと》に義《こゝろ》あるべきか。とまれかくまれ、唯歎息《なげき》の声《こゑ》と心得て足《たり》りなん。】

さるハ、物語《ものがたり》を読《よ》む心ばへの主《ムネ》とあるべき事にて、昔よりの注釈どもに更にいひも出ざることなるを、源氏物語の中なる語《ことば》に証《あか》して説出されたるハ、実に確《イミ》じき論《こと》なりと云べし。されど源氏などに所見《みえ》たるおもむきハ、専ら好色《すきごと》のすぢに依《より》たることにて、よのつね善悪邪正などいふとは甚異《いとこと》なるさまなるを以《も》て、其の後の人どもさま〴〵に論詰《イヒナジ》り、平田氏の玉襷《タマダスキ》にさへいと〳〵信《(うけ)》ずげにいひたり。[注1] 然れども、其ハ皆、好色《すきごと》の事によりて、淫奔《たはけごと》を勧《すす》むる媒《なかだち》ともならんかとてなんめれども、また一概《ひたすら》なる論なりと云べし。[注2]

[注1] ＝『玉襷』一之巻（p.32）に次の如き件がある（句読点は適宜改め、ルビの多くは省き、割注には【】を付した）。

（上略）、かつ詩歌管弦風流花奢に耽りし故に、淫乱の事ども多有《オホカリ》しこと、草紙物語ぶみの類を見ても知ルべし。物語ぶみの中にも、光源氏の物語は、作り物語なれど、当昔《ソノカミ》の淫乱なりし趣《サマ》、この物語のいたく行はれたるにても所知《シラレ》たり。【然れば古学せむ徒《トモガラ》も、暇あらむ時に、一通りは見るべし。然《サ》れど此《コ》を古学の要用なる書《フミ》のごと云ひ、此ノ物語なくては、物《モノ》の哀《アハ》れは知られざる如く云ひて、髭《ヒゲ》くひそらし男道《ヲヂ》なくも、読ふける人あるは、真のます荒男《ラヲ》の読べきふみ・為べきわざの多かる事を得知らず。鈴ノ屋ノ大人の玉の小櫛を、読ひがめたる故なりかし。心をつけて見よ。此物語を好み読む人、多くは容貌づくりに艶《ヤサ》ばみて、嗚呼《ヲコ》（烏滸）なるそぶり有る物なり。（下略）】

あるいは、同じく次のような件も見える（p.38 以下）。

そは伊勢物語に、むかし男有けり、歌はえ詠ざりけれど、世中を思ひ知《シリ》たりけり、と有るを按《オモ》へば、当時《ソノカミ》より、歌よむ人のみ、世中の哀《アハレ》は知りて、歌よまぬ人は世の事情にうとき物のごと、言ヘること知らる。然《サ》れど此《コ》は信《ウケ》られぬ事なり。然るは、近き世の歌作《ウタツク》りら、真《マコト》の古ヘ学する徒に、（中略）、古ヘの道の奥所《オクカ》にわけ入りて、物の哀を知ることは、歌をよく詠み得てこそ、と言ふなども信《ウケ》られず。そは、歌聖と聞えし彼ノ卿等《タチ》（藤原家隆・定家ら）すら君臣の道の大義に闇く、物の哀れに疎かるを、俗《ヨ》の歌作りら、よし歌をば尤々《ウベ〳〵》しく作り出《イツ》とも、豈《アニ》道の真《マコト》の哀れを知リなむや。（中略）。【然《シカ》るに鈴ノ屋ノ大人の此ノ卿たちの歌を甚《イタ》くめでて、力を入れてほめ称《タ》へ、此ノ卿たちの歌のみやびを感《メデ》ざる人は、真の宮比《ミヤビ》も知ざる人のごと、うひ山踏、玉勝間などに言《イハ》れしは、唯に其ノ詠口《ヨミクチ》の巧《タクミ》に面白きを云ハれしにて、其ノ真心《マゴヽロ》を感《メデ》られしには非《アラ》ざるなり。】

［注2］＝この後、本文二丁分ほど抹消されているが、その抹消部文は龍門文庫本に次のようにある。なお、この件は前掲佐佐木信綱「萩原広道の「物のあはれ説」」にも引かれている。

今また此レを弁《ワキマ》へてん。物のあはれといふことの解《トキゴト》ハ玉ノ小櫛《ヲグシ》に委《クハシ》く説尽《トキツク》されたれバ、今更《イマサラ》に何をかいはん。又其レを感ノ字に宛《アテ》ていはれたるも共《トモ》に相当《アヒアタ》れる事なるを、今またひとつ、忠恕ノ字に宛《アテ》て説試《トキコヽロ》むべし。さるハ、漢籍《カラブミ》中庸に、「忠-恕違《フルヿ》レ道《ヲ》不レ遠《カラ》、施《シ》二諸《ヲ》己《ニ》一而不《ズバ》レ願《ハシカラ》亦勿《レ》レ施《スヿ》二於人《ニ》一。」といへるハ、人も我も同《オナ》じ心のものなれバ、我願《ワガネガ》はしからぬことハ人も願《ねがハ》しかるまじけれバと、深《フカ》く思ひ遣《ヤリ》て、さる願《ネガ》はしからぬ事をば人に施《ホドコ》して為《セ》さすること勿《ナカ》れといへるなるべし。また論語に吾道《ガ》一以《テ》貫《ヌク》レ之《ヲ》とあるを、曽-参が其ノ門人に示《シメ》す語《コトバ》に、「夫-子《ノ》道《ハ》忠-恕而已矣《ノミナリ》。」ともいへり。これ、よき物のあはれの注釈《チウサク》なるべし【かゝる事に漢籍《カラブミ》を引出《キツ》るハいかゞしけれど、理《コトワリ》の違《タガ》ハぬことなれば、普《アマネ》く漢語《カラゴト》に耳馴《ミヽナレ》たる世ノ俗に聞え易《ヤス》からしめんとてのわざぞや】。朱喜が注に、「尽《ス》レ己《ヲ》之《ヲ》謂《ヒ》レ忠《ト》、推《ス》レ己《ヲ》之《ヲ》謂《フ》レ恕《ト》。」といひ、また、或説を引《キ》て、「中-心《ヲ》為《シ》レ忠《ト》、如-心《ヲ》為《ス》レ恕《ト》、於《テ》レ義《ニ》亦《タ》通《ズ》。」とも釈《トキ》たり。さるハ忠ハ中に従《シタガ》ひ、心に従《シタガ》ふ字なれバ、心ノ中にある誠実《マコト》の限りを尽す意《コヽロ》なれバ、尽《ス》レ己《ヲ》といへるにて、願《ネガ》はしからぬ事を人に施《ホドコ》さぬ心をいひ、恕ハ如に従《シタガ》ひ、心に従《シタガ》ふ字なれバ、己心《ワガコヽロ》の如く人の心を推量《オシハカ》る意《コヽロ》なれバ、推《ス》レ己《ヲ》とハいへるにて、我ガ心の如くなれバと深く思ひ遣る心をいへるなり。さて、玉ノ小櫛《ヲグシ》に又云《ク》、物のあはれをしるといふ事をおしひろめなバ、身をゝさめ家をも国をも治むべき道にもわたりぬべき也。人のおやの子を思ふ心しわざをあハれと思ひしらバ、不孝《フケウ》の子ハよにあるまじく、民のいたつき奴《ヤツコ》のつとめをあハれと思ひしらんにハよに不仁の君ハあるまじきを、不仁なる君・不孝《フケウ》なる子もよにあるハ、いひもてゆけバものゝあハれをしらねバぞかしといはれたり。此レを相照し見て物の感を知るといふハ、人ノ情《コヽロ》を識《シ》り、世態《ヨノシワザ》を推量りて我も人も同じ心のものなれバと深く心を遣《ヤリ》て感《カン》じつゝ、身《ミ》に染《シミ》てあはれと思ひ歎く意なれバ、彼ノ忠恕といへるに等《ヒト》しきを知《ル》べし。されバ孔子の貫レ之と云ハれしハ此ノ忠恕の心もて推貫《オシトホ》して物するばかりぞと曽参ハ云ヘるなりけり。然れバ好色《スキゴト》のすぢのミかは、君に事ヘ親に事ヘ民を憐《アハレ》ミ友《トモ》に交《マジハ》り、妻子《メコ》奴婢《ヤツコ》を慈《ウツクシ》む道も、皆此ノ物の感《アハレ》知る心一ッに篭《コモ》りて、毫《ツユ》も相違《アヒタガ》ふ事なかるべし。この故をもて本居先生ハ、不仁なる君不孝《フケウ》なる子も世にあるハ、云もてゆけバ、物《モノ》の感《アハレ》を知ねバぞかし、とハ云ハれしなり。

さて、好レ色［好色《スキゴト》］に係《カヽ》るすぢも、また一偏《ひたむき》にハ云ふべからず。人の妻《め》を想《おも》ひかけて身を亡ぼし、人妻《ひとづま》ながら想《おも》ハれて節操《ミサヲ》を失なひなどするが如き事ハ、誰《たれ》も善《よか》らぬ事ぞとハ思ひ知れども、其の想《おも》ふ心のいと〳〵せちに感《あはれ》にて、人の嘲弄《あざけり》・世の誹謗《ソシリ》を思ふハものかは、二ッなき魂緒《タマノヲ》の絶なん事をも先押出《おしいで》てものせんに、しバ〳〵聞きてハ物《もの》の感《あはれ》の身《み》に染《しみ》て堪《たへ》がたき事もあるハ、活《いき》たる人の情《こゝろ》のうへにハ必《かならず》あるべきおもむきなるを、物語などハさる細密《こまか》なる心のくま〴〵の感《あはれ》を見せ尽《つく》さんとて、殊更《ことさら》に正《まさ》なき好色《すきごと》のおもかげをも書きたるにこそあれ、此を実《マコト》は《に》世の準則《のり》と思はんハいとあぢきなく、其れを責詰《セメナジ》りて淫奔《タハケゴト》の媒《なかだち》と誹《そし》りたるも、又物の感《あはれ》のいみじきを得知《えしら》ぬなり。真《まこと》に今一と度立ちかへりて、しかいふ人の心の中をも顧《かえりみ》よ。心ハ常無《つねな》き物なれバ、日比《ひごろ》ハいかばかり健《タケ》く雄《ヲ》々しく理《ことわり》めかしく思ひたるも、さる境《さかひ》に向《むか》ひ当りてハ、さすがに黙止《モタシ》がたき念《おもひ》も俄然《ニハカ》に出来《いでく》る物ぞかし。さらんをりにハさる念《おもひ》ハ念《おもひ》として、なるべきほどハ堪忍《たへしのび》て、世の義理《ことわり》に違《たが》ハじと励《ハゲ》ミ思はんより外に、為術《センスベ》ハなきものなるべし。如此《かく》いはゞ、其れハ又いふかひなく雌々《めゝ》しき心にて、真《まこと》の大丈夫［大丈夫］・大倭魂《やまとだましひ》といふ物にハあらず、などもいはんか。さは俗《ヨ》にいはゆる人ゝそばへ（人戯へ＝人前で妙に力むこと）といふ物にて、聞《き》く人の前《まへ》にて強面《ツレナガホ》作《ツク》りて、偽言《いつはりごと》を吐散《はきちら》す類《たぐひ》とすべし。

玉の小櫛にまた云ク、

大かた人のまことの心の、おく［奥］のくまぐまをさぐりて見れバ、ミなたゞめゝしくはかなきことの多《オホ》かる物なるを、をゝしくさかしげなるハ、ミづからかへりみてもてつけ守りたるものにして、人にかたる時などハいよ〳〵えらびて、よさまにうハべをかざりてこそ物すれ、有のまゝにハ打いでず、たとへバいみじきものゝふの、君のため国のためにたゝかひのところにおきて、いさぎよく討死といふ事したるを物にしるさむに、そのしわざも心もまことに大丈夫［大丈夫］とかいふものにして、心のうちさこそをゝしく有けめとおしはからるゝを、それも其の時の心のおくのくまぐままでをくハしく書出《かきいで》むにハ、かたつかたには、さすがに故郷《ふるさと》の父母《ちゝはは》も恋しかるべし、妻子《めこ》のかほもいま一とたびあひ見まほしく思ふべし、命《いのち》もなどかすこしハをしからざらむ、これミな、かならずのがれがたき人のまことの情《こゝろ》なるを、大丈夫［大丈夫］ならんからに、さるめゝしき心ハ露《つゆ》も思ハずといはば、中々《なかなか》に心なき岩木《いはき》のたぐひなるべし、

といはれたる、真《まこと》に然《サ》る説《こと》なり。されバ、好色《すきごと》のすぢのミにハあらず、厳《イカ》く猛《たけ》き事にもまた物の感《アハレ》を知らざれバ、実に武《たけ》く潔《いさぎよ》き節操《みさを》も著《あら》はれざるべし。

其のしるしを一ッいはゞ、天正の比、下野の国佐野《さの》の城主佐野宗綱《さののむねつな》【小太郎といふ】が伯父《をぢ》に、天徳寺【名

ハ了伯】と聞えしハ、僧《ホウシ》ながら殊《こと》なる勇夫《ますらを》にてぞありし。或る時、琵琶《びは》僧《ほうし》を召《よび》て平家を語らせけるに、佐々木高綱《さゝきのたかつな》が宇治川《うぢがは》の先陣［陣］、那須宗高《なすのむねたか》が扇《あふぎ》の的《まと》をぞ語りける。天徳寺、つく〴〵と聞て涙《なみだ》に咽《ムセ》びしを、側《かたへ》に仕へし者ども不審《いぶか》しく思ひて、其の故を問ひしかバ、天徳寺いたく驚《おどろ》きて、今までバ［までハ］各《おの〳〵》をたのもしく思ひたりしに、今の一言にて力《ちから》を落《おと》したるぞとよ、先《まづ》、佐々木が事をよく心にうかべて見られよかし、右大将【頼朝】舎弟の蒲《カバ》ノ冠者《くわんじや》にも賜ハらず寵臣《ちようしん》の梶原《かぢはら》にも賜ハらぬほどの、生唼《イケズキ》【馬ノ名】を高綱《たかつな》に賜ひしにハあらずや。其のかひもなく此の馬にて宇治川の先陣［陣］せずして人に先《せん》ンをこされなば、必ず討死して再《ふたゝ》び帰《かへ》るまじと暇乞《いとまごひ》して出たる志、あはれならざる事かは、とてしば〴〵涙《なみだ》を押拭《おしのご》ひ、暫《しばら》くありていひけるは、那須《なすの》与一も人多き中より選《えら》ばれて、只一騎陳［陣］頭に出しより、馬を海中に乗入《のりい》れて的《まと》に向ふに至るまで、源平両家ノ鳴《なり》をしづめて見物す、もし射損《いそん》じなバ味方の名折《なおれ》なるべし、馬の上にて腹かき切りて海《うみ》に入らんと思ひ定めたる心を、察《さつ》し見られよかし、弓箭《ゆみや》とる道ほどあハれなるものハあらじ、我ハ毎《いつ》も戦場に臨《のぞ》ミてハ、高綱《たかつな》・宗高《むねたか》が心にて鎗《やり》を取るゆゑに、右の平家を聞く時も両人の心を思《おも》ひやりて落涙にたへざりき、然るに各《おの〳〵》ハあハれになかりしとや思ふに、各《おの〳〵》の武辺《ぶへん》ハ只《たゞ》一旦［一旦］の勇気にまかせて、真実より出るにてハなきにやと思はれたり、それにてハたのもしからず、と歎きけるといふ事、常山紀談（前掲、湯浅常山著）・駿台雑話（5巻5冊、室鳩巣著、享保17年自序）などに記るしたり。此れにて、厳《いか》く武《たけ》き事にも物の感《あはれ》を知らざれバ実《まこと》の武辺《ぶへん》ハならずといふ理《ことわり》を思ふべし。

【此類の事、世々の物語どもにもいと多く見えたれど、さのミハうるさくてこゝに贅《もの》セず。准《なぞら》へて知るべし。近来《ちかきころ》、赤穂《あかほ》の浅野《あさの》殿のために仇撃《あだうち》したる士の中に、横川勘平といへる人あり。彼ノ夜篭《ヨゴミ》の事定まりける頃、故郷《ふるさと》の知音《シルベ》の方へ贈《おく》りし書《ふみ》とて、見たる事ありき。初メにハ、夜篭《よごみ》の事も定りぬれバ近きうちに事あるべし、さらバ人々に逢見《あひみ》ん事も限《かぎり》なるべし、年ごろの情《なさけ》をつく〴〵と思ひ出れバすゞろに落涙に堪《たへ》ざるよしを書て、さて其の次の詞に、「然れども落涙ハ武士の常に候、事に当りてハ唐士の樊会（樊噲）・鎮西八郎（為朝）殿にも劣《おと》るまじくと存候、其段ハ御安心可被成候。」とやうに書たり。これにて其人がらを思ふべし。落涙ハ武士の常に候と書きたる条ハ、実《まこと》に物の感《あはれ》のいミじくせちなる処《ところ》にて、深《ふか》く思ひ入りたる志著《いちしろ》く聞ゆ。げに事とあらん時にハ、鎮西八郎殿にも劣《おと》るまじくぞ想像《オモヒヤラ》るゝ。おほよそ実録《まことのふみ》ハさらなり、はかなき草紙《さうし》物語を読《よ》ミ、或ルハ浄瑠璃狂言など、いはけたる物を見も聞もして、忠孝《まめやか》なる人の子《こ》・人の臣《やつこ》の、いミじき物の感《あはれ》に感《かん》じてハ、寓言《よそへごと》・虚談《そらごと》を問はず、そぞろに泪《なみだ》のはぶれ落ちつゝ、声さへ打くもりて咽《むせ》ぶめるハ、人の情のさりがたき処にて、此れに感ぜぬハ忠孝の志なき人なり、と或人《あるひと》のいへるハ、実《まこと》にさる説《こと》とこそおぼゆれ。いたづらに仏説《ほとけごと》の妖言《およつれごと》をきゝて漫《ソヾロ》に泪《なみだ》ぐむ、愚人《しれもの》の類ひにハあらずかし。】

然れバ、何事にも〳〵物《もの》の感《あはれ》のいみじさのミぞ捨《すて》がたきものハ、又無《なか》りける。さて、此の物の惑［感《あはれ》］とつゞきたる詞《ことば》ハ、いと古き物にハ見えず。されども、其の感《あはれ》なるよしハ、神世《かみよ》に天照大御神《あまてらすおほみかみ》の須佐之男《すさのをの》命の転《うたて》ある御所為《みしわざ》を咎《とが》めずて詔直《ノリナホ》し給へる事を始めとして、今の現《うつゝ》に絶《たゆ》ることなし。此なん道を学《まな》ぶ者の主《むね》と意得べき用意《コヽロシラヒ》にハ有ける。【（この後、割注数行分抹消）［注］】

［注］＝抹消部分は、龍門文庫本には「漢国にハ、彼ノ孔子の忠恕を初メにて、つぎ〳〵に其すぢをバ厳しく教へたる類ヒも見えしらがへど、実《マコト》ハ其ノ事を尽《ツク》したる状《サマ》の少《スク》きハ、例の浮薄《ウハキ》なる国がらによる故なるべし。我ガ国ハ、あるが中にも感《アハレ》をふかく知る国ぶりなるに、中昔よりハ人の用意《コヽロシラヒ》に取たてゝ、物の感《アハレ》をもてはやされしハ、万ノ国ニ勝《スグ》れて美《メデ》たき事なり。」とある。

さて、其の物の感《アハレ》の用意《こゝろしらひ》のあるやうを、なほ詳《くは》しく知らんとおもはゞ、本居先生のいはれし如く、源氏物語などを読《よむ》に及《シク》ハなし。人の情に必《かならず》思ふべき状《さま》の事を、内より推量《おしはかり》て書たる物なれバ、尋常《よのつね》の記録《シルシブミ》の外方《ウハベ》を書たるとハこよなくて、心の曲々《クマ〴〵》を微細《こまやか》に知るに足《た》れり。然れども、彼れハいと〳〵上《かみ》ざまの人の、昔の好色のありさまをいへるなれバ、貴賤《たかきいやし》き分限《ホドホド》につけて、さながら心得てハ大《いた》く違《たが》ふ事も出来べく、よくせずハ、はて〳〵ハ身《み》の驕奢《おごり》を増《ま》し好色《すき》がましき媒《なかだち》とならんことも、決《ウツ》く無《ナ》しとハ極《きは》むべからず。されバ、己《おのれ》と身《み》の分限《ほどほど》を顧《かへり》ミて、其のすぢをバ強く警《イマシ》むべし。是、物語《ものがたり》を読む用意《コヽロバヘ》なり。また、其のむかし漢様《からざま》の御制度《みさだめ》なりし時ハ、さてもよかりし事の、今の御世の光景《ありさま》にてハ、さハあらず聞ゆる事どもゝあり。此の差《けぢめ》をも意得おくべきなり。

譬《たと》へバ、十訓抄などに出されたる祭主三位輔親《すけちか》の朝臣の家なる軒端《のきば》の梅《うめ》に、朝毎《あさごと》に鶯《うぐいす》の来《き》て啼《なき》けるを珍《メヅラ》しがりて、当時《そのとき》の歌よミたちを集《ツド》へて聞ゕせんとせられたる条《クダリ》に、伊勢武者《いせむしゃ》の宿直《とのゐ》して有けるに、かゝる事あるぞ、人々わたりて聞むずるに、あなかしこ（決して）鶯打《うぐいすうち》などしてやる（行かせる）なと云ひけれバ、此ノ男《ヲトコ》なじかハつかはし（帰し）候《サブラ》はんと云《フ》、云々。【かくて待《まて》ども待《まて》ども、鳴《なか》ざりければ、】此ノ男をよびて、いかに、鶯のまだ見えぬハ今朝《けさ》ハいまだこざりつるかと問ひ給へば、鶯のやつハさき〴〵よりもとく参《マキ》りて侍《はべ》りつるを、帰《カヘ》りげに候《サブラ》ひつる間《アヒダ》、召《メシ》とゞめて候ふといふ。とゞむとはいかにととへバ、取《とり》て参らんとて立ちぬ。心もえぬ事かなと思ふほどに、木《き》の枝《えだ》に鶯をゆひ付けてもて来たれり。大かたあさましとも云フばかりなし。こハいかにかくハしたるぞとゝへバ、昨日《キノフ》の仰せに、鶯やるなと候ひしかバ、いふかひなくにがし候ハゞ弓矢取身《ゆみやとるみ》に心うくて、じんどう（神頭＝鏃《やじり》の一種）をはげ（矧《は》げ＝弓に矢をつがえ）ていおとして侍《はべ》ると申けれバ、輔親《すけちか》も居集《キアツマ》れる人々も、あさましと思ひて此ノ男の貌《カホ》を見れバ、脇《ワキ》かいとりていきまへひざまづきたり。祭主、とく立チねといひけり。人々をかしかりつれども、此ノ男のけしきにおそれてえわらハず。ひとり立ちふたり立ちて、皆かへ［帰］りにけり。興さむるなどハこともおろかなり【此の段《くだり》長《なが》かりしかバ文《コトバ》を略《はぶ》きて引きたり。いきまへとある詞ハ、睨《ニラ》まへ・踏《フ》まへなどのまへと同じく、ミと云フを延《のべ》たる如き詞なるべし。息《イキ》まへハ息ざしの烈しきをいへるにて、今いきミといふに同じ。（＝線は原文では□）】とある文意《コトバノコヽロ》を按《おも》ふに、いと情《コヽロ》［情《ナサケ》］無《ナ》く風流《ミヤビカ》ならぬ状《サマ》をあバめられたる（馬鹿にする）意《こゝろ》聞えたり。然れども、今武士《もの丶ふ》の上へよりいはゞ必しもさハあらず。此の伊勢武者《いせむしゃ》いかなる人なりしかハ知られねどいミじき弓取《ゆみとり》なりといふべし。［注］神頭《ジンドウ》に彀《カク》るばかりの鶯をあやまたず射て落したる弓矢の芸《ワザ》なミ〳〵の事ならねバ、さし当《あた》りて興なきハさるものなれど、あゝ射たりや、とて引出物《ヒキデモノ》を賜《たま》ふべきものなるべし。

［注］＝この上欄の頭注は白紙貼付され抹消されている。それを龍門文庫本で補えば次のようである。

神頭といふ物詳ならず。文字は磁頭・鏃頭・矢頭などさま〳〵に書たり。伊勢貞丈主の四季草にハ、鏑矢・引目などハ中を虚にくりて作るを、神頭ハ中をくらず作りたる鏑をいへるにて、実頭と云義なるべきやうにいはれたれど、古書どもに出し様、物を殺さぬやうに射る時にのミ用る事と聞えたれバ、なほさにハあらじ。中をくらぬ鏑なりとも、射中たらバ必疵つき通るべきをや。案に、備前国児嶋郡下津井のあたりにて、正月の頃、童児の戯に弓矢を作りて橙実《ダイ〳〵》を糸にてつりさげて、其を的にて賭弓の如きわざくれをす。その矢の頭《サキ》にさす物をヅンドウといへり。細き竹を、一節おきて三五寸ばかりに切り、其を四ツに割かけて、（図略）、如此したる其さきを引ひろげて、一寸四五分ばかりなるいと細き割竹《サキタケ》の削りたるを、十文字にはめ置て射る也。射中る時ハ、彼割竹ハ飛ちりて、割かけたる鏃にて橙実を挟ミて止るなり。（図略）。されバ、ヅンドウハ即てジンドウの訛りたるなるべし。されば物を殺さぬやうに射捕などせんにハいと便よき物なるべし。軍記に金磁頭といふ物の見えたるハ、鉄にて製りたるなるべし。名も慈頭の意味にて物を殺さぬ故にいへるにやあらん。猶考ふべし。

［また］事状《コトノサマ》のをこめきたるを按《おも》ふに、此の伊勢武者《いせむしゃ》さバかりの白癡《シレモノ》にもあらざるべきか。譬《たと》へバ然《さ》ばかり風雅《みやびか》なる事を知りたらんにもせよ、いつも〳〵感《アハレ》しらぬ者とし軽《アナツ》られて、あなかしこ鶯《うぐひす》やるななどいはれんに快《こゝろよ》く諾《ウベ》なふやうやハあらん。されバ、空惚《ソラボレ》して射《い》て落《おと》し人々に興さまさせてんと思ひしに

もあるべし。脇《わき》かいとりて息《いき》まへひざまづきたりとある状《さま》、再《ふたゝ》び笑《わら》ハれなバ太刀《たち》の柄《つか》に手《て》もかけつべき形勢《イキホヒ》見るが如し。かくさまに深《ふか》く思ひ入たりしにこそ怖《おそ》れて得わらはれざりしなンめれ。実《まこと》に若然《もししか》りしならバ、祭主を初めとして人の情のおもむきを知れざりし事の甚《はなはだ》しともいふべし。むげの田舎人《ヰナカウド》ならんからに、さバかりの物のけしき得見別《えみわか》ぬ者やハある。況《まして》やかばかり弓矢《やみや》の道《みち》にかしこき武士《ものゝふ》なりしをや。

総《すべ》て中昔《なかむかし》の頃《ころ》ハ、武士《ものゝふ》をバ大《いた》く劣《おと》しめて物の感《あはれ》知ラぬ一種《ひとくさ》にかき算《カゾ》へられつゝ、虎狼《とらおほかみ》にも比《たぐ》へつべく思ひなされたりしハ、いとも〳〵歎《なげ》かしき事どもなり。実《まこと》に弓箭《ゆみや》取《と》るうへの物の感《あはれ》ハ、天徳寺のいはれけんやうに、並々の感《あはれ》にハあらず。物の感《あはれ》の極《きはみ》とこそおぼゆれ。此魂《たま》の緒《ヲ》の絶《たえ》もはてなバ、君《きみ》といひ臣《やつこ》といひ父《ちゝ》といひ子《こ》といふ物も有るにか無《なき》にか、測《はか》りも知られぬ命《いのち》ひとつを、雨《あめ》と降来《ふりく》る矢鏃《ヤリキ》に懸《かけ》て、君《きみ》の御ン為《ため》、祖《おや》の為《タメ》と思へバこそ、怨ミ［怨《ウラミ》］もなき人に取合《とりあひ》て、撃《うち》も撃《うた》レもするにハあれ、さりとて木石［石木《イハキ》］にしもあらざれバ、父《ちゝ》もあり母《はゝ》もあり妻子《メコ》もあり奴婢《やつこ》もありて、離《はな》れがたき絆《ホダシ》の多かンなるを一偏《ヒタスラ》に思ひ絶《たえ》て、さりげなく出立ちてゆく物の感《あはれ》ハ、千万《ちよろづ》の書《ふみ》を居《ゐ》がら読て、昔今《むかしいま》の事を空《あだ》に談《かた》らひ、月《つき》を賞《めで》、花《はな》を翫《もてあそ》びて、春の日ぐらし秋の夜すがら嘯《ウソブ》きありきつゝ、女を想《おも》ひ世を憾《カコ》ちなどせん物の感《あはれ》と、いづれぞや。縦令《よし》其れもはれ《（ママ）》、とまれかくまれ、貴《たかし》といひ賤《いやし》といひ文［文］といひ武［武］といふ身《み》の分限《ほど〳〵》に従《したが》ひて、物の感《あはれ》の趣向《オモムキ》もまた差《ケヂメ》ある事とハ知ルべし。それより次次に平民《たゞうど》の上へまで皆なしかり。

されバ何の物語を読《よま》んにも、ひたすら其の文章《ふみことば》のけしきにハ拘《かゝは》らで、己々《おのれ〳〵》が今日《けふ》のうへに引き比《くら》べて、人の情のおもむく末々《すゑ〴〵》を必《かならず》細《こま》かに思ひ量《はか》るべきなり。これ即《やが》て自警の教などもいふべく、彼ノ後儒の説に対《むか》へてハ、心術・心法［心術・心法］などいひもしつべしや。【唯書《たゞふみ》をよむうへのミにはあらず、日毎《ひごと》に出来る万事のうへにも、深《ふか》く心を及《およ》ぼし留《とゞ》めて、物の感《あはれ》のいミじきを見聞て、身に染《シミ》て思ひ量《はか》り考がへ弁《わきま》ふるなん、近《ちか》く身に受《うけ》て、義理《ことわり》を知る術《わざ》なりける。おほよそ、事《こと》の出来ぬうちより理を推究《おしキハメ》て、あらかじめ如是《カク》為スべしとやうに、教《をし》へ訓《みちび》きたる説ハ、うち聞くにハ信《ゲ》にさこそと聞ゆるものなれど、日毎《ひごと》に出来る千万《ちよろづ》の事ども、さながら教へられたる如くにハあらぬ物なれバ、其の境《さかひ》にむかひてハ甚《いた》く違《たが》ふことあるものにて、さして其のかひなきものなり。はかなき草紙物語をも心にいれてよく見通《みとほ》し、日毎《ひごと》に出来る千万《ちよろづ》の事にも心とゞめて物せん方ハ、いふかひなきが如くなれども、自然《おのづから》に物の感《あはれ》の身に染《しみ》て、我が心より思ひ発《おこ》す事あるものなり。此理《ことわり》を知ぬ人ハ、厳《いかめ》しき教訓といふ物なくてハ、世俗《よのひと》ことゞゝく悪《あし》き人となりて、一と日も過《すぎ》ざるやうにさへいふめり。此事ハ別《こと》に委き論あれど、煩《ほづら》しけれバ例のもらしつ。（以下十行余の割注抹消）[注]】

［注］＝抹消され割注の削除部分は、龍門文庫本によって補えば次のようである。なお、冒頭「上ニ引ヶる皇朝古道学の弁書に、云々」とある「上」とは、「歴朝の沿革」の章。

上ニ引ヶる皇朝古道学の弁書に、殊に教訓と申すものハ、実事ほど人の心に深く染《シマ》ぬものに御座候。其ハ近く申さバ、武士の心を勇《イサ》めるに、軍に出てハ先駈《サキガケ》せよ、人に勿後《ナオク》れそ、引く軍にハ先キに勿立《ナタチ》そ、後れて引クべし、と記ルし候教訓の書を読マせ候よりハ、古ヘの勇士たちの高名の実事の軍書を読マせ候かた、深く心に感じ入候て、我も昔の誰々《タレ〳〵》が如くならむ、と猛心起り候へども、教訓の書にてハ、さまで慷慨の志ハ興らぬものに御座候云々とて、孔子の語に、我欲《スルニ》レ載《ント》二之《ヲ》空-言《ニ》一、不レ如レ著《ハスニ》二之《ヲ》行-事之深-切著明《ナルニ》一也、とあるなどをも引カれたり。此論よく情実を得たりと云べし。

さて、元亀・天正の頃の武士《もの〻ふ》の光景《ありさま》を考るに、世間《よのなか》久しく乱《みだ》れて、書を読《よみ》て義理《ことわり》を識《し》る学問《ものまなび》あらざりければ、唯猛《たゞたけ》く強《こは》き事を主《むね》として、聊《いさ〻か》も後《おく》れを取《とら》じと励《はげ》ミたるのミの事なりしかば、甚心得《いとこ〻ろえ》の道に合《かな》ハぬ事どもゝ所見《みえ》しらがへど、さハ其の時の自然《おのづから》なる習俗《ならはし》なれバ強《しひ》て論なく、却《かへり》てハ理《コトワリ》ハ理として、さる意地《イヂ》の殊勝《すさう》に覚《おぼ》ゆる節《フシ》も所見《みえ》たり。今の大将軍家の御世《みよ》の初メまでもなほさる風俗《ならはし》なりけるハ、乱《みだ》れりし世に遠《とほ》からで、其の余波《なごり》の失《うせ》やらねバなり。このころの大御世となりてハ、一向闘戦《ひたすらたゝかひ》の事ハ絶《たえ》はてゝ、如是《カク》穏《おだ》やかに辱《かたじけな》き形勢《ありさま》なれバ、武士等《もの丶ふたち》の心得も其の昔《むかし》のやうに、荒々《あら〱》しきばかりにてハ事ゆくべからず。其れも猶《なほ》、鎗《やり》一本鎧《よろひ》一領ばかりの士より已下《しも》ハさてもよかゝめれど、其の君の御ン代官として民《たみ》をも治《をさ》め人をも役《つか》ひ、財《たから》用を掌《し》り訴訟《ウタヘ》を判《わか》ちなどせんすぢの人々ハ、武道《たけきみち》の事ハ云《いふ》までもあらず、暇《いとま》の間《ひま》にハ書《ふみ》を読《よみ》て、物事《ものごと》の条理《スヂコトワリ》・世間の情態《コヽロシワザ》、総《すべ》てハ人の情のおのづから趣《おもむ》く末々《すゑ〲》を細密《こまやか》に考へて、物の感《あはれ》の大《いみ》じきを知尽《しりつく》さるべきなり。此れを知らざれバ、いかばかり猛《たけ》くもあれ、いかばかり理《ことわり》を知てもあれ、事に臨《のぞ》ミてハ案外《おもひのほか》なる空譚《むなしごと》と成りゆきて、俄《にはか》に為術《センスベ》なき事どもも必ずあるべし。されバ、先《まづ》此の理《ことわり》をむねと思ひて、物の感《あはれ》知るを学問《ものまなび》の大なる基本《モトヰ》とすべし。

さて、此段《くだり》は、後の儒のいはゆる心術・心法［心‐術・心‐法］などいふ説に耳馴《みみなれ》たる世俗《よのひと》ども、我が国の教にハ心の沙汰《さた》なくてなど論《イハ》んかとて、彼心法・心術［心‐術・心‐法］のごとき空譚《むなしごと》にハあらで、まぢかく掲焉《イチジル》き理《ことわり》のあることをいはんとて書き出たるなり。されど、広道が新《あらた》に作《つくり》り構《かまへ》へたる事と、勿《ナ》ゆめ〱思ひそ。悉《こと〲》く古への書《ふみ》に所見《みえ》たる趣《おもむき》を、先師たちの語《ことば》に引当て云へるなれバ、皆古への道と思ふべきなり。凡《すべ》て我皇国《わがみくに》にハ、こと〲しく物事に名《な》を命《つけ》ていふことなかりしかバ、何事も漢国《からくに》の外にハ教《をしへ》も道《みち》もあらざるが如く思ふめれど、人をはじめて山川草木鳥獣魚虫《やまかはくさきとりけものうをむし》の類ひまで何国《いづく》も同じ有様《ありさま》なれバ、あらゆる理のなどか無らん。たゞ言痛《コチタ》く論《イ》ふと然《しか》らざると、名《な》を命《つく》ると命《つけ》ざるとの差別《ケヂメ》なりと知るべし。其の上、初発《ハジメ》にもいへる如く、教訓といふ事の厳《イカメ》しく興《おこ》れるハ、道の廃《すた》れたる故なれバ【大道廃《すた》れて仁義有《あ》りと老子の曰《いひ》けん思ふべし】、彼の名《な》を命《つけ》たる教訓ハ実《まこと》にハ大《いた》く劣《おと》れることを知て、神随《カミナガラ》の道のいみじく尊《たふと》きを惟《おも》ふべし。是本教の主意《ムネ》とあるべき事どもなり。

◇本教提綱　下　（「本教提綱」第三冊目表紙）

（本文）

# 本教提綱下之巻　　備前　萩原広道述并自註

## 7　大古の御制度今の世の御制度に近き説

本居先生の玉鉾《タマホコ》百首に、「今の世ハ今の御法《ミノリ》を背かぬぞ神のまことの道にハありける」[注]とよまれたり。

［注］＝『玉鉾百首』に見えるのは「今世者《イマノヨハ》今能美能理《イマノミノリ》袁《ヲ》畏《カシコ》美弖《ミテ》異志伎《ケシキ》淤許那比《オコナヒ》行《オコナフ》勿《ナ》由米《ユメ》」と言う歌で、広道の引くのとは、一、二句だけ同じで後は全く異なる（『玉鉾百首』からは先〈p.224［注1］〉にも引かれていたが、ここのは違いが激しい）。本居大平の『玉鉾百首解』（『増補本居宣長全集第十一』）にも「今の世はいまのみのりをかしこみてけしき行ひおこなふなゆめ」とあり、例えば「けしき行ひ」に就いては「異なる行ひなり、世俗通例ならぬ、異風異体の行ひなり」などと解かれている。広道の挙げた歌もいかにも『玉鉾百首』に掲出されていそうな歌だが、何か他の歌とも紛れたか。

此にて、一身《ミヒトツ》一家《イヘヒトツ》ばかりの己《オノ》がじゝハ何のむつかしき事もなければ、いはゆる身を脩め家を斉ふる道をバ姑く置て、【われ人家にある心しらひハ、父母によく事へ、妻子奴婢らを慈愛《イツクシ》ミ、さて上ミの法令《ミノリ》を慎《ツヽシ》ミて家業《イヘノナリ》を務《ツト》むるばかりの事なり。これらハ法令《ミノリ》に具《ツハラ》に記ルされたる事どもなれバ、下モたるものハそれに違ハじと行ふのミにて、別にむつかしくいふべきふしハなきことなり。】唯国を治め天下を平にする学ビの、我本国の古道の、今の大御世にひた〳〵うち合ヒていみじき由を、かつ〴〵も称さんとす。然れども、其はた其事ハ如此様なるが道ぞなど申さバ、下が下たる賤しき身として、おふけなくも天下の御政を議し奉るに似て、いともいとも恐く憚ある事なれバ、さし出てハいかでか申さん。是即て我上古のみちなれバなり。

　されども、近来ハ広く天下の人に物言せて、普く聞召集めさ（ママ）せ給はんとにや、辱くも御為として思ふ旨もあらバ、下が下に至るまで包まず申出ね、など聞ゆる御令どもを承り、尊さに徒《タヾ》にも得あらで、我上古の御制度の、今の御世の御制度に相合ひてめでたきよしばかりを、恐《カシコ》ミ恐ミも称《タヽ》へ奉るなり。【かくいふを、例の生漢心なる人どものきかバ、さハやがて今世に諂ひて其を基として身の為にせん意なり、などいひて譏りもせんか。げにそれも一トわたりハさる事のごとくなれど、時にも人にもよるべきなり。予ハたゞかくめでたき大御世に生れあひて、かく飢ず寒えぬ辱さに、世の為になることしもあらバ、と思ふばかりなるハ、天神たちにも誓ひつべし。よしそれも又とまれかくまれ、其国の御民として其ノ世のめでたさを称へ奉らんに、何のひが事かハあらん。】

　いでや、上古の御制度のありさまハ上巻にかつ〴〵記しし如く、かけまくも恐き大御うへは申奉るも更なり、まぢかく仕奉り給ふ御臣等より平民にいたるまで、各《オノ〳〵》其祖神《ソノオヤガミ》の伝のまゝに、家々の職業《ナリワザ》をむねとして、幾世経れども革《あらた》め移さるゝ事なく、殊にハ物部・大伴の武夫の武業《タケワザ》を尊び給ひて、つゆ虚飾なる事などハおはせざりき。【此事委しくハ、上古政跡考に云。孝徳天皇の御世よりこなたハ、漢国郡県の制を摸《ウツ》し給へる御制度なりしからに、大《いた》く其さまの違へりし事、上にいへればこゝにハ略く】。

　然るに、東照神祖ノ命、賊《アダ》どもを撥《ハラ》ひ平《たひらげ》給ひて、食国《ヲスクニ》の政事を執奏《とりまう》し給へるよりこなた、大名とある御うへどもハ申も更なり、御旗本の御士たち、さてハ大名たちの御家臣より次々諸職の平民に至るまで、又各其家を世々に伝へて、家業をも更め替らるゝ事なく年を歴る中にも、官にある士の限ハ乱世の姿を改められず、長き短き剣《ツルギ》を帯て暫くも身を放つことなくてハ、御ン大事とあらんをりハさるからにも馳出べきやうに武道を押立給ひへつるハ、上古の御世に天下おしなべて太刀弓矢《タチユミヤ》を帯て武術を要とし、殊にハ物部・大伴・久米・佐伯の武士たちを大く尊び給へるにいとよく合ひたる国風にて、文弱《カヨワ》き蕃国《ミヤツコグニ》どもの仰《アフ》ぎ畏み奉る所以なりけり。

さてまた、上古朝廷に近く仕奉る伴造《トモノミヤツコ》たちハ、【伴造とハ、中臣・忌部《イミベ》・猨女《サルメ》・物部・大伴などのごとく、其ノ伴《トモ》部の氏人を率て仕奉る類をいふ。今ノ世の諸役・諸奉行のごとし。】今ノ世定府といふ事の如く、大かた都下《ミヤコ》にのミ家居して仕奉られたりと見ゆるを、諸国に在て百姓どもを領掌《シリヲサ》むる国造たちハ、【国造《クニノミヤツコ》とハ、国造・県主《アガタヌシ》・公別《キミワケ》・稲置《イナギ》・村主《スグリ》の類ヒを云フ。今ノ世に大名小名といひ、或ハ十万石以上五万石以下などいふことの如し。さて、其国の大キさ小サさなどハ、古と今とこよなき差《ケヂメ》あることなれど、其国ながらに賜りたる事ハ、今の大名と異なる事なし。されバ、日本紀に国造などになさるゝ時にハ封ノ字をかゝれたり。もろこしの上古にも、公・侯・伯・子・男などいふ称ありて、全く同じおもむきなりき。】各其国に居て我民どもを治められたるが、此はた何れも家を世にして其土地《トコロ》を全《モハ》ら領《シラ》れたりき。今の大名たち御旗本たちも、上より賜りたる土地をバ全ら我有にして領《シリ》給へると全く異なる事なし。【但し、昔ハ大倭《オホヤマト》ノ国ノ造・志貴県主などいへバ、大倭国志貴県をみながら領られたるを、今ノ世にハ大なるハ二タ国三国をも并《アハ》せ領《（し）》り、小きハ一ト国をいくつにも割分《サキワカ》ちて領られたるハ、郡県ざまの時のまゝに天下を六十六国に分ケられたるまゝなれバなり。是古今の差メなり。これらの委しき事も上古政迹考にいふ。】これなん、天津神代の時に高天原にて、皇神等《スメカミタチ》の神議《カムハカリ》に議り給へる道の理にてありければ、【神武天皇の御世よりこなたに見えたる御制度のおもむきハ、天照大御神、高皇産霊神の御前にて思金《オモヒカネ》ノ神、八百万《ヤホヨロヅ》の神タチの神議に、議《ハカリ》に議リ定め給へる御制度なるよしハ、巻首に云ヘるが如し。】即て天津大御神等の御心に宜《カナ》ひたる験ハ遠く比喩《（たとへ）》を取までもなく、此二百余年が間の大御世のかく穏《オダ》ひに治まりはてゝ、上古にも外国にも聞も伝へぬ美たき光景なるにて、証《アカ》し知べきなり。【これハた、世に諂ひたる（この後二字抹消）にハあらず。試に和漢の史どもを考へて、其ノ世ハ然有とさしてもいへ、大かたかばかりめでたきをりハ有ことなく、此年間《トシゴロ》にハ飢饉《イヒウヘ》・疫癘・洪水・旱魃の類ハいふもさらにて、闘争を起しては世を騒がし、軍兵を動かしてハ人を誅ひなどかき絶て、百年と記さる事ハなきにておもふべし。そのうへ、万の食物・衣物・器物、何くれと足ハぬ事もなく、日となく夜となく咲ひ楽しびて世を終るハ、実にありがたく忝《カタジケナ》き事にハあらずや。彼漢国人の口号《クチズサミ》にする周ノ世の八百年・漢世の四百年も、半ハ乱世なりしさまハ、其史に記ルして著きものをや】

然れども、此ハ国風《クニブリ》の大体《オホカタ》にて、細微なる事にいたりてハまた上古とハ異なる差別《ケヂメ》もあるハ、時勢の押移りたるなれバ必ズ然らではかなはぬ理なり。それハ、先推古天皇・孝徳天皇の御時より、久しく用ひられし漢土ざまの制度《オキテ》礼式《キヤワザ》の心習《コヽロナラヒ》に世ノ人漢国の道を主と覚えたる世なれバ、御法度の文詞《フミコトバ》なども専ら彼ノ教に依せ給ひて、文武忠孝を励し云々とやうに掟させ給へり。さりながら其ノ大意《オホムネ》ハ、唯よく君に事へよ親に莫《ナ》逆《(さか)》ひそ、文を読め武を莫怠《ナオコタ》りそ、と宣ハする御意《ミコヽロ》なるを、さし当りてしか心得易くおもむけ給へるなれバ、彼此竟に異なる事なし。さるハ、上古ハ不忠不孝なる人の稀なりけれバ、しか厳しく教へさせ給へる跡の見えぬにてこそあれ、実にさる悪人のあるをさて捨置せ給ふべきやうやハあらん。但し此ハ、法令を予《アラカジ》め出ダし置てさる悪人無らしめむとせさせ給へると、時に臨ミてほど／＼に刑《ツミナ》ひ給へるとの差にて、古と今と御制度の違へる所なり。

さてまた、上古ハ、其家ながらに其職《ワザ》を伝ふれバ、其事の委しき教説ハ各其家にて子孫に伝ふるのミの事と見えたるを、今ノ世ハ、職をバ役と称《トナ》へて其号《ナ》どもを設け置給ひつゝ、時に臨ミて其役に堪ぬべき人を撰びて任《ヨサ》し給へるも、又趣異なり。これハ、後世の習として然せざれバ、上古の如く其家ながらに伝へたる其職の教説のあらねば、たま／＼才智なき人或ハ心邪《ヨカラ》ぬ人などの職に任《マケ》て、其事を執バ案外なる僻《ヒガ》事も出来て世の煩ひとなる事もあれバ、其を憐ミ給ふ御意として、しか定め給へるなれバ、中／＼に大じき仁恩と称すべし。然れども、なほうち／＼ハ其職に転《ウツ》るべき家々も大概ハ定れる如くなりて、父の任《ヨザ、(ママ)》されたる職をバ其子も襲《カサ》ねて継るゝやうなるハ、さハいへど、氏姓を尊《タフト》び重むじて職ながら家を世に伝へたる自然の国風の、然らしむる故なるべし。されバ、さバかりに定め給ひし郡県の御制度も、やう〳〵に世々を歴てハ、摂家と申し清華と申し、名家・羽林云々の御家々（中世以降の公家の家格）のいつとなく自然に定まり給へるにハ并せて、風土の習俗の争ひがたきおもむきを知べきなり。【習俗とは、巻首にいへるごとく、一郡一国の人々の心を押平《ナラ》し譲りあひたる其土《トコロ》につきたる自然の風をいふ。】

さて、其職役に任《(まけ)》らるゝ人ハ、公儀の大役ハ申も更なり、末々諸大名の臣《ヤツコ》に至るまで各々様々の職々あるを、一職に一人といふやうにハ非ずして、他の職役をも兼て掌《シ》り又転《ウツ》されなどする制なれバ、武道の事ハいふにも及バず、かたハ学問して世の光景《アリサマ》をも知るべき事なり。されバ其を導く為に教訓《ヲシヘ》といふ事も又、今にてハ有べき理なり。【教訓といふことハ、巻首にいさゝか云へるごとく、皇国の上古にハ朝廷の御令の外に、別にさる事ハなかりしなり。漢国の上古もしかなん有ける。さるを、別に教訓といふ事の出来りしハ、実にハ道の衰へたると、西戎の仏教の蔓りたるゆゑに依る事、上に云へるが如し。皇国にして教訓の起りしハ、漢国の道を用ひ給へるよりのことなりき。】其教訓《ヲシヘ》のやうハ次の条々《ヲヂ〳〵》に詳に云べし。是、所謂《イハユル》本教の要とある事どもなり。

さて、其皇国《ミクニ》の風土に宜へる神随《カムナガラ》の御制度の、今ノ世の御制度にひた〳〵と打合て、其名号《ナ》のミこそ変りたれ、其御所為《ミシワザ》ハ毫《ツユ》もかはらぬ有様なるからハ、迂遠《(ものどほ)》き外国の治術《ヲサメワザ》、郡県・文華のかよわき制度をバ置て、専ら神代ながらに伝ハりこし吾先生〔王〕の道を本とせさせ給はん事も又、当然《サシアタ》る理なるべし。【吾《ワガ》先王《サキノミカド》の道ハ神代の道なる事論をまたず。然るに、先王の道とだにいへバ、俗にハ漢国の道の事のやうにおぼえたるハ頑固《カタクナ》なるうへに、取別《トリワケ》て夏・殷・周の王どもが事に限りていへるハ、いよ〳〵頑固なり。他国の先王を唯先王とのミ云ヒてよからむやハ。】然れバ、神代より已来《コナタ》、推古天皇・孝徳天皇の御世より已往《アナタ》の御制度《ミサダメ》のやうを、正史《マサシキフミ》に普く考訂《タヾ》して治術《ヲサメワザ》の拠とせさせ給ハんも、又当然《サシアタ》る理なれバ、学問する輩も、其方ざまの事どもより先委曲に明らめゆきなバ、外国《トツ》の教法の言立せんよりハ、まぢかく益あるべき事もまた決《ウツナ》し。【然るを、さバかりの熊沢ぬし新井殿なども、中昔郡県の御制度を王代の美風とやうに賞称て、神世の伝説をバ却リて寓言なりなどいはれしハ、右の意趣をよくも思はれざりしなるべし。】

さて、然いはゞ俗《ヨ》の国学者などハ、朝廷郡県の御制度の悉皆《ミナガラ》地《ツチ》に墜《オチ》給ハぬを、私にさる説を押立んハいかにぞやなど傾きもせんか。其は猶一概《ヒトワタリ》の論なり（と脱カ）いふべし。そも〳〵、織田贈太政大臣、足利義昭卿の復讐《アダウチ》の軍を助《タス》ケて京に攻上り、畿内の乱賊どもを討伐《ウチキタ》め追撥《ハラ》ひ給ひし時、朝廷大く其功を賞させ給ひて従五位下弾正ノ忠に叙任し給へるより、廃れたるを起し絶たるを継ぎ皇居を修理《ヲサメツク》り御領所を復しなど、種々労き給ひしかバ、竟に従二位右大臣にまで成上せ給ひしハ、実に然有べき御ン恩賞《メグミ》にて、誰かハ御ン僻事《ヒガゴト》と申すべき。【永禄四年、織田殿、今川義元を討取給ひて後、即て僅の家子を率て京に上り、三好・松永等に対面して、畿内にて地を与へなば美濃・尾張の領所を出して取換べしといはれしかども、松永久秀拒ミて其事止たりきといへり。然らバ、此ほどより既《ハヤ》く天下の乱を鎮めんと思しゝ事ハ著き上に、かの桶迫間《ヲケハザマ》の戦の時熱田宮に篭られたる願書の表にも、略《ホヾ》さるよしハ載られたり。又岩垣ぬしの国史略に[注]ハ、永禄五年十月の下に「天皇遣シ二中使ヲ一於尾張一、託シレ用ヲレ幣于熱田祠ニ一、密ニ詔二信長一曰、朕聞二卿ガ威名ヲ一為三日多矣、今朝廷衰紐シテ、姦宄縦‐横ス、卿幸ニ養二威力一、以図二王室ヲ一、若能粛二清輦下ヲ一、修シ‐整宮闕ヲ一、興シ二廃滞ヲ一、振シ二乏絶ヲ一、使メ二庶尹百司ヲ一、各得セ中其所ヲ上、以策二不世之勲ヲ一、則予（ママ）一人以懌、因賜二奇香　暨（およ）ビ　衣一杯ヲ一。信長再拝稽首答テ曰、云々、十一月享シ二使者一、厚二其賜賄ヲ一、遣ス二帰一」（返り点・送り仮名の不備は原文のまま）とあり、これ若実にさる事ならバ小縁《オホロケ》の御ン由緒にハあらず。然れども予ハ未ダ此事の本拠を見ざれバ、姑く永禄十一年織田殿任官の年を以て、天下の勢の端を更めて（ママ）ハ論《イ》ふなり。さて、此より前つかたの戦ハ、皆私の闘争なりしを、かく官位を賜ハりて朝廷の御臣に列り勅を奉りて、従ガハざるを攻伐給へれバ、此より後に此殿に射向ひて弓を引し徒ハ、悉く朝敵なり。かく事を別て論ざれバ、する〳〵甚く義理に違へる事もあるべけれバことわりおくなり。さて又、すべて織田殿の成功《イサヲ》の速かに立りし起原ハ、桶迫間にて義元を討取給へるより起れるが、其時熱田大神の御稜威を顕ハし給ひて、擲銭の占に吉瑞著れ宮内に轡の音聞え、旗ノ上に白鷺飛行き、陳（ママ）ノ前に叢雲起りて暴雨の降けん事など記したるさま、普通の事にハあらず。正サしく神霊剣の御魂の助け給ひしものなり。銭の占、轡の音などの事ハ祝部に心合せて為られたるやうにもいへれど、鷺の旗に随ひて飛ゆき暴雨の降たるなどハ人力の及ぶ限りにあらざれバ、誰かハ神助と云ハざるべき。例のなまさかし人、踈《オロソ》かに聞叓（こと）勿れ。】

［注］＝岩垣松苗『国史略』は五巻五冊。大阪府立中之島図書館蔵『国史略』はその「三刻」で、奥付に「文政丙戌（九年）季冬刻成／安政丁巳（四年）仲秋再刻／慶応乙丑仲冬三刻」と記されていて、初版は文政9年（前内大臣藤原公修の序文日付は「文政九年春三月」）で、かなり広く流布したらしい。ところで、まだ無名でようやく松平元康（徳川家康）と盟約を結び、戦国列強に割り込もうとしていた頃の織田信長に、立入宗継なるものが天皇の密旨を伝えたというエピソードは（後に引く『日本外史』などにもやや詳しく紹介されているが）、広道が右に言及・引用しているように、『国史略』〈巻之五〉で触れられている（「中使」とあるのが宗継）。

㈠ 広道の引用と重なるが、それを書き下して引くと、次のようである。

（永禄五年）十月（右―線＝音読み、以下同断）、天皇、中使を尾張（左―線＝訓読み、以下同断）に遣し、幣を熱田の祠に用ふるに託し、密に信長に詔して曰、朕、卿の威名を聞くこと日を為して多し。今、朝廷衰絀、姦宄・縦横。卿、幸に威力を養ひ、以て王室を図し、若し能く輦下を粛清し、宮闕を修整し、廃滞を興し、乏絶を振ひ、庶尹・百司をして各々其の所を得せしめ、以て不世の勲を策せば、則ち予一人以て懌ぶ。因て奇香曁（およ）び衣一称を賜ふ。信長再拝稽首して答て曰く、今や大国雄藩少と為さず。特に宝命を小邦の臣信長に賜ふ。何の栄か之に如ん。臣請ふ、先づ濃江を平げ、然る後、節を京畿に弭して、謹んで天閽を扣へ以て命を辱を拝せんと。十一月、使者を享し其の賜賄を厚くして遣り帰へす。

㈡『日本外史』（頼成一・頼惟勤訳岩波文庫改訳版上中下三冊）は、その冒頭に「布衣頼襄謹み再拝して少将楽翁公閣下に白す。」ではじまり、その終わりに「文政十年丁亥五月廿一日」の日付をもつ〈上楽翁公書〉が付せられているので、さしあたり『国史略』の翌年の成立とする。その「三十之巻」に、立入宗継と織田信長とのことが次のように見える（文庫版「中」のp.316~318、ルビは適宜端折る）。

（上略）、この時に当り、足利氏大に衰へ、三好氏・松永氏、京畿の政を専らにす。而して七道の将士、各々その国に拠り、迭に相ひ争奪す。信長、慨然として、天下を戡定《かんてい》するの志あり。初め尾張の人道家某、京師の人立入宗継といふ者と相ひ識る。宗継左京亮となり、父祖より京郊に居り、田業多し。供御《くご》乏絶せば、毎《つね》に給を取る。嘗て中納言藤原惟房に説いて曰く、「方今、天下大に乱れ、宮闕《きゅうけつ》頽敝《たいへい》し、供御の邑、尽く武人の占むる所となる。而して臣を以てこれを視れば、その勢、天下の豪傑を得るに非ざれば、以て天下の乱を定むるに足らず。聞く、尾張に織田信長といふ者あり。年甫めて二十。東国の咽喉に割拠して、能く少なを以て衆を摧《くじ》くと。是れその人必ず絶世の才あらん。君盍ぞ奏して綸旨を請ひ、信長に嘱するに、撥乱反正《はつらんはんせい》の事を以てせざる。」と。惟房内外を畏憚し敢て決せず。宗継、再び入りて、これに説いて曰く、「事、如し漏泄せば、臣、独りその責めに任ぜん。」と。帝、鬮《くじ》を鏡室《きょうしつ》（内侍所）に探つて計を決す。五年〔一五六二〕十月、惟房宣言す。「天子、異夢に感じ、将に幣を熱田祠に奉らんとす。」と。乃ち宗継及び磯貝久次をして、密旨を齎して、尾張に赴かしむ。因つて信長に錫《たま》ふに御用の合香を以てし、道家氏に館す。信長、猟より帰り、道家を過る。道家告ぐるに故を以てす。信長乃ち沐浴して衣を更め、出でて宗継を見る。宗継、勅旨を宣達す。信長、宗継に謂つて曰く、「吾れ聞く、天子は、天下の君と。宜しく我より職に共すべし。而るに今、反つて使命を辱うし、加ふるに寵貺《ちょうきょう》を以てす。吾れ何を以てこれに堪へん。当に天威を藉り以て凶徒を夷げ、不日、入朝し、力を竭《つく》し報を図るべし」と。

(三) 広道は、信長への天皇密旨の伝達という話を、あるいは『玉襷』で知ったのかも知れない。『玉襷』二之巻（の**p.114**）に次のような件が見える。

抑、信長公の、朝廷を尊崇し世の衰廃を復興せられしは、専ら正親町天皇の大詔にぞ依れりける。【其は此天皇の永禄五年十月、熱田宮に奉幣し給ふに託して、密に信長公に詔して、世の乱逆を謐めよとて、御衣と奇香とを

賜ひしかば、信長公謹で勅を奉じ給へる由、国史略に見えたり。（下略）】

㈣『国史略』（及び『日本外史』）に載る、信長への天皇密旨の立入宗継による伝達というエピソードは何に基づいているのか、広道は先（p.294）では「立入が記」と言い、ここでは「予ハ未ダ此事の本拠を見ざれバ、云々」（p.326）と言っているその「立入が記」ないし「此事の本拠」と言うのはどんな「資料」を指しているのかよく分からない。ただ、『続群書類従第弐拾輯上（合戦部）』の巻第五百八十二に、「道家祖看記」および「立入左京亮入道隆佐記」の二文書が収まるが、前者の文書にその話によく似た記事が見える。

また、天ノ下の政事もさる建々《タケ〴〵》しき世の様なりしかバ、其昔の如く郡県ざまの御制度にてハ全く治り果べくもあらねバ、足利氏の例の如くさながら関《アツ》け下ダし賜ひて、穢《キタナ》き奴等を征伐《ウチキタ》めさせ給へる事も必ズしか有べき御理なりかし。しか《り》しより、爾来豊臣関白秀吉（左傍に「公」、右傍に「秀吉」と付記）・東照神祖命、さし続て其事どもを修め執給ひて、おのづから順ひ属《ツキ》たる天下の大名たちを率て、朝廷を崇《あが》まへ衛り給ひツゝ政事奏し給へるなれバ、彼頼朝卿の姦謀を巧ミて地頭を設けて御領を掠め取、義時・泰時等が逆《さかしま》なる威を振ひて天皇を放《ハブ》らし奉り、尊氏卿の名も無き謀叛を為遂られたる類とハ、更に更に異なりとも異なる差別おハします御事なれバ、年を同くし月を同くして申奉るべくハあらぬ御事なりと知べし。【これを弁まへ明らむるハ、さし当りて学問の要領とある事也。】

然れバまた、朝廷にも其御勲功を賞させ御座《オハシマ》して天下の政事ながらに任《まけ》賜へるなれバ、大将軍家の御ン政事ハ即朝廷の御ン政事なる事、申も更なり。且、此ハ天照大御神の大御意として、天祖《アマツオヤ》瓊々杵《ニヽギ》ノ尊《ミコト》に伝へ奉り給へる神随《カムナガラ》の正道に復し給へる趣なれバ、天津神等の御意も僻事とハおもほさゞる事決《うつな》し。猶申さバ、恐けれども聖徳皇太子・孝徳天皇の御時にさる神随の正道を革めて、暫くも外国の制度に効《ママ》（效）ひ給へるこそ、いひもてゆけバ中々なりとも申しつべけれ。然れバ、朝廷を崇まへ尊ミ奉らん事ハいふにやハ及ぶ。公儀の御法度をバ、唯天皇の神随の勅詔《オホミゴト》を謹承るべき事にぞ有ける。【然るを、俗の古学者たち、朝廷の尊き故を申奉るとてハ、今ノ世のありさまを見て朝廷の御領ハ皆武士どもの掠め奪ひ取たるなりとやうにいふ事あるハ、大じきひが事なり。げにも其本ハ頼朝卿の姦謀より出て、其世の武士どもの掠め奪ひ取たるより起りて、北条・足利と次々に威を恣にして限もなく乱れしかば、此間に諸国の武士どものとり〴〵に掠め奪へるなり。然れども、其時の武士と今の武士とハ、上に論へるごとき差ある事なれバ、其ハ其レ、此レハ此と、きハやかに論を別ちていはざれバ、武士とのミにてハ昔も今も忠なるも忠ならぬも混はしく聞えて、いみじき御政教《ミノリゴト》の妨ともなるべからんかし。されバ、憚りをも忘れてかくハ弁まへ決むるになん。】

然れども、朝廷にハ猶中昔の御制度のまゝに、諸御臣たちの官位よりはじめて礼式・雅楽・服制を革めさせ給ハず、諸の故実ども美く伝へおはしまして時勢に押移り給ハぬハ、さハ申せども、今と成てハ此に依て、天皇の尊く神々《カウ〴〵》しき御稜威の備ハり、御座《オハシマ》す御容体《ミアリサマ》をも仰ぎ畏み奉るべき事なれバ、なか〴〵めでたく尊き御事とこそ称しつべけれ。いかで〴〵、此大じき御容体の堅磐《カキハ》に常盤《トキハ》に御座ん事をのミ、暮と旦と恐み〳〵も希奉るべき事になん有ける。【かく申さバ、例のなまさかしき人ら、又さハ中昔郡県の御制度を意得ずげに申たるものゝ、今かくまうすハ理のさし急促《ツマリ》たるせんかたなさなどゝいはんか。其はた、甚《（いと）》然らぬ事なり。かの郡県の御制度の事はしも、天津皇神等の神ながらの道を革め給ひたるに、武道を劣しめ給ひて御稜威のいかにぞやとまうす事どもを恐くも聊《（いささか）》申出しのミなり。今ハ其とハまた太甚異なる勢のおハする御事にて、先ヅいと朝廷の尊く畏くまします御事ハ申もさらなれど、天下の政事を御親から聞しめさぬ故に、下が下の民どもハおのづから気遠く聞なし奉りて、公家ざまの御事ハ実にハいかさまにか、などたどり奉る勢なるを、かの皇居の神々しき御服制《ミソノサマ》の文飾《カザラ》ひて美麗き御ン調度の末々まで昔思えて、殊勝なる年ノ中の御儀式の凡ならず、気高き歌音楽の優《イウ》に風雅なる、などの御容体を見聞伝へ奉りてハ、尋常見馴聞馴たる武家のありさまとハこよなけれバ、実に朝廷ハかしこかりけり、と身に染て思ひ奉るべき趣なるに、殊にハ官位を叙任し下し給ひて、天下の人の品位を定めさせ給ふなん、勝れてめでたき御事なりける。されバ、たゞかくながら弥栄に栄えさせ給ひて、堅磐に常盤におハしまさん事を朝な夕なことほぎ奉るになん。上に官位の事どもかつ〴〵申出しハ、これまた其出来初を申せるのミにこそあれ、今の大御世にてハ実に尊き御事なれバ、とかく申奉るべきふしはなし。】

## 8　学問の大概

（総論）

世間《ヨノナカ》にあらゆる人といふ物ハ、漢土人《モロコシビト》のいへらむやうに、面《オモテ》の少しづゝ異《カハ》りたるが如く、心もまた区々《マチ〳〵》に差別《ケヂメ》ありて、竟《ツヒ》に毫《ツユ》も違ハず同じやうなる意気《コヽロバヘ》の人ハ、親子・兄弟《ハラカラ》といへども有ことなし。又、其意気に随ひて、此彼得たる処得ぬ処互にありて、小き事に堪る人ハ大なる事に疎く、広き事に専なる人ハ狭き事を為あへず。是、産霊《ムスビノ》神の御魂の業《ワザ》の妙《タヘ》なりとも妙なる所以にして、小縁《(おぼろけ)》の理にハ非ず。されバ、いかばかり強て勧むとも、其意気に得ぬかたの事を能《(よく)》為得る事ハ、生涯あらざるものなりと知べし。然れバ、学問せんとする人ハ、益《ヤウ》ある事と益なき事と己が心に合ふ事と合ざる事とを、其初よりよく〳〵思ひ定めて、さて、先益ある事の、心に合ふ事より入たつべし。其若《(もし)》学びゆくうちに、強て心に合ずして成《(なり)》げにもなき事とおもはゞ、速に転《ウツ》りて又其余の事を学ぶべし。然らざれバ、所謂労して功なきのミならず、はて〳〵ハ倦疲《ツカ》れて、彼をも此をも打棄つゝ、俗に、一も取《トラ》ず二も取ずとか云フらんやうになりゆくものなり。いかに可惜《アタラ》しき事にハあらずや。

大かた、人の智慮ハ限あるものにて、此も彼も悉皆、熟《ウマ》く学び得て脱《オツ》ることなく、世の益とならん事ハ、あるべからぬ理なれバ、人一人に一芸ばかりあらんにハ、用なき人とハ云まじきなり。先如此《カク》思ひ定め置て後に、此にも彼にもわたるべき暇間あらバ、何芸《ナニワザ》にまれ、広く勤め学ぶべく、それまた三ッも五も成る事あらば、大《イミ》じき豪傑《スグレビト》といふべきなり。縦令《(よし)》成あへずとも、深く咎め誇るべき事にハあらず。おほよそ学問するハ何の為ぞといふに、世間の味はひを知て広く益ある事どもを行はん為なり。さらバ、生涯章句《フミコトバ》をのみまさぐり物にして、頭の霜の神さぶるころほひに至るまで、何の為《ナス》事もなくて在経《アリヘ》んハ、いといふかひなく遺憾《クチヲシ》きわざならずや。【かくいへばとて、我身の分限を超ておふけなき事どもを自ら行ふ事と、な思ひ混《マガ》へそ。学者ハたゞ其行ハるべきさまの事を学び、伝《タ》ふるを要とすべき事ハ、此巻ノ末に云を見て知べし。】

さるを、ともすれバ、学問といふ物ハ、いつまでも章句のうへの事のミをとやかくや、云ヒしらふものゝやうに思ひとれるも有て、如此《(かく)》有ハ後世の為ぞなどいふ事、大かた物学ぶ者の遁《ノガ》れぬ口癖《クチグセ》のやうなるハ、いとあぢきなき事どもなり。【もろこしの孔子の、後ノ世の為にとて、詩を刪《ケツ》り楽を正し云々、などセられたるも、思ひ立たる事の行はれぬ、せんかたなさの故にこそあれ、最初より何の為べき事もなくて、後世の為とのミ思ハれたるにあらざる事ハ、かの伝に記して昭々《アキラカ》なるをや。】

そも〳〵、古より賢き人たちの記《カキ》著《(あ)》ラ（は脱カ）して世に留められたる書だにも、後ノ世に至りて、つゆ違はず行ハれたる事ハ有し事なく、後人ハ又後人の心々に理を説出すものなれば、しか後ノ世の為と思ひたる事も、大かたハいたづら事に近く成がちにて、中々にさがな者（やかまし屋）の囀《サヘツ》り種《クサ》となれる類も少からず。況《マシ》て吾党の凡庸人の短智《ミジカキサトリ》に慮りたる事どもの、正しく後世までの益になるべき事ハ、いとおぼつかなき事どもなり。されバ、先見えたる事もなきに、後世を思ふ老婆心とかいふものをば姑く置て、上古の正しき書どもに見えたる事実のありさまを、今の現《ウツヽ》に見えわたる世間の事業《(ことわざ)》に鑑《テラ》し見て、かゝる事ハ云々と、細密に考へ学ぶべき事、さしあたる務なるべし。過去て取返しがたき昔の事をのミ言挙《コトアゲ》して、今の現の光景《アリサマ》を思ひ知ぬも、今の俗習をのミ短き心に思ひ定めて賢《サカ》しがり、上古の道をつゆたどらぬも、共に甚しき白癡《しれもの》の所為《シワザ》にて、此も彼も、等しく益なきわざくれなりといふべし。

さて、此道ハ皇御国《すめらみくに》の本~~学~~教なれバ、上古の道を明らむる事ハ更にもいはず、今の現《うつゝ》に用あるべき事どもを学び知るハ、悉く皇御国の学ビにて、外国々《トツクニぐ》の事を学ぶも、いひもてゆけバ皆吾御国の為にするなれバ、また本教の枝道なり。されバ、いと〳〵広く大なる道にて、一人二人の力にて普く教へ喩すべくハあらず。又一人二人学びたりとも、さバかりにてハ何の用ともなきことなれバ、あらゆる人々、本性の近き事どもを、各一事二ダ事づゝ分ち学びて、国の為世の為に力を尽すべき事なり。此用ある諸人を、御意のまゝに率統《ヒキキスベ》給ひて政事平けく聞し召スハ、何れも君とある人の人《ママ》の御事にて、天皇ハ申に及バず、大将軍家より次々大名たちの御職なれバ、己がどちの能知べき限にハあらず。故、今ハ、自他《われひと》、士とある人より、末々村里・市坊《イチマチ》の長に至るまで、学び知て益あるべき事どもを、仮に十科の目を建て、説弁《わきま》ふる也。さるハ、新に道を作るやうにてをこがましけれど、更にさる意にはあらず。何れも上古の書どもに所見《みえ》たる事の、今の現に用ある事どもを、先師たちの意に考へ并セて、中昔のころ、大学寮にて漢国《からのくに》の道を四科に分ち、【四科ハ紀伝・明経・明法・筭(算)道、是なり】教へられたる趣に效《なら》へるなれバ、毫も予が妄誕にあらざる由ハ、次々に説もてゆくを見て知べし。

いで其科々《シナぐ》の名目ハ、第一本教、第二武教、第三律令、第四史書、第五故実、第六歌文、第七農桒、第八外教、第九書數、第十諸枝と定めたり。【此名目ども、漢字ながらにつけたるハ、普く漢ざまの事に耳馴たる世俗に、たやすく意得させんとてのわざなり。】第七科より已下ハ、悉皆吾国の道ばかりにもあらねど、古へとハ更に勢の異なる事もあるうへに、世間久しく外国風の入雑りたる時なれバ、無てハえあらぬ道々を採出たるなり。然れども、其ハ皆予が知たる涯《かぎり》の事ならねバ、かつ〴〵試に云る事どもゝ、当りたるハ少からめど、先、如此思ふ様の大概を挙おくなり。非説どもをバ、其道に長たらん人、さるかたに論ひ直してよ。これら皆毎日の用に必闕《カク》まじき道々にて、本教の要とある事どもなり。[注]

［注］＝広道は次の第一科から第十科までの文章に就き、「皆一字ヲオトシテ記スベシ。」との注記を欄外に付している（また第十科の終わりにも「是迄一字ヲオトシテ記スベシ。アゲタルハ誤也。」と念を押している）。以上の総論部分に対して以下は各論と言うことでの配慮であるようだが、本稿はその指示に従っていない。

## ○第一科　本教

本教とハ吾神随《カムナガラ》の大道をいふ。古事記序に「太素杳冥、依㆓本教《ニ》㆒、而識㆓孕㆑土産㆑嶋之時《ヲ》㆒。」と見へたれバなり。【皇国《（みくに）》の古道を、和学・国学などいふことの非説なるよしハ、先師等の書（本居宣長『玉勝間』巻の一「がくもん」の段など）に詳かなれば殊更にハいはず。本教としもいふ故ハ、儒仏の道に耳馴たる世人の、ふと聞聞《（ママ）》がたき故に、仮に設たる号にて、すべにうけばりて、唯学問とぞいふべき。】さて、本教とハ皇御国の御おもむけといふ意にて、乎之敝《（をしへ）》といふ義にハ非ず。乎之敝といふハ小技のうへにまでいふ言にて、未知ぬ事を授受るをいふのミなれバ的りがたし。御おもむけとハ、天皇の大御心として、此大御国の民どもを此方に面向しめ、善様に教導き給ふ意なり。故、此書をも本教提綱といへり。【初ハ本学提綱といへり。是ハ本教学といふ意なり。然れども、本学といふこと上古になし、と或人のいへれバ、[注]改めたり】。

［注］＝「或人」とは、冒頭の〈解題〉の⑴（『本学大概』・『本学提綱』・『本教提綱』）で触れたように、六人部是香かと思われる。

されバ、日本紀・古事記を始として、古語拾遺、さてハ式・令の神祇部など、正しき書籍どもを本として、末々諸書に考へ并せ、【諸書多き中に、本居先生の古事記伝ばかり益あるハなし。必見るべき書なり】また古く由緒ある神社の古伝説、或ハ風土記・万葉集までをも採用ひて、天地の開闢の時より有とあらゆる神理の、灼然《イチジロ》き事を学び知る事なり。殊にハ、天照大御神・高皇産ノ霊神《タカミムスビ》の大御心として、此の葦原中国に、天祖《アマツミオヤ》 瓊々《ニヽ》杵尊を神下《カムクダ》し座せ給ひしより、天皇の天津日嗣の大御系統《スヂ》の、長久《(とこしへ)》に動なき御由縁、また其天津神等の御心を御心として、偏《(あまね)》く天下の政事聞食御事などより、末々今日の目前に、天神・国神たちの 恩頼《ミタマノフユ》の、毫も違ハぬ事を悟りて、尊び崇まへ 斎《(いつ)》き祭る礼式どもまでを、諸の古書どもに探りて、其委しき義を、惣て脱漏《オチ》なく学び知べし。

さて、中昔よりこなた入雑りたる両部習合の説、また近代儒道に附会《シヒアハ》セたる無稽説《ネナシゴト》どもをバ清く弁へて、毫も交ふべからず。これ、いと容易からず、大なる道なれど、此道ばかりハ、何れの科を主《ムネ》とする人も必兼学ぶべき事、論なし。さるハ、何事も〳〵此神道ぞ万道の祖宗とある道なれバなり。

【さて、其書をよむ大かたの用意ハ、本居先生の初山踏に云れたることねんごろなれバこゝに記す。其おほむねに云。上略。さてその主としてよるべきすぢハ何れぞといへば、道の学問なり。そも〳〵此道ハ、天照大御神の道にして、天皇の天下をしろしめす道、四海万国にゆきわたりたるまことの道なるが、ひとり皇国に伝はれるを、其道ハいかなるさまの道ぞといふに、此道ハ、古事記・書紀の二典《フタフミ》に記されたる、神代・上代の、もろ〳〵の事跡のうへに備ハりたり。此二典の上代の巻々を、くりかへし〳〵よくよみ見るべし。又初学の輩ハ、宣長が著したる神代正語を数十遍よミて、其古語のやうを口なれしり、又直日のみたま・玉矛百首・玉くしげ・葛花などやうの物を、入学のはじめより、かの二典と相まじへてよむべし。然《(しか)》セば、二典の事跡に道の具はれる事も、道の大むねも、大抵に合点ゆくべし。又件の書どもを早くよまバ、やまとだましひよく堅固《カタ》まりて、漢意におちいらぬ衛《マモリ》にもよかるべき也。道を学バんと心ざすともがらハ、第一に漢意・儒意を清く濯ぎ去て、やまと魂をかたくする事を要とすべし、云々。凡て件の書ども、かならずしも次第を定めてよむにも及バず。たゞ便にまかせて、次第にかゝわらず、これをもかれをも見るべし。又いづれの書をよむとても、初心のほどハ、かたはしより文義を解せんとハすべからず。まづ大抵にさら〳〵と見て他の書にうつり、これやかれやと読てハ、又さきによみたる書へ立かへりつゝ、幾遍もよむうちには、始メに聞えざりし事も、そろ〳〵と聞ゆるやうになりゆくもの也。さて件の書どもを数遍よむ間にハ、其外のよむべき書どものことも、学びやうの法なども、段々に自分の料簡の出来るものなれバ、其末々の事ハ、一々さとし教るに及はず、心にまかセて力の及バむかぎり、古きをも後の書をも広くも見るべく、又簡約にしてさのミ広くハわたらずしても有ぬべし云々、といはれたるが如くなるべし。これハ何の学をするにもわたりて、意得になるべき説なり。】

さて、ついでに弁へ置べき事あり。其ハ上にも云る如く、近来ハ岡部・本居の先生たちの大じき功労《イタツキ》によりて神代の跡の著明になれるにつけて、吾学に志す人も彼此多かるハ、実に歓しき事にハあれど、流の末々にハ、神の御うへの事を、あまりなるまで発《あば》きて妄に説散す類もあるハ、此道の為とハ申ながら猶いかにぞや聞えたり。熟《ツクヾ〳〵》(ママ)く上りたる御世の在状を案ふに、神等をバ唯斎き尊びて美《イミ》じく祭祀り奉り、一向其御心の成《ナシ》のまに〳〵順《マツロ》ひ従ひ奉りたるばかりにて、其霊《クス》しく妙なる理の極ハ、専ら天皇や知食《しろしめし》たりけん、もろ〳〵の御臣たちも、自家の祖神の伝説の外にハ、然有る根源《コトノモト》までをバ知れたりや否や、とおぼゆるバかりなり。況や偏《アマネ》く天下の百姓どもに神理を発きて説聞しむるやうの事ハ、有ざりけらし。【日本紀を大裏(内裏)にて講釈しめ給へるなどハ道の隠《カク》ろへたる故にて、いと〳〵後の事なり。それもなほ大宮人のミにこそあれ、民間に講釈しめられし事ハ見えず。凡て下民どもにハ道のくまぐままで発き出てハ知セぬが、大道の趣意と見えたり。】

然れバ、神秘などいふ事も、【何ともなき事だに知ラれぬがねたさに、しか云類もあるハさるものから】絶て理なきにハあらざるべし。されども、また今ノ世となりてハ、外国の道々の入雑り蔓りたるからに、其に対《ムカ》へて云々と言挙せざれバ、ます〳〵吾道ハ隠《カク》ろへゆくべければ、道の心知るどちハ、内《ウチ》々に論《アゲツラ》はんもさりがたき勢《イキホヒ》にて、さしたる僻事にもあるまじけれど、街巷《チマタ》に説《トキ》て道路に聴が如く、軽々しく麁略《オロソカ》にハすまじき事なり。されバ、神ながら言挙セぬ国といへる古語の旨をバ、よくよく思ひ戒めて、ゆめ〳〵信《ウケ》も尊びもせぬ俗に対ひて吾大神の道を説事ハ、あるまじきなり。是、此科の学の第一と意得べき事なり。

○第二科　武教

本教に次て武教を挙たるハ、上に処々いへるが如く、武き事を主《ムネ》とするハ比類なく美《メデ》たき我大御国風なれバなり。これに云ハまほしき事多かれど、大かた芸術に関る事多くして、全《モハ》ら書籍のうへのミにもあらず、且今ノ世ハ、天下の吏人《ツカサヒト》おしなべて武士ならぬもなければ、各其家に伝へたる用意ハあるべきを、世を遯《のが》れたる身（脱藩して大坂に移住して来た広道自身を指す）の、さしはへて論《イフ》べくもあらざるうへに、思ふ旨もあれバ皆漏《モラ》しつ。且、たま〳〵思ひとれる事どもハ、悉く別巻にいふべし。

○第三科　律令

令ハ、善き事を勧め悪き事を懲し給ふ御制度のあるやうを、偏く天下の人どもに弘め知しめて、如此有事を勿《な》為そ、如此様《かくさま》に為べし、とやうに告教へ給ふ事にて、今ノ世にいはゆる御法度なり。律ハ、其今の御告教《ミノリゴト》に違へる事ども為出《シイデ》たらんをりに、理《コトワリ》の当るまゝに執行ひて、軽くも重くも過失を律《タヾ》し給ふ事にて、今世にいはゆる御仕置なり。【弘仁格ノ序に、「蓋聞、律ハ以二懲粛一ヲ為レ宗ト、令ハ以二勧戒一ヲ為レ本ト。格則量レ時ヲ立レ制ヲ、式ハ則補レ闕ヲ拾（レ）遺ヲ、四物相須、足二以垂一レ範。」と見えたり。】

さて律ハいと〳〵秘て、其職《ツカサ》とある人ならでハ知しめぬ事なるハ、下が下の民ども、いちはやく律のおもむきを覚れバ、其律に障《サハ》らぬやうにして姦謀を巧ミ、或ハまた捕へて嘖問《せめと》ふ事などあらんにも、予め陳ずべきやうを考へ置などして、左《ト》にも右《かく》にも狡黠《サカシラ》を益べければなり。されバ、今ノ世にも此方の御条目どもをバいと〳〵秘《ヒメ》させ給ひて、所々に建られたる制札やうの物にも、唯厳科に行ふべし・曲事たるべし、など書れたるばかりなるは此故なり。奈良朝《ナラノミカド》の律の本の廃れて世に伝ハらぬも、全《もは》らさる所由《よし》に依り、令ハ天下に押弘めて、普く下民までも叮嚀《ネモゴロ》に告知せおきて、大じき罪科を引出ぬやうに掟《オキテ》給ふ事なれバ、古ハ明法の博士を諸国に下し遣《ツカハ》して、其理義を講釈《ヨミトカ》しめ給へりき。さるハ、法令の趣意を、詳にしも告知しめずして刑《つみな》なふハ、いはゆる教ずして民を殺すに似たれバぞかし。されバ、今世にも、大略《おほむね》の事どもハ、津々浦々のはしつかたまでも板に記して、邑ごとに建置るなり。

【文武紀大宝元年八月戊申の下に、「遣《リ》二明法博士《ヲ》於六道《ニ》一【除西海道】、講《ズ》二新令《ヲ》一。」と見えたり。また同二年二月の下に、「戊戌始《テ》頒《ツ》二新律《ヲ》於天下《ニ》一。」とありて、七月乙亥の下に、「詔令《ム》三内外文武官《シテ》読《ハ》二習新律《ヲ》一。」と見え、乙未の下に、「始講レ律《ヲ》。」と見えたるなどにて思ふべし。令ハ、偏く下民までに知しめ給ふべき事なるに依て、六道に博士を遣て講釈《ヨミトカ》しめ給ひ、律ハ秘事なる故に、内外の文武官にのミ読習しめ給へる事を《ママ》。されバ、「頒《ツ》二新律《ヲ》於天下《ニ》一。」とあるは、諸国の受領の官人たちばかりに頒ち賜ひしにて、其下民に頒ち賜へるにハ非る事、いふも更なり。】

さて、此律令の事を学ばんとするに、是もまた日本紀・古事記に所見たる趣の、本邦の風土に相応《アヒカナ》ひたる神世ながらの御制度を基本《モトキ》として、【但し日本（紀脱）・古事記ハ、律令の為に殊さらに記されたる書に非れバ、きハやかに定りたる跡ハ見えねど、こゝかしこ物のついでに見えたるやうを引合せて考れバ、大かたにハ其さまも知るべきなり。】奈良朝《ミカド》の令【令に義解・集解二ツの注あり、共に見るべし。】に考へて、古今の沿革《ウツロヒ》のやうを知り、かたはら唐国の制度にも参《まじ》へ見て、【唐国の制度を知ん事ハ、益なきに似たれども、奈良朝の律令ハ、専ら唐制に因せられたりと見ゆれバ、暇の間あらバ必まじへ見るべき也。其書ハ、唐書・六典など也。さて其唐制の律令も、彼国上古よりの制度に因循《ヨリシタガ》ひたる物なれバ、なほ暇多き人ハ彼ノ上古よりの沿革《ウツロヒ》をも一わたり考ふべし。但、これハさバかり要とある事にもあらず。又、近来、伊藤長胤がかける制度通（享保9年自序・寛政8年刊）なども便あるべき書なり。】風土につきて、行はるべき事と行はれざる事とのあるやうを量り、其次々ハ、格また式、太政官符の文、諸家の日記などに、彼此所見たる事どもをも考へ弁ずべし。

さて、其書どもを読む意得の要とあるべき事ハ、上にもいさゝか云る如く、律令・格式の書ばかりを見てハ、其御制度の実に能行はれしとまた遍《アマネ》くハ行ハれざりしとを詳に知べきにあらねバ、物語やうのしどけなき書までをも広く読試ミて、其世の人情のおもむきし実状を微細に窺ひ知べし。おほよそ、古よりの制度を明に議し学ぶことハ専ら今世の為なれバ、実状を探らずしてハ、末竟《(つひ)》に何の益ともなき事なり。

さて其次々ハ、鎌倉の式目・室町の条目、或ハ織田家・豊臣家の法則までをも細かに学びて、さて要とハ、慶長・元和より已来、大将軍家の御法度を殊に委しく学び明らむべし。是さし当る大事にて、等閑にすべき事にあらず。大名たちの御家々にハ、又其家々の例格により風土につきて、少しづゝ異なる様の事もあるへけれバ、其家臣としてハ此をも主と学ぶべし。かくて次々に改め給へる御法度どもゝ多かるを、偏く集め弁へて、今時に当りて用ひ給ふと、又其昔ハさやうにもありしかど、其後に改替させ給へるとの差までを、脱なく学び尽すべし。【改め替給ふ時ごとに普く諸国に告知しめ給ふ事なれど、年を歴し事などハ等閑に心得たる類も少からねバ、さる事どもをむねと承りおくべき事なり。中昔の格といふ物ハ専らかやうのすぢを集め記されたるなり。】律のかたハ、孝徳天皇・天智天皇の御世より上つかたは、大略、事の出来たる時に当りて、軽くも重くも分々《ホド〱》に断《サダ》め給ひし事と思しく、際やかに定りたる法律ハ無有《ナカリ》しさまに見えたり。此ハ、いと深き御意こそおはしけめと推量られたり。【其よしハ別巻にいへり。】奈良朝の律も、其本伝ハらざれバ委しくハ知れねど、紀をはじめて御世々々に所見たる御政迹を覓《(たづ)》ね、律疏三巻、残闕本を基として、諸書に抄《ヌキ》出たる律の文をも掻《カイ》集めて、唐国の制に并セ考へなバ、大概にハ知るべし。

其より已来、鎌倉・室町・織田・豊臣の式条の古徹《フルキアト》を索《タヅヌ》る事も、全ら令と同様にして、さて、今世の御仕置のやうをも、おろ〳〵学び置べきか。但し上に云る如く、此すぢの事は秘事にて、普く発《あば》きて釈散す類に非れバ、其職に関らぬ人ハ学ばずとも有べし。然れども、訴訟《ウタヘ》を聴、罪科を定めなどせん職々にもかゝづらふ人々ハ、末々軽き人に至るまで、其理義《コトワリ》ばかりを大概にハ知ざれバ、上の御意と違ふ事もありて、大じき過失も出来なんわざなれバ、其すぢの人々ハ必習ハでハえあらぬ事なるべし。大名たちの家臣もまた此ぢやうなり。村里・市坊の長より下つかたハ、知ずともあるべし。

抑、此律令の一科ハ、政事の要とある御事なれバ、自余《そのほか》の学問とハ等しからず。此に依て、世中の乱ると治るとの差《ケヂメ》ハ出来るものなれバ、唯一条といへども踈略には見過すべからず。かゝる道理を深くも思ハで獄訴を断《コトワ》れバ、ようせずハ罪なき人を殺す事もあるべく、民情に肯はぬ令を強て押立れバ、一揆などいふ党《ムレ》も起り易きなど、猶くさ〴〵の禍害どもゝ起りて、竟にハ忠《マメ》やかに営ミたる事も意外に違ひゆきて、不意《ユクリナ》く名を汚し身を亡して、天下の人笑《ヒトワラヘ》になる事もあるものなれバ、縦令《よし》和漢の書籍どもを広く読でしたたかなる道理をバ知ずとも、此すぢに関らん人々ハ、必精しく学ばるべき事なるべし。これ学業の最第一なる事なり。

○第四科　史書

史とハ漢国の書記の官名なるを本にて、それが記しゝ書をも即て然いへり。我皇国にも、古へハさる職ありて、天下に所有《あらゆる》事どもを記し置れし事、履中天皇の御世より見え始たり。【史字を書て不比等《フヒト》と訓《ヨメ》り。

紀曰、四年秋八月辛卯朔戊戌、始於諸国置《ニ》二国史一、記二言事一、達二四方志《ヲ》一。といへり。此より以前ハ、さる事ハ無有《ナカリ》しなるべし。】六国史・古事記などハ、其史等《フヒトラ》が記ルしたるにハあらず。何れも当時の天皇の大詔を承りて、いとやんごとなき親王・公卿等の記し給へるなれど、さる書を総て史といふに效ひて、今も世々《ミヨ》の紀(ママ)録どもを読明むる科(しな)を仮に如此(かく)名けたるなり。されバ日本紀・古事記よりこなた、六国史ハいふも更也、次々諸家の日記、又栄花・三鏡やうの物語などすべて実録を択びて読べし。【史書の読ざまの事、また撰ばれたる縁由《ユヱヨシ》などの事ハ、古事記伝・古史徴(平田篤胤)などに詳なれバ、こゝに略く。】

保元・平治よりこなたハ、軍物語をも交へ読て、古今の沿革(うつろひ)こし光景、当時々々の情《コヽロ》・態《シワザ》に、深く心を及し留めて見るべきなり。其中にも、漢文章に記されたる書ハ、言事の形勢を微細に尽すこと能ざるものなれバ、【漢文にハ、てにをはなくして、三世・自他・天人などの契《チギリ》、紛《マギレ》れ(ママ)やすき故に、情態の形勢を委曲に尽すことあたはず。此事、委しく西戎音訳字論に云り。[注] ひらき見るべし。】人情のおもむく末々を推究めて、事実の状を要《ムネ》と知べし。また、軍物語の類ハ、おもしろげに潤色(かざり)て記たる物なれバ、処々虚談も交りたるを、此レはた情《コヽロ》・態《シワザ》のあるやうを推究めて、虚言・実事を思ひ分つべし。是第一とある用意なり。

［注］＝西戎音訳字論に、例えば次のような件が見える（本書 p.196）。

「子謂子貢曰、女与回也孰愈。」マタ「子謂仲弓曰、犁牛之子騂且角、云々。」トアル此二ツニテナホイハヾ、初ノ方ハ、其ノ人ニ対《ムカ》ヒテ云《［イハ］》ル、ヿ論ナキヲ、後ノ方ハ、朱熹ガ注ニ「此ハ論《ジテ》二仲弓《ヲ》一云《イフ也》レ爾《シカ》、非《ズ》下与二仲弓一言《イヘルニハ》上也。」ト云リ。然ラバ、仲弓ヲ謂《イヒ》テ曰《イハ》クト訓ムベキ意ナリ。然ルヲ、共ニ子謂某曰トアルノミニテハ、其ノ人ニ向《ムカ》ヒテ曰フト其ノ人ヲ評ジテ曰フトノ、差別《ケジメ》アルヿナシ。

さて又、近来出来たる史ハ、水戸にて撰ばれたる大日本史を初として、次々儒者輩の著せる書も少からず。何れをも読試ミて、あらゆる事の義《コトワリ》と義ならざるとを、吾神随《カムナガラ》の理に鑑《テラ》して考へ見つべきなり。【義と義ならざるとの差別も、たゞ漢籍の理屈ばかりを以て推定むる時ハ、甚く違ふ事も多かるべければ、吾神随の理に鑑してとはいへるなり。】此ㇾなん、国の乱る治る・世の盛ゆる衰ふる起源の縁由《（ゆゑよし）》を識るべき為なりける。さて又、大日本史のめでたきハ申も更なれバ毫も論《イフ》べき事なし。近来の儒者の記セる物の中にハ事ども大かた違はねども、国名・官名・人名・氏姓など、総て称呼《ナドモ》のみだりがハしきと、口さがなき議論の交これるが、一向《（ひたすら）》なる漢流《カラブリ》の理を以て評したれバ、我神随の理にハ大《イタ》く違へる事あると、此二ッハいと〳〵うるさきまで所見《ミエ》て、うたてく無骨《コチナ》きことといはんかたなし。さる用意して排斥《オシノケ》つゝ読べきものなり。

【物称《モノヽナ》の字を変《カヘ》、また約めなどするハ、何事にも長きを厭ひて、強て漢めかさん為なるべけれど、甚じきひがごとなり。彼国にても、金・元の頃の蒙古人の名、明末よりこなたの韃靼人の名などの其史に見えたる、何れも聞つかぬさまなる事をも、さながらに記したるにて案ふべし。いづれか、外国の人名・地名に似ざれバとて、藤原を藤、菅原《スガハラ》を菅、或ハ山城を城、大和を和などやうに書たるやハある。況や、朝廷より賜ハりたる官名を私に呼かへ、祖先より伝へこし氏姓を脩《ツク》りかへてあらぬさまに乱りなすハ、いかなる愚昧ぞや。いひもてゆけバ不忠不孝の類なるうへに、中々文章の拙きにこそあれ、物の理識らん唐人にかゝる事と訳も聞せなバ、腹を捧《カヽヘ》て笑ふもあるべし。そも〳〵彼孔子の春秋ハ、さる正なき事どもを戒めんとてこそ作られたゝなれ、其を本として史作る人のかゝるハ、いと〳〵不審き事にて、孔子の意をだに知ラずとやいはん。すべてもろこし人のかける世々の史を見るに、我国（自国）を崇ミ他ノ国を貶しめたる筆法、毫《ツユ》も錯《ミダ》るゝ事なくして、中華《ウチツクニ》と蕃国《ヤツコクニ》との差、きハやかに別れたるハ、中々に称《ホム》べき事也。然るを皇国の儒者どもハ、此差異の、我国の朝廷の御恥辱となる事をだに、知ぬにや、悉皆外国の称呼に任《（まか）》セたるハ、いとも〳〵あぢきなく拙き事ども也。此事ハ、なほ甚論ある事なれど、其書名を引出てつぶ〳〵と弁へんも、さすがにいとほしけれバ、こゝにハもらしつ。いかで、ゆくさきさる不正事《マサナゴト》書出ざるやうに、心がくべきなり。但し、詩賦の類句の限ありて、調《シラベ》を主とする物にハ、其事と聞えだにすれバ、約め省きても、ものすること、彼処の物にも見えたることにて、其ハ今いふ限にハあらず。さて又、漢ざまの理窟を本として論る事の、我神ながらの道に違ふ事、あるハ、隣家の杓子を定規としたるがごとき事なれバ、ひとつ〱論ずるに遑あらず。また其議論の中に、かしこの古き例などを数《シバ〱》引出たるも、用なき事なり。我古昔の例ならバこそさもあらめ、異国の例にハ合るも違へるも、何事かハあらん。譬へバ、大坂ニテ長崎ノ事をいはんに、聞く人の意得がたき事あらバ、其ハ大坂の云々の如き事也、とこそ云べけれ。大坂の事を語らんに、長崎の事を引て譬ふるやうやはある。儒仏の徒の引証も此理に同く、いと〱迂闊なる事なるを、実に然りときく人もあるハ、皆其外国の書に酔るなりけり。】

されば、此等の故実をバよく〱心得おきて、称呼《ヨビナ》の錯乱《ミダレ》を糺しゆかんも、亦さし次の業なるべし。さてまた、暇（の）隙あらバ、必とハなくとも漢国の史をも読て、彼国の上古より沿革《ウツロヒ》来しやうをも知べし。これ即て、吾皇国の辱く尊きよしを比べて知ん便ともなるべく、はた彼処の情実を探り知んも、かたハら微忠の端となる事もあるべけれバ也。これ、史書よまん学ビの大概なり。【もし公ざまに、教法を設らるゝ事しもあらバ、此科にハかたはら書記《テガキ》の人を置て、今ノ世の言事《コトワザ》、世間の変遷《ウツロヒ》など、細かに記ルされまほしき事なり。これはた、世を經てハ、今世を見る為にもなるべければなり。】

## ○第五科　故実

故実ハ漢の国語（春秋時代の史書）・史記に見えて、故き事実の是《ヨ》き限を採《トリ》て、其レを本として当時に活《ハタラ》かし用ふるを云。吾皇国にてハ、礼式の事にむねと云馴《イヒナラ》ひたれバ、今も其意にてかゝげ出たるなり。さて、礼式といふものハ法令《オキテ》とハ異なる物にて、偏《あまね》く知ずとて罪蒙るばかりにハあられ（ママ）ど、此を知ざるハ野人としたるものなれバ、廉恥《ハヂ》を知るべき士のうへにハ、必習ふべきことといふまでもなし。さて其故実どもハ、皆昔の御世より有来し事ながら、必然《サ》らでハえあらずといふばかりの事にしもあらねバ、時に当りてハ新に製《ツク》りても宜しきが如くなれども、さてハいと軽々しく聞えて、信尊《うけたふと》ぶ心のおのづから薄くなりて、敬心《ツヽシミゴヽロ》失《ウセ》なんものなれバ、僅《ハツカ》ばかりの事をも重々しく執扱《トリアツカ》ひて、上古よりの式に毫も違ハず伝ふべきわざなり。【漢籍に、礼ハ敬のミといへる、実にさることなり。もし敬の心失セはてなば、礼式ハ徒《タヾ》に童児《ワラハベ》の戯事に近からんをや。】

さて、これも亦、日本紀・古事記・古語拾遺などに所見《みえ》たる、推古天皇の御世より上つかた、神随《カムナガラ》の御式を基本《モトヰ》として、上宮皇太子の改め革《か》へ給へるより、次々の沿革《ウツロヒ》を考へ、次にハ奈良朝の令、【令ハ故実礼式の為の書にハあらねど、其中におのづから昔の有様の見える事ども多ければ、必用べし】さては弘仁・貞観・延喜の式、次々諸家《イヘ〴〵》の記録《シルシブミ》【西宮記・北山抄・江次第の類多くあるべし。】などの本文を深く考へて、朝廷の大礼《オホミワザ》ハ申スも更なり、官位《ツカサクラヒ》の相当・諸《シナ〴〵》職《ツカサ〴〵》の用意《コヽロシラヒ》・冠服《カウブリキヌ》の色製《イロツクリ》・宮室《オホミヤ》の造作《ツクリザマ》・神社《カミノミヤ》の祭式《マツリワザ》より、末々微細なる調度・饗膳・調理の事に至るまで、委しく索《タツ》ねて識明《しりあきら》むべし。水戸にて編せられし礼儀類典、いと足《タラ》ひたる書なり。さて、取わきて、武家の故実・弓矢・甲冑《ヨロヒカブト》の事より、馬・鷹などの事にいたるまで、よのつねに孟浪《ウキ》たる妄説《ミダリゴト》をバ去テ、鎌倉・室町の頃にいたるまでの、実録に探索《さぐりもと》めて学ぶべし。新井君美ぬし、伊勢貞丈ぬしなどの著されたる書に、殊に便よき物多し。

さて、此科ハいはゆる参考証を主として、広く古代の書籍に渉《ワタ》り、其根源《モト》より沿《うつ》り革《カハ》れる状《サマ》を、考へ究むる事大事なり。然れども、其はた容易からぬ業なれバ、初ハ先近き方より入立て、今世に所有《あらゆる》、進退の法より習ふも可《ヨカ》るべし。さて又、何くれと聞ゆる家々の伝授などをも習ふべし。されど、其伝授といふ物ハ、むつかしき掟《オキテ》などありて甚迂遠《ものどほ》き事多く、年月を經ざれバ習ひ竟がたきやうにこそ聞しか。いかで事とく益あるべき術もがな、其道の人、能々思惟《オモ》はれなバ、またセんやうもあゝなるべし。公家ざまの事ハ、官位の事や先習ふべからん。さるハ、今ノ世ハ武家ざまにも官位ハ賜ハる御事なれバ、いちはやく知まほしきわざなり。自余《そのほか》、公家ざまの家造・調度やうの事ハ、武家にてハさし当りて、急に知ずともさてあるべし。されど暇の隙あらバ、必委しく研究《タツネキハ》むるにしくハなけれバ、何事にまれ、なるべきほどハ学び明らむべし。

　さて、此にひとついはまほしきハ、さるかたの事を学び識たるを深く隠して、極秘などいふ事なり。そも〳〵式といふ物ハ、制度の外に、其職々《（ツカサ〴〵）》にて官吏たちの行はるゝ事の次第・用意を委曲に記し置て、誰しのか（誰という）人も其職に任らるれバ、即《ヤガ》て其式ノ文《コトバ》を見て行はるべく定められたる事なれバ、普く学び知て、其事どもの滞らず行はれん事こそ、希ハしかるべけれ。おほよそ礼式ハ、広くハ、君と臣と貴き賤き位を定め、狭くハ、夫と婦《ヲムナ》と、剛《ツヨ》き柔き品を分つ事業なれバ、唯仮令《（かりそめ）》なる物にハあらず。此に依て、世中の交も立ゆくなれバ、もろこしの宋儒ハ、礼字を注して「天理之節文・人事之儀則」と云《ヘ》り。【これハ実にさる事なるを、説破りたる論ハよしなし。】されバ、素より秘事口伝などいふ、私の小き業にハあらず。然れども、さやうにばかり云てハ、又信《（うけ）》尊む心もおのづから浅くなるかたも有べけれバ、式文の外なる用意どもの伝授にハ、さる事も一向《（ひたすら）》理なきにもあらざれど、ひたぶるに秘《カク》しこめて、やう〳〵知たる人の稀にならバ、竟にハおのづから廃れもはつべく、また一人二人知て行ひ見たれバとて、傍に知る人もなけれバ、其を見て実に然りと思ふもなかるべく、此方にばかりハ式のごとく行ふとも、彼方に知ざれバ、つれな貌《カホ》してのミあるべけれバ、末竟に何のかひかはあらん。却てハ、しか意得たる人を笑ひ嘲るやうにもなりなんかし。然れバ、大かたにハ押出て、人に伝へ知しむべく、厳めしき秘事などハ、いふべからぬことなるべし。総て秘事といふ事ハ、陣を破り敵を屠《ホフ》る武士の芸こそあれ、天下に遍く用ふべき礼式の秘事などいふ事ハ、あるまじきわざなり。但し、起請文といふ物をも書て、神に誓ひて他言すまじ、などいひたらんにハ、せんかたもなき物から、大かたさバかり吝《シハ》き道にハ、公だちたる正道ハ見えぬなん多かる。これら先惟《オモ》ふべき事どもなり。【かくハいふものから、予ハ此すぢの事どもハ何事もえしらず。さるハ、初ハ何くれと書どもをもまさぐり見しかど、田舎ハよろづ便あしくて、聊《いささか》の調度やうの物なども、正目《マサメ》に見る事少なれバ、京がたにてハ何の事もなく知れたる事も、いと〳〵たどらハしく、図《カタ》にかきたるを見るばかりにてハ、決《ウツナ》くかくとも弁へがたけれバ、甚く倦果てかいやりつゝ、さて後ハ強ても学ざりしかば、今ハほと〳〵忘れつくしたり。かばかりの事なれバ、いひたる説どもゝ、大かた僻説ならめども、先かくいひ出て、其道の博士の教を受んとするなり。とにかくに、公家ざまの事ハ京へ上りて見習ざれば、委しき故実ハ知るまじきなり。】

## ○第六科　歌文

歌ハ、声たてゝ歌ふ物なれバしかいへるにて、心におもふ事を歌ふをいひ、文ハ、言語を連ねて文をなし美《メデ》たく事どもを記すをいふ。古今集序に、「若《キ》下夫《カノ》春鶯之囀《ツリ》二花中《ニ》一、秋蝉之吟《ツルガ》中樹上《ニ》上、雖《ドモ》レ無二曲折一、各発二歌謡《ヲ》一、物皆有レ之、自然之理也。」とあるハ、詞《コトノ》気《コヽロバヘ》過《スギ》たるやうにハ聞ゆれども、実にさる説なり。さるハ、天地の間に生るゝ物、人を始メとして禽獣のうへまでも、飢ず寒ずして在經《ありへ》なんあまりに、唯おもしろくをかしく歌ひ楽しび《ミ》てあるべきが、天神等の大御心に宜ふ事と見えたれバ、【此事甚論ある事なれど、こゝにハ尽しがたし。かつ〴〵巻首にも云ヘり。[注]】各さしあたる職業《ナリワザ》の間々《ヒマ〳〵》あらバ、身に負ぬさかしらをバセず、唯歌ひ楽しミてあるべきなり。

[注]＝「巻首」即ち「上之巻」の「皇国の正道」の章に、「かゝれバ、自然に上の御教令《ミノリ》を畏《カシコ》ミて、過《アヤマチ》を再《フタヽビ》せず、邪曲《ヨコシマ》を思ひ構《カマ》へず、己が職掌《ツカサゴト》の暇《イトマ》の隙《ヒマ》にハ、歓《オモシロク》欣く可咲《ヲカ》しき俳優《ワザヲギ》などし、酒を呑《ノミ》、歌《ウタ》を謳《ウタ》ひ、舞《マヒ》ミ戯《タハレ》ミ楽しミて、とことハに直く健《スコヤカ》に、美《メデ》たしとも賞《メデタ》き大御国風《オホミクニブリ》になんありける。」などとある。

されバ、大古にハ殊に此歌をもてはやしつゝ、いと可畏《カシコ》き御あたりより、下が下に至るまで、歌詠《ヨマ》ぬ人ハなかりけらし。されバ、彼鶯蝉なども、時来りてハ徒（たゞ）にもえあらで、高く永く声たてゝ囀り啼なるハ、自ら然有神理《シカルカミゴト》にて、強て弁ぜられたる潤色（かざり）の語にハあらず。然るを、天智天皇の御世の比、漢国の詩を持栄《モテハヤ》されてより、歌の意詞《コヽロコトバ》も亦、そなたざまに引れつゝ、実なき事をも強てつれなかほに物すること、かつ〴〵始れり。かくて、やう〳〵年を歴て、今ノ京よりこなた、竟に今の歌の体《スガタ》とハ成来《ナリキ》にける也。【漢土の詩も、唐といひける頃よりハ、甚く体変りて、艶に巧になりけるを、皇国にハ、さる頃のを摸《ウツ》され始たる故に、歌までも、しか浮華がちになれりし也。】且、漢土の楽をさへ持栄されけれバ、歌ハ節なども自然廃《スタ》れはてゝ、後にハ、徒《タヾ》に作りたるを、物に書付るやうにハ成るなりけり。然れども、万事皆漢字音を交へて物する世なるに、此歌ばかりハさすがに字音をバ毫も交へず、昔の言語をさながらに伝へたる、殊に美たし。されバ、自《ミツカ》らも必詠習ひて、日本《ヤマト》心の懐を述べき事なり。

さて上古の歌ハ、懐ふ心の有のまゝに詠出ることなりけれバ、いと〳〵質直《スナホ》にて、人情のさりがたくいひしらぬ趣も、いとよく聞知ラれけれバ、童謡を聞し食《メシ》て、民間の志気《コヽロザシ》をも知し食つゝ、御政事の助とせさせ給ひし事も多かりき。【日本紀をよく読て知べし。神武巻にハ、「以《テ》二諷歌《ヨソヘウタ》・倒語《サカシマゴトヲ》一、掃《ハラ》二蕩《フ》妖気《ワザワヒヲ》一。」といふこと見えたり。并考ふべし。委しく政迹考にいへれバ、こゝにハ略キつ。然るに、後世ハさバかりの用にならざるハ虚飾の巧言の交（まじ）これゝバなり。うひ山踏に「万葉集をよく学ぶべし。」と云条《クダリ》ありていはれたるやう、「此書ハ歌の集なるに、二典の次に挙て道をしるに甚益なり、といふは心得ぬことに人おもふらめども、わが師ノ大人の古学のをしへ、専こゝにあり。其説に、古の道をしらんとならバ、まづいにしへの歌をまなびて古風の歌をよミ、次に古への文を学びて古へぶりの文をつくりて古言をよく知て、古事記・日本紀をよくよむべし、古言をしらでハ古意ハしられず、古意をしらでハ道ハ知がたかるべし、といふこゝろばへを、つね〴〵いひて教へられたる此教、迂遠（ものどほ）きやうなれども然らず。その故は、まづ大かた人ハ、言と事と心とそのさま、大抵相かなひて似たる物にて、たとへバ心のかしこき人ハ、いふ言のさまもなす事のさまも、それに応じてかしこく、心のつたなき人ハ、いふ言のさまもなす事のさまも、それに応じてつたなきもの也。又、男ハ思ふ心もいふ言もなす事も男のさまあり、女はおもふ心もなす事も女のさまあり。されバ、時代々の差別も、又これらのごとくにて、心も言も事も、上代の人ハ上代のさま、中古の人ハ中古のさま、後世の人ハ後世のさま有て、おのおの、そのいへる言となせる事と思へる心と、相かなひて似たる物なるを、今の世に在て、その上代の人の言をも事をも心をも考へしらんとするに、そのいへりし言ハ歌に伝ハり、なせりし事ハ史に伝ハれるを、その史も言を以て記したれバ、言の外ならず、心のさまも又歌にて知べし。言と事と心とハ、其さま相かなへるものなれバ、後世にして、古への人の思へる心なセる事をしりて、その世の有さまをまさしくしるべきことハ、古言古歌にある也。さて、古の道ハ、二典の神代上代の事跡のうへに備ハりたれバ、古言・古歌をよく得てこれを見るときハ、其道の意おのづから明らかなり。さるによりて、上にも、初学のともがら、まづ神代正語をよくよみて古語のやうを口なれしれ、とハいへるぞかし。古事記ハ古伝説のままに記されてハあれども、なほ漢文なれバ、正しく古意を知べきことハ万葉にハ及ハず。書紀ハ、殊に漢文のかざり多けれバ、さら也。さて、二典に載れる歌どもハ、上古のなれバ、殊に古言古意をしるべき第一の至宝也。然れども、その数多からざれバ、ひろく考るにことたらざるを、万葉ハ歌数いと多ければ、古言ハをさ〳〵もれたるなく伝はりたる故に、これを第一に学べとハ師も教へられたる也。すべて神の道ハ、儒仏などの、道の善悪是非をこちたくさだせるやうなる理窟ハ、露ばかりもなく、たゞゆたかにおほらかに雅《ミヤビ》たる物にて、歌のおもむきぞよくこれにかなへりける。さて、此万葉集をよむに、今の本、誤字いと多く訓もわろきことおほし。初学のともがら、そのこゝろえ有べし。」とある。実にさる説なれバ、長けれどこゝに引出たり。但シ万葉集も、浄見《キヨミ》原藤原の朝よりハ上つかたの、古き歌どもをさしていはれたる論なるべし。藤原・奈良の朝の、家々の集と見えたるハ、大かた月花の事をむねと詠たる歌にて、後世の体とさのミ異なるもなく、中にハえもいはれぬわろき歌などもあり。それらハ用ある限にハあらず。】

さて、また文といふ物ハ、上つ代にハ祝詞《ノリト》・宣命《セムミヤウ》の類《タグヒ》、言語《コトノハ》を美《メデ》たく麗《ウルハ》しく飾らひて、いふべき事の定まりたるを、漢字【いはゆる宣命書也。】して記されたるばかりにて、別に言語のまゝの文章といふ物ハなかりけらし。【祝詞・宣命の余にも、いさゝかの事にハ、言語ながらの文章もありつらめども、世に伝ハらざれバ、考ふべきよしなし。】物事を記すにハ漢文して記たるを、此方の語に訓て解《サト》りしなり。其後、今京となりてハ、皇国言ながらの文章もかつ〴〵興り始ルれども、【大井川行幸和歌ノ序・古今集などを、其権輿と云説もありしにや、いかさまにも、此ほど遠き世よりの言にハあらざるべし。】大かた女の書にのミ用ひて、男のかぎりハ、なほ漢文して物事をバ記しゝ也。【これらの事もいはまほしき事多けれど、ところせけれバ別巻にいふべし。いさゝかハ西戎音訳字論にもいへりき。】かくて、諸の物語《モノガタリ》・日記などの類多くハ女の手より成たるが、やう〴〵世に蔓りて竟に一種《ヒトクサ》の文体《フミスガタ》ぞ出来にける。【この日記・物語の体の文に、字音をまじへて軍物語などかけると、漢文の拙くなりて記録・往来の体となりたると差別なくなりて、今の俗文章ハ出来し也。】

さて、上古ハ右の如くなりしかど、今となりてハ、世間おしなべて漢字音を交へたる言語となりて、昔ながらの物言《イヒ》ざまにあらざれバ、一ッにハ雅《ミヤビ》かなる古言を後世に存すべき為、二ッにハ世間の言事を国風ながらに記し留むべき為に、仮字書《カナガキ》の文章を専と習ふべき事、漢文を学ぶにハ勝りて要とある事なり。これを学ぶにハ、伊勢・源氏・宇都《(ママ)》保・狭衣やうの物語を本として、かたハら日記の類に参へ、古人の体裁《スガタ》を熟々《ツラ〴〵》学ぶべし。【古体の文ハ、祝詞・宣命、さてハ古事記・出雲風土記などの訓ざま、又日本紀・万葉集の歌などにて、学ぶべし。然れども、此らハ、いと〴〵上つ代の語なれバ、あまりに耳遠くして、偏く用《ツカ》ふ文章にハ猶いかゞなり。されバ、物語を本ッとしてとハいへるなり。】

おほよそ物語ハ、世人の情態をいと〴〵細微に推量りて、心中より書出たる物なれバ、人情の趣く末々を画けるが如くにて、物の感《(あはれ)》のさりがたき事どもゝ自然《オノヅカラ》知れて、大《(イミ)》じき益なる事なり。すべて、何事にまれ、人情を知ざれバ、理ハ理として行はれがたき事、上にしば〴〵云るが如くなれバ、広くハ国を治め狭くハ一身一家を脩むる道の、用意とならんこともまた決《ウツナ》し。【上にいへるごとく、上古ハ歌を以て人情を知る事なりしを、後にハさま〴〵巧になりて、甚《(いた)》く迂遠きものとなれり。これに換て用あるハ、唯此物語のミなれバ、はかなき物とて必等閑に思ふべからず。此人情を知るかたにていはゞ、仮字文ハ漢文に勝れること、はるか也といふべし。】されば、文章学の為のミにもあらず、必読試むべきことなり。さて、歌も文も雅言にて続くるものなれバ、古の言語の活用《ハタラキ》・格《サマ》・而尓乎者《テニヲハ》の定格【本居先生の巧《(ママ)》（功カ）いと〳〵多しといへども、言語の用格・てにをハの定格などを定られたる書ハ、実ニ古今の明説にて、動くことなきものなり。尊びて学ぶべし。】などを学ぶ事もまた要とあるわざ也。さるハ、古の言語に疎ければ、古の書を読ても解《サト》り難きうへに、自らの歌文も其用格をはづれてハ、いと異様なる物となるべければなり。【これら、猶いといはまほしきこと多けれど、長ければこゝにハもらしつ。詞の玉緒・詞の八巷・かざし抄・あゆひ抄の類を見て学ぶべし。予も而尓乎者《テニヲハ》略図義解・而係辞弁（「而尓乎者略図義解」と「而尓乎者係辞弁」のこと。但し前者は抹消されている。）などいふ物を著しおきたり。】

## ○第七科　農桒

農とハ、稲穀を植て食物を作り出す事、桒とハ蠶養《コガヒ》して衣物を織出す事なるを、漢土にしか云るを採て、標題に挙たるまでにて、如此有類の事を総ていへり。此ノ一件《ヒトクダリ》ハ、一日一夜もなくてハえあらぬ事業なれバ、其道をも取立て賢く伝へ学ぶべきわざなるに、専さる学術の聞えぬハ、いと〳〵遺憾《クチヲシ》く等閑なる事なるにつきて、一ト わたり、さることのよしをいふべし。

そも〳〵、皇御国ハ瑞穂国としも名に負て【瑞穂ハ美稲《ウマシネ》の義《コヽロ》也。】天神孫の知食べき国なれバ、自余の蕃国《ミヤツコクニ》どもとハ等しからず。稲穀の美《メデタ》く万物の多く生出ることハ、元来然あるべき理なれど、なべてハ世世の天皇たち、神を斎祭り給ふ事の大かたならざるうへに、御意を尽して民業どもを導き教へ給へる故によりて、かく飽ず美たき穀物を朝な夕なに給《タウ》ばりて、下が下に至るまで、世を安らかにハわたらふぞかし。さるハ、先、豊受大神《トヨケノ》を天照大御神の外宮に祭り給へるを始として、大嘗・新嘗の御祭祀の朝廷の大礼なりしより、【豊受大神ハ、食物の事をよろづしろしめす神なり。また、大嘗ハ、天皇の天位《アマツヒツギ》知食て始て、大八嶋の稲穀《タナツモノ》きこしめす御礼《ミワザ》、新嘗ハ、毎年に稲穀の初穂をきこしめす御式なり。中昔の神今食《ジンコジキ》も新嘗の略式なるべく見え、今の田実《タノム》の節供《セク》も其おもかげと聞えたり。いづれも穀物の為に、天地の神等を斎き祭らセ給ふことの、等閑ならぬ御式ども也。これハ俗人の為に注するのミ也。】風神・水分《ミクマリノ》神など斎き祭り給ふ事の甚じかりしさまハ、古書どもに著けれバこゝに贅《モノ》せず。【もろこしの国にも、古より天地山川の神を祭祀て、穀物の豊饒ならん事を祈りたるさま、世々の史に見えたるが、後世ほど麁略になれり。さるハ、彼ノ理学とかいふことする徒《トモガラ》の、神を祭るなどいふ事をバ、児戯のごとく思ひ云へる故にぞあるべき。実に年ごとの雨風・旱魃・洪水などの事ハ、人力の及ぶべきかぎりにあらざれバ、天地の神の恩恵を頼ミ奉らんより外に、せんすべハなき事なるをしもさとらバ、神事の麁略なるまじき故をも知べきを、あはれ《（ママ）》。】

さて、其下民どもに、耕し植る業をも勧め喩し給ひ、池川を造り修め、調《ミツギ》・役《エダチ》の法を定め、所々に屯倉《ミヤケ》を建て、凶年の備まで具《ツブサ》にせさせ給へる事の、委しき状ハ知れがたけれど、日本紀・古事記、或ハ古語拾遺・姓氏録・万葉集、諸国の風土記など、其余古書どもに、往々所見たる事ども多かり。【崇神紀に、「十二年秋九月甲辰朔己丑、始校《ハカリ》㆓人民㆒、更《ニ》科《オホス》㆓調《ミツギ》・役《エダチヲ》㆒。此謂《ヲ》㆓男之《ノ》弭《ユハズノミツギ》調・女之《ノ》手末《タナスヱノミツギト》調㆒也。」また、「六十二年秋七月乙卯朔丙辰、詔曰、農《タヅクルヿハ》天下之大本《モトナリ》也。民所㆑恃《タノム》㆓以生《イケルヿヲ》㆒也。今、河内狭山埴田《サヤマハニタ》水少、是以、其国百姓怠《レリ》㆓於農事《タヅクルコトヲ》㆒。其《レ》多《サハニ》開《ク》㆓溝池《ミゾヲ》㆒、以寛《ヒログ》㆓民業《ヲ》㆒。冬十月、造㆓依網池《ヨサミノヲ》㆒。十一月、作《ル》㆓苅坂池《カリサカノ》・反折池《サカヲリノヲ》㆒。一云、天皇居《玉ヒテ》㆓桑間宮《サクラマノミヤニ》㆒、造㆓是《ノ》三《ノ》池㆒也。」とあるを始にて、次々に池を穿、川を修め、堤を築しめ、人民を住しめ、などし給ひし事どもの、歴世に絶せず記《ル》されたるハ、皆此条にかかる事にて、等閑に見過すべき事にハあらず。「天皇居㆓桑間宮《ノニ》㆒、造《玉フ》㆓是《ノ》三池《ヲ》㆒也。」とあるにて案へば、御親らも往坐《イデマシ》て其ノ造る状《サマ》を御覧《ミソナハ》しけん、とさへ推量らる。また、同紀に、「十七年秋七月丙午朔、詔曰、舩者天下之要用《ムネトアルモノナリ》也。今海辺之民、由レ無レ舩《ニ》（原文「由二無レ舩」とあるを改む）、以甚《ハナハダ》苦《ム》二歩運《カチハコビニ》一。其令二諸国《ニ》一、俾レ造《メヨ》二舩舶《ラヲ》一。冬十月始、造二舩舶《ヲ》一。」といふ事も見えたるハ、貢調《ミツギ》を奉り物を交易などせん料、と聞えたり。また垂仁紀に、「二十七年云々、是歳、興《ス》二屯倉《ミヤケヲ》于来目邑《クメノムラニ》一。」と見えたるより、次々屯倉《ミヤケ》といふ事も多く出たり。これらの事もかい集めて、上古政跡考にいへり。考《（ママ）》（孝）徳天皇の御世よりこなたハ、もろこしざまの御制度にて、其事ども委しく日本紀・令に見えたれバこゝにハ略く。】

さてまた、衣服に関るかたハ上ノ巻（「皇国の正道」の章）に引出たる古語拾遺に、天富命《トミノミコト》の諸の忌部《イムベ》を率《ヰ》て奉仕《ツカヘマツリ》給へる中に、肥饒《コエ》たる地を求て阿波国及安房国・総《フサノ》国などに穀麻《カヂアサ》を植られし事あるを以て考るに、神武天皇の御世よりぞ既くさる業どもハ教へ施し給ひけむ。其より後の御世々々にも、天皇の調貢ハ申もさらなり、諸神宮の祭祀にも専ら木綿《ユウ》【木綿ハ穀木《カヂノキ》にて織たる布なり。白栲《シロタヘ》また白和幣《ニギテ》といふも是なり。さるハ木綿ハ麻布《アサヌノ》よりやゝ白けれバなり。また倭文《シツリ》といふ物ハ木綿《ユフ》に文《アヤ》ある布と聞ゆ。穀木《カヂノキ》ハ今の楮木《カウゾノキ》なり。】麻布を奉らしめ給へる事の所見たるハ、御衣《ミソ》の料なること、いふも更なり。【上に引る崇神紀に、女之手末調《タナスエノミツギ》とあるハ是なり。】万葉集の歌などにて考るに、何れの国にも木綿・麻をバ多く植て、下民に至るまで衣服に製れりし状、見えたり。

さてまた、蠶《コガヒ》養して絹を織り帛《ワタ》を採る事も、既く神代の古より所見来《ミエ》レり。神代紀（「神代上」第五段）の一書（第十一）に、月夜見尊《ツクヨミノミコト》の保食《ウケモチノ》神を殺し給へる下に「眉上《マユノウヘニ》生《ナレリ》レ蠶《カヒコ》」とありて、其次に「口裏《ノニ》含《フヽミテカヒコヲ》レ蠶、便得《タリヒクコトヲ》レ抽レ絲《ヲ》、自レ此始有《テ》二養蠶《コガヒ》之道一焉。」とあり。又、古語拾遺（「素神の天罪」の段）の注にも「蠶織之源起《レリ》二於神代《ヨリ》一也。」と見えたり。雄略紀六年の下に「三月辛巳朔丁亥、天皇欲レ使下后妃《ヲ》親《ミヅカラ》桒《クハトリ》以《テ》勧中蚕《カヒコノ》事《ヲ》上、爰命《ジテ》二螺贏《スガルニ》一聚《ム》二国内蚕《ノヲ》一。」といふ事の見えたるハ、神世ながらの御所業《シワザ》なるべし。「使后妃親桒」とあるを以て、其等閑ならざりしほどをバ知べし。応神天皇（「三十七年」及び「三十九年」）の御世に、百済及呉国《クダラマタクレノクニ》より縫衣工女《キヌヌヒメ》どもの渡来しより已来ハ、次々に織女《オリメ》なども多く参渡来て、其業大《イタ》く巧にぞ成㆑りける。其中にも、雄略天皇の御世（雄略天皇紀十五年の条）に、秦酒公《ハタノサケノキミ》が他族《アダシヤカラ》に寄隷《ヨリツキ》たる秦人どもを集めて、賜へる御恩を感奉りて、百八十種《モヽヤソクサ》の勝部《タヘベ》を領率《ヒキヰ》て調貢奉りし時ハ、絹縑《キヌカトリ》いと多くして朝廷に充積とありて、姓《ウヂ》を賜りて禹豆麻佐《ウツマサ》といふよし日本紀に見えたるハ事状《コトノサマ》夥《オビタヾシ》く所聞《キコエ》たり。此秦人《ハタヒト》ども蠶養《コガヒ》し機織《ハタオ》る事に巧なりしに、党族《トモガラ》も夥かりければ、諸国に頒ち住《スマ》はしめ給ひて、其業《ナリ》を為しめ給へり。

【秦人の事ハ、雄略紀に、「元年八月、召㆓集《メシツドヘテ》秦人《ハタヒト》・漢人《アヤヒト》等、諸蕃投化者《コトクニヨリマヰコシモノヲ》㆒、安㆓置《ヲラシメ》国郡《クニ〴〵ニ》㆒、編貫戸籍《オホミタカラノカズニイレ玉フ》。秦人戸数《イヘノカズ》総《テ》七千五十三戸、以㆓大蔵掾《オホクラノカミヲ》㆒、為《シ玉フ》㆓秦《ハタノ》伴造《トモノミヤツコト》㆒。（但しこの記事は「欽明天皇紀」に見える）」また、「（雄略天皇紀）十六年秋七月、詔宜《キ》㆑桒《ニ》国県《ニ》、殖㆑桒《ヲ》。又、散《アカチ》㆓遷秦《ノ》民《ヲ》㆒、使㆑献㆓庸調《ツクリモノヲ》㆒。」と見え、また、姓氏録、「左京諸蕃、漢《アヤ》・太秦公宿祢《ウヅマサノキミノスクネハ》、秦始皇帝三世孝武王之後也、云々。仁徳天皇ノ御世、以㆓百二十七県ノ秦氏㆒、分㆓置《ワカチオカシメ》諸郡《クニ〴〵ニ》㆒、則使㆓養蠶絹織（織絹）㆒貢《タテマツリキ》之。天皇詔曰、秦王所献絲綿絹（帛脱カ）、朕《ワレ》服《セ》用《ルニ》、柔軟《アハラビテ》、温㆓煖《アタヽカ也》肌膚《ニ》㆒（温煖如㆓肌膚㆒）、（仍脱カ）賜《フ》㆓姓波多公《キミト》㆒、云々。」また、「山城国諸蕃、漢《アヤ》・秦《ハタ》・忌寸《イミキハ》云々、普洞王男《ノコ》秦公酒《ノキミサケハ》、大泊瀬稚武《オホハツセワカノ》天皇《ノ》【雄略】御世、秦氏総被《テル》㆓劫略《ヒトニウバヽ》㆒、今見在者十不存一《イマアルトコロノモノイトスクナシ》。請遣勅使検括招集《オホミヅカヒモテ、メシツドヘ玉ハラント、マヲシキ》。天皇、遣《ツカハシテ》㆓使小子部雷《チヒサコベノイカヅチヲ》㆒、率《ヰテ》㆓大隅・阿多隼人等《アタノハヤヒトヲ》㆒、捜括鳩集《メシアツメタマフニ》、得《タリ》㆓（秦民脱カ）九十二部一万八千六百七十人《ヲ》㆒。遂《ニ》賜《ヒテ》㆓於酒《ニ》㆒、爰《ココニ》率《テ》㆓秦氏《ヲ》㆒、養蠶織絹、盛㆑筐《ニ》、詣㆑闕《イタリ大ミヤニ》貢進、如丘如山、積㆓畜朝庭㆒。天皇嘉《テ》㆑之《ヲ》、特降寵命《ニウツクシミテ》、賜㆑号《ヒキヲ》。曰㆓禹都万佐《ウヅマサト》㆒。是盈積《ヲタル》有㆓利益《イサヲ》㆒㆒（之脱カ）義、云々。」などあるにて知るべし。今も諸国に秦といふ所多きハ此秦人の所居《ヲレリ》しなり。字ハ波多・幡多など種々にかけり。なほ、日本紀・古事記・姓氏録に、飲食・衣服に関る氏々の多きを以て、其業どもの等閑ならぬほどハ知れたり。此諸氏の上たる人、其部曲《トモベ》を率て各其職々を世々に奉仕しなれバ、其伝記の詳しかりし事もまた案ふべし。此より後の事どもハ例のもらしつ。】

此外にも、山に樹《キ》を植て、家を造り、薪を伐せ、また海山に猟漁して、禽獣魚の類を蒐捕《カリト》り、水田山畑に菜蔬《アヲナ》を生じて、毎日の羹物を足しめ、諸の工人を置て、諸器物を作らしめ、舩を造り市を定め、商賈を通はしめて、互に交易□（読めず）業などを喩し導き給ひて、よろづ飽ず美たく政ごち給へる状になん、見ゆめる。【これはた、古キ書どもに心をつけて見れバ、昭々（あきらか）に其跡見えたり。もろこしの古ヘにも、かの周祖后稷が、穀万物を作り出す事を教ヘたるより、次々さるさまの事ども見えたれど、事繁けれバもらして書《カヽ》ず。】さるハ、此衣服飲食住宅に属たる事ハ、何事よりも先心を尽して営むべき事、いふもさらなれど、下民どもハ総て愚癡なるものにて、其為術《センスベ》を知ぬものなる故に、其部《トモ》の氏上より【氏上《ウジガミ》とは、氏人の長たる人の、姓《カバネ》を賜りたる中にて、殊に重き人をいふ。後ノ世にいはゆる嫡流の如し。これを大氏といふ。自余庶流の氏人ハ、姓あるもなほ此氏上よりハ、次なるぢやうなり。これらを小氏といふ。たとへバ、物部ハ嫡流にて大氏也。物部石上《モノヽベイソノカミ》、物部飛鳥、物部肩野《カタノ》などいへるハ、庶流にて小氏なり。さて、其ノ部曲《トモベ》の氏人どもハ姓なくして、たゞに物部ノ某《ナニガシ》名といふなり。他も效《ナツラ》へて知ルべし。後ノ世、源氏ノ長者、藤原ノ長者などいふハ是に因れたる称なり。委しくハ、政迹考にいふ。細井貞雄の姓序考にも委しく出たり】、巨細に導き喩し、各其地につきたる利益を得しめて、さて官の調《ミツギ》・役《エダチ》をも、滞らず奉仕《ツカヘマツラ》しめ給ふにぞ有ける。

されバ、今の世にも此条の事ハ、いと〳〵詳しく足ひて、其を執持掌る官吏ども、はた備りてハあれども、上古の如く家職《イヘノワザ》を世《ヨヽ》にして、其治め勉むべき道を、産子《ウミノコ》の八十《ヤソ》綿々《ツヾキ》、云伝ふる学術のあらざるに、士より上《カミ》つかたの官吏ハ、職役《ツカサゴト》をも数《シバ〳〵》転《ウツ》し替られ、また其業どもを親（みづか）ら試ミたる事もなけれバ、微細に知達《シリトホ》りたる人ばかりにもあらず。されバ大かたハ昔より有来れる記録の類を以て、我職のかぎり旧キ例《タメシ》に違ハじと勉むるのミのことなん多かる。蓋、たま〳〵志操ある官吏ありとも、其業の微細なる事を知ざれバ、其土地の風に宜ハずして、案外に下民の煩となる類もあり。然のミならず、後ノ世に及ぶほど、下民に姦黠《サカシラ》の徒多く出来て、種々の詐謀を施して官吏を欺きなどもすめるを、其業の本末を知ざれバ、いかにとも正し懲《コラ》さんやうもなし。

たとへバ、海川に臨める地ハ、塩を焼魚を漁など、貧しき民どもの為業《シワザ》も多かるうへに、自然《オノヅカラ》運《ハコ》び送る便よき故に、半ハ商業をして富る者多く、財宝も饒《ゆたか》なるを、山里ハ木を伐リ獣を猟る外にハ、さしたる産業もなく、たま〳〵さるべき物の産出《ナリイヅ》るも、運び往て売べき地の遠けれバ、おのづから貧しくして、常に糠粕《ヌカカス》にだに飽《アカ》ぬ者なん多かる。されバ、海山の在状にて風俗も大く異なるに、田津物《タナツモノ》・畑津物《ハタツモノ》の類ヒも、各其地に相応《フサハ》しきと相応しからざるとあるを、相応しからぬ物を植れバ、いかさまに意を尽したりとも、更に其かひハなき物なり。然るを、山里も浦里も、押並て同じ様に米麦《コメムギ》を貢しめて、其足ざるを嘖《せめ》はたらバ、竟にハ民を害ふにも至るべし。【ひたすら米麦をのミ貢しむるハ、乱れりし世に、兵粮をむねと畜へたる風俗なり。かく、治まりはてたる御世ハ、何物にもあれ、用とある物ならバ、皆ほど〳〵に用ひやうの有べき事なるうへに、昔のごとくにハあらで、何事も金銀に易て弁まふる時なれバ、更に滞る事ハなかるべきなり。】

されど、下民どもハ大かたいと頑愚なる者にて、昔より為馴《シナラ》ひ来《コ》し業をのミ固く執りて、何事にも遷ろひがたきものなれバ、縦令《よし》其地に相応しからぬ物を作りてさしたる利益《クボサ》を得る事ハなけれど、余に為《ス》べき業をも知ざるうへに、いと異なる物を植などすれバ其村里の長どもより厳しく咎むるからに、為方なく米麦或ハ大豆《マメ》など貢物に出す物をのミ作りて、年々に利を失ふ類も少からず。然れバ、今ノ時に当りても猶此件の事に関る人々ハ、委しき事どもを学ばれまほしき事なり。

さて、其学びやうも、今ノ世にてハ、殊更に此等の事を取立て立論する師もなけれバ、唯和漢の書によりて、上古よりの事跡を索ね、今ノ世の法度を慎ミ、下民どもの煩害なからんやうに、人情の成ゆく末々を推量りて学び識んより外に、せんかたハなし。又、其種芸《ウエモノ》の業《ワザ》を記したる書も、漢土にハかつ〴〵論たる者もあれバ、其書どもに依ても大略《おほむね》の理をバ覚るべし。【但し、此方と彼方とハ国異なれバ、彼方の書にいへる事ハ、皆さながらにハ用ひらるまじく、また例の、文の潤色なども交りて、かたハら空理をいひたる事どもゝ

あれバ、一向《ひたすら》にハ打憑《ウチタノ》むまじき事を、先よく思ひ置て読むべし。】

皇国にハさるかたの伝説どもハ大かたに亡たりけむ、今ハほと〳〵ある事なきを【上古ハ上ミにいへるが如く、各其職業を世に伝へけれバ、其部曲《トモベ》の人ハ、いと〳〵委しかりし事知れたり。郡県ざまの御代となりてもなほ、其余波の失やらねバ、おほかたにハ伝へたりしなるべし。然れども、令にハさる細微なる事までハ見えず、況て大学寮にて、学問して諸国の受領に下ダられし御臣たちも、いはゆる仁徳を施すなどやうの学ビをこそせらたンめれ、さる細微なる事を学バれつるさまにハ見えず。されバ、此条の事ハ、其国々の郡司より下モつかたの者どものむねとハ意得で、昔より為馴ひたるやうにしてのミ、ありしなるべし。】、近世に至りてぞ、さる業記ルしたる書も見えしらがふめる。いはゆる宮崎安貞が農業全書、貝原篤信が諸菜譜のたぐひなりし。近来、薩摩にて編セられし成形図説、いとよき書なるがうへに、その記しざまも皇国ぶりを押立たる説多くていとめでたし。必披閲《ひらきみ》るべきもの也。又、山海名産図会といふ物あり。格別の書にハあらねども諸国にて産る所の雑物を挙たり。或ハ農稼業事・紙漉重宝記・農業余話・農術鑑記、或ハ国産考・農家益の類、此彼《これかれ》益ある書どもあり。【国産考に、国産となるべき物を挙たる条に書目の事多くいへれど、いまだ板にせずと見えて己が見たるハいとすくなし。[注]さて、農業全書に、此書本邦農書の権輿なるよしいへる、実にさる事なり。然れども、其本づくところ漢土の農書に因たるなれバ、猶たがへる事も有べし。さりながら、此安貞といふ人ハ自から四十年がほど農業を営ミたりといへれバ、大かたハ随べき事多し。されど、其国所の地に随ひて、委しく試ミて定むべき事也。さて、又此書の付録に貝原楽軒がいへる事ありて、いはれたる事おほき中にも、漢土の事を基本としていへる条にハ、いかゞしき論も多し。されど、其中に、農業を勉め励みたる物語をいへる処に、熟作を、いと〳〵減じたる数にても、「田一段にハ外に七畝八畝ほどの穀物の実りまさり、一町にハ七八段の作徳を別にまうけ、十万石にてハ八万石ばかり、百万石にハ七八十万石の物成まし、一ヶ国ハ外に七八分、大方又一ヶ国に近きほどの穀物のましなるべし。」と記して、「此段、上下ともに才あらん人ハ道を好ミても利をこのミても、つく〴〵と思案あるべき事にや。」といへる条ハ、げに耳を欹《そばだ》て目を見はりて見聞べき事となんおぼゆる。さて又、松岡玄達が撰びたる桜品梅品、武蔵国染井の農夫が著せる地錦抄の類、なほ、さま〴〵花を翫ひ草木を植作るべき書もあれど、事のさま好事に似て、翫物の類に近し。これらハさして益ある限にあらず。且、近来ハ、さま〴〵奇怪しき草木を種作りて種々《クサ〴〵》の名を設けつゝ、竟にハ幾百千の金に易る類もありときけバ、ようセずハ、世の奢侈をます種ともなりて、中々なる物損ひともなるべければ、さるかたの用意、あらまほしき事也。】

［注］＝広道は、大蔵永常『国産考』に挙がる書目は「いまだ板にせずと見えて」自分の見たものは少ない、と言っている。しかし、その「初編」（天保13年季春刊）に挙がる作品は、広道の予想に反して、『農家益』（享和2年）・『油菜録』（文政12年）・『製葛録』（文政13年）・『綿圃要務』（天保4年）・『製油録』（天保7年）など、その多くは板行されている。

然れども、なほ全く説尽したりともいひがたきうへに、国々所々に因て聊《いささか》づゝ異同あるべき事なれバ、遍く考へ定めていま一トきざみ益ある書どもの出来なバ、大《イミ》じき民間の功績ならんかし。【自他《ワレヒト》日毎になくてハえあらぬ物の類、菜・菓・麻・楮《カウゾ》・櫨《ハジ》・藍《アヰ》・薬草の類、茶・烟草・薪、家作るべき材など、むねと作り出す所々にいたりて見聞集めなば、意外に便利き術もあらんを、かたミに押平して普く諸国に試ミつゝ、地の肥たる痩たるに随ひて、実をも蒔、枝をも刺、さま〴〵にして便りよき物を択びなバ、大じく上下の利益になる事もあるべきなれバ、志ある人々ハ、心にかけて学ばれんやうもがな。近来ハ漫遊とかいひて、歌にまれ詩にまれ書画にまれ、文芸を翫びて諸国をありく人ども有て、いたらぬ限もなく巡りありけども、皆たゞ無用なる事をのミ我たけく罵るばかりにて、さしたる益もなきなん多かる。あはれ、さる暇間あらん人々少も益あらんとする志もあらバ、旅路の日記のかたはしにも、さるすぢども記し集めて、普く世に施し知しめなバ、他の酒殺を呑喰散ひて、いたづらなる業を贖ふにハ足べし。予も此条の事心にかけそめしより、いかでさる事よく知ん人に問議て試ミたるうへ、書にかきて示さんの志もあれど、あやにくに、さる人もまた得会ぬうへに、一頃《ヒトマチ》の田畑だにもたらねバセんかたもなく、辛き世わたりぐさの労がはしうさへあれバ、思ひながらさて過しぬ。さる事に労々しき人、もし此書を読てさる説としも思はれなバ、これらの事ども思起れん事こそねがはしけれ。】

さて、地水の脈・池川の修理ざまなどの事も、また差当りて要とある事なれバ、兼てハ此をも習ふべし。是ハた、其方に関る小吏の人などハ大略意得たる事なれど、士より上つかたにてハ、いとおぼろかなる事にて、其末々の事までハ知れがたきものなれバ、予メ其理を学びおくべき事なり。池川の堤などハ、築ざまに依てハ、しばしば断《キレ》もし溢れもして、其度々に大なる損害の出来ることなれバ、唯其地の民どもの、為来れるにのミ任せて委ねおくばかりにハ、あるまじき事なるべし。

さて又、桒を植て蚕養《コガヒ》し、帛を採、糸《イト》を抽《ヒキ》、絹縑《キヌカトリ》を織るかたハ、近頃ハ木綿《モメン》【木綿ハ、もろこしにて古貝或ハ劫貝といふ物にて、近世のハ文禄天正のころ、蕃国より渡り来しなり。此事、伊藤長胤が秉燭譚（享保14年自序・宝暦7年刊）に見えたり。】を田畑に芸《ウヱ》て布に織、下《コ》モざまの衣服に製る故に、西南の諸国にてハ、大かた絶果たるが如くにて、其業の委しき事を知ぬなん多かる。此はた、東北の諸国にハ、今もむねと絹織出す所多く、其中にハいといと美麗しき物も出来るうへに、京などにてハ、漢土の物ニもをさをさ劣らぬさまに織出すめれバ、其業どもをも普く聞集めて、世に示さまほしき事なり。

【熊沢ぬしなどのいはれたるやうに、木綿ハ下ざまの服にハ強くていとよき物にハあれども、中品より上ミざまなる人ハ、此をのミ用ひてあるべき時ノ勢にもあらざるうへに、田畑を多く塞て他の植物の障ともなれバ、山傍の用なき地に桒を植て蚕養しつゝ、産業乏しき山村の窮民どもが活計種とならんにハ、劣るべし。さて、ついでにいふべきことあり。其ハ、すべてかゝる事どもの委しく世に弘まらバ、必其書に因て思ひ起し、官にも申たてゝ、さる業どもを施し行ハんとする吏人も出来べきを、其施しざまによりてハ、甚く下民の情に悖りて害となる事もあるものなれバ、其ほどの用意ども、実に容易からぬ事なるべし。おほかた下民の情ハ、上にも云へるごとく、今まで為馴ひたる事を更むるハ末つひに便利《タヨリヨ》き事にても、いたく怪ミつぶやくものなれバ、此処にてハかく為べし、其処にてハしかじかセよ、など告示《ノリシメ》すとも、急速にハ承諾《ウケヒカ》ぬものなるを、威権を以て烈しく強令《シヒオホ》すれバ、少なる事をもいとこち〴〵しく罵り騒ぎて、竟に上の御為によからぬやうにさへなりゆく事もあれば、かへす〴〵も慎ミて妄にハものすべからず。此、さる書のはし〴〵にも記しつけて、必深く戒めおくべき事也。唯いつとなくさかしげなる者を択て試ミさせ、其得つきたるやうをだに見聞なバ、彼方より乞願ひても必為《セ》でハ止ぬものなり。さらんをりに、さる業にらう〳〵しき人して、具に教へ喩しなバ、何の労がハしきふしもなくて、上下の利益となる事どもゝ多からんかし。此段ノヿハ、近年世ニ出セル大蔵永常が国産考ト云るものに、諸国にて産物を製せんとて、さま〴〵領主の損失セられたることを記したるを見るべし。民為《シ》習ハぬ事を押て令ずれバ、必損害を引出べき事也。さて又、彼の書にいへる其術を施し行ふべき法も、大かた愚案の旨に近き事あり。披き見て知べし。とにかくに、人情世態を知達《(しりとほ)》りて、民情に忤《(もと)》らぬやうに執行ふべき事也。】

さて、書を読て古道を知ることなく、唯眼前なる事どもを自己が才智に任せて考へ出し、成べからぬ事をも強て為んとする類の者を、俗に山師といふ。【山師とハ、金ある山を掘起して大じき利を得んとて、見えたる事もなきに費用を募り、傭人を催しなどしてのゝしりさわげど、大かた実なき事なれバ、竟にハ身さへいたづらになる類のをこの者に、総て冠らせていふ醜称なり。】此山師等が説やうを伝へきくに、大略ハ上に云へるが如き事なれど、元来根もなき虚談なれバ、能事遂たる事ハなし。これハ、書を見て古の賢き道を知ず、また人情の趣く末々を知通るなどの術もなく、徒《タヾ》しかいひしらふ間に、上よりも下よりも物を貪りて、僅に自己《オノレ》が一身を肥さんと構へたる浅はかなる姦計なれば、しか遂ざる事ども諾《ウベ》なり。かゝる事に耳馴たる世俗ども、上に論が如き説を聞て、さる山師の如く譏るもあらめど、更に〳〵さる類に非るよしハ、上に聊引出たる上古の紀を見ても知べく、其より尓来《コノカタ》、歴代《ミヨ〳〵》の史また漢土の書どもにも、昔よりさるさだ《(ママ)》の見ゆるを以て、私ならぬ事をバ知べし。【そのうへ、これハ自ら其事どもを執行はんとするにハあらず。唯其行はるべきさまの事を学ぶなれバ、かへす〴〵別《コト》なる事ぞや。】唯、此本教の事をいふ条々に、かゝる事をしも採出たるばかりハ予が意なれど、今の世の学者どもハ、おほらかなる空理をのミ彼此言しらふのミにて、さしも世に益ある事どもをバ何のさだもなく棄おくがうたてさに、いさゝかさし出て驚かすのミなり。【此より下の科々ハ、ミながら本邦の事ばかりにもあらず。又よく予が知たる事にもあらねど、本教といふ号《ナ》を立るからハ、我国の益とある事を漏すべくもなければ、挙るなり。しバ〳〵もいへるがごとく、古道を学ぶハ、皆今ノ世に益あるべき為にて、いたづらに言挙するにハあらねバ、予が知ぬ道々なりとも思ふことのあるハ、かたはし取出て驚かしつゝ、其道々の博士たちのいとよく引直し論ひ定めなバ、次々に委く成もてゆきて、世に益あらん事を希ふになん。】

## ○第八科　外教

外教ハ外国の道々を指たるにて、漢国の儒・天竺国の仏また近来行ハるゝ蘭学の類をいふ。【蘭学といふ称《ナ》ハよしなき名《ナツ》けざま也といふ説ありて、実にさることなれど、暫く俗にいひ馴たるまゝにいへる也。】此を学ぶ事をしも我本教の科にかぞへ入《レ》たるハ、今ノ世ハ此道々も行はれて治術の一端ともなれる御世ざまなれバ、いかさまにしても急に棄ハ果らるまじき勢あり。されバ、暇有て此道々を好ん人ハ、主《ムネ》とハなくとも学ぶべし。然れども、一向《(ひたすら)》其国々《クニ〴〵》の心詞に泥ミ奪ハるゝこともなく、かゝる書を読みもてゆくも、皆吾御国の為なる事を常に心にかけて、しれず大日本《(やまと)》心をしたゝかに押立て読べきなり。然らざれバ、よくせずハ、由縁なき外国の風俗をこよなく尊き事のやうに思ひ惑ひつゝ、竟にハ我御国の事をよそに意得、大じき事の害となるなる《(ママ)》べきなり。

さて、儒仏二道のことハ上巻（「外国の道」の章）にかつ〴〵いへれバ、こゝにハ記さず。其中にも儒ノ道ハ理《コトワリ》もやゝ勝《スグ》れて益ある事も多きに、彼ノ国の文字してよろづ物記すことなれバ、其ノ文章《フミコトバ》をも読習ひ作り習ふべきなり。【彼ノ国の文章といふものも我御国の内にてハ実に用なきものなれど、其国人と言問交《コトトヒカハ》した

め、或ハまたこなたの御稜威の恐き事などかしこへ示すためにハ便よき事なれバ、其ノかたにてハ用ある事ども多し。】

さてまた、彼ノ道にいへる仁義忠孝、何くれの名教どもゝ、年久しく耳馴口馴《ミヽナレクチナレ》たる世なれバ、親に善く事ふるを孝とおぼえ、君に善く事ふるを忠とおぼえ言《イハ》んに、なでふことかあらん。其上へ、公儀の御法度の条目を始として、専彼ノ名目にて令《(おほ)》セ出さるゝ事なれバ、彼国俗の悪習に洩るゝことをだに心得たらバ、しかいはんも又なでふ事かあらん。然れバ、これはた主とハなくとも、其理ばかりハ学び問べき也。

仏道ハ上にも云へる如く、全く現世《ウツシヨ》の政教《マツリゴト》にハ疎《ウト》く益無き物なれバ、強てハ学バずともありぬべし。然れども、彼ノ道の在状をも窺ハずして漫に悪ミ謗りなどすれバ、大かた彼病に中る事ハなく、中々大じき害も出来べければ、其道の大体《アルカタチ》をバ意得まほしき事なり。【昔よりの儒者など、彼ノ道の妄誕なるを悪ミてさま〴〵罵りさわげども、彼道ハいと異やなるものにて、普通の理を以て論破るべき物にハあらず。其うへ、歴世の僧ども心を尽して、かりそめにはかなき事までに、妄説を設て愚俗を勧め誘へるからに、何の意とハなけれど、唯ひたぶるに信《(うけ)》尊む党も多くして、急に惑を解く事ハさら也、ようせずハ、中々なる悪号をさへ強つけられて、世の謗種にもなるべからむかし。されバ、彼道を悪ミ又急に破らんとするなどハ、甚じき事の害なりとしるべし。上にも云る如く、今ノ世ハ伎里志丹《キリシタン》といふ物を禁め給ふに因て、彼ノ道もやゝ正しきさまになれゝバ、さてありとも、昔のごとく大なる禍害にハいたるまじきなり。また、葬祭の事などは、おしなべて彼道に任セられたる御制度なれバ、其方につきてハ実にさりがたき事どもゝありて、読経・追福のわざにて人情に諾《ウベナ》ひ許《ユル》すやうの事もあれバ、また便よき事のなきにしもあらず。つら〳〵事広く考れバ、我《(ママ)》御国ハ、上古より黄泉戸喫《ヨモツヘグヒ》の神事《カムワザ》によりて、死葬《シニハブリ》の事をバ、大じき汚穢《ケガシ》として忌恐れたる国風なりしに、かく身亡《マカ》れる後の事をいひて、死葬のことを主と執行ふ道の参渡《マキワタ》れるハ、しかすがに便よき事にて、いひもてゆけば、天ツ神たちの御意にもあるべからんかし。されバ、身亡《マカ》れる後の事などハ、一向《(ひたすら)》任セ置ても有るべし。】

さて、其学びざまにも、僧に就て一宗づゝの立たる趣をかたはし問聴くばかりにてハ、彼ノ豹の一班（斑）

とかいふほどの事にて、何のかひもあることなし。されバ若其道を学バんとセバ、今の法師ばらの説にハ拘らず、親ら経論注疏の類を遍く読て、道の出来《イデコ》し起原より、事情を推測りて覚るべきなり。【我皇国へ伝はれる諸宗の仏道ハ、大かた大乗といへるかたのミにして、釈迦文より後の徒の、大く潤色《カザラ》ひたるなれバ、小乗といへるかたの事ハ、疎略なること多きよし、服部天游（明和6年没、46才）が「赤倮々」にいへるが如し。小乗ハ、釈迦文より遠からぬ説なれバ、其に依ずしてハ、道の起原の光景ハ知がたき事なり。そのうへ、我国に伝タハりてハ、又我国の宗祖等が考へをもて、各むき／＼に立論《コトダテ》したる事もありて、かた／＼混はしき事なるを、普通《カイナデ》の僧などハ、唯其宗祖の説をのミ一向に打信《(たの)》めるものなれバ、いかに問とも、本来の面目を知るにハいたらぬ事なり。但し碩学識ありて、偏党なく学び明らめたる僧ハ、格別なり。】

さて、蘭学といふ物ハ、近き年頃《トシノコロ》やう／＼に盛になれるものなるが、政教《マツリゴト》に関る条の事どもハ、伎里利《(ママ)》志丹といふ邪術《ヨコシマゴト》を禁《トヾ》め給ふ御心として、官《オホヤケ》より免じ給ハざれバ、知べき縁《ヨシ》なし。【これ真に美《イミ》じき御制度にて、いとめでたしともめでたきことなり。】唯、天文・地理・医薬・諸器などの書のミハ御許ありて、此方にても訳《ウツ》したる本どもあるを彼此見るに、大かたの事、究理といふ事を以て定むる国風と見えて、少《イサヽカ》なる事までをもいと／＼微細に考へ究めて、少しも智深きかたを採挙て用ふる状なれバにや、纔《ワツカ》ばかりの器物だに皆意を籠《コメ》て造り製へ、案外に便利き事ども多かり。然れども其器物ハ、何れも人力を用ふる事の容易からぬ物なれバ、縦令其術をまねびて摸し製《ツク》れりとも、価いと貴きものとなりて、有来りたる器物よりハ、中々に便《タヨリ》あしき事どもゝあり。されバ、未普くハ世に行はれず、唯上ざまの翫物にのミぞ目馴《メナレ》ぬ物ハ有ける。此ハ、いかでかばかりにてあれかし、とぞおぼゆる。其故ハ、人情ハ奢侈にハいと馴易きものなれバ、一度便利《タヨリヨ》く美麗しき器物を用ひ馴てハ、再び元の便悪きハ用《ツカ》ひがたきやうになるが常なれバ、我劣らじとさる価貴き器を用《(つか)》はんにハ未竟に大じき奢靡《オゴリワザ》にも及ぶべく、はた其につきてハ、其器どもを製出る工人《テビト》もも《(ママ)》多くなりて、無用なる事に可惜《アタラ》暇を費しつゝ、竟にハ困窮の基ともなるべけれバなり。

医薬の事ハ、例の究理もて深く考へたる物なれバ、いと験ある療術もありて、病を救ふことも少からず。されど、これはた彼処と此処とハ風気《クニザマ》の大く異なるに因て、彼処にてハさしも大じき術も、此処にてハさバかり功験《(しるし)》なき事もあるやうにぞ、所聞《(きこえ)》たる。これ真に然あるべき理なり。其うへ、人智ハ涯あるものなれバ、仮令《(たとひ)》此方の人の考にハ勝る事有とも、悉く天地間にあらゆる霊《クス》しき理を識尽すべきにもあらず。況や生活《(いきはたら)》く人体などの、しか生活く理などハ、識るべきにもあらねば、末々空論《(むなしごと)》近き事もあり。但し此ハ、医を業とする人のうへにてハ、猶いと詳なる説どもありて互に論究むる事なれバ、一端をだに知ぬ予がさし出ていふべきにもあらず。すべて譲りて、こゝにハ論《(イハ)》ず。さし当りて彼国の物に及ぶまじく見ゆるハ、火炮の術と大舩の製様《(ツクリザマ)》となり。此ハ第一にハ武備の用どももあるべく、且ハまた、年毎に商舩などの風に遇て溺るゝ事どもを聞に、いと痛しく憐なる事も多けれバ、彼製様の如くしたゝかなる事こそハなくとも、いかにもして覆らぬばかりの術《スベ》もがな。さる事どもの為にハ、学び知ラまほしきわざなり。

さて、天の象《カタチ》を推測る術も、かの究理の学もてさま〴〵遠く深く思慮《(おもひはか)》り、種々の器物をさへ製り出たれバ、今まで在来りたる漢国の天文学とハこよなくして、細微に珍奇《メヅラ》しき説どもゝ多かり。況や地上の事ハしも、彼国俗の習として、商賈《アキワザ》を主《ムネ》として、えしらぬ遠き境へも舩に乗て往渡り、偏く諸国の海辺を、打巡りつゝ記したる事どもゝあれバ、他に比類なく密《クハ》しきものにて、地上の光景をいふハ、是に尽したるが如し。然れども、此はた事情を推て案へバ、諸国各備あるべけれバ、さバかり詳に国ノ中を窺ふべくもあらず。唯外表の大略なるべきからハ、違ひたる事も多かるべく、また意して記せる事もありと見ゆれバ、彼図説どもゝ、強て一向《(ひたすら)》にハ憑むべからぬ事なり。【其中にも、我日本国の形などをバ、いと〳〵ものげなく画なしたり、とぞおぼゆる。其故ハ、彼ノ大キなる諸国の事をいへるを、わが国の光景に比べておもへバ、いと意外なる事どもあり。其ひとつをいはゞ、其国々の戦争の人数など記したるに、いと甚じく聞えたるをりも、大かたハ三十万五十万などいひて、百万に及びたる事ハをさ〳〵なし。さるハ、軍士を募る法ハいかさまにするにか、全く知がたけれども、国の亡び失なんとする時などにハ、在かぎりの力を尽しても防ぐべき理なるに、かくばかり寡きにても、其ほどハ知れたり。またいと大なるさまの国もあれど、其内にハ二人も三人も王《コキシ》ありて、持分て領たりといへれバ、さして驚くばかり大なる国ハあることなし。もろこしの国なども、我国よりハこよなく大なる状なれど、虚空なる地多くして人民の戸口少けれバ、軍士を出す事などハ、さバかりハあらぬ事なり。さるハ、世々に記したる彼国の書に、軍賦の数をいへるを見て知べし。そのうへ、彼国ハ軍士を募る事も、皆農夫の中より択出す事にて、後にハ武夫をも別にしたれども、なほいはゆる卒徒の類なれバ、仮令《たとひ》百万など聞えたるも、悉くものゝ用にたつべき者にハ非ず。一陣だに屠られなバ、余ハ皆北去《にげ》る事、世々戦争の事を記したる情景《アリサマ》にて思ふべし。近来、西洋諸蛮の国々の、軍役の事かきたる書を訳せるを見るに、彼国々も、皆下民を募りて軍卒とすること、漢国の法に似たり。されバ、いミじき大軍といへど《ママ》も、猶烏合の勢にていふにも足ず。これに軍列の法を下して調練したるを、いかめしげにいへれど、此も猶、生死を争ふ時の用にハ立ず。唯猿を馭して舞を教へたるほどの事也。譴責を恐て姑く節度に可ひたらんも、命の生死を争んをり、何の用にかたつべき。我国の武士、是等の説に泥ミて大日本心を拆くべからず。】

さて、なほ戒め置まほしきハ、彼ノ万国の図説をさぐりて、俗にいふ世界を一呑にしたるやうのこゝちになり、また、其国々の説どもの耳新しき事などを、いと賢く尊げに説誇りて、何ともなき愚俗を驚かす類の事なり。さるハ、彼説どもをひたぶるに信《たの》む心よりハ、世界ハ唯如此広らかなる物なるを、小き日本国の中に屈り居て、何事をかハ知んなど、無辺《かぎりな》く取放ちたる暴心地《ハブレコヽチ》も出来べきに、彼最西《カノイトニシ》の国々にてハ、君臣上下の系統といふ事も、さして重々しからぬうへに、下モとしても功徳を為出たる者をバ、殊更に信《たの》ミ尊む習俗などあれバ、ようせずバ、末竟にいみじき世の禍害にもなるべければなり。此ハ、既に儒仏の道々に泥める徒、彼国々を又なく尊むあまりに、我皇国の事を東夷と卑しめ、或ハ粟散辺土《ぞくさんへんど》など罵りつゝ、心も言も皆彼国人のやうに成て、大じき世の惑を引出たるに准《ナズラ》へて思べし。況《マシ》て、西洋辺の国々の説どもハ、儒仏よりも今一きハ諾々《ウベ〳〵》しき事多かれバ、其泥む事もいよ〳〵深かるべきものをや。かへす〴〵さる条をバ慎むべし。いでや、度々云まくも煩はしけれど、この我大日本豊秋津洲《（とよあきつしま）》はしも、天神《アマツカミ》の御孫の惟神《カムナガラ》知食《シロシメ》す御国なれバ、君位の尊き事ハ申にやハ及ぶ。皇神等の御稜威《（みいつ）》、尊く厳しく幸はひ坐るに、【万葉集に、日本の倭国ハ皇神の厳しき国、事霊の幸はふ国とよめることありて、昔より然る事なり。然るを事霊に言ノ字を借て記れたるを見て、言語に霊魂ある事といふ説あり。また、其を言を説《ト》く学の号としたるもあるなどハ、笑ふに余あり。[注]】四方十度に余りたれバ、彼蕃国《（みやつこくに）》どもに対へてもいと小き国にハあらず。其うへ人民の多く猛き事ハ、実に万国に比類なしと覚るに、天下悉く武士にて家を世に伝へたれバ、縦令中間・小者のきハに至るまでも、皆戦争に従ひて功あらんこと、疑ひなし。【さるハ、まぢかき軍記を見て知べし。もしかの漢国などの如く、下民どもを募りて軍士とせんにハ、京・江戸・大坂の町人を駈催しても、百万の人ハ輙く出来つべし。況て六十余国海島までの百姓どもを催し集めバ、幾百万ともかぎりなかるべきをや。】然れバ、いかばかり驚々しき説を聞たりとも大日本心《オホヤマトコヽロ》を強く武く押立て、ゆめ〳〵さる妄談にたじ《（ママ）》ろくまじき事なり。

［注］＝広道の言う「事霊」ならぬ「言霊」説を吹聴する言霊派に対する広道の批判は、早く『百首異見摘評』（の冒頭、天智天皇の歌に言及した件）にも見えている。

### ○第九科　書数

書ハ手かく事、数ハ物を量り算ふる事にて、今俗にいふ算筆なり。この用ハ誰も〳〵知たる事にて、日毎になくてハえあらぬ芸なれバ、殊更にいふにも及バず。但し算といへバ十露盤《ソロバン》といふ物して、金銀・米苞《タハラ》の数を計るのみにハあらず。高くハ、日月の運行く数を量りて一歳の時を定め、卑くハ、山海の遠近を測りて軍陣の進退・船車の行程を知など、なほ種々の事ども多し。其師に従ひて問べきなり。近来ハ数学をする人、大かたハ天文学を兼る事なるが、真に便あるべき事なり。

さて書ハ、おしなべて読易き体を画《(ママ)》習ふぞよき。いかばかり善書なりとも、俗に遠くして読がたきハ、何の益かあらん。されバ、風雅なれバとて、甚なるまで漢めき過たる書などハ、用とあるすぢよりいはゞ、皆翫物の類なり。また、其書体をのミ議せんもさして用ある限にハあらず。唯文言の尊き・卑き・軽き・重きなどを能ヶ考へて、昔よりの故実を知べく、兼てハ和漢の雅文章をも心得まほしき事也。これまた、其師に譲りて詳にハ論《イハ》ず。

## ○第十科　諸技

技ハ、手芸を指たるにて、医薬《クスリ》・火炮・卜筮《ウラナヒ》・画図《エガタ》・音楽・謡曲《ウタヒ》等の類をいふ【天文・歴術の類も、はなちてハこゝに入べきなれど、既にいへれバ再び挙ず。また、連歌・俳諧・点茶・翫香・蹴鞠・挿花・囲碁・双六・将棊・筑紫箏・三味線・鼓弓などの類ハ、遊戯の芸なれバ、こゝに算へず。唯、世々益あるかぎりをいへり。弓矢・甲冑・刀鎗の製法・鑑定などの事も、用ある事なれど、今ノ世ハ別に其芸を業とする者どもあれバ、本教の科にハ省きつ。されど、暇あるひとハ学びおくべきなり。これ甚要とある事なれど、其説ハこゝに尽し難し】。何れも其師どもありて伝へたれバ、傍よりとかく議《サダ》すべきにあらねバ、総てもらしつ。但し、こゝに採出たる意を一《ト》わたりいはゞ、医薬の道ハ一日もなくてハえあらぬ事、いふまでもなし。火炮の術ハ伝ハりたる事久しくして、世々多かる術なれど、近来異国の術慢《(あなど)》れゝば、夫に負ぬやうの法も必有べし。よく学バれんやうもがな。卜筮、はた神に乞祈て疑惑を決《サダ》むる術にて、重々しき事に用ひられたる事、上古よりあれバ、主《ムネ》とある事なるべし。【但し、小なる事にも吉凶を問ひて分を超たる利を得んと謀り、また其凶き事など聞てハいくたびもトひ直しなどする類ハ、街巷に立るト者に問てもあるべけれバ、其ハこゝにいふ限にあらず。なほ此卜筮の事にハ甚く論べきことあれど、長けれバこゝにハ贅《モノ》せず。すべてハ天神に祈申して、疑惑を決むる術と心得べきなり。】

図画ハ物の象形を摸し留むる物なれバ、大に益ある物なり。されバ、物の象形をさながらに写すを専らとすべし。風韻とかいふなる方を主とする画ハ、ことごとしき論などもあることなれど、未竟に翫物の類なれバ、こゝにいふべきにハあらず。【本居先生の玉がつまに、画の事をいはれたる条〈「玉勝間」十四の巻〉の「絵の事」以下五ヶ条）ありて、実にさる事と聞えたり。然れども其道の人ハひたすらうけひかずして、とかく論ふ事もありて其はたいはれざるにハあらねど、とにかくに其道の外より公《オホヤケ》だちて評ずる時ハ大かたかの説の如くなるべし。】

音楽ハ、もろこしの詩の調物《ハヤシモノ》なるを伝へたるにて、郡県ざまの御世にハ、殊にもてはやし給ひ、朝廷の大礼《ヤホミワザ》にも用ひ給へる事なれバ、先取出べき事なれど、今ノ世にハ、世間おしなべたる楽にもあらざるうへに、武家ざまにてハさして用とある事もなき趣なれバ、次にしたる也。但、公家ざまにてハ、今も猶めでたく伝させ給ひて、この物音の、余響にも気貴く凡ならぬ御けしきの顕れたることなれバ、自余の諸技とハ同じかるまじきなり。【この音楽の事につきてハ、いと論まほしき事多けれど、こゝにいはんハ益なき事なれバ、例のもらしつ。】これに並べて、謡曲《ウタヒ》【謡を猿楽といふハ当らず。其よしハ別巻にいふべし。】を挙たるを、かたぶき論ふ人もあるらめど、今ノ世にしてハ、世間おしなべて用ふる楽のごとき物にて、上ざまにも用ひ給ふころほひなれバ、音楽よりハなか〳〵気近《ケヂカ》く益ある事もあればなり。

さて、これらの事どもハ、唯我皇国の、用とある事を漏さじとするまでに採出たるにて、予が知ざる事ハ、いふも更なり、其由ハ上に度々ことわれるが如し。

## 9　著述

書を読む人の用意ハ、本居先生の初山踏《ウヒヤマブミ》にいはれたる事ども、いと〳〵懇切《ネンゴロ》にて足ひたれバ、今更に何をかいはん。彼ノ書をひらき見て知べし。其中に古書の注釈を作《ツクラ》んと早く心がくべし、物の注釈をするハすべて大に学問のためになること也、といふ条ありて注せられたるやうハ、書をよむにたゞ何となくてよむときハ、いかほど委く見んと思ひても限あるものなるに、みづから物の注釈をもせんとこゝろがけて見るときにハ、何れの書にても格別に心のとまりて、見やうのくハしくなる物にて、それにつきて又外にも得る事の多きもの也。されバ其心ざしたるすぢ、たとひ成就ハせずといへども、すべて学問に大に益ある事也。是ハ物の注釈のミにも限らず、何事にもせよ著述を心がくべきなり。」《(ママ)》とあるハ、実にさる説なりといふべし。【物の注釈のミにも限らず、とハいはれたれど、まづハ注釈のかたをむねといはれたるやうなるハ、こゝハ初学のうへをいはれたる条にて、注釈ハ古書に随ひて注するものなれバ、大かた強説をいふことも少きを、古書を離れて己がまゝに思ふ事をいはんとすれバ、初学のほどよりさま〴〵なるひがごとをも按《おも》ひ起すものにて、其くせ年月をふれど改りがたき物なるうへに、考証などの事もいと麁略になりがちにて、多くハ学問のためにならぬ事もあるものなれバなるべし。】されバ遍く書ども読もてゆくうちに、心に留るふし〴〵あらバ、らうがハしくとも其時々に別に記し置て、さて何にもあれ按ひ得たる事だに出来なバ、必著述を心がくべし。上にも云る如く、すべて学問して古道を明むるハ専ら書籍のうへばかりの事にハあらず、今世に当りて自身ハさら也、聊なりとも世の為人の為になるべき事をも勉る業なれバ、いかばかり書を博く読ミ事を多く識ても、おしこめてのミあらむハ何の益ともなき事なれば、思得たる事あらバ書冊に記著して、世人に示すべき事なり。然れども、其今ノ世に益ありといふ事も、我身に負ず分を超たる事をみづから行はんとにハあらず、又古道なれバとて、今にしてハいと怪しく異やうに見ゆる事を、独おし立てものすべくもあらず。これらハ大じく物に狂ふわざなれバ、深く警《いまし》め慎ミて意得《こころえ》誤るまじきなり。【うひ山ぶミに云、上略 そも〳〵道といふ物ハ上に行ひ給ひて、下へハ上より敷施し給ふものにこそあれ、下たる者の私に定め行ふものにハあらず、されバ神学者などの神道の行ひとて世間に異なるわざをするハ、たとひ上古の行ひてかなへること有といへども今の世にしてハ私なり、道ハ天皇の天下を治めさせ給ふ正大公共の道なるを、一己の私の物にしてミづから狭く小く説なして、たゞ巫覡《みこ》などのわざのごとく或ハあやしきわざを行ひなどして、それを神道となのるハいとも〳〵あさましくかなしき事也。すべて下たる者ハよくてもあしくても、その時々の上の掟のまゝに従ひ行ふぞ、即古の道の意にハ有ける、吾ハかくのごとく思ひとれる故に、吾家すべて先祖の祀、供仏施僧のわざ等も、たゞ親の世より為来りたるまゝにて世俗とかハる事なくして、たゞこれをおろそかならざらんとするのミ也、云々といはれたる、げにさる事にて下たる者ハたゞかくの如くなるべし。此より下ハ中巻卅八葉の注［注］に引出たれバ立かへりて読味ふべし。これハ神道の事をむねといはれたるなれど、何事のうへにも押わたしてこゝろ得べき事なり。】

［注］＝「中巻卅八葉の注」とは、中之巻「歴朝の沿革」章の末部（p.306）「本居先生の語に、学者ハたゞ道を索《タツ》ねて明らめ知ることをこそ務むべけれ、……意得受らるべきほどのあるべき事ならんかし。」とある割注。

されば、学問して少しも按ひ得たる説あらバ書冊に著し述べき事、差当る学者の業なるべし。縦令《よしや》其説出たる事どもの全く理に中らずとも、それに驚かされて我よりも達《いた》れる人の委曲に考へ直しなバ、千の一も益なしとハ云べからず。また其書中に誤れる条などありて、其につきて屡《シバ〳〵》人に誹謗《ソシラ》るゝ事なども有るべけれど、それはたいかにせん。唯自ら物学ぶ力入りの足ぬ故なれバとます〳〵勉めて怠る事なく、後にまた今一層勝《カサマサ》りたるすぢを考へ明めて前に云たる過失を補ふべし。総て道ハ【本居先生のいはれたる如く】、正大公共なる物なれバ、自説《ワガセチ》・他説《ヒトノセチ》とて差別を立て争ふべき事にハあらず。又、いと広博き物なれバ、いかに物能《ものよく》識達《シリトホ》れる人なれバとて、たま〳〵誤謬なしともいひがたければ、悪き事ハ速に改めて、唯其善きかたに従ひつゝ、ゆめ〳〵強説ハすまじきことなり。

　さてまた或人のいへるにハ、学問といふ物ハ仮初めならぬものなれバ、妄に自説《ワガセチ》を他に示すべきにハ非ず、さるハ、其説出たる事どもに若誤謬のある時ハ許多《そこばく》の人をも惑はし我恥をも顕す事なれバ、いやがうへに心を用ひて諸の書どもを考へ合せとにかくに動くまじく思定めたるをりに、人ニも出してかつ〴〵示すべし。されバ、年若き間ハ著述をバ大かた為ぬなん勝るべき。さて板に彫などして遍く天下に施す事などハ、身亡て後に他人のものせんハ格外《サタノホカ》なり、自ら誇りに持出て示すべきやうハなし、といへり。

　事を軽々しくせぬ用意のほど慎ふかく所聞《きこえ》て、一トわたりハ実にさる説なり。然ハあれども、学問の道ハいと〳〵広く大キなる事なるに人命ハ限ある物にて、諸の書ども脱ることなく見尽くすべき事ハ大かた成るまじき業なるに、其動くまじく論定めたりと思へるも自らこそさハ思へ、他より見る時ハ案外にさもあらぬ事などもあンめれば、とにかくに唯一人の才識を以てハ実に動かずハ定めらるまじき理なり。また自ら持出て示す事も、げにいとうけばりがほにて、誇かにハ聞ゆるものから、若□（己）が誤れる説どもを記したる書を、身亡ん後に我よりも未しき人などの心得誤りて世にも出しなバ、我ハ生涯誤りてのミ終りたるうへに、人の惑を解べき期もあることなからん、且学問ハいつまでも際限なきものにて、此にて尽したりといふべき事ハ、世のきハみあるべくもなき事なり。それもし実に尽せりとおもハゞ、既に自ら慢《タカブ》りたるにて、其道の破れたる也。

　されバ、先唯得たらん限の事をよくもわろくも書記しおきて、いたり深き人に問糺したるうへに、遍く世に押出して天下の人に評《サダ》めさすべし。若実に誤れる説あらバ、我未知ぬ事を知りて大なる幸となるべく、其誤れる条どもハ、又の書に其誤れるよしをことわるべし。さらバ、生涯誤謬を得了解《サトラ》ずして終らんにハ、遥に勝るべきなり。唯我恥辱をのミ思ひて益ある事を等閑にせんハ、学問する意にハあるべからず。

【但し、世にハ著述をするハ我名を普く人に聞しめん為とのミ思ひ、或ハ何まれ著述せまくハ思へども、拙くていふべきことをも知ぬうへに、もし其説の世に出て人情に宜はずして案外に譏らるゝ事などもあらバ、今までいささかばかり聞知れたる名の失やせん、など思ひあやぶミて、上の如き事を、おくゆかしげにいひまぎらハしつゝある類もありとかいふなる。さる輩ハ論ずるにも足ラず。すべて俗人の情ハうたてあるものにて、理のよき・わろきなどハさしもおもハず、唯人のよしといへば我もよしと思ひ、わろしといへバ又其につきてわろしといふものにて、とりとめたる論ハなきぞ常なる。さる愚人を訓《ミチビカ》んとてこそ道を明むる事なれバ、さバかり名聞にかゝはりてハ何の益もなきこと決《ウツナ》し。】

おのれハ、如此思ひとれる故に、此書をはじめて、彼此記《カ》キ著《アラハ》したる物も皆かた成なる説ばかりにて、我ながら論《(いひ)》定めたり、などハ更に〳〵思はねど、労《(らう)》がハしく拙き身にハさる学識もあらざれバ、先かく人笑へなる事をも記し出て、遍く世人に示《ミ》するなり。ゆめ〳〵我猛くうけバり出たる意にハあらず。唯識者たちのよきさまに論《アゲツラ》ひ直されん事を、希ふばかりになん有ける。

## 本学《（ママ）》提綱跋　（句読点・「」記号等を適宜付した。跋文の後ろに残る初稿中の字句をも翻刻して［］を付した。）

今ハ難波にすめる吉備人萩原広道、ひとゝせわが姫路に旅《タビ》ゐせりしころ、よるひるとなくむつびかたらひけるをりふし、わが城辺の物学びどころを造りあらたむることありき。それが中に、皇国学をむねとする室を本教舎と名《なづ》け、学の級を本学・史学・有職・詞学と四種におきてゝ《（掟てゝ）》、おのれ〳〵がこゝろざすかたをわけもちて、其一しなを専に心得しめんのした心をうち出試しに、「さかし、かねてもわが思ひとれるむねにやゝかなひたり、たゞ課をわかつこと今少しあらまほしうもおぼゆれど、所の風俗によりてハ、先さてもありぬべし、いかでうけばりて事おこしね。」といへりしより、然こそおさでものせしが、猶とやかくやとかたらひがたきにして、道々しきかたのものあらがひに、いくたびか夜ひと夜あかせりしに、かいなでの説どもとはこよなくまさりて、あなめでたと聞ゆること、はたいと多かりけり。おのれいふ、「近世、復古究理など、さま〲いかめしう名どもおほせて、大声にいひさわぐあたりもあるやうなれど、道の要とあるすぢハ、さハいへどさだかならずなん。今君がおぼしおきて《（掟て）》たるまゝを、さながら書あらハされなば、我学びの徒のこゝろ掟にしめしてん」（と）、いそ〲とあながちにうながしければ、［「備中なる林某（未詳。あるいは倉敷の林孚一カ）が為にもさるすぢしめすべき物かきてんと契りしこともあれバ」とて］書おくせり《（ママ）》しこの本教《（ママ）》提綱ぞかし。されど、かゝるふみひめおかんハ、まことに夜錦なりとまたそゝのかして、板にゑらしめつ。今より此書、世にほどこれらバ、みちに心ざゝんともがらのいみじき幸ならんものぞ［といふハ］、はりまの国姫路の殿人斎藤守澄［なり。］

**「本教提綱」了**

# 付　「水蓼《みずたで》」（広道遺文）

〈解題〉

㈠佐佐木信綱『竹柏漫筆』（昭和3年6月）に「水蓼」と言う文章が収まり、その中で広道の岡山時代の文章「水蓼」が紹介されています。実は、つい半年ほど前に偶然そのことを知り、これまで全く知らなかったその広道の文章と出会いました。文章はとても出来がよく、その上に、書かれていたこともこれまで情報の少なかった岡山時代のものだったので、感激もひとしおです。信綱はその広道の文章「全文」を紹介するに当たって、次のようなコメントを付しています。

広道は、一生を通じて、生活の上からは恵まれた人でなかつた。文化十二年備前岡山に生れ、藩に仕へ、藤原浜勇（雄）といつたが、後故あつて浪人し、大阪に出て萩原広道といつて人々を教へ、文久三年に世を去つた。その若かつた頃は、上路（道）郡龍口山の麓を毎日通つて、仕へに出た。その頃の事を自ら書いたものに、彼が二十三歳の夏、天保八年に記した「水蓼」といふ文章がある。若くより、窮乏の間にも中世（中古ヵ）の物語ぶみを好み読んで、その文体に親しんでをつた多感の青年のおもかげが忍ばれるのみならず、その父とたゞ二人のわび住に、老いたる父を思ふ切情は、読む者をして感涙せしめる。ここにその全文を紹介しよう。

㈡ところで、信綱の文章を通して広道の文章に接してからさらに驚いたのは、今まで知らなかった広道のこの「水蓼」と言う文章の紹介は、信綱が最初ではなかったことです。信綱の文章に接したのを機に国立国会図書館オンラインで検索しますと、「水蓼」は早く高等女学校の教科書『高等女子文範三の巻』（鈴木忠孝編明治32年3月刊）に収められ（信綱の紹介より30年も前です）、三田村楓陰選評『叙情美文』（明治39年6月）や落合寅平編『袖珍名文集覧』（明治39年8月）などにも見えます。信綱が紹介した後も「中学国文教科書巻七」（昭和10年4月）、旧制高等学校・専門学校低学年用の教科書として編纂されたと言う次田潤編『近世国文新選』（昭和11年2月）などにも採られ、主として中等教育の国文の教科書として、想像以上に広く流布していたのです。尤も、教科書で人気があったのは、文章の秀逸さもさることながら、そこには信綱の言う「老いたる父を思ふ切情」が吐露されていて、あるいは〈忠とか〈孝〉とかの顕彰に努めていたらしい当時の教育現場に適ったのかも知れません。ただ、これより八年後の広道の脱藩退去（＝岡山藩士藤原家の断絶→不孝の至り）を知ってこの「水蓼」を読むと、「老いたる父を思ふ切情」にウソはありませんが、しかしそんな通り一遍な孝行譚だけで済ますことはとても出来ず、その「切情」の裡に広道自身の「苦悩」が、より一層深く感じ取られるのです。

㈢ ところで、この文章は一体どこにあった（収まっていた）のでしょうか。先に『本教提綱』〈解題〉で触れましたが、佐佐木家には「本学大概二之巻」が蔵されていて、信綱にその中の「物の感」の章を取り上げた論文があることに言及しました。その他に短冊など広道資料が尚あったようなので、『竹柏漫筆』には出典は記されていなかったけれども、これは当然、佐佐木家に蔵されていたのだろう、と当初は思いました。しかし、それよりも30年も前に教科書等に採られていたのを知って、佐佐木家蔵はちょっと考えにくいかも知れません。「水蓼」を載せる前掲書（教科書類）の多くは信綱のと同じく出典名を記していませんが、『袖珍名文集覧』には実は「萩原広道文稿」とあり、『近世国文新選』には「蒜園文集」とあります。前者の「文稿」はどう言うものか分かりませんが、後者の「文集」は『慶長以来国学家略伝』（明治33年11月）掲出の広道記事中にも見えます。但し、これもその詳細は不明です。もし例えば「葭沼文集」又は「葭沼文稿」と言うのなら、広道自らが記した自著巻末付載の著作目録や人物誌掲出記事中の著作リストにも見えますが、「蒜園文集」は見当たりません。広道の没後に（明治になってから）旧門人の誰かが広道遺稿中の文章を集めて編んだのでしょうか。いずれにしろ、現在は知られていない「萩原広道文稿」や「蒜園文集」が再び世に現れ、広道のこれまで知られていなかった沢山の文章に出会えることを願うばかりです。

㈣ 「水蓼」は、もちろん未公刊著作などと言われるものではなく、その上かなり流布していたようですし、未公刊著作五編の後に付すにふさわしくないかも知れません。ただ、これを機会に、またこのような広道遺文の出現のあらんことを願って、敢えてここに掲載させていただいた次第です。

# 「水蓼」本文

○佐佐木信綱「水蓼」（『竹柏漫筆』）の中で紹介されていた広道の「水蓼」を、ほぼそのまま次に写します。
○文中にいくつか見えるルビは信綱が付したものでしょうか、他で掲載されているものの中には見えません。
　但し、文中の注記、—（　）を付したルビや語釈等は、編者（山崎）によるものです。
○ちなみに、広道の父は、広道がこ「水蓼」を書いた翌年の天保9年5月に59才で亡くなっています。

天保の八年といふ年の夏のころ、世の中のはしたなきわたらひわざにつきて、上《かみ》つ道の郡なる、龍口山《たつくちやま》の麓に日毎に通ふ事ありけり。まだきより起き出てつつ、帰さはいつも晝すぐるほどなり。今日はおとにきく駿河なる富士のねの雪だに消ゆといふ六月《みなづき》の望《もち》の日なれば、暑きこと亦たとふべくもあらぬに、いつもの如く起き出でて、笠の紐結びなどするほどに、父君の宣ふやう、この暑き日にさらされて、一里に餘れる道のほどを歸りこんには、忽にあしき氣《け》を蒙りて、重き病も出で来《き》なんを、蓼《たで》てふ草ぞ、さる氣《け》を拂ふなると、昔より人もいひ、まことに験《しるし》あるものなれば、これ持ちて行けかしとて、御みづから門邊《かどべ》なる蓼のいさゝかばかり穂に出でたるを、よき程に摘み取らして賜はりしを、何ばかりの事とも思はざりしかど、唯みけしきあしからんと思へば、さる面持《おももち》せで袖にして出で行きつ。彼処《かしこ》のいとなみ果てて帰り来るに、此頃は日を経て雨ふらず、土さへさけて照り続きたる氣《け》に、行手《ゆくて》の道芝もしなえよられ、田のもにすだく蛙だに、こゝかしこの隅々に隠れて、息づき居たる程なれば、暑きことといはん方なし。小川の塘《つゝみ》をたどりゆく程に、額の汗を拭《ぬぐ》ふとて、袖なる手拭《たのごひ》を取《と》うでけるにつきて、この給はりつる蓼の穂の、いたうしをれてぞ出できたる。思へばいとも畏《かし》こかりけり。人の親の心ほど、世にもあはれに限なく足《た》らひたるものはあらじ。たけだち（背丈）人並になれる子の、はつかなる道の程をさへ、御心に深くかけて、この蓼までに賜はりつる御心は、夜《よる》光るらん玉はものかは。いかならん宝・位にもたぐふべきものはあらざなるを、忝しとも思ひたらず、中々老人のならひとさへに思ひあざみて（軽んじて）、斯《か》くしなぶるまで忘れはてたる心こそは、あさましなんどは愚《おろか》にて、我ながらいたういぶかしけれとさへ思ふに、涙はふれ落ちて、畏こうもおぼえければ、一つ〳〵引きのして、数多度（あまたたび）おしいただき、半を分《わか》ちてひたもの打《うち》くらひつゝ、かうぞ思ひつゞけたる。

夏の日のあつき恵を水蓼*のほと〳〵忘れはつべかりけり

＊「水蓼」は「ほ（穂）」に掛かる枕詞

といふ時、涙更にさとほとばしり出づるに、道ゆく人の怪しとや思ふらんと、笠ゆり（揺り）かたぶけておもてを隠しつゝ、猶つら〳〵きし方を思ひつゞけゆくに、七つといひける年の秋（文政4年7月）、母君の世を去り給ひし後は、此ひとところの御かげにかくれて、数多の年月を思ひのまゝに人となりける、そのほどの御慈愛《みいつくしみ》はいかばかりなりけん。さるを、つゆ報い奉らんとは思ひもかけず、水し女（下女）一人だにえつかはぬ家にすまへば、くだ〳〵しく苦しげなる家の内の事どもをさへまかせ奉りおきて、猶心ゆかぬ折々は、いかでかうはなどうちもつぶやき、性《さが》として酒のむことをこよなう好み給ふをなま賢《さか》しげに諫め奉りなどしつるは、すべていかなるひが〳〵しき心なりけむと、さま〴〵くやしうかきみだりて、現《うつ》しごころもなきまでにおぼゆ。人のいたうのゝしり騒ぐ声に心づきて見れば、早くも御野川《みのがは》（旭川）の堤に来にけり。わたし舟待つほどに、木蔭にやすらひて眺めやれば、鱒《ます》といふ魚の、今年は殊に多かなりとて、里人どもあつまりて網をひきつゝとらふるなりけり。常には珍らかなるものなれば、懐なりける《（懐にあつた）》銭残りなく取《と》う出《で》て、中に大きやかなるを買ひとりて、藁に包みてもて帰り来つれば、父君の待ちつけおはして、今日はいと早かりしな、暑きに労《（つか）》れたらんを、息《（いこ）》へなど、例の如く宣《のたま》ふにも、此長き日を只一人日毎に待ちつけ給ひぬるは、いかばかり侘しうおはしましけんと思ふに、胸つとふたがるを、からうじてまぎらはしつつ、かの魚を取《と》り出《い》で焼《や》きもしつ、膾《なます》にもして、さてささげんと思ふ時、いかばかりうるはしき饗《（あへ）》なりとも、酒なくてはと、常にのたまひしものを、と思ひいづるに、買ふべき銭《もの》あらざれば、さらぬやうに肆《いち》に出でゆき、単衣《ひとへきぬ》ひとつ売りて聊かの酒を買ひとり、徳利《とくり》にいれて、提《さ》げて走せ帰り、今日はしか〴〵、御野川にて鱒《ます》いとさはに取り侍りしほどに、珍らかにおぼゆるまゝに、買ひもて帰り、聊かなれど、酒さへに買おき侍るを、めし給ひなんやといへば、珍らかなり、とくとくとのたまふまゝに、めしよせて、こはいかなる様してその里人はとらふるなど、いといたう笑みまげ《（笑顔を作り）》給ひて、おもほす事もなげにのたまふにぞ、しか〴〵のわざしてとり侍るなどうち語らひつゝ、盃とうですゝめ参るうちにも、常にしもかくてあらんよしもがな、さいつ年なやましうせさせ給ひたる故《け》にや、御年のほどよりは、いたうくづをれ給ひて、いと弱うおはすなるものを、御心のまゝに楽しみ給はん道も絶はてたるこそ、いとも畏こく悲しけれ。人なみ〳〵の貧しさならば、猶いかばかりもせんやうのありなんを、衰へはてたる家の内こそ悲しくも又くやしけれ、など思ふにも、魂きゆる心地して、ほれたるやうにてつい居たるを《（ぼんやりしてすわっているのを）》

みそなはして、面持《おももち》の常にしもあらざなるは心地やなやましき、すぐして《(食事を済ませて)》早う寝よかしとて、盃を賜はりつるに、今更のやうに胸ふたがりて、涙のおつるを、やう〳〵にのどめて《(落ち着かせて)》、何くれのをかしき物語などしつゝ、夕暮近うなりしかば、いたく酔ひ給ひにけむ、夕食《ゆふげ》めしながら、ころ臥《ぶし》つゝ、熟臥《うまい》し給ひぬ。いと弱うなり給へりと見まつるにつけても、いはん方なく苦しければ、蚊帳《かちやう》ひきめぐらして、抱《いだ》き入れまゐらせ、そこらとり払ひなどするに、月の光涼しげに澄み渡りて、東のつま戸よりさし入るにぞ、すこしは心ものどまる《(落ち着く)》やうにて。

（「水蓼」了）

# あとがき

広道が「著作」を重視したことは冒頭の「まえがき」でも言及しました。自著の巻末に「著作目録」を付すことの多かったのもそのためですし、また人物誌に掲出された時には、小伝以外にやや詳しい「著作リスト」を書き添えたりもしています。その広道の著作は、数が多いだけでなくその内容も多種多様です。

㈠　自著の巻末に付載した「著作目録」はいくつかありますが、その中で最も詳しいのは、大阪府立中之島図書館蔵自筆稿本「葦の葉わけ」巻末に見える「著述脱稿之目《ママ》」です（以下**A目録**と呼びます）。この目録が成ったのは、嘉永元年夏に蔵版で出された「さよしぐれ」が「既刻」とあるのでそれより後と言うことになります。ただ、この種の目録は板行を見越して「既刻」と付記することもあり、嘉永初年前後の成立かと考えます。さて、この目録には14種もの著作が、次のように挙がります。

| | | | |
|---|---|---|---|
| 神璽考疑傍評私議 | 一冊 | 私家歌会式 | 一冊 |
| 冠辞考異 | 一冊 | 葭沼文集 | 二冊 |
| 本学大概 | 三冊 | 万葉集略解補遺 | 五冊 |
| 而於乎者略図義解 | 二冊 | 同（而於乎者）係辞弁既刻 | 一冊 |
| 玉篠草紙随筆 | 二冊 | 鳶之声随筆十三条 | 一冊 |
| さよしぐれ既刻 | 一冊 | 西戎音訳字論 | 一冊 |
| 首異見摘評 | 一冊 | 葦の葉わけ初編 | 一冊 |

「既刻」と付記されているのは「さよしぐれ」及び「係辞弁」の二著作で、それ以外のものは、この時点で「未刻」と言うことになります。但し、それら未刻著作がこの時点で必ずしも成稿として在ったかどうかは分からず、その時は書くつもりでいてタイトルだけ掲出しているということも考えられます。

いま、その「未刻」著作で現存の確認出来るものを挙げると、「神璽考疑傍評私議（「神璽考疑同傍評私議」）」（『葭第14号』に翻刻掲載）・「本学大概（「本教提綱」）」・「玉篠草紙（「玉篠」一冊）」（『葭第10号』に翻刻掲載）・「百首異見摘評」（『葭第9号』に翻刻掲載）・「私家歌会式」・「万葉集略解補遺（「万葉集略解拾遺」二冊）」・「西戎音訳字論」（『葭第12号』に翻刻掲載）・「葦の葉わけ」（『葭第13号』に翻刻掲載）の8著作です（なお、タイトル直後の（）内は現存書のタイトル及び冊数です）。

また、その存在は今は確認されていませんが、あったのではないかと推測されるのは「而於乎者略図義解」（拙著『萩原広道上』p.304以下参照）と「鳶之声」（『萩原広道上』p.88）です。「冠辞考異」に就いても、書かれていた可能性は否定出来ません（『萩原広道上』p.99）。

最後に「葭沼文集」ですが、これもその存在は確認されていません。ただ、筆まめな広道のことですから、「文集」の一つや二つあってもちっともおかしくないのですが、残念ながらこの目録以外の所には見えません。

ちなみに、広道の未公刊の五著作を収めた本書に、広道の遺文「水蓼」を載せました。これは佐佐木信綱の同題の「水蓼」と言う文章（『竹柏漫筆』所収）の中で紹介されているものを転載したのですが、その解題でも言及している通り、その広道遺文の出典が明らかでないのが残念です。ただ、同じその遺文「水蓼」を載せる別の資料には、出典名はそれぞれ「萩原広道文稿」とか「蒜園文集」とかと付記されています。これら「文稿」「文集」は、広道自身が生前に編んだものか、広道没後に広道に近い者（例えば旧門人ら）によって編まれたものかどうか、いずれにしろ、そんなタイトルの広道文集は現在知られていませんが、それが再び世に出ることを切に願っています。

(二)　人物誌掲出の著作リストは、右のA目録より10年ほど後の、安政3年版『浪華名流記』に見えるものが詳しいです。この人物誌は、備前出身の学医で広道とも親交のあった大熊文叔が編んだもので、広道はその［和歌部］に掲出され、やや詳しい小伝記事が掲載されています。その記事の全てが直接広道によって書かれたのかどうかは分かりませんが、少なくとも広道の強い関与の下に記されただろうとは推測され、その中に先のA目録より多い15種の広道著作がリストアップされています（これを以下**B目録**と呼びます）。即ち、原文の漢文を書き下して引くと、次のようです。

姓は平、出石屋と号す。又葭沼・鹿鳴草舎の号有り。鹿左衛門と称す。乙亥を以て生る。備前岡山人なり。著す所の源氏物語評釈七十巻・小夜時雨一冊・係辞弁一冊・心之種二冊・辞書葉山之栞一冊・古言訳解一冊・遺文集覧二冊は既に刻せり。本学提綱三冊・万葉集略《ママ》補遺五冊・西戎音訳字論一冊・葦之葉分初篇一冊・而爾乎波略図義解二冊・上古政迹考三冊・私家歌会式一冊・玉篠冊子二冊は未だ刻せず。北江戸濠犬斎橋東に寓す。

記事中「乙亥（文化12年）を以て生る」とあり、これは広道の生年の知られる貴重な記事です。『古学小伝』（明治19年刊）に「文化十年ニ生レ文久三年浪華白子町ノ寓居ニ没ス、年五十一」とあったためか、比較的最近まで広道の（生年を文化10年とし）享年を五十一とするものが目に付きましたが、広道本人は早くから文化12年生まれだと言っていたのです（本文p.6の［注］も参照）。

また、この記事の最後に広道の居所として江戸堀犬斎橋東とあります。広道がここに安政元年4月末に引っ越したことは分かっていますので（『萩原広道下』p.243）、右記事の成立は勿論それより後で、下限は中風で倒れる安政3年秋です。これより後は著作目録は作られず、右記事中の著作リスト—即ちB目録は、広道著作目録の最後のものとなります。

さて、A目録では既刻として二著作が挙げられていましたが、B目録では、その二著作を含めて安政元年春にその初帙が出された『源氏物語評釈』など七著作が挙がります。これら七著作に、その前年の嘉永六年に板行された『開巻驚奇侠客伝』の「第五集」（五巻五冊）を加えると、広道の公刊著作の全てが揃います。「侠客伝」（の「第五集」）を広道がここに掲出しなかったのは、それが文人・学者の著作としては憚られる「戯作」だったからで、国学者上田秋成が『雨月物語』や『春雨物語』の作者であることを隠していた（吹聴しなかった）のと同じだろうと思います。

ところで、A目録で未刻として掲出されていた作品でその後に板行されたものはありません。従って、そのA目録の未刻作品群がそのままB目録に掲出されていてもおかしくありません。しかし本学提綱以下7著作は再録されていますが、神璽考疑傍評私議以下5著作集はなぜか見えません。その理由はよく分かりません（これらが必ずしも名前だけの著作でないことは繰り返すまでもないでしょう）。一方、新たに「上古政迹考三冊」が未刻作品として加わっています。実はこの作品は、本文中の注記（p.224の［注2］）の中でも触れましたが、弘化年間に書かれた広道著作中にその名が何度も見えています。ただ、嘉永元年8月の友人宛書簡では「されど是も未一枚も書かけ不申候」と言っているので、さすがにA目録などに見えなかったのでしょうが、逆にそんな曰く付きの作品が、実際にあった著作を押しのけてB目録に掲出されているわけで、そんなことから少なくともその時点では草稿らしきものはあっただろうと推察されます。しかし、定稿にまで至らずそのまま放置されたのか、現在その草稿の存在は知られていません。

㈢　広道の著作目録・リストには見えない彼の既刻・公刊著作として、右に「侠客伝」第五集を挙げましたが、同じように、そのものは現存するのにこれまで見てきたA目録・B目録を初め、どの目録にも掲出されていない未刻・未公刊著作があります。一つは、その「侠客伝」第五集執筆のためになされたと推測される「通俗好逑伝」（天理大学天理図書館蔵自筆稿本）で、その初稿は広道の岡山時代に成ったと思われ、先に『葭第15号』に翻刻掲載しました。清朝の白話小説『好逑伝』全18回の最初の5回分を翻訳したもので、現在残されているものは成稿とは程遠い全き推敲途次のものですが、広道の多彩な才能の一端がそこに自ずと伺われます（『萩原広道上』p.109）。また、これは広道自身の著作と言えるかどうかは問題ですが、「葭沼謌集」（大阪府立中之島図書館蔵写本）と言う作品も残されています（『萩原広道下』p.522）。「通俗好逑伝」と同じく未定稿の上、広道自身が実際どこまで関与したのかなど、成立事情はその時期を含めて不明です。ただ、広道の歌が五百余首も収まり、広道家集として貴重で、これも先に『葭第5号』に翻刻掲載しています。なお、この他、小さなものなら詠歌評・歌合評などがいくつかありますが（『萩原広道上』p.621、p.744、p.775・『萩原広道下』p.225、p.445）、ここでは著作からは省きます。また、大きなものとしては、諸国名所図会の一つとして企画された『山陽道名所』（20冊、国立国会図書館蔵写本）も残されています。これは友人宛の書簡などを通して、広道がその完成に並々ならぬ努力をしていたことの知られるものですが、現存するのは、主として山陽道沿いの友人知人から寄せられた各地の歴史・地理・風俗・文芸の諸資料を集めて綴じたものです。その中に興味深いのも少なからずあり、広道自身の認めたものもありますが、このままでは「著作」と呼ぶのは難しいかも知れません。

㈣　以上、広道自身が認めたか、又は彼が強く関与していたと思われる著作目録に掲出されている著作と、目録等には掲出されていないがその存在の知られているものとを併せると、広道の「著作」としては、さしあたり既刻のものが8種と、未刻（未公刊）のものが14種確認されます。但し、未刻のものの内、その存在の確認されるのは10種です。

ところで、既刻、即ち公刊されたものと言っても、一部のものを除いてはそれほど流布していないものもあり、実際にそれを手にとって見るのは容易ではないかも知れません。ただ、仮にそうであっても、せいぜい数種の写本、中には稿本一種のみで伝わる広道未刻著作の、一つ一つに接する困難に比べれば、板本はやはり恵まれているでしょう。

これまでも、個人誌『葭』において、その未公刊著作の内の何編かを翻刻紹介してきましたが、その未刻著作14種のうち現存の確かめられる10種の著作を仮に二つに分けて、今回、「百首異見摘評」以下5種の著作を**『萩原広道未公刊著作集Ⅰ』**として、翻刻・板行した次第です。残りの「神璽考疑傍評私議」や「通俗好逑伝」以下の5種に就いても、**『萩原広道未公刊著作集Ⅱ』**として、本書に続いて近いうちに出すつもりにしています。これによって、文人広道の多種多様な仕事がより広く知られんことを願っております。

著者略歴

**山崎 勝昭**

1942年4月　大阪市港区生まれ
1961年3月　大阪府立市岡高校卒
1965年3月　大阪大学理学部（高分子学科）卒
1968年3月　大阪大学文学部（国文学）卒
1973年3月　神戸大学大学院（修士・国文）修
2003年3月　大阪府立豊中高校国語科教員退職
〈著書〉
『葭―萩原広道とその時代』（第1号〈1996〉～第28号〈2013〉）他
『萩原広道』（上）（下）2016年3月
『俗地と文人 ―幕末期大坂の萩原広道―』2018年6月

萩原広道 ―未公刊 著作集 Ⅰ―

2019年7月10日発行

著　者　**山　崎　勝　昭**
吹田市千里山東2の17のA 205
e-mail：yamakatsu@muf.biglobe.ne.jp

発売元　株式会社　ユ　ニ　ウ　ス
大阪市淀川区木川東4の17の31
TEL（06）6304-9325

印刷所　株式会社　遊　文　舎
大阪市淀川区木川東4の17の31
TEL（06）6304-9325

ISBN 978-4-946421-68-6 C3395 ¥3,500